27 EAST
BOOKS

June L. Shepard

HOLLY LANE 17

ROMAN

27 EAST BOOKS

MIX
Papier aus verantwortungsvollen Quellen
FSC® C083411
FSC
www.fsc.org

1. Auflage

Lektorat: Dr. Christine Schlitt
Korrektorat: Angelika Sust
Umschlaggestaltung: EignArt Dietmar Koch
Umschlagmotiv: 27 East Books
Karten: Smilla Albrecht
Layout und Satz: EignArt Dietmar Koch
Druck und Bindung: Megadruck.de
Produktions- und Vertriebs GmbH
Printed in Germany
ISBN 978-3-949101-00-7
www.27east-books.com

Für die wahre Patrizia

Prolog

Das Feuer greift rasend schnell um sich. Die Korbmöbel in den letzten Regalreihen lodern auf, überspringende Funken setzen die benachbarten Gartenliegen in Brand. Innerhalb von Sekunden steht der gesamte hintere Bereich der Lagerhalle lichterloh in Flammen.

Taumelnd stürze ich weiter, weg vom Feuer, halte mir die Ohren zu. Der Rauch ätzt in meinen Augen. Wo ist vorn? Wo hinten? Wo ist meine Schwester? Ich rufe nach ihr, brülle, versuche sie in dem beißenden Qualm zu entdecken. Immer und immer wieder schreie ich ihren Namen.

„Hope! Hope!“

Meine Lunge brennt. Hustend renne ich in die Richtung, wo mein Gehirn den Ausgang abgespeichert hat. Hinter mir schlagen die Flammen immer höher, türmen sich zur Decke und fallen herab, um gnadenlos das nächste Regal zu verschlingen. Ich höre nichts als Knarzen, Brechen und Lodern. Ich stolpere, schlage auf dem Boden auf. Der Boden glüht. Ich drehe mich panisch um. Hope. Sie muss hinter mir sein. Wir haben gerade noch über ihren Freund gescherzt. Max, der ihre Lesesucht und meine Schreibversuche nicht versteht. Wir haben gelacht, uns in den Armen gelegen.

Als die Explosion kam.

Ich bin losgerannt. Ein Reflex. Panik, die mein logisches Denken ausgeschaltet hat. Hatte ich nicht ihre Hand in meiner? Waren wir nicht zusammen nach vorne gesprungen? Ich habe doch ihren Körper gespürt. Dicht an meinem.

„Hope!“

Das Feuer kann ich kaum noch sehen. Dichter Rauch walzt auf mich zu. Beißend und stinkend. Ich krieche auf dem Boden weiter in Richtung Ausgang. Sie muss einen anderen Ausweg gefunden haben.

Hinter mir brennt das Lager unaufhaltsam aus. Es gibt kein Zurück mehr. Ich krieche auf allen Vieren, ducke mich vor herabstürzenden Teilen. Die Hitze ist unerträglich. Mein ganzer Körper verfällt ihr. Sie schmerzt, umhüllt mich, saugt mich ein. Wo ist der Ausgang? Ich kann nicht mehr atmen. Rauch ... überall ist Rauch. Ich sehe nichts mehr. Meine Lunge brennt ... ich ... bekomme ... keine Luft mehr ... ich ... muss ... atmen ...

Schweißgebadet schoss ich in meinem Bett hoch. Die Hände an meinem Hals. Ich hustete, ohne den Hauch einer Erkältung.

Verfluchte Alpträume!

Ich blickte zur Seite. Mein Mann schlief. Unbeteiligt und unberührt. Der Glückliche.

Ich stand auf und taumelte benommen in die Küche. Ein stechender Kopfschmerz überfiel meinen vorderen Schädel.

Mein Kater sprang noch vom Schlaf beduselt und trotzdem leichtfüßig vor mir auf den Tresen und gähnte mich an.

„Kopfschmerzen", sagte ich leise.

Er gähnte erneut. Wie wunderschön und simpel er mich ins Hier und Jetzt katapultieren konnte, mit seiner stummen Gelassenheit.

Ich ging zum Kühlschrank und schenkte mir ein Glas Wasser ein. Meine Welt war gut. Sollte gut sein. Aber loslassen würde mich die Katastrophe vom 27. September 1991 niemals. Es war der Tag, an dem ich meine ältere Schwester Hope in dem niederbrennenden Lager unseres Familienunternehmens verlor. Sie nicht hatte mitnehmen können in die Freiheit. Ins Leben. Der Tag, an dem ich aus den Flammen floh und sie verbrannte.

In den leidvollen Wochen danach stürzte sich die Öffentlichkeit auf uns und unser Unglück. Freunde, Bekannte, Nachbarn, aber auch wildfremde Menschen erstickten uns mit Mitgefühlsbekundungen, Hilfsangeboten und Zuspruch. Ihre Worte und Umarmungen erdrückten meine Brüder und mich. Meine Eltern wankten unter den gut gemeinten Ratschlägen, den leeren Trostformeln und Aufmunterungen.

Die Presse berichtete mit diskreter Zurückhaltung und doch fragend. Wie konnte es zu diesem Unglück kommen? Waren die Fluchtwege ausreichend beleuchtet? Wieso konnte sich das Feuer in dieser Windeseile ausbreiten? Auch rückten Ermittler, Fachleute und Gutachter nicht mehr von unserer Seite. Es wurde vermessen und analysiert, gerätselt und vermutet, getuschelt und getratscht.

Meine Eltern waren sehr angesehene Kaufleute. In der vierten Generation betrieben sie nun schon ein Geschäft für Haushalts- und Gartenbedarf, das die Bewohner unserer Heimatstadt Southampton auf Long Island mit allem versorgte, was man brauchte oder auch nicht. Darüber hinaus engagierten sich meine Eltern in fast allen Bereichen des lokalen Lebens. Man kannte uns. Jeder wusste, wer wir waren.

Ich stand damals kurz vor meinem sechzehnten Geburtstag und konnte mich nicht verstecken vor dieser Aufmerksamkeit, die mir den Hals zuschnürte. Vor den mitleidigen Blicken meiner Lehrer und Mitschüler, die ich geheuchelt fand. Hatte ich doch meine Schwester nicht aus dieser Hölle befreien können. Ich hatte sie zurückgelassen, um mich selbst zu retten. Und ich glaubte, diese Tatsache als eine Art Frage oder sogar als Vorwurf in jedem Wort, jedem Schulterklopfen, jedem dahingeflüsterten „Mein Beileid" mitschwingen zu hören.

Meine Familie war an der Tragödie kurzzeitig zerbrochen und hatte sich dann wieder neu gefunden. Es ging nicht anders. Wir wussten es nicht besser. Die Tradition hielt uns aufrecht und zusammen und forderte uns auf, zu funktionieren. Aber der Riss in unserer Welt war geschehen. Und die Lücke, die durch den Tod meiner Schwester von da an in unserer Familie klaffte, fühlte sich wie eine immerwährende Wunde an.

Ich spürte nicht nur diese Wunde, sondern auch die unausgesprochenen Fragen. Die Blicke meiner Eltern, skeptisch und zweifelnd. Sie glaubten, ich würde sie nicht bemerken, aber ich spürte sie, fühle sie auch heute noch. So viele Jahre später.

Instinktiv wusste ich damals, dass dieser Tumult, die vielen Menschen und Meinungen und diese nervöse Unruhe um uns herum alles noch schlimmer machten. Wir sprachen nicht darüber. Keiner von uns. Wir ertrugen es still und verfielen auch untereinander immer mehr dem Schweigen. Ich beschloss, in meinem Leben nie mehr so viel Aufmerksamkeit und öffentliche Wahrnehmung erregen zu wollen, nie mehr der Öffentlichkeit so ungeschützt ausgeliefert zu sein. Mein Leben sollte von nun an nie mehr in den Schlagzeilen landen. Das schwor ich mir – für meine Familie und zu meinem Selbstschutz.

Das änderte sich auch nicht, als die Ermittler von Polizei und Feuerwehr einen Brandanschlag als Ursache des Feuers eindeutig belegen konnten. Verdächtigt wurde eine Rockergang, die sich damals am östlichen Ende von Long Island zu formieren begann. Sie hatte meinen Vater in den Wochen zuvor mit eindeutigen Angeboten sein *Wohl* und das *Wohl* unseres Geschäfts betreffend kontaktiert, die mein Vater jedoch energisch abgelehnt hatte. Nachgewiesen werden konnte den Rockern der Anschlag allerdings nie.

Teil 1

4. April 2016

Water Mill, Holly Lane 17

Es war ein ganz normaler Auftrag. Ein partieller Stromausfall in einem Gästehaus in Water Mill. Die Leitzentrale hatte durchgerufen, und ich war in der Nähe. Ich hatte dieses Haus in den letzten Wochen betreut. Es hatte einiges umgebaut werden müssen, da ein Notstromaggregat eingesetzt wurde. Der Hausherr wollte sich gegen die berühmten East-End-Stromausfälle absichern. Notstromaggregate waren in letzter Zeit in unserer Gegend sehr angesagt. Gut, wenn man es sich leisten konnte. Also fuhr ich wieder in die Holly Lane 17 und stieg vor dem bezaubernden Backsteinhaus aus.

Auf dem großen Rasen rasselte der Gärtner auf einem Rasenmäher. Das Grundstück war unglaublich wild und schön. Untypisch für Anwesen in dieser Gegend. Mit alten und hohen Bäumen und den hübschen Büschen war es das Gegenstück zu den aufgeräumten Gärten, die man hier normalerweise sah. Die Gärten von Long Islands East End bestanden üblicherweise aus Rasenflächen und Hecken, die möglichst hoch und einfach zu pflegen waren. Sie sollten den Sommer über blühen und vor neugierigen Blicken schützen. Viel mehr mussten die Hecken nicht können. Die Rasenflächen dienten ausgiebigen Sonnenbädern oder Barbecues. Alles schön einfach und funktional. Dieser Garten aber strotzte vor romantisch bepflanzten Beeten, die von kleinen Steinumrandungen eingefasst waren und für den Gärtner auf seiner Mähmaschine unliebsame Hindernisse darstellten. Der Pool war von Büschen gesäumt, wie ich sie aus französischen Filmen kannte. Der Garten war wie eine Insel voller Farben und Ideen.

Ich hatte meine Arbeit auf diesem Anwesen sehr genossen. Es war ein gesunder Ort in liebevoller Hand. Die Hausherren hatte ich allerdings nie persönlich angetroffen. Auch dieses Mal war es die Haushälterin, die mein Klingeln gnädig erhörte.

„Es ist dort drüben. Kein Strom seit heute Morgen." Die Haushälterin wies auf das kleine Nebenhaus, das in Struktur und Schönheit ein Abbild vom Haupthaus war. „Ich wollte saugen. Ging nicht."

„Ich schau mal nach."

Wir gingen hinüber. Sehr hübsch, das kleine Cottage. Es hatte weiße Sprossenfenster und eine alte, fast grobe Haustür, die perfekt zu dem roten Klinkerstein passte. Gefiel mir. Ich überprüfte den Verteilerkasten. Die Sicherungen waren nicht rausgesprungen.

„Es muss die Hauptsicherung sein. Funktioniert der Strom im Haupthaus?"

„Ja, sonst hätte ich drüben nicht saugen können."

Die Haushälterin hieß Silvia Aklund und kam ursprünglich aus Norwegen. Wir hatten uns schon bei meinem ersten Besuch bei einem schnellen Kaffee kennengelernt.

„Zeigen Sie mir, wo die Hauptleitung ins Cottage geht?"

Das war der einzige Ort, an dem ich nicht gearbeitete hatte. Mein Auftrag war es gewesen, eine autarke Stromversorgung für das Haupthaus zu installieren für den Fall, dass die städtische mal wieder ausfallen sollte. Wir von Long Island Energy hatten uns als Energieversorger schon seit Längerem mit solchen zusätzlichen Serviceleistungen hervorgetan, auch um sicherzustellen, dass private Dienstleister beim Einbau von Transferschaltern nicht einen ganzen Straßenzug lahmlegten.

Silvia winkte mich lächelnd hinter sich her. Ein kleiner Tigerkater kreuzte unseren Weg. Hübscher Kerl, schoss es mir durch den Kopf, als wir das Gebäude passierten.

„Hier muss das irgendwo sein“, sagte Silvia.

Und im gleichen Moment gefror uns das Blut in den Adern. Ein Mann lag bäuchlings neben dem Gebäude. Die Hoffnung, dass eine Ohnmacht ihn niedergestreckt haben könnte, war gering. Dennoch stürzte ich mich auf ihn, bereit, alles Wissen meines letzten Erste-Hilfe-Kurses anzuwenden. Ich drehte ihn um – und sah in aufgerissene, tote Augen.

Silvia brüllte hinter mir schon in ein Telefon: „Schrecklich! Nein, weiß ich nicht! Liegt einfach da! Na, neben dem Gästehaus! Nein – habe ich noch nie ... Ja, das wäre gut! Ich gebe Ihnen mal die Frau vom Elektrizitätswerk. Sie heißt Dale.“

Und schon hatte ich den Hörer in der Hand.

„Ja. Ich glaube, er ist tot. Ziemlich sogar. Ich ... Ja ... Sieht relativ übel aus. Er hat das Hauptkabel in der Hand. Nein, das kann ich nicht sagen.“

Ein unendlicher Redefluss überschüttete mich vom anderen Ende der Leitung. Währenddessen erholte ich mich von dem ersten Schock und erhob mich.

„Entschuldigen Sie, ich muss die Polizei rufen.“

„Natürlich müssen Sie das. Ich bin auf dem Weg, sollte in ein paar Minuten bei Ihnen sein“, hörte ich aus dem Hörer.

Ich wählte 911. Was wir gefunden hatten und wo ... das konnte ich beantworten. Das *Warum* brannte allerdings viel drängender in meinem Kopf.

Die Polizei kam schnell. Und während Silvia und ich noch unweit der Leiche berichteten, was wir gerade erlebt hatten, erklang eine beruhigende Stimme neben meinem Hinterkopf und fragte mit einer Sanftheit, die mich den Toten und die Umstände vergessen ließ, ob ich okay sei. Ich drehte mich um. Tiefgrüne Augen, die ewige Felder versprachen. Ein vertrauensvolles Gesicht mit – einem Lächeln.

Das Lächeln des Fremden strahlte eine hypnotische Wärme aus. Ich riss mich zusammen und war wieder ganz bei dem eigentlichen

Problem – dem Toten. Nur noch sachorientiert. Mein Gehirn nahm erstaunlich schnell wieder seine volle Leistungsfähigkeit auf. Eigenartig, wie dieser Mann mich zu mir selbst zurückbrachte …

„Treten Sie zurück!“

Die Polizisten waren eindeutig weniger beeindruckt von der Ausstrahlung des Mannes und trieben uns von der Leiche weg. Die Spurensicherung drängte mit fünf Spezialisten in weißen Schutzanzügen an uns vorbei.

Der Mann mit der sanften Stimme hatte sich neben uns positioniert und zog mich etwas zur Seite.

„Jeffrey Dinklage. Mir gehört dieses Haus“, stellte er sich vor.

Die Haushälterin zuckte leicht.

Ich schüttelte seine zupackende Hand. „Dale Roberts von Long Island Energy. Ich hatte Ihre Anlage im Haupthaus überarbeitet und den Einbau des Notstromaggregats begleitet. Alles in Ordnung – bis heute wahrscheinlich.“

Er lächelte mit flüchtigem Blick zur Polizei. „Wird schon alles ordentlich abgelaufen sein. Keine Ahnung, was der Kerl dort wollte.“

„Ein Einbrecher vielleicht“, flüsterte Silvia.

Fast nebensächlich zuckte Jeffrey Dinklage mit den Schultern. „Werden wir wohl bald erfahren.“

Eine Polizistin kam auf uns zu. „Chief Spencer vom Southampton Police Department”, stellte sie sich vor. „Ich leite die Ermittlungen. Und Sie sind … wer?“

Er sprach zuerst. „Jeffrey Dinklage. Mir gehört dieses Anwesen ... na ja, und meiner Frau.“

Silvia versteifte ihre Schultern noch mehr. „Ich bin die Haushälterin, Silvia Aklund. Ich wollte saugen und hatte keinen Strom.“

Die Polizistin sah übergangslos zu mir.

„Dale Roberts von Long Island Energy. Ich wurde wegen des Stromausfalls gerufen. Und wir“, ich deutete auf Silvia und mich, „haben den Toten gefunden.“

Chief Spencer notierte die Uhrzeit und die Umstände des Leichenfunds aus Silvia's und meiner Erinnerung.

„Kennen Sie den Toten?“, fragte Spencer den Hausherren.

Mr. Dinklage trat vor und lugte an der Spurensicherung vorbei auf die Leiche.

„Nie gesehen. Wissen Sie schon, wer es ist?“

„Noch nicht geklärt. Haben *Sie* den Mann schon einmal gesehen?“ Die Frage war an Silvia und mich gerichtet.

Zugegeben, ich war von Natur aus sehr, sehr neugierig. Mancher Freund fand meine Neugier gelegentlich zu extrem. Aber abschalten konnte ich sie nicht. Ich hatte den Zwang, gut zu arbeiten und ordentlich nachzudenken. Im Job perfekt zu sein, war für mich eine Selbstverständlichkeit. Immer weiterdenken. Warum war etwas geschehen? Was war die Ursache, und was ist die Wirkung ... Wenn man mögliche Lösungen nur einmal durchdachte, dann übersah man vielleicht die perfekte.

Ich ging noch einmal näher an die Leiche heran. Dunkle Jeans, dunkles Shirt, kaum Haare, etwa fünfzig Jahre alt. Dicklich. Eher unattraktiv – wenn man so etwas über Tote bemerken durfte. Dunkle Ränder unter den weit aufgerissenen Augen. Spuren von Abschürfungen an den Handgelenken.

„Ich habe ihn noch nie gesehen“, sagte ich und trat zurück.

Silvia reckte ihren Hals, um einen Blick auf die Leiche zu werfen. Augenscheinlich wollte sie sich dem Verstorbenen unter keinen Umständen noch einmal nähern.

„Ich weiß es nicht, habe noch nie einen Toten gesehen. Sein Anblick kommt mir nicht bekannt vor.“ Sie schüttelte sich.

Chief Spencer blickte kurz vom Notizbuch auf.

„Stellen Sie ihn sich lebendig vor. War er schon mal hier? Zeugen Jehovas, Lieferungen bringen, Stromzähler ablesen, irgendwelche Services anbieten? Irgendwas?“

Jeffrey Dinklage legte seinen Arm um Silvia's Schultern.

„Wie soll die gute Frau in so einem Moment einen klaren Kopf behalten? Ich bitte Sie, Chief, das ist eine Ausnahmesituation."

Seine Augen hefteten sich voll tiefer Sorge auf die arme Silvia. Er tätschelte ihre Hand.

„Das wird schon wieder. Die Polizei wird alles aufklären."

„Wir werden uns bemühen, Sir. Sieht ja auch stark nach, na ja, Stromschlag aus. Warum auch immer."

Ich meinte, einen kritischen Blick von Chief Spencer empfangen zu haben, was meine Berufsehre etwas anfasste.

„Wenn Sie erlauben, Chief, das Haus ist gut gewartet. Das kann nicht …"

„Wir wollen nicht spekulieren, Miss Roberts", unterbrach sie mich herrisch.

Ich spekulierte nicht. Aber den Gedanken, dass jemand einen tödlichen Stromschlag an einem meiner Objekte bekommen hatte, fand ich nicht gerade beruhigend. Selbst wenn der Tote das abgerissene Kabel in der Hand hielt.

„Das Grundstück wird erst einmal abgesperrt."

Die Polizistin nickte einem Kollegen zu und ging mit den Worten: „Sie halten sich für weitere Fragen bereit."

Jeffrey Dinklage lächelte uns aufmunternd zu, als wollte er sagen: *Das kann passieren. Kein Grund zur Sorge.*

Aber ich war besorgt. Ich lief wieder zu den Polizisten. Die Spurensicherung hatte das kleine Haus vollständig blockiert.

„Entschuldigung? Kann ich noch helfen?", fragte ich.

„Danke Ma'am, fürs Erste reicht uns Ihre Aussage. Wir melden uns."

Ich war also entlassen.

Natürlich konnte ich nicht sehen, was sich tief in den Untiefen verbarg. Aber ich wollte es wissen. Ich wollte in die Untiefen blicken. Warum lag dieser Tote an meiner Leitung? Wie war er überhaupt dorthin gekommen? So wirklich logisch wirkte sein Tod nicht auf mich. Ein unfreiwilliger Selbstmord eines Einbrechers? Konnte sein, klang aber per se so dämlich, dass ich mehr über den Toten wissen musste. Um den Tatsachen – diesen besonderen Untiefen – näherzukommen.

Kein Drama, nur Neugier.

Sag Harbor
Am selben Abend

Das Internet war voll von dem Vorfall. Der Tote in Water Mill. Einbrecher? Unfall?

Sein Name war James Stallbruck, zweiundfünfzig Jahre, vorbestraft. Mehr ließ Chief Spencer vom Southampton PD nicht verlauten. Aber mehr brauchte ich auch nicht. Ich begab mich ins Netz des Wissens und begann zu recherchieren.

James Stallbruck, geboren in Brooklyn am 13. März 1964. Erstmals auffällig in den Achtzigern mit Diebstählen. Zu Jugendstrafen verurteilt. Das hielt ihn wohl nicht davon ab, seinen Weg unbeirrt fortzusetzen. Beeindruckend, seine kleinen Räubereien, seine Tricks – immer nah an der Grenze zu einer Freiheitsstrafe. Bis, ja bis er bei einer prominenten New Yorker Künstlerin die Grenze überschritt. Erpressung, die sich die Dame nicht gefallen ließ. Und Stallbruck fiel durch seine Dummheit schnell auf. Knast. Drei Jahre. Das war gerade mal einen Wimpernschlag her. Kaum entlassen und schon lag dieser Typ an meinem Kabel. Auf meiner Baustelle. Diese Schnelligkeit wirkte ziemlich beeindruckend und schräg.

Ich beschloss, am nächsten Tag noch einmal in die Holly Lane zu fahren. Nach Dienstschluss, sonst brachte mir meine Neugier höchstens Ärger.

5. April 2016

Water Mill, Holly Lane 17

Ich fuhr die geschwungene Kieseinfahrt entlang auf das Backsteinhaus zu. Sicher war ich mir nicht, was ich sagen sollte. Ich hatte mir Worte voll unschuldigem Interesse im Kopf zurechtgelegt. Was war schon dabei? Immerhin hatte ich den Toten entdeckt. Da konnte man doch mal weiter nachfragen.

Ich läutete an der Haustür unter dem Vordach. Es dauerte eine gefühlte Ewigkeit, bis die Tür geöffnet wurde und Jeffrey Dinklage vor mir stand. Seine grünen Augen blickten erstaunt, dann fing sich sein Gesichtsausdruck und verwandelte sich in ein Lächeln.

„Das Mädchen vom Elektrizitätswerk. Sorry, habe Ihren Namen vergessen." Ein Zwinkern.

„Dale Roberts." Ich reichte ihm die Hand und bemerkte erst jetzt, dass er mit nacktem Oberkörper und nur in Boxershorts vor mir stand. „Ich wollte nicht stören."

Schon geschehen, wie seine zerzausten Haare und die legere Kleidung deutlich machten.

„Ich wollte nur fragen, ob Sie noch Hilfe brauchen – also mit dem Strom oder so ... Läuft alles?"

Wie ungeschickt konnte man angesichts eines gut aussehenden Mannes, der relativ eindeutig gerade aus einem erotischen Geplänkel gerissen worden war, reden? Er lächelte.

„Alles okay. Das Notstromaggregat funktioniert. Sehr freundlich von Ihnen, dass Sie nochmals fragen."

„Schön. Haben Sie irgendetwas Neues gehört? Ich meine über den Toten?“

In diesem Augenblick erschien hinter ihm eine blonde Frau im Wohnzimmer, das sich an den Flur anschloss und offen einsehbar war. Sie war nur in einen Bademantel gehüllt. Ich hatte also recht.

„Ist irgendwas, Schatz?“, zwitscherte sie.

„Alles okay, Liebling, bin gleich wieder da.“

Er baute sich mit selbstsicherem Grinsen noch breiter in der Tür auf.

„Entschuldigung, ich wusste nicht, dass Ihre Frau wieder da ist“, brachte ich leise hervor. „Kann ich in den nächsten Tagen noch mal vorbeischauen? Es ist schließlich mein erster Toter ...“, presste ich unbeholfen hinterher.

Er legte seine Hand beruhigend auf meine Schulter.

„Jederzeit. Ich denke, uns verbindet jetzt etwas.“ Wieder ein Zwinkern.

Mein Gott, sah dieser Mann gut aus. Von vorn zumindest. Von der Seite war sein Kinn zu fliehend und seine Stirn fiel etwas zu sehr ab, aber von vorn ... was für ein gerader und direkter Blick. Seine feine Nase war von der Seite zu klein für die mächtige Stirn. Aber er war auf alle Fälle extrem gut aussehend.

Ich lächelte kurz. „Gerne. Danke. Und einen schönen Abend Ihnen beiden.“

Ich wandte mich ab und ging zu meinem Wagen. Komische Szene, dachte ich. Ich gönnte jedem von Herzen ein erfülltes Sexleben. Aber einen Tag, nachdem ein Toter im Garten gefunden worden war? Die beiden wirkten geradezu, als hätten sie was zu feiern.

Zurück im Auto drehte ich die Musik voll auf. Wollte den Kopf mit coolem Rap ablenken. Konnte es sein, dass ich zu spießig war? Vielleicht gab es Menschen, die alles im Leben locker nahmen, vögelten, wann immer ihnen danach war. Leiche im Garten hin, polizeiliche Ermittlungen her ... Die Reime von Eminem schallten durch das Wageninnere und in mein Hirn. Ich mochte seine einfühlsame Aggressivität. Liebte seine Texte und versuchte, mich auf seine Verse zu konzentrieren, mich einfach von seinen Beats treiben zu lassen und die kalten Augen von Stallbruck einen Moment zu vergessen. Es gelang mir nicht.

Vier Songs später drehte ich die Musik leiser. Ich blieb dabei – die Szene von gerade war irgendwie absurd. Ich zermarterte mir den Kopf über den Vorfall, den Toten – und Dinklage hatte Spaß im Bett. Das war schon ziemlich abgebrüht. Mir fiel spontan niemand ein, der nach einem Leichenfund im eigenen Garten tags darauf völlig unbeirrt das Leben genossen hätte, als wäre nichts geschehen. Gut, ich kannte auch niemanden sonst, in dessen Garten ein Toter gefunden worden war, aber das machte Jeffrey's Verhalten nun auch nicht leichter nachvollziehbar.

Ich fuhr nach Hause, schloss die Haustür auf und besuchte sofort wieder das allwissende Netz. Von Wikipedia erfuhr ich, dass Jeffrey Dinklage ein erfolgreicher Immobilien-Hecht hier auf der Insel und seit knapp sechs Jahren mit einer erfolgreichen Kriminalautorin verheiratet war, die unter dem Pseudonym „Steen", richtig gute Bücher schrieb. Sie war eine der besten Autorinnen der zeitgenössischen amerikanischen Literatur. Manche behaupteten, *die* Beste. Ich hatte ihren letzten Roman gelesen und war fasziniert von ihrer Wortgewalt. Leider war sie ein unsichtbares Wesen. Sie lebte völlig unerkannt dank ihres Pseudonyms. Niemand wusste, wer sie wirklich war. Es gab keine Fotos – nichts von ihr im Netz. Nichts irgendwo sonst. Die Literaturwelt feierte sie dafür. Eine Lichtgestalt, die ihr wahres Ich so hell durchflutete, dass man kein Bild von ihr brauchte. Nur ihre Worte – die hallten durch den Kosmos und fanden Jünger von unserer Insel aus bis nach Europa, Japan, Australien ...

Tolle Story. Die Verlegerin war bestimmt sehr, sehr stolz auf ihr Nebelwesen. Ich wusste zumindest, dass sie *Ist irgendwas, Schatz?* zwitschern konnte, blond war und wahrscheinlich auf jeden Mann dieses Planeten ziemlich sexy wirkte. So hatte ich den Kolumnisten der *New York Times* etwas voraus, die, ob der bildlichen Nicht-Existenz von Steen, sich dazu hinreißen ließen, sie einem Fabelwesen mit der Zartheit einer Elfe und der Brutalität eines Trolls gleichzusetzen. Ein komisches Bild entstand in meinem Kopf. Die Blonde mit dem grazilen Körper und gigantischen Trollfüßen.

Mit einem Bier bewaffnet, setzte ich mich zurück an meinen PC. Ich googelte alles, was ich bekommen konnte. Jeffrey Dinklage, erfolgreicher Immobilienmakler. Geboren in Southampton, College, Footballteam … das ganze Programm. Er flirtete sich durch die Highschool, Facebook sei Dank, alles hübsch dokumentiert. Fotos über Fotos – mit Champagnerglas und Frauen, mit Boot und Freunden. Polo spielen konnte der Mann auch.

Absurd.

Und ermüdend. Ich wandte mich wieder der Leiche zu. James Stallbruck. Ein Loser durch und durch. Wirklich hell leuchtete sein Stern nie. Wie kam dieser Typ auf meine Baustelle? Nur so? Aus irgendeiner Laune? Niemals.

Mein Freund Chip musste helfen. Ich griff zum Telefon. Es war Mitternacht, aber Typen wie er schliefen nie.

„Was willst du?“, brummte er knapp.

Ich hörte, wie seine Hände, über die Tastatur flogen.

„Der Tote in Water Mill. Das war meine Baustelle, mein Haus. Ich habe die Elektrik gewartet und neu installiert.“

Ruhe am anderen Ende, dann ein prustendes Lachen.

„Babe, was hast du dir denn da eingebrockt? Der Typ soll doch an einem Stromschlag gestorben sein.“ Erneut tiefes Lachen.

„Chip, ich bin keine Anfängerin. Das Ding hätte niemals leiten können, was auch immer er daran gemacht hat. Sich hochgezogen, dran gezogen, um den Strom zu kappen. Egal was, ich schalte meine Anlagen so, dass die Hauptsicherung sich bei so einer Manipulation ausschaltet. Rausspringt. Verstehst du?“

Ich hörte seine Wasserpfeife brodeln.

„Dale, nur die Ruhe, ich weiß, dass du gut bist. Was meinst du, was ich hier gerade mache?“

„Deine Wasserpfeife quälen und dabei … *World of Warcraft* spielen? Was weiß ich?“

„Ich konnte den News entnehmen, dass eine gewisse D. R. für das Haus verantwortlich war, und verfolgte kurz einen kleinen, netzinternen Shitstorm gegen das L. I. E. und dessen unfähige Mitarbeiter. Puh, die Leute haben euch auf dem Kieker.“

Er saugte wieder an der Pfeife.

„Aber, ich will ja nicht, dass meiner besten Freundin Unrecht widerfährt. Ich schaue mir gerade das Bankkonto von diesem Stallbruck an. Interessant, er hat gestern zwanzigtausend Dollar überwiesen bekommen. Ein Ex-Knacki erhält Geld von einer ausländischen Bank, nach deren Sitz ich gerade suche.“

„Chip, du bist ein wahrer Freund.“

Ich schloss die Augen und atmete tief durch. Das Programm lief. Beruhigend.

„Der Kerl hatte irgendeinen Auftrag. Hast du schon bei der Polizei aussagen müssen?“

„Noch nicht. Kann nur eine Frage von Tagen sein. Aber, Chip, er kann nicht an einem Stromschlag gestorben sein. Es sei denn, jemand hätte meine Installation wirklich heftig manipuliert.“

Ein Schluck Bier half, meine Stimme wieder abzukühlen, die sich fast überschlug. Passierte oft, wenn ich mich aufregte.

„Da stimmt irgendwas überhaupt nicht. Ich war heute noch mal am Haus. Die Hausbesitzer sahen aus, als hätten sie gerade vergnüglichen Sex gehabt. Im Normalfall alles schön ... aber schon ein bisschen schräg, wenn man gerade einen unaufgeklärten Todesfall direkt vor seiner Haustür hat, oder?“

„Du hast Steen gesehen?!“ Nun überschlug sich *seine* Stimme fast. „Wie sieht sie aus?“

Ich musste lächeln. Ganz so, als hätte ich Prinzessin Leia oder Lara Croft persönlich gesehen. Hervorragend. Nichts war interessanter als das. Nichts. Kein Problem, keine Leiche. Mein Freund Chip hatte bemerkenswerte Prioritäten.

„Sie ist blond und extrem sexy."

Leises Atmen. „Blond?" Leise und tief enttäuscht. „Ich hätte schwören können, sie wäre brünett. Weiß nicht, warum."

„Aber sie ist sexy", wiederholte ich – fast entschuldigend.

„Auch das hatte ich mir anders vorgestellt ... Ich dachte, sie wäre cool, intellektuell und, ja, wie soll ich sagen, geheimnisvoll. Undurchschaubar."

Die Enttäuschung war in seinen Worten greifbar. Wie merkwürdig es anmuten konnte, wenn man Fabelwesen ein Gesicht gab. Die Erwartungen waren groß – und nur im eigenen Kopf entstanden. Aber verbildlicht. Sie hatten ein Gesicht, eine Gestalt, ein Gewicht, eine Haarfarbe und eine Stimmlage. Wundervoll, unsere Phantasie – nur sehr launisch, wenn sie enttäuscht wurde.

„Sie ist superhübsch", schickte ich hinterher. „Heidi Klum in jünger. Top Body."

„Interessiert mich eigentlich gar nicht." Das Schmatzen seiner Wasserpfeife wurde lauter. „Für mich war sie außerhalb dieser Welt – sicher schön, aber anders."

Seine Erschütterung war für mich durch den Hörer spürbar. Aber ich musste ihn jetzt zurückholen – eine zerstörte Illusion war das eine, eine Leiche auf meiner Baustelle allerdings definitiv wichtiger. Verdammt!

„Machen wir trotzdem weiter?"

„Klar. Ich forsche bei Stallbruck weiter, und du hängst dich an die Bullen. Finde heraus, wie der Typ starb. Wenn du sagst, dein Strom war es nicht, dann muss es wohl was anderes gewesen sein."

„Okay, mache ich. Direkt morgen, in Ordnung?"

„Und sie ist echt blond?"

„Echt. Tut mir leid." Wir legten auf.

Ich schlief furchtbar in dieser Nacht. Bizarre Bilder liefen in meinem Kopf ab. Danke Steen, danke Leiche, danke Chip.

6. April 2016

Die wenigen Reparaturen des Tages erledigte ich in Windeseile. Mein Ziel war Chief Spencer. Gegen Mittag rief ich zum ersten Mal im Police Department an. Bis zum Nachmittag hatte sich mein Pensum auf sechs Anrufe erhöht. Und irgendwann hatte die vielbeschäftigte Dame am anderen Ende der Leitung ein Einsehen.

„Miss Roberts, was kann ich für Sie tun?"

Genervt wäre eine höfliche Umschreibung ihrer Tonlage.

„Ich wollte nur fragen, ob Sie schon weiter sind in Ihren Ermittlungen. Ich meine, falls die Stromschlagtheorie noch steht, dann könnte ich vielleicht helfen. Ich habe die Pläne des Hauses." Ich bemühte mich, sehr ruhig zu klingen.

„Seien Sie versichert, Miss Roberts, dass unsere Kriminaltechniker auch nicht gerade dämlich sind." Sie klang desinteressiert und abwesend, als würde sie nebenbei noch an etwas anderem arbeiten.

„Ich fand, der Tote hatte komische Handgelenke." Zu laut vielleicht, aber ihre Aufmerksamkeit war wieder bei mir am Hörer.

„Was meinen Sie denn *damit*?"

„Da waren doch Abschürfungen. Woher kommt das, wenn man an einem Stromschlag stirbt? Sah irgendwie aus, als wenn er gefesselt dorthin gezogen oder geschleift wurde. Fesselt sich ein Einbrecher häufig die Hände, bevor er an ein Stromkabel fasst?"

Das saß. Es war still am anderen Ende. Ich hörte sie nur atmen.

„Miss Roberts." Sie rang nach Fassung. „Unsere Spurensicherung wird das alles bearbeiten. Danke für Ihre Hilfe."

Ich hörte förmlich, wie ihre Hand den Hörer auflegen wollte.
„Stopp!“, rief ich. „Er ist ermordet worden! Ich meine, bevor er starb!“
„Aha.“
Ich hörte, wie sie sich setzte.
„Sie wissen, wie schwachsinnig Sie sich anhören.“
Der Hörer knallte laut auf die Station.
Ja, das klang eigenartig. Ermordet, bevor er starb, war keine besonders logische Formulierung, aber wenigstens *ich* wusste, was ich damit meinte. Sicherlich drückte ich mich nicht immer ganz klar aus. Ich musste mich bessern. Das konnte ich ja gleich in der Holly Lane ausprobieren.

Der Kies knirschte unter meinen Reifen. Jeffrey Dinklage kam gerade aus dem Gästehaus. Er stockte kurz, dann hob er die Hand zum Gruß.
„Das ist wahrer Kundendienst, was?“, rief er schon, bevor ich ausstieg.
„Es lässt mir keine Ruhe.“ Ich schlug die Wagentür zu.
„Wir haben Strom, warmes Wasser, Internet. Alles gut.“ Er lächelte breit.
„Das ist super!“ Auch ich konnte freundlich lächeln.
Dinklage lief mir entgegen und drückte mich leicht gegen seine Brust. In diesem Moment kam Silvia aus dem Haupthaus.
„Alles okay, Mr. Dinklage?“
„Wunderbar, Silv.“
Wie schön diese unbeschwerte Idylle in den Hamptons sein konnte. Vogelgezwitscher, vereinzelt das Zischen von Rasensprengern. In einiger Entfernung wurde eine Hecke geschnitten. Blauer Himmel, klare Luft und schöne Menschen. Toll. Also immer weiter lächeln. Herrlich, diese Illusion. Man konnte tief in sie hineinfallen. Gemütlich und ruhig. Mir wurde schwindelig.

„Ich frage mich, wie dieses Unglück passieren konnte", kam es aus irgendeiner Tiefe in mir hervor.

Er legte seinen Arm um mich.

„Kommen Sie doch mit rein. Einen Kaffee vielleicht?"

Ich nickte zaghaft. Menschen, die verletzlich wirken, findet niemand bedrohlich. Das hatte ich schon in der Schule gelernt. Und es war meine perfekte Maskerade in mündlichen Prüfungen und Diskussionen gewesen. Im Kopf klar sein, aber nach außen zerbrechlich wirken. Wichtig: richtig zerbrechlich wirken. Stimme leise stellen und emotional sein, dabei die Augen senken – oft und unerwartet –, das zog. Eine Kraft, die stärker war als die Erdgravitation.

Er führte mich ins Haus, durch den Flur ins Wohnzimmer.

„Silv, bringst du uns einen Kaffee? Und ein bisschen Gebäck?"

„Gerne", rief Silvia.

Wir setzten uns auf das Sofa. Seine Hand streichelte mein Knie. Man hätte fast meinen können, das Leben wäre leicht. Seine Augen wirkten warmherzig.

„Was beschäftigt Sie denn so?"

„Ich verstehe nicht, warum er an einem Stromschlag sterben konnte", flüsterte ich.

„Aber das ist doch nicht schlimm." Er flüsterte nun auch. Beruhigend, als wäre ich ein Kind. „Es wird sich alles aufklären. Seien Sie ganz entspannt. Es wird alles wieder gut. Sie brauchen sich nicht darum zu kümmern. Das macht die Polizei schon." Seine Hand tätschelte einfach weiter. „Machen Sie sich keine Sorgen."

Er lächelte mich warm an, als Silvia klappernd den Kaffee servierte. Dabei lehnte er sich entspannt zurück und schlug die Beine übereinander.

„Sie sind ein Schatz, Silv!"

Als Silvia den Raum verließ, beugte er sich wieder vor. Ein breites Lächeln, gestähltes Selbstbewusstsein.

„Sie sind ziemlich hübsch für eine vom Elektrizitätswerk."

Ich nahm einen Schluck Kaffee. Neugierig, in welche Richtung er dieses Gespräch nun lenken würde, rührte ich in meiner Tasse.

„Ich meine …“, er verschränkte die Arme hinter dem Kopf, „… Sie sind sogar sehr hübsch. Und irgendwie spannend in Ihren Arbeitsklamotten.“

Ich sah an mir herab. Der graue Arbeitsanzug vom L. I. E. hatte noch niemanden zu Komplimenten hingerissen. Meine blonden Haare hatte ich zu einem losen Zopf zusammengebunden, und Make-up trug ich bei der Arbeit auch kaum. Nun ja, Komplimente muss man nehmen können, hatte meine Mutter immer gesagt. Also lächelte ich.

„Nein, wirklich. Sie sehen bezaubernd aus – auch mit der Sorgenfalte auf Ihrer Stirn.“ Vorsichtig zog er mit seinem Finger die gerade Linie zwischen meinen Augenbrauen nach. „Kann ich irgendetwas tun, um sie zu glätten?“

Reflexartig zuckte ich zurück.

„Wenn die Polizei den Ort des Geschehens wieder freigegeben hat, wäre es dann möglich, dass ich mir die Leitungen noch mal ansehe?“, presste ich hervor.

Jeffrey sah erstaunt aus und war für einen Moment sprachlos. Er fuhr sich durch sein braunes Haar und atmete tief aus.

„Uff, Sie überraschen mich mit Ihrer Ernsthaftigkeit. Sie wollen sich noch mal alles ansehen? Und wie soll das ablaufen? Ich bin eigentlich selten zu Hause. Das ist im Moment eine Ausnahme.“

„Ich würde mich fast nur außerhalb des Hauses aufhalten. Die Sicherungskästen für das Haupthaus sind im Keller, der ist von außen zugänglich. Der Hauptstrom geht von außen an der Kopfseite des Hauses ein. Beim Cottage wissen wir jetzt auch, wo er ins Gebäude kommt.“ Ich senkte den Blick. Diesmal aus echter Betroffenheit, schließlich hatte dort der Tote gelegen. „Falls Silvia da ist und Sie es erlauben, bräuchte ich nur ein paar wenige Messungen in den Häusern.“

Er zögerte. Das konnte ich verstehen. Ich war ja schließlich maximal eine überambitionierte Elektrikerin für ihn.

„Okay, gut. So machen wir das."

Perfekt! Ich konnte versuchen, herauszufinden, was es für ein Defekt gewesen sein sollte, der zum Tod von Stallbruck geführt hatte.

„Das ist sehr nett von Ihnen."

Ich stand auf und schüttelte ihm die Hand. Zögernd erhob er sich auch.

„Gut, dann sagen wir Silvia Bescheid. Aber rufen Sie vorher an. Silvia kann ein echtes Flintenweib sein, wenn jemand unangekündigt ums Haus schleicht."

Dinklage begleitete mich zur Tür. Silvia polierte gerade Champagnergläser in der Küche.

„Silv." Jeffrey trat einen Schritt in die offene Küche hinein. „Miss Roberts wird in ein paar Tagen noch mal kommen und sich die Leitungen ansehen. Sie ruft aber vorher an, um es mit dir abzustimmen. Also, wenn die Polizei fertig ist."

Silvia zuckte ausdruckslos die Achseln. „Wenn es sein muss. Ich bin ja hier."

Vor der Tür schüttelten wir nochmals Hände. Ich war schon auf dem Weg zum Auto, die Haustür schon fast zu.

„Ach, Mr. Dinklage."

Er zog die Tür wieder auf. „Ist noch was?"

„Ja, sagen Sie Ihrer Frau bitte auch Bescheid? Ich will wirklich niemanden stören."

„Meine Frau ist in der Stadt. Sie kommt wahrscheinlich erst in ein paar Tagen wieder. Hat Meetings – und wenn die Polizei sie nicht braucht, dann bleibt es wohl dabei." Seine Stimme klang dunkler als noch Momente zuvor. Er schloss die Tür.

Dann war das vielleicht gestern Abend ein Goodbye für ein paar Tage. Okay, das würde die gelöste Stimmung erklären.

Ich ging zu meinem Wagen. Kurz bevor ich ihn erreichte, kam der kleine Tigerkater auf mich zu. Ich bückte mich und streckte ihm vorsichtig meine Hand entgegen.

„Na, kleiner Mann, da bist du ja wieder."

Er reckte seinen Hals lang und berührte vorsichtig mit seiner Nase meinen Handrücken. Dann kam er näher und streifte um mein Knie.

„Du bist aber ein schöner Kerl."

Ich durfte sanft seinen Kopf streicheln.

„Und Frauchen ist jetzt in der Stadt? Silvia wird sich sicher auch gut um dich kümmern."

Die Stadt. Das hieß für uns Long Islander: Manhattan. Die Big City! Die meisten Häuser hier draußen, besonders bei uns am East End, gehörten Menschen, die eigentlich in der Stadt lebten und sich ihre Paläste nur für die Sommermonate hielten. Das machte das Leben für fast alle von uns, die hier geboren waren und deren Heimat dieses wundervolle Eckchen Erde war, nicht immer einfach. Wir alle waren über die letzten drei Jahrzehnte von Bauern und Handwerkern zu Dienstleistern und Bediensteten geworden. Wir waren Kellner und Tennislehrer, Golfspezialisten, Gärtner und Installateure. Elektriker. Zwischen Memorial Day und Labor Day herrschte hier die Macht der Eroberer: Wall-Street-Hechte, Überseemillionäre, One-Summer-Wonders, deren Stern irgendwann verglühte und die keiner vermisste. Nachfolger wurden dauernd produziert. Wie ein Schwall von unsinnigem Geld überrannte uns jeden Sommer eine Horde von Halbirren. Wir lächelten und arbeiteten, bis spätestens Mitte August die Respektlosigkeit ein Ausmaß annahm, das unsere Freundlichkeit überforderte, sodass nur die ganz Coolen von uns noch neue Aufträge reinholen konnten.

Mein Vater hatte bis vor wenigen Jahren ein Elektroingenieur-Büro. Aber mit der Zeit wurde die Übermacht der Büros, die vorrangig für die großen Immobilienmakler arbeiteten, zu erdrückend und er musste aufgeben. Glücklicherweise hatten wir ein relativ großes Stück Land in Wainscott. Und das auch noch *south of the highway,* wie es im Maklerjargon heißt, also südlich der Hauptstraße, zum Atlantik hin gelegen. Das war wertvoll. Nicht so wertvoll wie *nach* unserem Verkauf, denn natürlich wurde es erst danach als Bauland deklariert. Aber wenigstens brachte es so viel, dass meine Eltern in eine kleine Eigentumswohnung in Florida ziehen und mir ein Stück finanzielle Unabhängigkeit auf mein Konto überweisen konnten. Ja, die Hamptons waren lange schon nicht mehr nur ein Rückzugsparadies. Sie waren Spekulationsware geworden.

Ich kraulte den kleinen Kerl immer noch. Er sah mich mit halbgeschlossenen Augen an.

„So, mein Bursche, bis bald. Und pass auf, wenn ich zurücksetze."

Aus der Holly Lane heraus fuhr ich über die Cobb Road auf die 27 East – die Hauptschlagader des East End. Auf der South Fork, der südlichen der beiden Halbinseln von Long Island, verbindet die Bundesstraße alle wichtigen Ortschaften miteinander – von Hampton Bays bis Montauk, dem majestätischen Ende unserer Insel, vor dem vereinzelt noch die Pottwale schwimmen, die unsere Vorfahren einst zu reichen Fischern und unsere Dörfer zu florierenden Gemeinden gemacht hatten. Ich hörte Sia über mein iPhone in den Lautsprechern des Wagens. *Fire meet gasoline.* Guter Song, wie fast alles von ihr.

Mein Weg führte mich nach Sag Harbor zu Chip. Ich drehte die Musik lauter. Anders als viele meiner Bekannten nahm ich immer die Schönheit dieser Halbinsel wahr. Der Geruch des Atlantiks kroch durch das offene Fenster. Ich sah die Pferdefarmen, die es – Gott sei Dank – noch gab. Selbst die Schlaglöcher der Scuttle Hole Road machten mir nichts aus. Der Weg durch den Wald von Bridgehampton über die Brick Kiln Road war unbeschreiblich schön, wie eine sanfte Achterbahnfahrt. Dann der unfassbare Ausblick auf der Long Beach Road. Links die Noyack Bay, in der ich als Kind das Schwimmen lernte, rechts die von Schilf und Sandbänken gesäumten Wet-Land-Ränder des Paynes Creek, der zwischen Bay Point und Brush Neck in die Sag Harbor Cove führt und somit direkt zum Hafen von Sag Harbor.

In Manhattan konnte man sicher mehr aus sich machen. Mein Vater rief oft an und sagte: *Mensch, Mädchen, das ist doch trostlos beim L. I. E. Du hast so viele Talente. Mach doch mehr draus. Du bist über dreißig.* Aber das Leben hier mit all seinen Annehmlichkeiten war mir genug. Ich hatte meinen Job. Regelmäßigkeit und Kontakt zu Menschen. Ich hatte meine Talente, die ich mit Chip ausleben konnte. Wir gingen ständig, immer anonym, der Polizei mit Hinweisen zu aktuellen Fällen auf den Wecker. Meist Einbrüche, kleinere Betrugssachen. Wenn es gegen Dealer ging, halfen wir besonders gern aus dem Off mit. Der Mord an Stallbruck war eine neue Dimension unserer detektivischen Arbeit. Außerdem pflegte ich mein Singledasein und nahm mir von Zeit zu Zeit hübsche Feriengäste als Liebhaber, die – naturgemäß – nach der Sommersaison wieder verschwanden. Ich fand das herrlich. Mit dreiunddreißig Jahren musste ich mir keine Gedanken mehr machen, ob ich etwas anderes suchte. Ich *wusste,* dass ich es einfach nicht wollte. Ehe und Kinder waren nichts für mich. Ich wollte weiter herumtoben und leben. Die Liebe konnte warten, bis sie mich fand. Ich hatte keine Eile in Gefühlsdingen. War mit mir völlig im Reinen. In einer perfekten inneren Balance.

Ups. Bremsen! Ein Waschbär kreuzte die Straße, kurz vor der Ferry Road Bridge.

Genug über mich nachgedacht. Dieses Flirten von Jeffrey Dinklage hatte mich etwas aus dem Konzept gebracht. Der Ehemann der besten zeitgenössischen Autorin unseres Landstrichs hatte mich angemacht. Meine Güte, Männer können echt bekloppt sein.

Ich läutete bei Chip. Er wohnte in der Main Street über einem Restaurant. Eigentlich waren diese Wohnungen für Saisonarbeitskräfte, aber Chip hatte dem Vermieter so viele Vorteile seines Könnens bewiesen, dass dieser sich nicht mehr von ihm trennen wollte.

Chip's Stimme knarzte noch schlimmer als in Wirklichkeit durch die Gegensprechanlage. Ich stolperte die ungleichen Stufen der schmalen Stiege hinauf und fiel fast über ein kleines grünes Spielzeugauto, das sich in einer Stufe verklemmt hatte. Mit fragendem Blick hob ich es auf. Chip stand in der Tür. Dick und ungewaschen wie immer.

„Bezaubernd sieht der Hausherr aus", scherzte ich und hielt das Auto hoch. „Deins?"

„Das gehört dem Sohn meiner neuen Nachbarin. Ist vor drei Wochen eingezogen. Kellnert im *Muse*." Er hielt ein kühles Bier in der Hand und wedelte damit. „Willkommen, Prinzessin im Arbeitsoverall. Durst?"

Ich nahm dankend an und ging in die Bruchbude, die er Wohnung nannte. Wie jemand mit seinem Einkommen – er betreute offiziell jede namhafte Firma auf der Insel in IT-Sicherheitsfragen und war nebenbei noch für zahlreiche Geschäftsleute privat aktiv – in so etwas hausen konnte, war mir schleierhaft. Es war gruselig hier. Klein, verdreckt und immer schlecht gelüftet.

„Was hast du rausgekriegt?", fragte er, während seine Hände schon wieder über die Tastatur seines Rechners glitten.

„Die Polizei ist an nichts anderem als an dem Stromschlag, glaube ich. Jeffrey Dinklage lässt mich sein Haus untersuchen, wenn die Bullen es freigeben."

Ich nahm einen Schluck. Der Kühlschrank von Chip war perfekt. Das Bier war eiskalt.

„Es ist nicht *sein* Haus." Chip grinste mich an. „Es gehört einer Cate Furler. Und zwar zu hundert Prozent. Entweder ist das der richtige Name von Steen, oder es gehört irgendeiner Agentin. Auch nicht unüblich."

„Irgendwelche Bilder im Netz?"

„Nein. Eine dieser Unsichtbaren. Kein Account. Nichts bei Facebook, Twitter, Instagram, WhatsApp. Soll solche Vögel geben. Ich habe die Highschool-Jahrbücher gescannt und eine Cate Furler gefunden. Abschlussjahrgang 1992. Hier."

Er drehte den Bildschirm zu mir. Ein altes, unscharfes Bild zeigte eine junge Sechzehnjährige mit braunem Haar und glasklarem Blick.

„Das ist definitiv nicht die Frau, die ich gestern gesehen habe. Diese hier müsste ja heute um die Vierzig sein, oder?"

„Ja. Irgend so was." Er strich sanft über das unscharfe Bild. „Aber ich wünschte mir irgendwie, dass *sie* Steen wäre und nicht deine Blondine. In ihren Worten steckt so viel Tiefe. Ich stell sie mir einfach nicht als sexy Blondine vor. Sorry, Babe."

Ich hatte inzwischen mein Bier geleert. „Ich kann dir nur sagen, was ich gesehen habe. Dinklage und diese Frau waren eindeutig gerade zuvor im Bett. Also wird sie wohl seine Frau sein. Und *seine* Frau ist *dein* literarischer Traum. Und der ist ab jetzt blond."

„Na ja, nicht zwangsläufig", brummte Chip. „Er könnte auch fremdgehen." Dann schüttelte er langsam den Kopf. „Quatsch, nicht wenn du Steen im Bett hast, *sie* deine Frau ist."

„Es gibt Männer, die haben JLo verlassen. Und Sandra Bullock betrogen. Es gab 'nen Typen, der Halle Berry geschlagen haben soll. Und irgend so eine Wurst hat Hilary Swank verlassen, weil sie einen Oscar gewonnen hat. Jay-Z soll Beyoncé betrügen. Alter, erzähl mir nichts über dein Geschlecht", lachte ich.

Chip prustete laut.

„Hollywood! Aber wir sind hier bei uns, auf unserer Insel ... Manchmal Klein-Hollywood vielleicht, aber das, worum es hierbei geht, *das* ist Literatur. Wortkunst. Die Frau ist so oder so schön. Ihr Gehirn ist schön ..." Er lächelte das Teeniebild der unbekannten Cate Furler an. „Das sieht man selbst auf diesem verkorksten Foto."

„Mann, Chip! Wir suchen nach was anderem. Hast du etwas über Stallbruck herausgefunden?"

„Ja. Er hatte viele E-Mail-Accounts. Fast ein Dutzend. Sehr gut angelegt, aber schlecht bedient. Er war nicht das Gehirn dahinter.

Guck hier, das sollte verschlüsselt sein, aber er benutzt die Verschlüsselung nicht." Er klickte eine Datei an. „Hier. Lies mal."

Ich las den E-Mail-Wechsel halblaut vor: *„Kann die E-Mails nicht in den Account kriegen. Keine Ahnung, wie das geht. X soll zahlen! Hat die Fotos ! Das muss reichen. – Wir machen es, wie geplant. Dann schick mir die Scheißdateien, und ich bau sie ein. Idiot. Das ist doch nicht so schwer! – Ich schick es dir. Verstehe nur nicht den Ablauf! Will meine Kohle am 1.4. Wie besprochen! Selber Idiot!"*

„Und?" Chip's Gesicht glänzte bläulich vor dem Bildschirm. „Wonach sieht das für dich aus?"

„Erpressung?"

„Für mich stinkt es förmlich danach. Das Problem ist, dass die Bullen diese Dateien nicht finden werden. Nicht ohne Hinweis, und ich weiß nicht, ob wir schon so weit sind." Er erhob sich schwer schnaufend von seinem ausgesessenen Stuhlkoloss und wankte zum Kühlschrank. „Noch ein Bier?"

Nur, wenn ich hierbleiben würde. Nach kurzer Beratung mit mir selbst war das keine Option.

„Danke. Ich muss noch fahren, und du weißt, wie streng die Jungs hier sein können."

Chip verdrehte die Augen. „Ich habe Kontakt zu fast jedem von denen. Glaub mir, wenn es hart auf hart kommt, dann werden sie dich nie gesehen haben." Er wedelte mit den Händen. „Aber gut, wenn du gehen willst, dann geh. Ich buddle noch ein bisschen im Dreck von Stallbruck."

Ich gab ihm einen Kuss auf die Stirn und ging Richtung Tür. „Ach, Chip." Ich zögerte etwas, weil ich die Antwort kannte, aber fragen musste ich trotzdem. „Wenn du diese Schriftstellerin so toll findest, warum hast du sie nicht durchleuchtet? Ich meine, das wäre doch einfach für dich."

„Bist du irre? Würdest du Magie, die funktioniert, sezieren? Würdest du deinem Gehirn die Freude nehmen, etwas zu genießen, was eine andere produziert – und das ganz ohne Bild. Nur mit Worten? Das ist Fantasie, meine liebe Dale, das ist Kraftfutter für alle Sinne. Ich möchte sie in Ruhe schreiben lassen. Stell dir vor, irgendein Volltrottel enthüllt ihre Identität – und dann? Schreibblockade! Das kann passieren. Das ist sensibler Shit, Dale. Damit experimentiert man nicht rum. Reicht schon, dass dieser Volltrottel Stallbruck da rumlag. Selbst unsere dämliche Presse hat nicht erwähnt, an *wessen* Haus der Tote lag. Frag dich mal, warum! Die sind alle geschockt. Keiner will an Dinklage ran. Er ist „Mr. Steen" und damit unantastbar. Wir alle hier auf der Insel wissen das. Sie ist unser Kulturgut. Da gehst du nicht ohne Grund dran. Nur wegen so einem Penner."

Gut, den Anfang seiner Rede hatte ich erwartet. Der Rest war eine überraschend ausführliche Ansprache. Er hatte recht, was gab es für einen Grund, Menschen, die es nicht wollten, aus ihrer Deckung herauszuzerren. Was sollte es rechtfertigen, diese Träumer in die Wirklichkeit zu holen? Wie herrlich war auch deren behütete Realität? Privatsphäre ist unser hohes Gut. Respektabel und schützenswert. Aber warum war in dieser Welt ein Toter?

Ich schloss die Tür hinter mir und fuhr über den Bridgehampton Sag Harbor Turnpike zurück nach Hause. Es war ein Umweg, aber ich liebte ihn. Ich lenkte den Wagen an der Channing Daughters Winery vorbei. Die Musik brummte in meinen Lautsprechern. Mein Gehirn dachte unaufhörlich an Steen. Ich wünschte ihr alles Glück, dass sie ihre Identität geheim halten konnte mit diesem Stallbruck an den Füßen. Meinen Ermittlungsdrang konnte ich schon ein bisschen steuern. Aber das hier würde schwierig werden. Für unser Kulturgut. Für Chip und für mich. Keine Streife hielt mich an. Es war ja auch noch Zeit bis zur Jagdsaison.

4. April 2016

Manhattan, *Royalton Hotel*

Wie sollte man so eine Situation beschreiben außer mit Schlamassel? Mit Riesenschlamassel vielleicht.

Mein Mann hatte mir am Abend eine merkwürdige Nachricht auf meiner Mailbox hinterlassen: *Ein Toter wurde auf unserem Grundstück gefunden. Mach dir keine Sorgen. Es war ein Unfall. Bleib ruhig in der Stadt. Ich habe alles unter Kontrolle.*

„Mach dir keine Sorgen" und „Toter auf unserem Grundstück" – das schloss sich aus. Anstatt mich zu beruhigen, beschwor seine Nachricht in Sekundenschnelle alte Beklemmungen in mir herauf. Schlimmer noch: Diese quälenden, tief in mir verankerten Ängste traten schneller als erwartet aus dem Nebel hervor, in den ich sie seit Jahren verbannt zu haben gehofft hatte. Die alte Wunde brach wieder auf und mit ihr die Schuldgefühle und das dringende Bedürfnis, mich um meiner selbst willen und im Interesse der Familie zu verstecken und vor der Öffentlichkeit wegzuducken. Die Panik vor zu vielen Fragen, vor Neugier und Getuschel.

Ein Telefonat mit meinem Mann konnte mir meine Angst nicht nehmen. Er meinte, ich sollte einfach wegbleiben, es gäbe keine Notwendigkeit, mich in die verhasste Öffentlichkeit zu stürzen. Die Polizei würde sicher mit mir sprechen wollen, aber nicht jetzt.

Aber nicht jetzt.

Dann aber irgendwann, bestimmt.

Und was dann?

Einatmen, ausatmen. Das machen wir Menschen so.

Atmen.

Mein Brustkorb hob und senkte sich. Während meine Hirnströme verrücktspielten. Was zum Teufel machte ein Toter auf meinem Grundstück? An dem Ort meiner Ruhe – meines Lebens. Was, wenn dieser Tote nicht einfach wieder verschwand? Es würde wieder passieren. Alle würden anfangen zu fragen. So wie damals. Sie würden umherschwirren, fotografieren, fragen und sezieren. Spekulieren und reden … unendlich viel reden.

Vielleicht waren die Mädchen selbst schuld an dem Brand. Eine Unachtsamkeit. Ein kleines Malheur mit so infernalen Folgen … Ach, es soll Brandstiftung gewesen sein? Wer macht denn so was? Hier bei uns? Also wirklich ... Kaum möglich. Hat man denn einen Verdächtigen? Nein? Die jungen Dinger haben sich vielleicht mit Jungs getroffen. Sind ja auch beide bildhübsch. Oh, Entschuldigung, Hope ist ja tot. Aber, ach … man weiß es nicht. Wie alt waren sie? Sechzehn und achtzehn? Also bitte.

Sie würden suchen *müssen.*

Denken und nachfragen *müssen.*

Räuber und Gendarm – in meinem Haus.

Suchen und finden – in meinem Garten.

Ich hatte nichts gegen Besucher auf dem Anwesen, aber die Behörden mit all ihren Vollmachten und ihrer Art, Menschen in ihren eigenen Räumen zu Statisten zu machen … das war keine Vorstellung, die ich ertragen konnte. Dennoch war das genau das Bild, das die Worte meines Mannes heraufbeschworen hatten: *Mach dir keine Sorgen. Ich habe alles unter Kontrolle.*

Natürlich, lass die kontrollierte Wucht doch einfach in mein Haus! Und dann? Dann war man öffentlich und verwundbar. Was für ein Scheißschlamassel!

Am besten wäre es, ich würde jemanden anrufen, der gerade nicht in so einem Desaster steckte. Meine beste Freundin Gilian zum Beispiel. Wir hatten zwar schon den ganzen Tag zusammengearbeitet, aber da wusste ich noch nichts von dem Toten. Und sie hatte so etwas eben nicht! Sie hatte keinen Toten auf ihrem Grundstück vor ihrem Gästehaus. Ihr Leben verlief, zumindest im Moment, geradezu perfekt. Sie war frisch verliebt und glücklich … Und würde damit etwas Normalität in mein aufgebrachtes Inneres bringen. Zumindest für einen Augenblick könnten wir über Belangloses quatschen. Nicht über mein neues Buch, an dem wir gerade arbeiteten. Sie als meine Verlegerin und ich als ihre Autorin. Wir könnten einfach so tun, als wäre alles normal. Wie vorher. Einen Moment lang könnte mich der Schein sicher täuschen. Dann aber würde mein Schlamassel noch größer.

Ich rief sie trotzdem an. Und tatsächlich war der Vorfall schon zu ihr durchgedrungen …

„Moment mal, wenn Jeffrey sagt, dass es sich um einen Unfall handelt, dann kannst du wirklich einfach hier in der Stadt bleiben, bis sich der Rauch verzogen und die Polizei alles aufgeklärt hat. Du musst da nicht in Erscheinung treten“, sagte Gilian in beruhigender Stimmlage.

„Und wenn nicht? Die Medien brauchen nicht länger als eine Sekunde, um herauszufinden, wo genau der Tote lag. Also muss ich schnell denken!“ Ein Albtraum für mich. Gedanklich aktiv zu sein, war kein Problem, aber auf so einen Umstand gedanklich schnell zu reagieren, fiel mir schwer.

„Es ist schon ein paar Stunden her. Die Presse hält bis jetzt still, Heilige der Insel. Die wollen dich nicht unnötig belästigen.“ Gilian holte tief Luft. „Bleib noch ein paar Tage in der Stadt.“ Sie seufzte. „Ich weiß, die Stadt ist nicht unbedingt dein Terrain, aber wir haben in den nächsten Tagen noch genügend zu tun. Die Marketingleute brauchen Futter für *Burst with anger*.“

Mein neuster Roman. Dafür war ich hier. Baby entbunden. Abgabetermin. Feinschliff. Verabschiedung.

„Und was ist mit Kater? Du weißt, dass er Jeffrey nicht ausstehen kann.“

Ich brauchte Luft … die Scheißfenster in dem Scheißhotel ließen sich nicht vollständig öffnen. Nur einen Spalt. Bloß niemanden da durchschlüpfen lassen. Irrsinn! Ich brauchte Luft zum Atmen.

„Ich geh mit dir vor die Tür. Kann sein, dass ich dich im Lift verliere.“

Ich ging hinaus in den Flur und mit Gilian's beruhigender Stimme am anderen Ende fuhr ich ins Erdgeschoss. Das Telefonat brach nicht ab. Von Handy- und Stromnetz überspannte Stadt. Wahrscheinlich übertrug sich hier so viel Spannung in den Kopf, wie ich sie auf dem Land brauchte, um mein Haus zu beleuchten.

„Jeffrey wird sich schon irgendwie um alles kümmern“, hörte ich sie sagen.

„Jeffrey? Willst du mich veräppeln?“ Ich lachte in den nächtlichen Straßenlärm.

Mein Mann war okay, aber wahrlich keiner der klügsten Sorte. Jetzt sollte ich mich in seine Obhut begeben? Eine ungewohnte Vorstellung. Er war ein Charmeur, ein positiver Lebensgestalter. Hatte nie Zweifel oder negative Gedanken. Genau das hatte mich in seinen Bann gezogen. Er konnte herrlich oberflächlich sein und hatte trotzdem das Herz am rechten Fleck. Ein Typ, der den Tag erhellen konnte.

Die Abgase der Straße machten mich halb blind. Die Stadt lag mir nicht sonderlich. Ich war eine Eingeborene der Insel. Mein Leben war Long Island. Die Insel gab mir Vertrauen, Liebe, Ruhe und die Gelassenheit, die mein Leben buchstabierte. Ich war dort aufgewachsen. Die Insel war meine Heimat. Auf ihr war ich tief verankert.

Nach dem Tod meiner Schwester hatte ich genau damit gehadert. Fühlte mich gefangen, beengt, sediert von außen. Ich war damals oft zum Atlantik gefahren, hatte seine Kraft inhaliert. Wie früher – mit ihr, mit Hope an meiner Seite. Hatte ihn und mich immer wieder mit derselben Frage konfrontiert: „Haben alle Ozeane Wände? So wie meiner? Der in meinem Kopf?“

Der Atlantik hatte mir geantwortet. Ich sollte seinen Wellen folgen. Ihre Schwere verstehen und ihre Leichtigkeit leben.

Während also meine Brüder in dem Geschäft der Eltern mithalfen und Stück für Stück, Regal für Regal, Idee für Idee die Hoheit über dessen Weiterentwicklung übernahmen, bekam ich das Geschenk – oder die liebevolle Gleichgültigkeit meiner Familie –, meinen zukünftigen Weg völlig frei zu gestalten. Die Literatur fand mich schon in der Highschool. Und seitdem wollte sie mich nicht mehr loslassen. Die Worte, die durch meinen Kopf segelten, waren Pflicht. Ich musste sie aufschreiben, sonst drohten sie zu verschwinden – und das wäre ein schmerzlicher Verlust. Verlorene Ideen zu suchen, konnte eine große Qual sein. Unerträglich. Gerade war das Wort noch da, schon war es weg. Und der ganze Satz, die ganze Idee machte keinen Sinn mehr – ohne dieses *eine* Wort.

„Cate? Kannst du mich hören?“, dröhnte Gilian’s Stimme in meine Gedanken.

„Kann ich. Bin da. Vor dem Hotel. Brauchte frische Luft, und die idiotischen Fenster lassen sich nicht öffnen.“

„Du weißt doch, was ein Selbstmord für ein Hotel bedeutet ...“ Sie lachte. Tief und vertraut.

„Was ist dein Vorschlag?“, fragte ich gegen das Motorengeräusch eines vor mir haltenden Busses an.

„Mein Vorschlag ist, dass wir uns morgen wieder im Verlag treffen. Wir gehen in Ruhe die Promotion durch. Du rufst Silvia an und fragst sie nach Kater, dann bist du beruhigt, und wir lassen alles laufen. Die Polizei bekommt die Zeit, die sie braucht, bevor du dich mit denen ins Getümmel schmeißen musst.“

Ich schaute in den Himmel oder in das, was Manhattan in solch einer Nacht zu bieten hatte – in grauen Dunst.

„Klingt nach einer Idee. Ich finde sie noch nicht gut, aber es ist eine Idee.“

Ein Taxifahrer hupte laut nach seinen Fahrgästen. Menschen strömten von rechts und links den Bürgersteig hinauf und hinab. Die Dynamik dieser Stadt war wirklich nicht zu stoppen. Und falls irgendein Insasse dieser Verrücktheit jemals beschloss zu schlafen, dann schwirrten die Touristen unaufhaltsam, stromauf und stromab, die Gehwege entlang und füllten alle entstandenen Lücken. Diese Stadt schlief niemals und stürzte die, die es ernst mit ihr meinten, die sie liebten, in ein ähnliches Dilemma.

„Cate, das wird schon gut gehen. Mach dir nicht zu viele Gedanken. Wir werden auch diesen Schlamassel gemeinsam überstehen.“

So beendeten wir unser Gespräch, und ich ging hinauf in das Zimmer mit den Fensterillusionen.

7. April 2016

Water Mill, Flying Point Road

Ich war bei einem Stromausfall in der Flying Point Road eingesetzt. Ein kleiner Defekt an der Leitung vom Haus zur Straße. Von meiner Leiter aus konnte ich in die Mecox Bay blicken. Es war ein herrlich klarer Tag. Die Möwen kreisten über der Bay und kreischten in die frische Morgenluft hinaus. Der Duft und das Rauschen des Atlantiks streichelten meine Sinne. Achtzehn Grad, kaum Luftfeuchtigkeit.

Ich ertappte mich dabei, wie ich in dieser Luft und mit diesem Ausblick immer langsamer arbeitete und wie meine dadurch gewonnenen gedanklichen Kapazitäten unweigerlich bei unserem Fall landeten. Die Holly Lane war von hier aus nur einen knappen Kilometer entfernt. Wenn ich jetzt vielleicht doch etwas schneller arbeiten würde, könnte ich in meinem Arbeitsprotokoll einen Abstecher dorthin gut vertuschen.

„Junge Dame?", plärrte mich eine Stimme von unten an.

Ich blickte hinunter. Die alte Hausbesitzerin.

„Geht alles wieder. Super, danke. Ihr vom L. I. E. seid doch nicht so doof." Sie lachte über das ganze Gesicht.

Ich sicherte die letzte Muffe und stieg von meiner Leiter.

„Danke, Ma'am, aber das haben Sie doch nicht wirklich angenommen, oder?" Ich lächelte zurück.

Ihre alten Hände strichen eine der Strähnen, die sich aus meinem Haarknoten gelöst hatten, vorsichtig aus meinem Gesicht.

„Da musst du doch bestimmt vorsichtig sein, Mädchen, mit so einer blonden Mähne … am Strom, meine ich. Nee, ich bin ganz zufrieden. Aber was da drüben abgelaufen ist …“ Ihr Kopf nickte Richtung Holly Lane. „Da müsst ihr vorsichtig sein. Du weißt, wer da wohnt?“ Ihre Stimme wurde leiser.

„Kulturgut“, antwortete ich.

„Mehr als das. Sie ist eine …“

„Heilige“, vollendete ich ihren Satz.

„Genau das. Eine Heilige. Ein Wort von ihr hat mehr Wahrheit, als man an einem ganzen Tag vor diesem dämlichen Fernseher ergattern kann. Oder aus einer Zeitung. Sie packt die Worte einfach richtig an. Da steckt so viel Echtes drin.“

„Sie schreibt Krimis“, relativierte ich.

„Ja, aber die Kriminalfälle sind doch nur für die Story. Steen schreibt aber über so viel mehr. Klug und philosophisch. Das sind doch nicht nur Krimis.“ Sie hielt meine Hände. „Die Frau da drüben“, sie nickte wieder in die Richtung, „die versteht uns Insulaner. Du bist doch auch von hier. Dein Vater ist der Elektro-Roberts. Hast die gleichen Augen. Und die Haare deiner Mutter. Bist ein hübsches Ding. Ihr müsst aufpassen, dass ihr das nicht vermasselt. Soll der Einbrecher doch an einem Stromschlag gestorben sein. Ist doch für alle ’ne gute Lösung. Ich sag dir, wenn ihr Steen da reinverwickelt, kann was Schlimmes passieren. Was, wenn sie eine Schreibblockade bekommt?“

„Das will niemand, Ma’am.“ Ich löste meine Hände aus ihrer Umklammerung. „Aber aufgeklärt werden muss die Sache doch, oder?“

Sie machte eine abweisende Handbewegung. „Wen kümmert denn ein Einbrecher?“

Ich suchte meine Sachen zusammen, tippte meine Angaben zu dem Auftrag in den Computer, gab dabei fünfzehn Minuten mehr an und reichte ihr das Protokoll. Sie unterschrieb, ohne zu lesen, und nahm dann wieder meine Hand.

„Pass auf, Tochter vom alten Roberts, wir alle müssen hier zusammenhalten. Dass eine Heilige nicht in einen Mord verwickelt ist, das weißt du. Also, belass es dabei. Ich weiß, dass du das Haus betreut hast. Nimm's nicht persönlich … so was kann passieren. Ist doch nicht deine Schuld."

„Haben Sie sie gesehen? Wissen Sie, wer sie ist? Wie sie aussieht?", fragte ich schnell und ohne strategische Überlegung.

„Du hast es nicht kapiert." Die alte Dame wandte sich ab und ging davon.

Zugegeben, wir Long Islander, konnten ziemlich bekloppt sein. Ich packte mein Werkzeug ins Auto und fuhr in die wunderschöne Privatstraße, die nur einen knappen Kilometer entfernt lag.

Die Kiesauffahrt war leer. Das Grundstück wirkte ruhig. Ich parkte direkt vor dem Gästehaus und stieg aus. Von hier aus hatte ich durch die in Form geschnittenen Buchse einen freien Blick über den Garten. Ich sah ihre langen, schlanken Beine sofort auf einer Liege am Pool. Sie beugte sich vor und sah mich direkt an.

„Hallo?", rief ihre helle Stimme etwas verschreckt. „Kann ich helfen?"

„Vielen Dank. Ich bin vom L. I. E. Bin gleich wieder weg. Schaue nur schnell alle Häuser in der Straße durch. Ob nach dem Totalausfall – Sie wissen schon – irgendwo etwas nicht in Ordnung ist. Dauert nicht lang."

Ich setzte meine Kappe auf, öffnete das Gartentor und trat auf den Rasen. Ich wollte so viel wie möglich von der Heiligen sehen.

„Ist das okay, Madame?"

Sie sah perfekt, aber immer noch skeptisch aus.

„Ja. Klar", sagte sie etwas unwillig.

Ich schielte noch einmal zu ihr hinüber. Sie sollte doch eigentlich in der Stadt sein, aber nach diesem Vorkommnis im eigenen Vorgarten kamen vielleicht auch Heilige vom Olymp schneller als geplant nach Hause. Sie war außerordentlich schlank, langgliedrig und schön. Ihr Gesicht schien aus der Distanz betrachtet ohne Makel zu sein. Volle Lippen und perfekte Haut. Ihre langen blonden Haare sahen, anders als meine, fast golden aus. Ich blieb stehen.

„Gehe nur kurz messen, okay?"

„Okay", sagte die Frau, die Kulturgut-Romane schrieb und aussah wie ein *Victoria's-Secret*-Model, mit dünner Stimme.

„Okay", sagte ich zur Bestätigung und ging wieder zum Haus zurück.

Mannomann! Wie konnte das Universum Schönheit und Talent nur so ungleich verteilen? Diese Frau sah aus, als würde sie Aufmerksamkeit und Öffentlichkeit geradezu magisch anziehen und sie auch brauchen. Als würde sich beides perfekt ergänzen. Und doch, diese Frau war gleichzeitig das bestgehütete Geheimnis der zeitgenössischen amerikanischen Literatur. Irgendwie unvorstellbar. Und absurd. Warum sollte so ein Wesen seinen Kopf nicht geradezu manisch ins Blitzlichtgewitter halten wollen?

Ich kletterte in den Keller, dessen Abgang sich unterhalb des Esszimmers befand, und sah mich um. Alles wie erwartet völlig in Ordnung. Ein paar Messungen, und ich war fertig. Vorsichtig schob ich mich aus dem Kelleraufgang wieder hoch. Die blonde Superwoman bearbeitete ihr Smartphone.

„Ich bin dann wieder weg", rief ich winkend.

Sie hob, ohne von ihrem Telefon aufzusehen, nur kurz ihre Hand zum Gruß. Na ja, dachte ich, so anders als all die Leute von außerhalb verhielt sich unsere Inselgöttin nicht. *Lass das Personal mal machen, Hauptsache, ich habe meine Ruhe.* Ein wenig enttäuscht startete ich meinen Wagen.

Meine nächsten Aufträge führten mich nach Southampton, sodass ich meine Mittagspause dort auf der Main Street verbrachte. Ich ging ins *Golden Pear,* bestellte ein Sandwich mit gegrilltem Gemüse und Coleslaw sowie einen Cappuccino und setzte mich auf die Bank an der Ecke Main Street und Hampton Road. Ich blickte hinüber zu dem altehrwürdigen Gebäude, das jahrzehntelang *Saks Fifth Avenue* beherbergt hatte und jetzt das Lifestylekonzept von *Pottery Barn* prachtvoll repräsentierte. Das Sandwich war ausgezeichnet, das Gemüse genau richtig gegrillt und gewürzt.

Meine Gedanken wanderten von der Bank, auf der ich saß, zu meinem besonderen Fall. Klar, jeder konnte sein Leben so gestalten, wie er oder sie wollte, aber diese Frau, diese Schriftstellerin, hatte rein gar nichts mit dem zu tun, was ich mir hinter der Maske von Steen vorstellte, da musste ich Chip recht geben. Aber was waren schon Vorstellungen? Die reine Interpretation der eigenen Gedanken und Erwartungen. Mein Kopf hatte sich ganz sicher auch eine andere Frau als dieses Püppchen aus den Worten von Steen zusammengereimt und in meine Vorstellung projiziert. Also warum sollte Steen nicht einfach schreiben wie eine Göttin und aussehen wie ein *Victoria's-Secret*-Model? Weil es ungewöhnlich und unrealistisch war. Aber so war das Leben manchmal. Armer Chip. Sie war sexy, schön und zerbrechlich wie eine Puppe. Eigentlich die perfekte Projektionsfläche. Für alle möglichen Attribute. Der Blondine hätte ich sicher keinen guten Roman zugetraut. Eigentlich hätte ich der gar nichts zugetraut, außer ... Ach, scheiß drauf. Scheiß auf die eigenen Vorstellungen. Das Leben ist nicht sonderlich schablonenhaft in der Realität. Auch wenn es so viele Schablonen bereithält.

Ich stand auf, entsorgte den Müll und machte mich auf den Weg. Im Eingang des *Golden Pear* sah ich die neueste Ausgabe des *Hamptons Magazine*. Eine Zeitschrift, die kostenlos in Geschäften und Bars auslag, sich durch viel Werbung finanzierte, aber manchmal gute Berichte über die Insel enthielt. Und wenn das nicht der Fall war, dann war sie immerhin voller schöner Bilder. Ich nahm ein Exemplar und ging zu meinem Wagen.

Am Abend saß ich mit einem Bier in meinem Wohnzimmer und schaute mir aus Ärger darüber, dass mir nichts Kluges einfiel, wie ich weitermachen konnte, die dritte Staffel von *House of Cards* an – Robin Wright konnte einem so schön helfen, die eigenen Gedanken schwarz zu färben. Da klingelte mein Telefon. Es war Chip.

„Was gibt's?" fragte ich kraftlos.

„Hatte eine Idee." Er schmatzte selbstgefällig mit seiner Pfeife. „Habe einen Bekannten in der Pathologie angerufen. Da liegt unser Freund Stallbruck." Er machte eine lang gezogene Pause.

Ich schnellte blitzartig aus meiner trübseligen Stimmung heraus. „Und?"

„Du hast doch von den Wunden am Handgelenk erzählt. Er fand das auch komisch. Und er hat das Blut des Toten unter die Lupe genommen."

Ich sprang auf. „Und? Sag schon!"

„Ja, also Stallbruck hatte Reste von Zolpidem im Blut." Chip lachte laut und befreit auf. „Du kleines Biest hattest wieder den richtigen Riecher! Der Typ wurde narkotisiert wie ein Gaul und dann an das fatale Kabel gelegt. Strom drauf, und der Unfall war perfekt!"

Ich sah fassungslos auf den Bildschirm. Ich hatte recht! Kevin Spacey grinste breit. Standbild. Moment festhalten!

„Was ist? Bist du sprachlos?"

„Ziemlich", japste ich. „Das ist gut, Chip! Das ist jetzt ein Mord!"

„Das ist jetzt ein Mord. Genau, Dale. Aber nun wird es schwierig."

„Du meinst wegen der Integrität der heiligen Schriftstellerin?"

„Quatsch, die steht ja außer Frage. Aber ihre Anonymität, die wackelt, denn die Presse wird natürlich berichten müssen. Und es wird nicht bei unseren Lokalsendern bleiben."

Ich dachte an die schöne blonde Frau am Pool und stellte fest: Irgendwie passt das. Sie wird es schon schaffen, mit ihrem hübschen Gesicht und Körper die sichtbare Steen zu sein. Im selben Moment ärgerte ich mich über diesen Gedanken. Das war ätzend von mir. Total unfair.

„Was schlägst du vor?“, fragte ich, verärgert über meinen Neid auf diese Frau. Das war untypisch für mich und echt abstoßend.

„Du fährst morgen zu Chief Spencer und nervst die Alte, bis sie dich ernst nimmt. Als Infoquelle.“

„Das mach ich.“

„Und ich beschaff dir bis zu deinem Termin so viel Dreck unter den Nägeln von Stallbruck, wie wir bis jetzt, offiziell, ausschaufeln können. Da wird sicher einiges zusammenkommen.“ Er schnaufte aufgeregt.

„Chip?“

„Was denn noch, Elektrikerin?“

„Ich war heute noch mal am Haus.“ Ich atmete langsam aus.

„Du solltest warten, bis die Polizei es freigibt!“

„Ja, ich weiß, konnte der Versuchung nicht widerstehen. Ich habe sie wiedergesehen. Steen ist ein Modeltyp. Einfach zu makellos.“

„Will ich nicht hören. Wird schon alles schlimm genug für sie.“ Er legte auf.

Darin waren sich die Long Islander einig. Erst drüber reden, wenn die Scheiße sichtbar wurde.

8. April 2016

Manhattan, *Royalton Hotel*

Drei Tage waren vergangen, seit ich von dem Toten an unserem Haus erfahren hatte. Drei Tage, in denen ich versucht hatte, meine ganze Konzentration auf mein neues Buch und die Arbeit daran zu lenken. Es gelang mir schlecht. So gut wie gar nicht. Immer wieder trieben meine Sorgen die Gedanken nach Hause, zurück auf die Insel.

Mit Jeffrey telefonierte ich, sooft es ging. Er schien aber von meinen flatternden Nerven eher unbeeindruckt zu sein. Immer und immer wieder erklärte er mir, dass er alles im Griff und unter Kontrolle habe. Dass alles im Lot sei …

Die letzte Nacht war wieder furchtbar. Schlaflos und sinnlos. Ich hätte besser aufbleiben sollen. Hätte auch nicht schlimmer verlaufen können.

Ich trank meinen Kaffee und überlegte. Ich musste nach Hause. Dieses Hotelzimmer fühlte sich wie ein Gefängnis an. Auf meiner Insel würde ich diesen Schlamassel besser begreifen.

Ich rief Gilian an. „Hör zu, ich weiß, du findest es dämlich, aber ich fahre nach Hause.“ Ich schaffte es, keinerlei Zweifel in meiner Stimme durchdringen zu lassen. Das überraschte mich. Solche Situationen lagen mir nicht sonderlich. Aber was hieß das schon? So eine Situation hatte ich noch nie.

Gilian’s Reaktion war das zu erwartende, resignierende Seufzen. „Hast du mit Jeffrey gesprochen?“

„Habe ihm geschrieben, dass ich gleich losfahre."

„Und?"

„Ja, ist okay. Danke, dass du mir Bescheid sagst."

„Sonst nichts? Der ist manchmal echt *un stronzo*."

Gilian's Vorliebe für italienische Schimpfwörter kam von ihrer Mutter. Sie war Italienerin, genauer Römerin, und konnte fluchen wie ein Kesselflicker. Obwohl ich oft darüber nachgedacht hatte, ob man den Kesselflickern damit nicht unrecht tat, dass sie ständig für die am meisten fluchenden Handwerker gehalten wurden. Fluchten Kesselflicker wirklich so viel? Taugten sie überhaupt dazu, immer als Vergleich herangezogen zu werden?

„Jeffrey ist eben so. Ich kann es nicht ändern und wusste es vorher. Er hat mir ja nichts vorgespielt."

„Dazu sage ich jetzt nichts. Ich komme zum Hotel und fahre mit dir. Wir geben der Marketingabteilung Bescheid, dass du nicht kommst. Kennen die ja. Bin in einer halben Stunde da."

Gilian's Entschluss war nicht verhandelbar. Und ich fand es beruhigend, nicht allein nach Water Mill fahren zu müssen. Ich checkte telefonisch im Hotel aus und bestellte beim Concierge meinen Wagen für eine halbe Stunde später. So etwas funktionierte hervorragend in dieser Stadt.

Wir fuhren gegen 11 Uhr auf den Highway Richtung Montauk, die 27 East. Der Verkehr lief ruhig für einen Freitag. Wir brauchten nicht mehr als zwei Stunden. Während der Fahrt informierten wir die enttäuschte Marketingabteilung darüber, dass die nächsten Absprachen wie sooft über E-Mail laufen würden.

Als wir in die Holly Lane einbogen, schlug mein Herz sofort schneller. Ich freute mich auf Kater, auf Jeffrey, auf mein Zuhause. Ich stoppte den Wagen, sprang heraus und atmete tief ein. Ein echter Inseltag. Klare Luft. Blauer Himmel, als hätte das Universum all sein Blau für uns aufgehoben.

Kater kam sofort herbeigelaufen und postierte sich, ganz Hausherr, mit kerzengerade erhobenem Schwanz und erwartungsvollem Blick vor der Haustür. Ich kuschelte mit ihm, und er ließ es mit zartem Schnurren zu. Vermissen war eben vermissen … manchmal sogar in seiner Welt.

Gilian stand in einigem Abstand hinter mir und beobachtete uns. „Wahre Liebe, was?“ Sie lachte kehlig.

Kater rammte seinen Kopf gegen meine Stirn. Ja, wahre Liebe. Ich stand nach einer Weile auf und öffnete die Haustür.

„Hallo, Silvia, bin wieder da!“, rief ich in den leeren Eingangsbereich.

Kater bestand darauf, zuerst einzutreten. Ich folgte ihm – und Gilian mir. Silvia kam aus dem Schlafzimmer in den Wohnraum. Sie sah gestresst aus.

„Hallo, Mrs. Furler, bin noch am Aufräumen. Ist gleich alles perfekt für Sie.“

Ich trat in den kleinen Flur vor dem Schlafzimmer. Am Bettende lag frische Bettwäsche, die Betten waren nicht bezogen. Im Badezimmer hingen die Fußmatten zum Trocknen über der Badewanne.

„So einen Saustall kann mein Mann doch gar nicht veranstaltet haben, dass Sie alles waschen mussten, Silvia.“

Ich musste lachen. Die Norwegerin konnte einen unerwarteten Aktionismus an den Tag legen, der gelegentlich komisch anmutete.

„Ich wollte nur alles sauber haben für Sie“, ächzte Silvia. „Ist gleich alles fertig.“

Zurück im Wohnzimmer sah ich Gilian's fragenden Blick.

„Und? Fühlst du dich besser?“

Ich sah mich um. Das Licht fiel durch die vier Dachkuppeln gleichmäßig in den Raum. Ob ich mich besser fühlte? Ich war zu Hause. Ich fühlte mich ziemlich viel, nein, unendlich viel besser! Es fühlte sich nach Übersicht an, nach irgendeiner Form von Kontrolle in dem Chaos. Ich war zu Hause und konnte dieses Frage-und-Antwort-Spiel selbst mitgestalten. Das war viel besser, als alles von außen zu betrachten. Endlich hier zu sein, gab mir Kraft und Heimat zugleich. Ja, jetzt konnte ich besser mit allem umgehen.

Sag Harbor

Chip fütterte mein iPhone mit Informationen über unsere Leiche. Es piepste unaufhörlich.

„Seid wohl unentbehrlich seit Neuestem“, raunzte die Kundin, in deren Haus ich gerade arbeitete.

„Entschuldigung, das ist ein Notfall. Ist normalerweise nicht mein Ding, dauernd auf das Handy zu starren“, sagte ich schulterzuckend.

Sie verdrehte dramatisch die Augen. „In der Stadt sind die Handwerker ruhiger“, motzte sie und verließ das Zimmer.

Ich arbeitete einhändig an dem Verteilerkasten und hielt in der anderen Hand mein Handy, um Chip's Nachrichten zu lesen. Zusammengefasst lauteten sie: Ich sollte Chief Spencer auf die nun offensichtliche Betäubung ansprechen. Und meine Beobachtungen über die Abschürfungen an den Handgelenken nochmals schildern. Er schrieb mir Fachbegriffe wie Epidermis, Basalzellen und weiteres unverständliches Zeug, das ich ins Gespräch einstreuen sollte.

Schon den ganzen Morgen über hatte ich Chief Spencer's Nummer gewählt. Erreichen konnte ich aber nur ihre Mailbox, den netten Kollegen und so weiter.

Ich wusste detailliert von Stallbruck's Fähigkeiten und Unfähigkeiten. Von seinen Verbrechen und den anderen Missetaten. Alles legal, aus dem Netz. Wir mischten in dem Fall längst mit. Wir wussten, dass das Schlafmittel in Stallbruck's Blutbahn war. Ein guter Punktsieg, den wir generös mit der Polizei teilten. Nun mussten deren Hirne nur weiterarbeiten. Es war ein gutes Gefühl. Bewegung in dem Fall.

Ein letztes Mal checkte ich die Sicherungen und schloss den Verteilerkasten.

„So, alles fertig, Mrs. Livingstone."

Im Vorbeigehen drückte ich ihr meinen Arbeitsnachweis zum Unterschreiben in die Hand und verließ das Haus. Noch in der Einfahrt wählte ich erneut Chief Spencer's Nummer. Diesmal hatte ich Glück.

„Spencer, Southampton Police Department", hörte ich ihre knurrige Stimme.

„Chief Spencer, hier Dale Roberts vom L. I. E. Ich würde gerne noch mal über meine Eindrücke vom Tatort reden. Sie hatten meine Aussage zwar aufgenommen, aber die Abschürfungen an den Handgelenken hatten wir nicht detailliert besprochen. Das könnte doch jetzt ganz interessant sein." Ich musste schmunzeln. Recht haben macht doch manchmal Spaß.

Sie schnaufte tief. „Wann können Sie kommen?"

„Gegen 15 Uhr? Würde das passen?"

„Ganz ausgezeichnet, Miss Roberts."

Sarkastisch. Und wenn schon. Ich hatte ein Date mit der ermittelnden Polizistin und packte gut gelaunt mein Werkzeug in mein Auto. Es war ein guter Start. Mein Toter war nun ein Mordopfer – von wem auch immer verschuldet, würden wir auch noch rausfinden.

Ich fuhr zur Main Street, um am *Dock House*, einem Fischstand an der Long Wharf, am Hafen meines Heimatörtchens, eine Kleinigkeit zu essen. Die Segelboote pendelten auf den Wellen der Bucht leicht vor sich hin. Die Sonne schien sanft auf das Wasser. Hinter mir war der kleine Hafen für Motorjachten. In diesem Monat lagen nur die Jahresmieter vor Anker. Der Himmel leuchtete in unglaublicher Intensität. Tiefblau und ohne eine Wolke. Ich genoss meine Shrimps und blickte hinüber nach Shelter Island. Die Fähre, die von unserer Insel dorthin übersetzte, fuhr alle fünfzehn Minuten. Im Sommer sogar in noch kürzeren Abständen und fast bis zwei Uhr nachts.

Shelter Island ist traumhaft. Die Insel liegt eingebettet zwischen der South- und der Northfork und wird liebevoll umarmt vom

Shelter Island Sound und der Gardiners Bay. Eine völlig autarke Gemeinde mit Supermärkten und guter Infrastruktur. Leider aber – wie viele Paradiese – überrollt von Millionären, die ihre Anwesen nur im Sommer bewohnen. Glücklicherweise hatte das staatliche Naturbeobachtungsprogramm ein Drittel der Fläche als Naturschutzgebiet ausgewiesen. Das schützt dieses kostbare Stückchen Erde. Es gibt viele Vogelbeobachtungsposten und wunderschöne Wander- und Fahrradrouten.

Die Geschichte von Shelter Island ähnelte der von Long Island. Die amerikanischen Ureinwohner lebten dort, bis die Siedler, die mit ihren Booten über den Atlantik geschippert waren, ihre ersten Holzhäuser zimmerten. Doch auch sie hatten die Schönheit und den ertragreichen Boden nicht lange für sich. Seit der Industrialisierung entdeckte eine ganz neue Spezies von Kapitänen und Kolonisten dieses Kleinod: die Wirtschaftskapitäne. Sie übernahmen schnell und mit bestechenden Argumenten Parzelle um Parzelle und erschlossen die kleine Insel als Erholungsgebiet. Für ausgedehnte Wochenenden und die Sommermonate. So wie auch unser East End von den Reichen aus Manhattan übernommen worden war.

Southampton, Police Department

Das Gebäude des Southampton Police Department lag auf der Main Street. Zu dieser Zeit des Jahres konnte ich sogar direkt davor einen Parkplatz finden. Ich ging durch das Hauptportal und fragte mich bis zu dem winzigen Büro von Chief Spencer durch. Dort klopfte ich und wartete auf Einlass. Ihre Reaktion kam nicht prompt und wie erwartet schlecht gelaunt.

„Kommen Sie rein“, brummte Spencer nach gefühlten fünf Minuten.

Ich bemühte mich, ruhig und ungezwungen zu wirken. Eine Hand in der Hosentasche, eine lässig herabhängend, bewusst freundlicher Gesichtsausdruck und souveräne Ausstrahlung. So sollte es aussehen.

Hoffentlich wirkte es auch so.

Chief Spencer sah nur knapp auf. „Okay, Miss Roberts, was hatten Sie zu den Handgelenken des Toten zu bemerken?“ Sie tippte etwas in ihren Computer.

Ich deutete auf den Stuhl vor ihr, sie nickte, und ich nahm Platz. Gute Choreografie.

„Der Tote hatte neben den normalen Erscheinungen eines plötzlichen Herzstillstands auffällige Abschürfungen an beiden Handgelenken. Unterhalb beider Hände waren breite Striemen zu erkennen, die die Epidermis und die Basalzellen stark beschädigt hatten. Das sah für mich nach einer Fesselung aus.“ Ich hielt verwundert inne. „Wollen Sie das nicht aufzeichnen? Protokollieren?“

Sie rollte sich auf ihrem Stuhl zurück und streckte ihre Beine von sich. „Haben Sie Medizin studiert?“

Mein angelerntes Gerede ließ mich kurz zusammenzucken. Egal. Souverän bleiben. Es war zu spät, um die Taktik zu ändern. Ich wollte dieses Spiel, und Wellenschlagen gehörte dazu.

„Ich habe mich informiert über das, was ich gesehen habe. Ich fand, das war meine Pflicht.“ Lächeln. Nicht zu viel. Was zum Teufel tat ich hier? Ich wollte nicht undankbar wirken, dafür, dass sie mir die Zeit einräumte. Aber trotzdem musste ich punkten. *Arsch in der Hose*. Das war jetzt gefragt.

Sie schüttelte abfällig lächelnd den Kopf. „So oder so, Miss Roberts. Es ist ein Kriminalfall, und Ihre elektrischen Fähigkeiten werden nicht mehr benötigt. Oder haben Sie sich auch in Polizeiangelegenheiten fit gegoogelt? Dann können wir gerne überlegen, ob wir so jemanden wie Sie in unser Nachwuchsprogramm aufnehmen.“

Witzig. Aber nicht wirklich. *Das Gesicht geradlinig halten.* Spott machte nicht attraktiv im Kopf – und auch sonst nicht.

„Ich kann Ihnen nur meine Aussage anbieten. Mehr nicht. Ich gebe Ihnen gerne meine fachliche Einschätzung in allen Fragen zur Elektrik. Der Rest ist wohl Ermittlungsarbeit der Polizei.“

Sie nickte und stand gemächlich auf, nahm ihre Kaffeetasse, drehte mir den Rücken zu und starrte an die Wand.

„Der Typ lag tot auf einem – besonderen – Grundstück auf unserer Insel. Ein Arschloch durch und durch. Ein Loser von seiner Jugend an. Sie machen hier eine Welle, und die Mediziner geben Ihnen recht. Aber das ist kein Sieg, Miss Roberts." Sie schlug mir meinen Namen wie ein Brett vor den Kopf. „Das ist echte Scheiße. Und Ihre Rolle dabei werde ich mir ganz genau ansehen. Ich werde alle Spezialisten dieser Insel befragen, ob Stallbruck nicht doch ganz banal an Ihrem Kabel gestorben ist. Und ich werde Ihnen das Leben, hier im Paradies, zur Hölle machen. Ehe Sie sichs versehen, wird Ihr jetziges Universum verschwunden sein."

Das war starker Tobak. Ich sollte eingeschüchtert werden. Zugegeben – es funktionierte. Meine Hände zitterten, und aufstehen hätte ich auch nicht können.

Ausatmen, einatmen. Das machen wir Menschen so.

Eins, zwei, drei. Atmen.

„Ich verstehe jetzt, warum Sie nichts aufzeichnen wollten", brach es aus mir heraus. „Sie wollen eine saubere Sache für die Öffentlichkeit. Ich weiß, um wessen Haus es sich handelt. Ich bin Bürgerin dieser Insel und habe genauso viel Interesse wie Sie daran, nicht unnötig an Heiligtümern zu kratzen. Aber der Mann ist tot und das nicht wegen meiner Leitung. Sie wissen von dem Schlafmittel!"

Ich spürte die Temperatur in ihrem Büro förmlich steigen. Alles in mir stand in Flammen. Ein schmerzvolles Nervenzucken, wie eine Erinnerung, sagte mir: *Bogen überspannt.* Aber es konnte nur besser werden, wenn man aussprach, was man dachte. Ich war jetzt ein Teil ihrer Ermittlungen. So oder so. Zugegeben, es tat weh. Eine Macht wie Chief Spencer gegen mich zu haben, war nicht einfach. Aber Stück für Stück würde ich damit zurechtkommen können. Ich fühlte das Feuer und freute mich auf ihr Gesicht, wenn ich wie Phoenix aus der Asche aufsteigen würde.

„Sie sollten lieber mehr nachdenken, Miss Roberts. Sie sind hier weder Hauptfigur noch Handelnde." Chief Spencer sah mich direkt an.

Ich erhob mich. Endlich hielten meine Beine mich wieder. „Ich werde Ihnen zur Verfügung stehen. Ob Sie nun gegen mich ermitteln oder endlich anders darüber denken. Ich bin erreichbar."

Ich ging.

Was für ein Desaster.

Vor der Tür spürte ich Tränen aufsteigen. Selbst die stärksten Frauen müssen mal weinen. Grauenvoll, dieser Termin. Scheiß auf Steen, jetzt galt ihre ungestörte Ruhe gegen meine Integrität! Das war zu viel Aufopferung für diese aalglatte Blondine. Das war sie nicht wert. Dessen war ich mir plötzlich sicher. Und dies trotz meiner Hochachtung für ihre Worte, ihre Poesie, ihre Gedankenwelt. Es fühlte sich an wie ein Kampf. *Sie gegen mich.*

Ich lief die Straße hinunter und wieder hinauf. Weglaufen ging nicht mehr. Was zum Teufel noch mal – *was* fiel mir ein? Warum musste meine Neugier mich immer wieder in den Mist ziehen?

Zu meinen Eigenschaften, die ich nie zu unterdrücken vermochte, zählte neben der Neugier auch der Starrsinn. *Danke, Papa, das habe ich von dir.* Immer mit dem Kopf durch die Wand, auch wenn die Wand eine Polizeiwache umgab. Verdammter Dickschädel. Der würde mich noch in die Hölle bringen. *Jetzt zieh dich hoch, Dale! Hör mit dem Eiertanz auf! Vorwärts. Kopf hoch! Angriff!*

Ich rief Chip an. Er ging erst nach dem zehnten Klingeln dran.

„Wie war's?"

„Katastrophal!", brüllte ich. „Sie ist stocksauer, dass wir ihr den Stromtoten verhagelt haben und dass jetzt eine Ermittlung im Olymp ansteht. Sie will mir Fehler nachweisen und mich mundtot machen."

Ich ging die Straße hinunter zum World War I Memorial im Agawam Park. Das Telefon an den Kopf gepresst, Chip's Schweigen im Ohr.

„Verdammt, bist noch dran?"

„Ich überlege. Das dauert etwas." Es raschelte auf seinem Schreibtisch. „Ist doch gar nicht so schlecht. Sie werden jetzt wendiger werden müssen. Und wir schneller. Ich sitze über der Überweisung, die Stallbruck erhalten hat. Gar nicht so leicht, den Weg nachzuvollziehen. Die Seychellen sind es nicht." Chip's Lachen schepperte in mein Ohr. „Ich glaube, das Geld kam aus Italien. Ist doch erstaunlich, oder? Ein Typ wie der bekommt zwanzigtausend Dollar aus dem fernen Europa und stirbt ein paar Tage später an einem fingierten Stromschlag. Aber da waren wir ja schon. Nur nicht in Europa …"

Ich seufzte laut. Von Herzen. Tief.

„Chip, du machst mich bekloppt! Das Ding muss griffiger werden. Chief Spencer spaßt, glaube ich, recht selten, und sie sucht einen Schuldigen. Das sollte, wenn es nach ihr geht, ich sein. Wir müssen der Polizei diesen Geldtransfer stecken. Die brauchen eine neue Spur!"

Er lachte schnaubend. „Dale, behalt die Nerven. Du bist mit prima Genen ausgestattet. Mut, Verstand, Herz – alles an seinem Platz und in Kraft und Arbeit. Du musst dich nicht wegen einer schäumenden Polizistin verrückt machen. Wir kommen da schon raus. Ich suche weiter. Heute Abend machen wir eine Lagebesprechung. Was hältst du vom *Driver's Seat*? Hätte Lust auf einen ordentlichen Burger. Wo bist du überhaupt?"

„In Southampton. Agawam Park", raunzte ich fast lautlos.

„Sehr schön, dann grüß die Schwäne von mir und setz dich später auf die Kinderschaukel. Schaukeln bringt die Gedanken oft wieder an die richtige Stelle zurück. Kann ich nur empfehlen. Bin heute leider zu fett dafür."

Ich musste lachen – dieser verrückte Kerl! „Soll ich einen Tisch reservieren? Bin schließlich gerade da."

„Um acht wäre super. Ich brauch noch ein bisschen Zeit mit meinem Programm."

„Okay. Keine Eile! Habe ja jetzt was zu tun. Schwäne gucken und schaukeln."

Ich kehrte um und ging zurück zur Jobs Lane.

„Vielleicht packe ich mir noch einen Auftrag dazwischen. Arbeiten schadet dem Hirn auch nicht."

„Mach das. Ich bin pünktlich. Habe Hunger."

Ich lief hinauf in Richtung *Driver's Seat*. Ein altes Diner, eine Mischung aus Bar, Sportkneipe und Restaurant. Uramerikanisch. Burger, Zwiebelringe, der ganze Kram in Perfektion und superfrisch. Es gab sogar vegetarische Burger. Diese Innovation hatte mich vor Jahren echt überrascht. Ich dachte, es wäre ein Beef-Eater-Club für immer, aber die Zeit blieb selbst hier nicht stehen. Das *Driver's Seat* hatte schließlich auch die Wandlung vom Rauchertreff mit Bier und Whiskey zur absoluten Nichtraucherkneipe überstanden. War sicher nicht einfach, denn das Restaurant blieb sich im Konzept und in der Ansprache an seine Gäste immer treu. Es war damals für Wochen geschlossen gewesen und renoviert worden. Und als wir endlich wieder reinkamen, war alles sauber – aber einen Unterschied zu vorher konnte man nicht wirklich erkennen.

So standen also die Raucher von diesem Zeitpunkt an vor dem Lokal und tranken ihr Bier an Stehtischen im Freien, bis auch das verboten wurde. Danach wurde noch zügiger gegessen und getrunken, um schneller auf den Parkplatz hinter dem *Driver's Seat* zu kommen, wo die Zigarettenkippen zuhauf auf dem Boden landeten – aber wenigstens nicht mehr die Lungen Unbeteiligter schädigten. Da mein Vater leidenschaftlicher Raucher war, hatte ich die Verdrängung der Raucher aus dem Restaurant genau beobachten können. Bevor später sämtliches Qualmen verboten wurde, strandete mein Ur-Ostküsten-Vater mit den Walfängervorfahren aus Sag Harbor in dem Irish Pub um die Ecke. Das war der letzte legale Rückzugsort für alle Raucher. Und für die Qualmerei verbündete man sich sogar mit den Iren. Zu jener Zeit gab es in Southampton noch den Plattenladen, der eine letzte Ecke für Vinyl bereithielt. Bis das Streamen von Musik auch ihn vertrieb. Schade eigentlich. Schon der Geruch des Ladens konnte Erinnerungen an meine Kindheit und Jugend heraufbeschwören.

Ich stand vor dem *Driver's Seat* und hielt kurz inne. Sehr gut – die Erinnerungen an gestern hatten meine Ängste von heute vertrieben. Ich schmunzelte. Fokussiert auf das Gute. So sollte das Leben sein. Gestern, heute und bestenfalls auch morgen.

Ich trat ein. Immer noch glaubte ich, die Millionen von gerauchten Zigaretten zu riechen. Aber das war natürlich Quatsch. Eine aufgedonnerte Kellnerin in einem *Driver's-Seat*-T-Shirt und viel zu kurzen Shorts kam auf mich zu.

„Kann ich helfen, Ma'am?"

„Ich möchte einen Tisch für zwei für heute Abend reservieren."

„Sehr gerne. Aber Sie hätten auch ruhig unsere App nutzen können. Das geht ganz einfach. Da hätten Sie nicht vorbeikommen müssen." Sie lächelte unverbindlich und tippte meine Reservierung in den Computer.

„Ich war eben gerade in der Nähe." Gute, alte Zeit – wo bist du hin? Manchmal ging es selbst mir zu schnell.

Ich verließ den früheren Tempel unserer Familie, in dem wir so viele glückliche Momente erlebt hatten, und steuerte lächelnd auf den Ausgang zu. Die drei Stufen hinab kannte ich eigentlich aus dem Effeff, trotzdem stolperte ich auf der letzten und fiel einer mir entgegenkommenden Passantin direkt in die Arme. Sie hielt mich mit schnellem Reflex auf den Beinen und richtete mich wieder auf.

„Hoppla! Alles okay bei Ihnen?", sagte sie lachend.

Ich schüttelte mich kurz. „Danke, ja. Scheint alles okay zu sein."

Die große, schlanke Frau sah mich kritisch prüfend an, während sie meine Schultern fest im Griff hielt.

„Wirklich alles okay? Auch der Knöchel?", sagte sie mit tiefer Stimme.

„Wirklich. Tut nichts weh. Danke." Ich lächelte sie an.

Hinter ihr erschien eine andere Frau, die lachend hinzufügte: „Guter Fang, Gilian. Die Damen und Herren vom L. I. E. sollte man immer pfleglich behandeln. Sie verbinden uns und erhellen unser Leben."

Die Dame, die mich aufgefangen hatte, ließ meine Schultern immer noch nicht los. Sie wandte lächelnd den Kopf zu ihrer Freundin und meinte wohl immer noch, mich stabilisieren zu müssen.

„Cate, du weißt doch – wenn ich fische, dann hab ich immer nur gute Fänge." Sie löste ihre Hände, nicht ohne sich zu vergewissern, dass ich es alleine schaffte. „Gehen Sie mal ein paar Meter."

Ich musste grinsen. „Ich bin froh, dass ich Sie nicht umgehauen habe. War einfach schusselig von mir."

„Ob Sie mich umgehauen haben oder nicht, das lassen Sie mal mein Problem sein." Sie lachte tief und freundlich.

Ihre Freundin stand nun neben ihr, hakte sie unter und wünschte mir einen guten Tag. Ich bedankte mich nochmals und blieb noch einen Moment stehen, um ihnen nachzusehen. Irgendwie kamen mir beide bekannt vor. Das passierte in meinem Job öfter, aber diese beiden waren wahrscheinlich eher im *Hamptons Magazine* als unter meinen Kunden zu finden. Na ja, ich hatte ja die neueste Ausgabe mitgenommen. Nachschauen würde mich vielleicht schlauer machen.

Ich trat meinen Weg zum Auto an und lief einige Meter hinter den beiden Frauen, die angeregt kicherten, wie es sich für Freundinnen gehört. Und plötzlich war auch der Himmel über mir wieder blau und die Luft wieder meine Luft und Chief Spencer mit ihren Drohungen weit weg. Wo sie hingehörte.

Fast schon beschwingt lief ich hinauf zur Main Street, wo mein Auto stand. Alles würde gut werden. Chip und ich würden weiterarbeiten und den Fall aufklären. Ich freute mich auf den Abend in unserer Familienbar und auf frische Gedanken.

Derweil klang der Satz in mir nach. *Sie verbinden uns und erhellen unser Leben.* Eine schöne poetische Umschreibung für so profane Tätigkeiten wie Internetzugang oder elektrischen Strom legen. Es steckte also etwas Steen in jedem von uns. Selbst in der zufälligsten aller stolpernden Begegnungen. Das war doch etwas. Die Weisheit der Schriftstellerin konnte auch eine Frau auf der Straße erlangen. Das war beruhigend für mich. Ich hob meinen Kopf noch höher in die klare Luft und fühlte mich kämpferischer denn je.

Wir schaffen das.

Ist doch nichts Neues für uns.

Gut so.

Im Auto checkte ich meinen Auftragspiepser. Keine neue Nachricht. Sicherheitshalber rief ich in der Einsatzzentrale an.

„Dale hier. Habt ihr noch was? Ich bin in Southampton, Main Street."

Mandy am anderen Ende quietschte vergnügt. „Du könntest mir beim *Golden Pear* was holen ... Nein, Quatsch. Im *75th Main* ist gerade was gemeldet worden. Irgendwas in der Küche. Kannst du kurz reinspringen?"

„Stehe fast direkt davor. Mach ich. Dann ist Feierabend für heute, oder?"

„Yes, Ma'am. Heute kein Notdienst, Miss Roberts. Treib dich rum und lass es dir gut gehen. Schicke dir später noch was für morgen früh auf den Ticker, okay?"

„Bin heute verabredet – im *Driver's Seat*", nuschelte ich, während ich mir schnell im Auto meinen Haarknoten richtete. Ich sah nach dem Treppenstolperer etwas derangiert aus.

„Oh, wer ist denn der Glückliche? Gibt es was Neues bei dir?", fragte Mandy.

„Nein, nur ein guter Kumpel."

„Das sagen sie alle", kicherte Mandy in meine Kopfhörer. „Egal, hab Spaß!"

Ich kabelte mich ab und sprang ins *75th Main,* das bekannteste Restaurant in Southampton. Die Institution für alle, die sehen und gesehen werden wollen. Und das seit Jahrzehnten. Preislich überhaupt nicht meine Welt, aber mit Paul, dem Chefkellner der Abendschicht, verstand ich mich seit Jahren bestens. Er stand am Empfangspult und strahlte mich breit an, als er mich sah.

„Mein elektrischer Engel! Wie schön, dass sie dich schicken!“ Er breitete seine Arme aus und küsste mich rechts, links, rechts. Das hatte er sich bei einem holländischen Lover abgeguckt und für so toll befunden, dass er es seit einiger Zeit praktizierte.

„Ihr habt ein Problem in der Küche?“

„Wir haben überall Probleme“, sagte er und umschlang meine Taille, „aber in der Küche fliegt uns dauernd eine Sicherung raus. Komm, Mäuschen, ich gehe lieber mit dir, bevor die Löwen da drin dich auffressen. Du siehst heute wieder bezaubernd aus.“

Das Problem war innerhalb von zehn Minuten behoben. Und die *Löwen*, also die jungen Köche, versuchten mich mit allerlei Köstlichkeiten zum Bleiben zu überreden. Ich lehnte höflich dankend ab – schließlich hatte ich noch eine Essensverabredung, und eine Dusche vorher täte auch nicht schlecht.

Um kurz vor sieben saß ich frisch geduscht auf meinem Sofa, hatte mir ein alkoholfreies Bier geöffnet und blätterte durch die letzte Ausgabe des *Hamptons Magazine*. Viel war diesmal nicht drin. Die Sommermonate waren deutlich ergiebiger, aber auch der April hatte seine Feste. Private und offizielle. Vielleicht brachte mir der Zufall ja die Gesichter der beiden Frauen von vorhin.

Ich lehnte mich gemütlich zurück, studierte die Schwarz-Weiß-Fotos der Schönen und Reichen auf Charity-Veranstaltungen und Geburtstagsfeiern. Die Villa Maria in Water Mill hatte mal wieder ihre Pforten geöffnet. Früher ein Stift der Heiligen Schwestern, gehörte sie heute einem Medienmogul, der für alles Mögliche Geld sammelte. Vielleicht hatte der Heilige Geist des Hauses immer noch seine Finger im Spiel und motivierte selbst Menschen, die am liebsten der eigenen Bereicherung frönten, zu guten Taten.

Der Artikel berichtete über eine Wohltätigkeitsveranstaltung zugunsten der Krebsstation des Southampton Hospital. Alle Bilder waren ein wenig grobkörnig, wie in der Tageszeitung, und obendrein noch viel kleiner. Erst beim dritten Hinsehen erkannte ich Mrs. Dinklage, die Schriftheilige, in einer recht unheiligen Pose und mit Weinglas in der Hand. Unter dem Foto stand: *Die bezaubernde Joanne Portland kam gut aufgelegt in Begleitung von Mr. Jeffrey Dinklage.* Und tatsächlich, zwei Bilder weiter sah man auch ihn. Strahlendes Lächeln und Champagnerglas in der Hand. Untertitel: *Mr. Dinklage spendete 3000 Dollar.*

Ich trank einen Schluck Bier. *Mrs. Portland?* Okay, man musste ja nicht zwangsläufig den Namen des Ehemanns annehmen. Aber dass die Presse sie derart in Ruhe ließ, war wirklich beeindruckend. Der Schutz der Autorin funktionierte wie eine gut geölte Maschine. Ein Bollwerk an Wissen und Macht, das sich vor sie stellte. Selbst meine Lieblingspolizistin tat es.

Sorgfältig schnippelte ich die Bilder aus. Jetzt konnte ich Chip sogar zeigen, wie seine Heilige aussah. Ich legte die Bilder zur Seite und ging ins Schlafzimmer. Jeans und Kapuzenpulli sollten für das *Driver's Seat* reichen. Ich schminkte mich dezent, war ja kein Date. Es war Chip, und den durfte man mit Klamottenschnickschnack nicht überfordern. Chip trug generell oder aus Prinzip nur Schwarz. Schwarze Stoffhose, schwarzes T-Shirt. Wenn es kalt war, Langarm, sonst kurz. So war er eben. Äußerlichkeiten interessierten ihn schon, aber nicht bei sich selbst. Er war ein Computerkauz durch und durch. Viel Gehirn, wenig Gefühl und sozial kaum aktiv. Eine Frau hatte ich noch nie an seiner Seite gesehen. Auch keinen Mann. Einfach niemanden. Das einzige Lebewesen, das ihm nahekommen konnte, war ich. Warum er sich mich ausgesucht hatte, konnte ich nur mit meinen Fähigkeiten in der Elektronik erklären. Er konnte die Datennetze rauf- und runtersurfen, aber ich konnte ihm Leitungen legen, die Zugänge verbessern und plötzliche Ausfälle herbeiführen, wenn es sein musste. Ich war die Hardware, er die Software. Das passte logisch für einen wie ihn. Und wir mochten uns einfach. Und das auf Anhieb.

Meine Haare zu föhnen, dauerte mir zu lang, deshalb band ich sie wieder in einem Knoten zusammen. So kalt war es schließlich nicht mehr. Auf dem Weg zur Tür griff ich nach dem Autoschlüssel. Daneben lagen die ausgeschnittenen Fotos von Steen und Jeffrey. Meine Hand näherte sich ihnen zögerlich. Armer Chip. Das Bild würde ihm das Hirn vergrätzen. Konnte ich das verantworten? Ich zuckte noch einmal, dann ließ ich die Bilder liegen. Das würde ihn nur belasten. Ich konnte nicht auch noch mit harten Fakten seine Illusion der idealisierten philosophischen und schlauen Brünetten zerstören. Das brachte ich nicht übers Herz.

Water Mill, Holly Lane 17
Abends

Gilian und ich saßen gemütlich auf dem Sofa, jede von uns mit einem Glas Wein in der Hand. Vor uns knisterte der Kamin, dessen Feuer ich hinter einer schweren Glasscheibe in Schach hielt. Ich hatte in all den Jahren nicht gelernt, mich seiner Magie zu entziehen. Trotz der permanenten unterschwelligen Angst, die Flammen in meinem Innersten auslösten, konnte ich mich seiner Faszination nicht erwehren. Manchmal versuchte ich, diesen Zwiespalt mit der menschlichen Evolution zu begründen. Was wäre aus uns ohne die Errungenschaft des Feuers geworden? Aber vielleicht hatte es auch einfach nur mit meiner eigenen Ambivalenz zu tun, die mich in so vielen Bereichen meines Lebens hin- und herspülte.

Kater lag auf meinen Beinen. Die Augen geschlossen. Dennoch

quittierte er jede meiner Bewegungen – wenn ich das Glas zum Mund führte oder meine Sitzposition wechselte – mit sanftem Druck seiner Pfoten. Am liebsten mochte er es, wenn ich ruhig dasaß. Ihm zuliebe brachte ich dies für gewöhnlich zustande, obwohl Stillsitzen nicht zu meinen Stärken zählte. Aber heute Abend war mir nicht sehr danach. Eigentlich gar nicht. Trotzdem respektierte und schätzte ich seinen Erziehungsversuch.

„Hast du schon über deinen Termin mit der Polizistin nachgedacht? Wie war noch ihr Name?", fragte Gilian's ruhige, tiefe Stimme in das leise Zischen der Holzscheite hinein.

Ich sah sie grinsend an. „Hatte ich dir doch vorhin gesagt. Ich hatte gehofft, du merkst ihn dir ... Ich hab's doch nicht so mit Namen." Ich musste kichern.

Kater fuhr sanft seine Krallen aus und signalisierte: *Ruhe, bitte!*

„Chief Spencer. Du solltest den Namen besser auch draufhaben. Du weißt doch, dass Staatsangestellte gerne ernst genommen werden. Dazu gehört auch, dass du dir ihren Namen merkst. Und ihren Rang. Sie ist die Chefermittlerin.

Ich kraulte Kater's Kopf. Er hatte inzwischen seine Vorderpfoten gegen meinen Bauch gestemmt. „Ja, ja."

Gilian richtete sich leicht vom Sofa auf. „Nicht *ja, ja.* Das ist etwas ernster, meine Liebe. Hier lag ein toter Typ rum. Und so etwas wirft Fragen auf, auch wenn Jeffrey meint, alles im Griff zu haben." Sie nahm einen Schluck Wein. „Wo ist er überhaupt?"

Ich gähnte leicht. Die Landluft verwöhnte mich mit Müdigkeit. „Er trifft einen Kunden. Es geht um ein großes Anwesen in Bridgehampton, das zum Verkauf steht. Irgend so ein Zehn-Millionen-Ding. Du weißt doch, wie er dann ist."

Gilian trank noch ein Schluck und stand auf. „Ich hole mir noch Wein. Soll ich dir was mitbringen?"

Mit Blick auf Kater reichte ich ihr mein Glas. Ihre Schritte verschwanden in der Küche. Kater's behagliches Seufzen war unüberhörbar. Ich gab ihm einen Fingerkuss auf die Stirn und kraulte sanft weiter. Eigentlich war er der einzige Kerl, der mich im wahrsten Sinne des Wortes okkupieren durfte. Der Einzige überhaupt, der mich körperlich festnageln durfte. Der Eine, der meine eigenen Ideen mit seiner puren Präsenz über den Haufen warf.

Mit Jeffrey war ich nach anfänglicher Verliebtheit und schnell geschlossener Ehe übereingekommen, dass wir uns vor allem respektierten und schätzten. Uns nicht belogen oder betrogen. Und einander unterstützten, wann immer es unsere diametral auseinanderliegenden Projekte zuließen. Wir mochten uns, vielleicht liebten wir uns, die Frage konnte ich mir selbst nicht beantworteten. Wir hatten guten Sex und vertrauten einander. Vielleicht war das unsere Glücksformel.

Gilian kam mit gefüllten Weingläsern zurück und reichte mir meins. Sie fand diese *Vereinbarung*, wie sie es nannte, zwischen Jeffrey und mir zu dünn für mich. Sie lebte und liebte intensiv. Sie hatte Mut und Kraft genug gehabt, um aus dem Erbe ihres Vaters einen rentablen Verlag zu machen. Mit Nischenprodukten wie mir. Nur waren meine Romane förmlich aus ihrer Nische heraus explodiert. Entgegen allen Erwartungen war ich zu einer finanziellen Sensation geworden. Und das, wohlgemerkt, nicht kalkuliert und total überraschend.

Unsere Freundschaft entstand schon mit meinem ersten Romanentwurf. Gilian hatte sich erst in diesen Entwurf verliebt, dann ein bisschen in mich. Schnell hatten wir das geklärt und wurden beste Freundinnen. Ja, Gilian war eine Liebeskünstlerin. Sie liebte Männer und Frauen. Wechselte hin und her. Litt, starb, kam ins Leben zurück, verliebte sich aufs Neue und segelte von einem zur anderen. Im Moment lebte ein glücklicher Franzose bei ihr. Bildhübsch und unglaublich interessant. Er war Musiker und konnte fast jedes Instrument spielen. Faszinierend, dieser Matthieu. Trotzdem war mir sofort klar, dass ihr die Frau vom L. I. E., die ihr heute in die Arme gestolpert war, nicht missfiel. Deshalb hatte ich sie gleich weggezogen. Sicher ist sicher. Aber, ja, neben Gillian wirkte ich eher unaufgeregt. Ich war mir oft selbst genug. Und Jeffrey tat mir gut. Auch wenn Gilian es nicht verstand.

Sie setzte sich aufrecht. „Hallo? Wo bist du gerade?"

„Ich habe über dich und uns nachgedacht", nuschelte ich. „Wir sind echt unterschiedlich."

„Na ja, ist doch nicht schlimm … Du denkst eben mehr nach als ich." Sie nippte an ihrem Glas. „Du hast deine Worte, die alles andere übertreffen. Du lebst deine Gefühle anders aus. Im Kopf. Du bist Poesie, deine Bücher haben eine tiefgründige Schwere, aber deine Gedanken, deine Schritte sind luftleicht. Ich trample durchs Leben. Ich greife nach allem, was Mensch ist. Du suchst nach dem Besonderen. Das bewundere ich. Du verstreust Liebe nicht. Gibst sie nur wenigen und manchmal sogar, ohne ihnen zu nahe zu treten. Das ist gut, Kopfmensch. Aber jetzt brauche ich dich hier in der Realität. Und das fällt dir sichtbar schwer."

Seufzend richtete ich mich etwas auf. Kater rutschte unter Protest etwas tiefer. „Was willst du? Ich höre."

„Ich möchte dich auf die Polizistin, deren Name …", sie sah mich erwartungsvoll an.

„Chief Spencer ist", vollendete ich.

„Sehr gut." Sie trank einen Schluck und blieb ernst. „Ich möchte dich auf sie vorbereiten. Die Vorstellung, dass du Traumtänzerin ohne bearbeitete Gedanken auf die Polizistin triffst, macht mich verrückt. Kaum vorstellbar, was in manchen Momenten alles so aus dir raussprudeln kann, wenn man dich nur so reden und denken lässt. Die wird dich alles Mögliche fragen. Wann du wo warst. Was du gemacht hast. All so was."

Ich starrte sie an. „Ich war in Manhattan."

„Wieso und weshalb? Wer kann das bestätigen?"

„Na, du, oder?"

„Aber doch nicht die ganze Zeit." Sie schüttelte ernst den Kopf. „Der Tote an deinem Haus wurde morgens gefunden und ist irgendwann nachts krepiert. War ich nachts bei dir?"

Ich sah sie irritiert an. Ihre Worte erschreckten mich. „Was soll das, Gilian? Ich bin doch nicht verdächtig", stieß ich hervor.

„Nein, natürlich nicht. Aber wissen wir, wie der Typ ins Jenseits gekommen ist?"

„Durch Volt oder Ampere oder wie das heißt. Kenne mich mit jeder Menge Strömungen aus, aber nicht mit elektrischem Strom. Dafür gibt es eindeutig Bessere als mich."

Kater sprang nun von meinen Beinen herunter und ging mit langsamen Schritten zwei Meter weiter, um sich dramatisch zu Boden zu werfen und wie angeschossen auf die Seite zu fallen. Mir gönnte er einen mürrischen Blick.

„Solange sie mich nicht nach Gleich- oder Wechselstrom fragt, kann mir doch nichts passieren, oder?"

Gilian entspannte sich etwas und streckte die Beine von sich. „Die Polizei hat ganz eigene Methoden, Menschen zu befragen. Das brauch' ich dir doch nicht zu erzählen … Und deine Art zu antworten, kann gelinde gesagt für anders tickende Gemüter irritierend sein. Vielleicht ist es das, was mich unruhig macht."

Sie machte sich Sorgen, weil ich ab und zu abschweifte, meinen Gedanken nachhing – warum sagte sie das nicht gleich.

„Ich kann mich konzentrieren, Gilian. Das weißt du doch."

Ich stand auf, setzte mich neben sie und knuffte sie sanft in den Arm.

„Das wird schon. Ist doch nur eine Routinebefragung. Weil es mein Haus ist, neben dem er lag. Weil der Idiot hier einbrechen wollte und sich schlechter mit Strom auskannte als ich. Das kann passieren. Vielleicht nicht jeden Tag, nicht unter allen Umständen, nicht zwangsläufig. Aber es kann ja mal vorkommen."

Sie legte ihre Hand auf mein Knie und lächelte.

„Siehst du? Das meine ich.“ Sie gab mir einen Kuss auf die Wange. „Aber geradebiegen kann man deine Worte eben nicht.“

Manchmal verstand ich sie weniger gut, als ich normalerweise annahm. Seis drum. Ich wollte mir um die polizeilichen Ermittlungen keine Sorgen machen. Es war die Öffentlichkeit, das Flutlicht auf meinem Haus, was mich umtrieb. Das gefiel mir ganz und gar nicht. Davor hatte ich Angst.

„Glaubst du, sie werden genauere Angaben zum Tatort machen müssen?“ fragte ich langsam.

„Ich hoffe, nicht in der Öffentlichkeit. Deswegen ist es mir ja so wichtig, dass Chief Spencer dich und deine Situation ins Herz schließt. Sie wird sicher wissen, dass du nicht nur Cate Furler, die brave Haus- und Ehefrau von Jeffrey Dinklage bist. Ganz sicher. Genauso, wie es deine gesamte Nachbarschaft weiß. Oder – wie du es ausdrücken würdest – sehr wahrscheinlich zu wissen glaubt. Und? Nervt dich jemand beim Einkaufen? Lungern sie vor deiner Tür herum? Schießen sie Fotos? Selfies? Nein, weil sie dir Ruhe und Erfolg gleichermaßen gönnen. Es muss eben alles weiter beschaulich bleiben.“

Ich lehnte mich zurück und seufzte. „Wenn das irgendwo funktioniert, dann hier bei uns.“

So verrückt und überspannt unsere Insel inzwischen geworden war, so tief verwurzelt waren Ruhe und Beständigkeit bei uns Einheimischen. Hier bei uns in der Straße zeigte sich diese Widersprüchlichkeit beispielhaft für das ganze East End. Es gab die, die irgendwie schon immer hier waren. Meine Nachbarin zur Rechten zum Beispiel. Mrs. Rice lebte schon seit fünfzig Jahren in unserer Straße. Ihr Mann hatte bis zu seinem Tod vor zwanzig Jahren den Golfclub von Southampton geleitet. Ur-Long-Islander. Zu meiner Linken war vor fünfzehn Jahren eine junge Familie eingezogen. Er erfolgreicher Anwalt in East Hampton, sie Lehrerin. Alle tiefenentspannt – im Vergleich zu den Neuen vier Häuser weiter. Investmentbanker aus der Stadt. Ständig angespannt, immer gereizt, rund um die Uhr erreichbar und am ganzen Kopf verkabelt. Überall hingen Strippen von diesen Typen herab. Oder die überdrehten Bewohner von Nummer 30. Ständig riefen sie die Straßenversammlung ein. Verkehrsberuhigende Poller müssten her, zu viele Gärtner stünden mit ihren Wagen auf dem Seitenstreifen und zerstörten den Rasen. Was sie nicht taten, aber darüber lamentieren konnte man ja alle drei Monate mal. Diese Leute waren von der Westküste. Mich erinnerten sie in ihrer Aufgeregtheit oft an überzüchtete Pudel. Man wünschte ihnen einen guten Tag, aber mehr Kontakt gab es nicht. Alles in allem hatte ich verstanden und zu schätzen gelernt, dass hier der Ort war, an dem man Privates privat hielt. Man half sich, man verlieh sich Dinge, und man ließ sich in Ruhe. Zumindest solange nichts Außergewöhnliches passierte …

„Sollen wir das Gespräch mit Spencer mal proben? Ich meine, ich weiß, wie so ein Verhör verläuft ... aber ich bin normalerweise nicht im Fokus ...“ An meinem Glas nippend zog ich die Beine unter mich.

Gilian setzte sich mir schräg gegenüber und imitierte das Anschalten eines Aufnahmegeräts. „Mrs. Furler, wann genau sind Sie nach Manhattan aufgebrochen?“

„Am 3. April gegen 10 Uhr morgens. Meine Haushälterin, Mrs. Aklund, kann das bestätigen … Das sage ich jetzt dir, um deiner nächsten Frage vorzugreifen.“

Gilian fragte weiter: „Wann sind Sie angekommen? Und wo genau?“

„44th West zwischen 5th und 6th Avenue. *Royalton Hotel.* Da stoppte ich zuerst, um meinen Jeep parken zu lassen. Ich war um 12 Uhr da. Oder soll ich lieber lügen und sagen, ich war um 13 Uhr da? Sonst kann sie nachrechnen, dass ich zu schnell gefahren bin.“ Noch ein Schluck Wein.

„Mach keinen Quatsch“, rüffelte sie mich. „Du bleibst bei der Wahrheit. Also weiter im Text.“

„Der Portier kann das bestätigen. Dann bin ich ins Hotelzimmer, habe mich zurechtgemacht und bin anschließend zu meinem Verlag gegangen. Zu Fuß. Das kann keiner bestätigen außer dem Doorman, der mich hat weggehen sehen. Bei dir im Verlag bin ich um 14.30 Uhr angekommen. Ich habe noch einen Stopp in einer kleinen Galerie gemacht. Die hatten tolle, alte Schwarz-Weiß-Fotos von Manhattan. Wunderschöne Originalabzüge. Eine ganze Serie über die Erbauung des Empire State Building. Unfassbar, mit welchen Mitteln die damals gearbeitet haben. Wie viel präziser dennoch ihre Ausführung war. Es gab Bilder von den Steinmetzen, die diese Wasserspeier gemacht haben. Was für eine bildschöne Arbeit, ich war total ..."

„Cate", unterbrach sie mich.

Ich sah sie an. „Was denn?"

„Du kommst vom Pfad ab."

Schnaufend zog ich meine Beine noch enger unter mich. Gilian sah mich strafend an.

„Keine Sorge, ich mach keinen Knoten daraus. Also, ich war um 14.30 Uhr im Verlag und traf mich mit meiner Verlegerin und Freundin Gilian May. Dort haben wir über meinen neuen Roman diskutiert und überlegt, welche Zeitschiene wir für die Veröffentlichung wollten und wie das Marketing aussehen könnte. Also grob. Die eigentliche Planung fiel aus, weil wir lieber in den Central Park gegangen sind und alles auf den nächsten Tag verschoben haben. Wir waren lange spazieren und haben uns über die Hauptfigur unterhalten. Meine Verlegerin mochte ihren Haarschnitt nicht. Sie fand ihn zu hip für den Stil der Figur. Ich wollte aber den Undercut behalten. Das trägt man so in der Szene. Ich fand das wichtig, Gilian aber meinte ..."

Wieder fiel sie mir ins Wort. „Das interessiert uns, aber nicht die Polizei."

„Also sage ich nur ja und nein, Uhrzeiten und Orte?"

„Vielleicht noch ein bisschen drum herum.“ Sie zuckte die Schultern.

„Gut. Kann ich auch.“

Kater war es inzwischen auf seiner Protestposition zu warm geworden, und er verschwand in den Garten.

Sag Harbor
Abends

Ohne zu stolpern schaffte ich den Aufstieg zum *Driver's Seat.* Die Kellnerin von vorhin war inzwischen durch eine Kollegin in gleicher Montur für die Abendschicht ausgetauscht worden.

„Ich habe reserviert. Roberts, Tisch für zwei.“

Die Kellnerin lächelte freundlich, griff die Speisekarten und wandte sich flink um. „Folgen Sie mir. Ihre Begleitung ist schon da.“

Chip sah mir breit strahlend entgegen. Er trug eines seiner besseren Shirts. Langarm. Schwarz. Aber frisch gewaschen. Er, Shirt, Haare. Alles. Fast feierlich erhob er sich und nahm mit mir gemeinsam wieder Platz.

„Mein Kollege kommt gleich und kümmert sich um Sie. Heute Abend ist es Elvis“, sagte die Kellnerin, während sie die Karten auf den Tisch legte.

Wir sahen sie beide verdutzt an. Nicht ihr Ernst.

Ein schlaksiger Typ im *Driver's-Seat*-Shirt und tatsächlich mit Tolle kam zu unserem Tisch. „Hallo, ihr beiden. Mein Name ist Elvis. Ich bin heute für euch da. Möchtet ihr Wasser, oder wollt ihr schon Drinks bestellen?“ Ohne die Antwort abzuwarten, füllte er unsere Gläser mit Tafelwasser.

„Eine Frage vorab …“ Chip stützte sich leicht auf dem Tisch auf. „Presley oder Costello? So jung, wie du bist, ist die Antwort eigentlich egal. Deine Eltern müssen ziemliche Rock 'n' Roller sein.“

Der schmale Elvis strich sich über die Tolle. „Costello. Ich kann es nicht ändern. Mache aus deren Witz jetzt meinen eigenen.“ Er sah uns grinsend an. „Also, was soll es zum Trinken sein? Bier? Die Sorten kennt ihr, oder muss ich sie runterrasseln?“

„Bud Light für mich und für ihn ein normales Bud“, sagte ich, immer noch beeindruckt.

„Gute Wahl, Lady. Kommt sofort. Die Spezialitäten heute Abend sind ein T-Bone-Steak mit Mashed Potatoes und Salat. Und Thunfischsteak vom Holzkohlegrill mit Gemüse.“

„Lass mal“, unterbrach Chip ihn. „Ich nehme den klassischen Burger, medium, mit Pommes und Krautsalat.“ Er nickte zu mir herüber.

„Den Chickenburger. Mit Salat, bitte.“

Elvis notierte alles und war Sekunden später mit unseren Bieren zurück. „Cheers. Der Rest kommt gleich.“

Chip lehnte sich in seinem Stuhl zurück. „Unfassbar, was Eltern, hoffentlich im besoffenen Kopf, ihren Kindern antun, oder? Ich meine … mal ehrlich? Elvis? Das ist doch eine Strafe. Er trägt sie mit Würde. Aber verdammt, ich hätte meine Alten gekillt. Dann doch lieber Christopher, oder? Danke, Mama und Papa.“ Er trank sein Bier in einem Zug aus.

„Ist doch ein guter Name“, lachte ich. „Christopher, meine ich.“

Er lehnte sich über den Tisch und legte seine Hand auf meine. Das tat er nur in bedeutenden Momenten. Ich war gespannt auf seine Analysen und beugte mich ebenfalls vor. Ganz auf ihn konzentriert wollte ich seinen Offenbarungen lauschen. Er sah sich um, als wollte er sichergehen, dass niemand mithören konnte. Gutes Zeichen.

„Pass auf, Dale. Das ist der Wahnsinn. Ich habe über zig verschlüsselte Kanäle was herausgefunden.“ Er sah sich nochmals um.

„Ich höre“, flüsterte ich.

„Steen bringt ein neues Buch raus. *Burst with anger* heißt es. Es spielt in der Kunstszene. Ein Kriminalroman, angeblich mit autobiografischen Zügen. Soll was von ihrer Familie erzählen. Stell dir das vor!“

Seine Begeisterung schoss mir entgegen. Dennoch musste ich ihn bremsen. „Nicht dein Ernst, Chip? Du stalkst die Schriftstellerin? Wir suchen einen Mörder, verdammt noch mal!“ Ich bemühte mich, meine Stimme auf Raumtemperatur zu halten.

Er winkte Elvis herbei und bestellte noch ein Bier.

„Das ist doch gerade das Gute. Sie war zur Besprechung weg. In Manhattan. Keine Chance, dass die Bullen ihr was nachweisen können.“

Zärtliche Liebe eines Fans. Rührend, aber ich musste die Romantik unterbrechen. „Ich habe sie am Abend darauf bei ihrem Mann gesehen. Sie könnte also auch in der Nacht zurückgekommen sein. Und, verdammt, Chip, ich dachte, wir reden über Stallbruck und seine Konten!“ Meine Stimme wurde lauter als gewollt.

Elvis knallte das zweite Bier auf den Tisch. „Wohl bekomm's.“

Chip rollte mit den Augen. „Eins nach dem anderen, okay? Ich muss doch der Heiligen den Rücken freihalten. Du weißt, was sonst passiert …“

Er beugte sich verschwörerisch vor, und zeitgleich sagten wir ganz leise: „Schreibblockade.“

Chip trank das nächste Bier halb leer. „Sei doch nicht so ungeduldig, Dale, es geht ja weiter. Sie war in Manhattan und hat sich mit ihrer Verlegerin getroffen. Keine Fotos, da sind sich alle Stalker, wie du uns nennst, einig. Keine Fotos von der, die nicht fotografiert werden will. Ruhe denen, die Ruhe brauchen. So macht man das. Aber sie war im Hotel. Die ganze Nacht. Sie ist von einem von uns überwacht worden, es ging doch um ihren neuen Roman. Ist das nicht fantastisch?“

Ich sah ihn entgeistert an. „Chip. Es geht nicht darum, dass eure Entrückte bedroht ist, sondern *ich!* Kapierst du das nicht? *Mich* will Chief Spencer. Nicht eure Heldin. MICH!! Genau deshalb, weil ihr alle fanatisch seid und keiner es zugibt. Alle! Presse, Kritiker, Fans. Alle völlig durchgedreht!“

Elvis rumste unser Essen auf den Tisch. Er hatte nicht nur mit einer nicht ganz optimalen Namenswahl zu kämpfen, sondern war offenbar auch Grobmotoriker.

„Ich sag mal: Guten Hunger. Viel Spaß dabei."

„Danke", zischte ich ihm entgegen.

Chip stürzte sich auf seinen Burger und grinste mich mampfend an. „Nun bleib mal ruhig, Babe, die Story geht gleich weiter. Iss was und reg dich ab. Ich bin in deiner Spur, aber ich kann doch den Olymp nicht außer Acht lassen. Du weißt doch, wie schnell sich ein Fokus ändern kann. Also stärke dich. Du musst den Gegenwind noch eine Weile aushalten. Dann dreht er sich. Und wir müssen auch darauf vorbereitet sein. Den Gegenwind hält unsere Heilige vielleicht nicht aus." Er biss wieder in den Burger. „Fantastisches Zeug", grunzte er.

„Was meinst du denn damit?" Ich war versucht, ihm den Teller wegzuziehen.

„Das Konto in Italien gehört Jeffrey Dinklage."

„Ach – du – Scheiße!"

„Ich frage mich, wie er das Konto eröffnen konnte", fuhr Chip fort. „Persönlich war er in den letzten zwölf Monaten nicht in Italien. Aber das finde ich schon noch raus. Der größte Mist an der Sache ist, dass es scheinbar ein Konto der Eheleute Dinklage ist. Also auch das von Steen ..."

„Sie heißt in Wirklichkeit Joanne Portland, Chip. Das habe ich heute herausgefunden", unterbrach ich ihn.

„Ist doch total egal, wie sie heißt. Sie ist über ihren Typen mittendrin. Mittendrin in der Scheiße."

Er biss erneut beherzt in seinen Burger. Meiner lag verwaist vor mir. Appetit hatte ich nicht mehr wirklich.

„Was ist denn jetzt der Plan?", fragte ich, nun wieder fast flüsternd.

„Der vergiftete Stromschlag muss noch eine Weile halten." Er hob beschwörend die Hand, um mich von meinem erheblichen Einwand abzuhalten. „Nur eine Weile, Dale. Ich muss wissen, was Stallbruck für Dinklage erledigt hat. Da muss irgendwas vorgefallen sein. Für nichts überweist der Ehemann sicher keine zwanzigtausend Dollar an einen schmierigen Ganoven. Verwandt sind die nicht. Habe ich schon ausgeschlossen. Hätte ja sein können. Der hässliche Stiefonkel oder so. Ist aber nicht so. Keinerlei Verbindung. Also muss Stallbruck irgendwas gegen Dinklage in der Hand gehabt haben. Ich hacke mich gerade tiefer in die verschlüsselten Mails. Es ist Erpressung, da bin ich mir sicher. Nur kommt das alles gefährlich nah an Steen ran. Das gefällt mir nicht. Ich muss weitergraben. Und ich muss herausfinden, wie er das Konto eröffnen konnte. Das braucht Zeit." Er war inzwischen beim Krautsalat angekommen. „Jetzt iss doch mal was, Babe, der Burger wird kalt."

Ich saß immer noch erstarrt vor ihm. Also musste ich noch eine Weile aushalten, dass Chief Spencer Belastungsmaterial gegen mich sammelte, um der Schriftstellerin den Rücken freizuhalten, die von ihrem Ehemann in dieses Desaster gestürzt wurde? Und dabei sollte ich ruhig meinen Burger essen … Ein Ablenkungsmanöver zugunsten der Wörterkönigin? Das konnte auch ordentlich schiefgehen. Und was war, wenn sie doch was mit dem Mord zu tun hatte? Wenn sie von diesem ominösen Konto in Italien wusste? Nicht unmöglich, oder?

Als hätte mein gut gelauntes, gefräßiges Gegenüber meine Gedanken gelesen, sagte er: „Es ist doch kein Risiko. Wir wissen, dass du nichts damit zu tun hast und dass sie es nicht war. Sie war in der Nacht in Manhattan. Also lassen wir die Staatsmacht noch etwas im Dunkeln tappen, und ich hole euch beide da raus, indem ich den Bösewicht präsentiere. Wie klingt das?" Er strahlte.

„Das klingt unglaublich bescheuert, extrem reizlos und ziemlich riskant für mich."

Jetzt konnte auch ich endlich essen. Wahrheiten aussprechen befreite ungemein. Der Burger war wirklich gut.

Er schüttelte den Kopf. „Das ist es nicht, Dale. Wir müssen die Polizei ablenken. Ich könnte ihnen neben dir auch noch eine weitere Einbrecherfährte legen. Also mehr, als nur einen Typen an ein Kabel zu legen. Streit verfeindeter Gangs aus dem Untergrund. Ich schicke ihnen morgen ein paar Bilder, die Stallbruck mit den Flying Birds zeigen. Die Typen sind bekannt für ihre Überfälle. Immer so gut gemacht, dass, wenn überhaupt jemand geschnappt wird, es einer aus der dritten oder vierten Reihe ist. So einer könnte der Tote gewesen sein. Ausgepackt hat nie jemand. Das kann dich auch mal glatt das Leben kosten. Und so könnte es doch auch hier gewesen sein. Wohlgemerkt: *könnte.*" Er wischte sich den Mund ab und trank das Bier aus.

Ich sah ihn staunend an. „Gibt es solche Fotos wirklich?"

Er nickte. „Gibt es. Sind von Ende März. Da war ein großes Treffen, der gesamten Birds-Familie in Montauk. Und unser Idiot war da."

„Aber das kann doch die Lösung sein, Chip. Warum setzen wir nicht alles auf diese Karte? Das macht doch Sinn. Bandenchaos. Und schon sind wir alle raus."

Er legte den Kopf schräg und sah mich erwartungsvoll an.

Klar. Fehler in der Logik. „Warum sollte dann Geld von Dinklage oder Steen geflossen sein, schon klar. Also kommt der Grund dafür, dass der Typ tot ist, aus der Holly Lane. Die anderen sind zwar Randfiguren, aber sie mischen da irgendwie mit. Das fühle ich, Chip."

„Das Geld kommt von Dinklage", korrigierte er mich. Natürlich, die Beschatter-Fans wussten schließlich, dass Mrs. Portland respektive Steen in Manhattan wohl behütet genächtigt hatte …

Ja, ich sollte meinen Sinnen straffere Zügel anlegen. Klüger denken. So wie sonst auch.

„Sorry, du hast recht", gab ich zu. „Ein Schritt nach dem anderen. Nur ein paar Schritte der Polizei voraus. Ich bin wieder in der Spur, hat mich nur etwas irritiert, dass ich noch länger unter Beobachtung stehen soll. Aber jetzt wird es klar."

Chip hob die Hand. Elvis ließ nicht lange auf sich warten. „Alles okay, bei euch?"

„Die Gläser sind leer. Kannst du Nachschub beschaffen?"

Elvis sah auf meinen Teller. „Was ist? Irgendwas nicht okay mit dem Essen?"

„Alles prima. Mein bester Freund hier", ich deutete auf einen zufriedenen, satten Mann, „weiß nur, wie man Frauen vom Essen abhält."

„Versaute Witze?", fragte Elvis, griff nach den leeren Biergläsern und räumte dabei fast das Tafelwasser ab.

„So ähnlich. Aber nicht schlüpfrig. Eher so ein Schocker." Ich nahm mein Glas sicherheitshalber vom Tisch, bis er weg war.

„Was meinst du, wie lange du brauchst, um die Geldverbindung zu durchleuchten?"

„Wenn es gut läuft, vielleicht drei Tage. Und ich muss herausfinden, was Stallbruck auf diesen Account bringen wollte und vor allem wessen Account das ist. Und was es mit den Fotos auf sich hat, ist genauso wichtig. Ich schicke die Flying-Birds-Fotos heute Nacht an die Bullen. Da können sie ein bisschen rumrätseln. Das passt gut. Morgen trifft sich unsere Chefermittlerin mit Steen."

Ich lehnte mich zurück. „Woher weißt du das?" Verblüffend, was dieser Typ an Informationen in seinen Kanälen fand.

„Mrs. Spencer legt ihre Termine ordentlich ab. Sie ist morgen um 11 Uhr in der Holly Lane und trifft *Madame X*. So diskret war sie dann doch, nicht ihren Namen zu schreiben. Aber du sagst ihn mir jetzt bitte auch nicht mehr. Ich bin ihr sowieso schon zu nahegekommen." Er senkte seinen Blick zum Bier. „Kriege das Bild nicht mehr aus dem Kopf", nuschelte er.

„Welches? Das von der sexy Blondine? Ich kenne Typen, die sind superhappy damit."

„Ach was." Er trank einen großen Schluck. „Doch nicht das. Das von dieser Furler. *Das* hat sich auf meiner Festplatte eingebrannt. Habe es sogar als Startbild aufgezogen."

Dieser Mann konnte verblüffen und rühren zugleich. Lieber ein fremdes Bild zur Ikone machen, als ungeliebte Gedanken Wahrheit werden zu lassen. Bewundernswert konsequent. Gut, dass ich meine Zeitungsausschnitte zu Hause gelassen habe.

„Und jetzt? Ich möchte dich noch ausführen. Habe ja selten ein schönes Mädchen am Start. Hast du Lust mit mir ins *Linda's* zu gehen? Ausnahmsweise ist an einem Freitag Karaoke bei ihr. Sie hatte gestern geschlossen – irgendwas Familiäres." Er winkte Elvis heran und bestellte die Rechnung.

„Ich muss morgen arbeiten, Chip. Höchstens eine Stunde."

„Wieso lässt du dich auch ständig für den Wochenenddienst einteilen? Komm, wir halten vorher bei mir an, und ich schicke die Nachricht an unsere Freundin Spencer. Einverstanden?"

Natürlich.

Linda hatte früher mit einem Partner das *Swamp* geführt, einen angesagten Schwulenclub, der bei uns nicht schwulen Insulanern vor allem wegen der Karaoke-Abende Kult war. Die Stadt, Fluch und Segen zugleich, hatte an diesen Abenden all die arbeitslosen Sänger, Musicaldarsteller und Möchtegernstars in Linda's Club gespült, weil sie vor Publikum performen wollten – was sie in ihren tristen Aushilfskellnerjobs selten konnten. Jetzt hatte Linda ein Restaurant in Sag Harbor, was mehr schlecht als recht lief. Aber an den Karaoke-Abenden war das Ding voll. Alle tranken sich Mut an, als gäbe es kein Morgen, und die schönen, schwulen Jungs waren auch wieder da. Gut für Ohr und Auge. Das *Swamp* fehlte, aber einmal in der Woche zauberte Linda eine Erinnerung an das Kultlokal in unser Fischerdorf. Farbenfrohes Treiben war garantiert – bei wirklich eigenartigem Essen. Dies würde ihr Problem bleiben. Einmal pro Woche war ein volles Haus nicht genug, das wussten wir alle.

Aber wir unterstützten die taffe Linda, wann immer es unser Budget zuließ, und wagten uns an ihr experimentelles Speiseangebot.

Chip zahlte bei Elvis generös die Rechnung und schleppte mich zu unseren Autos. „Lass dich nicht von den Jägern der Nacht erwischen. Wir treffen uns also gleich bei mir in Sag, okay?"

„Habe nur zwei Leichtbier getrunken. *Du* musst aufpassen, mein Alter."

„Ich habe meine Wege und im Notfall Kontakte." Er küsste mich auf die Stirn. Ein klares Zeichen von Euphorie. Klar, Linda's Ruf klang in seinen Ohren. Dazu ein guter Plan. Und morgen würde er ausschlafen können. Die Zeichen standen perfekt für ihn.

In seiner Wohnung hackte er glücklich grinsend auf dem Computer rum. „Freies Spielfeld für dich morgen, Steen. Bessere Ablenkung geht nicht." Er schickte der ausgehenden Mail eine Kusshand hinterher. „So. Das wär's. Jetzt musst du dich noch ein bisschen ärgern lassen, Dale, aber den Spaß wird Chief Spencer bald verlieren. Läuft ja auch ins Nichts. Dafür ist ihre Zeit zu schade."

Er kämmte sich sein Haar, und wir stolperten die enge Stiege hinab auf die Straße.

Vor Linda's Laden staute es sich schon etwas. Frank, der Kellner, der an diesen Abenden zum Türsteher umfunktioniert wurde, winkte uns durch. Treue zahlte sich bei Linda aus. Die Chefin selbst stand hinter dem Tresen, und eine talentierte Dame um die fünfzig trällerte einen Song von Adele. Ziemlich gut sogar.

Ich hoffte ja immer, dass mal ein echter Star so aus Spaß hier aufschlagen würde. Auf unserer Insel trieben sich so viele rum: Beyoncé, Alicia Keys, Kiesza, Lady Gaga. Meine Eltern hatten mal die Bee Gees und Barbra Streisand getroffen. Wenn man einen Superstar sah, blieb man ruhig, als wäre es total normal. Man nickte freundlich – egal, wen man traf: Oscar- oder Emmy-Preisträger, Künstler oder Designer. Nicken, lächeln. Nicht aufdringlich. Ganz normal. Alles andere wäre peinlich. Meine Lieblingssängerin hatte ich auch schon getroffen. Ingrid Michaelson. An der Bushaltestelle. Natürlich hatte ich sie nicht angesprochen. Manche Stars bewegten sich so normal unter uns, dass Diskretion leichtfiel. Andere veranstalteten ein Zinnober, dass man sich zwingen musste, wegzusehen. Und unsere Schriftstellerin? Ach … jeder sollte leben, wir er wollte.

Chip tanzte glücklich zu einer Sam-Smith-Imitation. Linda überschüttete gerade ein frisch verliebtes Frauenpaar mit ihrer Aufmerksamkeit. Dabei bemerkte sie gar nicht, dass die beiden nur Augen füreinander hatten. Linda's Ehefrau stand schmollend daneben. Auf der Bühne gab eine kleine Maus Ariana Grande. Richtig gut. Das Frauenpärchen wurde nun auch noch von einer anderen Frau und einem sehr kräftigen Mann belagert. Trotz der lauten Musik konnte ich hören, wie die beiden Frauen auf ein Boot eingeladen wurden. Die ältere sagte sofort nein. Dann Rückfrage: „Oder willst du das?" Die andere lachte. Nein, sie wollte auch nicht. Keine Überraschung.

9. April 2016

Water Mill, Holly Lane 17

Chief Spencer stand in Begleitung einer weiteren Polizistin vor meiner Tür. Pünktlich um 11 Uhr. Ich öffnete und bat sie herein.

Die Polizeichefin von Southampton war recht groß und kräftig, ihr Händedruck beeindruckend. Hinter der dunklen Hornbrille tat sich ihr ehrliches Lächeln etwas schwer, überzeugend zu sein. Es war dennoch spürbar.

„Mrs. Furler. Es ist mir eine Ehre, Sie persönlich kennenzulernen", sagte sie und blickte mir dabei nur kurz in die Augen. Dann machte sie einen zaghaften Schritt von mir weg, der weder zu ihrer Statur noch zu ihrer Position passte, aber wohl Respekt ausdrücken sollte, und schickte hinterher: „Ich bin ein großer Fan Ihrer Bücher. Aber das sind ja die meisten von uns."

Die andere Polizistin stellte sich als Officer Baker vor, schüttelte ebenfalls kräftig meine Hand und ergänzte voller Leidenschaft, dass *Symphony of a lost summer* ihr Liebling war – gefolgt von eigentlich allen anderen meiner Romane.

Ich bat die beiden ins Wohnzimmer. Kater lag in voller Länge auf einem der Sofas. Ich deutete für die Polizistinnen auf das andere Sofa und quetschte mich mit halber Pobacke vor ihn.

„Ich hoffe, Sie haben keine Katzenhaarallergie." Es war mir eigentlich egal, aber ich fand es höflich zu fragen. Dies hier war unser Haus. Das von Kater, Jeffrey und mir.

Das Training mit Gilian gestern hatte mich nervöser gemacht, als ich wollte. Zu viel theoretisieren war bei mir nicht so effektiv, wie die kluge und klar strukturierte Gilian es gern gehabt hätte. Ich funktionierte besser intuitiv. Außerdem machte sich der Wein von gestern noch etwas in meinen Blutbahnen und in meinem Hirn bemerkbar.

Silvia kam mit Kaffee, stellte alles schweigend auf den Wohnzimmertisch und verschwand dann sofort wieder in der Küche.

Chief Spencer versuchte sich erneut an einem entspannenden Lächeln. „Mrs. Furler, Sie erlauben, dass wir dieses Gespräch aufzeichnen? Es ist nur für unsere Unterlagen und wird wahrscheinlich nicht vor Gericht relevant sein, aber es ist Vorschrift. Doch das wissen Sie ja."

Ich nickte, und Kater trat mir sanft gegen den Oberschenkel. Officer Baker stellte ein Diktiergerät auf den Tisch, und ich schenkte Kaffee ein.

„Mrs. Furler, Ihnen ist bekannt, dass wir am 4. April einen toten Mann auf Ihrem Anwesen gemeldet bekamen?"

„Ja, das weiß ich."

„Gut. Dieser Tote wurde um 9.58 Uhr von einer Angestellten von Long Island Energy gemeldet. Anwesend zu dieser Zeit waren Ihre Haushaltshilfe, Mrs. Silvia Aklund, und die besagte Mitarbeiterin des L. I. E., Dale Roberts. Ihr Mann kam um 10.27 Uhr hinzu. Sie waren zu der Zeit in Manhattan bei Ihrem Verlag, richtig?"

„Richtig. Ich bin am Vortag von Long Island in die Stadt gefahren."

Spencer rückte auf dem Sofa etwas vor. „Und Sie kannten den Mann nicht?"

„Den Verstorbenen?"

Die andere Polizistin legte ein Foto von dem Toten auf den Tisch. Grauenhaft.

„Genau. Diesen Mann. James Stallbruck", ergänzte Chief Spencer.

Ich starrte auf das Foto und wandte mich gleich wieder ab.

„Nein. Ich kenne den Mann nicht."

„Sehr gut." Und das klang von Herzen ehrlich. „Wir wissen bisher, dass er mit Beruhigungsmittel im Blut an der Stromzuleitung Ihres Gästehauses starb. Eventuell ein versuchter Einbruch unter Einfluss von Narkotika. Leider wird es wohl doch eine längere Ermittlung werden. So ungern ich Ihnen das zumute." Sie senkte besorgt ihren Blick, um sich schnell zu sammeln, dann sprach sie weiter. „Wir brauchen von Ihnen den ungefähren Ablauf Ihres Aufenthalts in Manhattan. Bei Ihrem Verlag. Je präziser Sie sich erinnern, umso schneller können wir die Unannehmlichkeiten für Sie beenden. Das wäre mir auch persönlich sehr recht. Ich störe Sie nur ungern."

Ich warf ihr einen aufmunternden Blick zu und berichtete – in Kurzfassung – was ich gestern mit Gilian durchgespielt hatte.

Chief Spencer schien beeindruckt und zufrieden. „Entschuldigen Sie, Mrs. Furler, wir wissen, dass Sie in dieser Angelegenheit die Betroffene sind, und wollen Ihre Geduld auch gar nicht überstrapazieren. Nur noch ein paar Fragen. Ist Ihnen in letzter Zeit irgendetwas Merkwürdiges aufgefallen? Ungewöhnliche Arbeiten in der Nähe Ihres Hauses, die nicht angemeldet waren? Oder Arbeiter, die Sie nicht klar einordnen konnten? Oder Fremde, die Ihr Grundstück betreten und sich über irgendetwas erkundigt haben? Irgendetwas Auffälliges, Ungewöhnliches in Ihrer nahen Umgebung? Sie wissen, was ich meine." Sie räusperte sich und rückte ihre Brille zurecht.

„Mein Mann hat ein Notstromaggregat einbauen lassen. Das war vor etwa drei Wochen. Er hat Angst vor Stromausfällen. Muss immer online sein. Das L. I. E. hat den Einbau überprüft und die Abnahme gemacht. Ich war in den letzten Wochen so sehr mit meinem neuen Roman beschäftigt, dass ich kaum hier war. Es war mir hier zu laut. Ich war deshalb oft in der Stadt. Jeffrey war vor Ort und hat die Arbeiten überwacht. Wie auch Mrs. Aklund. Ich habe keinen anderen hier wahrgenommen. Ehrlich gesagt, ich habe überhaupt nichts Ungewöhnliches wahrgenommen. Ich war woanders."

Chief Spencer nickte. „Selbstverständlich. Sie waren mit Ihrem neuen Roman beschäftigt."

„Ja, ich habe so eine Hektik auch nicht gern, glauben Sie mir, ich bin lieber hier draußen oder am Strand, hänge meinen Gedanken nach oder treibe Sport. Aber die Zeit vor Manuskriptabgabe ist ganz anders als mein wirkliches Leben."

„Oh, wie spannend!", rutschte es Officer Baker heraus.

Sofort erfolgte ein Rüffel vom Chief. „Wir sind nicht hier, um Mrs. Furler und ihr Leben zu überprüfen. Es geht um den Toten." Sie schnaubte böse.

„Ist schon okay. Gibt es denn etwas Neues?", fragte ich.

Jetzt ließ sich die Chefin selbst zu einer Indiskretion hinreißen. „Wir haben vielleicht eine Spur. Anonymer Hinweis. Deutet auf ganz harte Jungs hin. Aber keine Sorge, das werden wir schnell überprüfen. Mehr kann ich nicht sagen, laufende Ermittlungen."

Natürlich zeigte ich maximales Verständnis. Trotzdem, das klang interessant. Der Begriff *harte Jungs* löste in mir ganz eigene Assoziationen aus.

„Mrs. Furler, ich danke Ihnen für Ihre Zeit und Ihre Gastfreundschaft. Es war sehr angenehm bei Ihnen." Chief Spencer erhob sich und nickte Officer Baker zu, die das Aufnahmegerät einpackte. Was Spencer nicht schnell genug ging. Sie schimpfte und raunzte leise vor sich hin. Zu mir gewandt sagte sie: „Ich bleibe mit Ihnen in Kontakt, Mrs. Furler, diskret natürlich. Alles, was zwischen uns gesagt wird, behandeln wir streng vertraulich. Machen Sie sich keine Sorgen, bitte."

Ich versuchte ihr in die Augen zu sehen. „Muss ich das denn? Mir Sorgen machen? Angenehm finde ich diesen Toten auf meinem Grundstück wahrlich nicht." Ein bisschen bestimmt auftreten schadete nicht. Ich bemühte mich um den ernstesten meiner Blicke.

Es funktionierte. Chief Spencer suchte beschwichtigend nach Worten.

„Mrs. Furler, das Ganze ist so ärgerlich. Ich werde den Fall so schnell wie möglich zum Abschluss bringen. Mir wäre ein dämlicher Stromschlag schon genug gewesen, um die Geschichte zu beenden. Aber, ach, was soll ich sagen, es ist eben nicht so einfach wie gewünscht, dennoch wird es ohne viel Wirbel gehen." Sie sah mein besorgtes Gesicht. „Nein, es wird ohne Wirbel gehen. Lassen Sie mich mal machen." Sie nahm meine Hand und hielt sie fest. „Das wird schon. Ich kümmere mich darum."

Ich nickte ihr zuversichtlich zu. Es erschien mir der einzige Weg, meine Hand wiederzubekommen. Und so war es dann auch.

Chefermittlerin Spencer und ihre Kollegin verließen das Haus. Während ihrer Anwesenheit hatte Kater nicht ein einziges Mal seine Position verändert. Es musste also alles ruhig verlaufen sein.

Als die Polizistinnen verschwunden waren, kam Gilian zufrieden aus dem Arbeitszimmer und nahm mich in den Arm. „Hast du gut gemacht." Sie küsste mich auf die Stirn.

Mir war schwindelig. „Ich brauche ein Aspirin. Lass uns in die Küche gehen."

Wir nahmen noch eine Tasse Kaffee, und Gilian versuchte zu resümieren.

„Sie wird versuchen, alles zu tun, damit der Deckel auf deinem Namen bleibt. Sie wirkte vernünftig. Was sie sagte, war durchdacht. Und sie war gebührend beeindruckt. Das hast du gut gemacht, Steen." Meinen Künstlernamen benutzte Gilian eigentlich nie – außer bei Presseterminen, die sie allesamt alleine wahrnahm. Sie grinste mich aufmunternd an.

„Ich fand es wenig aufschlussreich. Und du? Wie ist der Typ denn nun gestorben?"

„Die Chefin bevorzugt die Stromschlagtheorie. Aber jetzt könnten es wohl auch andere üble Halunken sein, die ihn umgelegt haben.

Aber einbrechen wollten wohl alle. Vielleicht solltest du doch mal über ein Tor für die Einfahrt nachdenken, Cate."

„Das würde doch dämlich aussehen."

„Schützt aber vor allzu frechen Burschen", wandte Gilian ein.

Recht hatte sie schon. Diese Diskussion hatte ich mit Jeffrey oft geführt. Mir lagen aber die Hirschkühe und ihre Kälber am Herzen, die nachts und früh morgens in meinem Garten ästen. Die mussten kommen und gehen können. Wie sollte das mit einem Tor funktionieren? Der Zaun, den ich nach den neuen Regularien der Stadt und des Staates New York hatte bauen lassen müssen, war schon hinderlich genug. Er schränkte die Hirsche und ihre Bewegungsfreiheit enorm ein. Aber das brachte ich nicht als Argument vor. Das wäre für Jeffrey ein gefundenes Fressen, um das Gegenteil zu erreichen. Er wollte keine Hirsche im Garten. Und darauf wollte ich es nicht hinauslaufen lassen.

„Die Stromschlagtheorie wurde wohl von irgendjemandem weggetorpediert, oder was war dein Eindruck?" Ich biss in einen Apfel. Obst half, wenn mein Kopf überlastet war.

Gilian blätterte in der neusten Ausgabe des *Hamptons Magazine*. „Vielleicht von der Finderin?", bemerkte sie nebensächlich.

„Welcher Finderin?"

„Na, der Finderin der Leiche." Sie blätterte weiter.

Ich setzte mich gerade vor ihr auf und wedelte mit meiner Hand vor ihrem Gesicht. „Was meinst du damit?"

Sie studierte weiter den Klatschteil des Magazins. „Wusstest du, dass Mr. und Mrs. Greensporn sich scheiden lassen? Die sind doch schon beide mindestens achtzig. Nicht, dass sich ein neuer Schritt nicht immer lohnt, aber mit achtzig?"

Sie sah kurz von der Zeitschrift auf. „Nein, entschuldige, wieder zu unserem Fall. Ich meine die Frau vom L. I. E. Stell dir doch mal vor, du hättest hier alles abgenommen und plötzlich stirbt jemand an deinem Kabel. Könnte mir denken, dass einen so was anfrisst."

Sie blätterte weiter. „Mich würde das zur Höchstform bringen. Das würde ich nicht auf mir sitzen lassen.“ Wieder schlug sie eine Seite um. „Hey, stopp mal! Wer ist Joanne Portland? Und wusstest du, das Jeffrey auf der Krebs-Gala vom Southampton Hospital war?“ Sie drehte das Magazin zu mir um und deutete auf zwei Fotos.

Ich sah mir die Bilder geistesabwesend an. Sehen und gleichzeitig nachdenken funktionierte zwar gut, aber über zwei unterschiedliche Themen … das nervte mich eher.

„Eins nach dem anderen, Mrs. May, bitte.“ Ich warf den Rest meines Apfels in den Müll. „Joanne Portland schreibt auch irgendwas. Ich habe Jeffrey nicht richtig zugehört, aber sie wollte mal ein Haus von ihm kaufen. Das wurde wohl nichts, seitdem sieht er sie gelegentlich. Warum soll er sich nicht sozial engagieren? Er hat genug Geld.“

„Und wenig Ruhm“, unterbrach sie mich.

„Gilian, hör damit auf. Er ist berühmt genug auf dieser Insel.“

„Ja, wegen seiner berühmten Frau, von deren Ruhm ja keiner weiß. Du bist echt ein Engel mit deiner Gutgläubigkeit.“ Sie lachte laut und herzlich. „Was schreibt diese Joanne denn, Cate? Kolumnen für Käseblätter? Frag ihn noch mal nach dieser Frau. Hast du gesehen, was das für ein Geschoss ist? Alles auf Hochglanz getrimmt, Herzchen, da guckt auch der bravste Ehemann schon zweimal hin.“

Ich betrachtete das Bild diesmal genauer. „Ja, ist hübsch.“

„Die ist nicht einfach hübsch, Cate, die ist eine Jägerin, die darauf trainiert ist, dass Männer in ihre Falle tappen. Glaub mir, ich kenne solche Frauen. Deren ganzes Leben ist nur auf äußere Schönheit ausgerichtet. Das ist der Köder, und dann schlagen sie gnadenlos zu. Die bringen den gottesfürchtigsten Mönch in Bedrängnis.“

Ich verdrehte die Augen. „Du magst Jeffrey nicht, Gilian. Das ist so und wird sich nicht ändern.“

„Er ist der Mann *von* …, und das findet er furchtbar. Er will lieber eine Frau, die ihren Namen an seiner Seite aufgibt. Sage ich doch schon immer.“ Sie nippte an ihrem Kaffee. „Krasse Frau, diese Joanne. Ich schwör dir, die fackelt nicht lange, wenn der richtige Geldmagnet kommt.“

Ich kramte eine Zigarette aus der Schublade und zündete sie an. Dann ging ich hinaus auf die Terrasse.

Gilian folgte kurz darauf. „Sorry, wollte dich nicht schwindelig reden. Vielleicht ist deiner ja ein Heiliger. Ich meine ja nur … solche Frauen haben keinen Respekt vor Eheringen. Eher im Gegenteil.“

Sie nahm mich von hinten in den Arm, und ihre Nähe war, wie immer, beruhigend. Ich umschloss ihre Arme mit einer Hand und rauchte mit der anderen weiter.

„Wir waren eigentlich woanders.“ Mein Blick folgte dem Rauch, der wie ein Friedensangebot in der klaren Luft aufstieg.

„Richtig.“ Sie schmiegte sich ganz kurz an meinen Rücken, um mich dann wieder loszulassen. „Der Tote … Also wäre ich die Frau vom L. I. E., dann würde ich gewaltig Alarm schlagen, um es nicht auf mir sitzen zu lassen.“

„Große Wellen also?“

„Ganz große Wellen. Aber viele Möglichkeiten hat sie wohl nicht. Wie will sie gegen Chief Spencer und deren Traum von einer Stromleiche vorgehen?“

„Schlechte Chancen.“

Gilian setzte sich auf die kleine Mauer, die die Terrasse umrahmte. „Aber ich bin sicher, *die* nervt unsere Polizistin.“

Ich sah in den Garten. Die Natur begann gerade aus dem Winterschlaf zu erwachen. Wunderschön.

„Also sollte ich sie mal sprechen“, beschloss ich.

Gilian zuckte mit den Achseln. „Dümmer macht es dich nicht.“

„Weißt du den Namen noch, den Chief Spencer nannte?“

Gilian schmunzelte. „Du und die Namen ... Sie heißt Dale Roberts.“

Okay, dann war sie mein nächstes Ziel. Die außer Kontrolle laufende Welle namens Dale Roberts. Die konnte ich bestimmt ruhig an den Strand bringen. Wellen abschwächen gehörte zu meinen Spezialitäten. Ich konnte sie spüren, ihre Kraft absorbieren und schlechte Energie in positive verwandeln. Zumindest bei Menschen gelang mir das. Beim Atlantik und seinen Wellen natürlich nicht. Die schlugen über mir genauso wie über allen anderen zusammen. Der Ozean folgte der großen Macht des Herrn der Gezeiten und ließ sich nicht durch feinfühlige Personen beeinflussen. Sein Weg, seine Dynamik war klar vorgezeichnet. Und trotzdem nicht berechenbar. Er ließ sich nicht besänftigen. Aber Dale Roberts vom L. I. E. konnte ich bestimmt einfangen. Vielleicht waren wir sogar imstande zu kooperieren. Hatten ja dasselbe Ziel. Das erschien mir eine gute Idee.

Ich rief nach Silvia, die brummig aus dem Wohnzimmer kam.

„Liebe Silvia, die Frau vom Energieversorger, die die Leiche mit Ihnen entdeckt hat …"

„Was ist mit der?", schoss mir Silvia ungewohnt hart in die Parade.

Ich räusperte mich, und auch Gilian's Augen zeigten Irritation.

„Die Frau. Wie war die denn so?" Die Reaktion meiner Haushaltshilfe hatte mich wirklich beirrt.

Silvia stemmte die Hände in die Hüften. „Sie ist unnachgiebig. Selbst die Polizei konnte sie nicht stoppen. Ihr Mann weiß mehr über sie. Er hat mit ihr gesprochen und ihr zugesagt, dass sie hier auftauchen kann, wenn die Polizei das Grundstück freigegeben hat. Sie kam aber trotzdem einfach schon vorher."

Gilian sah mich provozierend an. „Sag ich dir doch. Die lässt nichts auf sich sitzen. Große Welle eben."

„Killerwelle. Ein Atlantikkind. Keine Frage. Ich verstehe, was du meinst."

Silvia blickte zwischen uns hin und her.

„Wenn Sie mich fragen: eine Nervensäge übelster Sorte", schimpfte Silvia. „Hört nicht auf zu suchen und zu fragen. Fragen Sie Ihren Mann, der kennt die."

Ich lächelte. Hörte sich nach einem klugen Dickkopf an. Das konnte nur eine Frau von der Insel sein. So stur waren keine Zugezogenen.

Imponierte mir.

„Scherereien bringt die“, maulte Silvia, während sie kehrt machte und zurück ins Haus marschierte. „Ich bin jetzt im Schlafzimmer.“

Gilian sah ihr immer noch irritiert nach. „Die ging der guten Silvia offenbar gehörig auf die Nerven.“

„Wundert mich. Normalerweise freut sich Silvia über jeden Handwerker und jede Abwechslung. Sie trinkt generell mit allen erst mal Kaffee.“ Ich winkte ab. „Das muss man nicht zu ernst nehmen. Das alles ist im Moment zu viel für sie. Das wird schon wieder.“

Gilian grinste und legte ihre Hand auf meine Schulter. „Frag bitte Jeffrey nach dieser Frau.“

„Die vom Energieversorgungsunternehmen? Da mache ich mir lieber selbst ein Bild.“

„Nicht die. Die Kolumnenschreiberin. Das interessiert mich schon, was diese Dame so treibt. Die andere guckst du dir in Ruhe an und findest raus, was sie so wütend macht. Dafür bist du die Richtige.“

Kater kam uns entgegen. Ziemlich verschlafen und ausgeruht. Und Gilian und ich beschlossen, noch ein bisschen bummeln zu gehen. East Hampton hatten wir lange nicht mehr heimgesucht. Gilian wollte danach noch in dem ortsansässigen Buchladen vorbeischauen. Das war ein guter Plan für den Tag.

Sagaponack, Daniel's Lane

Am Morgen nach dem Karaoke fühlte ich mich etwas neben der Spur. Die Ohren dröhnten, der Schädel auch. Aber es war ein schöner Abend gewesen.

Mandy hatte mir für diesen Samstag eine Reparatur in Sagaponack vermittelt, die ziemlich aufwendig war. Mir lief ein wenig die

Zeit davon, denn ich wollte unbedingt noch in die Holly Lane fahren. Ich wollte herausfinden, wie und von wo man außerhalb des Hauses die Stromversorgung manipulieren konnte. Der Gedanke war mir über Nacht gekommen. Falls jemand den Strom für eine kurze Zeit abgestellt hatte, dann hätte Stallbruck tatsächlich an der Leitung umgekommen sein können. Betäubt und außerstande sich zu wehren, hätte man ihn an das stromlose Kabel legen können, um dann wieder Strom draufzugeben. So konnte es geschehen sein. Dazu müsste sich nur jemand von außen Zugriff auf das System verschafft haben.

Normalerweise hatten nur wir vom städtischen Energieversorger diese Möglichkeit. Aber Chip hatte mich gelehrt, die Macht der Hacker nicht zu unterschätzen. Doch jede Unterbrechung der Stromversorgung konnte man nachträglich auslesen. Mist, dass mir die Idee noch nicht früher gekommen war. Jetzt musste ich also erneut Silvia belästigen. Mal sehen, ob sie mich noch mal in den Garten ließ.

Aber noch hingen meine Ermittlungen unter dem uralten Stromgenerator von Mr. Buckley in der Daniel's Lane fest. Ich hatte dieses Teil schon vor drei Jahren zum Abschuss freigegeben und Mr. Buckley erklärt, dass dieses Monster ein totaler Energieverschwender und zudem hochgefährlich sei. Aber der alte Herr hatte wohl sein Hörgerät auf Durchzug gestellt. Damals vor drei Jahren und heute auch.

„Mr. Buckley, ich habe alles versucht, dieses Teil zu reparieren, aber es ist sinnlos“, brüllte ich gegen das Tuckern der Teufelsmaschine aus dem Zweiten Weltkrieg an.

„Kindchen, das ist der Motor. Dreh ein paar Schräubchen, und das Teil surrt wie ein Vögelchen“, blökte er zurück.

Mein Anzug, mein Gesicht und meine Hände waren schon voller Schmieröl, und ich stank nach Benzin wie ein Automonteur.

„Mr. Buckley, dieses Ding ist nicht zu retten und darf auch nicht mehr gerettet werden. Es kann ins Museum." Ich wischte mir mit einem Tuch über das Gesicht.

Mit einem Verbrennungsmotor auf Dauer Strom zu erzeugen, das sollte auch die Umweltaufsicht nicht sehen. Unglaublich.

„Du gehst ins Museum? Wie schön. Wohin denn? Zu den Walfängern? Du lebst doch jetzt in Sag Harbor, seit deine Eltern sich an die Südküste aufgemacht haben, oder?"

Ich war versucht aufzugeben. „Nicht *ich* gehe ins Museum, Mr. Buckley, sondern Ihre Maschine sollte dahin." Langsam schob ich ihn aus dem kleinen Anbau. Weg von dem Krach. „Müssen Sie denn heute noch irgendwas Dringendes machen?"

„Was sollte ich schon machen, Kindchen? Ich mach mir gleich ein Brot und geh schlafen."

Na schön.

„Dann schalte ich das Gerät jetzt ab und komme morgen früh wieder, okay? Sie brauchen aber einen Installateur, der Ihnen eine neue Anlage einbaut. Sollen wir das machen, oder haben Sie jemanden?"

Er sah mich breit grinsend an. „Dein Vater hätte das gemacht. Der hat sich jetzt nach Florida verdrückt, also machst du das, Kindchen." Er nahm meine Hand in seine Pranke. „Du siehst ziemlich dreckig aus. Willste dich kurz waschen? Die Wale kriegen sonst Angst. Siehst aus wie ein Walfänger. Die haben sich auch immer so bemalt, bevor sie rausgefahren sind zum Harpunieren. Und beeil dich, das Museum macht um 17 Uhr zu."

Er stupste mich zu seinem Handpumpbrunnen und reichte mir einen Lappen. Wenn ich noch in die Holly Lane wollte, dann musste das Öl weg. So konnte ich nirgends hin. Scheinbar nicht mal ins Walfängermuseum. Allerdings war es schon 16.15 Uhr. Nach 17 Uhr konnte ich gar nichts mehr als Routinebesuch in meinem Routenplan darstellen. Denn ab dann wurde offiziell die Notrufzeit für den Abend eingeläutet.

Ich wusch also rasch mein Gesicht und sprang ins Auto. Von hier aus brauchte ich etwa fünfzehn Minuten bis nach Water Mill. Also sollte ich es vor 17 Uhr schaffen. Ich fuhr die 27 West, so schnell ich konnte, und über das Erlaubte hinaus. In die Cobb Road bog ich ab, indem ich mich unverschämt vordrängelte, und fuhr kurz danach durch das weiße Tor, das in die Privatstraße Holly Lane führte, um wenige Sekunden später den beruhigenden Kies in der Einfahrt der Nummer 17 unter meinen Reifen zu spüren. An der Seite des Gästehauses stoppte ich neben einem schwarzen Jeep Wrangler.

Einmal kurz durchatmen, ein Blick in den Rückspiegel – ich sah scheiße aus! Egal …

Ich ging auf das Haus zu. Silvia's grimmiges Gesicht erwartend drückte ich die Türklingel.

„Ich bin's, Dale Roberts vom L. I. E. Ich überprüfe noch mal die Leitungen", brüllte ich vorsorglich vor der Tür, in der Hoffnung, dass diese Ansage ihr ausreichend Information bot. Ich hatte mich schon abgewandt und war auf dem Weg in den Garten, als ich hörte, wie sich die Tür öffnete.

„Guten Tag, Dale Roberts vom L. I. E.", sagte eine ruhige Frauenstimme.

Ich drehte mich um und sah in graue Augen, umrahmt von einem charmanten Lächeln. Ein klares Gesicht mit einem Schmunzeln um den Mund.

„Cate Furler, freut mich, Sie kennenzulernen. Ist schon faszinierend, wie schnell der Zufall manchmal ist."

Sie reichte mir ihre Hand. Ich schüttelte sie und sah die Frau vollkommen überrascht an. Kannten wir uns nicht irgendwoher? Sie wirkte total entspannt. Was für eine merkwürdige Begrüßung ... verwirrend und herzlich zugleich.

„Ja, ich überprüfe Ihre Stromversorgung noch einmal. Will sicher sein, dass die Polizei nichts übersieht." Ich polterte ihr förmlich meine geheime Mission entgegen. Wie dämlich!

„Da bin ich Ihnen sehr dankbar." Ihr Lächeln wurde breiter und erhellte ihr ganzes Gesicht. „Wie mir scheint, spielt die Stromversorgung in der letzten Zeit eine besondere Rolle in meinem Haus."

Erst jetzt merkte ich, dass ich ihre Hand noch nicht losgelassen hatte.

Cate Furler. Mein Gehirn rotierte.

„Wollen Sie reinkommen?" Sie öffnete die Tür – weit.

Cate Furler. Verdammt, mein Gehirn kam nicht zum Punkt. Was sagte mir ihr Name?

„Ich muss vor allem in den Keller und an das Gästehaus."

Reiß dich zusammen! Denk nach! Cate Furler. Ja, natürlich, die Agentin, der das Haus gehörte!

„Ich fände es besser, wenn Sie alles überprüfen. Also kommen Sie bitte rein."

Sie hatte etwas Bestimmendes, ohne bestimmend zu sein. Ihre Stimme klang warm und herzlich. Ich folgte ihr ins Haus, obwohl meine Mission eine ganz andere war.

Cate Furler. Sie würde wirklich eine perfektere Lichtgestalt abgeben als dieses blonde Püppchen. Irgendwie verstand ich plötzlich sogar Chip's Faszination für ihr Uraltfoto aus Highschool-Jahren.

Sie ging durchs Wohnzimmer, und ich folgte ihr bis ins Arbeitszimmer.

„Vielleicht fangen wir hier im Arbeitszimmer an … dieser Raum ist besonders wichtig." Sie breitete die Arme aus und lächelte mich direkt an.

„Ich, äh ... dachte eher an die Hauptversorgung ...", stammelte ich etwas überfordert von der Situation. „Ich kann natürlich auch hier die Leitungen prüfen. Aber da Mr. Dinklage ein Notstromaggregat hat installieren lassen, würde es mich wundern, wenn Sie hier Probleme hätten." Ich musste mich, von ihrer Gegenwart eigenartig eingenommen, erst einmal unauffällig schütteln.

Tatsächlich brünettes Haar.

Schulterlang, ein wenig gelockt.

Entspannte Gesichtszüge, die einluden, mit ihr zu reden, als würde man sie schon kennen. Sie wirkte so selbstverständlich, irgendwie fast vertraut. Merkwürdig. Dabei waren wir uns doch völlig fremd.

„Könnten Sie trotzdem bitte einmal alles durchmessen? Es würde mich beruhigen", bat sie mich freundlich.

Ich kniete mich also auf den Boden und begann Steckdose für Steckdose zu überprüfen, wissend, dass dies total überflüssig war. Sie nahm währenddessen auf der Sofalehne Platz und fragte sich mit angenehmem Tonfall durch meine vergangenen Tage.

„Sie waren mit dabei, als der Mann ... also ... der Tote ... gefunden wurde, oder?"

Ich krabbelte gerade unter dem Schreibtisch durch. „Leider ja."

„Das tut mir leid. Muss schrecklich gewesen sein." Sie senkte ihre Stimme mit echter Betroffenheit.

Ich sah zu ihr. Ihr Blick war auf den Boden gerichtet.

„Es war erst mal ein Schock, ja. Ich habe nicht verstanden, warum das passieren konnte. Die Leitungen sind so gesichert, dass bei unsachgemäßem Eingriff sofort die Sicherungen rausspringen. Es ist eigentlich unmöglich, an so einer Leitung zu sterben. Also, *so* zu sterben. Schneidet man die Dinger durch, ja, dann trifft einen buchstäblich der Schlag."

Ich sah sie immer noch an. Ihr Blick traf meinen, dann stand sie auf und ging auf den riesigen Kamin zu. Dort hielt sie einen Moment inne, um sogleich ihre Wanderung mit nachdenklichen Schritten durch den Raum fortzusetzen.

„Sie sind nicht einverstanden mit der Arbeit der Polizei, richtig? Es ist nicht Ihre Eitelkeit in Bezug auf den Job, die Sie dazu bringt ... es ist was Grundsätzliches. Sie denken, hier stimmt etwas nicht." Mrs. Furler strich sich über die Stirn. „Hier stimmt etwas überhaupt nicht. Das Ganze ist eigenartig ..." Besorgnis klang in ihren Worten mit.

Ich stand auf. „Ich neige dazu, mir Fragen zu stellen. Ist so eine Macke von mir." Ich brachte ein verkniffenes Schulterzucken zustande.

Sie lachte leise. „Das ist doch gut so. Fragen Sie sich immer, ob Ihre Gedanken nicht doch die richtigen sind. Auch wenn alle anderen glauben, recht zu haben. Das ist wichtig."

Silvia betrat den Raum und schenkte mir einen abfälligen Blick. „Mrs. Furler? Ich müsste hier bald rein. Brauchen Sie noch lange?"

Cate hob die Hand. „Vielleicht noch fünf Minuten?" Sie sah zu mir.

Ich nickte. Missmutig verließ Silvia den Raum.

„Was ist Ihre Theorie?", fragte Cate wieder an mich gerichtet.

Was sollte ich jetzt sagen? *Hirn, sei schnell! Überleg dir was!* Aber schon war mein Mund wieder schneller ...

„Ich glaube, es war Mord", hörte ich mich sagen.

Sie sah mich an. So direkt und voller Überraschung, dass ich mir vor Ärger auf die Lippe biss. Wie konnte mir das nur rausrutschen?

„Mord?" Ihre Tonlage war sehr tief. „Mord, ernsthaft? Hier?"

„Ja, aber wieso und warum, kann ich mir noch nicht erklären."

Sie kehrte mir den Rücken zu, brummelte etwas und wanderte dann wieder in meine Richtung.

„Mord ist gar nicht gut. Wie kommen Sie darauf?" Sie setzte sich in die äußerste Ecke des Sofas und bedeutete mir, auch Platz zu nehmen.

Ich ging langsam auf sie zu. Meine Klamotten waren ziemlich dreckig. Und das Sofa sehr hell bezogen. Oh, Mann, warum hatte ich nur immer die unwichtigsten Gedanken in den wichtigsten Momenten? Ich setzte mich.

„Der Tote wurde betäubt und zu dem Kabel geschleift. Ich habe die Handgelenke gesehen. Dieser Mann ist nicht gekommen, um eine Leitung zu kappen und die Alarmanlage auszuschalten. Außerdem funktioniert das hier auch nicht so. Hätte er einbrechen wollen, und wäre es ihm gelungen, den Strom unversehrt abzuschalten, dann hätte das die Alarmanlage dieses Hauses überhaupt nicht berührt. Es ist nämlich eine Funkalarmanlage, die ihren Strom über Batterien bezieht. Ist also vom Stromnetz entkoppelt. Einbrecher informieren sich über so etwas. Das wissen die vorher. Okay, dieser hier war vielleicht besonders dämlich, aber trotzdem hat er nicht freiwillig ins Kabel gegriffen."

Sie hörte mir zu, und während ich sprach, änderte sich ihr Ausdruck von Interesse über Besorgnis zurück zu Interesse. Merkwürdig irgendwie, aber freundlich.

„Das Ganze hält Sie ziemlich unter Spannung", bemerkte sie.

„Ich kann so etwas nicht verdrängen. Bei mir funktioniert dieser Schutzmechanismus nicht. Wenn ich involviert bin, dann möchte ich alles genau wissen. Ich sagte ja, ich habe Macken."

Sie lächelte. Ihr Blick glitt wieder zu dem großen Kamin neben uns. Obwohl sie fast neben mir saß, schienen ihre Worte von weit her zu kommen. „Gut. Das ist gut. Also helfen Sie herauszufinden, was wirklich passiert ist. Und Sie denken schnell. Gute Eigenschaft. Schnelldenker sind pragmatisch und zielorientiert. Mir liegt viel daran, diesen Schlamassel so schnell wie möglich hinter mich zu bringen." Ihr Blick traf mich direkt und einladend. „Und Sie helfen mir dabei, okay?" Mit diesen Worten stand sie auf und reichte mir ihre Hand.

Ich zögerte nur kurz, aber für sie wahrnehmbar.

„Was?" Sie wirkte irritiert. „Stimmt was nicht?" Ihre ausgestreckte Hand wartete immer noch auf meine.

„Es geht um die Schriftstellerin. Das verstehe ich." Vorsichtig nahm ich ihre Hand und erhob mich vom Sofa. „Ich habe verstanden, dass ganz Long Island Kopf steht, weil Steen erkannt werden könnte. Aber wir reden hier wahrscheinlich von Mord."

Ihre Hand hielt meine mit kräftigem Druck umfasst, aber ihr Blick wechselte jetzt von Entschlossenheit zu kompletter Verwirrung.

„Ja", sagte sie verunsichert, „es geht um Anonymität. Es geht um die Freiheit, sich trotz Erfolg ganz normal bewegen zu können. Unsere Welt ist hysterisch geworden. Wenn sich heutzutage jemand – sei es durch Talent oder Geschick oder wie auch immer Sie es nennen möchten – hervortut, dann muss dieser Mensch gleich öffentlich zugänglich sein." Ihre Stimme wurde leiser, weniger bestimmt, flüchtiger. „Viele wollen die Öffentlichkeit. Suchen sie, genießen sie. Aber es gibt auch andere. Die, denen es nur darum geht, in Ruhe zu tun, was sie lieben. Es geht um Leben. Um freies Leben."

Ich nickte. Jetzt erwiderte ich ihren Händedruck.

„Ich möchte niemand in Schwierigkeiten bringen. Ich habe den Auftrag verstanden, dass die Heilige, das Kulturgut geschützt werden muss. Ich werde alles tun, dass der Fall sauber abgearbeitet wird. Ich werde die Schriftstellerin nicht enttarnen."

Sie machte eine kurze Pause und fixierte mich. Dann schüttelte sie lachend den Kopf. „Aber warum reden Sie von mir in der dritten Person? Ich bin weder heilig, noch sollten meine Gedanken gleichgesetzt werden mit Kultur. Wahrscheinlich sollte ich Ihre Worte als Kompliment nehmen." Sie klopfte mir aufmunternd gegen die Schulter.

Ich erstarrte. Hatte ich das jetzt richtig verstanden?

Ich sah sie an. Sie war jetzt wieder ganz entspannt. Ihr Lächeln strahlte um ihre Lippen, ihre Augen.

„Sie sind …", stammelte ich.

Sie legte nochmals ihre Hand auf meine Schulter. „Mein Name ist Cate Furler. Und ich schreibe Romane. Manche gut. Der letzte ... hm … ich weiß noch nicht recht – aber gelegentlich …", ihr Blick drückte kurze Verlegenheit aus, „… mögen einige, was ich schreibe."

Ich verstand in diesem Augenblick gar nichts.

Das konnte doch nicht sein.

Stand ich dem Fabelwesen gegenüber?

Plötzliches Zittern verbot meiner Hand, sie zu berühren.

„Sie sind also Steen." Mehr schaffte meine Stimme nicht.

Sie lächelte verlegen. „Entschuldigen Sie, wenn Sie sich jemand anderes darunter vorgestellt haben. Die Fantasie ist mein Risiko."

Ich sah sie an. *Bloß nicht anfangen zu mustern! Nur ansehen!*

Meine Güte … wie sehr merkte ich erst jetzt, wie man trotz Bildern im Kopf keine klare Vorstellung von einem Menschen haben konnte. Ich hatte Steen als Blondine verdammt, deretwegen ich jetzt die Polizei auf dem Hals hatte. Ich hatte sie mit Chip's Augen gesehen, ich hatte die Fantasien der Kritiker gelesen, und ich hatte mir still und heimlich selbst ein Bild von ihr gezimmert. Und jetzt stand eine wundervoll normale, sympathische und schöne Frau vor mir. In Jeans und lässiger Bluse. Ohne Tamtam, ohne viel Make-up. In Sneakers und mit richtig guter Ausstrahlung.

Verrückte Welt! Cate Furler war tatsächlich Steen. Das war unfassbar.

Ich freute mich plötzlich für Chip und all ihre Leser. Sie war eine würdige Heilige. Eine gute Wahl des Schicksals.

Water Mill, Holly Lane 17

Manchmal ist das Schicksal schon ein schlauer Hund. Für mich war es perfekt, dass die Frau vom L. I. E. mir förmlich in die offene Tür fiel, bevor ich anfangen musste, sie umständlich zu kontaktieren. Bevor meine Gehirnmaschinerie mich sicherlich auf Umwege geführt und Zweifel gestreut hätte, ob und wie ich überhaupt an sie herantreten sollte.

Jetzt war sie hier, überprüfte die Leitungen meines Hauses und zeigte sofort, dass sie tiefer in den Dschungel dieses Themas eingetaucht war als Jeffrey oder ich. Während ich sie vorsichtig ausfragen konnte, zeigte sie Pragmatismus und handwerkliches Selbstbewusstsein.

Ich beobachtete sie einen kurzen Moment im Arbeitszimmer. Die Nervensäge von Silvia und den Störenfried von Chief Spencer hatte ich mir anders vorgestellt. Nicht, dass ich mir automatisch Gesichter ausmalte, so wie ich es in meinen Romanen tun musste. Aber zu dieser Frau war sofort ein Bild vor meinem inneren Auge entstanden, das zu der realen Dale Roberts nicht passte. Die wenigen Worte über sie hatten sie groß, derb und unnachgiebig gezeichnet. Sie aber war schmal, wendig und hatte ein Gesicht, das zwischen Ernsthaftigkeit und Zartheit hin und her zu taumeln drohte. Augen, die interessiert die Welt erforschten, und ein Mund, der Brutalität präzise beschreiben konnte und trotz seiner schön geschwungenen Form nicht ein leises Lächeln hervorbrachte. Sehr streng. Ihre Worte waren ohne jeden Schnörkel. Das war ich nicht gewohnt. Ich sprach in tausend Schnörkeln. Die gefielen mir einfach. Und auch mein Umfeld war weit entfernt von schnörkellos. Wir alle blubberten schöne Blasen um unsere Worte. Diese Frau hier war davon weitgehend frei. Ihre Ausführungen waren klare Analysen und leider nicht gut für den Fall, mein Haus und mich. Aber das musste ich jetzt abwarten.

Der Moment, in dem sie erkannte, wovon ich längst annahm, dass sie es wusste ... der Augenblick, als sie die Schriftstellerin in mir sah, war allerdings merkwürdig. Sie hatte es nicht für möglich gehalten, dass dies mein Haus war.

Das ich *ich* bin.

Das war deutlich. Selbst für mich. Ihre Überraschung war so groß und so unübersehbar. Wenigstens ersparte ihr Blick mir ihre Enttäuschung. Hatte ich auch schon erlebt.

Lustigerweise stellten sich vor allem junge Männer mich gerne als blondes Supermodel vor. Kluges Hirn, und sexy. Das war wahrscheinlich eine männliche Traumvorstellung. So sollte die *perfekte* Schriftstellerin sein – nur würden sie mit so einer nie umgehen können. Aber Träume blieben Träume und waren genauso erlaubt wie der Wunsch nach dem durchschnittlichen Hausfrauentyp mit Brille. Auch das hatte ich schon oft gehört. *Ihre Worte sind so klug, so ideenreich. Sie ist bestimmt ein Mauerblümchen. Ganz normal und zurückgezogen. Typ Hausfrau.* Was auch immer wohl eine Hausfrau abbildete ... Ich kannte genügend Frauen, die sich genauso wenig in ein Korsett zwingen ließen, wie ich oder meine Figuren.

Manche dachten, ich wäre alt, andere sahen etwas ganz Neues in mir. Die Kritiker bemühten mystische Bilder. Einmal wurde ich einem Einhorn gleichgesetzt mit den brachialen Gedanken eines Trolls. Frauen allerdings hatten sich am wenigsten eine genaue Vorstellung von mir gemacht. Auch wenn sechzig Prozent meiner Leser, national und international, Frauen waren – sie machten sich kein Bild von mir. Das hatte ich aus den endlosen Leserbriefen erfahren dürfen. Jede formulierte etwas, aber kaum eine formte sich ein genaues Bildnis.

Miss Roberts aber schien ein klares Bild gehabt zu haben. Eines, das mich ausschloss. Warum? Keine Ahnung. Ich deutete ihre Reaktion, als sie verstand, wer ich war, immerhin als Erleichterung. Was für eine Erwartung sie allerdings hatte und warum – das konnte ich mir nicht zusammenreimen. Sehr merkwürdig. Aber auch irgendwie rührend. Es würde sicher nicht ohne weitere Überraschungen für Miss Roberts und mich weitergehen. Irgendetwas würden wir schon gemeinsam anstoßen. Bewegung, die guttat.

Sie war deutlicher geworden als die Polizei und klang dabei glaubwürdig und souverän. Also beschloss ich, meine nächsten Schritte in diesem Fall mit einer Unbekannten zu gehen. Einer, die mich als respektable Schriftstellerin – für sie völlig unerwartet – akzeptieren konnte. Ob diese Wahl klug oder unklug war, das würde sich sicher bald zeigen. Aber für den Moment waren wir perfekt füreinander. Zwei Frauen, eine Mission. Mit unterschiedlichem Antrieb.

Gegen 19 Uhr verließ ich die Holly Lane. In mir machte sich eine immense Verwirrung breit. Ich hoffte, dass die kühle Abendluft meinen Gedankenstrom abflachen lassen würde.

Es funktionierte nicht.

Selbst laute Musik drang nicht zu mir vor. Die Texte und Melodien verschwanden ungehört. Rauschten an mir vorbei. Ich fühlte mich, als würde mein Kopf aus Watte bestehen. Ich konnte keinen klaren Gedanken fassen. Zudem spürte ich einen permanenten Wechsel zwischen unendlicher Erleichterung und einer Beklemmung, die mir die Kehle zuschnürte und sich mit Panik paarte.

Meine Messungen hatte ich durchgeführt wie ein Roboter. Dabei hatten meine Gedanken in waghalsiger Schnelligkeit um Steen's wahre Identität gekreist. Um Cate Furler. *Sie* war die Schriftstellerin. Sie war es.

Und wer, verdammt, war dann die Superblondine?

Ich hatte mich bemüht, diese Frage nicht an mich heranzulassen, während ich in Gegenwart der freundlichen Hausherrin die Messergebnisse ablas und notierte. Ich versuchte, meine Zweifel nicht nach außen zu ihr dringen zu lassen. Zwang mich einfach weiterzuarbeiten. Nicht zu laut zu denken. Zu viele Gedanken und Fragen hätte ich nicht verbergen können. Vor niemandem. Also weg mit dem Chaos im Kopf. Weg mit den verzweifelten Attacken, damit meine Hände möglichst ruhig ihre Arbeit verrichten konnten.

Aber jetzt, hier im Auto, zitterte ich. Mein Verstand rotierte, und ich fühlte mich grauenhaft und gut zugleich.

Gut, weil *sie* unser Kulturgut war.

Grauenhaft, weil ich verstand, wer die andere war. Warum musste ausgerechnet *ich* diesen Riesenmist entdecken?

Und Silvia, die verlogene Schlange? War sie nicht die ganze Zeit da gewesen, als die falsche Frau am Ehemann von Mrs. Furler hing? Sie wusste wahrscheinlich schon eine Weile von seiner Affäre und schwieg.

Wer sollte dieser netten, angenehmen Frau jetzt die Augen öffnen? Ich etwa? *Niemals!*, schrie alles in mir.

Aber der Fall … er hing mit dieser Täuschung zusammen. Die Story hinter meiner Entdeckung würde sehr hohe Wellen schlagen. Das war nicht voneinander zu lösen. Das spürte ich. Chip suchte nach Gründen für Dinklage's Erpressung. Er suchte nach Fotos im Netz der dunklen Gestalten.

Und ich hatte die Erklärung gesehen. Ich sah sie hinter ihm, nur mit einem Bademantel bekleidet. Ich sah sie an *ihrem* Pool liegen. Ich hatte mit ihr geredet und wusste, dass sie keine Einbildung war.

Mein Kopf fühlte sich wie betrunken an. Mein Puls schwoll in meinem Ohr. So ein verdammtes, verdammtes Desaster! Ich schlug gegen das Lenkrad und verriss fast die scharfe Linkskurve, die mich in die Scuttle Hole Road führte. Das durfte doch alles nicht wahr sein. Nervös versuchte ich, über die Freisprechanlage Chip's Nummer anzuwählen.

Er ging sofort an den Apparat. „Und, warst du da? In der Holly Lane?"

Mir schossen Tränen in die Augen, und gleichzeitig brachte ich nur ein hysterisches Lachen hervor, das wie ein Heulen in den Abendhimmel klang.

„Dale? Alles okay?"

„Gar nichts ist okay, Chip. Gar nichts!"

„Wo bist du denn?", fragte er besorgt.

„Scuttle Hole. Bin in zehn Minuten bei dir. Sei bitte da und halte mir ein paar Bier bereit."

„So schlimm?"

„Schlimmer."

Wie ich die letzten Kilometer zu ihm schaffte, weiß ich nicht mehr. In Trance schleppte ich mich die Stufen zu ihm rauf, nahm das Bier und eine Umarmung entgegen, ließ mich in seinen dicken Knautschsack fallen, der eigentlich den Abenden an der Spielekonsole vorbehalten war, und trank in langen Schlucken.

Chip wartete das Bier und wahrscheinlich eine gute halbe Stunde ab, bis ich mich wieder halbwegs gefangen hatte. Er saß geduldig auf seinem Schreibtischstuhl und starrte mich an, holte wortlos das zweite Bier und wartete weiter mit besorgtem Gesichtsausdruck.

„Ich habe sie getroffen, Chip. Die Hausbesitzerin. Ich habe Cate Furler getroffen und mit ihr fast zwei Stunden das ganze Haus gecheckt.“ Meine Worte klangen erschöpft und dünn. Ich musste ein paar Mal tief ein- und ausatmen, bevor ich den entscheidenden Satz sagen konnte. „Chip! *Sie* ist Steen. *Sie* ist die Schriftstellerin!“, presste ich hervor.

Chip's wackliger Stuhl kippte, und er fiel seitlings zu Boden.

Ich sprang auf. Endlich spürte ich wieder Energie in den Beinen. „Alles in Ordnung?“

Er rappelte sich schnell hoch, richtete den Stuhl gerade und setzte sich erneut. „Das haut mich um. Im wahrsten Sinne des Wortes.“ Dann schallendes Lachen. Er kriegte sich kaum ein, japste nach Luft. Kreischte weiter im nächsten Lachanfall. Dann knallte seine Faust auf den Schreibtisch. „Dieser Mistkerl!“ Jetzt schwoll seine Stimme zu einem Orkan an. „Dieser Mistkerl betrügt sie *wirklich!!!!*“ Wieder schoss seine Faust auf den Tisch, sodass die Bücherstapel darauf bedenklich zu wackeln begannen. „Ich fass das nicht! Er betrügt Steen und brockt ihr damit auch noch einen Toten auf ihrem Grundstück ein. Unglaublich! Wie bescheuert kann man denn sein?“

Jetzt war es an mir, ihm ein Bier zu holen. Ich reichte es ihm und drückte leicht seine Schulter. Es sollte eine beruhigende Geste sein, die mir allerdings misslang, da mich diese Erkenntnis genauso erschütterte.

Er vergrub seinen Kopf in den Händen und seufzte eine ganze Weile. Dann sah er mich an. „Dir muss es ja beschissen gehen. Wie hast du das denn ausgehalten? Stehst der Richtigen gegenüber und weißt von der Falschen. So ein Mist!“

Ich ließ die Schultern hängen. „Puh, ja, war nicht toll. Erst habe ich es gar nicht kapiert. Wir haben uns unterhalten. Sie wollte, dass ich alle Leitungen überprüfe, was ich auch brav getan habe. Und irgendwann kamen wir auf die Schriftstellerin zu sprechen. Ach, Chip, das war so unfassbar peinlich. Ich laberte sie voll, von wegen, man muss doch wegen der Literatin hier im Hause aufpassen und so ein Schrott. Dann sagt sie: *Wieso sprechen Sie von mir in der dritten Person?* Ich dachte, mich trifft der Schlag! Des Schicksals Antwort auf meine dämliche Verblendung. Ich hätte doch wissen müssen, fühlen müssen, dass dieser blonde, unemotionale Haufen niemals solche Bücher schreiben könnte!" Ich reckte die Hände empor, als wollte ich Abbitte leisten. „Das darf doch nicht wahr sein, Chip! Die totale Katastrophe", schrie ich der Decke entgegen.

„Und wie hat sie reagiert?"

Ich zuckte mit den Achseln. „Für sie ist es wohl nicht ungewöhnlich, dass man sie nicht für sie selbst hält. Ein Stück weit ist sie ja auch selbst schuld. Aber ich hoffe, dass sie nicht gemerkt hat, wie sehr ich sie als Steen ausgeschlossen habe, weil ich ein total anderes Bild hatte." Ich raufte mir die Haare.

„Was hat sie denn gesagt?"

„*Die Fantasie ist mein Risiko,* hat sie gesagt. Das werde ich wohl nie in meinem Leben vergessen. *Die Fantasie ist mein Risiko*."

Er schnaufte durch. „Das ist gut. Sie hat es nicht gemerkt. Wir müssen jetzt alles über die andere und diesen Vollidioten herausfinden. Da liegt unser Schlüssel. Das Geheimnis ist fast gelüftet." Er hackte auf seine Tastatur ein. „Ich muss diesen Dreck entschlüsseln und an diese E-Mails kommen. Die Bullen brauchen diese Info."

Ich ließ mich wieder in den Knautschsack fallen. „Und was ist mit ihr? Da kann ich doch nicht hingehen und sagen: *Sorry, Ma'am, selbst auf die Gefahr hin, dass jetzt Ihre Welt zusammenbricht, aber Ihr Ehemann ist ein Wichser. Er betrügt Sie.* Das kann *ich* doch nicht sagen. Aber ohne das kommen wir nicht weiter. Verdammter Scheiß."

Er hielt inne und drehte sich zu mir um. Seine Stimme klang erstaunlich sanft.

„Nee, natürlich nicht. Das würde ich gerne der Polizistin überlassen. Die muss das machen. Aber dafür braucht die Polizei klare Infos. Sonst kommen die da nicht drauf. Und diese Infos kann ich nur über den Rechner schicken, das solltest du nicht persönlich machen. Das wäre unklug." Er sah mich milde lächelnd an. „Ich frag dich jetzt auch nicht, wie sie denn so ist. Ich weiß, du hast andere Sorgen."

Mit dem dritten Bier in der Hand spürte ich wieder so etwas wie Zuversicht in mir aufsteigen. Es musste ja weitergehen. Der Ehebruch, den eine Fremde erleiden musste, konnte mir ja nicht den Rest meiner Tage verhageln. Das Problem war nur – so fremd war sie uns ja gar nicht mehr. Wir hatten begonnen, ihr Leben zu durchleuchten, oder vielmehr das ihres Ehemanns, und waren in ihr Haus eingedrungen. Und ich hatte sie kennengelernt. Sie hatte mir als Person gegenübergestanden und war nicht wie dieses unnahbare Ding, das ihr Bild in meinem Kopf belegt hatte. Sie war nahbar. Wollte meine Hilfe. Ich hatte mit ihr gesprochen, ihr sogar bei unserem Abschied meine Nummer gegeben. Und ich war mir sicher, sie würde sie nutzen. Das heißt, bald würde ich wieder vor ihr stehen. Würde wieder ein roboterhaftes Verhalten an den Tag legen und weiter so tun müssen, als wüsste ich nichts. Mein kleiner Funke Zuversicht verglomm wie eine Leuchtkerze.

„Sie war sehr angenehm", hörte ich mich sagen.

„Das glaube ich. Sie ist sicher sehr angenehm."

Auf seinem Bildschirm flackerte das Highschool-Bild von ihr auf. Er hatte es sich also wirklich auf seinen Rechner geladen.

Ich musste lächeln. „Sie sieht heute viel besser aus."

„Wer sieht heute nicht besser aus als in den Neunzigern? Ich wette, sie hat Lachfalten." Er grinste mich aufmunternd an.

„Ja, hat sie. Sie würde dir perfekt gefallen. Sie ist lässig, herzlich und aufmerksam. Coole Klamotten, unaufgeregt und weit entfernt von Allüren. Attraktiv und einfach sehr nett."

„Klingt nach einer gelungenen Steen." Er wandte sich wieder dem Computer zu.

„Ja, eine würdige Schriftstellerin mit Charme. Das ist sie. Du kannst beruhigt sein und hattest mit allem recht. Ist das nicht toll?"

Ich sagte das ohne jeden Groll. Er hatte recht. Von Anfang an glaubte er nicht an die sexy Blondine, der ich begegnet war. Ich war eine echte Idiotin.

Mein Vater hatte immer gesagt, *trau dem ersten Eindruck nicht.* Und was hatte ich gemacht? Dem ersten Bild, was mir in die Quere kam, war ich auf den Leim gegangen. Jetzt musste ich mit dieser großen Delle in meinem Selbstbewusstsein leben. Zumindest eine Weile, bis wir den Fall gelöst hatten – und hoffentlich die Betroffene nicht durch ein gebrochenes Herz in Schock verfiel und nur noch Groschenromane dahinschluderte.

„Ich versuche, noch schneller an die Dateien zu kommen. Ich schaff das, Dale, und du musst durchhalten."

Ich starrte auf die Bierdose in meiner Hand. Einfach würde es nicht werden. Normalerweise operierten Chip und ich im Hintergrund. Ganz in Ruhe. Und jetzt? Mehr mittendrin gab es nicht. Ich an vorderster Front, und er mit viel Zeitdruck im Verborgenen. Würde es uns nicht gelingen, der Polizei zeitnah neue Hinweise zukommen zu lassen, dann würde Stallbruck sein Ende als Einbrecher unter Drogen in den Akten finden. Würde es uns gelingen, die Fährte der Geliebten und der Erpressung aus dem Schatten ans Licht zu holen, würde für Mrs. Furler zwar eine Welt zusammenbrechen, aber wir wären der wahrscheinlichsten aller Möglichkeiten ziemlich nahe. So stünden wir kurz vor der Aufklärung des Falls. Und sie hätte Mann, Privatsphäre und Anonymität verloren. Ein hoher Preis für einen gescheiterten Kleinkriminellen an meinem Stromkabel.

Water Mill, Holly Lane 17

Den Abend hatte ich mir, trotz einigem Grummeln im Gehirn, nachdem Dale Roberts gefahren war, gemütlich geplant. Ich hatte mit Gilian bei *Citarella* eingekauft. Und da ich wusste, dass Jeffrey nicht vor 20 Uhr kommen würde und Gilian sich per Mail sogar für noch später angekündigt hatte, machten Kater und ich es uns am Küchentresen bequem. Er fraß genussvoll sein Futter, und ich hatte mir eine Portion Tortelloni mit Spinat gekocht. Es war ein stilles und vergnügliches Zusammensein mit ihm, wie wir es beide liebten. Totale Harmonie, ab und zu ein Blickwechsel … pures Genießen.

Kater kaute langsam – ich auch. Meist schloss er fast ganz die Augen – ich richtete meine in die Ferne. Wir waren beide zusammen und gleichzeitig total frei. Das verband uns in Liebe und Loslassen. Ab und zu streichelte ich seinen Kopf und er rammte ihn, wie zur Bestätigung, gegen meine Hand.

Hinter uns klickte die Haustür. Es war Jeffrey. Sein Schlüsselbund landete krachend auf der Kommode im Flur. Wortlos kam er in die Küche und küsste mich auf den Hinterkopf.

Kater streckte sich. *Danke. Lecker. Bin dann mal weg.*

Jeffrey ging zum Kühlschrank, nahm eine Flasche Wein heraus und schenkte sich und mir ein. Dann sackte er auf den Hocker mir gegenüber.

„Wie war dein Tag, Schatz?“, presste er erschöpft hervor.

„Gut.“ Ich fischte die letzten Tortelloni vom Teller. „War mit Gilian in East Hampton.“

„Das meine ich nicht. Wie war der Termin mit der Polizistin?“

„Auch gut. Sie klingt zuversichtlich, dass sie alles ohne viel Wirbel aufklären kann.“

„Wird sie ja auch“, brummte er. „Gibt es noch was zu essen?“

Ich deutete auf den Herd und den Kühlschrank. „Kannst dir was aussuchen. War mit Gilian bei *Citarella* und habe etwas gekocht.“

Er ging zum Kühlschrank und fischte sich frittierte Antipasti heraus. Jeffrey hatte wenig Zutrauen in meine Kochkünste. Eigentlich schade, denn so übel kochte ich wirklich nicht. Er verstaute alles auf einem Teller, dann nahm er wieder mir gegenüber Platz.

„Und wann verschwindet Gilian wieder?“

Keine Freundschaft. Ohne irgendwelche Bemühungen auf beiden

Seiten waren die zwei direkt zur Intoleranz übergegangen. Und die pflegten sie wirklich perfekt.

Ich räumte meinen Teller in die Spülmaschine und stellte Kater's Napf auf den Boden. „Wir müssen Montagmorgen zurück in die Stadt. Die Marketingabteilung hat Vorschläge geschickt. Kann ich so nicht mit leben." Ich sah ihn an. „Wann triffst du denn noch mal Chief Spencer?"

Er zerschnitt einen Zucchino und tunkte ein Stück in Dillsoße. Dann nahm er einen großen Schluck Wein. Sein Blick war mürrisch. Unangenehmes stresste ihn.

„Montagfrüh in Southampton. Auf dem Revier. Hat mich heute einfach reinbestellt. Was soll denn der Scheiß eigentlich? Ist doch ein klarer Fall."

Ich setzte mich wieder auf den Barhocker an unserem Tresen, sah ihm eine Weile zu und beobachtete die kleine Linie, die sich meist auf seiner Stirn abzeichnete, wenn er auf irgendetwas mit totalem Unverständnis reagierte. Er war ziemlich genervt.

„Und wenn es doch was anderes war?", murmelte ich ein wenig beiläufig.

Er sah mich direkt an. „Was denn *anderes*? Die Polizei geht von Schlamperei bei der Elektrik aus, und das wird es auch sein. Nervt, dass man da als Hauseigentümer vorgeladen wird. Ist doch egal, dass dieser Typ tot ist."

Männliche Vereinfachung?

Ich überlegte, wie ich weiterbohren konnte. „Aber die Frau vom L. I. E. glaubt an etwas anderes."

Sein Kopf schoss hoch. „War die etwa hier, und ihr habt euch getroffen?" Seine Stimme klang wütend und hatte eine unbekannte Färbung angenommen. Er stützte sich mit beiden Händen auf dem Tresen ab. Ich nahm ein kleines Schütteln wahr. Dann kam er zu mir, ergriff meine Schultern und hielt mich fest. Sein Blick direkt auf meine innerste Kommandozentrale gerichtet. „Pass auf, Cate. Das hier übernehme ich. Rede nicht mit dieser Frau. Das sind Handwerker. Mit denen zu reden, ist mein Job. Die muss dich nicht mit ihrem Schwachsinn überfallen. Du brauchst dir ihren Mist nicht anzuhören."

Ich kannte diesen Blick. Jeffrey spielte gern den Beschützer. Und oft fand ich das unterhaltsam, sogar niedlich. Diesmal aber nicht.

„Ich habe sie kennengelernt. Sie scheint nicht sonderlich außerhalb der Umlaufbahn zu sein. Ist eine besonnene Frau. Ziemlich ruhig."

Er senkte seine Stimme. „Was hat sie denn gesagt?"

„Sie meint, es war Mord."

Er griff meine Schultern noch fester. „Lass dich von so einem Unsinn nicht beeinflussen, Cate! Die ist der Feind. Irgendwas stimmte an der Stromleitung nicht, und die Frau ist auch nicht ganz klar im Kopf." Er verzog abfällig das Gesicht, sein Blick war ungewohnt erbost. „Hat sie noch irgendwas anderes gesagt?", fragte er noch barscher als zuvor. Erst jetzt ließ sein Griff nach.

Was sollte sie Grundsätzlicheres sagen, als dass es Mord war? Ich sah ihn wütend an. „Jeffrey? Was soll der Quatsch?" Ich schüttelte seine Hände ab. „Es ist doch gut, wenn noch jemand auf den Fall schaut. Lass sie doch beweisen, was zu beweisen ist."

Er wandte sich ab. „Du lässt diesen Blödsinn sein, okay?", sagte er schroff. „Du sprichst nicht mehr mit Handwerkern! Schon gar nicht mit der! Das überlässt du mir! Eigentlich solltest du dich freuen." Er lachte künstlich. „Ich nehme dir das alles ab. Mach du weiter mit dem Buch. Mit der werde ich schon fertig."

Ich wusste nicht, ob ich lachen und alles ins Lächerliche ziehen sollte oder ob ich ihm ernsthaft den Kopf waschen musste. Was war das denn für ein Unsinn? Gab er nun den Supermacho mit Klassendünkel? *Du sprichst nicht mehr mit Handwerkern!* Und weiter? Freu dich, dein Mann mutiert zum Snob der übelsten Sorte?

Stirnrunzelnd straffte ich die Schultern. „Sag mal, geht's noch? Was ist denn das für ein Schwachsinn? Seit wann trennen wir unsere Gesprächspartner nach Berufen? Weißt du, ich habe bis auf deinen doofen Notstromgenerator hier alle Umbauten geleitet. Und ich mache das gern. Was redest du für einen unsäglichen Blödsinn?"

Er wandte sich mir zu und setzte seine väterliche Lass-mich-nur-machen-Stimme auf. „Cate, ich möchte nicht, dass du in einen Zusammenhang mit diesem Todesfall gebracht wirst. Du willst doch deine Ruhe. Diese Sache ist nicht gut für deine Anonymität. Ich kümmere mich um die Frau vom L. I. E. Die macht eh nur Scherereien. Ich möchte nicht …"

In seinen Vortrag platzte Gilian's Ankunft. Mit lautem „Hallo!" zerschnitt sie gut gelaunt die dicke Luft, die zwischen Jeffrey und mir herrschte.

„Haben wir uns verstanden?", zischte Jeffrey zum Abschluss noch laut in meine Richtung.

Gilian hielt in ihrem Versuch, mich zur Begrüßung zu umarmen, inne. „Ist hier irgendwas los?", fragte sie perplex.

„Ich möchte nicht, dass sich meine Frau mit Hirngespinsten von Handwerkern rumschlägt, das ist alles. Nimm sie Montag wieder mit in die Stadt und sorg dafür, dass sie ein paar Tage da bleibt. Bis sich hier der Staub gelegt hat. Das ist alles, was ich will." Er trat den Rückzug an. „Und ich will keine Widerworte. Ende der Ansage!" Geräuschvoll stapfte er in sein Arbeitszimmer unweit der Küche und knallte die Tür hinter sich zu.

Gilian blickte ihm sekundenlang mit offenem Mund nach. Dann wandte sie sich zu mir. „Was war das jetzt?" Ihr Blick glitt zum Herd. „Hast du gekocht?" Schon schnappte sie sich eine Gabel und pickte sich einige Tortelloni aus dem Topf.

Ich schüttelte den Kopf, schob sie mitsamt dem Kochtopf ins Wohnzimmer und knallte ebenfalls die Tür. „Er will den weißen Ritter spielen, und ich bin ihm in die Quere gekommen. Die Frau vom L. I. E. war heute Nachmittag hier. Und das fand er grauenvoll.

Er will das lösen ... bla, bla, bla … Er möchte nicht, dass ich mit Handwerkern spreche."

„Seit wann?", unterbrach sie mich und ließ kurz vom Kochtopf ab. „Schmeckt übrigens gut."

„Seit eben gerade. Ich weiß nicht, was das soll. Totaler Unsinn."

„Und die Frau vom L. I. E.? Was sagt die?"

Ich wandte mich ab. Mit der Formulierung der nächsten Worte tat ich mir nicht leicht. „Sie glaubt, es war Mord."

„Ups! Das ist mal 'ne Ansage! Und wieso?" Wieder landete ihre Gabel im Kochtopf.

„Sie sagt, der Tote wurde untot ans Kabel gelegt. Zuerst betäubt, dann Strom drauf. Das wäre dann kein Einbruch mehr. Das wäre ..."

„Mord. Richtig. Und wer soll so was machen?", unterbrach mich Gilian.

„Das weiß sie nicht. Noch nicht, wie mir schien." Ich nippte an meinem Wein.

Gilian sah mich mit großen Augen an. „Und was sonst noch? Was sagt sie sonst noch?"

Ich sah auf die Terrasse hinaus. Kater jagte geduldig eine Maus. Mir tat die Maus leid, trotzdem wünschte ich ihm Glück – insgeheim.

„Sie war ziemlich klar strukturiert. Wusste nicht, dass ich *ich* bin. Kann vorkommen, aber ihre Fantasie hat mich völlig ausgeschlossen. Das war merkwürdig. Ein merkwürdiger Moment." Ich zuckte die Achseln. „Aber sie findet eben, wir haben hier einen Mord. Mit der Polizei steht sie auch in Kontakt. Also warten wir ab, oder?"

„Wie seid ihr denn verblieben?"

„Ich habe gesagt, dass sie uns helfen soll. Raus aus dem Schlamassel."

Gilian neigte ihren Kopf und sah mich an. „Hast du ihre Nummer?"

Ich kramte in meiner Hosentasche und hielt meiner Freundin die Visitenkarte vor die Augen. „Hier. Dale Roberts."

„Dann ruf sie jetzt an. Wir sollten sie noch mal treffen, bevor wir abreisen. Sie kann bestimmt ein bisschen mehr Anleitung gebrauchen. So eine frei rollende Welle kann viel Ärger bringen, Cate. Ich gebe Jeffrey, diesem *cretino,* ungern recht, aber die müssen wir ein bisschen steuern. Sonst geht hier ein Superschlamassel los."

Ich sah auf die Uhr über dem Kamin. „Es ist zwanzig nach neun. Da kann ich doch nicht bei einer Wildfremden anrufen", protestierte ich.

Gilian fischte mein Handy vom Wohnzimmertisch und drückte es mir in die Hand. „Du willst nicht, aber du musst. Los! Ruf sie an! Mehr, als dass sie nicht drangeht, kann uns nicht passieren. Wir müssen sie instruieren, Cate. Das kriegt sonst eine dumme Dimension!"

Ich schnaubte laut voller Unverständnis, wählte aber trotzdem die Nummer. Meine Freundin Gilian hatte meist den klaren Durchblick, während meine innere Brille beschlagen blieb. Mir war es egal, wenn ich stolperte, ohne zu fallen. Sie war perfektionistischer.

Dale Roberts war nach dem dritten Klingeln am Telefon. Ihre Stimme klang ungläubig. „Mrs. Furler?"

Gilian stupste mich aufmunternd an.

„Ja, ich bin es nur kurz. Äh, ich muss sehr bald in die Stadt zurück. Und da fiel mir ein, dass wir ja kaum über das weitere Vorgehen gesprochen haben."

Schweigen am anderen Ende. Dann tiefes Atmen. Gemurmel und eine männliche Stimme. Natürlich. Sie war mit ihrem Freund zusammen. Ich störte sie. Und wahrscheinlich fragten sich beide zu Recht, was ich denn nun wollte. Mann, das war keine gute Idee gewesen. Ich sah grimmig zu Gilian, die entspannt neben mir stand. Es raschelte im Telefon, dann hörte ich wieder ihre Stimme.

„Sie wollen noch mal reden?"

„Äh, ja. Ich würde mich gerne kurz mit Ihnen abstimmen. Ist das okay?"

Wieder wurde das Telefon zugehalten, und ich verstand nur Fetzen ihrer Worte. Der Mann sagte: „Soll kommen." Sie wollte das wohl aber nicht. Ich ehrlich gesagt auch nicht.

„Mrs. Furler?"

„Immer noch da, ja."

„Ich kann jetzt nicht nach Water Mill kommen. Habe drei Bier getrunken. Und mein Freund auch. Vielleicht sogar vier", schob sie kleinlaut hinterher.

Ich hatte Wein getrunken. Nicht viel, aber ich merkte den Alkohol.

Gilian winkte und fuchtelte vor mir rum. „Ich habe nichts getrunken. Ich fahre uns! Wohin?"

Zuerst hielt ich es für eine absurde Idee, aber die Entschlossenheit in Gilian's Augen überzeugte mich, dass wir zu ihr fahren würden.

„Ich, äh, ich könnte mit meiner besten Freundin bei Ihnen vorbeikommen. Habe selbst Wein getrunken. Nicht die perfekte Zeit für unsere Leber."

„Nee. Keine gute Zeit für Abstinenz. Zu viel Arbeit für den Kopf …"

Wie wahr. Hätte ich nicht besser sagen können.

„Also wäre es okay, wenn wir Sie kurz stören?"

Sag Harbor, Main Street
22 Uhr

Das konnte doch nicht wahr sein! Ich hatte Cate Furler Chip's Adresse gegeben. Ernsthaft. Wirklich und in Realität. Sie würde jetzt gleich mit einer Freundin kommen.

Chip grinste debil, während er ihr Jugendfoto kurzfristig vom Bildschirm löschte. Er schwebte auf Wolke sieben.

Ich sah mich in seiner Bruchbude um. Es war ein erbärmliches Bild, das sich einer Fremden hier bieten würde. Aber aufräumen kam für ihn, trotz des „Staatsbesuchs", nicht infrage. So lebe er eben, sagte er. Und seine Heldin werde das aushalten können.

Ich ging in sein Bad und sah in den Spiegel. Ach, du meine Güte!

Schnell rangierte ich meine Haare in einen etwas ordentlicheren Knoten. Der Rest war einfach furchtbar. Aber auch hier galt: keine Zeit für Eitelkeiten.

Als ich ins Wohnzimmer zurückkam, hatte Chip die fünfte Dose Bier in der Hand, die ich ihm sofort wegnahm.

„Bist du verrückt? Du musst klar im Kopf sein!“, brüllte ich ihn an. Das würde ich nicht allein schaffen, ohne ihn. „Was wollen wir ihr sagen?“ Meine Stimme war hektisch und schrill.

Er kratzte sich am Bauch. „Na, nicht das mit der anderen. Wir sagen ihr, dass es eine Verbindung zu dieser Bande gibt. Was hältst du davon? Die gleiche Story wie bei den Bullen.“

„Aber dann stellt sie Fragen, woher wir das wissen, und deine Tricks kommen ganz schnell ans Tageslicht. Das ist keine gute Idee, Chip. Noch nicht.“

Ich deckte, während wir miteinander redeten, einige Ausdrucke zu dem Fall, die offen auf seinem Schreibtisch lagen, mit einer Zeitschrift ab. Alles andere, was überall auf dem Boden verstreut lag, schob ich zusammen und legte es ebenfalls auf seinen Schreibtisch. In der Wohnung sah es wirklich aus wie in einem Schweinestall.

Chip wippte mit den Beinen. Die Nervosität wuchs. Unübersehbar.

„Bist du okay? Willst du dir vielleicht noch ein anderes Shirt überwerfen?“, fragte ich und blickte auf die verschlissenen Ärmel seines Hemds.

Er sah erstaunt an sich herab, ganz so, als würde er sich heute zum ersten Mal wahrnehmen. Wahrscheinlich war es auch so.

Chip war kein Typ, der in den Spiegel schaute. Aber diesmal erschreckte ihn seine eigene Erscheinung wirklich. „Ach, du Scheiße! Ich muss duschen!“ Laut polternd verschwand er.

Oh, Mann. Ich räumte noch ein wenig den Boden frei und fühlte mich dabei und bei dem Gedanken an den bevorstehenden Besuch total deplatziert. Immer noch trug ich meinen von Mr. Buckley's

Höllenmaschine verschmutzten Arbeitsoverall mit dem leuchtenden Blitz des L. I. E. darauf. Wechselkleidung hatte ich im Auto. Aber würde die Zeit reichen? Und was war jetzt wichtiger? Sitzplätze für Mrs. Furler und ihre Freundin freizuräumen oder ordentlich auszusehen?

Ich sah auf die Uhr. Normalerweise brauchte man ungefähr zwanzig Minuten von Water Mill nach Sag Harbor. Das Telefonat war vor etwa zehn Minuten. Aber solche Frauen legen nicht auf und fahren sofort los. Das machen nur Kerle. Keine Frauen … höchstens im Notfall. Und ganz so weit waren wir ja noch nicht. Also stürzte ich entschlossen die Stiege hinunter auf die Straße, rannte auf meinen Wagen zu und stolperte fast über Chip's neue Nachbarin, die gerade von der Arbeit heimkehrte.

„Hallo", sagte sie kurz und verwundert.

„Hi", gab ich knapp zurück und hastete an ihr vorbei.

Cate Furler's Jeep konnte ich noch nirgends entdecken. Also schnell wieder nach oben. In der Wohnung riss ich mir den Overall vom Leib und wollte gerade in meine Jeans schlüpfen, als Chip hinter mir aus dem Bad stolperte.

„Was machst *du* denn jetzt?"

Ich drehte mich, da ich nur in Unterwäsche im Zimmer stand, von ihm weg. „Dasselbe wie du, du Spinner. Ich ziehe mir was anderes an. Guck weg, verdammt noch mal!", giftete ich ihn an.

„Schon gut, schon gut. Hatte nur nicht mit einer halbnackten Frau in meiner Bude gerechnet", sagte er geniert.

„Idiot", schickte ich hinterher, während ich mir das Shirt über den Kopf stülpte.

Wir waren beide nach unserer Transformation außer Atem. Aber er war wenigstens frisch gewaschen, und sein angenehmes Aftershave erfüllte den Raum mit einem Duft von Reinheit.

Ich sah aus dem Fenster. Cate Furler's schwarzer Jeep Wrangler parkte jetzt genau unter Chip's Behausung. Zuerst öffnete sich die

Fahrertür, und eine große Frau mit langem dunklem Haar stieg aus. Sie kam mir bekannt vor. Dann verließ das wichtigste zeitgenössische Wesen unserer Insel den Wagen. Sie sah kurz nach oben. Ich zog sofort meinen Kopf vom Fenster zurück.

Es dauerte eine Weile, bis sie Chip's verblasstes Namensschild fanden. Aber dann klingelte es. Ich kletterte die Stiege nach unten und ging ihnen entgegen.

Mrs. Furler lächelte mich an, während sie vorsichtig Stufe für Stufe erklomm. „Miss Roberts, danke, dass Sie den Überfall zulassen. Das ist sehr nett von Ihnen." Sie strich sich eine Haarsträhne aus dem Gesicht und wirkte ebenfalls verunsichert.

Die Freundin hinter ihr strahlte breit. „Was habt ihr denn? Ist doch total spannend ... Eine Insel rückt zusammen, findet Tote und sucht nach Mördern." Sie streckte mir an Mrs. Furler vorbei ihre Hand entgegen. „Hallo, mein Name ist Gilian May. Ich bin Cate's Freundin und habe das Vergnügen, ihre Bücher zu verlegen."

Ich schüttelte ihre Hand. Sie hatte einen kraftvollen Händedruck. „Dale Roberts. Freut mich."

Gilian May legte ihre Hand auf Cate Furler's Rücken und schob sie selbstbewusst grinsend in Chip's Chaos. Chip stand wie ein kleiner Junge mitten in dem winzigen Apartment. Er starrte Mrs. Furler an und bemühte sich um ein natürliches Lächeln. Nur einen Schritt auf sie zu erlaubte ihm die Enge seiner Wohnung, ansonsten wäre er auf sie gefallen. Ungeschickt hielt er ihr seine große Hand entgegen. Bevor er etwas sagen konnte, ergriff ich das Wort.

„Das ist Christopher. Mein bester Freund. Wir saßen hier gerade zusammen. Ist ein langer Tag gewesen."

Oh, was für ein dummer Unsinn. Aber ich wollte verhindern, dass eine von beiden dachte, dies könnte auch meine Wohnung sein. Meine und seine. Nein, das ging nicht. Das musste sofort klargestellt werden.

„Ach so?", kam es amüsiert von der Freundin.

Cate Furler schüttelte lächelnd Chip's Hand. Er war im siebten Himmel. Sein verzückter Gesichtsausdruck war beeindruckend. So also sah er aus, wenn er sein Herz verlor. Das sollte ich mir merken für den Fall, dass jemals jemand anderes als diese Unerreichbare diesen Ausdruck auf sein Gesicht zaubern konnte.

„Ich bin echt sprachlos. Ich bin so ein Fan von Ihnen", stotterte er leise.

Sie nahm seine Bewunderung sehr lässig an. „Freut mich. Danke, dass Sie uns so unerwartet reinlassen."

Ich versuchte die beiden Frauen durch die enge Wohnung zu manövrieren. Gilian May folgte mir sofort zu der Ecke, die wohnlich hätte sein können. Hätte … Wir nahmen auf einem winzig kleinen Sofa Platz.

Das ging so nicht. Nicht für diesen Besuch!

„Sollen wir runter ins *Page* gehen?", schlug ich schnell vor. „Ich kenne den Besitzer. Er wird uns einen Tisch in einer ruhigen Ecke geben, wo wir ungestört reden können."

Gilian May sah zu Chip und Mrs. Furler hinüber. Er hielt immer noch ihre Hand und schwärmte sie mit seiner ungeschickten Art an, die unschuldig und chaotisch zugleich war. Sie hielt es entspannt aus und wusste scheinbar immer etwas zu erwidern.

„Ach, lassen wir Ihrem Freund doch den Moment. Er sieht so glücklich aus", sagte Mrs. May und lachte tief und herzlich. „Cate kann das auch gut gebrauchen. Sie haben Sie ziemlich verwirrt, als Sie ihr klargemacht haben, dass Sie so gar nicht mit ihr als Steen gerechnet haben."

Ich merkte, wie die Röte in mein Gesicht fuhr. Wenn sie wüsste …

„Ich war durch einen anderen Bekannten auf das völlig falsche Bild reingefallen. Ich wollte Mrs. Furler nicht irritieren. Überhaupt nicht."

„Ist doch alles gut", erwiderte Mrs. May. „Cate muss damit rechnen, dass Menschen sich ein Bild von ihr machen. Und gelegentlich überrascht es sie eben, wenn jemand nicht *sie* erwartet hat. Das war ihre Wahl. Ich hätte die Romane unter ihrem Namen veröffentlicht. Aber sie wollte es anders." Sie legte vertraut ihre Hand auf mein Knie und schmunzelte. „Und ich dachte, ihr Insulaner wüsstet Bescheid. Scheinbar doch nicht … Das macht es doch spannend. Wer ist Steen? Ist wie ein Insel-Rätsel."

Mrs. Furler wandte sich zu uns. „Sollten wir gemeinsam die nächsten Schritte besprechen? Ist sicher nicht dumm, wenn wir uns abstimmen", schlug sie vor.

Chip starrte sie immer noch an. Ich stand auf und gab ihm unauffällig einen Stups.

„Lasst uns ins *Page* gehen. Sam lässt uns bestimmt in den Wintergarten. Da hätten wir unsere Ruhe. Wir wollten doch reden, oder?"

„Gute Idee", gab Chip seufzend von sich.

Im *Page at 63 Main* war kaum Betrieb. Ein paar Einheimische, in deren Häusern ich schon gearbeitet hatte, saßen dort beim Wein. Sam, der Besitzer, kam auf mich zu, drückte mich herzlich und küsste mich zur Begrüßung auf die Wangen.

„Dale, wie schön! Hab dich schon fast vermisst. Bei uns läuft es augenblicklich gut. Sonst hätte ich schon längst was konstruiert – Stromausfall am Toaster oder so –, um dich wieder zu uns zu lotsen." Er strahlte mich an.

Das *Page* hatte er vor vier Jahren eröffnet. Es war ein modernes amerikanisches Restaurant mit französischen und auch asiatischen Anleihen. Sam hatte das alte Gebäude sehr geschickt kernsanieren lassen. Im Inneren verbanden sich freigelegte originale Backsteinmauern mit neuem Stuck, und es sah aus, als wäre es immer genau so gewesen.

Sam wandte sich an die anderen. Als er Cate Furler sah, wurde sein Lächeln noch strahlender. „Mrs. Furler! Das ist aber eine Überraschung! Ich dachte, Sie wären noch in der Stadt!"

Er küsste auch sie, und die beiden umarmten sich kurz. Dann kam er zu mir zurück und hakte sich bei mir unter, um mich mit sanftem Druck in Richtung Wintergarten zu führen.

„Du weißt, wer das ist?", flüsterte er.

Ich nickte kurz.

„Lasst euch Zeit. Ich schließe vorne ab, wenn die letzten Gäste weg sind, und bin in der Küche. Okay?"

Wieder nur ein knappes Nicken von mir. Die ganze Situation überforderte mich. Wir nahmen in seinem lauschigen Wintergarten Platz und bestellten Getränke. Sam servierte unsere Bestellung persönlich und zog sich dann diskret zurück.

Mrs. Furler beugte sich vor. „Dale, Sie wirkten vorhin auf mich, als hätten Sie eine Idee, was sich an meinem Haus abgespielt haben könnte", begann sie zögernd.

Ich sah zu Chip. Er starrte sie immer noch an. Unbrauchbar also.

„Meine Theorie ist, dass jemand den Toten vorab betäubt und dann stromtechnisch Ihr gesamtes Haus lahmgelegt hat. Das muss nur ein kurzer Moment gewesen sein, aber ausreichend lang, um den bewusstlosen Mann an das Kabel zu legen und den Strom wieder anzuschalten." Ich neigte meinen Kopf in Chip's Richtung. „Mein Freund hier ist Computerfachmann. Er hilft mir zu überprüfen, ob sich jemand von außen in das Netz des L. I. E. gehackt haben könnte, um den Strom abzuschalten."

Chip nickte mit versonnenem Lächeln und schlürfte an seinem Bier.

„Normalerweise können wir solche Totalausfälle bei uns im Computersystem feststellen", fügte ich hinzu, „aber in der Nacht gab es keine Meldung. Und das ist merkwürdig."

Gilian schob sich auf ihrem Sitz nach vorn.

„Uns wäre es lieb, wenn Sie eng mit uns kommunizieren würden." Mit Blick auf Cate fuhr sie fort: „Wir wollen, dass das alles so wenig wie möglich Aufsehen erregt. Nicht dass wir Sie in Ihren Bemühungen einschränken wollen, aber es wäre hilfreich, wenn Sie alles mit uns abstimmen würden.“

Alles … das würde schwierig werden, aber ich verstand natürlich den Antrieb der beiden.

„Kein Problem“, zwitscherte Chip plötzlich dazwischen. Offenbar war er wieder aus seinem Liebesrausch erwacht. „Ich richte Mrs. Furler und Dale eine sichere Leitung auf dem Handy ein. Da können Sie beide ganz ungestört und ungehört kommunizieren.“ Er stieß mich unsanft an. „Telefon! Na, gib schon.“

Ich rückte mein Telefon heraus, und er fing sofort an, grob darauf herumzutippen. Dann sah er Mrs. Furler an. Bei ihr war seine Stimme sanfter.

„Dürfte ich auch Ihr Handy mal kurz haben?“

Sie kramte in ihrer Tasche und rückte das Telefon heraus, ohne Fragen zu stellen. Sie schien Chip zu vertrauen. Ich hätte das an ihrer Stelle nicht getan, ohne wenigstens zu fragen, was er damit vorhat.

„Und jetzt?“, wollte sie wissen, als er ihr das Telefon zurückgab.

„Jetzt haben Sie beide eine Nachrichten- und Telefonverbindung, die kaum zu knacken ist. Und wir können alles untereinander abstimmen.“ Er strahlte von Ohr zu Ohr.

„Und wie funktioniert das?“, fragten sie und ich zeitgleich.

„Ach so. Ganz einfach.“

Chip erklärte uns, was wir tun mussten, wir gaben unsere Passwörter ein und schon stand die sichere Leitung.

Wir waren verbunden. Seltsam technisch und doch persönlich zugleich. Ein eigenartiges Gefühl. Eine Fremde, mit der man eine unsichtbare Nabelschnur teilte. Irgendwie. Durch Zufall. Zwei verschiedene Leben, die eine Gemeinsamkeit hatten.

Ich sah sie an. Und sie mich. Ein merkwürdiges Duo auf geheimer Mission. Ich seufzte laut. Es war mir rausgerutscht.

Cate Furler lächelte. „Ich werde Sie nicht mehr als nötig kontaktieren, keine Sorge.“

Wieder blickte ich sie an. „Das stört mich nicht. Ich finde diesen Fall nur sehr …“, ich kramte nach den richtigen Worten, „… kompliziert. Unbequem. Weiß nicht, wie ich es richtig ausdrücken soll.“

Gilian May unterbrach die peinliche Stille mit ihrer sonoren Stimme. „Ich glaube, das wird gut werden. Hauptsache, die eine weiß, was die andere tut. Und wie ist Ihr Plan für die nächsten Tage?“, fragte sie an Chip und mich gewandt.

Chip strahlte. „Dale wird sich Montag die Daten beim L. I. E. ansehen. Ein Stromausfall wurde dort nicht gemeldet, aber wenn sie die Leistungsdaten einsieht, wird es eine kurze Zeit geben, in der kein Strom in Ihr Haus floss, dessen bin ich mir sicher. Ich schicke die Daten dann anonym zur Polizei. Die werden diesem Hinweis nachgehen, weil ich sie zusätzlich noch darüber informieren werde, dass ein unerlaubter Eingriff in die Stromversorgung stattgefunden hat. Und schon erklärt sich, wie Stallbruck an dem Kabel umgekommen ist.“ Er klang sehr überzeugt von seinem Plan.

Aber leider nicht überzeugend genug für Mrs. Furler. „Das liefert das *Wie,* aber nicht das *Warum.*“

„Na ja“, er kratzte sich am Kopf, „das ist der nächste Schritt. Dale wird noch ein paar Fotos von Ihrem Haus machen. Das hilft mir, mich noch besser in die Situation vor Ort reinzudenken. Natürlich nur, wenn Sie einverstanden sind. “

„Sicher“, gab Mrs. Furler nachdenklich von sich. „Mir ist alles recht, was hilft, diesen Schlamassel aufzulösen.“

Wir verließen das Restaurant und verabschiedeten uns auf der Straße. Ich wollte allein sein und holte meine Hausschlüssel aus meinem Wagen. Den Weg zu meiner Wohnung legte ich zu Fuß zurück. In meinem Kopf schwirrten viele Fragezeichen herum. Ich brauchte frische Luft und Zeit, um die gedanklichen Schlingen, die sich in meinem Gehirn gebildet hatten, gerade zu ziehen.

Nur Minuten später

Gilian startete meinen Wagen und steuerte auf die Ferry Road Bridge zu. Auch in der dunkelsten Nacht war dieser Blick atemberaubend. Die Sterne erleuchteten hell die Sag Harbor Bay, und der Mond schien kraftvoll auf uns herab. Die Segeljachten schaukelten milde auf dem Wasser, und der sanfte Klang des Wellengangs drang stetig zu uns ins Wageninnere. Gilian fuhr bedacht und langsam. Sie spürte, dass meine Gedanken dem Ruf des Meeres folgten und nicht klar waren.

Ich lehnte mich zurück und starrte durch das Fenster den Mond an. „Und? Was hältst du von denen?", fragte ich, während ich versuchte, den Mann im Mond zu erkennen.

„Hmmm", brummte sie lang gezogen. Dann bog sie auf die wunderschöne Long Beach Road zwischen North Haven und Noyack ab. „Die beiden machen einen guten Eindruck", sagte sie schließlich. Und auf der Brick Kiln Road fügte sie hinzu: „Du weißt, wer das Mädchen ist, oder?"

Ich sah sie an. „Die Frau vom Energieversorgungsunternehmen – und weiter?"

Gilian lächelte sanft. „Das ist die Frau, die mir vor dem *Driver's Seat* in die Arme gefallen ist", ergänzte sie. „Wenn das kein lustiger Zufall ist."

11. April 2016

Water Mill, Holly Lane 17

Der Tag begann nicht nach dem Geschmack von Jeffrey Dinklage. Anstatt wie sonst in Ruhe seinen Kaffee und ein entspanntes Frühstück zu genießen, musste er sich beeilen. Chefermittlerin Spencer hatte ihn für 9 Uhr auf die Polizeiwache von Southampton gebeten.

Oder vorgeladen?

Er wusste nicht, wie er diese Situation einzuschätzen hatte. Überhaupt lief ihm seit der fatalen Nacht zum 4. April einiges aus dem Ruder. Sein Kopf versuchte Ruhe zu bewahren, aber seine sonst so stahlharten Nerven versagten ihm den Dienst. Im Bad schaute er in den großen Spiegel und trainierte sein unwiderstehliches Siegerlächeln. Er, Herzensbrecher in der Highschool, später an der Universität, Sport-Ass, vermögend und gut aussehend. Er, der verheiratet war mit einer wunderbaren, geistreichen und schönen Frau und sich trotzdem eine heiße Geliebte hielt, auf die all seine Buddys neidisch waren, er war plötzlich nicht mehr Herr dieses Spiels. Und das gab ihm ein Gefühl, das er seit Ewigkeiten für begraben hielt. Ein Gefühl, an das er sich kaum noch erinnerte, das ihn jetzt aber mit ungeahnter Wucht überkam.

Unsicherheit.

Er betrachtete seine perfekten weißen Zähne im Spiegel, prüfte seine vollen braunen Haare und strich einige widerspenstige glatt. Optisch war alles wie immer. Das Hemd saß perfekt, die Hose ergänzte seinen dynamischen Look. Alles wäre gut, wenn nicht diese verdammte Frau vom L. I. E. einfach abends bei ihm reingeplatzt wäre und Joanne gesehen hätte. Oder wenn Joanne, diese dumme Pute, einfach im Schlafzimmer geblieben wäre. Aber er wusste auch, wie sehr es Joanne gefiel, die Menschen *bewusst* in die Irre zu führen. Viele auf der Insel wussten, dass Jeffrey mit Steen verheiratet war. Also ließ jede Frau an seiner Seite die Spekulation zu, dass es sich vielleicht um *sie* handelte. *Sie,* die große Schriftstellerin.

Und in dieser Aufmerksamkeit sonnte sich seine Geliebte. Sie würde zu gern für seine Frau gehalten werden, für die brillante Steen. Und selbst er, obwohl mit großem Ego ausgestattet, wusste, dass jede Aufmerksamkeit, die er in der Öffentlichkeit erregte, nicht *wirklich* ihm galt, sondern dem Ruhm seiner Frau. Es war sicher kein Bravourstück, dennoch fand auch er dieses Verwirrspiel mit den Identitäten gelegentlich faszinierend.

Er liebte seine Frau, respektierte sie. Aber er ertappte sich auch dabei, dass es ihn reizte, sie zu hintergehen. Er spürte förmlich den Drang, diese perfekte Wortakrobatin zu deklassieren. Und sei es nur durch eine einfache Täuschung. Es tat ihm gut, wenn Menschen die sexy und ein wenig einfältige Joanne für Steen hielten. Joanne war das absolute Gegenteil von Cate. Manchmal freute er sich wie ein kleiner Junge über die gelungene Charade. Auch, weil er wusste, wie wenig Cate von einer Frau wie Joanne hielt. Zu wenig Tiefgang. Zu wenig Substanz. Zu viel äußeres Tamtam. Zu sehr darauf aus, zu gefallen. Es fiel eben nur wenigen Menschen so sehr in den Schoß, gemocht, geliebt und verehrt zu werden wie Cate. Cate, die bezaubernde Verzauberte. Die Träumerin mit den tiefen Gedanken, die Menschen fesseln, entführen und verzücken konnte. Poetin und angenehmer Kumpel zugleich. Sportlich und vergeistigt, schlau und schön.

Cate – immer nur Cate.

Er schüttelte verärgert den Kopf. Schluss mit den gemeinen Gedanken. Er war auch stolz auf seine Frau. Mächtig stolz.

Da erschien Cate hinter ihm und schmiegte sich sanft an seine Schulter.

„Warum bist du so früh schon auf?“, grummelte er verlegen und wischte die Gedanken weg.

„Du musst doch gleich zur Polizei. Dachte, es wäre nett für dich, wenn wir uns bei einem Kaffee so herrlich wie immer morgens anschweigen.“ Sie streichelte zart über seinen Arm und kuschelte sich näher an ihn.

Er erwiderte ihre Zärtlichkeit kurz, dann löste er sich abrupt aus ihrer Umarmung. „Lieb von dir.“

Cate sah in den Spiegel. „Puh, ich war gestern noch kurz mit Gilian auf einen Drink weg. Bin ziemlich k.o.“

Doch selbst übermüdet war sie noch von einnehmender Schönheit. Klarheit.

Jeffrey seufzte leise. „Aber du hältst dich an das, was wir gestern besprochen haben, ja?“

Sie begann sich die Zähne zu putzen. „Nicht mit Handwerkern sprechen?“

„Nicht mit irgendwem über diesen Vorfall sprechen. Und schon gar nicht mit der vom L. I. E.“

Sie salutierte zum Spaß, denn reden konnte sie mit der Bürste im Mund nicht.

Jeffrey schlenderte gespielt lässig in die Küche. Kater sah nur kurz vom Sofa auf, um sich sofort wieder einzukringeln – natürlich mit dem Rücken zu ihm. Muttersöhnchen, verfluchtes.

Jeffrey hoffte inständig, dass Gilian nicht auch schon wach war. Er mochte sie nicht. Immer angriffslustig und spitzfindig. Er mochte die Nähe zwischen ihr und Cate nicht. Nicht den Einfluss, den sie vielleicht auf sie nehmen konnte. Nicht ihre Bestimmtheit, ihre Sturheit. Und er war eifersüchtig auf sie. Ja, er war eifersüchtig auf das Lachen, das Cate ihr schenkte, das Zwinkern, das Flüstern, wie sie sich bei ihr anlehnte und sie in den Arm nahm.

Er wollte diese Nähe zwischen den beiden nicht, aber er konnte sie nicht verhindern. Jeffrey wusste, dass er kein großzügiger Mann war. Er war nicht offen und auch nicht so liberal wie Cate oder wie Gilian. Er mochte Regeln. Und am liebsten diktierte er sie selbst.

Silvia begrüßte ihn herzlich wie jeden Morgen. Diese Seele von Haushälterin. Die würde sich eher die Zunge abbeißen, als ihn in die Pfanne hauen. Die perfekte Frau. Nur etwas zu alt und zu einfach. Er schenkte ihr sein Zauberlächeln, und sie schmolz dahin. Na also, lief doch gut an diesem Scheißmorgen. Hauptsache, es funktionierte auch gleich bei Chief Spencer!

Silvia stellte ihm die Kaffeetasse auf den Tresen. Mit Milch und Zucker in der richtigen Dosierung. Die Zeitung lag auch an der gewohnten Stelle. Cate kam in einem seiner T-Shirts und Jogginghose. Sie nahm sich ihren Kaffee selbst, während sie Silvia herzlich grüßte. Die Haushälterin brummte sie jedoch nur an.

Cate setzte sich ihm gegenüber. „Gilian und ich fahren so gegen 10 Uhr." Sie strich sich mit der Hand durchs Haar und gähnte.

„Gut. Ich kann dich ja anrufen, wenn ich bei der Polizei fertig bin. Und versprich mir bitte, dass du dich meldest, wenn du dich auf den Rückweg machst. Ich brauche im Moment keine Überraschungen."

Sie verzog scherzhaft das Gesicht. „Noch nicht einmal von deiner Frau?"

„Von niemandem." Er wollte gar nicht so hart klingen, aber jetzt war es nun mal gesagt.

Sie zuckte mit den Schultern. „Okay. Ich melde mich dann rechtzeitig. Denke, es wird nicht länger als vier oder fünf Tage dauern."

Er küsste sie zum Abschied und stieg in sein Auto. Der Kies knirschte unter den Reifen.

Southampton, Police Department
9 Uhr

Ein junger Officer führte Jeffrey Dinklage in das kleine Büro von Chief Spencer. Spencer erhob sich von ihrem Schreibtisch und bat Jeffrey einen Platz an ihrem winzigen Besprechungstisch an. Verwundert nahm er die Enge und Eintönigkeit des Büros wahr. Es war dunkel und die Luft roch, als wäre sie Tage alt. Erst jetzt sah er eine weitere Polizistin, die mit Diktiergerät und Schreibblock bewaffnet in der Ecke dieses winzigen Raumes klemmte.

„Das ist Officer Baker, Mr. Dinklage. Sie wird unser Gespräch aufzeichnen." Chief Spencer setzte sich schnaufend. „Es tut mir leid, dass wir Sie noch einmal befragen müssen. Das Aufzeichnen des Gesprächs ist reine Routine."

Er sah an sich herab, zupfte unnötigerweise an seinem akkurat sitzenden Hemd und setzte sein eingeübtes Lächeln auf. „Ich bin immer gerne bereit, der Polizei zu helfen. Ich möchte diesen ganzen Mist so schnell wie möglich hinter mir, äh, uns lassen."

Chief Spencer nickte. „Ja, das ist in unser aller Interesse, und wir haben es Ihrer Frau versprochen. Unser Superintendent ist auch nicht begeistert. Wir haben die dringende Bitte vom Polizeichef verspürt, diesen Fall möglichst schnell und sauber abzuschließen." Sie seufzte tief und ehrlich. „Nur leider funkt uns da dauernd etwas dazwischen. Erst kamen von dieser Elektrikerin einige Hinweise bezüglich des Toten …" Sie machte eine bedeutungsschwangere Pause.

„Furchtbar, diese Nervensäge!", stöhnte Jeffrey dazwischen.

„Aber sie hatte leider recht", fuhr Spencer fort. „Der Mann wurde betäubt. Nicht ein bisschen, sondern wie ein Gaul fertig zum Abtransport. Und dann erst starb er an einem Stromschlag, den er sich an dem Kabel zugezogen hat. Jetzt haben wir auch noch Hinweise darauf, dass Stallbruck mit den Flying Birds in Kontakt stand." Sie sah Jeffrey über ihre dicke Brille hinweg an. „Sagt Ihnen das was?"

Jeffrey blickte verstört zu Boden. „Die Flying Birds? Wer kennt die nicht, hier bei uns am East End. Harte Jungs", presste er hervor.

„Ja, genau. Sehr harte Jungs. Einbrüche sind ihr Kerngeschäft. Aber bei Ihnen wurde nicht eingebrochen. Nur gestorben. Und das macht die Sache eigenartig."

Jeffrey entschied sich, mit seiner lässigen Masche weiterzumachen. Die konnte er im Schlaf und auch unter Anspannung. „Ja, nun, das kann dann wohl passieren, wenn ein Einbrecher versagt. Sie haben ihn gelyncht." Er machte eine entsprechende Geste mit der Hand und strahlte dabei.

Chief Spencer blickte auf ihre Akte und dann wieder zu ihm. „Ihre Frau war in Manhattan, dafür gibt es einige Zeugen. Ihr Aufenthalt lässt sich zwar nicht lückenlos nachvollziehen – weil sie ja auch irgendwann mal schlafen ging – aber dennoch ziemlich genau. Sie waren im Haus, als das Unglück passierte." Sie beobachtete ihn mit ernster Miene.

„Ja, natürlich war ich im Haus. Ich wohne dort und pflege auch dort zu schlafen."

„Und Sie haben nichts bemerkt? Nichts gehört?"

„Ich schlafe zum Garten raus. Die Einfahrt und das Gästehaus liegen in der anderen Richtung. Da hört man nachts nichts. Es sei denn, ein Wagen würde in die Einfahrt rollen. Den hört man auf dem Kies. Aber da war nichts. Gar nichts. Und mein Schlaf ist nicht besonders tief."

Chief Spencer brummelte leise und atmete tief durch, ganz so, als wollte sie Anlauf zum Sprung nehmen. Doch dann sammelte sie sich wieder. Sprung verschoben.

Jeffrey's Rücken spannte sich. *Obacht geben.*

„Wann sind Sie zu Bett gegangen?"

Er drehte nachdenklich dreinschauend seinen Ehering. „Gegen Mitternacht etwa. Ich sehe immer noch kurz in die Late Night Show rein, wenn ich allein bin. Dann schalte ich das Licht aus – irgendwann."

Sie fixierte ihn kurz. „Sie waren also allein in Ihrem Haus in dieser Nacht."

Feststellung oder Frage? Er konnte es nicht heraushören.

„Na klar. Meine Frau war in Manhattan. Da sind die Nächte einsam." Er verzog zur Auflockerung das Gesicht wie ein schmollender Junge, was Mrs. Spencer geflissentlich ignorierte.

Sie räusperte sich und bohrte weiter. „Kann irgendjemand irgendeine Ihrer Tätigkeiten an diesem Abend bezeugen? Haben Sie noch telefoniert oder gechattet?"

Verwunderung machte sich in ihm breit. Was wurde das hier? Er spürte, dass der Sprung, zu dem sie bereits angesetzt hatte, noch kam, und versuchte sich darauf vorzubereiten.

„Was soll das? Brauche ich einen Anwalt, weil ein Penner sich ausgesucht hat, an meinem Haus zu verrecken?" Angriffslustig sein und dabei stabil positiv wirken. Guter Weg.

Officer Baker meldete sich aus der Ecke zu Wort. „Es ist uns wichtig, Mr. Dinklage, Sie so schnell wie möglich aus dieser Situation zu entlassen. Wir müssen diese Fragen abarbeiten. Das sieht das Prozedere vor." Sie lächelte entschuldigend und wurde ein wenig rot.

Vielleicht war sie eine weniger harte Nuss als diese Chefermittler-Tante mit ihrer grobschlächtigen Art. Er lächelte zurück. „Ich meine ja nur, das klingt alles so ernst."

„Mord ist ernst", blaffte die Chefin. „Sehr ernst sogar. Und, Mr. Dinklage, da uns noch das Motiv fehlt, kramen wir natürlich in allen Möglichkeiten herum." Sie machte eine längere Pause, bevor der Paukenschlag kam. „Eine andere Spezialität der Birds, neben Einbruch, der ja bei Ihnen nicht stattgefunden hat, ist im Übrigen Erpressung." Sie schaute ihm tief in die Augen.

Aber er hielt ihrem Blick stand. „Und weswegen sollten wir erpresst worden sein?"

Sie rutschte auf ihrem Stuhl zurück. „Das frage ich Sie."

Jeffrey lachte kurz auf. „Das ist lächerlich!"

„Wenn Sie meinen. Wir können für heute aufhören. Ich habe keine weiteren Fragen. Aber ich bitte Sie nachzudenken, ob Ihnen oder Ihrer Frau in der letzten Zeit irgendetwas eigenartig vorkam."

Er erhob sich nicht übertrieben schnell, sondern lässig, und reichte ihr seine Hand. „Ich denke selbstverständlich darüber nach. Auf Wiedersehen."

„Den Weg raus finden Sie allein?"

„Wäre schön, wenn Officer Baker mich begleiten könnte."

Baker sprang sofort auf und geleitete ihn zum Ausgang.

Dort drehte sich Jeffrey zu ihr um. „Die Uniform steht Ihnen sensationell." Er lächelte und winkte zum Abschied. Im Augenwinkel sah er, wie sie errötete. Treffer!

Jetzt musste er weg von hier. Telefonieren. So ging das nicht weiter!

Southampton, Shinnecock Hills Golf Club

An diesem Montag, zwei Tage nach dem denkwürdigen Abend mit Mrs. Furler und Mrs. May, war ich mit einem Kollegen für eine größere Montage im Shinnecock Hills Golf Club eingeteilt. Das altehrwürdige Gebäude sollte eine komplett neue Stromversorgung bekommen.

Von den Shinnecock Hills, auf deren sanften Hügeln sich der Golfclub befand, hatte man eine herrliche Aussicht auf den Cold Spring Pond in Richtung Norden und noch etwas weiter nördlich auf die Peaconic Bay. Im Süden brandete der Atlantik. Das dunkle Grün der Wälder im Tuckahoe Woods Preserve mischte sich aus dieser Perspektive mit dem Mittelblau der dahinterliegenden Bay. Der Club war nicht abgeriegelt oder eingezäunt. Wir Einheimischen konnten also jederzeit das Gelände passieren und auch dort verweilen. Aber leider tat man das im Alltag viel zu selten.

Jetzt standen wir in aller Frühe auf der Veranda vor dem Clubhaus und wurden von dem Manager in Empfang genommen.

„Die Vorarbeiten sind von Ihren Kollegen in den letzten Tagen im Zeitplan abgeschlossen worden. Jetzt liegt uns daran, dass der Austausch schnell und problemlos abläuft. Wir haben heute geschlossen. Unsere Mitglieder wissen Bescheid. Also wünsche ich gutes Gelingen." Er lächelte hoffnungsvoll und drückte zum Abschied seine beiden Daumen, bis sie weiß anliefen.

Mein Kollege Henry war ein guter Elektriker und vor allem ein starker junger Mann, der ohne viele Worte zu arbeiten verstand. Er hievte die neuen Geräte aus dem Wagen, und wir trugen sie behutsam in den Keller. Die Kollegen hatten wirklich gut vorgearbeitet. Und dennoch würde ich sicherlich den ganzen Tag für die Arbeit hier einplanen müssen.

Ich schaute auf mein Handy. Kein Empfang im Keller. Das war schlecht. Chip wollte heute mehr über die Verbindung zwischen Stallbruck und der Überweisung von zwanzigtausend Dollar herausfinden und mich auf dem Laufenden halten.

Henry hantierte mit der Hardware der neuen Anlage, und ich bereitete die Anschlüsse vor. Henry hatte sein kleines Radio dabei. Wir hörten WBLI 106.1, einen lokalen Radiosender. *Ihre Hits von gestern, heute und morgen* plärrte es alle paar Minuten aus dem Lautsprecher. Meine Mutter liebte diesen Sender, und so war ich mit den *Yesterday's Favorites* in Echtzeit aufgewachsen. Ich konnte bei fast jedem Lied mitsummen.

Es beschwingte mich, nach all der Aufregung der vergangenen Tage meine Jugendzeit zu spüren. Unbeschwert, unbelastet und frei. Mit allen Möglichkeiten im Kopf. Und gleichzeitig war ich fasziniert vom Hier und Jetzt. Konnte es kaum abwarten, von Chip zu hören. Oder vielleicht sogar von Mrs. Furler. Es war spannend, mein Leben. Und reizvoll. Ich suchte einen Mörder, und eine der interessantesten Schriftstellerinnen bekam ich sogar frei Haus obendrauf. Alles wunderbar, wäre da nicht dieser Haken. Dieser Betrug. *Nicht immer dran denken, Kind,* hätte mein Vater gesagt. *Weitergehen. Der Blick zurück nimmt dir meistens nur Zeit und Energie.* Recht hatte er.

Ich montierte die neuen Teile, und Henry half mir. Mit ihm konnte ich reibungslos Hand in Hand arbeiten, ohne Geschwätz. Eine gute Performance.

Es lief gerade *Radio Ga Ga* von Queen, als er leise fragte: „Hast du sie eigentlich kennengelernt?" Er wandte scheu seinen Blick ab. „Ich frage wegen meiner Ma. Sie liebt sie. Dad meint, manchmal sogar mehr als ihn. Ich muss dich das also fragen." Sein Lächeln zeigte sein Alter. Anfang zwanzig. Noch alle Zeit der Welt.

Ich stöpselte behutsam dünne Kabelenden in den Eingang der Sicherungsschalter. „Du meinst Steen?" Ich lugte kurz zu ihm rüber.

Er nickte. „Ich find ihre Bücher auch gut. Aber manchmal sind sie mir zu, ja, wie nennt man das? Anspruchsvoll? Ich mag Actionkrimis lieber. Wenn ich schon lese."

Ein Lächeln konnte ich mir nicht verkneifen. Wen wunderte es schon, dass junge Männer nicht ihre Hauptzielgruppe waren. Aber Henry und seine Mutter hatten verdient zu hören, dass Cate Furler beziehungsweise Steen cool war. Natürlich ohne ihren Namen zu nennen.

„Sie ist sehr nett. Uneitel und sympathisch. Deine Mutter liebt sie zu Recht." Ich grinste ihn breit an.

„Das sag ich Ma", sagte er und nickte schüchtern. „Die wird sich sehr freuen."

Wir arbeiteten bis zur Mittagspause durch. Dann setzten wir uns auf zwei Deckchairs ins Freie und genossen den Ausblick. Endlich konnte ich meine Mails checken. Ich war sicher, dass Chip schon etwas herausgefunden hatte. Doch ich hatte weder eine neue Mail noch eine neue SMS. Ich rückte ein Stückchen weiter von Henry weg und wählte mich mit meinem Passwort in die sichere Verbindung zu Cate Furler ein. Es dauerte einen Moment, aber dann traf eine E-Mail ein.

Guten Morgen,
wir sind jetzt in der Stadt. Ich danke für das Zusammenraufen. Wird nicht einfach, aber ich habe ernsthaft vor, mich zu konzentrieren und hilfreich zu sein. Hier brütet der Frühling schon ordentlich. Man fühlt ihn deutlicher näherkommen als zu Hause.
Wissen Sie, ich habe es nicht so mit Fremden. Weiche ihnen aus, wenn es möglich ist. Ihnen kann ich jetzt nicht ausweichen. Und Sie sind herzlich. Außerdem: Neues kann erfrischen und muss nicht bedrohlich sein.
Das ist nur ein Test, ob die Verbindung überhaupt klappt.
Und die Wahrheit ist es auch – trotzdem.
Lieben Gruß
Cate

Ich lehnte mich in dem Deckchair vor dem Clubhaus zurück. Das war nett. Ein nettes Eröffnungsschreiben. Musste ich darauf jetzt antworten? Hm, ja.

Hallo Mrs. Furler,
ich versuche heute Abend noch bei Ihnen zu Hause vorbeizufahren. Mache Fotos. Werde dann wahrscheinlich auf Ihren Mann treffen, aber er hatte mir den Zutritt ja erlaubt.
Ich halte Sie auf dem Laufenden.
Liebe Grüße
Dale

Danach genoss ich mein mitgebrachtes Sandwich, den Blick auf die Seen, die sich mit der Zeit in unsere Insel gegraben hatten. Es war wunderschön anzusehen. Die Natur formte die unbeschreiblichsten Bilder.

Henry saß neben mir und tippte unaufhörlich auf seinem Smartphone herum. Keine Augen für das, was vor uns lag. Aber auch bei ihm würde die Zeit den Blick für die Magie der Natur zurückbringen. Bei mir hatte es auch eine Weile gedauert. Kaum fühlte und dachte ich dies mit ganzem Herzen, schon piepste mein Handy. Eine Nachricht von Chip.

Das Konto in Italien hat er tatsächlich per Mail und im Namen der Eheleute eröffnen lassen. Das kann ihm nur mit einem Mittelsmann vor Ort gelungen sein. Die Bank, bei der es eröffnet wurde, ist in Venetien. Die Filialleiterin heißt Nicoletta Marrone. Habe die mal gecheckt. Sie hat im letzten Sommer ein Haus in den Hamptons gekauft. Und rat mal beim wem? Genau! Das Geld hat Dinklage online überwiesen. Außerdem habe ich die Mails von Stallbruck entschlüsselt. Sie haben im Darknet Fotos hinterlegt. Auf die Bilder habe ich noch keinen Zugriff. Aber die Story wird rund.

Ich sah auf meine Uhr. Zeit, weiterzuarbeiten. Henry maulte kurz. Dreißig Minuten Pause waren tatsächlich kurz. Aber es war auch noch viel zu tun, wenn wir vor 17 Uhr fertig werden wollten. Eine Verabredung im Fitnessstudio mit seinen Freunden erschien ihm allerdings verlockender als Überstunden. Also wollten wir beide die Installation zügig beenden. Gegen 16 Uhr kam der Manager zur Abnahme. Wir schalteten die neue Installation an und das Clubhaus erstrahlte in vollem Glanz. Genauso hatte er sich das vorgestellt. Er steckte jedem von uns einen Zwanziger zu, wir dankten ihm und winkten freundlich zum Abschied.

„Wir haben jetzt noch eine Stunde Bereitschaft“, sagte Henry mit dem Blick eines jungen Labradors.

Ich schmunzelte. Ich hatte diesen Blick schon hundertmal bei meinen Vorgesetzten versucht. Selten mit Erfolg. Henry jedoch war heute damit erfolgreich. Denn ich hatte eine andere Mission zu erfüllen.

„Du kannst abhauen, Henry. Danke, war ein guter Job. Hoffe, wir kommen mal wieder zusammen. Macht Spaß mit dir.“

Water Mill, Holly Lane 17
16.30 Uhr

Jeffrey war gerade wieder in die Holly Lane zurückgekehrt. Sie hatten ihm geraten, ruhig zu bleiben. Abzuwarten. Es war kein Fehler passiert. Durchatmen und normal weitermachen. Er hatte diese Tipps als nicht besonders einleuchtend empfunden, aber Widerworte oder gar Diskussionen waren bei denen nicht vorgesehen.

So kam er nach Hause und goss sich, gegen jede Gewohnheit, ein großes Glas Wodka ein. Der Kühlschrank lieferte das Eis, und er trank in einem Zug alles aus. Er setzte sich auf den Hocker am Tresen. Was für ein Riesenscheiß! So hatte er sich das alles nicht vorgestellt.

Noch einen Wodka. Und wenn schon. Er hatte Joanne abgesagt. Die sollte auch mal lernen, dass es nicht nur nach ihren Wünschen ging. Aber er hätte jetzt so gern einen Körper zum Anlehnen gehabt. Er brauchte Halt. Stabilität. Es waren die grundmenschlichen Bedürfnisse, nach denen er sich in diesem Augenblick sehnte. Nähe, Wärme, Zärtlichkeit. Aber *sie* würde heute nicht hier sein. Würde nicht ihr charmantes Lächeln verbreiten. Sie würde in New York sein. Seine Frau. Seine geliebte Frau.

Noch einen Drink.

Kater kam zur Tür herein.

„Hey, Kleiner, ich geb dir was. Warte."

Ungeschickt hantierte er mit dem Futter und dem Napf. Wenn ihn doch dieses kleine Wesen – nur heute – wenigstens einmal gernhaben könnte. Aber Kater saß in der Küche und sah ihn teilnahmslos an.

„Ich mach schon. Gleich kriegst du was."

Er stellte den Napf vor dem Kater auf den Boden und trat einige Schritte zurück. Dann begann das Tier zu fressen.

„Danke, mein Junge.", seufzte Jeffrey. Wenigstens etwas Zuneigung.

Er trank das dritte Glas Wodka mit etwas Limettensaft. Wenn schon betrinken, dann doch wenigstens mit Geschmack. Er jammerte in Gedanken noch vor sich hin, als er ein Auto in der Einfahrt hörte. Er blickte aus dem Küchenfenster. Ein Wagen vom L. I. E. Die waren gründlich. Idioten.

Er war ein wenig angetrunken. Der Wodka brannte sich schneller als gewollt in seinen Schädel. Er sah diese Frau aussteigen. Die Frau, die Mitwisserin. Das konnte eine Chance sein. Der Macho in ihm erwachte wieder.

Angriff. Besser wusste er es nicht.

Dale ging vorsichtig auf den Haupteingang zu. Sie hatte den Porsche sofort gesehen. Er war da. Zu Hause. Gut, darauf war sie vorbereitet. Dann öffnete er die Tür. Er wirkte angetrunken. Und winkte sie herein. Darauf war sie nicht vorbereitet.

„Ich wollte nur noch ein paar Fotos machen – für den Abschlussbericht", sagte sie.

Er fuchtelte mit einer Hand in der Luft herum, um sie heranzuwinken. „Kommen Sie rein. Ein paar Minuten haben Sie doch sicher." Jeffrey neigte seinen Kopf schräg und lächelte.

Dale ging zögernd auf die Haustür zu. „Wirklich nicht nötig. Mir reichen Aufnahmen von außen", sagte sie und klang dabei bemüht locker.

Jeffrey stemmte die Hände in die Hüfte und verzog schmollend sein Gesicht. „Ich dachte, wir unterhalten uns mal kurz."

Sie stand nun auf der Veranda, nur einen Meter von ihm entfernt. Er griff ihren Arm und zog sie unsanft hinein. „Nur kurz, okay?", brummte er.

Seine Finger bohrten sich in ihren Oberarm, und er zog sie in Küche. Dort ließ er sie los. Kater sah verwirrt von seinem Napf auf.

„Friss ruhig weiter, Kleiner, die Dame und ich haben nur was zu besprechen."

Doch der kleine Kerl spürte die Anspannung des Hausherrn und ging langsam Richtung Garten.

„Ich wollte mich sowieso bei Ihnen melden." Seine Zunge tat sich schwer, die Worte klar herauszubringen. „Ich bin froh, dass Sie da sind." Er bemühte sich um ein einwandfreies Lächeln, was ihm nur halbwegs gelang. „Gibt doch was zu besprechen – zwischen uns, oder?"

Dale wich gegen die Küchenzeile hinter ihr zurück. „Wenn Sie meinen. Ich bin nur hier, um meine Arbeit zu dokumentieren", murmelte sie leise und bemühte sich, ihn im Auge zu behalten und nicht wegzuschauen. Die Situation war ihr brennend unangenehm.

Jeffrey griff nach der Wodkaflasche, füllte sein Glas auf und gab Limettensaft und Eis hinzu. Er trank es halb leer. „Auch was?" Er schwenkte das nur noch halb gefüllte Glas auf ihrer Augenhöhe.

Sie schüttelte den Kopf.

„Nein, natürlich nicht." Er wanderte um den Tresen herum zu ihr und leerte dabei seinen Drink. „Ich trinke nicht viel. Nur manchmal muss es eben sein. So wie andere Dinge auch. Es muss eben mal sein. Ist aber bedeutungslos. Total unwichtig im Vergleich zum normalen Leben", schwadronierte er vor sich hin.

Dale verstand, dass Jeffrey Dinklage auf diese holprig lallende Art seine Affäre mit einem Glas Wodka zu viel vergleichen wollte. Sie bemühte sich, ihrem Gesicht überhaupt keinen Ausdruck zu verleihen. Keine Wertung, kein Missfallen. Einfach geradeaus sehen.

Er stand jetzt vor ihr. Den rechten Arm stützte er neben ihrem Kopf gegen den Schrank. „Sie sagen meiner Frau nichts." Er stellte das Glas ab, strich mit der freien linken Hand eine Haarsträhne aus ihrem Gesicht und klemmte sie hinter ihr Ohr. „Wenn Sie etwas sagen, dann sage ich, dass ich mit Ihnen auch was hatte."

Sein Atem kam ihrem Gesicht immer näher. Blitzschnell tauchte Dale unter seinem Arm durch und wich in den Flur aus.

„Sie haben zu viel getrunken, Jeffrey. Ich vergesse dieses Gespräch und was ich gesehen habe. Geht auch niemanden etwas an, wenn es Sie beruhigt.“

Sie griff nach der Haustürklinke. Doch Jeffrey war schneller, als sie erwartet hatte, und packte sie erneut am Arm.

„Wir könnten es uns wirklich gemütlich machen. Ich bin allein und bräuchte etwas Nähe.“

Sie riss sich los. „Hören Sie auf mit dem Scheiß!“ Dann stolperte sie durch die Tür nach draußen.

Jeffrey kam ihr nicht hinterher. Sie stand in der Einfahrt und spürte das Zittern ihrer Beine. Nervös fingerte sie nach ihrem Handy und schaltete die Kamera ein. Wie ferngesteuert wankte sie zum Gästehaus und machte die Fotos. Als sie fertig war, schaute sie vorsichtig an dem kleinen Gebäude vorbei. Aber er war nicht zu sehen. Wahrscheinlich hing er über dem Klo. Das hoffte sie zumindest. Schnell lief sie zu ihrem Auto zurück und verschwand mit quietschenden Reifen vom Grundstück der Holly Lane 17.

Jeffrey saß zusammengesunken auf einem Hocker in der Küche. Er hörte, wie ihr Wagen das Grundstück verließ. Sein Charme hatte ihn dieses Mal gründlich im Stich gelassen. Dummer Mist. So hatte er sich das alles überhaupt nicht vorgestellt. Er fühlte sich grauenhaft. Sein Kopf brummte jetzt schon, sein Magen krampfte sich zusammen. Diese Elektrikerin hatte ihm eine Abfuhr erteilt. Aber hatte sie nicht noch was gesagt? Sie wollte nicht darüber reden. Nicht über Joanne. Das war auch besser für sie, sonst musste er sich etwas anderes überlegen, um sie zum Schweigen zu bringen. Die richtigen Leute kannte er ja inzwischen.

Was für ein Wahnsinn.

Und das alles nur wegen dieses Versagers.

12. April 2016

Manhattan, Meatpacking District

Gilian und ich saßen mit den Marketingleuten zusammen. Sean, der Hippste von ihnen, stellte einige Entwürfe für einen Werbespot vor. Er hatte, ganz gemäß dem bei Männern angesagten Holzfällerlook, einen Vollbart und längere Haare, die natürlich top gepflegt und gar nicht ursprünglich waren. Die Storyboards waren noch handgezeichnet und eher rudimentär. Es war das erste Mal, dass wir ein Buch auch über Spots bewerben wollten. Die Idee kam Gilian, als ein Hollywood-Studio letzten Monat wegen der Filmrechte an *Symphony of a lost summer,* meinem ersten Roman, angefragt hatte. Ich war mir nicht sicher bei dem Projekt. Die Studiobosse legten sich mächtig ins Zeug, aber ich fand, dass gerade dieser Roman perfekt überzeugend und meinen Vorstellungen entsprechend umgesetzt werden müsste.

Mein Blick wanderte zum Fenster hinaus. Meine Fantasiewelt als Film. Für mich war es schwer, das zu begreifen. Ich hatte ohnehin alle Bilder im Kopf. Jede Figur hatte ein Gesicht, eine Seele und eine Stimmfarbe. Wie sollte so etwas gecastet werden? Nur bei meiner Romanheldin hatte ich eine genaue Idee, wer sie spielen sollte ... Meine Gedanken drifteten noch weiter ab – nach Hause. Jeffrey hatte gestern nicht gut geklungen. Er hatte getrunken und wie ein kleines Kind über meine Abwesenheit gejammert. Das kannte ich nicht von ihm. Normalerweise hatte ich eher das Gefühl, dass er es genoss, wenn er während der Zeit, in der wir nicht zusammen waren, seine

Ruhe vor mir hatte. Aber dieses Mal hörte er sich wirklich schlecht an. Dieser Tote musste schnell raus aus unserem Leben und begraben werden. Das alles zerrte an den Nerven.

Dale Roberts hatte sich seit gestern auch nicht mehr gemeldet. Also hatten sie und ihr Computerfreak wohl nichts Neues ans Tageslicht gefördert. Nette schräge Vögel waren das.

„Und wie findest du das, Cate?"

Sean's Stimme drang vom Ende des Tischs zu mir herüber, aber es fühlte sich an, als käme sie von einem anderen Kontinent.

„Cate?", fragte er erneut.

Ich sah ihn an und zuckte entschuldigend mit den Schultern. „Ich bin dir nicht gefolgt, ehrlich gesagt."

Für das Team hieß das: gefällt nicht. Obwohl es gar nicht so gemeint war. Deswegen rappelte ich mich hoch und lachte ihn aufmunternd an.

„Mach noch mal, Sean. Bitte. Ich war abgelenkt. Entschuldige."

Gilian beäugte mich kritisch, und Sean wiederholte seinen Vortrag kurz und präzise. Und ich mochte das Konzept. Es traf meine Hauptdarstellerin, inklusive Undercut, perfekt. Ich grinste Gilian an. Sie schüttelte den Kopf, warf mir dann aber doch eine Kusshand rüber. Nickend zwinkerte ich zurück. Sean schaltete glücklich den Beamer ab, das Meeting war beendet.

Gilian stand stolz hinter mir, als der Letzte den Raum verließ. „Du weißt, was das heißt?" Sie packte mich bei den Schultern und drehte mich zu sich. „Eine ganz neue Dimension für dich und mich."

Wir drückten uns kurz.

„Das wird spannend", ergänzte ich und öffnete das Fenster.

Wir waren im vierten Stock in einem Gebäude im alten Meatpacking District. Glücklicherweise hatte Gilian's Vater das alte Haus schon in den Achtzigerjahren gekauft und zum Hauptsitz seines kleinen Verlages gemacht. Er hatte es sehr günstig erstanden. Die Gegend interessierte zu dieser Zeit niemanden. Die damals noch hier ansässige Fleischindustrie war dabei, langsam auszusterben. Der Vertrieb von Fleisch aus dem Ausland, das die Betriebe von hier an Restaurants und Supermärkte verkauften, wurde zunehmend professionalisiert. Die Firmen zogen nach und nach in den Hafen um, wo moderne Kühlhäuser und Fließbänder errichtet wurden, die den Fleischern vor Ort die Arbeit abnahmen. Wieder ein Umbruch in der Stadtstruktur von Manhattan. Aber mit den Fleischereien verschwand auch der typische Geruch. Und als der alte Mr. May endlich Autoren und Buchhändler ohne Nasenrümpfen begrüßen konnte, strömten auch schon die Investoren in das Viertel. Manhattan erfand sich immer wieder neu.

Ich zündete mir eine Zigarette an und setzte mich auf die Fensterbank. Sie war einer der letzten Orte in dieser Stadt, an denen man noch rauchen durfte. Ich sah dem Rauch, der in die Luft stieg, hinterher. Meine Gedanken flogen mit ihm.

„Alles okay?“, fragte Gilian vorsichtig.

Ich sah sie an. Meine Freundin und Partnerin, die mit mir das immerwährende Risiko eines Reinfalls trug.

„Alles okay. Jeffrey klang gestern miserabel. Er leidet auch sehr unter dem Vorfall. Und ich darf ihm nicht sagen, dass wir mit Dale Roberts und Chip zusammenarbeiten. Das fühlt sich schlecht an.“

Gilian verschränkte die Arme und sah mich ernst an. „Du kannst aber auch nicht für jede deiner Handlungen Konfettiregen erwarten, Cate. Es ist jetzt nötig, dass wir uns so unabhängig wie möglich ein Bild machen. Ich an deiner Stelle würde Jeffrey nicht einweihen. Er wird sich schon fangen. Mal ehrlich, Cate, wann hat er jemals ernsthaft etwas zu Ende gebracht? Außer seinen Hausdeals? Er ist ein charmanter Makler und vielleicht auch gelegentlich ein netter Kerl.“ Sie rümpfte die Nase. „Aber er ist nur mit sich selbst beschäftigt. Das ist auch alles schön …“, sie hob beschwichtigend die Hand, „… ich akzeptiere, dass zwischen euch alles läuft, aber bitte überlass ihm nicht deine Aufgaben. Und das Haus ist *dein* Haus. Somit ist der Tote *dein* Toter. Und nicht seiner. Verstehst du?"

Ich sah sie verwundert an. „*Mein* Toter? Gilian, sag so was nicht."

„Du weißt, was ich meine. Es geht darum, dass wir dir diesen Krempel so schnell wie möglich vom Hals schaffen. Wir müssen gut mit Chief Spencer zusammenarbeiten, und wir brauchen diesen Chip, der für meine Begriffe nichts anderes als ein Hacker ist." Gilian stockte kaum merklich. „Und wir brauchen außerdem diese schöne Elektrikerin als Bindeglied zwischen all diesen Welten."

Den Unterton in Gilian's Worten hörte ich genau. Auch wenn sie ihn wegnuscheln wollte.

„Gilian, Matthieu ist ein wunderbarer Mann. Er tut dir gut", grätschte ich dazwischen. Immer dieses Flatterhafte. Es machte mich unruhig, dass Gilian ständig auf äußere Reize ansprach.

Sie verdrehte die Augen zum Himmel. „Das hat doch nichts miteinander zu tun. Die Frau ist eben schön."

„Ist sie das wirklich?"

„Ja, ist sie. Aber keine Sorge. Ich werde sie nicht behelligen. Außerdem ist sie stockhetero, Punkt und Ende der Diskussion. *Du* musst jetzt mit ihr leben. Zumindest für eine Weile. Und vergiss bitte Jeffrey's Mimosengehabe. Das legt er schnell wieder ab. Hast du ihn nach dieser Joanne Dingsbums gefragt? Der Kolumnenschreiberin? Solltest du. Frag ihn nach ihr, und dann such dir nach diesem ganzen Schlamassel einen süßen Liebhaber, der dein Gehirn ein bisschen auffrischt." Sie knuffte mich heftig in die Seite.

Ich seufzte laut und sparte mir einen Kommentar. Das Thema hatten wir schon ein einige Male. Für sie verlor es scheinbar nicht den Reiz, mich mit anderen Männern in Verbindung zu bringen. Sie versuchte, wann immer wir zusammen ausgingen, mich zu verkuppeln. Obwohl sie wusste, dass sie damit bei mir keine Chance hatte. Ich drückte die Zigarette aus und schwang mich von der Fensterbank.

„Jeffrey hat nicht erwähnt, dass Dale noch mal da war", stellte ich nachdenklich fest.

„Vielleicht hat er sie verpasst. Vielleicht war sie früher da."

„Ja, mag sein."

Gilian beobachtete mich eine Weile. Sie hielt den Kopf geneigt und gab ab und zu murmelnde Geräusche von sich.

„Machst du dir Sorgen?", fragte sie vorsichtig.

„Ich finde es bedrohlich, dass alles so nah an mich heranrückt. Dieses Gefühl, nicht allein agieren zu können. Die Polizei, die um mein Haus schleicht. Jeffrey, der erst den starken Problemlöser spielt, sich dann aber volllaufen lässt und rumjammert. Immer mehr Menschen, die meine Identität kennen. Ich meine, Dale und Chip sind sympathisch, und ja, sie wollen helfen, aber auch sie sind Wildfremde, die ich ganz nah an mich ranlassen muss."

Gilian atmete tief ein und aus. „Das geht vorüber. Der Fall wird schnell geklärt, und dann hast du deine Ruhe und Abgeschiedenheit zurück. Glaub mir, das wird alles gut."

Ich wollte ihr glauben. In ein paar Wochen sollten wir beide jedoch leider schmerzhaft erfahren, wie sehr sich Gilian mit ihrer Zuversicht irrte. Und wie harmlos meine Bedenken waren im Vergleich zu dem Chaos, das dieser Fall noch über mich und meine Welt bringen sollte.

Sag Harbor, Main Street

Chip hatte lange und tief geschlafen. Ruhig und friedlich wie ein Baby. Gegen 11 Uhr stand er auf, trank einen Kaffee und ging danach eine ausführliche Runde am Hafen spazieren. Erst dann kehrte er in sein Apartment zurück. Seit dem Abend vor zwei Tagen befand sich sein Gehirn in einen Schwebezustand, und dieser Zustand bewirkte, dass er atmen konnte wie nie zuvor. Er nahm Gerüche wahr, die er nicht kannte, und fühlte Dinge, die er nie gespürt hatte. Zum Beispiel sein eigenes Ich. Er sah sich im Spiegel an und beschloss, dass Bewegung vielleicht doch gut sein konnte. Kurze Spaziergänge für den Anfang, anschließend wollte er sie ausdehnen. Es sollte ein Weg in eine gesündere Zukunft sein. Er hatte seine Bude aufgeräumt und gelüftet. Er fühlte sich gehäutet, gestärkt und glasklar. Cola und Chips tauschte er gegen Leitungswasser und Brot. Okay, Weißbrot, aber Rom wurde auch nicht an einem Tag erbaut.

Er, Christopher Phillip Jamerson, war dazu berufen, der Insel einen großen Gefallen zu tun. Er hatte es in der Hand – und im Hirn –, der Besonderen, der Wichtigen zu helfen. Hatte er doch gerade gestern erst ihre Verletzlichkeit verstanden. Das Netz, das große, allwissende hatte es ihm verraten. Seine Literaturheldin hütete ein Geheimnis. Aus ihrer Vergangenheit klaffte eine Wunde in ihrer Seele, die noch nicht verheilt war und sie sicher immer noch quälte. Der Brand vor fünfundzwanzig Jahren, bei dem ihre Schwester Hope ums Leben kam und sie überlebte. Sie, Cate Furler, hatte überlebt. Und die Öffentlichkeit war unbarmherzig mit Fragen über sie hereingebrochen. Ein junges Mädchen, schutzlos im Sturm wildester Spekulationen.

Chip hatte beschlossen, all diesen Mist so schnell wie möglich von ihr wegzugabeln. Und er war zuversichtlich, dass das gelingen würde. Noch einen Kaffee, und er fuhr seinen PC hoch. Das Foto, das er im *Page* heimlich von Cate Furler geschossen hatte, erschien auf dem Bildschirm. Er lächelte und begrüßte seine Mission mit freundlichen Worten. Das war sein Ritual seit gestern Morgen. Er versprach ihr Hilfe und Klärung. Schnellstmöglich. Cate Furler gab ihm ein konstant entrücktes Lächeln zurück.

Gestern hatte er fast alle Mails von Stallbruck entschlüsseln können. Nur die Fotos ließen sich noch nicht öffnen. Aber das war sein Job für heute. Er wusste bisher, dass Stallbruck tatsächlich Jeffrey Dinklage erpresste. Entweder hatte Stallbruck sich bei der Erpressung von den Flying Birds beraten lassen, oder Dinklage selbst hatte die Birds kontaktiert. Vielleicht, um sich gegen die Erpressung zur Wehr zu setzen. Was auch immer die drei Parteien verband, irgendwas an der Konstellation – Stallbruck, Birds, Dinklage – war augenscheinlich aus dem Ruder gelaufen. Und hatte mit dem Tod von Stallbruck an Cate's Haus geendet. Wieso, das wusste er noch nicht. Aber es gab eine Verbindung. Dessen war er sich sicher. Jetzt kümmerte er sich erst einmal um Stallbruck und die Fotos. Struktur und Ordnung gehörten zu seinem Neustart dazu.

Chip hatte mehrere Entschlüsselungsprogramme gleichzeitig auf die Decodierung angesetzt. Immer neue Fragmente eines Fotos erschienen auf dem Bildschirm und setzten sich zu einem lückenhaften Bild zusammen. Die Verschlüsselung war gut gemacht. Aber nicht gut genug. Chip spürte die Auflösung auf sich zu rollen wie elektrische Blitze. Er konnte sie fast sehen. Wie die Pixel immer dichter wurden und endlich einen Sinn ergaben. Immer klarer wurde die Auflösung. Und endlich ergab sich ein scharfes Bild.

Er klickte auf *Speichern.*

Eindeutig. Jeffrey Dinklage. Im Bett. Beim Sex mit einer ultrascharfen Blondine.

Er zoomte sich durch die Fragmente des Raumes, die zu erkennen waren. Ein Hotelzimmer schloss er aus. Das hier war ein privates Schlafzimmer. Er vergrößerte den Anschnitt einer Kommode mit Fotorahmen darauf. Verdammt! Der Scheißkerl vögelte die Blondine in *ihrem* Ehebett. Das war doch nicht möglich! Wie weit kann man gehen? War nicht irgendwann eine Grenze, eine rote Linie erreicht, an der man *spürte*, dass man sie nicht auch noch überschreiten durfte? Ein Bewusstsein dafür, dass man unter keinen Umständen in die Schutzzone des oder der Betrogenen eindringen sollte? Ein Wall, der stehen bleiben musste? Auch wenn man noch so viel Mist verzapft hatte. Warum waren Menschen so skrupellos? Zügellos? Warum reichte *eine Form* des Betrugs nicht aus? Warum musste man alles, was für den Partner oder die Partnerin privat und heilig war, total demontieren?

Chip war diesem Phänomen bei seinen Recherchen leider oft begegnet. Wenn schon, dann aber richtig. Gnadenlos und geschmacklos dem anderen gegenüber. Die Verluste und den Schmerz des anderen ins Unermessliche treiben ... Einbrechen in alles, was Sicherheit und Behaglichkeit bedeutete. Überall Schmutz und Demütigung verteilen. Und jetzt traf es einen guten Menschen, einen großen Geist und eine verwundbare Seele.

Ja, er konnte mit jeder Betrogenen, mit jedem Hintergangenen leiden. Aber niemand war wie sie – Cate Furler. Keiner konnte so mit Worten zaubern. Keiner wie sie mit Formulierungen ganze Weltanschauungen aufbrechen. Ihr gelang es in ihren Romanen, Themen aus so unterschiedlichen Perspektiven zu beleuchten, dass sich im Kopf ihrer Leser Vorurteile oder Missverständnisse klärten und neue Erkenntnisse formten. Und immer brachte sie ihre Geschichten zu einem so eleganten Ende, dass sie die meisten mit einem Lächeln im Gesicht zurückließ. All das zerschlug dieser Grobian in ihrem gemeinsamen Ehebett.

Chip legte die Fotos in einem neuen Ordner ab. Jetzt brauchte er Luft. Das war neu, und er wollte dem Neuen unbedingt folgen. Er verließ sein Apartment um 12.30 Uhr an diesem Tag. Im Treppenhaus sah er seine neue Nachbarin und ihren kleinen Sohn zum ersten Mal bewusst an und grüßte sie.

Gegen 13 Uhr kehrte Chip an seinen PC zurück und prüfte nochmals seine Sicherungskopien. Dann begann er, eine Zusammenfassung für Chief Spencer zu basteln. Sie musste gut und präzise werden. Damit war seine Inselmission so gut wie erfüllt. Cate Furler würde zwar tief getroffen sein, wenn sie erkannte, dass ihr Ehemann sein Ehegelübde gebrochen hatte. Aber besser ohne Mann aus diesem Sumpf rauskommen als gar nicht. Chip fand den Verlust bei genauer Betrachtung ohnehin zu verschmerzen. Dinklage hatte seiner Meinung nach überhaupt kein Format. Vielleicht machte er vordergründig eine gute Figur, aber er hatte kein Rückgrat. Er war ihr nicht gewachsen. Unreif und selbstsüchtig in allen Belangen. Jemanden im eigenen Ehebett zu betrügen, das war maximale Herabwürdigung. Und genau das wollte Dinklage. Cate Furler niedermachen. Weshalb? Wegen ihres Erfolgs, den sie ruhig und ungesehen nach Hause brachte? Chip fühlte tiefe Verachtung für diesen Mann. Und wider besseres Wissen fügte er in der Mail an Chief Spencer hinzu, dass der auf den Fotos erkennbare Raum, in dem der intime Akt stattfand, ebenfalls von Relevanz sein könnte.

Dann klickte er auf *Senden.*

Er atmete tief durch. Auch wenn diese Enthüllung Mrs. Furler's Welt gehörig ins Wanken bringen würde, fühlte er sich gut. Er hatte richtig gehandelt, er stand auf der Seite des Lichts, wie Luke Skywalker.

Vergib mir, Cate, aber das Arschloch hat es nicht anders verdient. Das waren seine sauberen Gedanken.

Chip schloss alle geöffneten Fenster seines Computers und gratulierte sich kurz selbst, bevor er Dale eine Mail schrieb.

Es ist geschafft!
Habe die Bilder runterladen und entschlüsseln können. Eindeutig Dinklage mit der Superblondine. Stallbruck hat ihn also mit den Fotos erpresst. Dann hat Dinklage sich zur Wehr gesetzt und alles eingefädelt. Sich Hilfe geholt, ein Komplott geschmiedet und verwirrt. Jetzt ist die Polizei dran. Das wird ein Kinderspiel für Chief Spencer. Dale, ich glaube, wir haben den Durchbruch!!!

Dass es ein Durchbruch im wörtlichen Sinne mit anschließendem tiefen Fall werden sollte, ahnte Chip nicht, als er sich den *einen* Keks des Tages gönnte, sich gemütlich auf seinem Bett zusammenrollte und die Augen schloss, um das Gesicht von Cate Furler heraufzubeschwören, das ihn leise in den Schlaf lächelte.

Southampton, Police Department

Chief Violett Spencer verzichtete nun schon seit ein paar Tagen auf Pausen. Sie trank morgens einen Kaffee, und ihre Mahlzeiten nahm sie auf dem Revier zu sich, wenn sie nicht gerade im Außendienst war. Und das war in den letzten Tagen eine Seltenheit. Der Superintendent hatte ihr unmissverständlich zu verstehen gegeben, dass der Fall um Mrs. Furler oberste Priorität hatte und schnell und geräuschlos aufgeklärt werden sollte. Unfalltod wäre schön, aber durch das Narkosemittel total unwahrscheinlich.

Sie hatte vor zwei Tagen zusätzlich zu Officer Baker zwei weitere junge Officer in das direkte Ermittlungsteam berufen. Sie wollte ein kleines, aber effektives Team. Die beiden Jungs kannten sich gut mit Computern aus. Das schien ihr relevant, vor allem nach dem anonymen Hinweis auf die Beziehung zwischen Stallbruck und den Birds. Sie hätte auch noch höhere Instanzen einbinden können, aber ihr Ermittlerinstinkt sagte ihr, dass zu starke Kavallerie die letzte Taube vom Dach vertrieben hätte. Das wollte sie vermeiden. Laute Kanonenschüsse waren ohnehin nicht ihr Weg – sie bevorzugte ihren eigenen: stoisch ruhig und unbeugsam. Unbequem, aber nicht aufdringlich. Man musste Halunken nur machen lassen. Sie konnten sich eine Weile im Gebüsch verstecken, aber dann wurden sie unruhig. Und aus Unruhe erwuchsen immer Fehler.

So saß Spencer also vor ihren PC und durchforstete das, was man über die Birds wusste, ihre Mitglieder, ihre Struktur und ihre Satzung, als um 13.23 Uhr eine Mail in ihrem Postfach einging. Sie stammte erneut von dem anonymen Ratgeber. Spencer beugte sich über ihren Schreibtisch näher an den Bildschirm und klickte die Mail an. Ein kurzer Text mit einer Datei als Anhang.

Hallo Chief,
Sie finden im Anhang eine Information, die sicher die Verbindung zwischen Stallbruck und den Birds klärt. Erpressung ist ein beliebtes Spiel dieser Gang.
Wer nun ein gesteigertes Interesse am Ableben von Stallbruck haben könnte, bleibt Ihrer gepflegten Analyse frei.
Hochachtungsvoll

Ein Freund der Kunst

P.S.: Bemerkenswert, dass diese Fotos wohl kaum auf Hawaii oder in einem Hotelzimmer entstanden sind.

Aha. Ein freundlicher, höflicher Bürger also, dem die Kunst am Herzen lag. Na, wem denn nicht in diesem Fall? Sie klickte die Datei an. Langsam baute sich ein Foto auf.

Hoppla! Sie prallte zurück in ihren Schreibtischstuhl. Das war ein echter Hammer!

„Fuck!", entglitt es ihr leise, dann hielt sie sich beschämt die Hand vor den Mund. Aber Mist war das allemal!

Sie sah sich nach rechts und nach links um, obwohl das völlig unnötig war. Ihr Büro war uneinsehbar. Ein Schuhkarton, den man nur von vorn betreten konnte. Trotzdem – das musste sie erst einmal sacken lassen. Sie rückte näher an den Bildschirm und hielt den Kopf schräg. Wer war denn diese Maus? Von ihrem Gesicht war unter dem deutlich erkennbaren Jeffrey Dinklage nicht viel zu erkennen.

Sie klickte das nächste Bild an. Nein, das war kein Hotelzimmer, das hätte sie auch ohne Hinweis – danke vielmals – erkannt. Das war der Blick von der Terrasse in das Haus in der Holly Lane 17. Und es war ein Dolchstoß für jede Ehe. Brutal. Verdammte Scheiße. So dreist musste man erst einmal sein, wenn man so viel zu verlieren hatte. Und das hatte dieser Bastard, der auf dieser nicht identifizierbaren Blondine lag, eindeutig.

Sie schlug kurz die Hände vor ihr Gesicht. Die Methode hatte aber, als sie Kind war, schon nicht funktioniert. Das Problem blieb einfach da, wo es vorher auch war, wenn man die Augen wieder öffnete.

„Verdammter Mist", nuschelte sie erneut. Leise fluchend öffnete sie auch noch zwei weitere Bilder. Dann rollte sie den Stuhl weiter zurück, während sie laut die Luft aus ihren Lungen prustete. Das sollte, bitte, nicht wahr sein.

Sie schüttelte sich und beschwor all ihre analytischen Fähigkeiten, jetzt und sofort zur Verfügung zu stehen. Sie musste den Schock überwinden. *Denk nach!,* brüllte sie sich selbst in Gedanken an. *Denk nach! Das hier ist ein echtes Motiv, wenn Stallbruck Dinklage erpresst hat.*

Aber hatte er das?

Wie weit waren die beiden Jungs mit seinen Mailaccounts?

Puh, das war eine gruselige Nachricht. Und nach einem schnellen Ende sah es jetzt auch nicht mehr aus. Chief Spencer brauchte noch geschlagene zehn Minuten, um ihre Fassung zurückzugewinnen. Dann rief sie ihre minimalistische Sonderermittlungsgruppe zusammen. Es würde nicht einfach werden, diesen Verlauf des Falls bei der unerfahrenen Truppe nicht in Hysterie umschlagen zu lassen.

Zuerst kam Officer Baker, den Notizblock beflissen unter den Arm geklemmt. Anschließend trafen die Jungs ein: Officer Tom Sparks und Officer José Casabianca. Sie nahmen ruhig an ihrem kleinen Besprechungstisch Platz. Wie Schulkinder. Brav, wohlerzogen, voller Tatendrang und beflissenem Eifer.

Chief Spencer räusperte sich, drückte den Rücken durch und war bemüht, gelassen und strukturiert zu klingen.

„Officer Casabianca, haben Sie schon Ergebnisse in Bezug auf Stallbruck's E-Mail-Account?"

Der junge Mann, der vor einem Jahr direkt von der Akademie zu ihnen ins Revier gekommen war, war gut bei der Datenauswertung, während Sparks besser an Daten herankam.

„Wir haben alle Mail-Eingänge durchlaufen lassen, alles, was er gesendet hat, geprüft, und die New Yorker Spezialisten untersuchen zurzeit, ob irgendetwas Gelöschtes relevant sein kann. Einige Mails sind verschlüsselt, Tom kümmert sich darum. Auch hier werden wir nicht auf die New Yorker Kollegen verzichten können. Aber wir haben festgestellt, dass Stallbruck zwei Tage vor seinem Tod einen Betrag von zwanzigtausend Dollar auf sein Konto überwiesen bekommen hat. Bisher wissen wir, dass es aus dem Ausland kommt, aber weitere Infos fehlen noch."

Officer Baker pfiff leise durch die Zähne. „Zwanzigtausend Dollar auf dem Konto von Stallbruck? Das riecht wirklich nach Erpressung, Chief, Sie hatten recht."

Violett Spencer sah ihr kleines Team ernst an. Sie zögerte einen kurzen Moment. Eigentlich sollte sie jetzt ihren Bildschirm wenden, damit alle ihn einsehen konnten. Aber etwas in ihr sträubte sich.

„Officer Sparks, haben Sie die anonyme E-Mail mit dem Hinweis auf die Birds identifizieren können?"

Der blonde Sparks mit dem aufgeschlossenen Gesicht, das mit Sommersprossen übersät war, lief rot an. Das tat er eigentlich dauernd. Deswegen überrachte diese Reaktion niemanden. Er errötete schon, wenn man ihn nur ansprach.

„Es war eine uns unbekannte IP-Adresse. Sie kam über Kanada, aber es ist durchaus möglich, dass der Absender ganz in unserer Nähe sitzt. Es wird uns kaum gelingen, den genauen Weg dieser Mail nachzuvollziehen. Die Verschleierung der Herkunft ist sehr gut gemacht."

„Ein Hacker! Garantiert", stieß Officer Baker hervor, als wären ihr gerade alle Blockaden vom Gehirn gefallen.

„Sehr garantiert", brummte die Chefin. „Er gibt uns Tipps aus dem

Off, weil er schneller an Dinge rankommt als wir mit unseren Vorschriften. Sehr sicher ein Hacker, der ein großer Fan von Steen ist."

Die drei sahen sie bewundernd an.

„Wie kommen Sie darauf?", traute sich Casabianca als Erster.

Jetzt drehte sie ihren Bildschirm.

„Wir haben heute eine weitere Mail von ihm erhalten." Sie rief die E-Mail auf, sodass ihre Mitarbeiter den kurzen Text überfliegen konnten.

„Aha? Und was dann?", fragte Sparks, sichtlich angespannt.

„Dann *das.* " Chief Spencer öffnete den Anhang. Auch diesmal baute sich das Foto nach und nach auf dem Bildschirm auf.

„Verfluchter Mist!", rief Casabianca.

„Oh, mein Gott!!", rief Baker und hielt sich den Mund zu.

Sparks zog die Augenbrauen fast bis zu seinem Haaransatz hinauf. „Gibt's nicht. Ist der bekloppt?"

Diesem Gedanken konnten alle folgen.

„So ziemlich", stimmten sie gleichzeitig zu.

Chief Spencer zeigte ihren Kollegen auch die übrigen Bilder, die – je nach Charakter des Betrachters – noch mehr Kopfschütteln, Starren oder Wegschauen erzeugten.

„Das sind Bilder von Stallbruck's Account, die unser freundlicher Hacker für uns entschlüsselt hat. Er scheint großes Interesse daran zu haben, dass wir den Mist von dem Furler-Haus weggeschaufelt bekommen. Er ist ein *Freund der Kunst.* Wessen Kunst, brauchen wir uns wohl nicht mehr zu fragen."

Die Officer nickten einstimmig, trotzdem meldete sich Baker zu Wort.

„Woher wissen Sie, dass es ein Mann ist?"

„Weiß ich nicht. Kann auch eine Frau sein, aber ich glaube das nicht."

„Was ist mit der Elektrikerin? Wäre ebenfalls möglich, oder? Sie hat doch auch keine Ruhe gegeben", schob Baker hinterher.

Chief Spencer schüttelte langsam den Kopf. „Ich weiß nicht, Baker. Sie kennt sich mit Stromleitungen aus. Aber eine Hackerin? Roberts ist eigentlich draußen an der Luft und versucht durch Handwerk die Welt zu verbessern. Eine Einheimische durch und durch. Ich kenne ihren Vater. Ein guter Mann. Und hätte seine Tochter nicht so ein unendliches Nervpotenzial, dann wäre sie auch uneingeschränkt gut. Aber nehmen Sie sich Miss Roberts ruhig nachher noch mal vor. Man weiß ja nie."

Officer Baker notierte wieder. „Und wo genau soll ich sie befragen? Soll ich sie reinbestellen?"

„Nein. Sie fahren zu ihr. Das L. I. E. hat sicher ihren Einsatzplan. Den gucken Sie sich auch noch mal an. Wie gesagt, Ahnung von Stromleitungen hat sie. Vielleicht kann sie ja auch Leitungen hacken. So, aber nun zurück zu diesem Mist. Kennt jemand diese Frau?" Chief Spencer deutete auf die Fotos.

Alle starrten noch einmal gebannt auf den Bildschirm.

„Nee, eindeutig nicht. Die hat ziemlich viel machen lassen", entglitt es Sparks.

Auf einen Schlag richteten sich wieder alle Blicke auf ihn. Sein Kopf leuchtete dunkelrot.

„Na ja, die Brüste zumindest. Das Gesicht sieht man ja nicht. Aber es könnten auch Po-Implantate sein", brachte er hervor.

Mit offenen Mündern starrten die Kollegen ihn an. Chief Spencer sammelte sich zuerst.

„Und das wissen Sie jetzt oder vermuten es?"

Er ruckelte ertappt auf seinem Stuhl herum. „Das weiß ich", presste er leise hervor. „Sieht man an der Bewegung. Also, ich meine, wir sehen hier keine Formveränderung, aber in der Position müsste es eine geben – wegen der Schwerkraft." Er wischte sich den Schweiß von der Stirn.

Casabianca kräuselte die Nase. „Du überraschst mich immer wieder, Alter." Er kicherte.

„Ist mein Job, Auswertung und so", stellte Sparks klar.

„Okay", rief Chief Spencer zur Ordnung auf. „Folgende Aufteilung: Baker geht zum L. I. E. und redet mit Miss Roberts. Sparks, Sie finden Genaueres über das Geld raus, das an Stallbruck gezahlt wurde. Casabianca, Sie versuchen herauszufinden, wer diese Frau ist."

„Und Sie? Stellen Sie Dinklage?", fragte Casabianca, und alle nickten.

„Nein. Den lassen wir erst mal. Vielleicht passiert ja noch etwas. Ich will, dass er sich in Sicherheit wähnt. Wir brauchen mehr als die Fotos. Die Überweisung wäre schön. Wenn das Geld von Dinklage ist, dann wird eine runde Sache daraus", erklärte Spencer.

„Sie wollen ihm nichts von den Bildern sagen?", fragte Baker mit piepsender Stimme.

„Nein, ich möchte, dass er in seinem Trott weitermacht. Seine Frau ist gerade wieder in Manhattan. Vielleicht erwischen wir die Blondine auch noch bei ihm. Das ist bei solchen Typen nicht auszuschließen. Die glauben, sie sind schlau und machen alles richtig."

Sie schaute zornig in die Runde. Ihre Scheidung lag gerade einmal ein Jahr zurück. Auch ihr Mann hatte gedacht, besonders schlau zu sein. Und später noch Verständnis erwartet. Die viele Arbeit seiner Frau, die einsamen Nächte. Sie kannte diese Gedanken nur zu gut. Es war zum Kotzen. Schuld waren immer die anderen. Sie hatten es geradezu heraufbeschworen. Ach, seis drum. Hier war ein Fall zu klären, und die Brisanz dieser Affäre würde wohl mehr nach sich ziehen, als es damals in ihrer kleinen, bescheidenen Polizistinnenwelt der Fall war. Das war ihr bewusst, deswegen wollte sie unbedingt wissen, wer der Hacker war. Dessen Tempo hätte sie gerne, um den Skandal vermeiden zu können. Jetzt verstand sie erstmals, was es bedeutete: Es war ein Riesenskandal, bei dem die Presse keine Ruhe geben würde. Dafür war Cate Furler alias Steen zu berühmt. Das würde ein Fiasko werden. Geheim halten konnte man hier nicht mehr viel. Deswegen mussten sie verdammt schnell sein. Der Knall am Ende würde schon genug anrichten. Das wusste auch der Hacker. Es konnte sehr wohl die feine Handschrift einer Frau sein … Vielleicht hatte Baker ja recht mit ihrer Vermutung, dass diese Dale Roberts dahintersteckte. Ein überzeugter Fan, ein treuer Geist. Das könnte sie sein.

Sagaponack, Daniel's Lane

Das alte Höllengerät von Mr. Buckley beschäftigte mich schon seit heute Morgen in der Daniel's Lane. Und das Glück hatte mir erneut Henry an die Seite gespült. So demontierten wir in mühsamer Kleinarbeit den uralten Generator des Hausherrn, scherzten und genossen diesen wundervollen Morgen auf unserer wunderbaren Insel.

Von der Daniel's Lane aus konnte man überall den Atlantik sehen. Hier waren die Dünen so flach, dass man selbst von der zweiten Häuserreihe einen guten Blick auf den Strand und die Brandung hatte. Mr. Buckley gehörte zu den Letzten, die hier noch echten landwirtschaftlichen Anbau betrieben. Die meisten anderen Kleinbauern hatten ihre Äcker längst als Bauland vergoldet. Und auch wenn sich die ehemaligen Bauern und Nachbarn über gewisse Einfamilienhausprojekte, die die ursprüngliche Optik des Straßenbilds gehörig durcheinanderbrachten, oft in den Haaren hatten, so einte sie doch der gemeinsame Kampf gegen ein Großprojekt, das direkt am Strand entstanden war. Eine mächtige Villa mit mehreren Nebenhäusern. Größe und Ausmaß dieses Projekts sprengten alle bisher dagewesenen Dimensionen. Aber der schmerzlichste Stachel bei diesem Vorhaben war, dass die Bauherren den davor befindlichen Strandabschnitt als Privateigentum deklarieren lassen wollten. Darüber sprachen alle. Die Buckleys mit den Smiths, die Soudoropulos' mit den Taddios. Die McMichaels mit den Rodrigues'. Und so weiter. So sehr sie sich wegen ihrer Landverkäufe hassten und beschimpften, der neue Eindringling in der generationenübergreifenden Nachbarschaft schweißte sie wieder zusammen. Der alte Buckley war so etwas wie der Vorsitzende des Ältestenrats. Er peitschte und giftete gegen das Neubauprojekt, bis ganz Sagaponack ihn unterstützte. Und war es nur aus dem tiefverankerten Wunsch aller Long Islander heraus, nicht bevormundet oder übergangen zu werden.

Das Projekt war trotzdem verwirklicht worden. Mit der Auflage, den Neubau so unauffällig wie möglich zu gestalten. Was für die Häuser auf der dreißigtausend Quadratmeter großen Anlage wohl eher nicht den Ideen des Besitzers entsprach, aber – oh Wunder – er ließ sich darauf ein. Das Ergebnis waren ein Haupthaus von unglaublichem Ausmaß und fünf weitere Häuser, von denen jedes mindestens über drei Schornsteine verfügte, ein unverzichtbares Merkmal von Exklusivität. Um der Auflage Folge zu leisten, waren alle Häuser aus schnödem Holz gebaut und noch nicht einmal angestrichen worden. Und so wurde diese Anlage mit ihrem pompösen Eingangstor und Pförtnerhaus, der langen Einfahrt und der Hunderttausende Dollar teuren Bepflanzung eine beliebte Ausflugsadresse für die schadenfrohen Einheimischen. Ein Beispiel dafür, wie der Inselwille selbst die größten Investoren in die Knie zwingen konnte. Dort standen nun, aus der Ferne betrachtet, denn näher kam man an das umzäunte Monster nicht heran, Streichholzhäuser. So sahen sie aus. Farblos, aus Holz und bedeutungslos. Der Zugang zum Strand blieb rechts und links der Grundstücksbegrenzung natürlich öffentlich.

Mr. Buckley saß mit einer dicken Zigarre auf dem Zaun, der seinen Hof von seinem letzten Kartoffelfeld abtrennte, und sah uns amüsiert bei der Arbeit zu.

„Hey, Roberts, wie ist es, mal wieder einen guten alten Dieselmotor auseinanderzuschrauben?“ Er grinste breit und schob die Zigarre von einem Mundwinkel in den anderen. Mr. Buckley wusste, dass ich diese Arbeit nur ihm und der Umwelt zuliebe machte.

Hätten wir extra einen Monteur geschickt, hätte der Alte einen Rückzieher gemacht. Denn gerne trennte er sich nicht von seinem Schätzchen.

Ich wischte mir die Schmiere vom Gesicht. „Ehrlich? Ich arbeite bedeutend lieber mit moderner Technik." Ich sah zu Henry, der genervt von dem Geruch und der Schmiere nickte. „Die neue Technologie ist sauber." Demonstrativ hielt ich meine schwarzen Hände hoch. „So etwas brauchen Sie jetzt nicht mehr. Sie beziehen ab heute ihre Energie ausschließlich über uns. Kein Dieselmotor mehr nötig. Sonnenenergie wäre auch möglich, wenn Sie auf dem Scheunendach mal ein paar Panels installieren lassen. Das wäre sowieso super für Ihren Hof."

„Sehe ich aus wie ein Grüner?", raunzte er vom Zaun. „Nee, da hol ich mir lieber die Stromzuschüsse als Landwirt."

Ich beschloss in dieser Sekunde, ihn mal abends zu besuchen, wenn sein Kontra-Gen vom Whiskey betäubt war und er zuhören würde.

Chip's Mail erreichte mich um 13.20 Uhr. Direkt in unserer Mittagspause. Henry und ich hatten uns den Spaß erlaubt, am Streichholzkönigtum vorbei an den Strand zu gehen, um unsere Sandwiches zu essen. Der Atlantik brandete gewaltig vor uns. Ich las die Mail und freute mich über Chip's Durchbruch, der allerdings einen scheußlichen Nachhall in mir erzeugte. Er drehte mir im selben Augenblick den Magen um. Ich sah Henry entschuldigend an.

„Muss mal kurz telefonieren."

Henry nickte, als wollte er sagen: *Na, mach doch*. Mädchen entschuldigten sich wohl heute nicht mehr für Unterbrechungen egal welcher Art von Zweisamkeit. Das war offenbar normal. Man saß zwar zusammen, aber jeder konnte beliebig in die Abgeschiedenheit seines Smartphones abtauchen, Mails checken, sich in sozialen Netzwerken aufhalten, telefonieren. *Zweisamkeit* bedeutete schon lange nicht mehr *gemeinsame* Zeit zu zweit. Ich schickte in Gedanken einen kurzen Dank an meine Eltern, dass sie mich ein Jahrzehnt früher geboren hatten. In Zeiten, als es noch Streit um Telefonzeiten gab und man nur einen Internetzugang im Haus hatte.

Ich rief bei Chip an. „Das ist gut, aber was soll ich Mrs. Furler denn jetzt schreiben?"

„Das, was wir besprochen haben." Ich hörte seine tiefe Zufriedenheit. „Du sagst nichts von der Affäre. Das macht die Polizei. Wie versprochen, Dale. Du kannst ihr etwas von dem Konto schreiben. Davon weiß die Polizei im besten Fall noch nichts. Und wir werden sehen, wie sie damit umgeht."

„Du meinst, ich soll schreiben, dass wir bei Stallbruck zwanzigtausend Dollar auf dem Konto gefunden haben? Überwiesen von einem Gemeinschaftskonto aus Italien? Und ich soll sie fragen, ob sie etwas von diesem Konto weiß?"

„Ja, so was in der Art." Er legte sich hörbar auf sein Sofa. „Das finde ich gut. Sie muss ja wissen, dass wir was tun und nicht nur rumhängen und in den Sessel furzen."

Ich stimmte ihm mit großem Unbehagen zu. Mir fiel es schwer, Mrs. Furler zu belügen. Aber das hier war ja zu ihrem Schutz. Es war wahrscheinlich besser so.

Ich blickte kurz zu Henry. Dass ich mich so unsozial abgewendet hatte, schien ihn überhaupt nicht zu interessieren. Also wählte ich mich in die sichere Verbindung ein.

Hallo Mrs. Furler,
Chip hat eine neue Entdeckung gemacht. Von Ihrem Gemeinschaftskonto in Italien sind 20 000 Dollar an Stallbruck überwiesen worden. Leider kein Witz. Es könnte also doch irgendeine Form von … na ja, vielleicht Erpressung sein. Können Sie damit was anfangen?
Kann sein, dass die Polizei bald ähnlich ermittelt.
Ich hoffe, es geht Ihnen sonst gut.
Lieben Gruß
Dale

Ich fühlte mich schmutzig und verlogen. Egoistisch und einfältig. Wieso hatte ich überhaupt zu entscheiden, wann diese Frau etwas erfuhr? Das war schrecklich. Und blöd. Ich war ein Blödian. Ein Arsch. Das machte man nicht. Aber die ganz schlechte Nachricht, so redete ich mir ein, war bei Officer Spencer einfach besser aufgehoben. Die hatte Erfahrung mit so was. Hatte bestimmt auch schon Schlimmeres überbracht. Todesnachrichten zum Beispiel. *Sorry, ihr Mann, Ihr Kind, Ihre Oma ist gerade überfahren, ermordet worden – egal was. Weg ist er, sie, es auf jeden Fall.* Das konnte die Polizistin besser als ich.

Es dauerte keine zwei Minuten, bis Cate sich meldete.

Hallo Miss Roberts,
habe absolut keine Ahnung, was das sein soll. War vor einigen Jahren im Piemont und in Venedig. Aber ein Konto habe ich da nicht. Wer soll das eröffnet haben? Ohne mein Wissen? Und wer sollte uns erpressen? Weswegen?
Ist Chip sich sicher? Kann mir das nicht vorstellen.
Übrigens – das Piemont ist echt interessant. Habe da mal sechs Monate gearbeitet. Dort gibt es Trüffel. Wunderbare Trüffel.
Lieben Gruß
CF

Ist die Luft bei euch besser? Hier steht sie.

Ich saß vor der Mail und las sie wieder und wieder. Cate war eben, wie sie war. Unbedarft und voller guter Gedanken. *Ein Problem? Oh, mir fällt etwas Schöneres ein, über das ich schreiben könnte. Das Problem löst sich schon in Luft auf.* Aber das hier nicht, Mrs. Furler. Dieses Problem *würde* bleiben, bis es auch Sie niederschlägt.

Ich tippte halbherzig folgende Worte:

Er irrt sich leider nicht. Vielleicht lerne ich trotzdem einmal das Piemont kennen. Und erfahre, was Trüffel sind.
Hier geht ein guter Wind. Kommen Sie doch nach Hause.

Ich fügte nicht hinzu, dass ich mir das wirklich wünschte. Ich wünschte, ihr nicht schreiben zu müssen über all das. Sondern mit ihr reden zu können. Das war mehr mein Metier. Ihren geschriebenen Worten konnten meine nur unterliegen. Vor allem in der Lüge.

Mein iPhone piepste erneut.

Komme in zwei Tagen. Halten Sie mich auf dem Laufenden?
Und bitte halten Sie den Wind für mich fest.
Alles Liebe
Cate

Ich musste lächeln. Ja, dachte ich, das kann ich versuchen. *Dir den Wind einfangen.*

Ich blickte auf die Wellen, die mit unaufhörlicher Kraft immer wieder auf den Strand zuliefen und brachen, und ich spürte für einen Moment nicht die Verantwortung, die mir die Luft abschnürte. Ich nahm nur den salzigen Geruch, die Energie und den unnachahmlichen Sound des Atlantiks wahr. Kein Ozean war wie er. Keiner war so befreiend und beeindruckend zugleich. Er spülte Sorgen fort, es gab nichts Besseres als ihn. Wenn man in ihm schwamm, durfte man niemals seine Kraft vergessen, auch wenn er im Sommer etwas milder wurde. Schon im Kleinkindalter wurde uns Insulanern das erklärt und auf ewig eingehämmert. Ihn nie zu unterschätzen. Sich immer bewusst zu sein, dass er geben und nehmen konnte.

Und so war auch Cate groß geworden. Mit demselben Wissen und derselben DNA. Sie würde den Wellen standhalten, weil sie es gelernt hatte. Von klein auf. Sie wusste, wie man am und mit dem Atlantik lebte. Sie würde sich nicht durch die Affäre ihres Ehemannes in den Strudel reißen lassen. Ich schloss die Augen und lächelte.

Henry tippte mir auf die Schulter. „Träumst du?“

Ich öffnete die Augen und sah ihn erstaunt an. Kopfschüttelnd rappelte ich mich aus dem Sand hoch. „Nein. Habe nur den Ozean sprechen lassen. Tut gut, ihm zuzuhören. Er beruhigt manchmal.“

Henry steckte sein Mobiltelefon weg und stopfte seine Hände tief in die Hosentaschen seines Overalls.

„Hast du eigentlich einen Mann?“, nuschelte er beiläufig.

Ich drehte mich feixend zu ihm. „Wieso fragst du?“

Er ging einfach weiter. „Du hast keinen Ring oder so. Aber das kann ja auch an unserer Arbeit liegen. Würde da auch keinen Ring tragen.“

„Nee, verheiratet bin ich nicht“, gab ich grinsend zurück, während ich ihm hinterherstiefelte. Mehr brauchte dieser Anfangzwanzigjährige nicht zu wissen. Auch wenn er ein hübscher Bursche mit gutem Charakter und breiten Schultern war. Zu jung für mich, der Kerl.

Wieder bei Mr. Buckley angekommen, herrschte betretene Stille zwischen Henry und mir, was der Hausherr spitzbübisch schnell bemerkte.

„Was ist, ihr beiden? Hat der große Blaue die Turteltäubchen aus euren Gliedern vertrieben?“

Ich musste laut auflachen und knuffte ihn in die Schulter. „Wir machen hier mal weiter. Soll ja heute noch fertig werden, oder?“

„Ganz Papas Tochter. Ein Wainscott-Mädchen. Auch wenn du jetzt in diesem Fischerkaff lebst.“

Henry und ich schafften gerade die Teile für den neuen Verteilerkasten und jede Menge Kabel aus unserem Montagewagen, als mein Pieper zu brummen begann. Ich deutete Henry an, erst einmal alles abzustellen, dann zog ich das Gerät von meinem Gürtel. Auf dem Display erschien eine Nachricht von Mandy, unserer zentralen Einsatzplanerin.

DALE, BITTE ZENTRALE KONTAKTIEREN!

Ich kramte mein Handy heraus und rief an. „Was gibt es?“

Mandy's Stimme klang ungewohnt aufgeregt und nervös. „Dale, die Polizei ist hier. Sie wollen dich sprechen. Musste ihnen schon deine kompletten Einsatzpläne der letzten zwei Monate rausrücken.“

Ich war nicht überrascht. Chip hatte angedeutet, dass sie sich erst mal noch mit mir beschäftigen würden.

„Wer ist denn da? Chief Spencer?“

„Nein, eine junge Polizistin. Sie heißt Baker. Kann ich dich mal mit ihr verbinden? Sie sitzt zurzeit in unserem Besprechungsraum und guckt sich die Einsatzpläne an.“

„Ja, mach ruhig.“

„Ich drücke die Daumen, dass es kein Problem gibt, Dale! Toi, toi, toi.“

Dann hörte ich ein Knacken, als die Verbindung weitergeleitet wurde. Es tutete zweimal, und augenblicklich hatte ich die Polizistin am Ohr.

„Officer Baker, hallo Miss Roberts. Ich bräuchte Sie noch mal. Gibt noch ein paar Fragen.“ Sie klang bemüht streng, aber ihre Stimme flatterte etwas. „Sie sind jetzt in der Daniel's Lane?“

„Ja, ich installiere gerade einen neuen Stromanschluss bei Mr. Buckley.“ Mit der Schuhspitze kickte ich ein kleines Steinchen vor mir her. „Wann wollen Sie mich denn sprechen? Ich habe um fünf Feierabend. Würde das gerne hier beenden, damit der alte Herr wieder arbeiten kann.“

Sie zögerte hörbar, dachte nach. Dann meinte sie: „Ja, klar, gut. Ich kann auch noch warten mit der Befragung. Sollen wir uns nach Ihrem Feierabend vielleicht auf halbem Weg treffen?“

Das klang gut. Aber auf halben Weg zwischen was? Water Mill, wo unsere Zentrale war, Southampton, wo die Polizeistation war, oder Sagaponack, wo ich gerade arbeitete?

„Ach so“, begann sie zu präzisieren, „ich meinte irgendwo zwischen Southampton und Sag Harbor. Da wohnen Sie doch, nicht wahr?“

Die waren schon gründlich informiert.

„Sollen wir uns in Bridgehampton im ehemaligen *Melons* treffen?“, schlug ich vor. Wir hätten auch ins *Starbucks* gehen können, aber ich dachte, das wäre der Polizei vielleicht zu öffentlich.

„Gute Idee. Da haben wir um die Zeit mehr Ruhe als im *Starbucks*. Da kann man ja nicht vernünftig reden.“

Dachte ich es mir doch.

„17.30 Uhr?“

„Prima. Wie heißt der Laden heute eigentlich richtig?“

„Keine Ahnung. Für mich bleibt es das *Melons*.“

Ihr Nicken war förmlich zu hören. „Man muss hier draußen auch nicht jeden Wechsel mitkriegen. Bis dann.“

Das würde sicher spannend werden. Vielleicht würde ich mehr über den Ermittlungsstand rauskriegen können.

Bridgehampton, Main Street
17.30 Uhr

Wir trafen beide pünktlich ein. Officer Baker war eine zierliche Frau, Anfang dreißig, mit erstaunlich blassem Teint für eine Insulanerin. Ihre Augen waren etwas wässerig, zeigten aber trotzdem eine große Ernsthaftigkeit. Ihre Stimme klang sehr hell, was ihre Autorität genauso wenig förderte wie ihre Körpergröße. Aber mich musste sie ja nicht beeindrucken. Ich war nur der Zeitvertreib der Polizei.

Sie schüttelte meine Hand und bedankte sich brav, dass ich mir Zeit für sie nahm.

„Miss Roberts, Sie haben ja schon ausführlich Angaben zu Ihrer Entdeckung des Toten gemacht. Und auch zu dessen Zustand beim Auffinden. Da will ich auch vorerst gar nicht weiter nachfragen“, begann sie zögerlich.

Ach so, und warum saßen wir dann hier? Aber ich wartete lieber auf ihre weiteren Ausführungen, als sie zu unterbrechen.

„Sie haben einen Bachelor of Science in Elektronik. Bezieht sich Ihr Fachwissen vornehmlich auf die Energie- und Gebäudetechnik oder umfasst es auch Computerfachwissen?“ Sie sah von ihrem Notizblock auf.

„Ich verstehe die Frage nicht ganz. Wir installieren selbstverständlich alles, was für ein modernes Haus notwendig ist, Netzverbindungen inklusive.“ Ich kniff die Augen eng zusammen. Worauf wollte sie hinaus?

„Aha, aber Sie programmieren nicht?“

Ich stutzte erneut. „Wenn Sie Ihre Frage etwas konkreter fassen könnten, dann könnte ich präziser antworten. Wenn wir zum Beispiel Verschattungsanlagen einbauen, dann programmiere ich die auch. Auf Wunsch des Besitzers natürlich.“

„Also programmieren Sie doch?“

„Nach den Angaben des jeweiligen Herstellers ... Ja, das mache ich auch. Geht heute gar nicht mehr ohne.“

Sie nippte an ihrem Tee und grübelte über meine Antwort nach. Man konnte ihr Gehirn buchstäblich arbeiten sehen.

„Aber Sie schreiben nicht eigenständig Computerprogramme?“

Ich verstand immer noch nicht. Aber sie wohl auch nicht.

„Officer Baker. Ich bin das, was man im Volksmund Elektrikerin nennt. Ich bin keine Programmiererin, wenn es das ist, was Sie wissen wollen.“

Verlegen schob sie sich auf dem Barhocker von rechts nach links.

„Ja, das hilft mir schon.“ Sie notierte irgendetwas und schien konzeptlos.

Ich rührte in meinem Kaffee. „Kann ich Ihnen irgendwie helfen? Ich meine, der Fall berührt mich auch. Wenn Sie also irgendwas wissen wollen, dann raus damit.“ Fast war ich versucht, ein aufmunterndes *Na, komm schon. Trau dich!* hinterherzuschieben.

Officer Baker zog die Lippen nach innen und rang so sehr mit sich selbst, dass ich kurz überlegte, ihr einen Schnaps zu bestellen. Aber das wäre wahrscheinlich seltsam angekommen. Beleidigung? Bestechung im Amt? Keine Ahnung.

„Wissen Sie, wir bekommen anonyme E-Mails. Derjenige, der sie verschickt, weiß ziemlich gut Bescheid. Ich dachte, es wären vielleicht Sie. Wäre doch nicht abwegig“, sprudelte es ungewollt und unkontrolliert aus ihr heraus.

Ach, daher wehte der Wind. Das konnte ich jedoch gut parieren. Gleichzeitig wollte ich möglichst unauffällig herausfinden, ob Chip in Gefahr war, aufzufliegen.

„Ein anonymer Schreiber also. Und der hilft Ihnen?“

Sie sah sich verstohlen um. „Der weiß verdammt viel. Vielleicht ein Mittäter? Aber die Chefin ist sich sicher, dass er es gut meint. Dennoch, es ist schlecht, wenn wir dauernd hinterherhinken. Nicht professionell, verstehen Sie? Sie haben ja auch mit Ihrem Hinweis auf die Handgelenke erst die Vergiftung aufgedeckt.“

Ich sah bescheiden zu Boden. Bescheidenheit passte ganz gut, fand ich.

„Wissen Sie etwas über ihn?“, flüsterte ich.

„Nichts. Er ist wie ein Geist. Kann hier sein. Oder überall.“ Sie machte eine ausladende Geste.

„Vielleicht hat die Chefin ja recht. Steen ist hier Nationalheiligtum. Da will natürlich jeder mithelfen, um sie aus der Schusslinie zu holen.“ Herrlich, wie dumm und oberflächlich ich klingen konnte. Ich sah ihr ganz tief in die Augen. „Sie sind doch auch von hier, oder? Jeder auf der Insel würde sich eher das eigene Haus niederreißen lassen, als das Haus von Steen in Schutt und Asche zu sehen. Das ist doch völlig normal“, sagte ich und legte ganz viel Dramatik in meine Stimme.

Baker sah aus, als hätte sie eine Überdosis Sauerstoff genommen. Der Kopf lief kupferrot an.

„Ich bin aus England zugezogen. Also, meine Eltern mit mir. Ich weiß, dass ich damit hier nicht für voll genommen werde."

„Ach", wehrte ich mit einer lässigen Handbewegung ab. „Das ist doch kein Manko."

Natürlich war es das. Engländer mochten wir hier besonders ungern … die alten Kolonialherren – da musste man schon zweihundert Jahre vergessen, um die zu mögen. Deshalb hatte sie diese weiße Haut.

Ich rappelte mich zu uneingeschränkter Zutraulichkeit auf. „Sie brauchen also mehr Informationen. Kann ich Ihnen irgendwie helfen? Ich bin überall auf dieser Insel. Sehe viel. Vielleicht hilft das auch. Dann können Sie Ihrem Geist enteilen."

Sie räusperte sich und schob ihren Kopf so nah an mich heran, dass ich meinen etwas zurückzog. Daraufhin zog sie an meiner Schulter, bis mein Ohr knapp vor ihrem Mund war.

„Stallbruck soll Kontakt zu den Birds gehabt haben. Dieser Motorradgang. Stallbruck war wahrscheinlich ein Handlanger von denen." Schnell sah sie sich rechts und links um, bevor sie fortfuhr. „Wahrscheinlich hängt auch der Mord damit zusammen. Vielleicht hat er irgendwas gründlich vermasselt."

Ich sah sie so geschockt und erstaunt an, wie es eben ging. „Nein! Nicht möglich!", gab ich mit verschwörerisch gesenkter Stimme zurück.

Sie nickte eifrig. „Doch! Also, wenn Sie irgendetwas hören oder mitbekommen, auch über diesen Hacker, dann melden Sie sich bei mir, ja? Ich könnte einen Ermittlungserfolg gebrauchen." Officer Baker stieß mit einem leisen Piepsen die Luft aus. Es sollte wohl ein Seufzen sein.

Ich reichte ihr mit großer Geste meine Hand. „Abgemacht! Hätten Sie vielleicht eine Karte mit Ihrer Durchwahl?"

Sie drückte mir ihre Visitenkarte in die Hand, zahlte ihren Tee und verschwand, nicht ohne sich nochmals zu bedanken. Ich sah ihr noch einen Moment nach, bestellte ein Bier und loggte mich in die sichere Verbindung ein.

Hallo Mrs. Furler,
wurde gerade von der Polizei vernommen. Habe erfahren, dass Stallbruck Kontakt zu den Flying Birds hatte. Dort wird wohl nach Verbindungen zu dem Mordfall gesucht. Gehe gleich zu Chip. Wir gucken uns diese Gang mal näher an.
Wind habe ich in meiner Jackentasche. Der wartet auf Sie.
LG
Dale

Was machte ich hier eigentlich? Wollte ich sie beschwichtigen? Ihr Bewegung an der falschen Stelle vorgaukeln? Ich kippte mein Bier hinunter.

Das Handy piepste.

Das klingt doch nach Fortschritt. Habe unseren Steuerberater angerufen. Der weiß auch von keinem Konto in Italien. Meinen Mann kann ich ja schlecht fragen. Der weiß ja nicht, dass ich Informationen über das Konto habe. Woher sollten die auch gekommen sein?
Danke für den Wind. Lieb von Ihnen.
Bis sehr bald.
Cate

Ich atmete tief durch, legte das Geld für die Getränke auf den Tresen und ging zu meinem Auto. Zumindest glaubte sie an Fortschritte in der Sache und hatte vielleicht noch einen weiteren Abend in Ruhe.

Lieb von Ihnen. Die Worte brannten in meinem Hirn, und auch meinem Herz versetzten sie einen Stich.

13. April 2016

Southampton, Police Department

Chief Spencer hatte ihre kleine Truppe schon um 7.30 Uhr in ihr Büro kommandiert. Jeder von ihnen hatte ihr am Vortag einzeln über seine jeweiligen Ermittlungsstände berichtet, aber sie wollte, dass alle es an diesem Morgen noch einmal vortrugen. Vielleicht würde ja die Gemeinschaft etwas mehr Schwung erzeugen.

Officer Sparks begann mit dem dicksten Fisch. „Das Konto in Italien läuft auf die Eheleute. Es wurde vor einem Monat eröffnet. Ungewöhnlicher Vorfall, denn alle Daten zu den Personalien genauso wie alle Unterschriften wurden ausschließlich per Mail übermittelt. Mit Beglaubigung der Dokumente, okay. Ich habe die Filiale in Venetien gecheckt, in der es eingerichtet wurde. Die Leiterin, Mrs. Nicoletta Marrone, kennt Dinklage persönlich. Hat letzten Sommer ein Haus von ihm hier in Springs gekauft. Und Mrs. Furler hat einige Zeit im Piemont verbracht, das ist wohl nicht unweit von Venetien. Ist 'ne Weile her, aber auch das könnte eine Verbindung erklären. Das Konto hatte nicht viel mehr als die zwanzigtausend Dollar drauf. Ist scheinbar nur für die Überweisung angelegt worden. Dinklage könnte das Konto auch ohne das Wissen seiner Frau eröffnet haben. Dann hätte er allerdings ihre Unterschrift fälschen müssen."

Chief Spencer malträtierte ihren Kugelschreiber. „Er wird das allein gemacht haben", knurrte sie. „Aber wir brauchen Beweise. Wir müssen wissen, was er in diesem Zeitraum noch so alles per Mail geschrieben oder versandt hat. Wir brauchen Zugriff auf seinen PC und den der Eheleute."

„Dafür brauchen Sie eine Genehmigung", schob Casabianca ein.

„Weiß ich, Herrgott noch mal!" Der Kugelschreiber brach entzwei. „Ich kümmere mich schon darum. Aber jetzt weiter. Haben Sie noch was, Sparks?"

Der junge Officer zerzauste wild sein blondes Haar. „Das Geld ist am Freitag, den 1. April, um 16.00 Uhr unserer Zeit auf Stallbruck's Konto gewesen. Das lässt den Schluss zu, dass er dafür irgendwas erledigen sollte. Oder eben, dass es Erpressungsgeld war und diese Erpressung mit einer abschließenden *Arbeit* am Gästehaus verbunden war. Stallbruch hat sein Konto gecheckt – genau fünf Minuten nach Geldeingang. Das heißt, er wusste, dass das Geld an dem Tag um diese Uhrzeit kommt. Das war verabredet. So was ist kein Zufall. Er stand mit Dinklage in Kontakt. Das sehe ich zwar nicht in der Liste seiner Anrufe oder Mails, aber Dinklage wäre ja auch noch bekloppter als ohnehin schon, wenn er ihn munter von seinem Handy aus kontaktiert hätte. Das wäre echter Schwachsinn."

Baker kiekste ihr helles Lachen. „Schwachsinn ist das doch alles, oder? Wer betrügt diese Frau, bezahlt den Erpresser und bringt ihn dann um die Ecke? Das ist doch völlig schwachsinnig. Ich meine, wer macht denn so was?"

Chief Spencer wollte sie für ihren kindlichen Einwand erst zur Ruhe ermahnen, aber dann schoss es ihr durch den Kopf: *Ja, wer macht so was Idiotisches? Und wofür? Bezahlt den Erpresser, lockt ihn dann zu sich, obwohl das Geld längst überwiesen ist, und bringt ihn dann, auf dem Grundstück der eigenen Frau, zur Strecke? Das klang wie bei Columbo aus den Siebzigern.*

Sie fischte einen neuen Kugelschreiber aus ihrer Schreibtischschublade und kritzelte ein paar Notizen in ihr Buch. Dann deutete sie mit dem Kinn kurz zu Casabianca, dass er seinen Part nun abarbeiten sollte.

Casabianca holte aus seiner Aktentasche die neuste Ausgabe des *Hamptons Magazine,* blätterte kurz darin und legte das Heft geöffnet auf den Tisch. Es war eine Doppelseite mit Klatsch und Tratsch von der Insel. Er tippte auf ein Foto. „Ich glaube, das ist sie. Joanne Portland. Erfolglose Autorin drittklassiger Krimis und auf jeder Party hier draußen zu finden. Gerne auch, wenn Jeffrey Dinklage ebenfalls da ist. Hier sind sie gerade gemeinsam – oder zeitgleich – auf der Charity-Party zugunsten der Krebsstation des Southampton Hospital. Ich fahre nach unserem Meeting zu ihr, wenn Sie nichts dagegen haben, Chief."

„Sprechen wir gleich durch, aber gute Idee, bei den Klatsch-Leuten zu gucken." Sie deutete nun auf Officer Baker. „Was ergab das Gespräch mit Miss Roberts?"

Officer Baker rutschte verlegen auf ihrem Stuhl herum. „Nun, ich habe versucht herauszufinden, wie es um ihre Computerkenntnisse bestellt ist. Sie ist sicher nicht unbedarft, hat aber keine Programmierkenntnisse. Und das muss unser Hacker ja haben. Also war das leider nichts. Aber sie scheint wie alle hier auf der Insel sehr besorgt um das Wohlergehen der Schriftstellerin. Sie meinte, sie würde sogar eher ihr Haus abreißen lassen, als das Haus von Steen in Schutt und Asche zu sehen."

„Sagt sie das?", knurrte Chief Spencer.

Baker nickte eifrig. „Ist doch verrückt, oder?" Sie blickte ihre Kollegen an.

Sparks und Casabianca, beide in Southampton auf die Welt gekommen, Kinder von Kindern dieser Insel, zuckten verständnislos mit den Schultern.

„Bleiben Sie an ihr dran, Baker. Sie mischt mir ein bisschen zu viel rum. Ich denke, sie weiß mehr, als sie uns glauben lässt. Entweder ist sie nur eine Wichtigtuerin, die hier eine Chance sieht, sich aufzuspielen. Oder sie heckt irgendwas aus. Hat sie denn Kontakt zu Mrs. Furler?"

„Das glaube ich nicht. Das hätte sie bestimmt erzählt", schob Baker schnell ein.

„So, jetzt noch mal zu Ihnen, Casabianca. Sie wollen also diese … wie hieß sie noch?"

„Joanne Portland." Casabianca richtete sich in seinem Stuhl auf. „Ich würde mit Officer Sparks zu ihr fahren. Sie arbeitet heute in der Bücherei von Riverhead. Das ist irgendein soziales Engagement für Kinder ohne Zugang zu Büchern."

„Wie wollen Sie die Sache angehen?"

Sparks errötete wieder. Er strich sich unruhig über seine Augenbrauen. „Die Idee war, sie erst mal in Augenschein zu nehmen." Seine Hände flatterten über den Tisch. „Wenn sie es ist, dann würden wir Rücksprache mit Ihnen halten, wie wir weiter vorgehen. Ich meine, wir können sie ja nicht nach ihrer Verbindung zu Dinklage fragen, wenn Sie den Kerl nicht aufschrecken wollen. Das geht wohl erst, wenn wir das Okay für das Durchleuchten seiner Accounts haben."

Chief Spencer nickte anerkennend. Gut mitgedacht, die Jungs. „Und Sie wollen beide fahren, weil Officer Sparks so ausgezeichnete anatomische Kenntnisse hat?"

Beide nickten unschuldig.

„Okay. So machen wir das. Officer Baker und ich fahren mit den Fotos von Stallbruck und den Birds in deren Quartier und sprechen dort mit Sebastian Smith. Er ist eins der Gründungsmitglieder der Birds. Den Kerl findet man fast immer dort, wo sich diese Gang zusammenrottet und *Geschäfte* betreibt. Draußen in Montauk. Wir machen eine Routinebefragung in einem Mordfall."

Chief Spencer verabschiedete das Team und packte ihre Akte für den Staatsanwalt zusammen. Er würde gleich im Büro ihres Superintendent erscheinen. Würde alles unappetitlich genug werden mit dieser Sauerei von Dinklage.

Sag Harbor, Main Street
Zur gleichen Zeit

Chip hatte sich die ganze letzte Nacht in die E-Mail-Accounts der Birds eingearbeitet. Ein großes Reißbrett zierte inzwischen seine Wohnzimmerwand. Er spannte Fäden, wo sich zwischen den einzelnen Personen eindeutige Zusammenhänge mit dem Fall ergaben. So wurde das Bild plastisch und ergab mehr Sinn für ihn.

Stallbruck hatte Kontakt zu den Anführern der Birds. Telefonate und Mails mit Smith und Wastiaux. Das war bemerkenswert. Die beiden tauchten eigentlich selten im Zusammenhang mit irgendwelchen Fällen auf. Jeder wusste, wer sie waren, aber bislang konnten sie nie für irgendeinen Gesetzesverstoß dingfest gemacht werden. So geschickt manipulierten sie sich durch das Gangstermilieu. Für alles und für jeden noch so dummen oder schmutzigen Coup fanden sie jemanden, der den Kopf hinhielt. Aber vielleicht war das ja der Schlüssel. Stallbruck war einer, der den Kopf hinhalten musste. Er konnte leicht geopfert werde, drohte ein Plan zu misslingen. Und dass Stallbruck nicht durchblickte, in was er da hineingeraten war, das konnte man aus seinen Antworten sehr klar herauslesen. Er hatte die Fotos geschossen. Sicher auf der Suche nach einem größeren Fang als den Ehemann Dinklage. Chip hätte sich bei diesem Gedanken am liebsten übergeben. Er hatte auch Fotos von Cate und ihrer Freundin und Verlegerin gefunden, aber die taugten nun wirklich nicht für Spekulationen.

Stallbruck, dieser Mistbandwurm. Diese Zecke, die sich in Menschen reinfressen wollte, um ihnen Blut, Geld und Würde auszusaugen. Und dann Volltreffer. Dinklage. Zu ihm fielen selbst Chip keine üblen Vergleiche mehr ein. So sehr verachtete er ihn. Stallbruck wollte an das Geld dieses Sausacks, aber er wusste nicht, wie man jemanden richtig erpresst. Da brauchte der Trottel, der Kleinganove, große Hilfe. Und das waren die Flying Birds. Die wollten diesen

Pfuscher erst mal machen lassen. Bis, ja, bis irgendetwas geschah, was Stallbruck's Tod unabdingbar machte. Aber was?

Gestern hatte er noch mit Dale gesprochen. Sie machte sich große Sorgen, weil sie beide nicht ehrlich waren. Nicht ehrlich gegenüber ihrem besonderen Schützling. Sie war ernsthaft bewegt. So kannte er sie gar nicht. Die Nähe zu Cate Furler, zu deren lässiger Ruhe, trieben Dale und ihn an die Grenzen. Zuneigung, egal welcher Art, Bewunderung, Wertschätzung, Sympathie oder Freundschaft, das alles konnte kühle Geister aus dem Gleichgewicht hauen. Er hatte es selbst erlebt. Eine Begegnung mit seiner Kopfkinotraumfrau … und schon hatte er sich verändert. Und bei Dale musste auch irgendwas passiert sein. Normalerweise ritt sie bei ihren gemeinsamen Detektivspielen immer auf einer Welle der Euphorie. Risiko? War ihr immer egal. Sie liebte es sogar. Sie wollte immer weiter gehen als er. Immer die richtig große Welle abpassen und sich von ihr mitreißen lassen. So war sie eigentlich: mutig, spontan und zuweilen verdammt waghalsig.

Aber dieses Mal hatte sie vor ihm gesessen, die Beine angewinkelt, grüblerisch, und konnte überhaupt nicht darüber hinwegsehen, wie unglaublich *nett* diese Frau war. Wie unglaublich *freundlich* und *so normal.* Und Cate Furler schrieb ihr *tatsächlich* über die sichere Leitung. *Geistreich und irgendwie immer ein bisschen persönlich …* Hätte Chip bei ihnen beiden Blutdruck oder Fieber gemessen, dann wären dabei wahrscheinlich schlechte Ergebnisse herausgekommen. Er und seine Dale, das Mädchen, das er durch einen elektronischen Zufall kennengelernt hatte. Eine Kleinigkeit bei einem Kunden. Ganz am Anfang seiner Karriere. Sie war geschickt worden, selbst noch grün hinter den Ohren und trotzdem so begabt. Sie verstand seine Fragen und Bedürfnisse, hatte für alles eine Lösung. Sie war wundervoll – seine dynamische Ergänzung zur Außenwelt.

Dale – das Mädchen, das er mehr liebte, als ihm lieb war – und er hatten jetzt allerdings einen ernst zu nehmenden Virus: Sie waren fasziniert! Von Cate und ihrer Welt. Von ihrem Wesen, das mit einem Lächeln alle Zweifel zerstreuen konnte. Einer Frau, die trotz ihrer persönlichen Tragödie so viel Zuversicht auszustrahlen vermochte, dass man in ihrem Licht gefangen blieb. Und Chip wollte aus tiefem Herzen nichts mehr, als dieser Frau helfen. Beiden Frauen. Auch Dale, die ihren Kopf in den stärksten Gegenwind halten musste.

Er musste tiefer rein ins Netz. Er hatte noch nichts gefunden. Nichts aufgedeckt. Nichts, was den Fall klären konnte. In Dinklage's Accounts gab es keinerlei Nachrichten. Selbst im Gelöschten fand er gar nichts. Totale Leere. Kein Hinweis. Das konnte doch nicht sein.

Jeffrey's Handysignal konnte am 11. April gegen Mittag genau im Zentrum der Birds geortet werden. Was sollte ein angesehener Mann wie er dort? Nachbesprechung? Zuvor war Dinklage im Polizeirevier. Bei der strengen Chefermittlerin Spencer. Das war alles verdächtig, aber noch nicht genug. Chip musste klarere Fakten haben. Smith und Wastiaux kommunizierten ausschließlich über geheime Kanäle. Chip tat sich schwer, die verschlüsselten Verbindungen zu knacken. Dass sie zu knacken waren, daran hatte er keine Zweifel, aber er brauchte dafür einfach zu lang. Er fühlte, wie die Zeit wie der feine Sand des Long Island Sound durch seine Hände zu gleiten drohte, während er eine Codierungskombination nach der nächsten durch seine Analyseprogramme jagte.

Dann klickte Chip noch mal auf die Mails von Stallbruck, die er vor sechs Tagen – einer gefühlten Ewigkeit – als Erstes entdeckt hatte. Stallbruck schrieb:

Kann die E-Mails nicht in den Account kriegen. Keine Ahnung, wie das geht. X soll zahlen! Hat die Fotos! Das muss reichen.

X soll zahlen. Damit war Dinklage gemeint. Das war klar. Das Geld war später ja auch geflossen. Aber wenn Dinklage doch schon die

Fotos, mit denen er erpresst wurde, hatte, in welchen Account sollten sie dann noch verschoben werden? Und warum? Als Sicherheitskopie für den Mail-Gesprächspartner? Oder eine Absicherung für Stallbruck?

Der andere schrieb, sichtlich genervt von Stallbruck's Unfähigkeit:

Wir machen es, wie geplant. Dann schick mir die Scheißdateien, und ich bau sie ein. Idiot. Das ist doch nicht so schwer!

Und ich bau sie ein ... Die Dateien sollten noch auf einen anderen Rechner. Nicht als Sicherung, sondern für eine weitere Erpressung. Oder als Ablenkung? Von was? Oder wem?

Wieder Stallbruck:

Ich schick es dir. Verstehe nur nicht den Ablauf! Will meine Kohle am 1.4. Wie besprochen! Selber Idiot!

Also war ihm die Erpressung von Dinklage klar. Geld wollte er am 1. April. Das war dann auch tatsächlich so eingetreten. Aber der *Ablauf* war ihm trotzdem nicht klar. Welcher Ablauf denn noch? Der Ablauf danach? Oder verstand er nicht, warum er überhaupt noch irgendwohin Dateien schicken sollte? Ein Ablauf nach dem Ablauf der originären Erpressung? Warum sollte Stallbruck trotz des eingegangenen Geldes noch mal in die Holly Lane?

Chip strich sich über sein Kinn. Die Bartstoppeln raspelten unter seinen Fingern. Verflucht, jetzt aß er nur noch die Hälfte von dem Mist, den er sonst zu sich nahm – also musste das mit der Rasur auch mal überdacht werden. Zumindest, bevor Cate Furler wieder aus Manhattan kam.

Er las die kurzen Auszüge ein ums andere Mal, bis er die Zwischentöne der Schreiber fast körperlich fassen konnte. Sie rundeten in seinem Gehirn das Geschriebene ab. Die Ergänzungen, die fehlten.

Kann die E-Mails nicht in den NEUEN ODER ANDEREN Account kriegen. Keine Ahnung, wie das geht. DINKLAGE soll zahlen! ER hat die Fotos! Das muss reichen. ENDE DER GESCHICHTE.

Wir machen es, wie geplant. DIE DATEIEN WERDEN AUF DEN ANDEREN ACCOUNT ÜBERTRAGEN. Dann schick mir die Scheißdateien, und ich bau sie DORT ein.

Ich schick es dir. Verstehe nur nicht den Ablauf! WARUM MUSS DAS ZEUG ÜBERHAUPT WOANDERS HIN? Will meine Kohle am 1.4.

So oder so ähnlich musste es gemeint sein. Chip schlug sich mit der flachen Hand vor die Stirn, dass es laut klatschte. Verdammt! Die suchten einen Strohmann für Dinklage! Jemand, der Fotos und E-Mail-Verlauf auf seinen Rechner bekam, damit Dinklage frei aus der Nummer rausging. *Das* war der Job der Birds. Es war gar nicht Stallbruck's kleines, mieses Gaunerstück, sondern die hatten einen anderen, direkten Deal mit Cate's untreuem Gatten. Die griffen noch an ganz anderer Stelle Kohle von ihm ab, um die Erpressung aus seinen Accounts rauszukriegen und den ganzen Dreck woanders abzuladen. Und Stallbruck gleich mit. Keine Spuren, nur ein dösiger Einbrecher, der beim Kappen eines Kabels draufging. Und dann kamen Dale und er und hatten diesen wunderbaren Plan durchkreuzt.

„Das gibt es doch nicht!", fluchte Chip laut.

Sein Blick glitt zu seinem Minisofa, auf dem vor vier Tagen noch die Heldin seiner Fantasie gesessen hatte. Als wäre das Chaos um sie herum in diesem Raum nicht existent gewesen. Ihre grauen Augen hatten wach gestrahlt, ihren Mund hatte den ganzen Abend ein leises Lächeln umspielt. Sie war so souverän, selbst in der absurden Umgebung seiner unaufgeräumten und schmuddeligen Bude. Ganz so, als wäre sie gerade zu einem Treffen im *American Hotel* gekommen, der schönsten, edelsten und ältesten Adresse in Sag Harbor. Nur ein paar Meter von seiner Bruchbude entfernt. Sie war einfach hier gewesen. Hatte zugehört, ihm später im *Page* ihr Handy anvertraut und Dale und ihm alles überlassen, was die Polizei nicht schnell genug ermittelte. Das war großartig. Das war Steen. Klug, weitsichtig, intelligent, feinfühlig.

Er kramte nach seinem Handy.

Dale,
Dinklage hatte was ganz anderes mit den Birds laufen. Er hat bei denen Stallbruck's Mord in Auftrag gegeben. Ich bin mir sicher. Er hat alle Spuren verwischen und die Beweise irgendwo anders hinbringen lassen. Ruf an, wenn du sprechen kannst.

Zeit für eine neue Runde am Hafen. Chip steckte sein Telefon tief in seine Gesäßtasche und klappte sein Notebook zu. Die Rechner ließ er laufen. Er musste jetzt schneller denn je in die Welt der Birds eindringen. Sie hielten den Schlüssel.

Er hatte gerade das *Bay Street Theater* passiert und marschierte stramm auf der Bay Street in Richtung Sag Harbor Yacht Club, als seine Hosentasche vibrierte. Es war Dale.

„Spinnst du, Chip? Er hat den Mord in Auftrag gegeben? Wie kommst du denn darauf?“, sprudelte es in unbekannter Tonlage aus ihr heraus.

Chip blieb stehen. Er starrte auf die glatte Oberfläche des Wassers und sog tief die frische Luft ein.

„Ich bin mir sicher, Süße. Das Ganze ist eine viel fettere Nummer als Erpressung. Dinklage, das Dreckschwein hat die Birds selbst beauftragt. Er hatte die Erpressung von Stallbruck vorliegen und hat sich Hilfe gesucht. Bei den Birds. Wahrscheinlich haben die sich dann Stallbruck vorgeknöpft und den Knoten zugezogen. Du weißt, was ich meine.“

Sie atmete tief, sehr tief durch. „Das ist übel. Richtig übel."

Er hörte förmlich ihre Gedanken durch die Leitung klicken wie Billardkugeln.

„Nein, Dale, du kannst Cate darüber nicht informieren. Halte ihre Aufmerksamkeit auf dem italienischen Konto. Dann fallen bei ihr vielleicht ein paar Groschen, bevor Chief Spencer den Hammer rausholt. Mehr können wir noch nicht machen. Das sind alles Vermutungen. Ich bin mir zwar leider sicher, dass es stimmt, aber damit überfordern wir sie. Das geht nicht."

Ihr Unwille war durch das Telefon spürbar. Er wusste, dass sie jetzt wieder irgendetwas vor sich her kickte. Irgendwas, als Ventil für ihre Unruhe. Bevorzugt Steine. Und wenn keine Steine da waren, tat es auch Straßenmüll. Sie schnaufte unzufrieden.

„Sie lebt mit dem Mann zusammen. Wenn der Kerl dazu fähig ist, wozu dann noch? Wir müssen sie doch irgendwie warnen. Das geht so nicht, Chip. Ich schreibe ihr. Das hast du so eingerichtet. Ich stehe sonst wie eine Lügnerin da."

„Sie weiß doch nicht, was wir vermuten. Wir kümmern uns doch." Er holte Atem. „Dale, wir helfen ihr", beschwor er sie. „Schreib ihr. Frag noch mal nach dem Konto. Sie muss vorbereitet werden."

Sie war stehen geblieben. Wo auch immer sie jetzt gerade auf der Insel war. Er hörte nur ihren leisen Atem.

„Ich mach das, Chip, aber bitte gib der Polizei mehr Infos. Die müssen schneller werden. Ich ertrag das nicht. Cate kommt schon bald zurück."

Er fasste sich an die Bartstoppeln. „Ich weiß. Ich gebe mir Mühe!"

Er beendete die Verbindung und schaute noch eine Weile die Boote im Hafen an. Ihre sanften Bewegungen beruhigten ihn, befreiten ihn von seiner innerlichen Anspannung. Ein Bier wäre jetzt gut. Umkehren und zum *7th Main.* Seiner Stammkneipe. Dort würde er mitlesen, was Dale an Cate schickte. Selbstverständlich hatte er sich einen Zugang zu ihren Mails verschafft ...

Gerade das erste Bier vor sich, piepste sein Handy.

Hallo Mrs. Furler,
will nicht stören. Schon gar nicht Ihnen auf die Nerven gehen. Haben Sie schon etwas über das italienische Konto erfahren können? Es scheint doch wichtig zu werden. Bitte forschen Sie dort nach. Ich bitte Sie wirklich.
Was soll ich sagen ... die Luft ist klar und wartet auf Ihre Heimkehr.
Alles Liebe
Dale

Das hatte sie gut formuliert. Dringend, aber persönlich. Und sie versuchte, sie nach Hause zu holen. Auch sehr gut.

Montauk, Hauptquartier der Flying Birds

Als der Streifenwagen des Southampton PD das große Tor zum Hauptquartier der Flying Birds passiert hatte, stellte sich den Polizistinnen ein groß gewachsener, muskelbepackter Klotz in den Weg. Chief Spencer ließ das Fenster herunter.

„Sind Smith oder Wastiaux hier?"

„Wer will das wissen?"

Sie hielt ihm ihre Marke entgegen.

Er zeigte auf eine große Halle. „Wastiaux ist da drin."

Spencer fuhr mit dem Streifenwagen über den asphaltierten Platz, bis zu der Halle. Die Polizistinnen stiegen aus, atmeten einmal fast synchron durch und betraten die riesige Werkshalle.

Pierre Wastiaux, ein Franzose, der in zweiter Generation am East End vor Anker gegangen war, hatte gelernt, mit der Polizei zu sprechen. Trotz seiner unglaublichen Leibesfülle wirkte er behände und agil. Er und Chief Spencer kannten sich von mehreren Vernehmungen. Seine beringte Hand schüttelte die ihre kräftig.

„Was gibt es, Chief?“

Chief Spencer sah sich um, griff nebensächlich einen Schraubenschlüssel, betrachtete ihn und sah dann beiläufig auf. „Ich bin wegen dem hier.“ Sie hielt ihm ein Foto von Stallbruck vor die Nase.

Wastiaux sah sich das Bild an. „Der Typ lag auf dem Grundstück von eurer Lieblingsschriftstellerin, richtig?“

Chief Spencer verzog nur minimal die Mundwinkel und gab ein spöttisches Zischen von sich. „Wo er lag, ist mein Problem. Kennst du ihn?“

Er drehte das Foto in seinen Pranken hin und her. „Der war lose Mitglied bei uns. Kein Fester. Ich kannte ihn, aber nicht wirklich.“

Sie zückte die Fotos, die Stallbruck beim letzten Zusammentreffen mit den Birds zeigten. „Ja, das wussten wir auch schon. Und was hast du mir sonst über ihn zu sagen?“

„Der Typ is ’n Blödmann. Wollte immer was Großes machen. Hat er ja scheinbar auch versucht. Ich meine, *da* einzubrechen, ist schon sehr dämlich.“ Er lachte und streichelte seinen dicken Bauch.

Spencer sah sich um. „Ziemlich viele europäische Autos habt ihr im Moment.“ Sie strich um einen aufgemotzten 7er BMW herum, der sicherlich in zwielichtige Kreise verkauft werden sollte. Ähnliche Modelle standen weiter hinten in der Halle. Mercedes, Porsche, Ferrari, Aston Martin. Kein namhafter Hersteller fehlte in dieser Sammlung.

Wastiaux legte seinen dicken Kopf in den Nacken. „Sind Sie jetzt beim Zoll, Chief? Das sind alles legale Importe für Kunden. Kann Ihnen die Papiere zeigen. Aber deshalb sind Sie doch nicht hier.“

Ihr Blick schnellte blitzscharf zu ihm herüber. „Nein. Deshalb bin ich nicht hier. Ich will etwas über eure Kontakte zu Stallbruck wissen. Und wenn ich dazu nichts höre, dann schicke ich meine Kollegen vom Zoll. Mag sein, dass die hier Papiere haben, aber es kann doch nervig lang dauern, bis sie freigegeben werden. Und das sind doch sicherlich zwei bis drei Millionen Dollar, die hier stehen, oder?“ Sie griente wie ein Raubtier.

Wastiaux wusste, wann eine überspannte Reaktion nicht gut für die weitere Konversation war, und nickte schwerfällig. „Er hat vor uns geprahlt, dass er den Ehemann von eurer Heiligen bei nicht so christlichen Seitensprüngen fotografiert hat. Das hat er Sebastian hier …", er tippte auf die Fotos, „… erklärt. Er wollte Dinklage erpressen. Aber ob er es dann gemacht hat, weiß ich nicht. Wir halten uns fern von der Heldin dieser Insel. Sie mag uns ja sowieso nicht." Er verzog sein Gesicht zu einem abfälligen Grinsen.

Chief Spencer sah ihn entrüstet an.

„Wegen der Beschreibung in ihrem Roman *Outlasting Warriors?* Darüber seid ihr sauer?" Sie lachte abfällig. „Das ist Kunst, Wastiaux. Sie hat euch nur als Metapher benutzt. Das müsst ihr schon aushalten. Haben schon ganz andere vor euch aushalten müssen. In den Zwanzigern. Überleg mal, was Fitzgerald, Hemingway und andere in ihre Romane gepackt haben. Nimm das als Kompliment. So ist eure Bande durch die ganze Welt geflogen. Ohne dass sie euren Namen genannt hat."

Er kratzte sich erneut über seine Wampe. „Fänden Sie es witzig, wenn das Southampton PD wie Vollidioten mit Nazi-Ideologie dargestellt werden würde? Eher nicht. Ich würde gerne Ihren Superintendent Moreno dazu lächeln sehen. Nee, Ma'am, das war nicht nett von dieser Steen ..."

„Es war aber witzig und gut ausgearbeitet", piepste Baker aus dem Hintergrund.

„Sag ihr, sie soll die Schnauze halten!", zischte Wastiaux.

Mit einer Handbewegung dämmte Chief Spencer den Eifer von Baker ein. Obwohl sie recht hatte. Die Passagen in dem Roman, die eine kriminelle Organisation beschrieben, die vor Einfalt und Beschränktheit nur so strotzte, und unumwunden die Unfähigkeiten Ewiggestriger bloßstellten, hatte jeder auf der Insel verstanden. Alle wussten, wer mit diesen Trotteln gemeint war. Dafür liebte jeder, von dem diese Gang Schutzgeld erpresste, jeder, der unter ihren Raubzügen litt, und jeder, der jemals ihr Opfer wurde, Steen umso mehr. Mutig, witzig, offen und angriffslustig nahm sie die Geschehnisse auf der Insel auf. Konterte und attackierte mit Poesie und Charme und machte vor niemandem halt. Nicht vor der Politik, den Behörden, nicht vor Banden, nicht vor den Spannungen, die es zwischen Insulanern und Sommergästen gab.

„Ihr wisst also nicht mehr als das? Er wollte Dinklage erpressen und dann?"

Er zuckte mit seinen schweren Schultern und zog die Mundwinkel schräg. „Der Typ war ein Loser. Vielleicht wollte er Dinklage noch mal an die Wäsche und was inszenieren? Was weiß denn ich?"

Chief Spencer sah ihm tief in die Augen. „Wir belassen es jetzt erst mal dabei."

Ich glaube dir kein Wort, schickte ihr Blick hinterher.

Manhattan, Greenwich Village
Abends

Für diesen Aufenthalt in der Stadt hatte ich mich bei Gilian eingenistet. Sie hatte eine große Wohnung in Greenwich. Mit kleiner Dachterrasse. Dort saß ich auf ihrem Schaukelstuhl und rauchte. Einen Wein neben mir. Matthieu hatte an diesem Abend einen Auftritt in einer der Bars um die Ecke, und die beiden waren gegen 20 Uhr verschwunden. Gilian wollte unbedingt, dass ich mitkomme. Sie hatte mich bekniet, geherzt und gedrückt. Aber Dale's Nachricht ließ mir keine Ruhe.

Ich musste nachdenken. Das Ausmaß, das dieser Vorfall annahm, erschütterte mich zutiefst. Ich versank in den dunkelsten Gedanken.

Zu dem italienischen Konto konnte ich nicht mehr herausfinden, als dass es tatsächlich existierte. Jeffrey hatte es im März in unser beider Namen eröffnet. Warum? Ich hatte ihn tagsüber an die zwanzigmal zu erreichen versucht. Silvia hatte gesagt, er sei bei einer Vertragsunterzeichnung. Ich konnte meine Gefühle nicht richtig deuten. Mein Vertrauen fühlte sich erschüttert an. Die Basis wackelte. Ich merkte, wie mein Hirn schwamm. Keinen Halt fand. Die Kluft zwischen mir und Jeffrey wurde groß. Ich verstand ihn nicht. Traute mich aber auch nicht zu fragen. Seit Wochen schon nicht. Keiner bewegte sich. Zu müde, zu träge, um die Veränderung in Worte zu fassen. Ich hoffte immer, dass er den Mut aufbringen würde. Ich wollte nicht *gegen* ihn kämpfen. Aber ich spürte auch, dass mir die Kraft fehlte, *um uns* zu kämpfen.

Ich wählte statt seiner die Nummer einer eigentlich Fremden. Die mir vertrauensvoll erschien. Unter diesem bedeckten Himmel. Fern von zu Hause. Ich rief Dale Roberts an.

Ihre Stimme klang müde. Ich hatte übersehen, dass es fast Mitternacht war.

„Ich bin's, Cate."

Ich hörte das Rascheln ihres Lakens. „Hallo", sagte sie leise.

„Störe ich?"

„Nein. Sie stören nicht. Konnte sowieso nicht einschlafen."

Ich wusste nichts zu sagen. Nichts zu fragen. Es war einfach der Kontakt, der mich beruhigte. Ihr Atmen in den Hörer, das mir zeigte, dass alles irgendwie doch real war.

„Geht es Ihnen gut?" Ihre Stimme war sehr zaghaft.

Ich überlegte kurz. Nein, von *gut* war ich weit entfernt. Aber stattdessen antwortete mein Urinstinkt der Beschwichtigung. „Alles okay, soweit. Ich kann nur auch nicht schlafen." Ich hörte, wie sie sich aufrichtete.

„Es tut mir leid, dass Sie sich so viele Gedanken machen müssen. Wollte auch nicht nerven mit meiner Mail."

Sie umklammerte das Handy. Das hörte ich. Ich sollte nicht verloren gehen. Sie hielt mich fest in ihrer Hand. Bemüht, ihre Stimmung anzuheben, versuchte ich ein Lachen. „Sie brauchen sich keine Gedanken machen. Ich schaffe das schon. Ist nur unbequem."

„Ich mache mir aber Gedanken. Mein Gehirn hört gar nicht mehr auf, sich Gedanken zu machen."

Ich sah sie förmlich vor mir stehen, ihre strengen Augen, die mit mir nicht umgehen konnten, ihre Konzentration, die überhaupt nicht loslassen wollte …

Ich beschloss, es weiter mit Aufmunterung zu versuchen. „Danke für den Wind. Er ist angekommen. Ich sitze gerade draußen, und es weht tatsächlich Inselluft über mich."

„Gern geschehen." Sie war aufgestanden. „Kommen Sie bald zurück?"

„Übermorgen. Außer Ihren Rufen höre ich auch Kater sehr genau."

Sie suchte nach Worten.

„War nur ein Scherz", warf ich schnell ein. „Sie haben mich nicht bedrängt oder so. Wir sind hier fertig. Und die Sehnsucht nach der Heimat wird groß."

„Oh, gut. Ich würde mich freuen, wenn wir uns kurz treffen könnten."

Sie ging in ihrer Wohnung auf und ab.

„Klar." Ich bemühte meine gequälte Seele, gelöst zu sein. „Klar. Ich bin gegen Mittag in Water Mill. Geben Sie mir ein paar Momente mit Kater, und dann kann ich kommen. Egal, wohin."

Sie lief immer noch. Ihre Füße tapsten auf dem Boden. Hin und her.

„Mrs. Furler, es tut mir leid, dass Sie in so ein Desaster hineingezogen werden. Ich wollte nur helfen."

„Machen Sie sich keine Sorgen, Dale", unterbrach ich sie sofort. Das konnte ich nicht ertragen. Ihre Schuldgefühle trafen mich kraftvoll. „Ich komme klar. Bin schon groß." Und fühlte mich so klein wie seit Ewigkeiten nicht mehr. „Mein Mann wird schon eine Erklärung für das Konto haben. Vielleicht war Stallbruck ja auch mit dem Notstromgenerator beauftragt. Ehrlich, ich habe mich nicht mit diesen Arbeiten befasst. Das war Jeffrey's Projekt." Diese idiotische Ausrede hatte ich mir nach dem zweiten Glas Wein schön getrunken. Sie durchschaute es sofort.

„Mrs. Furler, Sie schreiben viel zu logische Bücher, um das selbst zu glauben. Ihr Mann wurde erpresst. Und er hat gezahlt. Das macht ihn nicht unbedingt unverdächtig."

Sie atmete tief ein. Ihr Atem klang schwer. Wollte sie noch etwas sagen? Ein langes Schweigen. Keine weiteren Worte. Ruhe.

Ich rang mich noch einmal durch, in ihre Welt. „Dale?"

„Ja?"

„Ich glaube, dass er ein Problem hat. Ich weiß nicht, was. Wisst ihr mehr? Sie und Chip?"

Ich hatte diese Frau erst vor kurzer Zeit in mein Leben gelassen. Und die Frage erschütterte mich selbst. Wieso stellte ich sie überhaupt? Wieso gab es nicht die normale Ordnung in meinem Gehirn, die mich zu einer Fremden auf Distanz hielt? Ich sah Jeffrey hinweggleiten und konnte spüren, wie auch ich das Telefon fester umklammerte. Es war Totenstille am anderen Ende. Kein Laut zu hören.

„Sind Sie noch dran?", fragte ich leise.

„Bin ich", stieß sie fast tonlos hervor. „Haben Sie mal darüber nachgedacht, was das Naheliegende wäre?"

„Eine andere Frau?"

Sie wand sich, aber nicht lange. „Zum Beispiel. Könnte das sein?"

Ich starrte in den verhangenen Himmel. Konnte das sein? *Entschuldigung, mein Ehemann, betrügst du mich? Ist das dein Geheimnis? Sprichst du über diesen Teil deines Lebens nicht, wenn du dich spät abends in mein Bett rollst? Ist das die Erklärung für die unbeantworteten Anrufe? Bist du jemand, den ich nicht mehr sehe?* War das so? War das Jeffrey?

Dale wartete eine Weile auf meine Antwort, dann stieß ihre Stimme in meine Gedanken vor. „Ich möchte Sie nicht verunsichern."

Mein Gehirn rappelte sich wieder auf. „Tun Sie nicht. Ich denke selbst im Augenblick kreuz und quer. Es ist nicht schön. Ich sollte auch gar nicht mit Ihnen am Ohr darüber jammern, dass mein Leben wohl gerade aus den Fugen gerät. Nicht Ihre Baustelle."

Sie antwortete unerwartet schnell für mein Gefühlsleben. „Sie können mich jederzeit und immer anrufen. Ich höre Ihnen gerne zu. Auch Ihrem Schweigen. Ich verstehe das."

Verstand sie das wirklich? Dieses träge Chaos, das sich wie eine breiige Masse in meinem Leben breitmachte. Diesen Schlick, diese schmutzige Erde, die in alle Ritzen meines Verstandes, meines Herzens vordrang? Diesen Verlust, der in seiner Undurchschaubarkeit alles zermürbte. Ich verstand es nicht. Schaute von außen auf mich selbst – das Telefon in der Hand, den abgasschwangeren Himmel der Großstadt über mir, die Gedanken eingefroren. *Das* wollte sie verstehen? Ganz sicher nicht. Ich konnte weder Worte noch Gefühle zustande bringen. Das konnte nicht *mein* Leben sein. Das konnte nur ein Auszug, Durchzug, eine Sequenz, ein schlechter Witz sein.

„Danke", fasste ich meine Gedanken zusammen. „Danke für Ihre Zeit."

„Wollen Sie jetzt auflegen?", gab sie erneut schneller als erwartet zurück.

Ich schüttelte den Kopf und sagte nichts.

„Cate?"

Mein Name. Aus weiter Ferne. „Ich bin noch dran."

Sie atmete tief durch. Auch ihre Worte brauchten Sauerstoff. Auch sie suchte, rang nach Fassung. „Es kann auch totaler Blödsinn sein. Vielleicht hat er nur einen Handwerker schwarz bezahlt. Irgend so was. Und ein anderer kriegt das mit und schon … echtes Desaster."

Ich musste kurz lachen. Das war ein süßer Versuch. Und ihre Stimme klang so unglaubwürdig bei dieser Bemühung. So verzweifelt in ihrem Anspruch, ehrlich zu sein.

„Wird schon alles noch wilder sein, als wir jetzt denken, Miss Roberts. Ich fürchte, da kommt ein richtig großes Etwas auf mich zu. Ich kann es nur noch nicht begreifen."

Während ich eine neue Zigarette anzündete, hörte ich, wie Gilian und Matthieu durch die Wohnungstür polterten.

„Ich melde mich morgen wieder."

Dale zögerte kurz, als wollte sie noch etwas anderes sagen, dann wünschte sie mir eine gute Nacht und holperte noch „Freue mich auf Sie" hinterher.

Gilian stand in der Balkontür.

„Wer war das?" Ihre Stimme klang berauscht von einem unbeschwert schönen Abend. Matthieu erschien hinter ihr und umschlang sie fest.

„Du hast was verpasst, Cate! Das war großartig. Die Zuhörer haben uns geliebt." Betrunken, siegessicher und die Lust der Stunde genießend, strahlte Matthieu heller, als der Mond auf Long Island leuchten konnte.

Beneidenswert.

Ich bemühte mich um Fassung. „Das freut mich wirklich, mein Lieber."

Gilian wand sich aus seiner Umklammerung und küsste ihn auf die Schläfe.

„Mach dich fertig fürs Bett, Liebling. Ich komme gleich."

Matthieu entschwand mit einem breiten Grinsen und hauchte zärtliche französische Liebesschwüre in Gilian's Richtung.

Gilian ging in die Küche und kam mit der Weinflasche zurück. Sie goss uns beiden ein und nahm mich in den Arm. Wiegte mich unendliche Minuten lang. Mein Verstand versuchte zu vergessen, was er zuvor glasklar erfasst hatte. Ich schmiegte mich an ihre Schulter, aber die Tränen, die mich verlassen wollten, blieben stecken. Ich konnte nicht weinen. Mein Herz schrie danach, mein Bauch auch, aber es ging nicht. Nicht an ihrer Schulter, nicht jetzt.

„Wer war das?", fragte sie erneut leise.

„Deine Elektrikerin." Ich bemühte mich, mein Gesicht zu einem Lächeln zu überreden. Es gelang nicht recht.

Gilian aber gelang es gut. „Meine?" Sie grinste breit. „Die Leitung endet wohl eher bei dir, Liebes. Manchmal stürzt das Leben auf einen ein wie ein Erdrutsch. Plattenverschiebung. Unten wird oben, oben wird unten." Sie tätschelte meinen Kopf. „Es wird sich am Ende trotzdem alles finden."

Ich sah zu ihr auf. „Kann es sein, dass Jeffrey mich betrügt?"

Sie antwortet nicht sofort, sondern blickte ebenfalls in den verschleierten Himmel. „Kann sein. Wer weiß so was schon? Männer sind einfach anders. Ihnen kann die Sonne aus dem Allerwertesten scheinen, und sie kommen auf die dümmsten Ideen. Das weiß man bei denen nie. Im Zweifel immer triebgesteuert. Ist es diese Kolumnistin? Diese Joanne Portland?"

Oh, mein Gott, Freunde, die weiterdachten als man selbst, waren ebenso beängstigend wie befreiend. Joanne Portland? Das wäre eine Beleidigung und Beruhigung zugleich. So eine Plastikpuppe konnte man nicht ernst nehmen. Das konnte er nicht wirklich meinen.

„Keine Ahnung. Ich habe ihn nicht nach ihr gefragt."

Wir lachten beide. Zur gleichen Zeit, und es befreite mich.

Gilian strich durch mein Haar. „Du hättest mal auf deine alte Freundin hören sollen. Deine Poesie ist zu viel für einen Jedermann wie Jeffrey. Der Feind, wenn es ihn gibt, wartet mit anderen Waffen auf, und Jeffrey gehorcht den Trommeln des Ursprünglichen. Dafür lassen sich diese Frauen Hintern und Gesicht machen. Von der Oberweite ganz zu schweigen. Gehirn kann man nicht implantieren. Aber das braucht kein Mann. Das bringen wir mit, oder auch nicht. Es stört eher oder ist nicht der Rede wert."

Sie drehte sanft mein welliges Haar um ihre Finger, und ich fühlte mich weniger schlecht. Nur halb verstümmelt. Aber die Amputationen begannen sich auszubreiten. Heute war es das Gehirn, das ich ausschalten wollte. Weg damit. Wofür brauchte man Gedanken? Dem Instinkt konnte man doch immer folgen. Und der erkannte Joanne Portland nicht als Gefahr für mein Leben. Der Verstand zuvor allerdings auch nicht.

„Was hast du mit Dale besprochen?"

Gilian's Stimme und ihre Berührungen, die abrupt endeten, verursachten in mir eine verzweifelte Müdigkeit. Ich fühlte mich wie ein leerer Ballon, der nicht mehr aufsteigen konnte. Ich zog mich zurück. Meine Beine unter mir angewinkelt, brauchte ich einen Moment ohne diese schrecklichen Gedanken. Ohne Gehirn war sowieso nichts zu gewinnen.

Gilian nahm mein Gesicht in ihre Hände. „So schlimm kann nichts sein."

Ich nippte an meinem Wein. „Du solltest zu Matthieu gehen. Er wartet auf dich."

Sie grinste. „Der schläft doch schon. Glaubst du wirklich, sie warten auf uns?" Sie sah mir tief in die Augen. „Tun sie nicht. Egal, ob guter Junge oder böser Junge. Sie driften einfach weg. Ohne Erklärung. Passiert einfach. Glaub einer Frau, die schon viele von ihnen probiert hat."

Sie zog meinen lahmen Kopf wieder zu sich und gab mir einen Kuss auf die Wange. Ich fühlte, wie mein Herz blutete und der Blutstrom meine Welt hinwegspülte. Es gab Kater. Und die Hirsche, die Jeffrey verrückt machten. Das blieb. Denn ich glaubte meiner Freundin – endlich. Und ich glaubte sogar Dale mehr als dem Menschen, der mir am nächsten stehen sollte.

Ich vertraute Gilian und einer Fremden mehr als meinem Mann.

14. April 2016

Southampton, Police Department

Officer Sparks und Casabianca hatten sich am Vortag aus der Buchhandlung in Riverhead gemeldet. Die Sichtung war erfolgreich, wie Tom Sparks aufgeregt ins Telefon schnatterte. Joanne Portland war eindeutig die Frau auf den Fotos. Allzu gerne hätten die beiden jungen Männer mit ihr Kontakt aufgenommen, aber Chief Spencer hatte sie zurückgepfiffen. Sie erlaubte ihnen, für ein Kind ein Buch von der Wunschliste zu kaufen und es zu spenden, aber damit sollte es auch genug sein mit der Kontaktaufnahme. Vorerst. Die logischen Schritte mussten jetzt einer anderen Choreografie folgen. Sparks und Casabianca sollten sich um die Accounts von Jeffrey Dinklage kümmern. Und zwar sofort. Das Programm lief also seit gestern Abend, und als Chief Spencer morgens in das Department kam, hingen die beiden Officer müde über den flackernden Bildschirmen und versuchten, die Augen offen zu halten. Als sie den Schatten ihrer Chefin im Türrahmen wahrnahmen, rappelten sie sich mit letzter Kraft in eine aufrechte Sitzposition.

„Was gefunden?", fragte Chief Spencer unumwunden.

José Casabianca unterdrückte ein Gähnen. „Außer der Überweisung nichts. Gar nichts, Chefin. Keine Mail an Stallbruck, keine von ihm. Kein Kontakt zu den Birds. Nichts. Nada. Niente. Die Accounts sind, was unseren Fall angeht, so rein wie unbeschriebenes Papier. Ein paar anzügliche Mails von Portland, die waren in einem Ordner mit Mails an ein Autohaus in Water Mill versteckt. Wahrscheinlich nimmt er an, dass seine Frau da wohl kaum reinguckt. Aber auch kaum Mails von ihm an Portland. Die müssen sich übers Handy verabredet haben. Da gab es einige Anrufe. Hin und her."

Chief Spencer schüttelte schnaubend den Kopf. „Das hilft uns doch nichts. Wir ermitteln wegen Mord, und dieser unappetitliche Scheiß hier, das ist Ehebruch, da haben wir nix zu ermitteln, es sei denn der wiederum führte zu dem Mord."

„Ist schon klar, Chief." Sparks rutschte fast vom Stuhl. „Wie wollen Sie weitermachen?"

Spencer verzog nachdenklich ihren Mund. „Ich muss zu ihm fahren und ihn mit der Überweisung konfrontieren. Sie legen sich mal zwei Stunden schlafen und machen dann hier weiter. Schließen Sie sich mit den Ermittlern, die den Flying Birds auf den Füßen stehen, kurz. Der Chef ist Chief John Malkovich – ja, wie der Schauspieler –, aber der Name ist auch die einzige Ähnlichkeit. Gebt ihm unsere Infos. Er kann anders in den Datensuppen von den Mistkerlen suchen lassen. Vielleicht findet er was von Stallbruck oder Dinklage."

Chief Spencer musste lächeln. Chief Malkovich war ein Hüne. Riesig, breitschultrig, breitfüßig, mit blondem Vollbart und dichtem welligen Haar. Er sah aus, als wäre er gerade einer Reklametafel für Skandinavientourismus entstiegen. Sie hatte sich gestern Abend mit diesem Hünen getroffen, und nach einem anregenden Ermittlungsaustausch führte der Chief sie noch zu *Gosman's Dock* aus, dem großartigsten und ursprünglichsten Hummer- und Fischrestaurant des gesamten East End. Es war herrlich gewesen, mit diesem Bild von einem Mann in der Kulisse der Fischerdocks zu essen. Die Trawler der Hummerfänger legten langsam ab, und die Möwen kreischten ihre Begleitmusik. Sie hatte Malkovich bei einem Seminar für forensische Analysen kennengelernt. Und zusammen hatten sie, gegen die Langeweile und Eintönigkeit der Vorträge, sich die Abende fröhlich und nett gestaltet. Genau genommen war Malkovich voll ihr Typ. Aber das musste ja niemand wissen.

Casabianca stand auf und warf sich seine Jacke über. Es war ein frischer, zugiger Apriltag. „Sollen wir gegen 11 Uhr zurück sein?"

Spencer sah auf ihre Armbanduhr. „Na, 12 Uhr reicht auch. Ich fahre mit Baker in die Holly Lane." An Baker gerichtet brüllte sie in den Raum hinein: „Rufen Sie bei Dinklage an. Der soll zu Hause bleiben. Sagen Sie ihm, wir kommen jetzt."

„Wird erledigt, Chief", piepste Baker von ihrem Fensterplatz im Großraumbüro. Sie wählte Dinklage's Nummer und sprach offenbar mit der Haushälterin.

„Nein", insistierte Baker erstaunlich vehement. „Der Termin muss heute Morgen stattfinden, und entweder kommt Mr. Dinklage zu uns ins Department, oder wir kommen zu ihm." Sie nickte streng. „Gut. Wir machen uns auf den Weg." Baker sprang auf, griff ihre Akten und eilte zu Chief Spencer, die sie überrascht ansah.

„Okay, dann los." Sie nickte den anderen zu und schnappte sich ihren Autoschlüssel.

In der Holly Lane 17 angekommen, stiegen beide souverän aus dem Streifenwagen und gingen auf die Eingangstür zu.

Silvia öffnete mit wütendem Gesicht. „Mister Dinklage muss zu einem dringenden Termin. Er hat nur wenige Minuten Zeit." Dann ließ sie die beiden Polizeibeamtinnen in den Flur.

Dinklage kam aus dem Wohnzimmer und knöpfte gerade seine Manschettenknöpfe ein. Er wirkte entspannt und locker. „Die Damen? Was gibt es so Dringendes?"

Sein Lächeln drang bei Officer Baker durch Mark und Bein. Chief Spencer aber provozierte es eher.

„Wir müssen uns kurz unterhalten." Sie warf einen Blick auf Silvia, die wie der Zerberus vor Dinklage im Flur stand. „Bitte unter sechs Augen."

Jeffrey schenkte Silvia ein strahlendes Lächeln. „Sie können schon mal im Schlafzimmer anfangen. Wir brauchen nicht lang."

Er führte die Polizistinnen in die Küche und bot ihnen Kaffee an. Baker baute ihr Diktiergerät auf und Chief Spencer belehrte Jeffrey über den Ablauf des Gesprächs. Dann platzte sie ohne Umschweife mit dem Thema heraus.

„Mr. Dinklage. Sie haben Anfang März dieses Jahres ein Konto bei der UniCredit in Italien eröffnet, auf das Sie 20.049,51 Dollar eingezahlt haben. Was ist der Zweck dieses Kontos?"

Er hielt einen Moment beim Einschenken des Kaffees inne. Seine Schultern strafften sich merklich unter seinem maßgeschneiderten Hemd. „Zucker? Milch?", fragte er, ohne sich umzudrehen. Sein Gehirn brauchte Zeit, um sich zu sortieren. Das war von seinem Hinterkopf abzulesen.

„Für mich ein bisschen Milch", wisperte Baker.

Dinklage füllte die Tassen auf und kehrte mit einem zuckersüßen Lächeln zu den beiden zurück. „Haben Sie meine Konten überprüft, Chief?" Er lehnte sich lässig vor ihnen an den Tresen. „Dürfen Sie das denn?" Seine Frage klang süffisant über den Rand seiner Tasse hinweg.

„Wir haben Stallbruck's Konten überprüft. Und das ist sogar Vorschrift in einem Mordfall. Er hat am 1. April 2016 – also vor wenigen Tagen – eine Überweisung über zwanzigtausend Dollar von Ihrem Konto erhalten. Und interessanterweise stirbt er keine zweiundsiebzig Stunden später auf Ihrem Grundstück." Chief Spencer ließ keinen Zweifel daran, dass sie Spielchen jetzt nicht zulassen würde.

Dinklage hob entschuldigend die Hände. „Ich wollte Sie nicht verärgern, Chief. Das Konto gehört meiner Frau und mir. Aber das wissen Sie ja sicher auch schon."

Lassen Sie Ihre Frau aus diesem Schmutz!, wollte sie ihm entgegenbrüllen, aber ihr Verstand war klüger. „Das Konto läuft auf Ihre Frau und Sie, weil Sie es so eingerichtet haben. Ob Ihre Frau überhaupt wusste, dass Sie es eröffnet haben, werden wir sie sicher fragen müssen."

Sie bemerkte, wie ihre Stimme immer mehr an Schärfe zunahm. Na, seis drum. Es fühlte sich genau richtig an.

„Mr. Dinklage, Sie sind mit anzüglichen Fotos, die Sie und eine weitere Person zeigen, erpresst worden. Und haben das nicht der Polizei gemeldet. Wieso eigentlich nicht? Wieso sind Sie auf die Erpressung eingegangen und haben gezahlt? Über den Umweg Italien?" Sie machte eine Pause. „Gut, Italien war ein Versuch, die Verbindung zwischen Ihnen und Stallbruck zu verschleiern. Blöd nur, dass die Finanzbehörden Amerikas und Europas sehr eng und schnell zusammenarbeiten."

Dinklage bemühte sich, so rechtschaffen wie möglich zu wirken. Er senkte seine Stimme und legte einen vertrauensseligen Blick auf. Das hatte er sicher oft und gut einstudiert.

„Chief Spencer. Sie wissen, um wen es sich bei meiner Frau handelt." Er sah ihr tief in die Augen. „Sie wissen, was ihre Integrität für uns alle hier bedeutet. Meine Frau ist sehr wichtig für uns hier am East End. Den Hamptons. Sie trägt uns und unsere Art in die ganze Welt. Sie verzaubert unendlich viele Menschen." Seine Stimme klang betroffen. „Durch eine extrem peinliche Entgleisung von mir zuzusehen, wie sie in die Öffentlichkeit gezerrt wird? Das konnte ich nicht zulassen. Sie können sich nicht meine Scham und die Schande vorstellen, die ich empfinde. Nach der Scheiße, die ich verzapft hatte, war ich es ihr zumindest schuldig, dafür zu sorgen, dass mein widerliches Verhalten, nicht *sie* beschädigt." Er ließ seine Arme kraftlos sinken.

Chief Spencer räusperte sich. Sie betrachtete dieses zusammengesunkene Häufchen Unglaubwürdigkeit voll kalter Wut. „Und dann haben Sie ihn ermorden lassen? Auf dem Grundstück Ihrer Frau?"

Jeffrey Dinklage sah geschockt und ernsthaft erschüttert auf. Tränen liefen über seine Wangen. „Nein! Nein! Ich habe damit nichts zu tun! Ich schwöre! Ich habe damit nichts, gar nichts zu tun. Ich weiß nicht, warum dieser Mann hier tot rumlag!" Er war sehr aufgebracht und kämpfte sichtlich um Worte. „Ich hätte ihr *nie*, nie auch noch das zugemutet. Niemals! Das müssen Sie mir glauben! Ich bin ein Scheißtyp, der seine wundervolle Frau betrogen hat, aber ich bin doch kein Mörder! Ich wollte den Dreck, den Scheißdreck, den ich ihr angetan habe, von ihr fernhalten! Deswegen habe ich dieses Schwein Stallbruck bezahlt. Deswegen habe ich das Konto in Italien eröffnet. Ich wollte das alles weit wegschieben. Von ihr! Verstehen Sie? Ich wollte meine Frau vor meinem Fehler schützen!"

Seine Lippen bebten, seine Augen waren dunkelrot. Scham und Schande waren diesem Mann wirklich anzusehen. Aber Violett Spencer konnte ihn trotzdem nicht entlassen.

„Der Mann lag tot neben dem Haus Ihrer Frau. Und dass das mit der Erpressung zu tun hat, das würde selbst der größte Stümper ermitteln. Also kooperieren Sie, Mr. Dinklage. Wenn Sie Ihrer Frau gegenüber in dieser Situation den letzten Hauch von Anstand wahren wollen, dann helfen Sie uns bestmöglich. Und spielen Sie keine Spielchen! Die Presse wird unruhig, und wir von der Polizei können auch nicht ewig ein dummes Gesicht machen."

Sie sah ihn streng an. Er war auf dem Barhocker zusammengesackt und heulte wie ein kleiner Junge. Chief Spencer wandte sich einen Moment ab und sah zu Baker. Die wischte sich tatsächlich ein Tränchen aus dem Augenwinkel. Hoffentlich war es Heuschnupfen. Violett räusperte sich laut, um Blickkontakt zu ihr zu bekommen. Baker blickte von ihrem Notizblock auf und sah ihre Chefin mahnend den Kopf schütteln. Sie nickte stumm. Hatte verstanden. Keine Emotionen. Unprofessionell.

„Mr. Dinklage … Wie ist Stallbruck überhaupt an Sie herangetreten?"

Jeffrey wirkte, als würde er aus einer anderen Galaxie in die Küche zurückkehren. Sein Blick wirr, seine Stimme brüchig. „Er hat mir vorm *Red* aufgelauert", stammelte er. „Ich hatte einen Abendtermin mit einer Kundin. Wir waren dort essen. Sie wissen, wie groß der

Parkplatz da ist. Er kam hinter einem Baum vor, als ich die Kundin gerade verabschiedet hatte." Er rang nach Luft und Worten. „Ich dachte, es wäre ein Penner, der einen Dollar wollte oder so. Dann zückte er die Fotos." Wieder verschlug es ihm die Sprache. „Ich … ich …", suchte er nach Worten, „ich wollte ihm die Bilder wegnehmen. Aber er lachte nur. Meinte, dass er noch viel mehr auf seinem Rechner hätte. Ich war total verzweifelt."

Violett Spencer sah ihn an. Sie versuchte neutral auf diesen Betrüger zu blicken, aber ihr Herz sagte etwas anderes. *Verzweifelt solltest du auch besser sein, wenn du dich nicht im Griff hast und so eine Frau betrügst. Du bekloppter Versager*. Stattdessen sagte sie: „Er hat Sie also persönlich kontaktiert. Keine E-Mails, kein Kontakt, der sich belegen lässt?"

„Er hat mir aufgelauert …"

„Das sagten Sie bereits. Und dann?"

Jeffrey wischte sich mit den Ärmeln seines schönen Hemds über die verheulten Augen. „Dann hat er gesagt, dass es mir zwanzigtausend Dollar wert sein sollte, dass er den Scheiß verschwinden lässt, und gab mir einen Zettel."

„Einen Zettel?", wiederholte Chief Spencer ungläubig. „Einen Zettel? Und darauf stand was?"

Jeffrey sah verstört auf. „Seine Kontonummer. Und das Datum 1. April 2016. Und die Uhrzeit. Spätestens 16 Uhr unserer Zeit."

Sie brummte und baute sich auf. „Haben Sie diesen Zettel noch?"

Verneinend schüttelte er den Kopf.

„Könnten Sie Ihre Kopfbewegung in Worte fassen? Dann kann ich sie aufzeichnen", quietschte Baker dazwischen.

„Ich habe den Zettel nicht mehr", presste er kleinlaut hervor.

Spencer schlug auf den Tresen. „Sie wollen uns doch echt zum Narren halten, Dinklage! Ein schmieriger Kleinkrimineller kommt hinter einem Baum vor, zeigt Ihnen die Fotos von Ihnen und der anderen. Gibt Ihnen einen Zettel, den Sie natürlich nicht mehr haben, und dann überweisen Sie? Das ist doch totaler Mist! Was noch? Ich warte nicht gerne!“

Er rang mit sich und raufte sich die Haare. „Ich kann Ihnen nicht mehr sagen. Das war so.“

Sie sah ihm verärgert in die Augen. „*Sie* müssen wissen, was Sie uns sagen. Wir finden den Rest heraus. Das verspreche ich Ihnen!“

Jeffrey blickte sie an. Tränenverseucht und ein Sünder durch und durch. „Was ist mit meiner Frau?“

Sie zuckte wütend zurück. „Was soll schon sein? Den Mist können wir ihr nicht verheimlichen. Wir müssen Ihre Frau vernehmen. Und die andere Frau auch. Das ist doch klar, oder?“

„Kann ich es meiner Frau erklären?“, druckste er herum. „Ich meine, sie weiß davon nichts.“

Ein kurzes Auflachen konnte sich Chief Spencer nicht verkneifen. „Halten Sie Ihre Frau nicht für naiv, Mr. Dinklage. So etwas merkt jede Frau – irgendwie.“

Er schüttelte verzweifelt den Kopf. „Ich möchte es ihr nur sagen dürfen. Sie kommt gleich zurück. Könnte sein, dass sie gleich hier vorfährt. Sie sind schon um 8 Uhr losgefahren. Das wäre mir wichtig. Ich möchte es ihr erklären. Oder versuchen …“

Violett Spencer rang einen Moment mit sich. Es war auch nicht unerheblich, die Reaktion von Betroffenen direkt mitzuerleben, um daraus Schlüsse zu ziehen. Dies war ein Ehedrama mit tödlichem Ausgang. Für den Erpresser, okay, aber es war auch möglich, dass … Ach, sie dachte nicht weiter. Nicht Cate Furler. Also – was war das Beste für eine Autorin, die letztes Jahr einen amerikanischen Buchpreis gewonnen hatte? Keine Vorführung. Den letzten Hauch von Würde wahren. Wahrscheinlich.

„Okay. Wir warten draußen im Wagen. Und Sie reden. Dann kommen wir rein.“

Er nickte verdrossen.

Gegen 10 Uhr

Gilian wollte mich unbedingt begleiten. Ich steuerte meinen Jeep Wrangler auf die Zielgerade zu. Flying Point Road, danach links in die Cobb Road. Gilian rückte sich auf dem Beifahrersitz zurecht. Wir sprachen die ganze Fahrt über wenig. Eigentlich kein Wort. Mein Verstand war um Reaktionsfähigkeit bemüht, mein Gefühl hatte sich mit mir auf *wütend* geeinigt. Ich hatte den Kontakt zu beiden verloren – Gefühl und Verstand. Ich wollte nur noch in Ruhe leiden. Als wären alle Fasern verklebt, kämpfte mein Herz um seine Unbedarftheit und bekämpfte die Worte des Verstands. Und ich hatte beide letztendlich in den Wind geschossen. Ich wollte Jeffrey's Gesicht sehen, wenn er die Existenz dieses Kontos erklärte. Ich wollte ihn lügen hören. Oder die Wahrheit sagen. War auf alles so vorbereitet, wie man es eben sein kann.

Als wir das Tor der Holly Lane passierten, verlor ich den Rest meiner verlogenen Zuversicht. Und die Bestätigung fand ich in dem Streifenwagen in meiner Einfahrt.

Gilian ergriff meine Hand und drückte sie, bevor ich den Wagen stoppte. Sie sah mich mit einer tiefen, unergründlichen Ruhe an.

„Das wird schon. Tut nur kurz weh, dann blicken wir bald lachend darauf zurück."

Sie hatte keine Zweifel an seiner Schuld, genauso wenig wie Dale. Beide hatten mich fürsorglich und brutal zugleich auf das Schlimmstmögliche vorbereitet. Beide auf ihre Art.

Ich atmete tief durch, bevor ich aus dem Wagen stieg. Gilian tat das Gleiche, nur zeitversetzt. Als ich auf mein Haus zusteuerte – auf meine Festung, die sich plötzlich anfühlte, als hätte ein Wüterich sie mit einem schlechten Zauber belegt –, erblickte ich Chief Spencer, die im Auto saß. Sie nickte und tippte sich kurz – wie zum Salutieren – an die Stirn. Mit einer bösen Vorahnung ging ich ins Haus. Gilian blieb ans Auto gelehnt zurück. Mein erster Wunsch galt Kater, aber der kam nicht. Ich sah in die Küche, sah Kaffeetassen und Unordnung. Ging ins Wohnzimmer und von dort aus auf die Terrasse zum Garten.

Jeffrey saß auf der kleinen Mauer am Rand. Eine dahinter befindliche Hecke, unter der Kaninchen ihre Gänge bauten, obwohl Kater ständig herumstreifte, trennte die Terrasse von der großen Rasenfläche. Jeffrey sah mich mit traurigem Blick an. Und ich scheute mich, auf ihn zuzugehen.

Kater kam in diesem Augenblick tatsächlich. Er hatte unter der – auf zauberhafte Art – immer blühenden Magnolie gelegen. Ein leises Maunzen, dann warf er sich vor mir hin. Ich ging in die Hocke und kraulte ihn. Redete leise auf ihn ein. Er streckte sich so lang, als wollte er die ganze Terrasse füllen. Ich streichelte ihn weiter … ihn, meinen Halt, meine Erdung. Nach einer Weile sagte ich zu Jeffrey: „Habt ihr ihm schon Futter gemacht?"

„Ja, habe ich. Vor zwei Stunden. Er hat gut gefressen. Trockenfutter habe ich auch schon hingestellt." Seine Worte klangen dünn, kraftlos.

Ich ertrug Jeffrey's Anblick nicht. Kater's weiches Fell setzte meine verloren gegangenen Nerven schachmatt. Ich konnte meinen Blick nicht von seinen lang ausgestreckten Beinen abwenden.

Jeffrey's Stimme kam aus weiter Ferne zu mir. „Cate, ich muss mit dir reden."

Dann lass mich nicht warten. Bring den Schmerz endlich in Worte. Sag was! Ich sah ihn an. „Ich höre dir zu."

Er stand auf und trat einige Schritte vor. „Cate, ich …" Er brach ab und streckte mir seine Hände entgegen. „Ich habe Scheiß gemacht."

Ich wusste nicht, was ich tun sollte – aufstehen, hocken bleiben oder umfallen. Meine Glieder waren versteift.

Kater rollte sich mit breitem Gähnen vor mir hin und her. Unantastbar, unberührt vom Drama dieser Situation. Glücklicher Kerl.

Aber auch auf ihn würde noch Arbeit zukommen. Stundenlang auf mir liegen, als Trost. Das wusste der fürsorgliche Bursche nur noch nicht.

Jeffrey stand da, betroffen und in Gram versunken. „Cate?"

Nur einen kurzen Blick gönnte ich ihm. „Was? Jeffrey? Was hast du mir zu sagen?"

Mein Innerstes bebte so sehr, dass ich Kater nicht mehr streicheln konnte. Er stand auf und strich mir schnurrend um die Beine.

„Cate, ich hatte eine Affäre."

Vorbereitet hätte ich sein müssen. Ich hätte den Schlag, den er mir versetzte, besser abwehren können sollen. Aber ich konnte es nicht. *Dumme, dumme Hoffnung. Bis zur Klarheit bleibst du bei einem Menschen und gaukelst ihm ein gutes Ende vor. Dann kommt das, was man im Innersten wusste, und du verpuffst mit einer Macht, die den Boden öffnet.*

Der Fall war endlos tief. Ich rutschte durch das Leben, von dem ich glaubte, es fest in den eigenen Händen gehalten zu haben … Durch mein eigenes Leben, als wäre es nie existent gewesen – nur ein schöner Traum –, segelte ich in ein schwarzes Nichts.

Ich setzte mich auf den Boden. „Mit wem?" Den Rest musste ich auch noch hören.

Er wandte seinen Blick ab. „Joanne Portland."

Ich brachte nicht mehr als ein Kopfschütteln zustande.

Jeffrey hockte inzwischen vor mir. „Stallbruck hat das gewusst und mich fotografiert. Er hat mich erpresst. Er hat Geld verlangt."

Ich sah ihn an. „Und du hast gezahlt. Von einem Konto in Italien, das du in unser beider Namen eröffnet hast."

„Ja, ich dachte, das wäre am unauffälligsten. Ich glaubte, wenn wir gemeinsam agieren, dann kommt man nicht so schnell auf die Verbindung von Stallbruck und mir ... Ich hatte doch keine Ahnung, dass er nur kurze Zeit später ..." Er unterbrach sich. „Cate, es tut mir leid! Es war eine unglaublich dumme …"

Ich musste diese Posse unterbrechen. „Es tut dir leid? Es tut dir leid, ja?"

„Unbeschreiblich!"

„Und warum ist der Typ dann seit Tagen tot und du hast kein Wort davon gesagt? Warum steht die Polizei da draußen? Sicher nicht nur, weil du mich betrogen und hintergangen hast. Du zerrst mich mit deinem Mist in die Öffentlichkeit! Jeffrey, du bist das Allerletzte. Mit Joanne Portland?"

Das war sicher noch einen weiteren Zusammenbruch wert, aber ich hatte kaum noch Energie, den jetzigen zu überleben. Ich stützte mich mit den Händen auf dem kalten Boden ab, der sich wie Eisesstarre in meinen Körper hineinfraß. Das Spalier, das Chief Spencer, Officer Baker und Gilian hinter mir bildeten, nahm ich erst wahr, als ich Chief Spencer reden hörte.

„Mrs. Furler, es tut mir sehr leid, aber ich muss Sie bitten, uns einige Angaben zu machen."

Benommen und regungslos hörte ich, wie Gilian dazwischenging. „Lassen Sie ihr Zeit. Das ist jetzt ein ganz schwerer Moment. Sie sehen doch, wie es ihr geht."

Chief Spencer legte Gilian eine Hand auf die Schulter. „Das ist mir sehr bewusst, ich werde behutsam sein, versprochen, aber ich muss sie jetzt befragen. Alles andere wäre fahrlässig." Sie ging von Gilian weg, einen Schritt auf mich zu. „Ich wünschte, es wäre anders", hörte ich sie flüstern.

Immer noch auf den kalten Fliesen sitzend, sah ich sie auf mich zukommen und mir ihre Hand reichen.

„Kommen Sie mit rein. Ist doch sicher kalt auf dem Boden."

Ich nahm sie nur verschwommen wahr. Nicht, dass die Tränen endlich ihren Weg fanden ... es war mehr, als ob mein Gehirn nun wirklich komplett abwesend war. Ich konnte keinen einzigen Gedanken mehr greifen. Nichts war mehr da. Kein Jetzt, kein Gestern und schon gar kein Morgen mehr. Das Blut rauschte in meinen

Ohren, und ich fühlte mich ohnmächtig, schwindelig und elend in einem schon einmal erlebten Ausmaß. Es war der *Verlust*, der sich in mich bohrte, mir die Luft zum Atmen nahm. Der Verlust meiner bisherigen, ganz persönlichen Weltordnung.

Die ausgestreckte Hand der Polizistin vor mir konnte ich nicht ergreifen. Mein Arm reagierte nicht auf den inneren Befehl *Hand ausstrecken.* Ich konnte nicht. Chief Spencer hockte sich vor mich hin und zog mich ruhig an den Schultern hoch, zurück auf die Beine. Dann legte sie mir stabilisierend ihre Hand an den Rücken und führte mich ins Haus. Dort übernahm Gilian und hakte mich unter. Sie führte mich ins Wohnzimmer, während ich wahrnahm, dass Jeffrey von Officer Baker vor die Haustür geführt wurde. Er würde dort unter ihrer Aufsicht bleiben, bis Chief Spencer und ich fertig waren. Ich hörte, wie Baker ihm anbot, seinen Anwalt zu kontaktieren, doch er lehnte ab. Gilian wurde ebenfalls des Raumes verwiesen. Sie versuchte noch zu widersprechen, sah aber bald ein, dass es zu nichts führte.

Das hier musste sein.

Traurig, schäbig, erniedrigend – aber notwendig.

* * *

Es war niederschmetternd. Chief Spencer fühlte mit jeder Faser den Schmerz, die Wut, die Ohnmacht, die Cate Furler nun durchleiden musste. Sie wusste, wie es sich anfühlte, Heim und Ruhe verfliegen zu sehen und vor dem emotionalen Nichts zu stehen. Aber Mitgefühl war nicht ihr Job. Auch nicht bei dieser besonderen Frau. Sie musste weitergehen. Fragen. Bohren und unangenehm werden. *Das* war ihr Job. Sie musste einen Mord aufklären. Sie beobachtete, wie Cate Furler bemerkenswert gegen ihren Kontrollverlust ankämpfte. Wie sich ihre Gesichtszüge zu beruhigen versuchten. Nach einer Weile setzte Spencer vorsichtig an.

„Mrs. Furler, Ihr Mann hat zugegeben, von Stallbruck mit seiner außerehelichen Affäre erpresst worden zu sein. Wussten Sie davon?"

Das Diktiergerät von Baker brummte nervig laut.

Cate Furler schüttelte den Kopf. „Wissen Sie, wie grausam sich Hoffnung anfühlen kann? Die Hoffnung, dass niemand am Status quo wackelt. Man ist zufrieden. Glücklich in der eigenen Welt." Sie seufzte tief. „Ich versuche, meinen kleinen Kosmos zu beschützen, er ist mir wichtig. Kann es schwer ertragen, wenn in ihn eingedrungen wird. Von außen. Aber noch schlimmer ist es für mich, einen Menschen aus meinem Kosmos zu verlieren. Einen Partner, engen Verbündeten, einen Teil von mir. Ich zweifle an vielem – vor allem an mir selbst, aber niemals an meinen Freunden. Schon gar nicht an dem, den ich geheiratet habe. Das hatte ich mir fest vorgenommen. Ich zweifle nicht an denen, die ich liebe. Es gibt für alles eine Erklärung – selbst wenn ich sie erst beim zehnten Mal verstehe. Wir können reden, streiten. Egal. Es ist immer alles möglich. Betrogen zu werden, ist nicht gut, vor allem, wenn man die Vorzeichen übersieht. Und das habe ich wohl. Dazu dann noch eine Erpressung." Sie ließ ihren Kopf in ihre Hände sinken.

Violett Spencer zog ihre Stirn kraus. Diese Befragung war grausam. Für beide.

„Sie wussten also nichts von der Affäre Ihres Mannes?"

„Ich hätte es wissen können, wenn Sie das meinen. Meine Freundin hat mich noch vor ein paar Tagen damit aufgezogen. Aber ich habe es abgetan. Weggewischt."

„Ich muss das präziser wissen, Mrs. Furler. Wussten Sie von der Affäre Ihres Mannes?"

Cate sah auf. „Ich habe *gefühlt,* dass es so ist. Ich habe es aber nicht gewusst. Ich habe es einfach nicht gewusst."

Aus gutem Glauben und Hoffnung konnte man niemanden einen Vorwurf machen. Aus Nichtwissen auch nicht.

„Sie haben also keinerlei Hinweise auf die Erpressung gehabt?"

„Nein. Wenn Sie mich so fragen, dann – im Gegenteil. Ich dachte, dass sich alles irgendwie aufklärt. Bandenaktion oder so. Ich dachte, der Tote würde bald aus meinem Leben verschwinden."

Sie klang tief resigniert. Chief Spencer überlegte lange, wie sie die nächste Frage formulieren sollte. Die Worte rollten von einer Seite ihres Hirns zur anderen. Aber für eine Variante musste sie sich entscheiden. Und sie entschied sich für die direkteste.

„Aber von dem italienischen Konto wussten Sie schon vor heute?"

Cate's Blick war völlig klar. „Ja, ich wusste davon. Ich habe unser Konto bei der Chase Manhattan geprüft und gesehen, dass Jeffrey zwanzigtausend Dollar und ein paar Cent auf das Konto bei der UniCredit in Italien überwiesen hat. Dann habe ich unseren Steuerberater danach gefragt. Aber der wusste nichts davon."

Es wirkte, als würde sich plötzlich etwas anderes in Cate Furler regen als Verzweiflung.

„Sie haben also die Abbuchung gesehen?"

Cate nickte. „Die Abbuchung und dann habe ich bei unserem Steuerberater nachgefragt. Dachte, es sei irgendeine Investition, die Jeffrey getätigt hat. Also beließ ich es dabei. Die Überweisung an Stallbruck konnte ich nicht sehen. Ich habe keinen Zugang zu diesem Konto in Italien. Aber das schien mir auch nicht relevant."

„Okay, Mrs. Furler, ich lasse jetzt Ihre Freundin zu Ihnen. Den Rest müssen Sie entscheiden." Sie schaltete das Diktiergerät aus. „Um ehrlich zu sein: Meinen Mann habe ich in einer ähnlichen Situation, nicht mehr ins Haus gelassen. Habe ihm die gepackte Tasche vor die Tür geworfen. Aber gut, der wusste auch, dass ich immer eine geladene Waffe bei mir trage." Chief Spencer stand umständlich langsam auf und packte ihre Sachen zusammen. Sie reichte Cate die Hand und schüttelte sie lange. „Wir werden Sie wieder bemühen müssen, aber jetzt sehen Sie erst einmal zu, dass Sie zur Ruhe kommen."

Chief Spencer verließ das Haus, pfiff Officer Baker, die in gebührlichem Abstand zu Jeffrey Dinklage in der Einfahrt stand, zu sich und fuhr mit gemischten Gefühlen vom Gelände. Zumindest die Freundin machte einen handfesten Eindruck. Auf die kam jetzt wohl viel Arbeit zu.

Während der Fahrt gönnte sich Violett Spencer einen Moment, um ihre Gedanken in Ruhe setzen zu lassen. Und sie formierten sich, fügten sich in Reih und Glied. Ganz wie erwartet. „Ich glaube, Sie lagen gar nicht so falsch mit der Elektrikerin, Baker."

Baker zog ihre Augenbrauen hoch. „Was meinen Sie, Chief?"

„Ich glaube, dass Cate Furler von jemandem informiert wurde. Über die Affäre und die Erpressung. Sie hat es vielleicht nicht explizit verstanden, aber sie hat einen Einflüsterer. Und das ist unser Hacker. Und wenn mich nicht alles täuscht, dann hängt Ihre Miss Neunmalklug da mittendrin."

Sie machte das Blaulicht an, um von der Cobb Road auf die 27 in Richtung Southampton abzubiegen. Die einzige Chance, von hier wegzukommen.

„Baker, Sie stellen sich gleich mit ihrem privaten Pkw an die Cobb Road. Es würde mich nicht wundern, wenn Mrs. Furler, nachdem sie – hoffentlich – ihren Mann rausgeschmissen hat, Miss Roberts kontaktiert. Ich möchte wissen, ob sie kommt." Sie sah zu der überraschten Baker hinüber. „Sie halten fest, wann Roberts kommt und wann sie geht. Mehr können wir nicht machen. Und wenn sie tatsächlich auftaucht, dann rufen wir Dale Roberts morgen ins Department. Und nehmen sie uns richtig hart vor."

Sie gab Gas, obwohl sie an einer Schule vorbeifuhr. Ihre Sirene heulte jetzt ohne Grund, nur aus Frust.

„Ich lass mich ungern von so einer Schlaubergerin überholen, Baker."

Gilian saß auf dem Hocker vor mir und sagte kein Wort, als Jeffrey das Wohnzimmer betrat und langsam auf mich zu schlich.

Und ich hatte keine guten Worte, keine klaren Gefühle – und sehen wollte ich ihn bestimmt nicht. Nicht jetzt. Ich blickte auf meinen Ehering. Nun kannte ich auch noch ihren erschütternden Namen. Joanne Portland. Na, herzlichen Glückwunsch.

Er blieb in der Mitte des Raumes stehen. „Können wir noch mal reden, Cate? Ich meine, unter vier Augen?“, stammelte er.

„Können wir nicht. Vielleicht irgendwann mal. Nicht jetzt. Pack deine Sachen, Jeffrey“, hörte ich mich sagen. Meine Stimme kam aus dem Nirgendwo.

Er seufzte tief. Ich sah ihn ins Schlafzimmer verschwinden. Erst jetzt bemerkte ich die heulende Silvia in der Zimmerecke. Ich schickte auch sie weg. Beide folgten meinem Wunsch. Ohne Zögern. Den Porsche meines Mannes hörte ich wenige Momente später über den Kies davonrasen.

Meine Welt, das, was er darin war, zerbrach von einer zur anderen Sekunde. Eine Leere, die meine Beine und Arme amputierte, breitete sich aus. Stille. Hohl. Nichts.

Gilian reichte mir ein Glas Wasser. Ich trank.

Sie streichelte mein Knie. „Und jetzt, *mia cara*?“

„Jetzt …“, ich sah plötzlich klar, „… jetzt finden wir auch noch raus, warum der Typ hier sterben musste. Gib mir mein Handy.“

Sie war genauso funktional wie ich, kramte mein iPhone heraus und reichte es mir herüber. Ich brauchte länger als sonst, um den Code einzugeben, aber es gelang.

Hallo Dale,
bin zu Hause. Können Sie kommen? Die Luft sollte klar sein, aber ich kann nur Unklarheit atmen. Ich brauche Unterstützung. Beim Denken. Beim Atmen. Wo auch immer Sie sind. Jetzt brauche ich Sie hier.
Lieben Gruß
Cate

Ich erhielt ihre Nachricht um kurz nach elf auf einer Baustelle an der North Sea Road. Den Bauleiter kannte ich von unzähligen Projekten zuvor. Er war ein netter, zugänglicher Typ, dem ich auch abends schon oft über den Weg gelaufen war. Als ich ihm von einem persönlichen Notfall erzählte, nickte er nur kurz.

„Ich habe dich bis 15 Uhr hier auf der Baustelle gehabt. Es war kompliziert, und du musst noch mal wiederkommen, oder? So ist es doch?"

Ich nickte. Guter Mann.

Auf dem Weg zur Holly Lane rief ich Chip an. Er wirkte ebenfalls nicht gerade entspannt.

„Das klingt nicht gut", raunzte er.

„Ich habe auch kein gutes Gefühl. Kann ich irgendetwas sagen? Bist du schon weiter?"

Ich umklammerte das Lenkrad und kurvte an der alten Wassermühle vorbei, die Water Mill den Namen gab. Dann ab auf die 27, die auf meinem Weg sofort von der Cobb Road abgelöst wurde.

„Nein. Hör ihr zu. Ich komm nicht voran, Dale. Ich brauche bestimmt noch zwei Tage. Die Birds verwenden ziemlich gute Verschlüsselungen. Ich versuche gerade parallel das Montauk Police Department zu durchleuchten. Dieser Malkovich ist sehr nah dran an den Kerlen. Vielleicht finde ich da was. Ich brauche Zeit, Dale. Verschaff mir Zeit."

„Du hast gut reden." Ich fuhr in die Kieseinfahrt der Holly Lane 17. „Muss auflegen. Bin da."

Meine Beine waren so schwer, dass ich nicht wusste, wie ich die paar Meter zur Tür schaffen sollte. Irgendwie ging es.

Ich klingelte. Gilian May öffnete mit besorgtem Gesicht. Ich war froh, sie zu sehen. Sie konnte Cate bestimmt stabilisieren. Und mich.

Sie schüttelte kurz meine Hand. „Wir sind im Wohnzimmer. Nett, dass Sie so schnell kommen konnten." Ein kurzes Lächeln huschte über ihr Gesicht. Sie ging vor.

Cate Furler saß mit dem Kater auf dem Sofa und hatte sich in eine Decke gehüllt. Als sie mich sah, lächelte auch sie. Der Kater streckte seine Vorderpfoten behaglich von sich.

„Hallo“, brachte ich leise hervor.

„Hallo. Danke, dass Sie kommen konnten. Mein Gehirn braucht Ihre Energie, Ihren Ermittlermodus. Ich stecke in der Klemme, Miss Roberts. Ich stecke in einem echten Schlamassel.“ Sie streichelte den kleinen Kerl gedankenverloren. „Sie hatten recht. Jeffrey hat eine andere Frau. Er betrügt mich.“

Was sollte ich jetzt sagen? Ich, die die andere federleicht durch Cate Furler's Leben hatte stolzieren sehen? Mein Verstand rumpelte etwas. „Das tut mir leid. Wirklich. Ich hätte lieber unrecht gehabt.“

Gilian kam aus der Küche. „Zu früh für Schnaps. Also habe ich uns allen einen Tee gemacht.“

Sie setzte die dampfenden Tassen auf dem Tisch vor dem Sofa ab und nahm neben Cate Platz. Ihr Blick trotzte der Unmöglichkeit dieser Situation mit so viel Selbstbewusstsein, dass ich mich zu einem Lächeln hinreißen ließ. Das war wohl die Zeit für Amazonen. Starke, kämpferische Frauen mit dem Willen, sich nicht unterkriegen zu lassen.

„Chip ermittelt gerade bei den Flying Birds. Ich bin mir sicher, dass die etwas mit dem Mord zu tun haben“, berichtete ich, um etwas Fortkommen zu signalisieren.

Mrs. Furler lehnte ihren Kopf gegen das Sofakissen. Sie sah so verletzt und zugleich so unglaublich stark aus, dass ich sie anstarren musste. Diese Frau hatte mich längst verzaubert. Ich fühlte das, wusste es aber nicht zu verarbeiten. Ich fühlte die brutale Fremde zwischen uns, aber auch die Weichheit von Freundschaft. Total verwirrend.

„Tut gut, dass ihr beide hier seid.“ Ihre Worte perlten sanft aus ihrem Mund. „Ich habe mich noch nie so unglaublich banal gefühlt und müde. Das war eine ...“, sie hielt einen Augenblick inne, „... das war eine brutale Ernüchterung.“

Gilian streichelte ihr über die Beine. „Ruh dich ein bisschen mit Kater aus. Ich gehe mit Dale in die Küche."

Sie gab mir ein Zeichen, aufzustehen. Mrs. Furler rollte sich synchron mit dem Kater auf die Seite. Ich hatte das Gefühl, dass sie noch in der Sekunde einschlief. Gilian führte mich hinaus und schloss leise die Tür. In der Küche sah sie mich lange an. Mein Blick konnte ihrem nicht standhalten.

„Soll ich wieder fahren?", murmelte ich.

„Einen Teufel sollen Sie tun. Sie braucht gleich Ihr Gehirn. Sie geben ihr Kraft." Sie grinste kurz. „Cate schläft oft kurz ein, wenn die Wellen über ihr zu brechen drohen. Ich dachte, das macht ihr Insulaner alle." Sie suchte nach Bestätigung bei mir.

„Ich schlafe nicht ein. Höre aber auf zu denken. Das ist auch nicht immer praktisch."

Wir mussten beide lachen. Befreiend und herzerfüllend.

„Wissen Sie, Dale, ich liebe diese Frau mehr, als ich es ihr jemals sagen würde. Es verwirrt sie zu sehr. Sie glaubt, meine Liebe ist immer körperlich." Sie lachte leise. „So ist es auch – eigentlich –, aber nicht in ihrem Fall. Ich habe sie vom ersten Romanentwurf an geliebt, und das ändert sich auch nicht mehr. Sie ist so großartig, so fantasievoll und einzigartig, dass ich jedes Mal, wenn ich sie in meiner Nähe habe, eine große Bereicherung spüre. Ich möchte, dass sie unbeschwert ist. Sie muss frei atmen und denken können. Cate ist kein überbehüteter Mensch. Sie ist in einer guten Familie aufgewachsen. Alle fleißig, alle engagiert. Aber sie hat eine furchtbare Tragödie hinter sich ... die Familie und insbesondere Cate." Gilian senkte ihre Stimme. „Sie hat ihre ältere Schwester verloren. Ein Brand." Knapp schüttelte sie den Kopf. „Eine dramatische Geschichte. Cate ist darüber nicht hinweggekommen. Gab sich die Schuld. Nicht an dem Feuer, aber daran, dass sie überlebt hat. Sie hat sich zurückgezogen. Abgekapselt. Bis heute. Diese Geschichte hat ihre Kanten weggespült. Sie ist jetzt weich, immer im Fluss, wie die auslaufenden

Wellen eures Atlantiks. Sie ist nicht der Wellenkamm. Ihre Fantasie macht sie zart, feinfühlig. Sie absorbiert Schwingungen.“ Gilian’s Stimme wurde noch dunkler. „Das, was jetzt passiert, muss sehr bald ein Ende finden. Sie und Chip müssen noch schneller werden. *Sie* müssen Cate aus diesem Chaos rausbringen. Und zwar möglichst sofort. Sie vertraut Ihnen. Und sie mag Sie.“ Sie zog ihre Augenbrauen ernst zusammen.

Ich saß auf dem Barhocker und versuchte, mich und meine Gedanken zu sortieren. Der Brand damals in einer Lagerhalle mitten in Southampton, eine junge Frau kam ums Leben, die Schwester überlebte fast gänzlich unversehrt. Ich erinnerte mich ... Ich war damals noch klein, vielleicht neun, zehn Jahre alt. Man munkelte viel zu der Zeit. Es sollte Brandstiftung gewesen sein, doch wurden jemals Täter gefunden? Jetzt hörte ich Gilian zu und versuchte, den Gefühlen, die in ihren Worten mitschwangen, zu folgen. Sie verwirrten mich noch mehr. Und sie erhöhten den Druck.

„Ich versuche alles Mögliche. Ich bin hier, um zu helfen. Cate ist ...“, nach den richtigen Worten suchend verbog ich meine Körperhaltung, „... sie ist für uns alle so *groß*, so unfassbar wertvoll. Entschuldigen Sie, aber wir kennen sie nur als wunderbare Schriftstellerin. Wir sind Fans. Den Menschen Cate Furler lernen wir gerade erst kennen. Ich weiß, das hört sich bescheuert an, aber sie beeindruckt uns. Sie wirkt so unglaublich nah und so unfassbar fern zugleich. Es ist schwer greifbar, mit ihr zusammen zu sein. Sie einfach so in der Nähe zu haben. Nehmen Sie die Veränderungen bei meinem Freund Chip, zum Beispiel.“

Ich ersuchte sie eindringlich um Verständnis. Das war doch keine normale Situation. Jeder hatte sein ganz persönliches Verständnis von Steen beziehungsweise Cate Furler. Und jetzt auch noch diese Familientragödie ... Die Realität musste erst einmal durchdringen.

„Er liebt sie auch“, fuhr ich fort. „Anders als Sie. Aber er würde sein Leben für seine Heldin geben. Ich habe ihn noch nie so belämmert und verliebt gesehen. Ich wünschte, ich hätte es. Aber er liebt sie gerade so sehr, dass er nicht schlafen kann. Er hungert, damit er schöner wird. Er *läuft.* Das ist etwas ganz Besonderes. Ich habe ihn noch nie so erlebt. Er zieht sogar frische Shirts an." Ich hielt die Luft an. Genug Liebeserklärungen.

Sie legte ihren Kopf leicht schräg und wartete. Nippte an ihrem Tee. Und sagte nichts.

„Was?", fragte ich nach einer Weile.

„Ach, nichts. Ich fand es nur erstaunlich, dass Sie nicht über sich sprechen, sondern über ihn. Cate macht doch auch etwas mit Ihnen, oder?"

Ich schüttelte zögerlich den Kopf. „Habe ich doch gesagt, sie macht mit uns allen etwas. Stellen Sie sich vor, plötzlich stünden Ihnen Thomas Wolfe oder Truman Capote gegenüber. Das ist befremdlich. Dann müssten Sie auch erst einmal begreifen, dass dies kein Traum, sondern Realität ist."

Bevor sich meine Worte noch mehr in etwas verloren, das ich selbst noch nicht richtig begriff, kam Cate zur Küche herein. Sie ging zum Kaffeeautomaten und schaltete ihn unter dem lauten Dröhnen des Bohnenmahlwerks ein.

„Worüber sprecht ihr?", fragte sie über die Schulter.

„Über dich, Cate, und über Truman Capote", antwortete Gilian trocken.

Ihr Blick schoss zu uns. Erstaunt. „Über mich und Truman Capote?"

„Nein, nur über Sie. Als Mensch und als Schriftstellerin. Nur so eben", sagte ich, so locker es ging.

„Ja, nur so eben", bestätigte Gilian.

Cate drehte sich gähnend zu uns. „Tut mir leid, dass ich eingeschlafen bin. Es ist raue See für meinen Kopf. Zu rau. Kaum Luft zum Atmen. Man muss aufpassen und sich nicht von der Welle überrollen lassen."

Kater ging mit lässigen Schritten auf mich zu und ließ sich seinen schönen Kopf streicheln. Cate beobachtete es, und wieder war ein ganz leichtes Lächeln zu sehen.

„Er mag Sie wirklich, der kleine Räuber."

Ich glitt vom Hocker und setzte mich zu ihm. Sein Fell war weich wie Flaum. „Er ist sehr hübsch."

„Ja, das ist er. Und er hat einen eindeutig besseren Geschmack als mein Mann." Sie nahm ihre Kaffeetasse „Habt ihr schon eine Idee, wie dieser ganze Schlamassel zusammenhängt? Chip und Sie?"

Ich sah zu ihr auf. „Chip ist überzeugt, dass Stallbruck mit den Birds über die Erpressung gesprochen hat. Dass es da eine Art Zusammenarbeit gab. Er hat E-Mails bei Stallbruck gefunden, die darauf hinweisen, aber es ist alles noch zu vage. Er hat der Polizei Bilder von Stallbruck und den Birds geschickt, damit die ihre Fühler in die Richtung ausstreckt. Das ist ja wohl auch passiert."

Cate pfiff leise anerkennend und überrascht. „Ach, ihr wart das? Chief Spencer hat erzählt, dass sie darüber Informationen erhalten hat. Nicht schlecht. Und ...", sie hielt kaum merklich, aber für mich spürbar, den Atem an, „... steckten die hinter dieser Erpressung?"

Jetzt fühlte ich, wie das Terrain rutschiger wurde. Aufpassen, nur nicht sagen, dass ich schon länger von Dinklage und seiner Affäre wusste, und auch nicht, dass wir der Polizei auch diesen Hinweis gegeben haben! Das wäre nicht gerade vertrauensbildend. Und das brauchten wir: Vertrauen, Zusammenhalt. Alle dasselbe Ziel vor Augen, wenn auch nicht dasselbe Tempo. Den Fall lösen musste Chief Spencer. Das konnten wir nicht erledigen.

„Eher nicht. Es war wohl wirklich Stallbruck, der sich direkt an Ihren Mann gewandt hat. Aber die Birds waren involviert."

„Über Stallbruck?", fiel Gilian mir ins Wort.

„Über wen denn sonst?", unterbrach jetzt wiederum Cate meine kurze Ausführung.

Ja, über wen denn sonst? Ich musste schlucken, verbarg meine Unsicherheit in Kater's Fell und konnte auch meinen Blick bei ihm in Sicherheit bringen.

„Dale?" Gilian wartete auf eine Antwort. Ihre Stimme wirkte eindringlich.

„Ja, wahrscheinlich über Stallbruck. Aber das leuchtet Chip gerade aus. Vielleicht gab es auch einen Strohmann. Irgendjemand, der die Verbindung zwischen Ihrem Mann und Stallbruck nicht so offensichtlich machen sollte", faselte ich leise.

„Das ist ja dann nicht gelungen." Durch Cate's Worte klang bittere Einsicht gemischt mit aufkommender Wut. Sie klammerte sich an ihren Kaffee und legte ihre Stirn in Falten. „Ich gehe eine Zigarette rauchen. Das Gift habe ich mir jetzt echt verdient."

Sie öffnete die knarzende Tür zur Terrasse und ging hinaus. Kater lief ihr sofort hinterher. Ich rappelte mich vom Boden auf.

Gilian's Augen waren scharf auf mich gerichtet. „Sag mal, weißt du was?", zischte sie leise.

Ich versuchte dem sengenden Blick standzuhalten. Der spontane Umschwung zum Du gab ihren Worten noch mehr Schärfe.

„Wenn du was weißt, dann sag es. Diese Frau ist jetzt ohnehin schon …", sie deutete in den Garten, „… so hart niedergestreckt worden, da kann der schändliche Rest jetzt auch nicht mehr Schaden anrichten." Sie kam zu mir und ergriff fest meinen Arm. „Dale, wenn du etwas weißt, dann raus damit." Sie ließ abrupt los.

Ich senkte meinen Blick und folgte Cate in den Garten. Gilian sehr dicht hinter mir.

„Es kann sein, dass auch Ihr Mann direkten Kontakt zu den Birds hatte. Und nicht vordergründig nur Stallbruck." Die Worte verließen mich mit dem ungefilterten Mut der Verzweiflung. Auch ich mochte klare Luft viel lieber als geheimnisvollen Nebel. Hoffend, dass selbst Spekulationen besser waren als waberndes Schweigen, wartete ich auf Cate's Reaktion.

Gilian schüttelte nur leicht den Kopf.

Cate Furler nahm sich Zeit. Sie drehte sich langsam zu uns und verharrte eine Weile in beobachtender Pose. Sie atmete ein und aus. Ein und aus. Eine gefühlte Ewigkeit. Dann lächelte sie. „Ja, mein Gott. Wenn er schon bei seiner Geliebten so viel schlechten Geschmack bewiesen hat, warum dann nicht auch bei den Typen, mit denen er Geschäfte macht? Mich wundert nichts mehr. Ist Chip dran, an dem Weg zwischen Jeffrey und ... diesen ... diesen Kerlen?"

In ihrem Gesicht spiegelte sich trotz des Lächelns, etwas anderes, Neues ... Noch konnte ich nicht fühlen, was es war. Deshalb machte sich erst mal pure Erleichterung in mir breit.

„Er braucht noch etwas Zeit. Die Birds benutzen verschlüsselte Verbindungen. Das ist kompliziert."

„Hat er Chief Spencer schon darüber …", Gilian suchte nach den richtigen Worten, „… in Kenntnis gesetzt?"

„Nein, das kann er nur tun, wenn er handfeste Belege hat. Und die hat er noch nicht."

In mir nagte der ungeheure Vorwurf, den Chip aus den Mail-Fragmenten herausgelöst hatte, wonach Cate's Ehemann noch viel mehr Dreck aufgeschaufelt hat, als *nur* Ehebruch zu begehen und eine Erpressung zu verschleiern. Ich sah zu Cate, die auf einem der Gartenstühle Platz genommen hatte und versonnen in die Ferne blickte. Wahrscheinlich war es so, wie Gilian sagte. Sie war wie die auslaufenden Wellen. Hin- und hertreibend, ohne dass man ihre Strukturen und Ströme verstand. Wunderschön, wenn sich die Wellenausläufer mit der Sonne oder – noch schöner – dem Mond paarten und funkelten wie Edelsteine. Berauschend und faszinierend zugleich. Aber was Gilian, das Stadtkind, nicht wusste: Die auslaufenden Wellen des Atlantiks können trotz ihrer versöhnlichen Kraft eine Sogwirkung erzeugen, die dem stärksten Mann die Beinen wegreißen kann. Wenn das Wasser am Ende dieser langen, immer wiederkehrenden Bewegung des Meeres glatt und kantenlos an den Strand spült, mag dies sanft und kraftlos scheinen. Doch diese Ausläufer haben immer noch dieselbe Gewalt wie die Welle, bevor sie bricht. Und das sah ich in Cate Furler's Haltung. Trotzdem konnte ich unter keinen Umständen Chip's Verdacht preisgeben. Der würde den normalen Verlauf einer Atlantikwelle in noch größere Unruhe bringen.

„Ich habe nachgedacht." Cate zog ihre Beine zur Brust und lehnte den Kopf auf die Knie. „Was, wenn diese stumpfe Rockergang wusste, dass Stallbruck das Geld erhalten hat und – von mir aus auch im Auftrag von Jeffrey – das Geld oder zumindest einen Teil davon, zurückholen und ihn abstrafen sollte." Sie sah uns erwartungsvoll an. „Könnte doch sein, oder?"

Ich hoffte, dass Gilian etwas sagte, die aber zuckte nur mit den Schultern. Also lag es an mir, diese Idee abzuwiegeln.

„Es ist sicher vieles möglich, aber warum sollten sie ihn ausgerechnet hier umbringen? Hier schließt sich der Kreis doch wieder, und Ihr Mann bleibt im Fokus. Das hätten sie doch mit Schlägertrupps am Highway machen können. Irgendwo zwischen Amagansett und Montauk."

Sie nickte und schwieg erneut. Nach einer Weile sagte sie: „Entweder er oder ich."

Gilian runzelte die Stirn und machte eine fragende Geste zu mir. Ich verstand auch nicht, was sie meinte, und zog es vor, zu schweigen.

Southampton, Police Department

Officer Baker rief Chief Spencer gegen 15.30 Uhr an und lieferte voller Leidenschaft ihren Bericht. Violett Spencer hatte ihr ausdrücklich verboten, etwas zu protokollieren. War Baker doch in geheimer Mission in der Holly Lane gewesen. Also plapperte Baker fast dreißig Minuten auf ihre Chefin ein.

Ihren Ausführungen nach hatte der untreue Gatte die Holly Lane gegen 11.10 Uhr, kurz nachdem sich Baker auf dem Rasenstreifen der Cobb Road positioniert hatte, mit seinem Porsche verlassen. Bald darauf fuhr der Nissan mitsamt der Haushälterin aus der Privatstraße.

Mrs. Furler räumt ordentlich auf, dachte Spencer mit großem Respekt.

Es dauerte laut Baker's Bericht bis kurz nach halb zwölf, dann erschien tatsächlich ein Werkswagen des L. I. E. An Bord Dale Roberts. Baker hatte anschließend geschlagene zwei Stunden ausgeharrt, konnte aber keinerlei an- oder abfahrende Wagen in der observierten Straße mehr beobachten. Und da die Privatstraße eine Sackgasse war, die in der Mecox Bay endete, musste Roberts die ganze Zeit über bei der Schriftstellerin gewesen sein. Um sicherzugehen, war Baker zu Fuß zum Nachbargrundstück gegangen, dessen Tor geöffnet war, obwohl die Familie, wie fast alle in der Gegend, in New York weilte. Also schritt sie an den von hohen Hecken gesäumten Gartenzaun, der die beiden Grundstücke trennte. Sie konnte die Stimmen von Mrs. Furler, der Verlegerin und Dale Roberts hören, aber – und das bekräftigte Baker unentwegt – obwohl sie ihr Bestes gab, war sie außerstande, den Inhalt des Gesprächs zu verstehen. Baker zog sich gegen 14.15 Uhr zu ihrem Wagen zurück. Natürlich strengstens darauf bedacht, ununterbrochen die Hecke an der Straße als Tarnung zu nutzen, falls ein Wagen die Nummer 17 verlassen würde. Aber es kam niemand. Erst um 15 Uhr verließ Dale Roberts die Holly Lane.

Chief Spencer schnaubte. Sie war richtiggehend genervt. Diese laienhafte Einmischung einer übermotivierten und völlig unqualifizierten Privatperson konnte sie nicht länger dulden. Und schon gar nicht konnte sie das Gefühl ertragen, dass sie dem Police Department immer eine Nasenlänge voraus war.

Garrett Marwell, der Chef von Long Island Energy, war mit ihr zur Schule gegangen. Es war an der Zeit, seine private Handynummer zu benutzen.

„Violett, was für eine Freude! Jetzt sag nicht, es steht schon unser dreißigstes Abschlussjubiläum an", flötete er ihr entgegen.

„Nein, Garrett. Aber nächstes Jahr. Leider. Wir werden eben einfach nicht jünger. Ich brauche dein Ohr mal ein paar Minuten. Wo bist du? Störe ich?“

„An Loch 14 auf dem Course in Southampton. Ich bin ohnehin geschlagen, also kann ich ruhig aussetzen. Das wird heute nichts mehr. Bitte schieß los.“

Sie konnte hören, wie er den Caddy und seine Mitspieler weiterschickte.

„Garrett, es geht um den Toten in der Holly Lane.“ Sie machte eine kurze Kunstpause. „Du weißt, um wessen Haus es sich handelt?“ Eher eine rhetorische Frage.

„Natürlich.“ Er nahm das Telefon ganz nah an den Mund und flüsterte: „Das Haus von Cate Furler alias Steen.“

„Richtig. Ich muss dich um einen Gefallen bitten.“

„Jeden, Violett. Hauptsache, der Mist hört endlich auf. Die Presse-Jungs werden unruhig. Morgen soll was in der Zeitung stehen. Ich weiß noch nicht, was.“

Violett Spencer fluchte lautlos in sich hinein. „Deine Mitarbeiterin, die das Haus betreut hat …” Sie konnte nicht ausreden, er fiel ihr sofort ins Wort.

„Hat es doch was mit unserer Arbeit zu tun? Oh Gott, Violett, bitte nicht. Sie ist eine unserer Besten!“

„Nein, nein, unsere Techniker sind rundum zufrieden mit ihrer Arbeit. Ihr ist nichts nachzuweisen.“

„Das klingt wie ein *leider*“, unterbrach er sie erneut.

„Nein. Nicht wirklich. Aber sie macht mir schon Ärger. Garrett, ich möchte, dass du sie morgen früh persönlich zu mir ins Department schickst.“

„Warum? Was hat sie angestellt?“

„Sie ist ein kluges Mädchen. Ich möchte, dass sie uns über alles, was sie weiß, informiert.“

Er fuhr ihr wieder in die Parade. „Und das tut sie nicht? Kann ich gar nicht glauben. Sie ist die Tochter von Bill Roberts, dem Elektrikgott der Hamptons. Dale ist eine hochtalentierte Frau."

„Das stell ich doch gar nicht in Abrede. Aber ich habe den Verdacht, dass sie auf eigene Faust ermittelt und Cate Furler mit Informationen versorgt – ohne uns einzubinden."

Das saß. Ruhe am anderen Ende. Seine Loyalität zu seiner Mitarbeiterin hatte den kritischen Punkt überschritten.

„Okay, das geht nicht. Sie sollte sich, wie wir alle, bedeckt halten. Und du bist sicher, dass die beiden sich nicht schon länger kennen?"

Ein letzter Versuch von ihm. Sehr nett.

„Total sicher. Sie wusste bis vor ein paar Tagen gar nicht, dass Cate Furler Steen ist. Also sag ihr bitte, dass sie zu mir kommen soll. Morgen früh, um neun. Ich möchte sie in die Schranken weisen."

Er schnaufte laut. „Das ist okay. Mach ich. Wie weit seid ihr?"

Violett Spencer lachte kurz auf. „Lieber Garrett, das besprechen wir beim Dreißigjährigen."

Er verstand, und sie wünschten sich beide viel Glück für eine schnelle Auflösung des Falls. Im Namen aller. Im Namen der Hamptons.

15. April 2016

Southampton, Police Department

Um Punkt 9 Uhr erschien Dale Roberts vor Chief Spencer's Büro. Violett Spencer telefonierte gerade noch mit ihrer Nachbarin wegen der gemeinsamen Hecke, die ihre Grundstücke trennte. Sie wollte Dale Roberts warten lassen. Als sie um 9.15 Uhr das Gespräch beendet hatte, öffnete sie die Tür und wies Dale mit einer knappen Kopfbewegung an, einzutreten. Baker saß in ihrer gewohnten Ecke und startete das Diktiergerät.

„Vernehmung Dale Roberts, Angestellte des L. I. E. Southampton Police Department, leitende Ermittlerin Chief Spencer. Neun Uhr fünfzehn", diktierte die Chefin ungerührt von Dale's offensichtlichem Unbehagen.

„Miss Roberts, haben Sie uns irgendetwas zu sagen?" Violett lehnte sich zurück. *Lass die andere mal kommen.* Angst beflügelte in solchen Situationen das Tempo.

Dale blickte konzentriert auf ihre Finger. „Nichts Neues, Chief. Ich bin mir nicht ganz sicher, warum Sie etwas anderes annehmen."

Violett Spencer sah sie eindringlich an. Dale Roberts hatte den Kopf leicht gesenkt. Die Stirn glatt und kühn, ganz der Vater. Ihr Mund schön wie der ihrer bezaubernden Mutter. Sie saß da, starrte auf ihre Hände und schwieg.

Violett Spencer kannte die Familie Roberts gut. Sie erinnerte sich sogar daran, dass die Eltern ihre kleine Dale persönlich jeden Morgen ins Sommercamp begleitet hatte. Damals, als sie selbst die Abschlussklasse der Highschool besuchte und den Dienst für die Vorschüler in den Ferien übernahm. Und schon zu der Zeit tanzte Dale gerne aus der Reihe. Aber nie ohne Verstand.

„Miss Roberts – Sie waren gestern bei Mrs. Furler?"

Sie sah auf. Ihre Augen hellwach. „Ja, sie wollte Unterstützung. Sie wollte wissen, was vorgefallen ist. War ein Freundschaftsbesuch. Bin ich deswegen hier? Ich meine, Mr. Marwell hat mich zu Ihnen geschickt. Das ist kein Schnickschnack bei uns. Der Chef meldet sich selten. Nur, wenn es große Probleme gibt."

Chief Spencer trommelte mit den Fingern auf dem Schreibtisch. Erst leise, dann etwas intensiver. „Sie sind also mit Mrs. Furler befreundet?"

Dale durchsuchte ihre Gefühle. Der Tag gestern war intensiv. Sie waren lange zusammen gewesen. Sie, Gilian und Cate Furler. Alles hatte sich vertraut angefühlt. Angenehm und natürlich. Sie hatte Cate als Mensch, nicht als Schriftstellerin kennengelernt. Hatte sich mit ihr ausgetauscht. Wie Menschen, die sich treffen und mögen. Der Zufall spült so manches zusammen. Aber wie sollte sie die Frage beantworten? Befreundet? Sicher nicht.

„Ich kenne sie erst seit ein paar Tagen. Wir mögen uns. Oder so. Keine Ahnung, das wächst eventuell."

„Hm, und Sie meinen, dass so etwas passt?"

„Was meinen Sie?"

Chief Spencer hatte ihre Taktik geändert. Sie wollte provozieren. Sonst bekam sie nichts aus der Tochter dieser Eltern heraus. „Ich meine, die Elektrikerin und die Schriftstellerin. Mit den vielen Preisen. Diese Frau ist eine Intellektuelle … Sind *Sie* das auch?"

„Was wollen Sie mir damit sagen?"

Violett Spencer lehnte sich zurück. „Nichts. Außer, dass ich es für sonderbar halte, dass eine Frau von diesem Format mit Ihnen befreundet sein könnte."

Und schon verfiel Dale dem Zwang der Rechtfertigung. „Cate

Furler's Eltern sind Krämer. Mein Vater ist Elektriker. Was ist daran verwerflich? Man kann sich doch mögen. Wissen Sie, wie viele Diplome ich habe? Ich bin besser ausgebildet als alle Ihre Techniker, die meine Arbeit gerade überprüfen dürfen. Viel besser! Und spezifischer!"

Violett Spencer schmunzelte leicht. Aufbrausendes Roberts-Blut. „Also können Sie – mit Ihrer viel besseren und viel spezifischeren Ausbildung – sicher auch Informationen beschaffen, die wir auf legalem Wege nicht beschaffen können. Und das servieren Sie Ihrer neuen Freundin. An uns vorbei."

„Ich kann gar nichts beschaffen. Ich sehe und verstehe vielleicht schneller als andere. Aber ich weiß nicht mehr, als man eben wissen kann."

„Also geben Sie an vor Mrs. Furler?" Violett Spencer schaute sie direkt an. „Sie geben an, mehr zu wissen als wir – die Polizei. Oder Sie wissen tatsächlich mehr und sind eine Hackerin. Das sollten Sie schnellstmöglich zugeben. Ansonsten machen Sie sich wegen Behinderung der Ermittlungsarbeit strafbar. Wenn in Ihrem Hirn irgendwelche Fäden gesponnen werden, die etwas mit unserem Fall zu tun haben, und Sie uns Fakten verheimlichen, dann krieg ich Sie dran, Miss Roberts." Sie schob sich halb über den Tisch und war versucht, auch noch drohend den Zeigefinger auf Dale zu richten, unterließ es dann aber, weil ihr mit Worten eine noch viel schärfere Waffe einfiel. „Und Ihr Chef findet das überhaupt nicht lustig. Mr. Marwell besteht darauf, dass Sie mit uns kooperieren – ohne Einschränkungen. Mädchen, Sie setzen einiges aufs Spiel. Ist Ihnen das überhaupt bewusst?" Jetzt sackte sie zurück in ihren Stuhl.

Dale begann leicht zu zittern und nahm ihre Hände vom Tisch. „Ich kooperiere doch. Das habe ich auch Officer Baker gesagt, oder?"

Baker nickte zustimmend, und damit das Diktiergerät auch etwas davon hatte, piepste sie: „Ja, das stimmt. Das haben wir so vereinbart."

„Ach. Sie erzählen uns also alles, was Sie wissen?“ Violett Spencer machte eine genüssliche Pause.

Dale rutschte unruhig auf ihrem Stuhl hin und her. „Ich habe Sie doch auch auf die Handgelenke hingewiesen, oder nicht? Davon wollten Sie anfangs gar nichts hören. Ich weiß nicht mehr, wie oft ich versucht habe, Sie zu erreichen, bis ich Ihnen davon berichten konnte.“

„Eigenartig ist nur, dass Mrs. Furler von uns nichts über das Konto in Italien und die Zahlung an Stallbruck wusste, aber als ihr Mann ihr gestand, dass er sie betrogen hat, da hatte Mrs. Furler all diese Fakten auf dem Schirm. Und *woher,* frage ich mich, *woher* wusste sie das?“

„Keine Ahnung. Vielleicht hat sie einen Kontoauszug gefunden. Was weiß ich?“

„Ach, hören Sie doch auf! Die Frau war mehrere Tage in Manhattan. Plant ihre Buchveröffentlichung und arbeitet mit ihrer Verlegerin auf Hochtouren – und da fällt ihr abends ein: *Du könntest ja mal deine Kontoauszüge checken. Haste ja schon tagelang nicht mehr gemacht. Ist schon die zweite Monatswoche. Könnte eng werden bis zum Ende.* Also, ich bitte Sie. Das ist doch lächerlich!“, schnauzte Chief Spencer.

Baker hob die Hand, um sich die Erlaubnis für eine Wortmeldung zu holen. Als Spencer darauf nicht reagierte, wisperte sie trotzdem: „So hat es Mrs. Furler ausgesagt. Sie hat gesagt, dass sie die Abbuchung gesehen hat.“

„Schnauze, Baker!“, stieß ihre Chefin laut aus.

Dale und Baker zuckten zusammen.

Violett Spencer schlug auf den Tisch. „So, Roberts, Sie gehen jetzt schön wieder an Ihre Arbeit und überlassen das Ermitteln uns. Und falls Sie irgendwas finden, hören, mitbekommen, dann sagen Sie es uns! Verstanden?“

Dale erhob sich mit zittrigen Knien. „Mach ich“, drückte sie leise hervor.

„Und lassen Sie Mrs. Furler in Ruhe! Die muss sich nicht noch mehr verunsichern lassen. Und schon gar nicht von einer Elektrikerin, die meint, Hobbydetektivin spielen zu müssen!"

Dale's Blick traf Chief Spencer unerwartet zornig. „Wenn Mrs. Furler mit mir sprechen will oder mich bittet vorbeizukommen, dann mach ich das. Dies hier ist *noch* ein freies Land, und Sie können mir nicht vorschreiben, wen ich privat treffe." Sie schlug laut die Bürotür hinter sich zu.

Spencer und Baker sahen sich verblüfft an. Dann ging Violett kopfschüttelnd zu ihrem Schreibtisch.

„Dickköpfe allesamt! Diese Insel besteht nur aus Dickköpfen!", grummelte sie.

Baker blieb noch einen Moment wie angewurzelt sitzen. Irgendwann begann sie, ihr Diktiergerät zusammenzupacken, und stand zögerlich auf.

„Irgendwas Neues von Sparks oder Casabianca?" Chief Spencer blätterte in ihren Unterlagen.

„Nein, noch nicht. Sie haben gestern mit Chief Malkovich gesprochen."

„Und?" Violett verbarg ihr doppeltes Interesse an dieser Information.

„Der Chief wertet mit seiner Truppe E-Mails aus, die von Dinklage gekommen sein könnten. Mehr darf er nicht. Für die Birds oder ihre Chefs haben wir ja alle keine explizite Erlaubnis zum Abhören oder Filtern der Mails. Der Staatsanwalt meinte, unsere Begründung sei etwas dünn."

„Blöde Bürokratie!", fluchte Spencer und griff zum Hörer. Um den dämlichen Artikel, der in der *Newsday* erschienen war, musste sie sich schließlich auch noch kümmern.

Water Mill, Holly Lane 17

Kater hatte den heutigen Regentag mit viel Missmut begrüßt. Nachdem er die Vorderpfoten auf die nasse Terrasse gesetzt hatte, war er schnurstracks wieder hereingekommen. Jetzt lag er auf dem kleinen Tisch im Erker des Esszimmers.

Gilian telefonierte lautstark mit meinem Pressesprecher und fluchte auf Italienisch vor sich hin. *„Sei un buono a nulla! Cazzone!"*, schwirrte es hart durch den Flur zu mir herüber.

Ich hatte die *Newsday* vor mir auf dem Esstisch liegen und betrachtete das Foto von Jeffrey mitsamt der dazugehörigen Topschlagzeile des Tages.

Hat er unseren Nationalstolz betrogen?
Jeffrey D. – Ehemann unserer Heldin Steen – aus gemeinsamem Haus geworfen

Der Artikel klang inhaltlich sehr vage – augenscheinlich war der Reporter angehalten worden, weder genauer auf unser Haus einzugehen noch auf mich. Er ließ sich nur episch über meine Romane und deren Bedeutung für das East End aus. Aber einen Seitenhieb – wahrscheinlich zur Untermauerung seiner Rausschmissthese – konnte er sich nicht verkneifen. In der unteren Hälfte der Titelseite hatte er ein Foto von Joanne Portland abgebildet und dazugeschrieben, dass sie wohl Jeffrey D.'s Seitensprung war. Ich konnte mir nicht erklären, wie diese Informationen an die Presse gelangt waren, aber solange die Berichterstattung in diesem Tenor blieb, musste ich damit leben. Ich war zwar nicht offiziell als Steen entlarvt worden, aber unsichtbar war mein Privatleben nun auch nicht mehr.

Kater gähnte gerade wieder so intensiv, dass ich mir Gedanken machte, ob es ihm nicht doch eines Tages gelingen würde, seinen Kiefer auszurenken. Das tiefe Brummen meines Handys drang zunächst gar nicht in meine Wahrnehmung vor. Erst als es sich zum wiederholten Mal um meine Aufmerksamkeit bemühte, fand ich es blinkend und vibrierend auf dem Küchentresen. Es war Dale, über unseren geheimen Kanal, den Chip mit einem Ton versehen hatte, der noch nicht ganz in die Welt der mir vertrauten Geräusche vorgedrungen war. Ich entsperrte den Zugang und las.

Guten Morgen, Mrs. Furler,
hoffe, Ihnen geht es einigermaßen. Habe die Newsday *gelesen. Na ja. Hätten Sie heute Abend Zeit für Chip und mich? Wäre ein bisschen dringend. Wurde heute Morgen von der Polizei verhört. Wir würden zu Ihnen kommen. Falls ich Chip aus Sag Harbor rauskriege. Das gelingt nicht sehr häufig. Aber für Sie macht er es bestimmt gern.* ☺
Lieben Gruß
Dale

Ich musste über ihre Formulierungen schmunzeln. Süß, meine nervenstarke Detektivin.

Hallo Miss Roberts,
wir sind ab 18 Uhr wieder hier. Würde mich freuen, wenn Sie neben Bergen auch noch Chip versetzen können. Bin gespannt. Der Artikel ist ärgerlich, aber am schlimmsten ist das Bild auf der Titelseite. Betrogen von Ken mit Barbie. Hätte ich wissen sollen. War naheliegend.
Bis später
Cate

Gilian kam in die Küche gerauscht. „Mein Gott noch mal! Peter steht manchmal so fest auf der Leitung, dass man ihn echt anbrüllen muss! Aber“, jetzt senkte sie ihre Stimme etwas, „er ruft bei dem Chefredakteur der *Newsday* an und macht ein bisschen Wirbel. Das ist doch schon mal was.“

„Der Artikel ist doch nun schon geschrieben … Was soll er denn jetzt noch erreichen?“

„Herzchen, dass es nicht jeden Tag eine Wasserstandsmeldung zu deinem Ehe-Aus gibt?“ Sie sah mich verständnislos an. „Cate, das Spiel läuft halt so.“

„Läuft wie genau …?“

Sie verschränkte die Arme. „Erst wird ein bisschen im Nebel herumgestochert, dann wird genauer im Untergrund gewühlt, und am Ende pickt irgendwer irgendwas raus. Und die Lawine rollt. Jeder traut sich ein bisschen mehr, Fotos werden geschossen. Der ganze Müll eben.“

„Aha. Das muss ich nicht unbedingt verstehen – aber du bist zufrieden mit dem Telefonat?“

„Geht so“, haderte sie. „Peter ist ein sehr braver Kerl. Er musste ja auch nie angreifen. Bisher lief alles so ruhig, dass er keinen Kampfgeist entwickeln musste. Aber das wird schon noch. Die Hoffnung ist nicht verloren.“

Ich nickte. „Dale und Chip kommen heute am frühen Abend. Sollen wir später mal was einkaufen gehen?“

Gilian sah auf die Uhr. „Wir sind um 12 Uhr in Amagansett mit der Layouterin verabredet. Danach könnten wir in East Hampton zu *Citarella.* Oder wolltest du für unser Detektivbüro kochen?“ Sie stupste mich grinsend an. „Ich könnte mal wieder deine *Spaghetti alle vongole* vertragen.“

Ich überlegte kurz. Kochen war keine schlechte Idee. Schön meditativ. Aber *vongole*? Ach, warum nicht. Die beiden waren ja Inselkinder, und Meeresfrüchte bekam man hier, sobald man kauen konnte.

„Gute Idee, wir können auch noch Antipasti holen – und Bier für die beiden. Die scheinen keinen Wein zu mögen.“

Ich sah meine beste Freundin an. Trotz der Aussicht auf ihre Lieblingsnudeln wirkte sie beunruhigt und versuchte das hinter viel zu harten Gesichtszügen zu verbergen.

„Was ist? Der Artikel ist nicht schön, aber er schadet nicht. Hätte doch noch schlimmer laufen können."

„Und wer hat diese Information an die Presse geleitet? Also dein – hoffentlich bald – Ex-Mann sicher nicht. Es war keiner hier außer den Polizistinnen, Jeffrey, Silvia, dir und mir. Und das Ausschlussverfahren sagt mir, dass es keiner von uns war. Noch nicht mal Silvia. Das würde sie Jeffrey nicht antun."

„Vielleicht weiß Chip etwas über die Quelle. Ich glaube, er bleibt zwar immer wie eine Kröte in seiner Höhle, aber seine Fühler hat er überall. Er kann bestimmt sogar mit dem Hinterkopf sehen." Ich lächelte sie aufmunternd an.

„Er läuft neuerdings. Das alles nur für seine große Liebe ... Und er trägt frische Shirts." Gilian nickte zur Bekräftigung mit dem Kopf.

„Er läuft? Laufen wir nicht alle? Dann und wann?"

„Er wohl nicht."

„Und er ist verliebt? Ich hoffe für unsere Elektrikerin, dass es nicht sie getroffen hat. Wäre nicht gut für die Freundschaft."

Gilian strich sich mit einen tiefen „Puh" durchs Haar. „Cate, du bist manchmal echt unglaublich. Aber seis drum. Wir müssen los."

Gegen 18 Uhr

Es hatte den ganzen Tag geregnet. Durchgängig. Von Water Mill bis Amagansett und wieder zurück. Unser Termin war erfolgreich. Lucy hatte sehr gute Coverentwürfe gestaltet, und auch die Klappentexte, die uns per Mail aus dem Verlag zugesandt worden waren, fassten die Story inhaltlich perfekt zusammen. Sie verstanden mich blind.

Es fiel mir manchmal noch schwer, mich daran zu gewöhnen, dass seit meinem Durchbruch vor zehn Jahren so viele Menschen an meinen Büchern arbeiteten. Ganz am Anfang hatte ich alles allein gemacht. Meinen Geschwistern gab ich damals immer das Manuskript zu lesen, um zu prüfen, ob der Plot funktionierte. Meiner Mutter las ich es vor, und mein Dad knipste Fotos fürs Cover. Erste professionelle Hilfe bekam ich, nachdem ich mein Manuskript an Gilian geschickt hatte. Aber das war viele Millionen gedruckte Bücher und eine gefühlte Ewigkeit her.

Gilian und ich hatten bei *Citarella* eingekauft, dann begann ich zu kochen, während Gilian das Esszimmer in ein Gesprächs- und Abendbrotzimmer verwandelte. Auf dem Esstisch befanden sich Post-its, Stifte, Papier, Gläser, Teller, Besteck, ein Teller mit Antipasti und Kater, der mittendrin einen Protestschlaf hielt.

Der Wagen von Dale rollte ziemlich pünktlich in meine Kieseinfahrt, wo er stoppte. Gilian hatte die Haustür offen gelassen, weil es sie nervte, dass ich im Haus geraucht hatte. Dale und Chip standen trotzdem brav davor und klopften gegen den Rahmen.

„Kommen Sie rein", rief ich aus der Küche.

Sie traten ein und zogen sich fast synchron die Schuhe aus. Dale blinzelte mich scheu an. „Sie haben keine Haushälterin mehr."

Stimmt. Darüber hatte ich noch gar nicht nachgedacht. Und schlimmer noch – mir war es noch nicht einmal aufgefallen.

Auf Socken standen die zwei in der Küche und wirkten dabei wie zu groß geratene Teenager. Verlegen und ohne zu wissen, wohin mit ihren Händen, Blicken und Gedanken.

„Bier?", fragte ich kurz.

Sie sahen sich an. Eintracht pur. „Ja, eins vielleicht."

Ich winkte sie näher und reichte ihnen zwei gut gekühlte Flaschen. „Gläser?"

Kopfschütteln. Auch das im perfekten Einklang.

Chip hatte tatsächlich in den wenigen Tagen etwas abgenommen, und sein kalkweißes Gesicht wies jetzt einen Hauch von Farbe auf. Er trug ein neues Hemd, bei dem die Legefalten aus dem Geschäft noch zu sehen waren. Seine Jeans schlabberte an seinem Körper, von guter Passform war rein gar nichts zu erkennen. Neben ihm wirkte Dale, als wäre sie gerade von den Wellen und Hügeln unserer Insel geboren worden. Sie hatte die gesunde Farbe eines Freiluftmenschen, ihre Haut strahlte die Energie der Sonne aus. Ihre blonden Haare waren in einem losen Knoten gebändigt, und überall bahnten sich widerspenstige Strähnen ihren Weg durch die lässige Unordnung. Ich sah sie jetzt zum ersten Mal in Zivil. Sie trug einen Blazer, darunter ein Shirt sowie dunkle, schmale Jeans. Ihre fast militärisch anmutende Haltung passte perfekt zu den strengen Zügen um ihren Mund. Denen wiederum widersprachen ihre offenen Augen und ihre wilden Haare so vehement, dass mich ihr Anblick genauso verwirrte wie faszinierte. Sie war so sehr diese Insel mit ihrer Schroffheit und ihren warmen Buchten, dass einen Moment lang der Gedanke in mir aufkeimte, eine Kurzgeschichte nur über Dale's Erscheinung und diese Insel zu schreiben. Beschreiben, vergleichen, wertschätzen, kommentieren, philosophieren – all das bot sie mir in diesem Moment an.

Nun standen sie da, mit ihrem Bier in der Hand, und sagten kein Wort. Und ich hatte, über mein Studium der beiden, völlig meine Gastgeberpflichten vergessen. Zum Aufwärmen also zunächst erst mal Smalltalk, und die Muscheln sollte ich auch endlich in den Kochtopf werfen.

„Ein typischer Inseltag heute. Regen, wohin man fährt. Ich mag das ja eigentlich. Der Geruch der Erde ist so intensiv ... und angenehm zugleich."

Dale bewegte sich als Erste. „Ich war heute bei Donna Karan. Also, in einem ihrer drei Häuser. Wenn man bei diesem Regen durch große Fensterfronten auf den Ozean gucken kann, dann vermittelt er den Eindruck, ein ausgesperrter, wütender Gast zu sein." Sie lächelte leicht.

„Er kann auch wie ein zorniger, betrunkener Gast wirken. Das habe ich mal in Donna's Haus beobachten können. Er greift nach allem. Sieht fantastisch aus."

Sie stimmte mir zu. Das Eis brach langsam. Nur Chip stand immer noch da, als wäre er am falschen Set gelandet.

Gilian, die die ganze Zeit noch im Gästezimmer gewesen war, kam durch das Wohnzimmer und wirkte genau wie das, was ihre Persönlichkeit und ihre Wucht verkörperten. Sie trug Manhattan in meine Küche. Kraftvoll, durchgestylt und einparfümiert. Ein wohlriechendes, lautes Kind der Großstadt. Sie küsste Chip, den Erstarrten, rechts und links und herzte Dale überschwänglich. „Hallo, ihr Lieben. Gut, euch zu sehen."

Mir gab sie einen schwungvollen Klaps auf den Po. Macho konnte Gilian auch und gut. Ich schüttelte lächelnd den Kopf. Das durfte wirklich nur sie.

Sie goss sich und mir Wein ein und füllte mein Glas mit Unmengen von Eis auf. „Verträgst ja sonst nichts." Mit einem Zwinkern stellte sie sich neben Dale. „Und? Wie war denn dein Tag so?"

„Nicht so gut. Zumindest der Anfang."

Chip erwachte aus seiner Starre. „Ich habe mich um den Artikel in der *Newsday* gekümmert. Kenne dort einige der freien Reporter. Die haben immer jede Menge zu erzählen, wenn man sie gelegentlich mit Infos füttert."

„Okay, dann geht doch schon mal rüber. Ich bin in zwei Minuten mit der Pasta fertig." Ich wies meine verschworene Bande um die Ecke zum Esstisch.

Kater saß inzwischen im Durchgang und hatte nur Augen für Dale. Ich nahm das als Schlechtwetter-Getue hin. Sie kraulte ihn einen langen Moment. Kurz darauf saßen wir alle am Esstisch. Wir verspeisten die Nudeln, und wie erwartet konnten die beiden perfekt die Muscheln auslösen. Es schien ihnen zu schmecken.

Chip saß mir gegenüber. Er hatte seine Portion als Erster aufgegessen und nippte nachdenklich an seinem Bier. „Es gab eine Quelle von außerhalb. Scheint Joanne Portland's Tante zu sein. Jeffrey hat wohl Portland über seinen Rauswurf bei Ihnen informiert, und Joanne könnte das ihrer Tante gesteckt haben. Die wiederum griff zum Hörer und hat einen ihrer Ex-Lover angerufen, und schon hatte die

Newsday ihre Schlagzeile. Es geht banal schnell – sogar auf analogem Weg." Chip nahm sich ein paar frittierte Shrimps.

Dale blinzelte. Sie hatte während des Essens geschwiegen und sich bemüht, in perfekter Haltung nicht zu kleckern. Eindeutig suchte sie noch ihre Position in dieser Konstellation. Fühlbar unsicher, hier in meinem Haus, an meinem Tisch. Ich spürte, wie ihre Beine nervös auf und ab wippten und sie versuchte, diese Bewegung nicht in ihren Oberkörper weiterzuleiten. Beruhigend legte ich meine Hand auf ihr Knie und hörte ein leises Ausatmen.

„Und wer stopft der Tante das Maul? Soll ich das machen?" Gilian nahm sich Gemüsesticks und dippte sie in Frischkäse. „Gleich morgen kümmert sich unser Anwalt darum."

„Weiß nicht, Gilian. Gibt man diesen Leuten dann nicht noch mehr Grund zu reden?", fragte ich und nahm vorsichtig meine Hand von Dale's Knie.

Sie löste leicht, wenn auch nur minimal, ihre Anspannung. Ihr Blick traf mich zaghaft.

„Kann sein", antwortete meine Freundin. „Aber es schreckt auch ab. Es ist ja nicht dein Anwalt, sondern der vom Verlag. Das macht dich nicht angreifbarer."

„Da hat Ihre Freundin recht", stimmte Chip zu. „Diese Leute lassen sich sicher eine Weile ruhigstellen, wenn man ein bisschen die Muskeln spielen lässt. Ich kann der Zeitung auch andere *Skandälchen*", er malte Gänsefüßchen in die Luft, „durchstechen."

Ich sah ihn an. „Ich möchte nicht, das andere Leute zum Ziel werden, nur um von mir abzulenken."

„Nee", berichtigte er sich sogleich, „so meine ich das nicht. Ich weiß von ein paar Sauereien, die ans Licht gehören und die ich mir immer aufgespart habe – falls es Wichtigeres zu schützen gibt. Mrs. Furler, ich habe so viel Dreck über Idioten auf meinem Rechner, damit kann ich die *Newsday* über Wochen füttern." Er sah mich mit seinen großen Kulleraugen an. „Aber keine Sorge – es sind kaum

Insulaner darunter.“ Und mit entschuldigendem Blick zu Gilian: „Es sind fast ausschließlich Städter.“

Gilian winkte ab. „Ach, Junge, da musst du keine moralischen Bedenken haben. Wir Städter haben alle ein bis zwei Leichen im Keller.“

Ich sah zu Dale neben mir. „Und wie erging es Ihnen heute bei Chief Spencer?“

Dale suchte im Raum nach den richtigen Worten, fand etwas, verwarf es und hielt sich dann die Hände vors Gesicht.

„Dale? Alles okay?“, fragte Chip sofort.

Ich beschwichtigte ihn mit einer knappen Geste. Das stand mir nicht zu, das wusste ich. Er war ihr bester Freund, aber ich spürte, anders als er, dass sie einen Moment brauchte.

„Ich habe mich provozieren lassen“, presste sie hervor.

„Taktik“, sagte ich.

„Weiß ich. Aber ich bin voll reingelaufen. In ihre Falle.“

„Was ist denn passiert?“

„Chief Spencer hat mich nach unserem Kontakt gefragt.“ Sie sah mir zum ersten Mal direkt in die Augen. „Sie fragte, ob ich glaube, dass Sie *tatsächlich* Interesse an einer Bekanntschaft, einer Freundschaft mit mir haben könnten.“ Dale zuckte schnippisch mit den Schultern. „Und ich habe ihr vorgehalten, es sei doch nicht sonderbar, wenn sich zwei Menschen nett finden. Egal, ob die eine preisgekrönte Schriftstellerin und die andere eine Elektrikerin ist.“

Ich nickte. „Richtig. Nicht sonderbar.“

„Ja. Nur vermutet sie, dass Sie von mir oder uns“, sie deutete mit einer wilden Handbewegung zwischen sich und Chip hin und her, „den Tipp mit dem italienischen Konto bekommen haben. Und jetzt glaubt sie, ich sei Chip!“

„Sie glaubt, Sie sind der Hacker, der mir Tipps gibt?“

Dale nickte heftig mit dem Kopf. „Und das ist Mist. Sie soll gar nicht von der Verbindung wissen. Sie hat mich total auf dem Kieker.

Ich nerve sie, und sie glaubt mir kein Wort. Ich bin für sie nicht mehr als eine lästige Zecke."

Chip rollte mit den Augen. „Das hatten wir doch schon öfter."

Dale deutete auf mich. „Aber doch nicht in dieser Dimension!"

In solchen Momenten neigte mein träumerisches Hirn nun doch dazu, handfest zu werden. „Ist doch albern. Wir sind jetzt eben befreundet. Haben uns vor Kurzem getroffen und auf Anhieb sympathisch gefunden. Passiert nun mal. Das kann die Polizei nicht verbieten. Krämer-Kind trifft Elektro-Tochter. Das hat Potenzial für eine freundschaftliche Basis." Ich legte meine Hand auf ihren Unterarm und fragte mich gleichzeitig, wann ich das letzte Mal einen fremden Menschen so oft berührt hatte.

Doch auch das war jetzt nun mal so.

Dale schien es nicht zu beruhigen. „Aber sie wird mich beobachten. Sie hat sogar meinen Chef auf mich angesetzt. Er hat mich zu ihr geschickt. Die zieht die Drähte enger."

Während alle betroffen nach Worten rangen, war mir intuitiv klar, was ich sagen musste. „Ich werde es Chief Spencer erklären. Ich werde ihr sagen, dass wir uns angefreundet haben. Wo soll da das Problem sein? Sonst werden ja auch unsere Treffen hier zum Spießrutenlauf. Wenn dauernd jemand hinterfragt, warum Sie oder Chip hier sind. Ist doch ganz normal. Die eine verkabelt elektronische Welten, die andere verbale. Chief Spencer sollte aufhören, dahinter eine Verschwörung zu sehen! Die gibt es ja auch nicht, oder?" Ich zwinkerte in die Runde.

Gilian lächelte. „Nein, es ist nichts Konspiratives an unseren kleinen Treffen hier." Sie blickte betont ernst. „Ich mache nur Spaß", winkte sie ab. „Hole mal noch 'ne Runde Bier."

Chip sah Dale lange an. „Du musst dir über so was keine Gedanken machen, das ist Polizeimasche. Sie kann nicht rausfinden, wer ihr Tipps gegeben hat. Wir kriegen das hin."

Gilian reichte das Bier. Und ich nahm meine Hand von Dale's Arm.

„Gibt es neue Informationen über die Hintergründe von Stallbruck's Tod? Ich meine Motive, Komplizen, Strippenzieher und so weiter?", fragte ich in die Runde.

Chip's Augen wurden größer. „Ich habe schon viele mögliche Wege aufgezeichnet. Bei mir zu Hause an der Wand. Im Kopf habe ich es allerdings auch. Aber wir könnten natürlich strukturierter vorgehen", er blickte mich wissbegierig an, „zum Beispiel, indem wir es so machen, wie Sie einen Roman planen. Mit Storyline und so."

Die Erwartung in seinem Blick musste ich gleich enttäuschen. „Ich habe überhaupt keinen Plan, wenn ich schreibe. Bei mir entwickelt sich das einfach. Gerade noch denke ich, Sybille könnte jetzt mal was Gutes widerfahren, da ist sie zehn Seiten später tot."

Gilian knabberte immer noch Gemüsesticks. „Das kann ich tausendprozentig bestätigen. Frage Cate nie nach Handlungssträngen. Die gibt es nicht. Dass bei den verflochtenen Geschichten am Ende ein Plot herauskommt, der Hand und Fuß hat, ist für mich das größte Wunder. Ich kann es nicht nachvollziehen. Du musst sie machen lassen und hoffen, dass deine Lieblingsrolle am Ende nicht doch ein Schizophrener mit genialem Cellospiel ist."

„Wie kommst du jetzt auf Cello?", wandte ich ein.

Sie wehrte mit der Hand ab. „Nur ein Beispiel. Kann auch ein toller Bildhauer sein."

Ich nickte. Klang beides gut.

„Also, Chip, fangen Sie einfach mit Ihren Theorien an", begann ich erneut.

Chip nahm sich ein Blatt, schrieb Stallbruck's Namen in die Mitte und drumherum weitere Namen, unter anderem den von Jeffrey. Als er die Linie zwischen Stallbruck und Jeffrey zog, krampfte sich mein Herz zusammen. Ich hatte es verstanden, aber die Linien und Namen auf dem Papier hatten eine größere Macht als die losen Gedanken in meinem Kopf. Chip zeichnete die sicheren Verbindungen in einer bestimmten Farbe, die vagen in einer anderen Farbe.

„Also“, er holte tief Luft. „Eine Möglichkeit wäre, dass sich Stallbruck von den Birds bei der Erpressung hat beraten lassen.“ Stift auf den Namen des Toten, Stift auf Wastiaux und Smith. „Die Erpressung hat er dann allein durchgezogen.“ Stift auf Jeffrey. „Dann wurden die Birds sauer, haben ihm eine Falle gestellt und ihn hinter Ihrem Haus hingerichtet, um auch Ihrem Mann …“, wieder Stift auf Jeffrey, „… zu zeigen, dass das Thema noch nicht durch ist.“

Wir sahen ihm alle gebannt zu. Mein Magen krampfte immer noch, und ich spürte, wie mir schwindelig wurde. Aber kneifen galt jetzt nicht. Die Theorie war meiner ähnlich, hatte nur zusätzlich den Charme, dass es eine halbwegs mögliche Erklärung gab, warum Stallbruck hinter *meinem* Haus sein Ende fand.

„Finde ich nicht abwegig, aber haben Sie irgendwelche Beweise dafür?“ Ich spürte Hoffnung aufkeimen, vielleicht kamen wir in diesem Drama ja einen Akt weiter.

Doch Chip zerschlug mein Hoffnungsfünkchen umgehend. „Nein ... leider nicht. Eher im Gegenteil. Ich habe Fragmente eines E-Mail-Wechsels zwischen Stallbruck und den Birds gefunden, die eher darauf hindeuten, dass sie alle zusammen …“, Stift auf den Toten, Stift auf Wastiaux und Smith und ein nicht abgesetzter Stift auf Jeffrey’s Namen, verbunden mit einem zutiefst bedauernden Blick, „… den ganzen Mist jemand anderem in die Schuhe schieben wollten.“

Ich konnte nicht folgen. Verwirrung machte sich in allen Bereichen meines Hirns breit.

Dale griff den Stift und sah Chip mit wütendem Blick an. „Aber das wissen wir doch gar nicht. Oder bist du weitergekommen? Hast du noch was gefunden?“

Er atmete laut aus und strich sich über die Stirn. „Ich habe eine Mail gefunden von Benjamin Wheeler. Ein ganz kleines Licht bei den Birds. Er hat Wastiaux einen abfotografierten Kassenzettel der Apotheke in Southampton geschickt, der den Kauf von Zolpidem belegt. Das Rezept dafür ist auf Wheeler's Oma ausgestellt. Wastiaux hat darauf mit dem Daumen-hoch-Emoji geantwortet."

„Also hatten diese Typen das Narkotikum!", stieß Gilian hervor.

Chip nickte. „Sie hatten es und haben es benutzt. Hinter Ihrem Haus. Während Ihr Mann hier schlief und Sie in Manhattan waren. Das ist ziemlich klar."

„Und was heißt das?" Ich hatte nicht mehr die Nerven und die Kraft, all die Gedanken zu Ende zu spinnen und mir alle Möglichkeiten dieser Abgründe vorzuführen. Das würde sowieso heute Nacht in meinem Kopf passieren.

„Ich glaube", Chip langte über den Tisch und berührte für Bruchteile einer Sekunde meine Hand, „dass es bald einen Verdächtigen geben wird. Dem alles untergeschoben wird und von dem die Polizei meint, dass er der Mörder ist. Und ich glaube auch, dass das ein Strohmann sein wird. Ein armer Kerl, der nichts mit all dem zu tun hat. Oder vielleicht nur ein bisschen. Aber jemand, der aus dem Hut gezaubert wird und am Ende der Blöde sein soll. So wie Wheeler zum Beispiel. Der bietet sich perfekt an. Ein Mann fürs Entsorgen und einer, der entsorgt werden kann."

Alle schwiegen. Gilian war so erstarrt, dass sie sogar das Atmen zu vergessen schien. Dale sah betreten auf den Boden, und ich versuchte Sauerstoff in meinen Kreislauf zu bringen, indem ich aufstand und hin- und herlief.

„Und dann kämen die wahren Täter davon", fragte Gilian nach langem Schweigen.

„Das kommt ganz auf Chief Spencer an. Geht sie den leichten Weg, dann ja. Ist sie interessiert genug, dann haben wir noch die Chance, alles aufzuklären."

Ich umrundete gerade zum x-ten Mal den Tisch. Jeffrey's Name sprang mir vom Papier immer wieder entgegen. Und dazu noch die Verbindung zu den Flying Birds. Dieser Rockergang, die mich seit langer Zeit beschäftigte und nicht losließ. Ich hatte über sie recherchiert, ihre Strukturen und Machenschaften seziert und analysiert. Das, was ich eigentlich suchte, kam dabei nicht zum Vorschein. Aber wenigstens wurde ein richtig guter Roman daraus: *Outlasting Warriors.* Der Titel war natürlich ironisch gemeint.

„Aber mein Mann hat damit nichts zu tun, oder? Also, nicht noch mehr?“, fragte ich.

Chip sah Dale an. Sie biss sich so sehr auf die Lippen, dass er seine Worte auch unausgesprochen hätte lassen können. „Auszuschließen ist das nicht.“

„Ihr wollt mich auf den Arm nehmen!“, brauste ich auf.

Gilian stand auf und umarmte mich. „Es sind Ideen. Wir müssen alles auf den Tisch bringen, Cate. Lass ihn erst mal reden“, flüsterte sie.

Chip versuchte es etwas nuancierter. „Er könnte es gut gemeint haben. Vielleicht wollte er den miesen Erpresser etwas einschüchtern lassen. Man weiß ja nie, wie viele Kopien der Fotodateien existieren. Und eins ist klar: Ihr Mann wollte nicht, dass diese Sache öffentlich wird. Das war ihm zu peinlich.“

Ich sah ihm an, wie sehr er Jeffrey verachtete. Wie sehr seine Bemühungen, meinen Mann neutral zu sehen, an seinem Nervenkostüm zerrten. Dieser junge, etwas unförmige Kerl verkörperte trotz seiner eigenen Verschrobenheit sehr viel Geradlinigkeit. Und ein Typ, der seine Frau hintergeht und sich dann noch erpressen lässt, konnte in Chip’s Augen noch viel weiter gehen. Sehr viel weiter. Aber solchen Gedanken konnten weder mein Verstand noch mein Gefühl folgen. Jeffrey hatte mich zutiefst verletzt, er hatte alles, was wir uns versprochen hatten, mit Füßen getreten. Zertrampelt, zermalmt mit seinem Ego. Aber er würde niemals einen Mord in Auftrag geben. Da war ich mir, trotz all der Unsicherheit, die er in mein Leben platzen ließ, ganz sicher.

„Das glaube ich nicht. *Fühle* ich nicht, Chip. Das muss anders gewesen sein. Vielleicht doch eher ein Racheakt der Rocker an einem Abtrünnigen. Einem, der zu selbstständig wurde.“

Ich stand am Kopf des Tisches und erwartete, dass mich eine der Frauen unterstützte. Gilian, eine weitere, echte Kritikerin von Jeffrey, würde es wohl nicht sein, aber Dale – die könnte doch für Jeffrey in die Bresche springen. *Ihre* Haltung zu meinem Mann sollte doch noch am neutralsten von uns allen sein.

„Was meinen Sie, Dale?" Ich reckte auffordernd das Kinn nach vorn. „Sie haben meinen Mann doch kennengelernt. Trauen Sie ihm ein Mordkomplott zu?"

Cate starrte mich auffordernd an. Ihre grauen Augen formten Worte, die ich förmlich greifen konnte. *Sag was. Irgendwas, das ihn entlastet.*

Aber ich sah nicht nur ihre Gedanken vor meinem inneren Auge. Ich sah auch Jeffrey Dinklage mit der Superblondine am Abend nach dem Mord. Entspannt nach dem Sex. Ohne Scheu, seine Geliebte durch das Haus seiner Frau trippeln zu lassen. Ich fühlte seinen festen Griff an meinem Oberarm. Ich sah seinen Blick. Betrunken und lüstern. Es tut mir leid, Cate. Aber diesem Kerl traue ich einiges zu, dachte ich, brachte es aber nicht übers Herz, es auszusprechen. Ihre Augen hafteten immer noch auf mir.

„Ich denke, wir sollten nicht zu viel von vornherein ausschließen. Sie könnten recht haben, Mrs. Furler, aber Chip's Idee von dem Strohmann sollten wir auch nicht verwerfen", schlug ich so diplomatisch, wie ich nur konnte, vor.

„Sie trauen es ihm also zu?", stieß sie leise hervor.

Ich schüttelte unbehaglich und nur leicht den Kopf. „Nein, so will ich das nicht sagen. Wenn er noch tiefer verstrickt war als ohnehin schon, dann sicher nicht mit Mordabsichten. Wenn sich das Kaninchen mit einem Rudel Wölfe einlässt, kann es vorkommen, dass es das nicht überlebt."

Gilian schnalzte mit der Zunge. „Wow! Der Satz hätte von dir sein können, Cate. Du färbst ab auf unsere Inselschöne."

Wir mussten alle lachen. Auch Cate, die ihre Wanderung abbrach und sich am Kopf des Tisches niederließ.

„Was seid ihr doch für ein durchgedrehter Haufen! Gut, dann lasst uns alle Wege aufzeichnen. Alle Wölfe, Schafe, Kaninchen und Statisten aufnehmen und weiter alle möglichen Netze spinnen. Ich brauche dafür aber mehr Wein. Mein Kopf muss lockerer werden. Das Gehirn gerne matter – sonst nimmt mein Herz noch erheblicheren Schaden“, fügte sie leise hinzu.

Ich ging mit Gilian in die Küche, um Nachschub zu holen, während Chip mit glühenden Wangen neben Cate noch mehr Zettel auf dem Tisch verteilte und weitere Namen aufzuschreiben begann.

Als Gilian zwei Bier aus dem Kühlschrank nahm, winkte ich ab. „Für mich nicht. Muss noch fahren.“

Gilian hob ihre Augenbrauen und sah mich amüsiert an. „Sei doch etwas lockerer, Miss Roberts. Ihr könnt doch auch hier schlafen. Es gibt genug Platz. Ich glaube, es tut ihr gut, die gesamte Bande um sich zu haben. Du kriegst mein Bett und Chip das Schlafsofa in dem Büro von dem *faccia di culo*. Und ich krieche zu Cate unter die Decke. Kein großes Ding.“

Für mich schon. Es war eine verdammt große Nummer für mich, überhaupt hier zu sein, Gehör zu finden, an diesem Tisch. Außerdem hatte ich Idiotin mich tatsächlich für einen Auftrag am morgigen Samstag einteilen lassen. „Nein, ich denke, ich sollte mit Chip später zurück nach Sag Harbor fahren.“ Zusätzlich war ich mir wirklich nicht sicher, ob Cate wirklich Gilian in ihrem Bett haben wollte. Aber das war ein anderer Gedanke.

Gilian lugte ungeachtet meiner Worte um die Ecke zu Cate und sagte: „Du, Cate! Was hältst du davon, wenn alle heute Nacht hierbleiben? Dann könnten wir bis nach Mitternacht Detektiv spielen, Bier und Wein trinken und reden. Ich glaube, dass täte uns allen gut.“

Ich zog an ihrem Arm. „Nein, Gilian, wirklich nicht“, flüsterte ich.

Aus dem Esszimmer klang Cate's Stimme ruhig und warm wie Seide. „Von mir aus. Genug Schlafmöglichkeiten haben wir ja. Du kommst zu mir, gibst Dale dein Bett, und Chip schläft auf dem Sofa in Jeffrey's Büro. Passt eigentlich gut."

Gilian schenkte mir ein siegessicheres, breites Grinsen. „Und? Überredet, wenn sie es sagt?", flüsterte sie zurück.

„Ich habe nichts dabei. Keine Schlafsachen, keine Zahnbrüste, nichts. Außerdem muss ich morgen arbeiten", versuchte ich es erneut.

Sie hakte sich bei mir unter. „Komm, sei keine Spielverderberin. Sachen für eine Übernachtung haben wir hier." Dann nahm sie lässig mit der freien Hand die beiden Bierflaschen und die Weinflasche und schob mich zurück ins Esszimmer, wo Chip mit hochrotem Kopf und offenem Mund auf seinem Stuhl saß und Cate, die mit den Zetteln auf dem Tisch puzzelte, von der Seite anstarrte. *Er* war auch noch eine Chance für den halbwegs geordneten Rückzug.

„Chip, ist es nicht besser, wenn wir einfach später wieder fahren? Ich meine, wir müssen Mrs. Furler ja nicht noch mehr auf der Pelle sitzen."

„Tun Sie nicht", wandte Cate sanft ein, ohne den Blick vom Tisch abzuwenden.

Chip musste seinen Kiefer mehrere Male wortlos bewegen, bevor ein gestammelter Brei seinen Mund verließ. „Also, äh, wenn das … ich meine, äh, falls, dann, äh, können wir ja noch … ja, äh, arbeiten. Oder so. Aber, äh, ich kann auch fahren."

Cate schrieb gerade Joanne Portland's Namen auf ein Blatt Papier und schob es weit hinaus zur Tischkante. Sie grummelte leise Flüche und nahm das Glas, das ihr Gilian reichte.

„Von mir aus können Sie gerne bleiben." Sie schob Portland noch ein Stückchen weiter, sodass der Zettel fast vom Tisch fiel. „Zahnbürsten für beide habe ich, und Dale bekommt für die Nacht was von mir. Für Chip finden wir bestimmt noch einen Pyjama meines Mannes."

Ich gab auf, nahm das Bier und leerte es zur Hälfte.

Gilian grinste mich immer noch an. „Schachmatt, was?"

Ich prostete ihr kopfschüttelnd zu. Dieser Fall hier war wirklich ganz anders als alles, was Chip und ich je erlebt hatten.

Der Abend verlief wie ein Wettbewerb in *Cluedo*. Einer stellte eine Vermutung auf, und die anderen prüften und hielten dagegen. Behauptungen wurden vorgetragen und über den Haufen geworfen. Theorien, die keiner ganz entkräften konnte, wurden auf einen separaten Zettel geschrieben.

Kater hatte sich unterdessen auf meinem Schoß zusammengerollt und schlief tief und fest. Gelegentlich, wahrscheinlich wenn eine Maus seine Träume kreuzte, fuhr er leicht die Krallen aus und bohrte sie sanft in meinen Oberschenkel. Cate warf uns ab und zu einen schmunzelnden Blick zu, kommentierte seine Platzwahl aber nicht.

Ich fühlte mich erstaunlich wohl in diesem Haus, in dieser Runde. Gilian markierte mit zunehmendem Weingenuss die Großstädterin, die allem und jedem an freiem Geist und Toleranz voraus war. Vor allem natürlich uns Insulanern. Cate parierte ihre markigen Sprüche mit Charme, Humor und feinfühliger Weitsicht. Chip folgte diesen Wortgefechten mit verliebtem Blick. Er saugte Cate's Worte förmlich in sich auf und schien alles auf einer Festplatte in seinem Herzen abzuspeichern. Und ich genoss die Atmosphäre, die trotz des ernsten Hintergrunds so leicht und perlend wirkte wie eine Sommergischt am Atlantik.

„Ich möchte noch eine gute Theorie", warf Cate kurz nach Mitternacht in die Runde. Sie sah in unsere Gesichter. „Hat noch jemand was?" Zu Chip gewandt: „Sie vielleicht? Sie sind ja in Ihrer ersten Idee stecken geblieben", frotzelte sie.

Chip sah sie beschämt an. Er war kein Schauspieler. Er war ein Mensch, der seiner Überzeugung geradlinig folgte. Es gab für ihn kein Rechts, kein Links, bis seine Vermutung sich durchsetzte oder grandios scheiterte. Von diesem Prinzip konnte er auch für seine

Heilige nicht abweichen. Er wollte keine Gedankenspiele, keine Wortgefechte. Er war gerade wie der Horizont am Meer.

Deshalb sprang ich für ihn ein. „Ich habe noch etwas." Dabei zappelte ich ein wenig auf meinem Sitzplatz, und Kater quittierte es, indem er rabiat seine Krallen in meinem Bein versenkte. „Autsch", entfuhr es mir leise.

Alle rückten wieder etwas näher an die Tischplatte. Außer mir. Ich war festgenagelt. Egal.

„Einer muss für mich Linien ziehen und die Namen umkreisen", sagte ich mit Blick auf Kater.

„Das mache ich." Cate schnappte sich einen dicken Filzstift. Sie hatte die Farbe Rosa gewählt, für besonders vage Ideen.

„Okay. Für den Anfang brauchen wir leider Schwarz, für den unumstößlichen Fakt."

Cate tauschte die Stifte und wartete auf weitere Anweisungen.

„Umkreisen Sie bitte Portland und Ihren Mann. Zum x-ten Mal, ich weiß, aber es wird gleich anders."

Cate schnaufte etwas verdrossen, aber sie tat, worum ich sie bat, schob die Zettel zusammen, umkringelte Jeffrey und seine Geliebte und zog eine fette schwarze Linie zwischen den beiden.

„So, jetzt ziehen Sie eine Linie zwischen den Birds und Portland. In Rosa. Geht nicht anders. Ist hochspekulativ." Ich lächelte sie aufmunternd an.

Cate zog schmunzelnd die Linie.

„Gut, dann bitte eine Linie zwischen den Birds, Stallbruck und Portland. Auch in Rosa. Und eine Linie zur Presse. Rosa. Keine Verbindung zur Polizei oder zu einem von uns. Und keine Rückkopplung zu Ihrem Mann."

Chip erhob sich und sah auf das Blatt. „Und was ist die Story dahinter? Du musst eine Erklärung haben, sonst macht das keinen Sinn, Dale. Nur rumspinnen ist doof." Keine Ordnung in seiner Ordnung machte Chip nicht glücklich.

„Portland wusste von der Erpressung", begann ich meine Story. „Sie hat mit Jeffrey diskutiert, gestritten. *Lass es doch alles auffliegen. Dann kannst du mit mir zusammen sein …* bla, bla, bla. Jeffrey wollte *das* aber wiederum nicht. Er bevorzugte den direkten Weg. Stallbruck bezahlen und hoffentlich einen Deckel auf diesen Mist setzen. Also richtete er das Konto ein. Natürlich ein bisschen doof", ich nickte Cate zu, „Entschuldigung, dass ich das so sage, aber vielleicht Macht der Gewohnheit. Er glaubt, Italiens Stiefel ist weit weg, und hält sich für besonders clever. Die Zahlung klappt, Stallbruck ist zufrieden."

Ich versuchte, mich etwas gerader hinzusetzen. Langsam schliefen mir die Beine ein. Kater zuckte nur.

„Dann kommt die Linie zwischen Portland und den Birds. Portland denkt: *Schade, so eine schöne Chance vertan,* und wendet sich an Smith oder Wastiaux. Die kennt sie – keine Ahnung, woher, aber man kennt sich eben. Sie erzählt von der geglückten Erpressung, bei der die Birds eigentlich mitkassieren wollten. Dann kommt die Idee: Wir bringen Stallbruck um die Ecke. Und zwar nicht um irgendeine Ecke, sondern um die von Cate Furler. So ein Mord an prominenter Stelle wird eine Menge Staub aufwirbeln. Und Nachforschungen mit sich bringen. Wer ist der Tote, was gibt es für eine Verbindung zum Hause Furler/Dinklage und so weiter. Und was fliegt auf? Zumindest mal die Erpressung. Das führt wiederum dazu, dass die Affäre enttarnt wird. Und schon hat Portland, was sie wollte. Nämlich die Trennung von Ihnen beiden. Und die Birds sind auch glücklich, weil Stallbruck, der versucht hat, sie zu hintergehen, tot in Ihrem Garten liegt. Ein großer Spaß für die Ganoven, die Geliebte hat vermeintlich freie Bahn, und Sie, Cate, haben ein gebrochenes Herz. Ist doch aus deren Sicht eine echte Win-win-Situation."

Ich atmete durch und lehnte mich wieder zurück gegen das Kissen, das Cate mir in den Rücken geschoben hatte, damit es nicht allzu unbequem für mich wurde. *So steif und starr, mit dem schlafenden Prinzen auf meinem Schoß,* wie sie meinte.

Alle sahen mich mit großen Augen an. Cate strahlte nach einem kurzen Moment übers ganze Gesicht.

„Ich liebe diese Theorie. Barbie lässt Erpresser von Rockern niedermeucheln. Das ist zu schön. Wir überführen sie, und sie stöckelt in den Knast. Herrliche Vorstellung."

Sie stand auf und gab mir einen Kuss auf die Wange. „Danke, Dale. Das ist meine perfekte Wunschvorstellung in diesem Schlamassel."

Chip sah mich aus engen Augenschlitzen an. War er jetzt etwa eifersüchtig auf den Kuss?

Was?, sagte ich tonlos und zuckte fragend mit den Schultern.

Er kratzte sich am Kopf. „Ach, nichts. Da war nur so ein Moment. Aber er ist jetzt wieder weg. War eher so ein Blitzgedanke. Erschien mir wichtig. War aber zu schnell. Ich muss schlafen, vielleicht finde ich ihn dann wieder", grummelte er halblaut zu mir rüber.

„Wir sollten alle langsam schlafen gehen", meinte Cate lächelnd und hob Kater von meinem Schoß.

Ich streckte meine steifen Beine aus. Als ich aufstand, spürte ich das Bier in meinem Kopf. Es war ein sehr angenehmer kleiner Rausch, der sich von den Haarwurzeln bis in die Fußspitzen ausweitete.

Gilian erhob sich aufreizend lässig und machte sich auf, das Gästezimmer zu räumen. Cate besorgte Bettwäsche für meinen besten Freund, und ich fing an, die Gläser und Flaschen einzusammeln. Alle schwärmten umher. Nur Chip, der blieb mit den Händen in den Hosentaschen in der Küche stehen und starrte auf den Boden.

„War ein schöner Abend, oder?", flötete ich gut gelaunt.

„Hm", war sein einziger Kommentar.

Ich spülte die Gläser und stellte sie auf den Abtropfrost neben der Spüle. Cate kam mit Bettzeug im Arm zurück und bat Chip mitzukommen.

Er folgte ihr in gebührendem Abstand. Dass er sich den ganzen

Abend über nicht an ihre Nähe gewöhnen und seine Scheu ablegen konnte, war selbst für mich überraschend. Dabei machte Cate es einem so einfach, sich bei ihr wohlzufühlen ... Sie strahlte so viel Ruhe und Wärme aus, dass man sich fallen lassen konnte – und auch wollte. Chip war eben anders. In allem. Selbst wenn er verliebt war.

Ich räumte weiter die Küche auf, schob unsere Zettel auf dem Esstisch zusammen und begann, ihn abzuwischen.

„Wann müssen Sie morgen raus?", hörte ich Cate's sanfte Stimme direkt hinter mir.

Ich zuckte leicht zusammen, denn ich hatte sie nicht kommen hören. „Um halb sieben wird reichen. Ich setze Chip in Sag Harbor ab, dann fahre ich zu mir und ziehe mich um. Der Job morgen ist bei uns im Hafen, um 9 Uhr. Dafür muss ich nicht erst in die Zentrale." Ich trocknete die Wischspuren auf dem Tisch und drehte mich zu ihr um.

„Ich gehe draußen noch eine Zigarette rauchen. Haben Sie auch Lust auf fünf Minuten frische Luft?"

Ich nickte und öffnete die Außentür für sie. Sie schlüpfte an mir vorbei ins Freie. Der Regen hatte aufgehört, oder er gönnte Water Mill – nur für uns und diesen Augenblick – eine kleine Pause.

Sie hob ihren Kopf und sah in den Himmel. „Es sind sogar ein paar Sterne zu sehen."

Ich blickte ebenfalls hinauf. „Ich hoffe, es war wirklich nicht schlimm, dass ich die Portland-Geschichte mit Ihrem Mann noch mal angesprochen habe."

„Nein." Sie sah mich an. „Nein, habe ich doch gesagt. Es wäre eine schöne Lösung für den ganzen Schlamassel. Und gäbe mir etwas Genugtuung." Sie lächelte.

„Gut." Ich lächelte auch.

Gilian schob die große Terrassentür im Wohnzimmer auf und kam in einen Bademantel gehüllt auf uns zu. „Ich gehe ins Bett." Sie küsste mich rechts und links auf die Wange. „Schlaf gut, Inselmädchen. Cate zeigt dir sicher alles", sie zwinkerte wieder, „ist nämlich *ihr* Haus – und *nur* ihr Haus. Bis später, Cate."

Sie verschwand wieder im Wohnzimmer, schob die Tür hinter sich zu und schloss die Leinenvorhänge.

„Sie ist eine wunderbare Frau", stellte ich leise fest.

„Ja, ist sie. Sie ist mein Fels in der Brandung, mein Rettungsring, wann immer die See zu rau wird." Cate sah in den Garten hinaus. „Eigentlich sollte eine Ehefrau so etwas über ihren Mann sagen und nicht über die beste Freundin, aber es war immer so. Ist so." Sie stieß kleine Rauchwölkchen aus. „Manchmal ist das Leben merkwürdig. Aber man nimmt es an und arrangiert sich damit. Gilian wollte immer einen anderen Mann für mich. Oder – ich weiß nicht – eine andere *Frau* wäre ihr sicher auch recht … Ich hatte mich aber für Jeffrey entschieden. Und wenn ich so eine Entscheidung treffe, dann stehe ich auch dahinter."

„Gilian liebt Sie."

Sie sah mich immer noch nicht an. „Ich weiß. Und ich liebe sie. Aber ich tauge nicht als Partnerin für sie. Es ist tiefe Freundschaft. Nichts anderes. Hat Gilian Ihnen von Matthieu erzählt?"

„Nein. Wer ist das?"

„Ein ganz großartiger Mann, der als Partner an Gilian's Seite mehr als perfekt ist. Aber sie kann sich nicht fest binden. Hält immer die Augen offen." Cate wandte sich zu mir. „Lassen Sie uns reingehen. Es wird ein bisschen kalt. Und ich möchte nicht riskieren, dass meine tapfere Detektivin sich erkältet."

Sie strahlte mich an und nahm zwei Schritte lang meine Hand, um mich zum Haus zu führen. Durch das Wohnzimmer hindurch gingen wir zum Bad.

„Ich hole Ihnen etwas zum Schlafen. Brauchen Sie auch eine Pyjamahose? Oder reicht ein Oberteil?"

„Ein Oberteil reicht mir. Ich friere nachts nicht leicht."

Sie nickte und verschwand durch den Nebenraum.

Ich stand vor dem Spiegel und putzte mir die Zähne. Verrückter Kram. Da spülte mich der Zufall an das Haus der besten Schriftstellerin unseres Landes, dann philosophierte ich mit ihr über Liebesdinge und jetzt stand ich in Unterwäsche in ihrem Bad und alles wirkte total normal. Dabei war das wirklich abgedreht. Total abgedreht.

Sie klopfte an die Badtür. „Ich habe Ihnen was aufs Bett gelegt. Gute Nacht, Dale."

„Cate?" Ich spülte schnell meinen Mund aus.

„Ja?"

Ich öffnete die Tür und sah sie an. „Danke, Cate. Das war ein schöner Abend."

Sie schmunzelte. „Ich danke Ihnen. Habe Ihnen und Chip Kaffee für morgen vorbereitet. Sie müssen nur die Maschine anstellen. Schlafen Sie gut, Dale."

Dann verschwand sie in der Dunkelheit.

16. April 2016

Water Mill, Holly Lane 17

So gut und ausgeruht war ich in den letzten Wochen selten aufgewacht. Ich streckte meine Glieder und befahl meinem Wecker, mir noch zehn Minuten in dieser kuscheligen Ruhe zu gönnen. Durch einen Spalt im Vorhang konnte ich ein wenig in den Vorgarten linsen und sah tatsächlich eine Hirschkuh genüsslich weiden. Ich schob mich auf der Matratze ein bisschen dichter ans Fenster, um dieser Idylle näherzukommen.

Seufzend wickelte ich noch einmal die Bettdecke um mich. Gestern Nacht war ich irritiert gewesen – mit Cate's T-Shirt an mir, in ihrem Gästezimmer und der Bettwäsche um mich, die erfüllt war von Gilian's Parfüm. Die beiden fühlten sich so nah an. Nach einer kurzen Weile war es mir gelungen, meinen irritierten Verstand zu überzeugen, nicht mehr irritiert zu sein, und ich hatte mir gestattet, mich einfach nur wohlzufühlen. Sofort war ich eingeschlafen. Tief und fest wie ein Baby.

Jetzt ging ich ins Bad, wusch mich, schlüpfte in meine Sachen vom Vortag, schüttelte dann das Bett auf und tapste auf Zehenspitzen barfuß durchs Wohnzimmer, um Cate und Gilian nicht zu wecken.

Anders musste ich bei meinem Freund vorgehen. Ich klopfte an seine Tür und flüsterte seinen Namen. Er gab ein mürrisches Brummen zurück. Na, immerhin – wach war er.

Kater saß gähnend auf dem Küchentresen und blinzelte mich

müde aus halb geöffneten Augen an. Ich ging auf ihn zu, und er rammte seinen Kopf zur Begrüßung gegen meine Stirn.

„Na, mein Schöner? Gut geschlafen?"

Er rekelte sich mit imposantem Katzenbuckel, den er elegant in eine perfekte Streckung übergehen ließ.

„Hast Hunger, was? Ich weiß nur nicht, wo hier dein Futter ist."

Ich dimmte das Licht auf und sah mich um. Vor der Kaffeemaschine lag ein Zettel. Er war von Cate. Daneben stand Kater's Napf und eine ungeöffnete Dose Futter inklusive einer Gabel.

„Siehst du? Frauchen hat an alles gedacht", flüsterte ich und füllte das Futter in seinen Napf. Ich stellte ihm den Napf auf den Tresen, schaltete die Kaffeemaschine an, setzte mich auf den Hocker und las die kurze Nachricht in schöner, gleichmäßiger Handschrift.

Liebe Dale,
lieber Chip,
es ist eine ziemlich windige Zeit, in der wir uns gerade begegnen. Aber Ihre frischen Gedanken und Ihre Hilfe flachen die Böen ab.
Vielen Dank für Ihre Unterstützung, die Nadel im Heuhaufen der Theorien zu finden.
Bis ganz bald
Cate

Ich nahm mir gerade eine Tasse Kaffee, als Chip zu uns in die Küche stieß. Kater sah kurz auf, mampfte dann aber unbeeindruckt weiter.

„Kaffee?"

Er nickte. Das wusste ich, ohne hinzusehen. Ich schenkte ihm ein, rührte einen Löffel Zucker unter und gab ihm die Tasse.

„Hast du gut geschlafen?"

Er schüttelte den Kopf und grummelte: „Kein Auge zugemacht."

„Kannst ja gleich bei dir noch pennen", schlug ich vor.

Mein bester Freund hatte scheinbar einen rabenschwarzen

Schlechte-Laune-Morgen erwischt. Ich musste aber gestehen, dass ich ihn seit fast zehn Jahren nicht mehr um diese Uhrzeit gesehen hatte. Also schwieg ich auch. Ich sah Kater beim Futtern zu und trank in Ruhe meinen Kaffee. Chip ging ins Esszimmer und packte die Zettel der letzten Nacht ein.

„Willst du die mitnehmen?“, fragte ich erstaunt.

Er nickte.

„Sollen wir Cate eine Nachricht schreiben? Ich meine, dass wir die Zettel mitnehmen? Sie hat uns übrigens das hier geschrieben.“

Ich reichte ihm den Zettel mit der schönen Handschrift. Er las und steckte ihn sorgfältig gefaltet in die Hosentasche. Okay, der Verbleib dieser Nachricht war damit auch geklärt. Ich atmete tief aus. Unwiderstehlich, der Mann am Morgen.

„So“, sagte ich und spülte meine Tasse. „Wir müssen los. Wird Zeit für mich.“

Ein letztes Mal kraulte ich Kater, dann schnappte ich meine Tasche und zog mir Socken und Schuhe an. Chip folgte mir mit dunkler Miene. Aus den hinteren Räumen, wo Cate und Gilian schliefen, war nichts zu hören. Ich öffnete die Haustür, und wir gingen leise hinaus. Die Luft war feucht von Regen und Morgendunst. Aber herrlich. Sie blies wohlig die letzte Müdigkeit aus meinen Gliedern und weckte in mir Lust auf den Tag.

Bei Chip verflog ihr Zauber. Er setzte sich mit ernstem Blick auf den Beifahrersitz. Bis zur Scuttle Hole Road hielt ich dieses dämliche Schweigen aus, dann drehte ich die Musik leiser – diesmal war es Katie Perry's neues Album. Eigentlich war es richtig gut zum Wachwerden und für gute Laune generell. Dennoch hatten auch ihre Songs offenbar keine positive Wirkung auf Chip.

„Ist was? Bist du sauer oder so?“ raunzte ich ihn an.

„Wieso sollte ich?“

„Keine Ahnung! Sag du es mir. Du bist seit gestern Nacht so komisch. Seit meiner kruden Theorie über die Portland.“

„Hm“, gab er von sich.

„Ist es das? Hat dich das genervt? Ich wollte Cate eine aberwitzige Alternative zum Abschluss bieten. Mein Gott, Chip, es war doch nur Spaß. Man muss doch nicht alles immer *nur* ernst nehmen.“

Er sah stur nach vorn. Kein Wort.

„Was soll denn der Mist? Sprichst du nicht mehr mit mir?“ Ich schlug mit Hand aufs Lenkrad. „Aber es liegt nicht an dem Kuss, den sie mir gegeben hat ... Sag nicht, dass es daran liegt!“, brüllte ich ihn an.

„Ach, Scheiße“, brummte er knapp.

Ich sah zu ihm. Das konnte doch nur ein Witz sein.

„Verdammt, Chip, die Frau ist Cate Furler! Da hat keiner von uns eine Chance. Selbst wenn wir wollten! Und ich will nicht, falls es dich beruhigt. Ich stehe auf Männer.“

Er stieß genervt die Luft aus.

Ich boxte ihm hart gegen die Schulter. „Was soll das? Bist du eifersüchtig? Spinner!“

Er sah mich an. „Halt doch mal die Klappe, Dale. Ich denke nach. Das Karussell in deinem Kopf interessiert mich gerade überhaupt nicht.“

Okay, das saß. Ich biss mir auf die Unterlippe, um danach erneut Luft zu holen. „Und was soll *das* denn heißen?“ Ich lenkte meinen Wagen auf die Main Street von Sag Harbor. „Was soll das heißen, Chip?“

Ich stoppte den Wagen vor seiner Wohnung. Er schnallte sich wortlos ab und stieg aus. Ich war so fassungslos, dass ich erst ein paar Sekunden nach ihm aus dem Wagen sprang, um ihn wie eine Furie auf dem Bürgersteig zu stellen.

„Kannst du mal vernünftig mit mir reden?“, schnauzte ich ihn an.

Er trottete weiter. Ich hielt ihn an den Schultern fest. Wenn uns jetzt jemand sah, dann wäre Beziehungsdrama noch die netteste Erklärung.

„Was meinst du damit? Was führt denn zum Karussell in meinem Kopf?“

„Mann, Dale, du benimmst dich wie eine Verliebte, die es nicht begreifen will. Aber ist mir gerade scheißegal. Ich muss was nachgucken. Und in Ruhe denken.“

Er ließ mich konsterniert und kopfschüttelnd hinter sich und schloss seine Haustür auf.

„Hey, bleibst du jetzt bitte mal stehen?“

Er blieb stehen. Allerdings mit dem Rücken zu mir.

„Ich bin nicht *verliebt*! Hast du sie noch alle? Es war ein netter Abend, ja und? Hat Spaß gemacht mit den beiden. War cool.“

Er drehte sich zu mir. Langsam und echt genervt.

„Okay, Dale. Du bist nicht verliebt. Solltest auch erst mal all ihre Bücher lesen, bevor du es wagst, dich in sie zu verlieben. Nicht nur zwei. Hab 'nen guten Tag. Ich melde mich später per Mail. Ich muss jetzt echt rauf.“ Damit schlug er die Tür vor meiner Nase zu.

Fassungslos schüttelte ich mich. Das war doch nicht möglich. Ich steckte die Hände tief in die Hosentaschen und suchte irgendetwas zum Kicken. Ein alter Kaffeebecher, der im Rinnstein lag, bot sich schüchtern an. Ich fischte ihn mit dem Fuß heraus und trat ihn vor mir her. Der hatte sie doch nicht alle! Unfassbar! Idiot! Es war wohl noch erlaubt, einen netten Abend mit *seiner* Angebeteten zu haben. War doch nicht meine Schuld, dass er nie aus sich herausging. Hatte ihm schließlich nur mit meiner Fähigkeit *reden zu können* aus dem Dilemma geholfen. Blödmann! Er hätte ja genauso viel mit ihr reden können. Ich habe ihn nicht davon abgehalten – im Gegenteil! Ich hatte seine Schüchternheit überbrückt. Sonst nichts. Was für ein Schwachkopf!

Ich und verliebt! Pah! Das war doch lächerlich!

Ich hatte inzwischen den armen Kaffeebecher bis zum Hafen gekickt. Sergio, der Barista im *Docks,* fegte gerade die Terrasse vor dem Restaurant frei. Er hielt inne und stützte sich auf den Besen.

„Was machst du denn schon hier? Dachte, du kämst um neun.“ Er blickte auf seine Armbanduhr. „Es ist gerade mal 7.50 Uhr.“

Ich sah von meinem Kick-Opfer auf. „Ach, keine Ahnung, Sergio.“

„Komm auf einen Kaffee rein.“

Er öffnete die Tür zum Restaurant und bat mich hinein. Dann verschwand er hinter der riesigen Bar in der Mitte, und ich hörte das laute Brummen der italienischen Kaffeemaschine.

„Cappuccino? Richtig, Dale?“, hörte ich ihn gegen die Mahlgeräusche rufen.

„Richtig“, knurrte ich leise.

Er kam mit zwei Tassen perfektem Cappuccino, setzte sich an die Bar neben mich und schlug mir sanft aufs Knie.

„Siehst toll aus! Hab dich noch nie ohne deine Arbeitsklamotten gesehen. Hier kommst du ja abends selten hin.“

Ich sah an mir herab. Ach, Scheiße, ich musste mich ja noch umziehen! Ich schüttelte den Kopf. „Der Tag hat so schön begonnen“, sagte ich trübsinnig.

„Aber er beginnt doch gerade erst, Dale. Was ist denn los? Frisch verliebt?“

Ich rollte die Augen. „Fang du nicht auch noch an.“

Er, ganz der leidenschaftliche Italiener, breitete seine Arme aus und grinste. „Eine schöne Frau wie du ... Kommst um diese Uhrzeit über die Straße geschlendert, weißt nicht, wo du eigentlich sein solltest … riechst unfassbar gut und strahlst, trotz trüber Miene, von innen. *Das* ist frisch verliebt für mich. Und jetzt weißt du nicht, wie es mit dem tollen Kerl weitergehen soll. Genauso guckst du.“

Gibt es etwas Anstrengenderes als über Liebe schwadronierende Italiener um kurz vor acht am Morgen? Mir fiel gerade nichts ein. Aber der Cappuccino war sensationell.

„Wenn überhaupt, dann ginge es um eine Frau, Sergio.“

Er stutzte kurz, um dann gleich weiter bunte Bilder in den Morgenhimmel zu malen.

„Ach, das wusste ich gar nicht. Aber auch schön. Genieße es, Dale. Die Liebe ist das Kostbarste und Wundervollste, was Gott", er küsste sein Kreuz an der Halskette, „uns schenken kann."

„Ich bin aber nicht verliebt. Und schon gar nicht in eine Frau!", fuhr ich ihm wütend dazwischen.

Er zuckte zurück. „Willst du dir die Außenbeleuchtung ansehen? Deswegen bist du doch gekommen."

Besser war es. Besser arbeiten als sich ärgern. Es war ein schöner Abend gewesen. Den wollte ich mir nicht nehmen lassen. Durch nichts und niemanden.

Southampton, Police Department
9 Uhr

Der Besuch von John Malkovich, unangekündigt an einem Samstagvormittag und noch vor dem ersten Kaffee im Department, brachte Violett Spencer ein wenig aus dem Konzept. Aber nur ein wenig. Sie begrüßte John freundlich und bat ihn zu sich ins Büro. Dann schloss sie die Tür und gab ihm einen Kuss auf seine bärtige Wange.

„Schön, dich zu sehen."

Er grinste kurz und etwas unbeholfen, dann aber wurde seine Miene todernst.

„Ich glaube nicht, dass du das gleich auch noch denkst", murmelte er resigniert.

„Wieso? Was ist los?"

Er ließ sich seufzend auf dem Stuhl vor ihrem Schreibtisch nieder.

„Weiß nicht genau, wie ich anfangen soll." Seine große Hand strich über seinen Bart. „Na, vielleicht am besten so: Du hast mir doch von diesem Hacker oder dieser Hackerin erzählt, der oder die dir Tipps im Fall Stallbruck zugesteckt hat."

Sie nickte zögernd. „Ja, ein Anonymus. Oder eine Anonyma – ich glaube, dass es eine junge Frau vom L. I. E. ist. Eine Neunmalkluge, die sich gerne einmischt. Profilneurose nennt man das wohl heutzutage." Sie lächelte ihn an.

Er kniff die Augen unter seinen buschigen Brauen zusammen. „Hm, aber wohlmeinend?"

„Auf jeden Fall. Eher angetan von der Schriftstellerin. Aber wer ist das nicht?"

Malkovich stieß einen lauten Seufzer aus. „Es muss jemand anderes geben, der sie nicht ganz so sehr liebt wie wir alle."

Er kramte in seiner Tasche und legte einen Computerausdruck vor. Violett Spencer zog das Papier zu sich und begann zu lesen.

Chief Malkovich,
im Anhang finden Sie einen interessanten Mailwechsel. Bin gespannt, was Sie damit anfangen können. Kann auch gerne mehr schicken, denn die beiden haben ziemlich häufig miteinander geschrieben.
Ein besorgter Bürger

Dann folgten Auszüge aus dem E-Mail-Verlauf. Jemand schrieb:

Ich muss sicher sein, dass es nicht noch mehr von diesen Drecksfotos gibt. Sonst sehen Sie keinen Cent!

Ein anderer schrieb zurück:

Ich kann Ihnen den Stick bringen. Da ist alles drauf. Ich heb mir den Scheiß nicht auf, keine Sorge. Deal ist Deal.

Dann wieder der Erste:

Wann krieg ich den Stick?

Der Zweite:

Erst die Kohle.

Der Erste:

Verstanden. Wenn Sie den Stick nicht am 4.4. bei mir abliefern, lernen Sie Leute kennen, die Sie nicht treffen wollen. Ist das klar?

Der Zweite:

Drohen Sie mir? Nicht ladylike.

Chief Violett Spencer blickte erschrocken auf. Erst einmal die Gedanken sortieren. „Was sind das für Mails?“, fragte sie so zaghaft, als wollte sie die Antwort nicht hören.

Malkovich verzog grimmig das Gesicht. „Das ist ein E-Mail-Austausch zwischen deinem Toten und …“, er machte eine Pause. Atmete tief aus. „Und Mrs. Furler.“

Violett schlug es in die Rückenlehne ihres Stuhls. „Nein!“, rief sie laut. „Nein, John, das kann unmöglich sein!“

„Puh, ja, das dachte ich auch. Ich habe meine Jungs das prüfen lassen, und sie sind sich sehr sicher, dass diese Mails von Cate Furler's E-Mail-Account kommen. Ich habe keine offizielle Erlaubnis, auf sie zuzugreifen, aber ich kann dir leider jetzt schon sagen, dass, wenn wir Zugriff bekommen, wir diese Mails finden werden.“

Violett raufte sich die Haare. „Das kann nicht sein, John. Das darf nicht sein! Weißt du, was das für eine Riesensauerei wird?“

Er nickte mit finsterer Miene. „Das wird ein Schlachtfest!“

Violett stand auf. Das war unmöglich. Steen, Mrs. Furler, sollte in die ganze Scheiße involviert sein? Nein, das war nicht akzeptabel.

Sie sortierte die bekannten Fakten in ihrem Kopf, wühlte unkoordiniert auf ihrem Schreibtisch.

„Aber ihr Mann hat doch gestanden, dass er mit Stallbruck direkt Kontakt hatte und ihn bezahlt hat“, erwiderte sie.

Malkovich zog seine Stirn kraus und schob seinen muskulösen Oberkörper näher zu ihr herüber.

„Ja, der Mist von dem Erpresser hinter einem Baum am Parkplatz. Ein Zettel, der vernichtet wurde. Keine Mails, kein nachvollziehbarer Kontakt.“ Er rieb sich die Hände an seiner Hose. „Violett, er hat uns wohl ein Märchen aufgetischt. Vielleicht hat er ja gemerkt, was er seiner Frau damit angetan hat, dass er seinen Schwanz nicht bei sich halten konnte, und wollte sie schützen.“

Chief Spencer sah ihren Kollegen ernst an. „Abwegiger Quatsch, bei so einem selbstverliebten Hornochsen.“

Malkovich zuckte mit den breiten Schultern. „Weiß nicht. *Dem Mist* hier zufolge wurde aber nicht *er*, sondern *sie* von Stallbruck erpresst. Vielleicht sind sie ein Stück des Weges im Zuge der Erpressung zusammen gegangen. Haben das Konto eingerichtet und das Geld überwiesen. Er hatte ja auch Schuld an der Misere seiner Frau. Und dann hat er uns den Bären aufgebunden und was von der Old-School-Erpressermasche erzählt, um zu vertuschen, dass er zwar der Arsch war, der seine Frau betrogen hat, aber seine Frau mit den Folgen seines Seitensprungs und einer Erpressung konfrontiert war. Und zwar modern – per E-Mail.“

Violett schüttelte den Kopf. „Nein, John. Das glaube ich nicht. Niemals. Ist doch auch gar nicht ihr Sprachstil. Lies doch mal den Schwachsinn hier.“ Sie hämmerte mit dem Finger auf den Ausdruck. „Das ist Ganovensprache! Nicht die von Cate Furler. So schreibt sie nicht. Auf keinen Fall!“

„Na ja, ich weiß nicht, ob man in poetischem Stil auf eine Erpressung antwortet, Violett. Ich denke, in so einem Fall hätte auch F. Scott Fitzgerald nicht so schön formuliert wie sonst.“ Chief Malkovich kraulte sich wieder nachdenklich den Bart. „Sie hat Stallbruck an ihr Haus bestellt, Violett. In der Nacht, in der er starb."

Sie beugte sich über den Tisch zu ihm. „Aber sie war in Manhattan, John! Wir haben Zeugen dafür. Den ganzen Tag bis in den Abend hinein ist alles mit Zeugen wasserdicht untermauert, wie in Stein gemeißelt", erwiderte sie inbrünstig.

Er seufzte tief. „Sie muss nicht unbedingt hier gewesen sein, das wissen wir doch beide, Violett. Sie hat ihn sicher nicht selbst umgebracht. Ich kenne sie nicht persönlich, aber ich glaube nicht, dass sie so ein Kaliber ist, das einen Wanst wie Stallbruck zu dem Kabel tragen kann, nachdem sie ihn narkotisiert hat. Und das alles, ohne Schleifspuren zu erzeugen. Und da waren doch keine Schleifspuren, oder?"

„Nein. Nichts dergleichen."

„Also hat man ihn dahin getragen. Das wird Mrs. Furler wohl nicht können, oder ist sie ein Herkulesweib?"

„Sie ist etwa eins siebzig groß, schlank, sportlich", Violett zögerte einen Moment. „Sie ist elegant und sanft. Nein, John, ich krieg das nicht in den Kopf", stieß sie leise hervor.

„Wir können uns unsere Mörder und Anstifter zum Mord leider nicht immer aussuchen. Sonst müssten wir ja nur nach Schlägervisagen und Hohlköpfen suchen. Und dass Cate Furler eine schwarze Seite hat, hat sie in *Amagansett's Twilight* eindrucksvoll bewiesen. Das Buch war streckenweise verdammt düster und brutal. Und das ist ihr aktueller Roman. Wenn sich jemand so eine Handlung ausdenken kann, warum nicht auch mal im wahren Leben? Und dann noch in so einer persönlichen Notsituation."

„Was schlägst du vor?"

Er erhob sich vom Stuhl und stellte sich Violett gegenüber. „Ich möchte noch morgen abwarten. Vielleicht schaffen wir es, diesen Denunzianten", er wies auf den Ausdruck, den er von ihrem Schreibtisch genommen hatte, „aus seinem Kellerloch zu ziehen. Und eventuell über ihn noch mehr Mails zu kriegen. Aber ich fürchte, länger können wir den Deckel nicht auf dieser Sache halten. Dann müssen wir zum Staatsanwalt – und dann zu Mrs. Furler und ihren Rechner konfiszieren."

Er legte ihr vorsichtig seine Hand auf die Schulter. „Ihr macht hier mit eurem Hacker weiter. Er oder sie scheint ja nicht gerade doof zu sein. Diese Hacker können eben mehr durchwühlen als wir mit unseren Vorschriften. Vielleicht geschieht ja noch ein Wunder, und es geht um eine andere Cate Furler." Er tätschelte Violett aufmunternd. „Wir bleiben in Kontakt."

Sag Harbor
9.30 Uhr

Chip lief in seiner Bude auf und ab – soweit es der Platz zuließ. Er kramte verzweifelt in seinem Gehirn. Suchte, sortierte und wühlte in seinen Gedanken. Irgendein Blitz hatte ihn gestern Abend getroffen, als Cate für Dale die Zettel mit den Namen auf den Tisch legte und Dale von ihrer verquirlten Idee mit Joanne Portland faselte. Es hatte mächtig gezuckt in seinem Kopf in diesem Moment, aber leider verflog das elektrische Funkengewitter genauso schnell, wie es gekommen war.

Die ganze Nacht über hatte er wach gelegen und versucht, den Blitz an seinen Ausläufern zu packen und festzuhalten. Aber es entstanden nur neue, kleinere Gewitter, die nichts Konkretes hervorspülten. Am Morgen schließlich ließ Dale mit ihrem überdrehten Geplapper keine vernünftigen Gedanken in seinem Hirn zu.

Meine Güte, *die* hatte es mächtig erwischt. Da hatte eindeutig auch ein Blitz eingeschlagen. Oder ein Pfeil – der von Amor. Dale war vollgetankt mit Emotionen. Aufgekratzt und beeindruckt von Cate. Mit- und hingerissen von deren Feinsinnigkeit und Wärme. Sicher auch von der selbstbewussten Gilian, die so kraftvoll und stolz alle Klischees über Bord warf. Dale konnte sich wunderbar verrennen. In sich, in ihre Gefühle, in ihre Begeisterung.

Er konnte das nicht. Er war ein Denker, ein Tüftler, ein Stratege – und wenn es um Gefühle ging, war er der still Leidende. Ihm war nicht mehr vergönnt, als Cate's Zurückhaltung, ihre Scheu vor der Außenwelt zu verstehen, ihre Verletzlichkeit zu absorbieren. Er verstand sie, fühlte sich ihr nah ... ja, fast seelenverwandt. Aber er konnte nicht auf sie zugehen. Nicht fantasieren, nicht träumen und verliebt schwärmen – so wie Dale. Aber eifersüchtig? Blödsinn! Er konnte diesem Spiel der flirrenden Worte zusehen und es sogar etwas genießen. Kein Grund für Eifersucht.

Aber jetzt musste er den Funken finden, der sein Tüftlerhirn während Dale's Spinnerei getroffen hatte. Irgendetwas in dem Abwegigen war nicht abwegig. Etwas machte Sinn im Unsinn.

Da waren die Birds, die definitiv direkten Kontakt zu Dinklage hatten, da war Stallbruck, der sich mit dem Erpressergeld bereichert hatte und trotzdem zu dem Haus zurückkehrte. Da war ein anderer Mailaccount, in dem der Mist abgeladen werden sollte. Stallbruck wurde ermordet, an Cate's Haus. Das alles waren Fakten. Seine Fakten. Klar und unwiderlegbar.

Was fehlte denn hier noch? Irgendein Weg war noch nicht beschritten. Er sah auf die Zettel von gestern Abend. Dale's Story lag oben auf. Viele rosa Linien. Portland und die Birds? Nein. Das war es nicht. Die Birds, die Stallbruck den Strom durch den dicken Leib jagten? Das vermutete er ja selbst. Nur nicht wegen der stöckelnden Blondine, sondern wegen Dinklage. Aber was war es, verflixt?

Da! Da kam der Blitz wieder!

Es war die Absicht, *Cate* zu schaden!

Es war die Absicht, etwas mit ihr, *an ihrem Haus,* ins Rollen zu bringen!

Nicht, um den Seitensprung bei der Polizei offensichtlich zu machen, sondern um die Augen auf *Cate Furler* zu lenken. *Da* sollten alle hinschauen! Deshalb musste Stallbruck zurück zum Haus, ohne selbst zu verstehen, warum. Er sollte da verrecken, damit alle Augen auf die Holly Lane 17 starrten. Nicht auf die Erpressung. Nicht auf den dämlichen Ehemann.

Auf Cate und das Haus! Als Einheit!

Er wurde dort abgelegt, wo auch die falsche Leitung gelegt wurde! Nicht die elektrische von Dale. Sondern die elektronische, die Datenleitung zwischen den Birds und Dinklage! Die Cate vernichten sollte.

Verdammter Mist! Cate's Rechner!

Chip hatte sich in jeden Rechner gehackt – nur nicht in den seiner Heiligen. Der war tabu gewesen. Er wollte nicht ihre Gedanken, nicht ihre Welt betreten. Er hatte sie schützen wollen und dabei die Grundsatzregel seiner Branche vergessen! Die Abwehr feindlicher Angriffe!

„Du Vollidiot!", schnauzte er sich an. „Du Superversager!" Er raufte sich wütend die Haare.

Jetzt musste er an Tempo zulegen! Enormes Tempo, denn er hatte den Feinden, die in aller Ruhe einen zerstörerischen Angriff auf Cate planen konnten, unendlich viel Vorsprung gelassen. Die Zeit, sich von außen in Cate's Computer zu hacken, um zu prüfen, ob etwas manipuliert wurde, hatte er jetzt nicht mehr. Er musste direkt an ihren Rechner! In ihrem Haus. Hätte er doch bloß von Beginn an bei ihr ein Abwehrprogramm installiert!

Hektisch fischte er sein Handy heraus! Er tippte Dale's Nummer und hatte prompt die Mailbox dran.

Hallo. Nachrichten könnt ihr nach dem Piep hinterlassen. Rufe zurück.

Sonst hatte sie die Mailbox doch immer abgeschaltet. Was sollte dieser Mist? Ach, klar, Madame war sauer! Keine Anrufe, keine Störung! Aber für so einen Firlefanz hatte Chip jetzt keine Zeit. Wo war sie heute Morgen eingesetzt? Hier, im Hafen. Im *Docks.*

Er warf sich seine Jacke über, stürzte die Stufen zur Haustür hinab und rannte die Main Street zum Hafen hinunter. Vorbei am altehrwürdigen *American Hotel,* an Linda's Club und dem *Sen*. Hals über Kopf über die Kreuzung von Ferry Road und Main Street. Das *Bay Street Theater* flog rechts in seinem Augenwinkel vorbei. Als er das *Docks* erreichte, bremste er scharf, stürzte auf den Eingang zu und stolperte über Sergio, der gerade die Glastür reinigte.

„Wo ist sie?", schnaufte Chip.

„Wer?"

„Dale!" Das Atmen fiel ihm schwer, die Lunge brannte. Rennen war eine ganz neue Disziplin für ihn.

„Mann, hier ist ja was los", lachte Sergio. „Sie ist hinten, im Raum mit dem Sicherungskasten neben der Küche. Komm, ich zeig's dir." Er winkte Chip hinter sich her. „Aber sie ist heute nicht gut drauf. Wirkt total verliebt und verwirrt. Wusstest du, dass sie auf Frauen steht?", sagte der Italiener mit etwas Bedauern in der Stimme.

Chip rang immer noch mit sich und der Luftzufuhr. „Tut sie nicht. Keine Sorge. Sie ist nur gerade von einem Fabelwesen gefangen."

Zu mehr Erklärungen hatte er weder Zeit noch Luft. Er stieß die Tür zu dem Räumchen auf und rief ihren Namen. Dale stand neben einem breiten Regal und fingerte an dem Sicherungskasten herum. In ihren Klamotten von gestern und ohne Arbeitsmontur. Sie drehte sich so schnell um, dass sie mit dem Kopf gegen das Regal neben ihr knallte.

„Verflucht!" Sie hielt sich die Stirn und spürte sofort, wie eine Beule sich ihren Weg bahnte. „Hast du sie noch alle?" Sie krümmte sich vor Schmerz. „Ich brauche Eis!"

„Ich hole dir was!", rief Sergio und lief zurück zur Bar.

Chip griff sie an den Schultern. „Dale! Die haben Cate's Rechner angegriffen. Der Müll, wurde bei *ihr* abgeladen!"

„Was?" Dale sah ihn erschrocken und mit weit aufgerissenen Augen an.

„Wir müssen sie warnen! Schreib ihr! Sofort! Wir müssen in die Holly Lane! Ich weiß nicht, wie viel Zeit ich schon vertrödelt hab! Ich muss an ihren Rechner!“

Dale suchte hektisch ihr Handy, als Sergio ihr eine Serviette voll mit Eis reichte. Sie wies ihn barsch zurück.

„Aber“, wandte er ein, „du wolltest doch Eis … für deine Stirn.“

„Keine Zeit!“ Chip schob ihn aus dem Raum.

„Ihr seid ja drauf heute …“, grummelte Sergio und ging.

Dale tippte nervös eine Nachricht in ihr Smartphone.

Cate, wir müssen unbedingt zu Ihnen! Sofort! Wo sind Sie? Bitte unbedingt melden! Dale

Sie packte das Telefon ein und griff nach ihrem Blazer und ihrer Tasche.

„Los! Wir fahren!“, sagte sie zu Chip. „Ich komme später wieder“, rief sie Sergio im Hinauseilen noch rasch zu.

Dann rannten sie und Chip die Main Street hinauf, zurück zu ihrem Auto. Sie startete den Wagen und schoss rückwärts aus der Parklücke. Chip hielt ihr Handy auf den Oberschenkeln. Es vibrierte.

„Das ist sie.“ Er entsperrte es mit dem von ihm eingerichteten Code und las vor.

Wir sind noch zu Hause. Muss mit Gilian spätestens um elf weg. Was ist denn los, Dale?
Cate

„Antworte du ihr!“, presste Dale hervor, während sie in die Brick Kiln Road abbog.

„Was soll ich denn schreiben?“ Chip sah hilflos auf das Display.

„Na, dass sie warten soll. Wir sind auf dem Weg!“

Er tippte schnell und drückte auf *Senden.*

Sie sah zu ihm. „Was ist passiert, Chip? Wie kommst du darauf?"
„Es war deine stussige Idee mit Joanne Portland. Da war Wahrheit drin. Und zwar, dass der Mord genau da, an ihrem Haus ausgeführt wurde, um Cate zu schaden! *Das* war der Hinweis, den ich gespürt und die ganze Nacht nicht wiedergefunden habe. *Du* hast mich darauf gebracht."

Sie blickte ernst auf die Straße und flog über die sanften Hügel der Brick Kiln Road, das Steuer fest umklammert. „Und du meinst, sie haben Cate's Rechner schon angegriffen?"

„Sie wären bescheuert, wenn nicht!"

„Oh, Mann!"

In der Holly Lane 17 angekommen, stürzten sie aus dem Auto. Cate hatte die Haustür geöffnet. Chip stoppte nur kurz im Türrahmen.

„Ihr Rechner! Ich muss an Ihren Rechner!"

„Im Arbeitszimmer", brachte Cate irritiert hervor.

„Ich zeig dir den Weg." Dale rannte mit ihm im Schlepptau nach hinten.

Cate sah Gilian an, die mit einem Kaffeebecher in der Hand im Durchgang zwischen Küche und Flur stand.

„Wusste gar nicht, dass er nicht nur gehen, sondern jetzt auch noch rennen kann. Heißblütig, unsere neuen Freunde."

Cate zuckte mit den Schultern. „Sind ja auch noch jünger als wir."

Beide gingen nach hinten ins Arbeitszimmer und sahen die Hektik und Betriebsamkeit an Cate's Rechner.

„Das Passwort für Ihren E-Mail-Account, Mrs. Furler", forderte Chip atemlos.

Cate sah ihn perplex an. „Passwort? Habe ich nicht."

„Doch, müssen Sie haben. Als Sie Ihren E-Mail-Account eingerichtet haben, brauchten Sie ein Log-in für Ihren Provider."

„Hab ich nicht gemacht. Das hat mein Mann mir eingerichtet. Aber warten Sie …" Sie zog einen Ordner aus dem Regal neben dem

Schreibtisch. „Vielleicht hat er hier was abgeheftet." Sie gab ihm den aufgeschlagenen Ordner.

Southampton, Police Department
Zur gleichen Zeit

Chief Spencer hatte, nachdem John Malkovich gegangen war, eine Zeit lang gegrübelt. Es war so eine verdammt verzwickte Situation. Wie sollte sie damit umgehen? Dann schob sie jegliche Professionalität beiseite und traf eine ungewöhnliche Entscheidung. Sie wollte Cate Furler jetzt sofort mit den ungeheuren Neuigkeiten konfrontieren. Ohne mehr Beweise zu haben. Im Grunde hoffte sie, dass es nicht mehr Beweise geben würde.

Und Violett Spencer wollte der Person, dem Menschen Cate Furler, die Schmach ersparen, in ihrem Haus von einem großen Polizeiaufgebot gestellt zu werden, ähnlich einer Razzia bei einem Verbrecherkartell. Sie wollte es kleinhalten. Hoffte auf Emotionen, die ihr, der Ermittlerin, halfen, die Fäden, die sich unheilvoll verflochten hatten, zu entwirren.

Also rief sie Baker zu sich. Die kleine Britin war am genauesten. Gelegentlich fast zu penibel, aber für diesen Einsatz genau die Richtige.

„Baker", sagte sie, „packen Sie Ihr übliches Equipment ein. Wir haben was zu erledigen."

In Gedanken entschuldigte sie sich bei ihrem Kollegen Malkovich für ihr unabgestimmtes Vorpreschen. Sie würde ihm diese armselige Tat nur schwer erklären können. Es war unprofessionell, aber der Sache möglicherweise dienlich, also musste sie es wagen.

Als sie in die Holly Lane 17 einbogen, sahen sie den Wagen vom L. I. E. sofort. Erst schoss Wut durch Spencer's Kopf, dann aber dachte sie: *Gut so. Dann hat diese Story auch mal ein Ende*. Spen-

cer verließ langsam ihren Streifenwagen, richtete ihren Pistolengurt und sah zielstrebig zu Baker. „Bereit?"
„Bereit", piepste Baker zurück, ohne zu wissen, wofür.

Water Mill, Holly Lane 17

Gilian stand am Wohnzimmerfenster und sah den Streifenwagen vorfahren. Sie hatte in der hektischen Betriebsamkeit seit dem Auftauchen von Dale und Chip entschieden, dass Schmiere stehen das Sinnvollste war, das sie tun konnte. Sofort sprang sie ins Arbeitszimmer.
„Die Bullen", rief sie ganz dem Jargon ihrer selbstgewählten Aufgabe angemessen.
Chip sah erschrocken auf. „Ich brauche noch ein paar Minuten. Muss mir alle Daten des E-Mail-Accounts kopieren. Wahrscheinlich ist etwas von außen eingeschleust worden."
„Ich verstehe kein Wort", sagte Cate kopfschüttelnd. „Egal! Gilian, du gehst zu Chip ins Arbeitszimmer. Und wenn ihr hört, dass wir sie nicht mehr aufhalten können, dann setzt du dich an mein Laptop. Chip schiebst du in den begehbaren Kleiderschrank. Dass Dale hier ist, wissen die sowieso. Ihr Wagen steht in der Einfahrt. Kommen Sie, Dale. Wir gehen ins Wohnzimmer und tun so, als hätten wir uns gerade unterhalten", ordnete Cate an.
Da klopfte es auch schon an der Haustür.
Cate ging angespannt nach vorn, um zu öffnen. „Chief Spencer! Mit Ihnen hatte ich nicht gerechnet", sagte sie wahrheitsgemäß.
Violett Spencer trat ein und hielt im Eingangsbereich inne, um ins Wohnzimmer zu spähen. „Wo ist Miss Roberts?"
„Im Wohnzimmer. Dale, kommen Sie bitte mal?", rief Cate mit sanfter Stimme.
Dale erschien, die Hände etwas linkisch in den Hosentaschen ihrer schmalen Jeans.

„Sind Sie nicht im Auftrag vom L. I. E. hier?", fragte Chief Spencer sie knurrig mit Blick auf ihr Outfit.

„Es ist nur ein kurzer Besuch in der Frühstückspause – sozusagen", antwortete Cate schnell für sie.

„Aha. Ich muss mit Ihnen reden, Mrs. Furler. Und Miss Roberts nehmen wir gleich dazu. Dann können wir uns einige Wege sparen. Setzen wir uns in die Küche?"

Cate versuchte, ihre Unruhe zu überspielen. *Was ging hier vor?* Sie deutete zur Küche. „Sicher, Chief Spencer, ganz wie Sie wünschen."

Sie nahmen auf den Barhockern um den Tresen Platz.

„Kaffee?", fragte Cate freundlich.

„Gerne, aber den Service kann gern Miss Roberts übernehmen. Die ist ja öfter bei Ihnen zu Gast, oder?"

Das Aufnahmegerät von Officer Baker begann zu surren. Cate erinnerte sich an die Abmachung von gestern Abend. Jetzt war die Chance, Dale's Position in ihrem Leben klarzustellen. Wenn auch in erster Linie für die Polizei. Über ihre eigene Sicht der Dinge hatte Cate noch gar nicht nachgedacht. Zumindest nicht abschließend.

„Ja, richtig. Durch den Mordfall haben Miss Roberts und ich uns irgendwie angefreundet. Klingt absurd unter solchen Umständen. Das wissen wir beide."

Sie sah zu Dale, die Kaffee in drei Kaffeebecher füllte und dabei hochkonzentriert ihre Fassung wahrte. Dale nickte.

Cate zuckte mit den Schultern. „Wir sind einfach auf einer Wellenlänge. Von Anfang an. Wir wollen beide, dass dieser Schlamassel hier bald ein Ende hat. So wie Sie ja auch."

Violett Spencer zog ihre Augenbrauen hoch. „Tja, stimmt, das wollen wir auch. Nur haben wir uns nicht gleich *angefreundet*. Seis drum. Danke für den Kaffee, Miss Roberts."

Dale nickte erneut und nahm zögerlich neben Cate Platz.

„Mrs. Furler, wir haben neue Hinweise in Ihrem Fall", begann Chief Spencer höchst offiziell.

„Oh, gut.“

„Wie man's nimmt.“ Violett pausierte kurz.

„Mrs. Furler, wie haben Sie von der Erpressung erfahren?“

Cate zog fragend die Augenbrauen zusammen. „Von meinem Mann. In Ihrer Anwesenheit, wenn ich alles richtig mitbekommen habe.“

„Wirklich?“, setzte Chief Spencer nach.

„Wirklich. Klar. Woher sonst? Ich verstehe die Frage nicht.“

Die Polizistin nahm aus dem Augenwinkel wahr, dass Dale unbehaglich auf dem Hocker hin- und herrutschte.

„Mrs. Furler, wir müssen Ihren Rechner beschlagnahmen.“

„Meinen Rechner?“

„Ja, Ihren Rechner. Ich habe noch keine Erlaubnis vom Ermittlungsrichter, könnte die aber binnen weniger Minuten bekommen. Es wäre also schön, wenn Sie jetzt kooperieren und uns den Zugang zu Ihrem Computer freiwillig ermöglichen.“

Cate schüttelte ungläubig den Kopf. „Und was für Hinweise haben Sie?“, fragte sie leise.

„Mrs. Furler, dass ich jetzt hier mit Officer Baker bei Ihnen sitze und nicht eine Armada von Polizisten Ihr Haus auf den Kopf stellt, ist eine nette Geste Ihnen gegenüber. Ich wollte Ihnen das ersparen. Also bitte tun Sie uns den Gefallen, und geben Sie Ihren Rechner frei.“

Cate ließ kraftlos die Schultern sinken. „Gut, natürlich. Wir können …“

Dale fiel ihr ins Wort. „Gilian arbeitet gerade daran. Sie wollte doch Ihrem Pressesprecher noch etwas schicken, Mrs. Furler.“

Cate nickte langsam. „Stimmt. Können Sie ihr eben Bescheid sagen, Dale?“

Dale schwang sich blitzschnell vom Stuhl. „Mach ich.“

Sie hatte sich schon in Bewegung gesetzt, als Chief Spencer sie zurückpfiff.

„Warten Sie! Officer Baker geht mit Ihnen, Miss Roberts!“ Sie deutete Baker an, aufzustehen.

„Alles klar, Chief.“

Baker folgte Dale, die laut sprechend das Wohnzimmer durchquerte und inständig hoffte, dass Gilian und Chip schnell genug reagieren konnten. Als sie ins Arbeitszimmer kamen, saß Gilian an Cate’s Computer, hochkonzentriert, als hätte sie stundenlang nichts anderes gemacht. Überrascht sah sie zu Dale und Baker.

„Hallo, ihr zwei. Was gibt’s?“, zwitscherte sie unschuldig.

Von Chip war nichts zu sehen.

Officer Baker zeigte ihre Dienstmarke. „Ich weiß nicht, ob Sie sich an mich erinnern, ich bin Officer Baker vom Southampton Police Department. Wir haben uns vor ein paar Tagen hier schon einmal getroffen“, sagte sie vorsichtig.

Gilian strahlte breit. „Natürlich! Officer Baker, schön Sie wiederzusehen.“

Sie streckte ihr die Hand entgegen. Baker schüttelte sie mit roten Wangen.

„Ich muss den Rechner von Mrs. Furler mitnehmen. Wären Sie so nett, und würden ihn freigeben?“

Gilian drehte sich nochmals zum Computer. „Ich schließe eben das Programm und mache ihn aus, ja?“

„Das sollte gehen“, piepste Baker und wandte sich an Dale. „Könnten Sie den Rechner abkabeln? Ich bin manchmal etwas ungeschickt.“

Dale schob sich an Gilian vorbei, überprüfte kurz, dass sie das Laptop ausgeschaltet hatte, und entfernte die Verbindungskabel.

„Soll ich ihn in die Küche tragen?“, fragte Dale.

„Das wäre nett.“

Sie trug das Laptop behutsam in die Küche, wo Spencer und Cate immer noch saßen.

„Legen Sie ihn auf die Kommode im Eingangsbereich“, wies Spencer Dale barsch an. „Mrs. Furler, ich muss Sie bitten, sich in den nächsten Tagen nicht von hier zu entfernen. Das heißt, nicht nach Manhattan, keine größeren Distanzen."

Gilian gesellte sich nun ebenfalls zu Ihnen. „Was wird Mrs. Furler denn vorgeworfen? Braucht sie einen Anwalt?"

„Das wäre meine nächste Empfehlung."

Gilian verschränkte die Arme. „Chief Spencer, ich glaube, es wäre der Situation angemessen, wenn Sie uns nicht komplett im Dunkeln lassen würden. Mrs. Furler stellt Ihnen ohne richterliche Anordnung ihren Rechner zur Verfügung, auf dem sich, wie Sie sich sicher denken können, sehr wichtige Dokumente befinden, die ich – auch aus Verlagssicht – ungern in fremde Hände gebe. Aber", sie nickte zu Cate, „Mrs. Furler macht es. Ist es da nicht eine Frage der Fairness, auch ihr etwas entgegenzukommen?"

Violett Spencer atmete tief durch.

„Mrs. May, wir haben leider Hinweise bekommen, die uns zwingen, Mrs. Furler's Rolle in diesem Fall genauer zu überprüfen. Das werden auch der verantwortliche Richter und der Staatsanwalt nicht anders sehen." Sie kniff die Lippen zusammen. „Was ich allerdings in diesem Raum und in dieser Konstellation klar empfehle, ist, dass Sie, Miss Roberts", ihr Blick traf Dale schwer, „sich dringend überlegen sollten, ob Sie etwas zur Aufklärung dieses Falls beitragen können oder ob Sie nur *schön Wetter* bei einer Prominenten machen wollen. Sie kennen meine Meinung zu Ihrer Rolle in diesem Fall", sagte sie scharf.

Cate blickte zu Dale, dann zu Chief Spencer. „Was meinen Sie damit?"

„Miss Roberts gibt vor, Dinge zu wissen, die wir nicht wissen. Sie mischt sich ein, drängt sich auf. Alles schön und gut. Ich möchte, dass sie, falls sie tatsächlich etwas weiß, uns die Informationen zur Verfügung stellt. Gerne kann sie mir auch wieder eine Mail schreiben. Mrs. Furler, ich glaube, dass Ihre neue *Freundin* weiß, was ich meine. Die Zeit drängt. Mehr kann ich nicht helfen."

Sie wies Baker an, den Rechner zu nehmen, und händigte Cate ein Formular aus, das den Empfang des Computers bestätigte.

„Ich wünsche den Damen einen guten Tag. Und bitte Sie, Mrs. Furler, sich verfügbar zu halten."

Dann verließen die beiden Polizistinnen das Haus.

Gilian war die Erste, die wieder Worte fand. „Hat sie dich jetzt aufgefordert, zu hacken und Informationen an sie weiterzuleiten?", fragte sie konsterniert.

„Ich sage doch, sie glaubt, dass ich Chip bin", meinte Dale kraftlos.

„Wo ist Chip überhaupt?", fragte Cate.

„Der kauert in deinem Schrank und wartet darauf, befreit zu werden", antwortete Gilian.

Dale ging mit hängenden Schultern nach hinten und erlöste Chip aus seinem Versteck.

Im Flur nahm Gilian ihre zitternde Freundin in den Arm und redete ruhig auf sie ein. „Du weißt, dass du mit diesem ganzen Wirrwarr nicht das Geringste zu tun hast. Also lass sie deinen Rechner prüfen. Chip hat sich irgendetwas eingerichtet, sodass er von zu Hause schnell und effizient suchen kann, wonach auch immer gesucht werden muss, und wird uns schon helfen."

„Was zum Teufel ist hier los, Gilian?", seufzte Cate verzweifelt.

Chip erschien an Dale's Seite im Flur. „Mrs. Furler", begann er kleinlaut, „Ihr Rechner wurde angegriffen. Jemand hat einen Backdoor-Zugang auf Ihren Computer geschmuggelt und sich auf diese Weise Zugriff auf Ihr System verschafft. Ich habe nun alle Daten Ihres Mailprogramms auf meinen Rechner geleitet." Er ließ den Kopf hängen. „Ich habe versagt. Ich hätte Sie schützen müssen!", jammerte er.

Dale legte tröstend ihren Arm um ihn.

„Mann! Wir sind doch kein Haufen unfähiger Jammerlappen!", schimpfte Gilian. „Du setzt dich jetzt zu Hause an deinen Rechner, Chip, und findest heraus, was die Bullen Cate vorwerfen! Und du,

Dale, fährst ihn dahin und dann ab zur Arbeit. Ich kümmere mich um Cate und einen Anwalt. Das Ganze muss jetzt schneller gehen! Verdammt noch mal!"

Gilian hatte recht. Trotzdem spürte Cate, dass das restliche Stück Boden, das sie unter ihren Füßen vermutete, sich schneller in Luft auflösen würde, als sie es jemals für möglich hielt.

Southampton und Montauk, Police Departments

Chief Spencer hatte sich sehr schnell nach ihrer Rückkehr ins Police Department entschieden, in den sauersten Apfel zu beißen, und direkt ihren Kollegen in Montauk angerufen.

„Du hast *was*?", brüllte Malkovich ins Telefon.

„Ich habe den Rechner von Mrs. Furler mit ihrer Zustimmung abgeholt. Sollte etwas an den Vorwürfen dran sein, so kann man ihr vor Gericht zugutehalten, dass sie freiwillig kooperiert hat", sagte sie leise und beschwörend in den Hörer.

„Du bist irre! Das hätte brutal schiefgehen können! Was, wenn sie das Ding nicht rausgerückt und es stattdessen mit einem Bulldozer überrollt hätte?", schnauzte er wütend.

„Das konnte ich ausschließen, lieber John. Sie hatte gerade keinen Bulldozer zur Hand."

Sie hörte sein zorniges Schnauben, als stünde er neben ihr. „Du bist verrückt, Violett! Und jetzt?"

„Jetzt prüfen deine Computerspezialisten, ob sie die Mailkorrespondenz finden, die dieser andere Hacker dir geschickt hat. Parallel dazu befragen wir zwei hier bei mir die anderen involvierten Personen. Einer holt Joanne Portland ab, einer die Haushälterin, und auch den Ehemann nehmen wir noch mal in die Zange, Dale Roberts ebenso – und vor allem müssen wir herausfinden, was die Dreckskerle der Birds damit zu tun haben." Sie atmete tief durch. „Wir brauchen ein gemeinsames Ermittlerteam."

„Und die Zustimmung des Staatsanwalts. Darum kümmerst du dich jetzt!“

Malkovich hatte sich immer noch nicht beruhigt. Aber Violett Spencer hatte einen Plan und der musste schnell greifen.

In den darauffolgenden Tagen

Officer Sparks wurde für die Vernehmung von Joanne Portland eingeteilt. Portland gestand, seit über sechs Monaten eine Affäre mit Dinklage gehabt zu haben, die sie je nach Lust und Laune auslebten. Auch in der Holly Lane 17. Sie gab an, in den Tagen vor dem Mord gespürt zu haben, dass Dinklage nervös gewesen sei, und deshalb daran gedacht zu haben, dass etwas *schieflief*, etwas *Bedrückendes* vorgefallen sein musste. Und ja, sie hatte auch an eine Erpressung gedacht, Jeffrey auch danach gefragt, aber dieser habe vehement verneint. Dabei habe sie es dann belassen und weiter ihrer Liebelei mit dem Ehemann von Cate Furler gefrönt, der aber *weniger bei der Sache gewesen sei* als sonst. Im Übrigen habe sie mindestens zwei Mal die Frau vom L. I. E. auf dem Grundstück rumschnüffeln sehen und es amüsant gefunden, dass diese sie für Mrs. Dinklage beziehungsweise Steen zu halten schien.

Die Haushälterin Silvia Aklund wurde von Officer Baker verhört. Sie ließ kaum ein gutes Haar an der Schriftstellerin. Schließlich habe die *nie ausreichend Zeit für ihren bezaubernden Ehemann* gehabt. Sei nur mit ihrer Welt beschäftigt gewesen. Und mit dieser furchtbaren Verlegerin mit ihren ständigen Provokationen gegen den wundervollen Mr. Dinklage. An dessen Stelle hätte sie *diese Person hochkant rausgeworfen* und Mrs. Furler gleich mit. Die passten sowieso beide mehr in die Stadt als auf die Insel.

Bei diesen Worten brannten Baker kurz die ansonsten wohlkontrollierten Sicherungen durch. Sie schrie Aklund an, ob sie jemals ein Buch von Steen gelesen habe – und wenn ja, ob sie überhaupt ein Wort davon verstanden habe. Schließlich gebe es niemanden auf der Welt, der die Insel und ihre Menschen besser und intensiver beschreiben konnte als Steen beziehungsweise Mrs. Furler. Auch Silvia Aklund bestätigte, dass die *neugierige Ziege vom L. I. E.* die *süße Miss Portland* zweimal bei Mr. Dinklage gesehen habe und also wusste, dass der liebenswerte Mr. Dinklage mit zwei Frauen verbandelt sein musste.

Der untreue Ehemann selbst wurde von den beiden Chiefs verhört. Er gab immer noch die Rolle des zerknirschten Fremdgängers.

„Mr. Dinklage, bleiben Sie also ernsthaft bei Ihrer Version von dem Erpresser hinter dem Baum und dem Zettel mit den Kontodaten? Ohne jegliche Kontaktaufnahme per E-Mail oder Ähnliches?", fragte Malkovich ruhig und ohne ihn eines Blickes zu würdigen.

„Ja sicher, natürlich. Es war so. Wieso fragen Sie erneut?"

Malkovich strich sich seelenruhig über seinen blonden Bart. „Och, nur so eine Frage."

Dinklage rutschte auf seinem Stuhl herum. „Was ist mit meiner Frau? Geht es ihr gut?"

„Haben Sie sich das auch gefragt, als Sie Joanne Portland flachgelegt haben?", erwiderte Malkovich.

Violett lächelte in sich hinein. Das konnte am besten ein Mann einen Mann fragen. Bei ihr hätte man es als zickigen Kommentar gedeutet.

„Nein. Es tut mir so leid. Ich habe alles vermasselt. Könnte ich doch nur ein bisschen davon wiedergutmachen", jammerte Jeffrey.

Malkovich sah nur knapp hoch. „Und? Haben Sie dazu eine Möglichkeit gefunden?"

Dinklage ließ sein Gesicht gramgebeugt in seinen Händen verschwinden. „Ich würde alles tun, um ihr diese Schmach zu ersparen."

„Auch lügen?"

Jeffrey sah mit großen Augen auf. „Ich lüge nicht! Wie kommen Sie darauf?"

Chief Malkovich erhob sich. Seine stattliche Körpergröße ließ Jeffrey schlucken.

„Wissen Sie was, Mr. Dinklage? Ich glaube, Sie sollten sich noch einmal genau überlegen, was Sie uns sagen. Das könnte Ihrer Frau helfen."

Jeffrey nickte kleinlaut. „Ich tue alles, um Cate zu helfen."

„Ja, sehr schön. Dann gehen Sie mal ganz tief in sich. Wir werden Sie sicher noch einmal verhören. Danke." Er wies Jeffrey zur Tür.

„Was hältst du von ihm?" fragte Violett, als Jeffrey hinausgegangen war.

„Hm, ein bisschen zu sehr darauf bedacht, so zu wirken, als würde er *alles"*, Malkovich malte Gänsefüßchen in die Luft, „für seine Frau tun. Ein Arschloch eben." Er streckte sich und gähnte. „Aber wir können nicht ausschließen, dass er seiner Frau wirklich bei der Erpressungsgeschichte helfen wollte. Wirkt nur sehr aufgesetzt, wenn du mich fragst."

Spencer hätte ihn in diesem Moment küssen können.

Violett Spencer hatte auch Dale erneut einbestellt. Diesmal befragte sie sie zusammen mit ihrem Kollegen. Malkovich begrüßte Dale freundlich.

„Miss Roberts, warum haben Sie uns nicht sofort erzählt, dass Sie von der Affäre von Dinklage wussten?", bohrte sie gleich zu Beginn.

„Ich habe es nicht verstanden. Ich kannte Mrs. Furler nicht und dachte, die andere wäre sie. Ein dummer Fehler, ich weiß. Und als ich es verstand, fehlte mir der Mut, es Cate – Mrs. Furler – zu sagen. Ich weiß, das ist bescheuert", seufzte sie, tief enttäuscht von sich selbst.

„Ach, so bescheuert ist das gar nicht", ging Malkovich in seinem tiefen Bariton dazwischen. „Ich hätte es auch nicht übers Herz gebracht, es Mrs. Furler zu sagen. Zumal Sie ja darauf bauen konnten, dass Chief Spencer es tun würde. Weil sie es musste." Er lächelte sie an.

Dale sah zu ihm. Konzentrierte sich. Jetzt bloß nicht nicken. Sonst würden sie wissen, dass sie wusste, dass Chief Spencer eine Mail mit den Fotos von Dinklage und Portland erhalten hatte.

„Ich ... ich wusste nicht, wie ich es ihr sagen sollte. Als wir am Tag, bevor ihr Mann ihr von seiner Affäre erzählt hat, telefonierten, da habe ich es ihr gesagt."

„Sie haben ihr gesagt, dass Sie Joanne Portland in ihrem Haus gesehen haben?", fragte Malkovich ruhig und immer noch lächelnd.

„Nein." Dale senkte den Kopf. „Nein, ich habe gesagt, dass ich glaube, dass ihr Mann sie betrügt."

„Weiß Mrs. Furler, dass Sie Portland in ihrem Haus mit Dinklage erwischt haben?"

Dale schüttelte stumm und tief betroffen den Kopf.

„Hm, das ist ja jetzt blöd. Sie haben doch gerade so etwas wie Vertrauen aufgebaut, oder?" Malkovich sah auf seine breiten Fingernägel. „Also, ich fände das nicht gut. Sie ist so eine nette Frau, die so selten Vertrauen zu Fremden entwickelt." Er zuckte bedauernd mit den Schultern. „Schade um die junge Freundschaft. Es sei denn, Sie hätten noch irgendwas in Ihrem Köcher, das Sie uns vorenthalten. Das könnte uns natürlich vergessen lassen, dass Sie da nicht ganz ehrlich waren."

„Ich weiß, was Sie meinen und auch was Chief Spencer meint. Ich tue, was ich kann." Dale stand auf und wollte gehen.

„Tun Sie es schneller!", sagte Violett Spencer zum wiederholten Mal, als Dale den Raum verließ.

„Und?" fragte sie Malkovich, nachdem sie allein waren.

„Ja, die weiß was. Sie ist entweder deine Hackerin oder steht mit dem Hacker oder der Hackerin in Verbindung. Keine Frage. Aber mehr können wir nicht tun. Sie wird schon kommen."

„Ich frage mich nur, warum unsere Hackerfreunde nicht die Mails von Mrs. Furler und Stallbruck gefunden haben. Sie waren doch bei allem anderen so schnell.“

„Weil sie Cate Furler nicht in Verdacht hatten. Sie suchten überall, nur nicht bei ihr.“

Als die Befragungen beendet waren, versammelten sich alle aus dem Ermittlerteam, um sich gegenseitig auf den neuesten Stand zu bringen. Das Ergebnis war niederschmetternd. Aus den E-Mails, die die Computerfachleute auf Cate's Computer fanden, ging eindeutig hervor, dass Cate Furler erpresst worden war – und nicht ihr Ehemann. Und viel schlimmer noch: Man fand in den gelöschten Mails Beweise, dass sie Kontakt zu einem Mitglied der Birds namens Benjamin Wheeler hatte und bei ihm den Mord von Stallbruck in Auftrag gegeben hatte. Das waren furchtbare Ergebnisse. Für jeden der Polizisten.

Die Tage danach verliefen nicht besser. Die beiden Chiefs mussten zähneknirschend abliefern, was sie ermittelt hatten. Der Richter lud Cate Furler vor, die ohne Anwalt erschien. Sie ertrug die Anschuldigungen mit stiller Hilflosigkeit, nahm die vorgetragenen Indizien zur Kenntnis, beteuerte aber, die E-Mails nie verfasst, geschweige denn von ihrer Existenz auf ihrem Rechner gewusst zu haben.

Ihre beste Freundin und Verlegerin stand ihr während der gesamten Anhörung zur Seite. Cate Furler hörte den Ausführungen des Staatsanwalts zu, ihr Gesicht spiegelte ihre Ratlosigkeit. Nur einmal schloss sie die Augen und schüttelte resignierend ganz leicht den Kopf. Das war der Punkt, als aus der Beweisaufnahme klar wurde, dass mehrere Personen von der Affäre ihres Ehemanns wussten.

Unter anderen Dale Roberts.

Danach versank sie vollends in sprachloser Ratlosigkeit.

„Sie sollten sich dringend einen Anwalt nehmen, Mrs. Furler“, befand der Staatsanwalt abschließend. Auch er schüttelte den Kopf.

Was für ein vertrackter Fall! Der Richter entließ Cate Furler ohne Kaution, aber mit der Auflage, Long Island nicht zu verlassen.

Cate willigte ein.

Cate war zutiefst erschüttert. Sie hatte es während ihrer Schriftstellerkarriere geschafft, so viele Mauern um sich herum zu errichten, dass niemand sie einnehmen konnte. Niemand konnte sie verletzen, solange sie unsichtbar war.

Ein geliebtes Phantom.

Für alle.

So hatte sie ihre Identität immer schützen können.

Bis zu diesem Vorfall.

Die Presse stürzte sich darauf. Den Journalisten ging es weniger um den Fall. Sie zerrten Steen's wahre Identität an die Öffentlichkeit, verbreiteten Fotos von ihr und scheuten sich auch nicht, die Tragödie von 1991 erneut auf die Titelseiten zu bringen. TV-Sender belagerten die Holly Lane mit großen Übertragungswagen, bis die Behörden einschritten und dem Spuk ein Ende bereiteten.

Für Cate hatte längst der Kampf ums Überleben begonnen. Eine Welle von falschen Informationen schwappte über sie hinweg und drohte sie unter Wasser zu halten. Die Hoffnung, den Urheber der fatalen, gefakten E-Mails zu finden, war durch Dale's Lüge verflogen. Cate brach jeglichen Kontakt zu Chip und zu ihr ab und gab sich auf.

Sollten doch alle kommen und sie verschlucken.

TEIL 2

17. Juni 2016

Sag Harbor, Main Street

Der Blick durch das Fenster der Praxis war atemberaubend. Die Sonne ging feuerrot hinter der Brücke der Ferry Road unter, spiegelte sich in der Sag Harbor Bay und wirkte somit doppelt wundervoll. Ich lehnte mich in dem bequemen Sessel zurück und versuchte, mir dieses Bild einzuprägen und für lange Zeit festzuhalten. Was für ein großartiges Spektakel die Natur zu erzeugen imstande war. Leicht und würdevoll.

„Wo sind Sie jetzt?“ Die Worte meines Psychiaters Dr. Elance waberten von weit her zu mir.

„Hier.“

„Können wir weitermachen?“

Sein Stuhl knarzte behaglich. Es war kühl im Raum, nicht kalt. Einfach angenehm.

„Sie wollten mir erklären, warum Sie keinen Kontakt zu ihr aufgenommen haben nach all den Vorfällen. Ihr Anwalt hatte Ihnen dringend dazu geraten.“

Mein Blick ging nochmals zur Brücke zurück. Die letzten Sonnenstrahlen griffen tiefrot nach den Segelbooten in der Bay.

„Eine Idee bleibt zunächst einmal eine Idee. Man fasst nicht nach der Katze, wenn man nicht sicher ist, ob sie angefasst werden will. Katzen mögen das nicht. Und die meisten Menschen auch nicht.“

„Richtig.“ Dr. Elance nahm den Kugelschreiber von seinem Notizblock hoch.

„Ich traute mich nicht. Es war nicht angemessen. Ich fand keine Erklärung für mich, die schlüssig genug war. Man braucht doch eine Erklärung, warum man jemandes Nähe sucht. *Ich* hatte schließlich den Kontakt abgebrochen."

„Nun", er räusperte sich dezent, „es gab aber doch genügend Anlass."

Ich dachte kurz nach. Suchte nach den richtigen Worten. Dabei wirkte ich oft auf viele Menschen, als würde ich abdriften. Tat ich aber nicht. Undurchdachte Worte fand ich erschreckend. Zumindest hatten sie mich schon oft erschreckt.

„Ja, vielleicht. Ich habe viele Möglichkeiten durchgespielt. In meinem Kopf. Aber ich habe jede einzelne als dumm verworfen."

Seine braunen Augen kehrten zu seinen Notizen zurück. „Und wie fühlten Sie sich?"

„Amputiert."

„Verstehe. Wo amputiert?"

„Mal fehlte mir der rechte Fuß – für die Stabilität. Dann wieder eine Hand. Ich wollte nach etwas greifen, aber da war keine Hand mehr. Ich versuchte, die andere Hand zu nehmen. Das ging auch nicht. Amputiert eben. Manchmal fehlte mir der Kopf. Ich war kopflos."

„Und wie geht man kopflos voran?"

„Schwierig."

Die Sonne war verschwunden. Ihre letzten Strahlen waren mit dem Wasser verschmolzen.

„Man geht nur die Wege, die man kennt. Schließlich muss jeder Schritt genau sitzen. Nichts Neues, Unbekanntes. Nicht einmal ein Restaurant. Ohne Kopf kann man schließlich leicht alles Mögliche übersehen. Den Kellner, die Gabel, das Glas. Man muss wissen, wo alles ist."

„Auf jeden Fall. Und Klippen sollte man meiden."

Ich nickte. Klar, Klippen wären kopflos noch schlimmer.

„Echte Klippen gibt es nur draußen in Montauk. Da bin ich selten. Mit oder ohne Kopf."

„Haben Sie noch andere Amputationen gespürt? Ich meine außer Fuß, Hand und Kopf?"

Sein Stift glitt über das Papier und raschelte bedenklich.

„Ja, mein Herz habe ich auch gelegentlich schmerzlich vermisst. Ich spürte meinen Puls nur noch in meinem Bauch. Das konnte man auch sehen. Keine Ahnung, ob mein Darm die Aufgaben vom Herzen übernahm. Oder mein Magen. Es schlug auf jedem Fall heftig in der Gegend."

Er brummte leise. „Schwierig, ohne Herz."

Gut, dass er mich verstand.

„Na ja, es hilft gegen diesen nicht zu leugnenden Schmerz, den das Herz ausstrahlt, wenn man ihm nicht folgt."

„Das stimmt. Ist Ihnen das öfter passiert?"

„Nein. Nicht oft. Nur hin und wieder."

Dr. Elance hatte mir mein Anwalt empfohlen. Er sollte mich zu mir zurückbringen, vor der großen Verhandlung. Seine Ruhe und sein Alter erlaubten meiner Seele entspannende Momente, einer Hängematte gleich. Ganz weit entfernt vom Alltäglichen. Von der Unruhe in meinem Leben, die am 4. April überfallartig einfach alles weggerissen hatte, was für mich bis dahin hart erkämpfte Normalität bedeutete. Er konnte mir folgen, ohne mich zu drängen. Ich konnte Drängen nicht leiden. Obwohl ich selbst umtriebig war, hasste ich nichts mehr als Druck von außen. Dr. Elance war weit entfernt von Unruhe oder übereilten Entschlüssen. Ich empfand das als sehr angenehm.

„Und wenn Ihr Herz zurückkam?"

„Dann kam oft die Leere. Aber der Verstand ging mir ja nie verloren. Das ist ganz hilfreich."

„Selbst wenn Ihnen der Kopf fehlte?"

Gute Frage. „Ich habe meinen Verstand nicht immer in meinem Kopf."

„Sehr praktisch. Vor allem in Ihrem Beruf. Als Schriftstellerin müssen Sie wahrscheinlich Ihren Gedanken auch in Bauch und Nieren nachspüren." Er lächelte mich versonnen an. „Und Sie sind sicher, dass weiterer Kontakt zu ihr nicht mehr Klarheit hätte bringen können?" Er nuschelte die Frage, als sei sie nebensächlich und hätte keine Bedeutung.

„Ich weiß, dass eine Kontaktaufnahme die Katze endgültig vertrieben hätte."

„Vielleicht aber auch nicht. Und vielleicht wäre es jetzt hilfreich, die Katze zu finden."

Eine Stunde später

Nach der Sitzung bei Dr. Elance brauchte ich einen Cappuccino. Ich saß in einem Café an der Main Street mit Blick auf das alte Kino. Wann war ich zum letzten Mal dort gewesen? Es musste ewig her sein. Kurz nach meinem Master-Abschluss. Es lief irgendein französischer Film. Wir feierten mit vielen Freunden erst hier, später am Abend im *Swamp*. Es war eine diffuse, aber leichte Zeit damals. Noch ohne Ziel. Ein vager Plan, vielleicht. Das Herz den Worten zugewandt. Die Liebe zur Literatur. Aber vor allem trieb es mich überall hin und nirgends zugleich.

Meine Gedanken drifteten wieder ab ...

Was hatte er vorgeschlagen? Ich sollte mit der Frau Kontakt aufnehmen, die mich zutiefst enttäuscht und verletzt hatte, deren Logik von Wahrheit und Ermittlungen ich nicht verstand und die mich mit ihrer wirren Art überhaupt erst hierhergebracht hatte.

Sie hatte entschieden, was ich wissen durfte, welche Informationen relevant oder nicht relevant waren. Sie und ihr Freund Chip hatten bewertet, welche Details *meines Lebens* ich erfahren durfte. Sie hatten Informationen gefiltert und mich getäuscht und in den größtmöglichen Schlamassel hineingeritten, den ich mir in meinem Kosmos vorstellen konnte. Sie hatten mir Sorge und Verständnis vorgetäuscht und einen schmerzhaften Vertrauensbruch begangen.

Ja, ich hatte überlegt, ob ich Kontakt zu ihr aufnehmen sollte. Um sie zur Rede zu stellen. Um sie zu fragen, warum sie glaubte, sie hätte das Recht dazu gehabt. Warum sie mit ihrem Freund Hilfe angeboten hatte, ohne mich in alles einzubinden. Warum sie schwieg, wo Worte hätten Klarheit schaffen können. Warum sie viel Zeit mit mir, neben mir, verbrachte und mir dabei in die Augen sah und mich belog.

Ja, ich hätte noch einmal mit ihr reden können, nachdem die Staatsanwaltschaft mich einbestellt und einen Haufen Unsinn vor mir ausgebreitet hatte. Aber das hätte alles noch unsinniger gemacht.

Kontakt zu ihr aufnehmen? Das war eigentlich unmöglich. So viele Halbwahrheiten. So viele Lügen. So viel Mist.

Ich fühlte einen Knoten in meinem Hirn.

Ich hatte sie wirklich gemocht. Ihren Tatendrang. Die Wucht, die ich in mir gar nicht zu suchen brauchte. Eine schöne, weibliche Verräterin, die mein Hirn vernebelte und Hoffnung pflanzte, wo es keine gab. Meine Güte, ich wusste doch, dass ich meinem Gefühl nicht trauen sollte, wenn ich in den Abgrund blickte. Dale Roberts hatte mächtig viel kaputt gemacht. Die Fremde, die kurz in meine Welt eingetaucht war, hinterließ damals einen riesigen Scherbenhaufen. Kein gutes Ende. Kein Gewinner. Nur Verletzungen. Und doch hatte ich nie das Gefühl, dass sie die Scherben wollte. Dass sie all das zerstören wollte. Die Distanz zwischen uns war meine Wahl gewesen. Ich wollte das. Keiner bewegte sich. Keine Verwirrung mehr. Keine Diskussion. Der Abstand war meine Entscheidung.

Ich sah eine Bekannte vorbeifahren. Winkte kurz.

Zurück zu ihr, Gehirn!, befahl ich mir.

Bei Long Island Energy war sie vorübergehend beurlaubt worden. Man wollte den Trubel um ihre Person nicht. Das wusste ich von den

Ermittlern, die auch den Kontakt zu ihr verloren hatten. Sie war abgetaucht. Wie eine Schuldige.

Ich aber sollte diese flüchtige Katze wieder auftreiben. Die mehr Fragen als Antworten brachte. Alles in mir sträubte sich dagegen. Was sollte das noch bringen? Ich hatte sie aus meinem Kopf verbannt, sie weggedacht, wie ein Wolkenschiff.

Dale Roberts hatte mit ihrem Hackerfreund die Ermittlungen der Polizei vorangetrieben und mich damit am Ende in eine unglückliche Situation gebracht. Aber ihre Fragen waren berechtigt gewesen. Unbequem und schmerzhaft, zugegeben. Der Tote auf meinem Grundstück war nicht einfach durch einen Stromschlag gestorben. Jemand hatte ihm vorher eine hohe Dosis Zolpidem verabreicht und ihn dann an das Stromkabel gelegt. Mein Mann hatte mich betrogen und sich erpressen lassen. Und irgendwer hatte eine falsche, aber fatale Lunte in meinen Computer geschmuggelt. Chip und sie hatten recht gehabt und waren schneller als Chief Spencer und der Rest der Polizei. Ihnen war es gelungen, sich tiefer hineinzugraben in den Hades der Bösewichte.

Aus diesem Grund hatte mein Anwalt mir nahegelegt, diesen Kanal wieder zu öffnen. *Wir brauchen mehr Dynamik. Wir brauchen Informationen, die keiner sonst so schnell bekommen kann. Wenn wir nur auf die Verhöre der Polizei warten, dann spielt uns die Gegenseite aus. Und damit meine ich nicht den Staatsanwalt.*

Ich schaute hinauf in den Abendhimmel. Die Sterne funkelten in der klaren Luft.

Die beiden hatten mich sogar schützen wollen vor den Ermittlungen, die in eine nicht beabsichtigte Richtung gelenkt worden waren … Aber ich hatte den Kontakt abgebrochen. Wollte nichts mehr von ihren Ideen und Theorien hören, nachdem die Polizei mich in den Fokus genommen hatte und meine Welt zerbröckelte.

Ich hatte alles verloren. Meine Privatsphäre, mein ruhiges Leben. Alles, was ich über viele Jahre zu schützen versuchte, wurde nun freigelegt vor einer Öffentlichkeit, die ich scheute und die mich ängstigte. Meine Worte konnten die Menschen berühren, aber ich bezweifelte, dass meine Persönlichkeit diesem äußerlichen Druck standhielt. Es war natürlich nicht alles ihre Schuld. Aber sie und Chip hatten so getan, als könnten sie es verhindern. Obwohl ich auf ihre Hilfe vertraute, war ich durch ihre Recherche tiefer in den Schlamassel hineingeraten.

Ich hatte Dale's Sprachnachrichten auf meinem Handy gelöscht, ihre Mails, ihren Namen, ihre Kontaktdaten.

Alles von ihr.

Kontakt aufnehmen. Lustige Idee, Dr. Elance.

Der Cappuccino näherte sich dem Ende, ich stand auf. Wollte ich das überhaupt? Sie zurückholen? Sie und ihren Freund? Hatte ich die Kraft dazu? War nicht viel zu viel zerbrochen zwischen uns? Mein Leben hatte sich derart geändert, dass ich noch mehr Unruhe nicht ertragen konnte. Sie war – endlich – weit weg. Andererseits ... wer könnte sonst helfen?

Aber wie sollte ich sie finden?

Der verschlüsselte Nachrichtenkanal, den Chip eingerichtet hatte. Wusste ich die Zugangsdaten noch? Ich probierte es aus.

Es tut mir sooo leid, Sie in diese dummen Schwierigkeiten zu bringen. Ich wollte doch nur helfen ... Bitte rufen Sie mich an.

Eine alte Nachricht von ihr, abgesandt vor Wochen. Meine Verdrängung lief perfekt. Keine Hilfe. Schon gar nicht von ihr. Ich war ohne Schuld – zumindest in diesem Mordfall –, und dann sollte ich ausgerechnet mit *der* Frau kooperieren, die noch weniger einen klaren Gedankenstrang halten konnte als ich?

Unmöglich.

Aber jetzt notwendig.

Ich tippte eine Nachricht.

Kann sein, dass ich Ihre Hilfe brauche. Wo sind Sie?

Kaum hatte ich die E-Mail abgesendet, piepste mein Handy.

Endlich!!!! Ich hatte so gehofft, Sie würden sich melden!!!!!

Endlose Ausrufezeichen. Das fehlte mir gerade noch. Als wäre jedes Wort eine Weisheit.

Wo sind Sie?, schrieb ich kopfschüttelnd.

In Connecticut!!! Kann aber sofort kommen!!!!!

Kann es kaum erwarten, raunzte mein Hirn, aber stattdessen schrieb ich:

Montag reicht. Bahnhof Southampton? Wann? Hole Sie ab.

Ich brauchte noch das Wochenende, um mich damit auseinanderzusetzen, dass sie wirklich wieder zurückkommen würde.

Kann um 8 Uhr da sein. Nehme den Zug um 6.30 Uhr. Okay?!!!

Was soll man dazu sagen? Sich die Ursache für vielfältige Amputationen einzuladen, fällt nicht leicht. *Gerne!!!,* schrieb ich und ging zu meinem Wagen.

Über mir strahlten die Sterne, und der Mond thronte leuchtend rot über der Sag Harbor Bay. Was für ein Anblick. Ich hätte ihn gerne genossen, wäre ich nicht gerade unschuldig der Anstiftung zum Mord verdächtigt.

20. Juni 2016

Water Mill, Holly Lane 17

Der Morgen war ungewöhnlich frisch. Ich hatte mir den Wecker auf 6.30 Uhr gestellt. Ich brauchte genügend Kaffee vor dem Treffen mit Dale Roberts. Ich schlüpfte in Jeans und Kapuzenpulli und ging mit einer dampfenden Tasse hinaus auf die Terrasse.

Die Hirschkuh stand mit ihrem Kalb in der Nähe des Pools und nagte seelenruhig an den Büschen. Sie kam oft in der Nacht. Hier war alles friedlich, in meinem Garten war sie sicher. An mich hatte sie sich über die Monate gewöhnt. Ihr Kopf erhob sich nur kurz, als ich die Terrassentür aufschob. Mehr Angst oder Fremdheit gab es zwischen uns nicht.

Der Kaffee tat gut. Ich setzte mich an den Tisch, und mein Blick folgte den Dampfwölkchen, die von der Tasse aufstiegen. Sie erinnerten mich an mein Leben in diesen Tagen. Ich hatte eine Ahnung, was mich in diese Situation gebracht hatte, aber immer, wenn etwas zur Gewissheit hätte wachsen können, verflüchtigte es sich wie der Dampf. Es war nicht zu greifen.

An die vergangenen Wochen zu denken, fiel mir schwer. Unausweichlichem ins Auge zu sehen, mochte ich im Beruf sehr. Im Privatleben hatte ich mir jedoch angewöhnt, träge zu sein. Ich wusste das. Aber es zu ändern, fand ich nicht dringend. Es hätte dringend sein *müssen*. Ich war zu bequem geworden, hatte mich eingerichtet in meinem Schneckenhaus. Dass mein Mann mich betrog, war mir bewusst. Ich spürte es. Seine Treffen im Club mit seinen „Jungs“ ...

Das fremde Parfüm, sein Blick nach diesen Abenden ... Nein, interessiert hatte es mich nicht. Eigentlich war ich sogar erleichtert darüber.

Kater kam mit langsamen Streckbewegungen auf mich zu. Sein Kopf berührte mit einem Rumms meine Hand. Körperlich zartfühlend war der kleine Vierbeiner nicht, aber ein ausgezeichneter Versteher. Er wusste immer, wann ich Zuneigung gebrauchen konnte. Mein Mann wusste das nicht.

Die Hirschkuh ging mit ihrem Kalb langsam zum Ende des Grundstücks. Gleich würden sie im Garten der Nachbarn verschwinden.

„Komm, mein Junge. Zeit für dein Futter. Und ich sollte mich umziehen."

Kater lief mit erhobenem Schwanz voraus zur Terrassentür.

Southampton, Main Station

Eine Stunde später stand ich am Bahnhof. Der Acht-Uhr-Zug aus Connecticut sollte pünktlich sein. Die Sonne war inzwischen prachtvoll hinter den Bäumen in den Himmel emporgestiegen. Einige der Wartenden, die um mich herum auf dem Bahnsteig standen, lasen Zeitung. Immerhin war mein *Fall* nicht mehr auf der Titelseite. Zeitunglesen hatte ich mir abgewöhnt, denn manchmal erwischte ich mich dabei, den Spekulationen über mich in den Artikeln so intensiv zu folgen, dass ich ihnen beinahe glaubte. Bis mir bewusst wurde, dass es dabei um mich ging.

Der Zug fuhr pünktlich an Gleis 2 ein. Ich beobachtete die Reisenden, die ausstiegen. Die meisten mit Aktentasche in der Hand oder Handy am Ohr. Alle waren auf dem Weg zur Arbeit.

Dale Roberts sah mich schneller als ich sie. Sie winkte mir zu. Und es fühlte sich an wie an dem Tag nach einem Tornado. Das Leben war zerrissen in ein Davor und ein Danach. Noch griff ich nach den Scherben, ohne zu wissen, was ich eigentlich zusammensetzen sollte.

Sturmwarnungen – man sollte sie ernst nehmen. Jetzt blickte ich in ihr Gesicht, in dem sich Betroffenheit und Besorgnis abzeichneten. Ihre Hand hatte sie weit vor ihrem Körper ausgestreckt und eilte auf mich zu.

„Mrs. Furler!" Ihr Händedruck war so kraftvoll, als wollte sie alle Probleme aus mir herauspressen. „Es tut mir so leid, dass ich Sie in solche Schwierigkeiten hineingezogen habe. Aber ich versuche alles, um meinen Fehler wiedergutzumachen." Sie hielt mir eine dicke Kladde vor die Augen.

„Wir haben uns tausend Gedanken gemacht. Und ich glaube, wir haben etwas Brauchbares. Für Sie, für Ihren Anwalt!" Ihre Stimme überschlug sich fast.

„Wir gehen erst einmal spazieren", presste ich hervor und ging einfach voraus.

Sie folgte mir. Ich lenkte meinen Jeep zum Flying Point Beach und musste sie fast beschwören, einfach mal nichts zu sagen. Ihre vielen Worte auf dem Weg zum Wagen hatten mich schwindelig gemacht. *Beweise, Spuren, Ideen, Hinweise, die übersehen wurden.* Alles blubberte aus ihr heraus und an mir vorbei.

„Ich kann vor 10 Uhr nicht denken."

Das brachte sie zum Schweigen. Es erschien ihr wohl einleuchtend.

Wir schlenderten am Strand entlang. Es war immer noch recht kühl für Juni. Andererseits – wann ging ich schon mal um 8.30 Uhr am Strand spazieren? Gelegentlich sah ich zu dem Tornado neben mir. Strähnen ihrer blonden Haare wehten trotz des akkurat geknoteten Zopfs wild um ihr Gesicht. Ihre Züge waren hart und weich zugleich. Eine tiefe Stirnfalte zeichnete sich auf ihrem Gesicht ab, ihr Mund war zu einem schmalen Strich gezogen. Sie wirkte hochkonzentriert mit ihren zusammengepressten Lippen. Gerade so, als würde sie ihre Gedanken und Worte mit aller Vehemenz unterdrücken wollen. Wäre sie kein Tornado, dann wäre sie beruhigend hübsch, sogar schön. Das bemerkte ich nicht zum ersten Mal. Sie hatte eine kraftvolle Ausstrahlung. Voller Spannung. Wie eine Welle, bevor sie bricht. Gute, überdosierte Energie und ein fester Wille. Ja, den Willen sah ich in ihrem Gesicht wie bei unseren ersten Begegnungen. Ihre Hände hatte sie tief in den Taschen ihrer Jeans vergraben. So tief, dass ich ihre geballten Fäuste erkannte. Ihre blauen Augen richtete sie streng auf den Sand unter uns. Absolute Konzentration.

Wir hinterließen zwei parallele Spuren im Sand. Seite an Seite. Sieh besser zum Atlantik, sagte ich mir. Sympathie für sie brauchte ich nun wirklich nicht.

„Schön hier", sagte sie leise.

„Sollen wir umkehren?" Ich musste lächeln, spürte, dass sie unruhig war. Stille war nicht ihre Sache. Sie brauchte das Tosen, die Aufregung.

„Wir könnten noch bei *Hampton Coffee* ein paar Muffins holen. Zucker hilft vielleicht gegen die Gedankenblockade", schlug sie vor.

„Okay." Nicht mein Lieblingsfrühstück, aber besondere Situationen erfordern besondere Maßnahmen. Das wusste sogar ich.

„Wir haben bei unseren Recherchen einiges herausgefunden. Wheeler war absolut kein Computerfachmann. Er brauchte also Hilfe, um sich in Ihr System zu hacken", begann sie, nachdem wir in den Jeep gestiegen waren.

Ich lenkte den Wagen auf die 27 East. „Lassen Sie uns bitte zuerst Muffins holen."

„Verzeihung." Sie verschränkte ihre Hände und knetete sie. Schließlich lehnte sie ihren Kopf gegen das Fenster. Ein leises Seufzen verließ ihren Mund.

Wir stoppten direkt vor der Tür des Coffeeshops. Die Mitarbeiterin hinter der Theke begrüßte mich freundlich.

„Hallo, Mrs. Furler. Wie immer?"

„Und ein paar Muffins", ergänzte ich. „Was wollen Sie trinken?", fragte ich Dale.

„Cappuccino."

Während wir auf unsere Getränke warteten, kamen weitere Gäste in das Café. Eine Frau, deren Namen ich vergessen hatte, drückte mich fest an sich.

„Schön, Sie zu sehen, Cate. Ich glaube nichts von dem Blödsinn, der über Sie geschrieben wird." Sie sah mir tief in die Augen. „Es wird alles wieder gut." Dann presste sie mich erneut fest an ihre Brust. „Das mit Jeffrey tut mir so leid." Sie kniff die Augen auf der Suche nach Tränen zusammen. „So ein schöner Mann."

„Schön macht noch lange keinen guten Charakter", mischte sich Dale ein.

Die Frau ließ schlagartig von mir ab und starrte sie an. Ihr Mund formte ein verblüfftes *OMG.* Als die Worte wiederkamen, sagte sie: „Ist das nicht die Kleine vom L. I. E., die Ihnen all die Schwierigkeiten eingebrockt hat?"

„Ich denke, dass Jeffrey mich in Schwierigkeiten gebracht hat, nicht sie." Ich nahm unsere braune Papiertüte, zog Dale kurz am Arm und ging.

„Das war nett von Ihnen", sagte Dale, während wir den Coffeeshop verließen.

In der Holly Lane angekommen, lief Kater aufgeregt auf Dale zu. Sie bückte sich zu ihm hinunter.

„Da bist du ja. Hab dich vermisst!"

Sie kraulte ihn, und er ließ es sich zufrieden gefallen. Erstaunlich, dieser Kerl. Er hatte schon immer einen besonderen Geschmack. Als er noch ganz klein war, hatte er meiner Schwiegermutter auf den Schoß gepinkelt, dem Gärtner ein Fellknäuel direkt vor die Füße gekotzt, und Jeffrey hatte er immer schon ignoriert, als würde er gar nicht existieren. Selbst Futter nahm er von ihm nicht gern. Aber Dale mochte er vom ersten Augenblick an.

Wir saßen an meinem Küchentresen, die Getränkebecher in der Hand. Keine von uns hatte einen Muffin angerührt. Kater saß daneben und beobachtete uns.

„Ich muss eine rauchen", sagte ich und ging hinaus.

Dale folgte mir in einigem Abstand. „Wie geht es Ihnen?"

Ich sah sie an. Die Tornado-Frau, die mein Leben im Sturzflug begleitet hatte. „Wie soll es mir gehen? Schlecht wäre maßlos untertrieben." Ich zündete mir eine Zigarette an.

Sie blickte beschämt zur Seite. „Ich habe damals nichts gesagt ..."

„Lassen Sie es bitte sein. Ich will das nicht hören", fiel ich ihr ins Wort.

Betreten schaute sie zu Boden. „Ich wollte Sie nicht verletzen. Niemals", sagte sie leise.

Das glaubte ich ihr sogar. Trotzdem. Es stand so viel Ungeheuerliches zwischen uns. Ich sah sie an. Ihre Betroffenheit berührte mich. Tiefer, als ich es zulassen wollte.

„Haben Sie eigentlich auch mit meinem Mann geschlafen? Nicht, dass mich das erschüttern würde. Es ist mir nur wichtig zu wissen, bevor ich anfange zu denken."

Mir stockte der Atem. Mit dieser Frage hatte ich nicht gerechnet. Obwohl ich seit dem Moment, als mich Cate Furler's Nachricht vor drei Tagen erreicht hatte, überlegte, wie unser Treffen ablaufen würde. Ich hatte mir Worte zurechtgelegt und wieder verworfen ... Eigentlich hatte ich überhaupt nicht mehr damit gerechnet, dass sie sich melden würde. Nicht in einer Million Jahren. Ich hatte es immer gehofft, aber die Hoffnung war verpufft wie alles andere in meinem Leben.

Nachts, in meinen Träumen, konnte ich ihr erklären, warum ich Informationen zurückgehalten hatte. In meinen Träumen konnte ich mich entschuldigen. Mein Herz schlug dabei so laut, dass ich glaubte, in seinem aufgebrachten Rauschen zu ertrinken. Ich hatte vollkommen die Kontrolle über mich verloren.

Versunken in meinen Schuldgefühlen und meiner Ohnmacht hatte ich Long Island zunächst einmal den Rücken gekehrt. Wenn überhaupt konnte Chip Mrs. Furler retten. Nicht ich. Die Polizei erwartete etwas von mir, das ich nicht geben konnte. Also war ich zu meinem Onkel nach Connecticut geflohen. Ich war mit Chip in Kontakt geblieben und hatte versucht, ihn von dort aus mit Recherchen zu unterstützen. Ich wollte nur noch funktionieren. Nur noch beweisen, dass unsere Arbeit nicht zu Ende war. Die Polizei kam bei den Ermittlungen nicht voran. Tappte im Dunkeln. Ich wollte, ich *musste* den Stillstand beenden. Sie war unschuldig.

Chip und ich hatten in den letzten Wochen vieles recherchiert und über den Fall gesammelt. Wheeler hatte die Mails, in denen es um das Mordkomplott ging, nicht selbst auf Cate Furler's Computer geschmuggelt. Jemand anderes hatte sich durch ein Backdoor-Programm Zugriff auf ihren Rechner verschafft, die Mails dorthin verschoben, deren Eingangsdatum manipuliert und es dann so aussehen lassen, als seien sie von Wheeler geschickt worden. Wir hatten alles versucht, um herauszufinden, woher der Angriff kam, konnten aber bisher nur Vermutungen anstellen.

Ich hatte der Ankunft am Bahnhof in Southampton entgegengezittert. Noch während der Fahrt grübelte ich, was ich ihr sagen könnte. Wie sollte ich mich entschuldigen?

Es tut mir leid, Mrs. Furler, aber der Moment, in dem ich begriff, dass Sie die Ehefrau von Jeffrey Dinklage sind und nicht die Blondine, war so unglaublich blöde, dass ich ihn wahrscheinlich selbst als alte Frau auf dem Sterbebett nicht werde verdrängen können. Es war so unglaublich dämlich und peinlich. Und ich wollte nicht diejenige sein, die Ihnen das Herz bricht. Ich wollte Sie nicht verletzten. Egal womit.

Und sie war so wundervoll gewesen. So nett. So angenehm. Bei jedem Treffen. In jeder Sekunde. Ich hatte wirklich Angst, in ihre ehrlichen Augen sehen zu müssen.

Was für ein Desaster!

Haben Sie eigentlich auch mit meinem Mann geschlafen? Nicht, dass mich das erschüttern würde. Es ist mir nur wichtig zu wissen, bevor ich anfange zu denken.

Mir wurde schwindelig.

Nein. Ich hatte natürlich nicht mit ihm geschlafen. Seine unsinnigen Annäherungsversuche … aber – nein – ich hatte verstanden, dass er ein Arschloch ist.

Mir schien, dass alle Bemühungen von mir und Chip nutzlos waren. Idiotie, die niemandem half. *Wir* waren die Versager, die den Sturm nicht hatten kommen sehen. Die Insulaner, die – obwohl mittendrin – zu blöd waren, seine Warnzeichen zu bemerken. Ein Hurrikan über der Inselheiligen, und wir waren unfähig, ihn zu erkennen.

Für die Presse war ich die Randnotiz in einem großen Skandal. Die *Hobbydetektivin von der South Fork.* Sie zogen mich ins Lächerliche. Das L. I. E. empfahl mir eine *Auszeit* und beurlaubte mich. Natürlich nur wegen meines Vaters. Sonst wäre ich längst gefeuert worden. Mein Leben hatte jegliche Kontur verloren. Für mich war in diesem Spektakel nur eine kleine Rolle vorgesehen. Und die war definiert: Finderin der Leiche und unfähige Elektrikerin. Alles Weitere hatte ich vermasselt. Aber ich wollte die Welle immer noch schlagen, die ich als Verteidigungsbug vor mir hertreiben konnte.

Ich wollte aufklären.

Helfen.

Ich holte tief Luft, es war viel zu spät, um bei null anzufangen.

Also Mut, keine Furcht …

„Nein, ich habe nicht mit ihm geschlafen. Ich hätte mit ihm schlafen können. Aber mir war klar, dass er nicht gerade ein …“, ich machte eine Atempause, „… guter Mann ist.“

„Dann sind Sie schlauer als ich vor sechs Jahren.“

Sie drückte ihre Zigarette aus, und ich folgte ihr ins Haus zurück.

„Darauf einen ... Muffin.“ Sie lächelte zögernd, zerschnitt einen Zitronenmuffin mit Mohn und schob mir eine Hälfte herüber.

Friedensangebot?

Nicht aufgeben! Zugreifen ...

„Ich mag Sie, Mrs. Furler“, rutschte es mir unpassenderweise heraus.

„Und ich weiß das“, antwortete sie ganz gelassen.

„Ich würde Ihnen gerne erklären, warum ich Ihnen damals nichts gesagt habe“, stammelte ich zögerlich.

„Ich glaube nicht, dass ich das jetzt hören möchte. Vielleicht kommt irgendwann die Zeit. Aber nicht jetzt.“ Sie sah mich nicht an.

Ich konnte sie nicht ansehen. Ich wollte keine Erklärung, keine Entschuldigung für ihr Verhalten. Nicht den Sturm zu erkennen, der über mir hereinbrechen würde, hatte ich keinem von beiden angelastet. Dale und Chip waren ambitioniert, vielleicht überambitioniert in ihrem detektivischen Forscherdrang. Aber sie waren keine Meteorologen. Dass sie mich mochten, war doch offensichtlich. Wer sonst gäbe sich solche Mühe, meine Unschuld zu beweisen? Sie hatten scheinbar immer weitergesucht. Aber die beiden gaben mir längst keine Stabilität mehr. Das war vor Wochen noch ganz anders gewesen.

„Haben Sie eine Idee? Ich meine, eine Idee, was passiert ist? Ich habe nämlich keine. Ich stecke in einer endlosen Defensivschleife. Es gibt einen Haufen E-Mails, die ich nicht geschrieben habe, die sich aber auf meinem Computer befinden. Und die allesamt belegen, dass *ich* erpresst wurde.“

Ich versuchte meine Gedanken zu zentrieren und sah sie an.

„Und es gibt Beweise, dass *ich* einem Kerl, den ich nicht kenne, nie gesehen oder gesprochen habe und dem ich nie geschrieben habe, den Auftrag gegeben habe, einen Mann zu ermorden, der mich nicht erpresst hat … Aber alle Indizien belegen, dass ich Ihnen jetzt gerade Unsinn erzähle. Alles deutet darauf hin, dass ich erpresst wurde und einen Mord in Auftrag gegeben habe.“ Ich holte tief Luft. „Ergibt das Sinn?“

„Nein. Keinen Sinn. Überhaupt nicht." Sie richtete sich zaghaft auf und versuchte zu lächeln. „Wenn Sie Zeit haben, könnte ich Ihnen zeigen, wo wir stehen. Was wir wissen. Ich bin nicht so gut darin wie Chip, aber wenn Sie mögen, dann könnte ich ihn holen. Er kann Ihnen noch mehr sagen als ich."

Puh, nein, eher nicht. Mir genügte schon sie als Erinnerung an die freien Gedankenspiele, die wir ausgetauscht hatten. Sie genügte schon, um mich wieder zurückzuversetzen in meine verlorene Welt. Mich an Momente zu erinnern wie den Abend, an dem wir zusammensaßen, Theorien aufstellten, Ideen austauschten und verwarfen, diskutierten und lachten. Ein verschworener Haufen mit einem gemeinsamen Ziel. Sie allein repräsentierte schon genug von der Zeit vor dem zweiten fatalen Zusammenbruch meiner Welt.

„Wir sollten es erst einmal zu zweit versuchen", brachte ich leise hervor.

Sie ging in den Flur und holte ihre Mappe. Dann breitete sie langsam einige Blätter vor mir aus, sortierte sie sorgfältig und sah mich nach einer Weile an. „Soll ich anfangen?"

Ich zuckte mit den Schultern. Was sollte ich schon sagen? Deswegen hatte ich dieses stürmische Unheil ja schließlich zurückgeholt.

Dale strich sich konzentriert über die Lippen. Ich spürte, dass jedes Wort sitzen sollte. Sie gab sich Mühe, ihren Ideenschwang nicht überborden zu lassen.

„Wir haben jetzt auch die E-Mails, die Sie belasten. Es handelt sich dabei um einen gefakten E-Mail-Wechsel zwischen Ihnen und Benjamin Wheeler. Sie instruieren ihn darin, Stallbruck ein für alle Mal mundtot zu machen. Und er willigt gegen Bezahlung ein. Er beschafft das Schlafmittel. Und den Rest kennen Sie ja."

Sie blickte mich zögernd an, schob die Zettel zur Seite und zog ein neues Blatt Papier hervor.

„Wheeler hat – in Absprache mit Wastiaux – das Schlafmittel in der Apotheke in Southampton gekauft."

„Das hattet ihr Chief Spencer doch schon gesteckt“, fiel ich ihr ins Wort. „Sie weiß das, ist dem nachgegangen und Wheeler bestreitet, das Medikament für Wastiaux besorgt zu haben. Seine Großmutter benutzt Zolpidem als Schlafmittel. Ein Zufall, meint die Polizei und kann Wastiaux ansonsten nicht mit dem Mord an Stallbruck in Verbindung bringen.“

Dale neigte leicht den Kopf. „Stallbruck wurde mit dem Schlafmittel von diesem Rezept“, sie tippte auf den vollgekritzelten Ausdruck, „betäubt und dann ermordet. Von dem Typen, dessen Oma die gleichen Pillen nimmt *und* den Sie mit dem Mord beauftragt haben sollen. Das nenne ich wirklich Zufall.“

Ich nickte stumm.

„Also weiter: Wheeler hat das Zeug besorgt und meldet das brav dem Chef. Der hatte schon tags zuvor Stallbruck aufgefordert, seinen Mailverkehr mit Ihrem Mann auf einen anderen Mailaccount zu schieben. Stallbruck kapiert das nicht. Er will nur seine Kohle und hält das andere für überflüssig.“

Sie zog eine weitere Kopie hervor, die scheinbar einen Mailaustausch zwischen Stallbruck und einem Mitglied der Birds zeigte. Ich überflog deren fragmenthaften Inhalt. *Kann die E-Mails nicht in den Account kriegen. Keine Ahnung, wie das geht*, stand dort.

„Schick mir die Scheißdateien, und ich bau sie ein. Idiot. Das ist doch nicht so schwer!“, las ich vor und blickte verwundert zu Dale. *„Ich schick es dir. Verstehe nur nicht den Ablauf! Will meine Kohle am 1.4. Wie besprochen! Selber Idiot!“*

Dale sah mich begeistert an. „Das belegt, dass die Erpressermails auf einen anderen Account gelenkt werden sollten – auf Ihren nämlich!“, stieß sie hervor.

Ich ließ das Blatt sinken und zuckte mit den Schultern. Dass irgendwer irgendwas auf meinen Account gelenkt hatte, war selbst mir zur Genüge bewusst.

„Inwiefern bringt uns das weiter?“, fragte ich sie.

Ihr Blick traf mich diesmal überraschend direkt. „Nehmen wir doch einfach nur das, was offensichtlich und bekannt ist: Ihr Mann ging fremd, wurde erpresst, hat gezahlt, der Erpresser ist tot. Und Sie kriegen mithilfe eines Trojaners etwas auf Ihren Rechner, das angeblich zeigt, dass Sie hinter all dem stecken. Ihr Mann gab bei der Polizei an, dass der Erpresser ihn persönlich angesprochen hat. Dass er nur einen Zettel hatte, der *leider* verloren gegangen ist. Ihr Mann eröffnete ein Konto in Italien auf *Ihrer beider Namen.* Nicht nur auf seinen. Also hätten genauso gut *Sie* das Konto eröffnet haben können." Sie machte eine kurze Pause. „Können Sie mir noch folgen?"

Ich schüttelte mich kurz. Sie war so anstrengend … „Ja, ich kann Ihnen folgen", sagte ich ohne viel innere Überzeugung.

„Gut, dann weiter. Das Ganze kann nur *eine* logische Erklärung haben. Jemand wollte Sie *unbedingt* ganz tief in diese Story einweben. Jemand, der ein Interesse daran hat, Ihnen maximalen Schaden zuzufügen."

Sie streckte ihre Hände in meine Richtung. Es war eine leicht flehende Geste, ganz so, als wollte sie die Lösung aus mir herausziehen, bevor sie es selbst sagen musste. Aber ich wusste nichts zu sagen. Auch wenn sich die Antwort förmlich aufdrängte.

„Es war Ihr Mann, der Ihnen diese Falle gestellt hat", sagte sie schließlich und zog ihre Hände zurück.

„Was für einen Grund sollte er dafür haben?", presste ich hervor.

Ihr Blick wich meinem aus. Sie war hin- und hergerissen zwischen der Wahrheit und der Angst, etwas Falsches zu sagen, und rang mit den Worten.

„Ich weiß es leider nicht. Ich kann es nur vermuten. Aber das bringt uns nicht weiter", sagte sie schließlich dünn. „Haben Sie eine Idee?"

Ich schloss einen Augenblick die Augen und beschwor Jeffrey herauf.

Und mich.

Uns.

Jeffrey war für mich unerwartet zum Gegner geworden. Natürlich hatten wir unsere persönlichen Auseinandersetzungen. Jetzt sollte *er* mir das hier eingebrockt haben? Das konnte ich nicht glauben. Wir waren über viele Jahre glücklich, ein gutes Team. Wir hatten uns Ehrlichkeit und Offenheit versprochen. Er hat sich nicht daran gehalten. Warum hat er mir diese Affäre verheimlicht? Ich weiß es nicht. Hätte er mir einfach gesagt, dass er eine andere Frau begehrt oder sich bei jemand anderem besser aufgehoben fühlt – ich hätte es wahrscheinlich sogar verstanden.

Es war schon im letzten Herbst gewesen, dass sich eine Ahnung bei mir einschlich. Ich spürte, von einem Tag zum anderen, dass sich etwas verändert hatte. Ich wusste, dass unser gemeinsames Leben gerade zerbrach und für ihn ein neues begann. Ich aber wollte nicht noch einmal den Versuch wagen, die Ozeane unserer Unterschiedlichkeit zu durchsegeln. Ich hatte längst den Durst nach seiner Nähe verloren. Also ließ ich ihn treiben. Zu schwach, es endgültig zu beenden. Das war die Wahrheit zwischen mir und meinem Mann. Wir hatten die Liebe, die nie riesig war, für immer verloren. Und er segelte in die Arme von Joanne Portland.

Dale's vorsichtige Berührung meiner Hand brachte mich in die Realität zurück. „Und? Einen Grund gefunden?“, fragte sie kaum hörbar.

Ich schüttelte den Kopf. „Nein, mir ist nur gerade eingefallen, dass ich schon seit letztem Herbst wusste, dass unsere Ehe zerbrach. Ist das nicht bitter? Und ich dachte immer, das passiert nur den anderen, denen, die nicht hinsehen, die sich nicht hineinfühlen. Aber ich habe *hingesehen,* ich habe mich *hineingefühlt.* Ich habe es sogar *entdeckt.* Und ignoriert.“

Ich schlug die Hände vors Gesicht. Warum bloß war es so schwer, das eigene Scheitern zuzugeben? Warum bloß stand man sich oft selbst so sehr im Weg, wenn es darum ging, das eigene Leben wieder in die richtige Bahn zu lenken? Stattdessen blieb man stehen und sah zu, wie alles, was noch hätte gut sein können, hätte man rechtzeitig die Weichen gestellt, sich ins Gegenteil wandte und sich Lügen ausbreiteten, bis der letzte Rest von Freundschaft und Würde im Alltagssumpf unterging.

„Ich kann mir keinen Grund für solch einen Rachefeldzug vorstellen, Dale. Aber ich kann mir vorstellen, dass Jeffrey irgendwie darin verstrickt ist", sagte ich schließlich.

Sie atmete durch und lehnte sich zurück. Besorgnis huschte über ihr Gesicht. Ich wirkte wohl nicht gerade stabil.

„Wollen Sie vielleicht ein Glas Wasser?" Sie stand auf und hatte sich schon zum Gehen abgewandt, als sie meinte: „Vielleicht wäre es gut, wenn wir noch mal zum Strand fahren. Der Atlantik hat magische Kräfte. Er vertreibt schwarze Gedanken. Macht den Kopf klar."

Ich musste leise lächeln. Und das sagte sie *mir* ... Aber schließlich durften wir Inselkinder uns untereinander auch mal an das Grundsätzlichste überhaupt erinnern. Warum nicht?

* * *

Kater lag auf der Bank vor dem Haus und hob nur ganz leicht den Kopf, als Cate und Dale an ihm vorbei zu dem Jeep in der Einfahrt gingen. Er streckte sich gähnend und schloss wieder die Augen.

Cate steuerte ihren Wagen links aus der Holly Lane hinaus auf die Cobb Road. Dale hatte das Fenster heruntergelassen und beobachtete, wie die Häuser und Bäume an ihr vorbeiflogen. Die Luft war jetzt schon deutlich wärmer als am Morgen. Frühsommerlich schlängelte sie sich durch das Auto und wehte den beiden versöhnlich um die Köpfe.

Der Weg führte sie über die Flying Point Road direkt zum Parkplatz am Strand. Es waren nur wenige Autos zu sehen. Zu dieser Zeit nutzten vor allem Hundebesitzer die Wochen vor dem Saisonstart, um ihre Vierbeiner über den Strand toben zu lassen.

Cate stoppte ihren Wagen und tippte ihrer Beifahrerin auf die Schulter. Sie zeigte lächelnd auf einen Streifenwagen des Southampton PD, der direkt vor dem Aufgang zum Strand parkte. „Entweder sitzt da niemand drin, oder es ist Officer Baker. Die ist so klein, dass man sie hinter der Kopflehne nicht sieht." Sie stieg aus dem Jeep. „Komm, Dale, wir schauen mal nach."

Dale zuckte kurz. Hatte Mrs. Furler sie jetzt geduzt? Sie schwang sich ebenfalls aus dem SUV und folgte Cate, die langsam auf den Streifenwagen zuging. Neben dem Fahrzeug angekommen klopfte sie an die Fahrertür.

Baker ließ unter lautem Surren die Scheibe runter. „Oh, Mrs. Furler. Das ist ja schön, Sie zu sehen", piepste sie.

Als Dale plötzlich hinter der Schriftstellerin auftauchte, wurden Baker's Augen noch größer. „Und Miss Roberts! Das ist eine echte Überraschung!"

Baker legte ihr Handy ab und fummelte sich verlegen aus ihrem Anschnallgurt. Ungeschickt stieg sie aus dem Streifenwagen, richtete ihre Hose, die sich an ihren Stiefeln verfangen hatte, und sah zu den beiden auf.

„Das ist ja schön, dass Sie wieder da sind, Miss Roberts. Die Chefin hat sie schon vermisst." Sie gab ein kieksendes Lachen von sich. „Sie sind doch wieder da, oder?", schob sie schnell hinterher.

Dale nickte mit einem kurzen Blick zu Cate. „Ja, bin ich. Können Sie Chief Spencer sagen."

„Gut. Das sage ich ihr. Machen Sie einen Spaziergang?"

Cate nickte. „Die Atlantikluft hat gerufen. Und wir folgen. Aber das scheint Ihnen ja nicht anders zu gehen."

Baker sah zum Ozean, der nur noch durch die Dünen von ihnen getrennt war. „Ja, ich komme öfter hierher, wenn gerade eine Pause zwischen den Einsätzen ist. Die Luft ist gut." Sie zuckte verlegen mit den Achseln.

„Stimmt, das ist sie", sagte Cate. „Wünsche Ihnen einen guten Tag."

Cate ging auf den sandigen Aufgang zwischen den Dünen zu und blickte kurz hinter sich. „Kommst du, Dale?"

Verdutzt setzte sich Dale in Bewegung und folgte ihr. Sie hatte Cate eingeholt, als sie geradewegs auf das Wasser zuging. Die Wellen des Atlantiks waren heute groß, brachen imposant und erzeugten wunderschöne Ausläufer. Es war ein Hin und Her. Gleichmäßig, wie ein aufgebrachter Herzschlag.

Eine Weile liefen die beiden wortlos nebeneinander. So wie am Morgen. Sie hinterließen saubere Abdrücke im Sand. Cate hatte den Weg Richtung Osten eingeschlagen. Sie stapften an der Mecox Bay vorbei in Richtung Sagaponack. Der kleine Tennisplatz von Water Mill lag hinter ihnen, als Cate sich Dale zuwandte.

„Was hast du gemacht? In den letzten Wochen?"

Dale sammelte eine besonders schöne Muschel auf, rieb sie an ihrer Jeans trocken und ließ sie in ihrer Jackentasche verschwinden.

„Ich war bei meinem Onkel in Connecticut. Er hat eine Harley-Davidson-Werkstatt. Ich habe geschraubt und in Motoröl gebadet." Sie blickte Cate etwas verstohlen von der Seite an. „Ich hasse das normalerweise." Sie lächelte. „Aber jetzt war der ganze Dreck genau das Richtige für mich."

„Kann ich gut nachvollziehen."

„Ich habe ziemlich viel über Mechanik gelernt. Mein Onkel ist ein cooler Lehrer. Die Kundschaft ist teilweise wirklich schräg, aber nach einer Weile gewöhnt man sich daran. Die Menschen in Connecticut sind anders als hier. Dort ist alles sehr, sehr geordnet."

Dale hob einen Stein auf und warf ihn in die heranrollenden Wellen. Der Stein hüpfte zweimal über die Wellenkämme und versank im Wasser.

Cate nickte anerkennend.

„Mein Vater hat mir beigebracht, wie das geht." Sie blieb stehen und suchte einen neuen Stein. „Soll ich es dir zeigen?"

Cate stoppte und sah sie fragend an.

„Komm. Ist nicht schwer." Sie winkte Cate zu sich. „Du musst ein bisschen seitlich zum Wasser stehen und dann ganz locker aus dem Handgelenk eine horizontale Wurfbewegung machen. So etwa ..." Sie warf den Stein und wieder hüpfte er über mehrmals über das Wasser.

„Warum nicht." Cate hob einen Stein auf und schleuderte ihn in Richtung einer sich nähernden Welle. Doch der Stein versank vor dem Wellenkamm.

Dale fischte erneut einen Stein aus dem Sand und gab ihn Cate in die Hand. Dann stellte sie sich hinter Cate.

„Darf ich?"

Sie berührte Cate sanft auf beiden Seiten der Hüfte und drehte sie leicht, sodass sie seitlich zum Atlantik stand. Behutsam griff sie Cate's Arm und führte ihn in einer schwingenden Seitwärtsbewegung nach vorn.

„So musst du das machen."

Dale trat einen Schritt zurück und ließ Cate werfen. Der Stein traf auf der Wasseroberfläche auf und hüpfte danach dreimal über die Wellenkämme.

Dale applaudierte lachend. „Naturtalent!"

Eine Verbeugung andeutend nahm Cate den nächsten Stein und wiederholte den Wurf. Mit gleicher Präzision.

Dale spendete wieder Applaus. „Die wahre Königin des Ozeans!", lachte sie.

Doch plötzlich ging Cate zwei Schritte auf sie zu, schnappte Dale mit einer überraschend schnellen Bewegung und nahm sie in den Würgegriff.

„Du hast mir verdammt wehgetan!", rief sie.

Dann entließ sie Dale's Kopf wieder aus ihrer Armenbeuge und ging weiter. Dale blieb einen Moment fassungslos stehen und rannte ihr anschließend hinterher.

„Cate! Es tut mir leid! Ich wollte dich nicht verletzen." Sie hielt

Cate an den Armen fest und drehte sie kraftvoll zu sich um. „Ich wollte dir nicht wehtun!“ Ihre Hände legten sich schwer auf Cate's Schultern.

Da griff Cate nach Dale's Fingern und presste sie schmerzhaft zusammen, ohne die Hände von ihren Schultern zu entfernen. „Entschuldige dich nicht für eine Entscheidung, die du ganz bewusst getroffen hast!“ Sie sah Dale wütend an. „Ich kann solche falschen Entschuldigungen nicht mehr ertragen, verstehst du? Ich will nicht mehr belogen werden!“ Jetzt ließ sie die Hände los und sah Dale zornig in die Augen. „Wenn du mir weiterhin helfen willst, dann musst du ehrlich zu mir sein. Sonst gehe ich jetzt zum Auto zurück und du gehst weiter geradeaus. Du findest nach Hause.“ Sie deutete nach vorne, Richtung Bridgehampton. Der Atlantik ließ gerade eine Reihe außergewöhnlich tosender Wellen am Strand anbranden.

Dale wich Cate's Blick nicht aus. „Ich werde dir alles sagen, was ich weiß oder zu wissen glaube. Und du verfluchst mich nicht dafür.“

Sie streckte ihr die Hand entgegen. So wie es Cate bei ihrem allerersten Treffen getan hatte. Vor einer gefühlten Ewigkeit. Und Cate schlug ein.

„Okay. So machen wir das.“

Cate ging hinauf zu den Dünen, setzte sich an den Dünenhang und zündete sich eine Zigarette an. Dale folgte ihr und ließ sich neben ihr in den Sand fallen.

„Auslaufende Atlantikwelle. Sanft geprägt vom Lauf der Gezeiten“, brachte sie schnaufend hervor.

Cate sah sie mit einem Stirnrunzeln an. „Was meinst du damit?“

„War nur so ein Gedanke zu deinem Temperament.“

„Was hat mein Temperament damit zu tun?“

„Im Grunde nichts“, gab Dale zurück und massierte sich die schmerzenden Finger.

„Wir können uns gleich was zu essen holen. In Water Mill hat seit unendlichen Zeiten ein neues Deli aufgemacht, das gut besucht ist.“

Cate zog tief an ihrer Zigarette.

Dale drehte sich auf den Bauch und sah sie an. „Woher kennst du diesen Griff? Selbstverteidigungskurs?“

„Zwei ältere Brüder. Besser als jeder Selbstverteidigungskurs.“

Dale nickte kurz. „Ist jetzt alles okay zwischen uns?“

„Auf Probe, du Nervensäge.“

Dale legte sich wieder auf den Rücken und lächelte. Sie musste die Augen schließen. Die Sonne blendete sie zu stark. Die Tränen der Erleichterung sah Cate nicht.

Cate lehnte sich behaglich rauchend gegen die Düne und beobachtete, wie die Wellen kamen und gingen.

Plötzlich spürte Dale, wie ein leichtes Frösteln ihren Körper hinaufkroch. Sie musste eingeschlafen sein. Etwas verstohlen drehte sie sich zur Seite und erblickte Cate, die mit angezogenen Beinen immer noch neben ihr an die Düne gelehnt saß und auf den Atlantik hinaussah.

„Du hast sie auch, was?“ bemerkte Cate.

„Was habe ich?“

„Die Inselkrankheit, bei zu rauer See einfach einzuschlafen.“

Dale setzte sich auf. „Ich dachte immer, dass nur meine Gedanken Aussetzer haben.“

Cate nickte verständnisvoll. „Diesmal bist du ganz weg gewesen. Aber macht nichts. Ich habe die Ruhe zum Nachdenken genutzt.“

Sie erhob sich und schüttelte sich den Sand von der Hose. Dann reichte sie Dale die Hand und zog sie auf die Beine.

„Schieß los“, sagte Dale.

„Wenn Jeffrey wirklich irgendwelche Strippen in der Hand gehabt hat, dann niemals ohne einen noch besseren Strippenzieher. Er *muss* Unterstützung gehabt haben. Und da sind wir wieder bei diesen Rockertypen. Warum lässt sich Wheeler so bereitwillig mit mir und meinem angeblichen Mordauftrag in Verbindung bringen? Hm?“

„Weil er ansonsten von den Typen gelyncht wird?“, schlug Dale vor und versuchte mit Cate Schritt zu halten, die stramm zurück zum Parkplatz marschierte.

„Nein. Weil ihm etwas Größeres versprochen wird. Sie lassen ihn in dem Glauben, dass sie ihn da irgendwie wieder rausboxen. Es ist nicht unüblich, dass sich ein kleines Licht für das *große Ganze* opfert ... Oder vermeintlich opfert. Sie versprechen ihm, dass sie ihn entweder mit riesigem anwaltlichem Brimborium zu einer kurzen Haftstrafe verknacken lassen oder dass sie ihn vor der Verhandlung *verschwinden* lassen. Wenn sich die Wogen wieder geglättet haben, warten Ruhm und eine höhere Position in der Gang auf ihn. Ich habe über diese Bandenhierarchie mal sehr intensiv recherchiert. Wurde ein Roman draus."

„*Outlasting Warriors.*" Dale hatte inzwischen alle Bücher von Cate Furler gelesen. Alles, was je von ihr oder über sie veröffentlicht wurde. Zumindest alles in englischer Sprache.

Cate nickte. „Also müssen wir irgendwie an Wheeler rankommen." Sie hielt inne und drehte sich zu Dale. „Meinst du, wir könnten alle wieder zusammentrommeln? Du holst Chip, und ich schaffe Gilian wieder auf die Insel. Ich glaube, dass vier Gehirne noch mehr Schwung produzieren können. Wir beide schlafen ja gelegentlich ein, wenn es wild wird." Sie lächelte Dale an.

„Ich denke, das wird gehen", stimmte Dale zu.

Cate fischte ihr Handy aus ihrer Jeans und wählte eine Nummer. Sofort war Gilian's tiefe Stimme am anderen Ende zu hören.

„*Cara mia!* Was kann ich für meine beste Autorin und Freundin tun?"

„Ich bin gerade mit Dale am Flying Point Beach ..."

Cate kam nicht dazu weiterzusprechen, denn Gilian fiel ihr sofort ins Wort.

„Ach, wie nett! Und? Hast du ihr schon den Hals umgedreht oder trägt sie ihr hübsches Gesicht noch vorne?" Ein schallendes Lachen drang durch das Telefon.

„Nein, sie ist ziemlich unversehrt", gab Cate kurz zurück.

Dale rieb sich ihre Finger. Sie brannten immer noch.

„Na, das ist doch gut. Und jetzt turtelt ihr beiden am Strand rum. Romantisch."

„Gilian, kannst du mal ernst bleiben?", ermahnte Cate sie.

„Das Leben ist doch im Moment schon trist genug, und ich male mir dagegen eben gerne schöne Bilder, liebste Freundin." Wieder ein tiefes, kehliges Lachen. „Aber gut, was nicht ist, kann ja noch werden ... Also, was gibt es, Schätzchen?"

„Wir brauchen dich hier, Gilian."

„Okay. Ich nehme den Hampton Jitney. Warte, ich buche ein Ticket."

Cate hörte, wie Gilian auf die Computertastatur einhämmerte. Dann war sie wieder auf Empfang.

„Ich bin um 15.45 Uhr in Water Mill, okay? Holt ihr beiden Hübschen mich ab?"

„Ja, machen wir. Wir sind pünktlich. Danke, Gilian."

„Ich freue mich auf euch!" Gilian legte auf.

Cate sah zu Dale. „Jetzt brauchen wir nur noch Chip."

„Das wird nicht schwierig. Er sitzt wie immer zu Hause."

„Willst du ihn vorher anrufen?"

Dale winkte ab. „Dann hat er nur zu viel Zeit, sich Gedanken zu machen. Wir sollten einfach hinfahren."

Die beiden gingen auf den Jeep zu und machten sich auf den Weg zum Deli. Wenig später saßen sie mit ihren Sandwiches in Cate's Küche.

Es machte Dale glücklich, zu beobachten, wie Cate's Energie im Lauf des Tages mehr und mehr zurückkam. Sie ließ sich von den Tiefschlägen und dieser persönlichen Katastrophe nicht überwältigen. Im Gegenteil. Je länger die beiden redeten, desto kampflustiger wurde Cate. Fast hätten sie es sogar verpasst, rechtzeitig loszufahren, um Gilian von der Bushaltestelle abzuholen.

Doch bevor sie dort eintrafen, machten sie noch einen kurzen Zwischenstopp. Bei einem Autoverleih in Southampton. Cate hatte beschlossen, sich einen Leihwagen zu nehmen. Etwas Kleines, Unauffälliges. Einen Wagen, den niemand bemerkte, dem niemand hinterhersah. Dale hatte zwar eingeworfen, dass ein Jeep Wrangler am East End nicht gerade einen Exotenstatus hatte, aber Cate bestand auf ihrem Plan. Also hatten sie auf Dale's Namen einen dunkelgrünen Toyota gemietet, mit dem sie nun auf den Parkplatz des Busbahnhofs rollten.

Gilian stieg mit einer eleganten Vintage-Reisetasche von Louis Vuitton und unglaublich breitem Grinsen aus dem Bus und fiel Cate stürmisch in die Arme. Sie herzte sie eine Ewigkeit, dann schob sie ihre Freundin etwas von sich und betrachtete sie kritisch.

„Du bist ja nur noch Haut und Knochen, Herzchen. Isst du gar nichts mehr?“ Dabei zupfte sie an Cate's Hose. „Das schlabbert ja alles an dir. Mensch, Cate, ich war doch nur zwei Wochen weg.“ Wieder schloss Gilian sie in ihre langen, schlanken Arme und küsste sie auf die Stirn. „Das nächste Mal nehme ich dich mit in die Stadt“, versprach sie.

„Das geht doch nicht, Gilian. Ich darf die Insel nicht verlassen. Die Auflagen. Du erinnerst dich?“, entgegnete Cate leise.

Gilian winkte ab. „Ach, Unsinn. Das ist mir egal.“ Sie sah zu Dale und schenkte auch ihr ein breites Lächeln. „Da ist ja die schönste Elektrikerin Amerikas.“ Sie lachte und drückte Dale fest an sich. „Schön, dass du zurück bist“, flüsterte sie.

Dale nickte kurz und trat sichtlich beeindruckt von der stürmischen Umarmung einen Schritt zurück. Sie fühlte, wie ihr Herz einen Sprung machte. Ja, es war schön, wieder hier zu sein. Als Teil einer schrägen und liebenswerten Gemeinschaft. Als Teil ihrer Mission.

Gilian hakte sich schwungvoll bei Cate ein und forderte Dale mit einem Zwinkern und einem Kopfnicken auf, mitzukommen.

„Wo steht dein Auto, *gioia mia*?“

„Auf dem Parkplatz hinter den *Commons*.“ Cate deutete in die Richtung.

In dem Örtchen Water Mill hatte vor einigen Jahren ähnlich wie in den Nachbarorten eine Art Einkaufszentrum eröffnet. Doch die meisten Geschäfte hatten sich in den *Commons* nur kurz halten können. Einige, wie das *Citarella*, waren längst über das kleine Water Mill hinausgewachsen, hatten sich vergrößert und in lukrativeren Ortschaften wie Southampton, Bridgehampton und East Hampton Filialen eröffnet. Andere waren der fortschreitenden Digitalisierung zum Opfer gefallen, wie zum Beispiel ein großer Blockbuster-Videoverleih. In dessen Räumlichkeiten hatte sich in der Zwischenzeit ein Indoor-Cycle-Club eingemietet. Das *Muse*, ein gehobenes Restaurant, war nach Sag Harbor ausgewandert.

Als die drei den Parkplatz überquerten und Cate geradewegs auf den Toyota zulief, stoppte Gilian plötzlich.

„Wo ist dein Jeep? Hattest du einen Unfall? Und warum nimmst du so eine Gurke als Leihwagen? *Dio mio!*“

Dale zupfte Gilian leicht am Ärmel und versuchte sie durch ein angedeutetes Kopfschütteln am Weiterreden zu hindern. Gilian verzog irritiert das Gesicht, schwieg aber und antwortete mit vorsichtigem Schulterzucken.

Zurück in der Holly Lane 17 gab Gilian den neuesten Klatsch aus Manhattan zum Besten und freute sich über jedes Lächeln, das sie in Cate's Augen entdeckte. Sie nahm sie immer wieder in den Arm und drückte sie fest an sich. Als die beiden nebeneinander auf dem Sofa saßen, streichelte sie Cate's Hand. Cate's Anspannung nahm immer mehr ab, und nach einer Weile war sie tief in die Sofakissen gesunken und ließ Gilian's herzliche und beruhigende Streicheleinheiten wie einen warmen Regen über sich fließen.

Als die Dämmerung hereinbrach, unterbrach Dale die Idylle. „Wir sollten Chip abholen. Begleitest du mich, Gilian?“

Gilian nahm ihre Hände von Cate's Bein und setzte sich auf die Sofakante. „Wir beide? Was ist der Plan?" Sie war sofort elektrisiert.

„Wir holen ihn ab, bringen ihn hierher und überlegen uns gemeinsam, wie wir Cate da rausholen", sagte Dale trocken.

„Okay. Und was macht Cate hier allein?"

„Ich koche uns was", gab Cate gähnend zurück.

Gilian klopfte ihr auf den Oberschenkel. „Guter Plan, Mädels!"

Dale und Gilian verließen das Haus und stiegen in den hässlichen grünen Toyota ein, der in der Einfahrt geparkt war.

„Was soll diese Karre?", fragte Gilian.

„Das …", Dale klopfte auf das Plastikarmaturenbrett, „… das ist Cate's Batmobil. Sie glaubt, damit unsichtbar zu sein."

„Aha. Das muss ich nicht verstehen, oder?"

„Sie findet ihren Jeep zu auffällig und befürchtet, dass man sie jetzt überall erkennt. Also haben wir diesen Schrotthaufen auf meinen Namen gemietet, damit sie einen Wagen hat, mit dem sie nicht auffällt." Dale zuckte mit den Achseln.

„Oh, Mann, Dale, um diese Macke müssen wir uns wirklich kümmern. Diese panische Angst davor, sichtbar zu sein, ist durch das Familiendrama damals entstanden. Cate hatte das Gefühl, dass alle sie anstarren, hinter ihrem Rücken tuscheln und jeden Schritt und jedes Wort von ihr beurteilen ... Sie hat nicht viel von diesem Unglück damals erzählt, ich weiß aber, dass sie als Erwachsene versuchte, das Unsichtbarsein zu perfektionieren. Hat hohe Mauern um sich herum aufgebaut und ließ nur ganz wenige Menschen an sich rankommen." Gilian machte eine kurze, nachdenkliche Pause und wechselte dann schnell in einen entspannteren Tonfall. „Sie muss mehr essen. Ich meine, sie sieht auch so verletzlich wunderschön aus, aber wenn das so weitergeht, dann ist sie bald nur noch Haut und Knochen." Sie grinste kurz. „Außerdem braucht unser Engel jetzt viel Liebe. Würdest du dich heute Nacht für das Gästezimmer anbieten?"

Dale verzog das Gesicht, als hätte sie in eine saure Zitrone gebissen. „Gilian", mahnte sie im Brustton der Überzeugung, „ich glaube, das ist jetzt das Letzte, was Cate gebrauchen kann!"

Gilian lehnte sich in dem ausgesessenen Beifahrersitz zurück. „Ach, da unterschätzt du die menschlichen Bedürfnisse. Liebe hilft ganz wunderbar gegen zu viel Druck im Kopf. Und Cate hat einen kolossalen Druck im Kopf."

Dale schaute konzentriert auf die Straße. „Ich wollte heute Nacht eigentlich zurück in meine Wohnung. Ich habe außer dreckiger Wäsche aus Connecticut nichts dabei, Gilian, und ich mische nicht in eure …", sie suchte nach den richtigen Worten, „… in eure Verbindung ein."

Gilian legte ihr die Hand auf das Knie. „Tust du nicht, Schätzchen, aber ich schwöre dir, es wäre gut für Cate, wenn das Haus heute Abend voll bleibt. Komm, lass uns ein paar Klamotten für dich holen. Falls ich mich täusche, kannst du immer noch deine Sachen in dem Kofferraum dieser Luxuskarosse liegen lassen, und keiner wird ein Sterbenswort erfahren." Sie lehnte sich zur Seite und küsste Dale auf die Schläfe.

Sag Harbor, Main Street
Zur gleichen Zeit

Chip hatte zahllose Tage und Nächte damit verbracht, eine Lösung zu finden, um sich in die Computer von Wastiaux und Smith zu hacken. Unendliche Versuche waren gescheitert. Aber er wollte mit aller Macht in das scheinbar unzerstörbare Bollwerk von ihnen vordringen. Er hatte sich geschworen, seine Heldin reinzuwaschen, und dazu musste er sich Kopf über in die Welt der Flying Birds stürzen.

Vor einigen Tagen war ihm endlich der Durchbruch gelungen. Er konnte auf die Mailaccounts der Bandenchefs zugreifen. Dort hatte er einige Nachrichten abgegriffen und in den Anhang einer Mail gepackt. Dann wagte Chip etwas, das man in seinen Kreisen niemals wagte. Er ließ den Clanchefs eine Nachricht zukommen mit den gehackten Mails. Er gab dabei alle seine Schutzschilde auf und sandte diese Botschaft von seinem eigenen Account, verbunden mit dem Angebot, Wastiaux und Smith in Computersicherheitsfragen sein Know-how zu Verfügung zu stellen.

Das war nun zwei Tage her. Ohne eine Reaktion der Flying Birds. Er wusste, was ihm drohte, sollten die Birds an seinem Angebot nicht interessiert sein. In diesem Fall hätte er auch gleich Selbstmord begehen können.

Schon gestern hatte er damit begonnen, seine spärlichen Möbel in Richtung der klapprigen Tür seines Apartments zu schieben, und sich Pfefferspray und ein Messer neben seinen Computer gelegt. Doch bislang war alles ruhig geblieben.

Bis heute Abend. Er hörte ein Rumpeln und Flüstern auf seiner Stiege. Sofort griff er zu seinen Waffen und verschanzte sich neben der Wohnungstür.

Es klopfte kurz.

Chip umschloss das Messer so fest in seiner rechten Hand, dass die Knöchel weiß anliefen. Das Pfefferspray hielt er mit der Linken auf Augenhöhe des zu erwartenden Angreifers.

Es klopfte wieder. Chip verkrampfte noch mehr.

Dann hörte er Dale's Stimme. „Chip? Bist du da?"

Seine Arme sackten hinab. „Dale?"

„Ja. Ich bin's. Machst du auf?"

Er öffnete die Tür. Zuerst betrat Dale und dann auch noch Cate's Verlegerin Gilian seine Bruchbude. Dale blickte sich kurz um. Es gab kaum eine Stelle auf dem Boden, an der sie den Fuß absetzen konnte. Die Luft war stickig. Sie pfiff leise durch die Zähne.

„Himmel! Wie sieht es denn hier aus?"

Dann sah sie zu Chip, der immer noch Messer und Pfefferspray rechts und links von sich herabhängen ließ.

„Wovor hast du denn so Schiss?"

„Ich hab doch keinen Schiss", gab er stockend zurück.

„Nee, er wollte sicher gerade ein Pfefferhähnchen tranchieren", sagte Gilian trocken aus dem Hintergrund.

Chip sah auf seine Waffen. „Ich dachte, ihr wärt jemand anderes."

Dale schob ihn weiter in den Raum und schaltete das Licht an. Es sah aus, als wäre ein Wirbelsturm durch seine Wohnung gefegt.

„Was ist hier los, Chip?"

„Ich habe was ausprobiert", stammelte er.

„Und *was*?" Sie sah auf die Rechner, die alle auf Hochtouren liefen.

„Ich habe mich den Birds als Hacker angeboten." Er zog mit einer entschuldigenden Geste die Schultern hoch.

„Ich sollte dir eine reinhauen!", schnauzte Dale ihn an.

Gilian hatte sich derweil an ihnen vorbeigeschlängelt und war im Müll von Chip's Apartment verschwunden.

„Sag mal, spinnst du jetzt vollends?" Dale sah sich fassungslos um.

„Was machst *du* überhaupt hier? Ich dachte, du bist in Connecticut bei deinem Onkel!", konterte er murrend.

„Ja, war ich auch – bis heute Morgen. Mann, Chip, was machst du denn für eine Scheiße!"

Chip stand da wie ein begossener Pudel. Bis Gilian ihm zur Seite sprang.

„Ist doch eine gute Idee." Sie klopfte ihm auf die Schulter. „So, Junge, ich habe das Nötigste aus deinem Mist zusammengesucht. Du tauchst jetzt erst mal bei deiner Heiligen ab. Was ist mit den Computern?" Sie deutete auf die Rechner, auf denen unablässig Zahlenreihen durchliefen. „Muss das mit, oder ist das Kunst?"

Chip griff nach seinem Laptop. „Den brauche ich. Damit kann ich alles steuern." Er klammerte sich an seinem metallischen Freund fest wie an einem Rettungsanker. „Wo soll ich hin?", fragte er panisch.

„Zu Cate.“ Dale griff seinen Arm. „Komm, du Idiot!“

Chip sah sie mit großen Augen an. „Dale, ich kann *so* nicht zu ihr! Ich habe seit einer Woche nicht geduscht.“

Gilian verdrehte die Augen und schob ihn zur Tür. „Ich habe den Krempel aus deinem Bad auch eingepackt. Wir bringen dich zuerst unter die Dusche, bevor du sie siehst. Versprochen.“ Sie atmete an ihm und seinen Ausdünstungen vorbei kurz ein und nickte Dale zu. „Kommt, lasst uns verschwinden!“

Dale griff Chip's Tasche und seinen Schlüssel, schob den überforderten Chip aus der Wohnung und schloss die Tür hinter sich. Auf der Straße quetschten sie ihn auf den Rücksitz des Toyotas und fuhren in Richtung Water Mill davon.

Der schwarze Pick-up mit den zwei tätowierten Männern auf den Vordersitzen, der in einigem Abstand von Chip's Haus parkte, war ihnen nicht aufgefallen. Die Männer sahen dem Schauspiel aus dem Wagen heraus bewundernd zu und blickten sich fragend an. Was zur Hölle machte so ein besoffener Sack mit gleich zwei solchen Bräuten? Eine schärfer als die andere. Der musste ja irgendwas haben, was man als Mann nicht so sah. Die Scheißkarre, was auch immer das war, konnte es kaum sein.

Die Typen stiegen aus und gingen zu der Wohnung, die ihnen Sebastian Smith genannt hatte. Sie trommelten gegen die Eingangstür, und als niemand aufmachte, öffneten sie die Tür mit einem Dietrich.

Das Vögelchen war ausgeflogen.

Water Mill, Holly Lane 17

Dale und Gilian lotsten Chip ins Haus und stupsten ihn durch den Eingangsbereich zum Gästetrakt neben der Küche. Er landete im Gästezimmer, und Gilian schloss von außen die Tür hinter ihm. Als sie bemerkte, dass sie seine Tasche vergessen hatte, öffnete sie die Tür erneut und schleuderte ihm seine Habseligkeiten hinterher.

Cate schaute aus der Küche in den Eingangsbereich. „Alles okay bei euch?", fragte sie irritiert.

Gilian schob im Vorbeigehen ihren langen Hals durch den Türrahmen. „Alles ganz bezaubernd, Liebes. Wir machen uns nur kurz frisch." Sie schenkte Cate ein strahlendes Lächeln und schleppte Dale hinter sich her. „Riecht toll hier!", rief sie Cate noch im Gehen zu.

Im Wohnzimmer zog sie Dale zu sich heran. „Die Dusche im zweiten Gästezimmer ist schön groß. Die können wir uns teilen", sagte sie mit breitem Grinsen.

„Können wir machen", antwortete Dale mechanisch. „Hauptsache, ich werde diesen Gestank los."

Gilian lachte wieder. „Das ist mir dann doch eine *zu* stürmische Liebesbekundung. Dann geh du mal lieber in deine eigene Dusche. Ich biege ab."

Sie gab Dale einen Klaps auf die Schulter und verschwand in Cate's Schlafbereich, während Dale das Gästezimmer im hinteren Bereich aufsuchte.

Etwa fünfzehn Minuten später standen Cate zwei frisch geduschte Frauen gegenüber, die langen, nassen Haare provisorisch hochgebunden, die Gesichter noch leicht gerötet. Der sanfte Duft von dezenten Parfüms erfüllte angenehm den Durchgang von der Küche zum Flur.

„Ihr wart duschen?", fragte Cate überrascht.

Gilian griff mit den Fingern einen der gegrillten Hähnchenbruststreifen, die Cate schon auf Serviertellern auf dem Tresen bereitgestellt hatte, und steckte ihn sich in den Mund. Dann schlenderte sie lässig hinter ihre Freundin, nahm sie in den Arm und gab ihr einen Kuss auf den Hals.

„Wir waren den ganzen Tag unterwegs. Die eine rauscht von Connecticut an, die andere aus Manhattan – da ist eine Dusche nötig."

Sie griff erneut nach dem Hähnchen, doch Cate hielt ihre Hand fest.

„Und wo ist Chip? Auch duschen? Weil er aus dem fernen Sag Harbor kommt?“

In diesem Augenblick trat Chip in die Küche. Frisch gewaschen, wohlriechend und sogar rasiert. Gilian war erstaunt, wie zivilisiert der junge Mann aussehen konnte. Was für ein Unterschied. Jetzt sah man auch, dass er in den letzten Monaten mindestens zehn Kilogramm abgenommen hatte. Zögernd ging Chip auf Cate zu und streckte ihr die Hand entgegen.

„Guten Abend, Mrs. Furler. Ich freue mich sehr, dass Sie mich – trotz allem – noch sehen wollen.“

Cate nahm seine Hand und schüttelte sie freundlich. „Sag bitte Cate zu mir.“

Etwas errötend nickte Chip.

Cate nahm zwei der Teller vom Tresen und bedeutete den anderen, ihr zu helfen, das Essen ins Esszimmer zu tragen. Gilian hatte eine Flasche Wein geöffnet und unterhielt den Tisch beim Essen mit glamourösen Gesten und schrillen Anekdoten aus der Großstadt. Nach einer Weile aber kam sie auf das eigentliche Thema ihres Zusammentreffens zu sprechen.

„Dale hat mich auf dem Weg zu Chip ins Bild gesetzt. Ihr glaubt also, dass Jeffrey hinter dieser ganzen Sauerei steckt?“, fragte sie an Chip und Dale gewandt.

„Es wäre sehr logisch“, entgegnete Chip trocken.

„Was jetzt? Was ist euer Plan?“

„Wir sollten versuchen, uns an Wheeler heranzupirschen“, schlug Cate vor. „Er weiß doch, dass er nie mit mir direkt Kontakt hatte. Er ist auf Kaution draußen und hat eine Fußfessel. Wir müssen irgendwie herausfinden, was die Birds ihm angeboten haben, um bei diesem Lügenmärchen mitzuspielen, und bessere Argumente finden, damit er mit der Wahrheit rausrückt.“

„Es kann schon sein, dass er glaubt, tatsächlich mit dir kommuniziert zu haben“, widersprach Chip. „Möglicherweise stand dein

Name in der Absenderzeile der E-Mails. Vielleicht dachte er *wirklich,* dass du es bist."

Gilian nippte an ihrem Wein. „Und was ist *dein* Plan, Chip? Wieso hast du uns mit Fleischermesser und Pfefferspray empfangen?"

Cate sah ihn mit großen Augen an.

Chip machte eine beschwichtigende Handbewegung. „War halb so wild ... aber ich habe eine Idee."

„Eine totale Schnapsidee!", fiel Dale ihm ins Wort.

„Warte doch erst mal ab. Ich habe mich den Birds per Mail als Hacker angeboten", erläuterte er und bemühte sich, seine Stimme dabei möglichst ruhig klingen zu lassen.

„Und du hast die Mail von deinem echten Account geschickt!", schimpfte Dale erneut.

„Ja, ich würde ja auch als echter Mensch zu ihnen gehen wollen. Ich kann ja keinen Avatar schicken!", raunzte er zurück.

Dale verschränkte die Arme vor der Brust. „Ich finde, diese Idee ist lebensgefährlich."

Cate sah ihn ebenfalls sehr skeptisch an. „Ich denke auch, dass es sehr gewagt ist."

Chip richtete sich auf. „Ich muss irgendwie an diese miese Truppe ran. Alle Versuche, sie von außerhalb zu attackieren, sind gescheitert. Also muss ich es von innen versuchen. Das wäre eine Möglichkeit. Wheeler ist auch eine Chance. Vielleicht ist er wirklich nicht über den ganzen Plan informiert gewesen, und jetzt versprechen die ihm für sein *Opfer* das Blaue vom Himmel. Wir sollten alles ausprobieren." Er nahm einen großen Schluck Bier.

„Und wie geht es jetzt weiter mit deiner Schnapsidee? Melden die sich bei dir und sagen: *Gerne, junger Mann. Kommen Sie doch bitte zum Vorstellungsgespräch?*", meckerte Dale weiter.

„Besser!" Chip strahlte zum ersten Mal seit Wochen. „Sie haben mir zwei Schläger geschickt." Er stellte seinen Laptop auf den Tisch. „Sie kamen, als wir gerade weg waren."

Dann spielte Chip ein Video ab, das in seiner Wohnung aufgenommen worden war. Es zeigte zwei breitschultrige Männer, die sich in Chip's Bude umsahen. Einer von ihnen griff zum Telefon. *Sebastian, hier ist keiner*, hörte man ihn sagen. *Sieht aber nach 'ner Hackerbude aus. Was? Hör dich schlecht. Ach so, nee. Er hat hier nix Besonderes rumliegen. Was sollen wir machen?* Kurze Pause. *Okay, Boss. Ich schicke ihm eine Antwort.* Daraufhin trotteten die beiden Kolosse aus Chip's Wohnung.

Chip klickte das Video weg und öffnete lächelnd eine E-Mail.

Mader 17,
kannst nach Montauk kommen. Du weißt, wo wir sitzen. Kann sein, dass du für uns interessant bist. Wenn nicht, freuen sich die Haie über Besuch.

Chip sah erwartungsvoll in die Runde.

„Das ist Wahnsinn", schimpfte Dale tief besorgt.

„Ich finde die Idee ziemlich brillant", warf Cate ein. „Würde mich aber deutlich besser fühlen, wenn es ein Polizist machen würde." Sie betrachtete Chip's untrainierte Gestalt und verzog zweifelnd das Gesicht.

„Du hättest Angst um mich?", fragte er sie erstaunt.

„Auf jeden Fall", gab sie unumwunden zurück.

Chip strahlte.

Gilian legte Chip die Hand auf den Unterarm. „Hör mal, Chip, das hier ist keine Mutprobe, mit der du uns beeindrucken kannst. Selbst *die da* nicht." Sie wies mit dem Kopf auf Cate. „Wir brauchen nicht noch mehr Opfer in ihrem Umfeld."

Doch Chip war fest entschlossen – und die Aussicht auf Cate's Besorgnis beflügelte ihn. „Ich will dahin. Ich sehe mir den Laden an. Ich muss nur ein paar Minuten an irgendeinen Rechner, und wir können den ganzen Schwindel auffliegen lassen."

„Dann komme ich mit", warf Dale ein.

„Nein!", rief er. Chip war jetzt voll in seinem Element. „Du machst dich an Wheeler ran."

„Ich mach was?", fragte Dale entrüstet. „Ganz sicher nicht! Ich mach mich nicht an so einen Arsch ran. Nee, Chip, vergiss es!"

Chip öffnete Fotos von Benjamin Wheeler auf seinem Bildschirm. Sie zeigten Wheeler in wechselnder weiblicher Begleitung.

„Alle blond. Also fallen Cate und Gilian raus."

Dale schnaubte wütend. „Du bist doch total irre! Ich bin dagegen, dass Chip sich in die Höhle der Birds begibt. Wer noch?" Trotzig hob sie den Arm und wartete auf Unterstützung.

Cate wiegte ihren Kopf von rechts nach links. „Ich fühle mich auch nicht wohl damit, Chip. Es ist sehr riskant. Was ist mit Chief Spencer oder dem anderen ... Wie heißt er noch?"

„John Malkovich. Montauk PD", schob Gilian ein.

„Okay. Wäre es nicht besser, wenn die beiden wüssten, was wir planen?" Cate goss sich noch etwas Wein in ihr mit Eis gefülltes Glas.

„Die können doch mit unseren Methoden nicht arbeiten", schmollte Dale immer noch.

„Deshalb gibt es keinen anderen Weg", fügte Chip hinzu. „Die Polizei *muss* gegen Cate ermitteln. Das geht gar nicht anders, nicht bei der Beweislage. Aber die können nicht belegen, dass es gefakte Beweise sind. Ich schon. Das ist unsere einzige Chance." Er trank sein Bier energisch aus.

Gilian stand auf und ging in die Küche, um Nachschub zu holen. Als sie zurückkehrte, hatte sie eine Idee. „Dale und ich fahren morgen Abend mit Cate's Jeep nach Montauk. Wir gehen in eine der Stammkneipen der Birds und schnappen uns Wheeler", beschloss sie. „Das wird ein Spaß!" Zufrieden stellte sie zwei Bierflaschen vor Chip und Dale ab. „Wie heißt denn der beliebteste Schuppen von den Vollidioten?"

„Salty Dog", gab Chip schnell zurück und blinzelte gespannt zu Dale. „Cate und ich fahren euch hinterher und passen auf, dass euch nichts passiert."

„Ich kann solche Typen nicht anmachen", wehrte Dale entschlossen ab.

Gilian und Chip sahen sie fragend an. „Wieso nicht?", kam es fast gleichzeitig.

Sie hob entschuldigend die Arme. „Nicht meine Zielgruppe."

Gilian zeigte sich als Erste interessiert. „Gut, Süße, was genau ist denn deine *Zielgruppe*?"

„Surfer. Oder Städter. Eher Typen, die nicht bleiben wollen", murrte sie leise.

Gilian nickte anerkennend. „Gute Wahl. Unbeschwerter Sex und keine Bindung vor vierzig. Es sei denn, die große Liebe kreuzt den Weg. Dann ist jeder Mensch machtlos. Aber das hier ist Show, Dale. Du musst nur sein Vertrauen ergattern. Nicht den ganzen Kerl."

„Genau", stimmte Chip ein. „Du musst ja nichts mit ihm anfangen. Ich werde ja auch kein Nazi-Anarcho, nur weil ich versuche, mich bei denen einzuschmuggeln."

Cate blickte in die Runde und realisierte, dass Gilian, Dale und Chip das alles nur für sie wagten. Sie hörte ihre Worte, die kleinen Gefechte, die Pläne und die dazugehörigen Bedenken. Sie nahm die glühende Aufgeregtheit wahr, die allzu kühne Ideen erzeugte. Sie spürte das Adrenalin, das alle beflügelte. Beobachtete, wie Mut und Waghalsigkeit sich ihren Weg in die Gemüter der Beteiligten bahnten. Sie fühlte aber auch die Unsicherheit in jedem von ihnen – und wie sie versuchten, sich gegenseitig zu bestärken und anzufeuern. Sie wusste, dass diese drei Menschen nur einem Ziel dienen wollten – ihr zu helfen.

Cate blickte ihnen allen ernst ins Gesicht. „Ihr müsst das nicht tun", sagte sie bestimmt.

„Wir wollen es aber", gaben alle drei gleichzeitig zurück.

Als Cate gegen 1 Uhr zu Bett ging und ihre Nachttischlampe anknipste, sah sie eine wunderschöne Atlantikmuschel auf ihrem Kopfkissen liegen. Sie schaltete lächelnd das Licht aus und schlief noch im selben Augenblick ein.

21. Juni 2016

Montauk, *Salty Dog*
Am Abend

Gilian und Dale traten durch die schwere Holztür ins Innere des *Salty Dog*. Die Luft war biergeschwängert, dumpfe Beats hämmerten sich in ihr Knochenmark. Sie brauchten eine Weile, um sich in dem schummrigen Licht zu orientieren, und gingen dann geradewegs auf den Tresen zu. Dale erblickte eine freie Ecke und zog Gilian hinter sich her. Die beiden bemerkten, wie die Männer sich nach ihnen umdrehten.

„Was willst du trinken?", brüllte Dale gegen die Musik an.

„Ich versuch mal den Fusel, den sie hier als Weißwein ausgeben."

Dale lehnte sich über die Theke und pfiff einen der Barkeeper heran. „Bier und Weißwein!"

Der bärtige Typ in Unterhemd und Lederhose grinste. „Alles klar, Sweety."

Keine halbe Minute später standen die Drinks vor ihnen.

„Geht aufs Haus", zwinkerte der Barkeeper ihnen zu. „Als Begrüßung für Neue."

„Läuft", meinte Gilian knapp und nippte am Wein. Ihr Gesicht sprach Bände.

Dale schaute sich um. Der Laden brummte und pulsierte. Um sie herum waren fast nur grobschlächtige Typen mit Bart, Tattoos, Motorradklamotten und Zopf. Mehr Klischee ging nicht. Aber nur wenige trugen die Kutten der Birds. Dale kniff die Augen zusammen, um besser sehen zu können, aber Benjamin Wheeler konnte sie nicht entdecken.

„Hab ihn noch nicht gesehen!" Sie hatte ihren Mund direkt an Gilian's Ohr.

Gilian zuckte mit den Schultern. „Wird schon!", brüllte sie zurück.

Aus den Lautsprechern dröhnte Rockmusik. *I don't want to miss a thing* von Aerosmith. Männerkörper schoben sich eng an ihnen vorbei. Hände streiften sie vermeintlich zufällig.

Dale atmete leise fluchend aus. „Als Neuling ist man immer Frischfleisch. Da kann man noch so alt sein!"

Gilian nickte. Sie hielt tapfer ihr Weinglas fest und wehrte das Überschwappen des Inhalts mit eleganten Bewegungen ab. Ein großer Glatzkopf mit erstaunlicher Wampe ankerte neben ihr.

„Na, Girls? Was hat euch hierher verschlagen? Ihr seid doch sicher aus der Stadt." Er nickte dem Barkeeper zu. „Mach mir einen Jack."

Gilian reagierte nicht, bis Dale sie heimlich auf seine Weste hinwies. Ein Mitglied der Birds. Er nahm seinen Drink und stieß ihn kraftvoll gegen Gilian's Glas.

„Ich bin Steve. Und wer seid ihr Hübschen?"

„Ziemlich laut hier", überging Gilian seine Frage.

„Ist ein Treffpunkt für härtere Jungs. Wusstest du das nicht, Süße?"

Sie zuckte mit den Schultern.

„Willst du tanzen?" Es lief gerade *Paradise by the dashboard light* von Meat Loaf.

Gilian bemühte ein Lächeln. „Später vielleicht. Will erst mal noch ein bisschen mit meiner Freundin quatschen."

Er sah zu Dale und nickte. „Ich komm wieder." Dann gab er Gilian einen festen Klaps auf den Po.

„Ich fass das nicht!", fluchte sie. „Wenn es nicht um Cate ginge, dann wären wir spätestens jetzt weg. *Culone!*"

Dale starrte weiter unbeeindruckt in die Menge. „Sehe ihn immer noch nicht."

Ein weiterer Typ stoppte vor Gilian. „Tanzen?“, raunzte er.

„Zisch ab!“

Er verschwand sofort.

„Immerhin verstehen sie hier eine klare Sprache“, grummelte Gilian.

Dale lächelte sie aufmunternd an. „Wir sind nicht zum Spaß hier.“

„Schade. Denn meine Favoritin habe ich mir eigentlich mitgebracht, aber ich darf sie ja leider nicht anmachen.“ Sie zog eine beleidigte Schnute.

„Deine Favoritin …?“ Dale winkte kopfschüttelnd ab.

„Oh, doch. Bist du, Inselmädchen.“ Gilian beugte sich nah an ihr Ohr heran. „Du bist mir in die Arme gefallen und ... ja – du gefällst mir.“

„Aber du liebst Cate!“, rief Dale entrüstet gegen den Lärm.

Wieder zog Gilian sie zu sich. Sollte das einfältige, schöne Mädchen doch mal echte Großstadtlogik kennenlernen.

„Cate ist meine große Liebe. Liebe sie – wie sagt man so schön? – mehr als mein eigenes Leben. Aber das wird nichts mit uns. Sie wartet und sucht, ohne es zu wissen. Sie sucht nach ihrer großen Liebe. Und du – du gefällst mir. Bist eine schöne, geradlinige Frau.“ Sie sah ihr in die Augen. „Aber – ich habe einen Freund. Und der ist ein guter Typ. Liebt mich. Und deswegen bin ich jetzt brav und versuche, dich nicht in Schwierigkeiten zu bringen. Sei so lieb, und bestell mir bitte noch so ’nen Fusel.“

Dale versuchte, in Gilian’s Worten Witz von Wahrheit zu trennen, und lehnte sich erneut über den Tresen. Sofort erschien der Bärtige mit einer zweiten Runde.

„Zwölf Dollar.“

Gilian schob fünfzehn Dollar neben die Gläser und nickte ihm zu. Dankend hob er zwei Finger.

Dale lehnte sich an die Reling der Theke. „Was davon war jetzt ernst gemeint?“, hakte sie nach.

Gilian prostete ihr zu. Ihre Lippen formten das Wort *alles.*

Dale richtete ihren Blick wieder konzentriert in den Raum, auf der Suche nach Wheeler. Aber ein Gedanke ließ ihr keine Ruhe. Sie beugte sich zu Gilian und zog ihren Kopf zu sich.

„Warum glaubst du, mich in Schwierigkeiten bringen zu können? Ich stehe nicht auf Frauen."

Gilian leerte ihr Glas und gab dem Bärtigen erneut ein Zeichen. Der Service funktionierte.

„Nein, du stehst nicht auf Frauen." Sie zog lächelnd ihre Augenbrauen hoch. „Aber warum berührt ihr euch ständig? Cate und du? Hier mal ein kurzes Stupsen, da eine Hand auf der Schulter, gelegentlich eine Berührung an Bein, Knie oder Arm. Mal ein Küsschen. Mal streift ihr aneinander vorbei, obwohl meterweit Platz um euch herum ist. Warum hat sie unter deinem Betrug mehr gelitten als unter ihrem untreuen Ehemann? Warum bist du sofort zurückgekommen, als sie dich rief?"

Dale sah Gilian verwundert an. Was war daran merkwürdig? Sie mochte Cate. Sie fand sie nett, und sie hatte einen dicken Brocken Schuld abzutragen.

„Ich weiß nicht, was du meinst."

Wieder durchforstete sie mit ihren Blicken den überfüllten Raum. Frauen in Hotpants warfen sich den echten und auch den Möchtegernrockern an den Hals. Überhaupt waren hier so skurrile Typen unterwegs, dass sie sich fragte, wie diese Parallelwelt überhaupt entstehen konnte: hier zwei gestandene, selbstbewusste und emanzipierte Frauen, die in eine unpassende Diskussion über heimliche, unheimliche, verwirrte oder verklärte Liebe verfangen waren. Und dort Frauen, die sich betatschen, begrapschen und hin- und herschieben ließen wie Vieh bei einer Auktion und dabei glücklich lächelten, als müsste es genauso sein. Wahrscheinlich war das auch so. In ihrer Welt.

Dale bestellte sich noch ein Bier. Gilian musterte sie von der Seite.

„Verwirrt, Elektrikerin?“

Sie schüttelte den Kopf. „Gar nicht. Ich bin mir klar darüber, wo ich stehe.“

Gilian nickte. „Beeindruckend.“

Jetzt dröhnte etwas Neues aus den Boxen. *Poker Face* von Lady Gaga. Kein Meisterstück, aber immerhin tanzbar. Dale löste sich vom Tresen, ging auf die Tanzfläche und gab sich der Musik hin. Sie drehte sich wild. Dabei verlor sie kurz die Balance und taumelte. Doch wie aus dem Nichts umklammerten sie starke Arme, die sie vom Sturz abhielten. Sie drehte sich zu dem Typen um und blickte zu ihm auf. Es war Benjamin Wheeler.

„Danke“, grinste sie verkniffen. Dann stand sie wieder aufrecht und eilte zu Gilian zurück. „Er ist da!“, keuchte sie.

Gilian sah auf die Tanzfläche. Und tatsächlich. Da war er. Groß, breit, dunkelhaarig und deutlich weniger unattraktiv als die anderen. Er trug seine Kutte mit furchtbar viel Stolz und tanzte in einer Traube von Frauen, die ihn ständig anfassten und ihm schmachtende Blicke zuwarfen. Ein unsicherer Gockel auf dem Hühnerhof.

Der DJ hatte sich inzwischen auf Lady Gaga eingeschossen. Jetzt lief *Born this way.* Wheeler und seine Bewunderinnen tanzten nun fast direkt vor ihnen.

„Das wird schwer!“, fluchte Dale. „Die Weiber kleben förmlich an ihm. Wie sollen wir ihn auf uns aufmerksam machen? Scheiße!“

Gilian zog sie zu sich. „Willst du, dass er sofort guckt?“

Dale blickte sie fragend an. „Sind wir nicht dafür hier?“, brüllte sie gegen Lady Gaga an.

Gilian wartete, bis Wheeler's unbeholfene Tanzbewegungen ihn wieder in ihre Richtung blicken ließen.

„Okay, du wolltest es so.“

Sie zog die völlig überraschte Dale zu sich heran und fing an, sie leidenschaftlich zu küssen. Sie schlang ihre Arme um Dale's schwankenden Körper und presste sie so nah wie möglich an sich.

Dale brauchte einen Moment, um zu erfassen, was da gerade vor sich ging. Dann drückte sie Gilian irritiert von sich weg.

„Was zum Teufel ...“, keuchte sie. Chaos in den Beinen.

„Du willst, dass er guckt? Dann küss mich“, forderte Gilian und zog ihren Kopf wieder zu sich.

Dale wollte gerade schon wieder reflexhaft ihren Kopf zurückziehen. Doch dann fühlte sie Gilian's weiche Lippen auf ihren, und sie begann, den Kuss zu erwidern. Sie spürte, wie Gilian's Lippen immer fordernder wurden, und ließ sich in ihre Umarmung fallen. Gilian zog sie noch näher an sich und küsste sie mit einer Intensität, die ihr den Boden unter den Füßen wegzog. Nach einer Weile löste Dale sich aus der Umarmung und suchte nach Luft, Worten und Verstand.

„Wollt ihr Mädels einen Drink?“, hörte sie plötzlich eine tiefe Männerstimme direkt neben sich raunen.

Es war Wheeler, der seine Arme rechts und links von den beiden am Tresen verankert hatte.

„Ziemlich heiße Nummer von euch.“ Er nickte dem Barkeeper zu, der die nächste Runde prompt abstellte. „Der ganze Laden starrt euch an, aber ich war am nächsten dran. Wirklich heiß, Mädels.“ Er drängte seinen Kopf nah an beide heran. „Wie heißt ihr?“

„Das ist Julia“, Gilian deutete auf Dale, „und ich bin Charlotte“, erklärte sie und griff schnell nach dem neuen Weinglas.

„Benjamin“, sagte Wheeler und hob seine Bierflasche. „Cheers, Girls. Heute ist mein Glückstag.“

Er stieß kraftvoll gegen ihre Gläser und grinste erwartungsvoll wie ein Hai vor einem riesigen Makrelenschwarm.

„Seid ihr aus der Stadt?“

Gilian sah, dass Dale immer noch völlig außerstande war, ihren Verstand ins Lot zu bringen.

„Wir sind aus Manhattan. Sieht man uns das an?“ Gilian neigte kokett ihren Kopf.

Wheeler musterte sie aufreizend langsam von oben bis unten und ließ provokant seine Zunge über seine Lippen gleiten.

„Ich sag mal so ... Es gibt hier gute, gesunde Mädels. Aber der echt heiße Scheiß kommt aus der Stadt. So wie ihr zwei Beautys." Er nahm seine Hände vom Tresen und verschränkte seine Arme, wobei er seine Bizepse fast zum Platzen brachte. „Ihr steht aufeinander?" Er zeigte mit dem Finger zwischen ihnen hin und her. „Das macht mich ziemlich an. War ein geiler Kuss. Krieg ich mehr davon?" Wieder der Haifischblick.

Gilian blickte zu Dale hinüber, die so tief ein- und ausatmete, als wäre sie gerade zum Buddhismus übergetreten. Sie legte ihr den Arm um die bebenden Schultern und streichelte sie unauffällig, um sie zu beruhigen. Dann wandte sie sich an Wheeler.

„Immer schön ruhig bleiben, Cowboy. Wir haben dich ja schließlich gerade erst kennengelernt."

Montauk, John Malkovich's Wohnung
Wenige Momente zuvor

John Malkovich hatte es sich mit einem Bier vor seinem Fernseher gemütlich gemacht und ESPN Sport eingeschaltet. Heute spielten seine Long Island Ducks gegen die Somerset Patriots. Er schaffte es so gut wie nie, die Spiele live zu sehen. Im Stadion vielleicht ein- bis zweimal in der Saison und selbst im Fernsehen kaum häufiger. Nur sehr selten war es ihm vergönnt, pünktlich um 18.35 Uhr auf dem bequemen Sessel zu sitzen, den er sich für den optimalen TV-Genuss zugelegt hatte. Meist schaute er sich die Wiederholung um 21.30 Uhr an, sofern es ihm gelang, den Abend über nicht mal den kleinsten Hinweis auf den Spielstand zu hören. Wagte irgendwer in seiner Abteilung auch nur aus Versehen, das Radio während der regulären Spielzeit anzuschalten oder gar Ergebnisse aus dem Livestream auszuposaunen, so drohte demjenigen am nächsten Tag

Dienst am Fußgängerüberweg mitten im Zentrum von Montauk. Peinlicher ging es nicht für einen gestandenen Officer, daher konnte Chief Malkovich sich sehr sicher sein, dass er nichts hörte oder sah, bis die Wiederholung lief.

Das Baseballspiel anzuschauen war also eine heilige Angelegenheit, bei der er keine Störung duldete. Aber als sein Handy klingelte und auf dem Display der Name von Officer Hawkins erschien, wusste er, dass irgendetwas Besonderes vorgefallen sein musste. Hawkins hatte ebenfalls seine Prinzipien und würde die vom Chief nie ohne Grund missachten.

„Was gibt's?"

„Der Wagen von Mrs. Furler ist soeben beim *Salty Dog* vorgefahren. Aber ausgestiegen sind nur ihre Verlegerin und die Elektrikerin."

„Von unserem Kulturgut keine Spur?"

„Nichts, Chief."

„Was ist mit anderen Autos? Vielleicht ist sie mit ihrem anderen Wagen gefahren. Sie hat noch einen Jaguar E-Type."

Leises Lachen am anderen Ende. „Nee, Chief, von einem solchen Wagen ist weit und breit nichts zu sehen. Hier steht alles voller Harleys und ansonsten nur ein nichtssagender Haufen von Chinesen und Japanern. Nichts, was so eine Frau fahren würde. Sicher nicht." Hawkins lachte lauter.

„Okay. Behalt den Laden im Auge. Im Notfall geht ihr rein, verstanden? Wer ist bei dir?"

„Lopez. Was machen die in diesem Schuppen, Chief? Das ist doch kein Laden, wo zwei Frauen wie die beiden freiwillig aufschlagen!", stellte Hawkins fest.

„Die stecken ihre Nase in Dinge, in denen sie eigentlich nichts zu suchen haben, begeben sich aufs Glatteis, in die Höhle des Löwen, segeln in das Auge des Orkans – such es dir aus, Hawkins."

John Malkovich hatte von Violett Spencer erfahren, dass Dale Roberts, die unnachgiebige Elektrikerin, zurück am East End war. Und er hatte sich ehrlich darüber gefreut. Die Ermittlungen in der Sache steckten fest. Es gab die – zugegebenermaßen – belastenden E-Mails von Furler und Wheeler. Es gab Wheeler, der seine Beteiligung an dem vermeintlichen Mordkomplott gar nicht erst leugnen wollte. Es gab Jeffrey Dinklage, der subversiv und windig den Anschein erweckte, er habe die Story mit dem Baum, dem Erpresser und dem Zettel nur erfunden, um seine *geliebte* Frau zu schützen. Und es gab die Inselheilige, Cate Furler, die alles bestritt. Ruhig und gelassen zwar, aber ihre quälende Sorge, sich nicht wehren zu können, die spürte jeder der Ermittler. Es gab auch noch die zwei ermittelnden Polizeiteams – das von Violett und seine eigene Truppe. Sie alle glaubten daran, dass Cate Furler unschuldig war, konnten aber in diesem Lügensumpf, den irgendjemand geschickt um Mrs. Furler angelegt hatte, nichts finden, das sie entlastete. Im Gegenteil: Die Polizei hatte außer der Hauptverdächtigen nur willig Geständige.

Und jetzt waren diese Hobbyermittlerinnen wieder unterwegs. Mit erhobenem Kopf ab in den Sturm. Er hatte Respekt vor ihrem Mut, aber er war auch wachsam. Auf solche Amazonen musste man aufpassen. Sie scheuten kein Feuer, sie wollten die Wahrheit um jeden Preis. Leider ohne sich der Gefahr bewusst zu sein. Gut, dass Hawkins und Lopez in der Nähe waren. Die beiden Ladys hatten es bestimmt auf Wheeler abgesehen. Kein dummer Schachzug.

„Hawkins – schick Lopez mal in den Schuppen, wenn Wheeler auftaucht. Lopez kennt man in der Szene noch nicht. Deine Visage hängt bei den Birds auf jeder Dartscheibe. Lopez soll gucken, was die Damen veranstalten. Aber nur eingreifen, wenn es brenzlig wird. Verstanden? Ihr seid doch in Zivil?“, schob Malkovich hinterher.

„Natürlich, wir observieren immer in Zivil! Und klar, Chief, wird gemacht.“

Hawkins wollte gerade das Handy vom Ohr nehmen, schließlich sollte der Chief noch was von seinem Spiel haben, als er Malkovich's Bass noch einmal hörte.

„Und haltet mich auf dem Laufenden!“

„Machen wir.“ Er legte auf.

John nahm sein Bier. Merkwürdig. Eigentlich ist es ein Armutszeugnis für die beiden Police Departments, dass sie auf die Ermittlungen einer Schriftstellerin, einer Verlegerin und einer Elektrikerin bauten. Aber dieses absurde Szenario hatte einen großen Reiz. Es brachte Bewegung in den Fall. Wie der Wind, der die stehende Luft von der Insel fegt.

Das Bier war lau, und die Ducks lagen zurück. Aber er merkte es kaum, sondern lächelte versonnen vor sich hin. Das erneute Klingeln seines Handys riss ihn aus seinen Gedanken.

„Chief? Wheeler geht gerade rein. Ich schicke Lopez hinterher“, brummte Hawkins. „Gutes Spiel noch, Boss.“

„Ruf mich in regelmäßigen Abständen an.“

John legte das Handy weg und ging in die Küche. Er brauchte jetzt ein frisches, kaltes Bier.

Montauk, *Salty Dog*

Wheeler hatte inzwischen das dritte Bier in Windeseile in sich hinein gekippt und biss sich, ohne es zu merken, mit seiner plumpen Anmache seine Haifischzähne an Gilian’s Schlagfertigkeit aus. Gleichzeitig musste er immer wieder andere Kerle abwehren, die bei Gilian und Dale Schlange standen und den Frauen Tequila anboten.

Dale hatte in der Zwischenzeit wieder ihre Peilung gefunden, ließ sich aber schon den fünften Shot ausgeben. Gilian nahm ihr das Glas aus der Hand, was Dale mit einem bösen Blick quittierte. Gerade dröhnte *Sweet child o’ mine* von Guns n’ Roses aus den Boxen, und Dale stürzte auf die Tanzfläche. Wheeler stolperte ihr hinterher und versuchte sie in der wabernden Menge zu greifen. Doch auf der Tanzfläche war es zu eng für seinen Körperumfang. Gilian hingegen glitt durch die dicht gedrängt stehenden Lederjackenkerle und Hotpants-Trägerinnen und erreichte Dale mühelos. Sie fing an, neben ihr zu tanzen, und beobachtete sie. Dale spielte zu dem E-Gitarrensolo von Slash Luftgitarre, und der Laden feuerte sie an. Jetzt musste Gilian die Notbremse ziehen. Sie griff Dale an den Schultern und schüttelte sie kurz.

„Hör zu! Hey!“ Sie zog Dale’s Kopf näher zu sich und schrie ihr ins Ohr. „Mission geglückt. Wir brauchen jetzt nur noch seine Telefonnummer. Und dann: Abflug! Hörst du mich?“

Aber Dale verbog sich zu den Beats und reagierte nicht.

„Hey!“, schrie Gilian ihr noch einmal ins Ohr. „Wir sind nicht hier, um uns zu besaufen! Cate und Chip warten draußen. Komm, lass uns den Idioten klarmachen und nach Hause fahren.“ Sie griff nach Dale’s Gesicht und versuchte ihre Augen zu fixieren. „Hörst du mich, Dale?“

Dale sah mindestens zwei Gilians vor sich und schüttelte sich. Dann fasste sie Gilian an den Schultern. „Warum hast du das getan?“ Sie torkelte leicht.

„Weil es notwendig war. Wir brauchten seine Aufmerksamkeit, und du brauchtest einen Denkanstoß“, antwortete Gilian.

Dale wand sich einen Augenblick unentschlossen. „Einen Scheißdreck brauchte ich!“, schrie sie schließlich taumelnd. „Du hast mich einfach geküsst, Gilian!“ Sie hämmerte sich vor die Stirn. „Mich einfach geküsst! Spinnst du?“

Gilian kam ganz nah an ihr Ohr heran. „Und *du* hast *mich* geküsst. Also ist es Gleichstand.“

Dale ließ ihren Oberkörper nach vorn fallen und ballte ihre Fäuste. „Verdammt, Gilian!“ Sie schoss schwungvoll wieder hoch. „Das war unfair! Nicht gut! Ich war darauf nicht vorbereitet!“

Gilian zuckte mit den Achseln. „Worauf wolltest du denn vorbereitet sein? Nun komm schon, Inselschöne, nimm es sportlich. Du hast dich perfekt geschlagen. Dein Kuss war sehr schön. Ich werte ihn als einen der sehr, sehr guten – in meiner gemischten Historie. Und wenn ich nicht wüsste, dass er jemand anderem gegolten hat, dann würde ich meinen, du stehst auf mich. Aber ich kann das trennen." Sie lachte und schlug der sprachlosen Dale gegen die Schulter. „Los, komm schon. Telefonnummer einsammeln."

Dale schüttelte kraftlos den Kopf und ließ sich von Gilian zurück zu Wheeler ziehen, der schon sehnsüchtig am Tresen wartete.

„Kommt ihr mit zu mir?", säuselte er den beiden zu.

Gilian grinste gelassen. „Sicher nicht, Kumpel. Aber gibst du uns deine Nummer? Meine Freundin ist etwas betrunken, wir müssen das verschieben. Du willst ja mit lebendigen Frauen deinen Spaß haben, oder?" Sie zupfte ihn am Oberarm und zwinkerte.

„Wir geben keine Nummern raus!" Wheeler baute sich vor Gilian auf und griff nach ihrem Kopf.

Gilian wehrte seine Hand ab. „Okay, dann werden wir uns wohl nicht wiedersehen." Sie lächelte entschuldigend und zog Dale zum Gehen hinter sich her.

„Warte!", schrie Wheeler. Er zog einen Zettel heraus und kritzelte etwas darauf. Dann gab er den Zettel Gilian. „Ihr beide seid ziemlich geil. Meldet euch schnell!" Er versuchte Gilian zum Abschied zu küssen, doch sie duckte sich blitzschnell mit einem Grinsen weg.

„Wir melden uns. Ganz sicher." Gilian schleppte Dale zum Ausgang, und sie stolperten ins Freie.

Den muskulösen Officer Lopez, der sich breit hinter ihnen in der Tür aufbaute und den beiden dadurch einen ungehinderten Abzug ermöglichte, bemerkten sie nicht.

Vor der Tür traf Gilian und Dale die klare, kühle Luft wie ein Hammerschlag auf den Kopf. Gilian zerrte die schimpfende Dale an der Hand hinter sich her zum Parkplatz. Cate und Chip hatten den Toyota längst verlassen und warteten geschützt hinter einem Camper auf die beiden. Als Gilian und Dale an ihnen vorbeiliefen, zogen sie sie rasch zu sich in die Dunkelheit.

„Und?“, fragte Cate leise. „Hat alles geklappt?“

Gilian winkte mit dem Zettel. „Ein voller Erfolg!“ Sie sah zu Dale, die ihren Blick trotzig erwiderte.

Cate strahlte über das ganze Gesicht. „Sehr gut gemacht, meine Damen! Ich bin stolz auf euch!“ Sie sah in die Gesichter von Gilian und Dale. „Fahren könnt ihr wohl nicht mehr. Wer kommt bei mir mit?“

Gilian deutete auf Dale. „Und nimm bitte deinen Jeep. Ich brauche die bequemen, ausgesessenen Sitze von dem anderen Teil. Bin etwas älter als Dale.“ Sie küsste Cate auf die Stirn. „Fahrt ihr in Ruhe los. Chip und ich kommen nach.“ Sie gab Cate den Jeep-Schlüssel und Dale einen aufmunternden Klaps.

Cate wählte den Old Montauk Highway für ihren gemeinsamen Rückweg. Sie liebte diese ursprüngliche, hügelige Strecke. Gelegentlich ist die Straße so steil, dass man den Eindruck bekommt, der Wagen würde senkrecht stehen. Aber so ist er, der Old Montauk Highway. Eine liebevoll verschnörkelte Achterbahn.

Dale hielt sich an dem Griff des Handschuhfachs fest und fühlte sich dem Tode näher als dem Leben.

„Cate? Kannst du bitte langsamer fahren?“, brachte sie leise hervor.

Cate bremste ihren Übermut und nahm die anstehenden Hügel von nun an sanfter.

„Alles in Ordnung bei dir?“ Sie legte ihr sachte die Hand aufs Knie.

Dale griff nach Cate's Hand und führte sie rigoros an das Lenkrad zurück. „Alles okay!“

Sie lehnte sich zurück und wartete, bis Cate's Blick nicht mehr die Sorge um sie widerspiegelte, sondern auf die Straße mit ihren wilden Kurven und steilen Hügeln gerichtet war. Dann sah Dale ihre waghalsige Fahrerin von der Seite an. Sie glaubte, Cate's Abneigung, Negatives zu sehen, zu verstehen. Sie kannte ihren Blick, der immer offen war und niemals perspektivlos wirkte. Sie fühlte sich dieser Frau, die neben ihr das Steuer hielt, so vertraut. Und dennoch kannte sie Cate Furler eigentlich überhaupt nicht. Wenn Dale ihre tausend Gedanken über die Schriftstellerin beiseiteschob, musste sie sich eingestehen, dass sie überhaupt nichts über Cate wusste. Dale *glaubte* nur, Dinge zu wissen. Würde sie aber verstehen, was sie nicht begriff, würde sie hören, was sie nicht verstand, würde sie fühlen, was sie nicht greifen konnte, dann hätte sie vielleicht eine Chance, Cate's schützende Mauer zu überwinden. Aber jetzt, in diesem Moment, sah sie nur, was ihre Augen zuließen, und nicht, wer Cate *wirklich* war. Dale verstand einzig, was ihr Verstand wahrnahm. Nicht aber die wirkliche Person Cate Furler. Entschlüsseln konnte sie nur sich und ihre eigenen Vorstellungen von ihr. Nicht die tatsächliche Frau am Lenkrad neben sich. Dale hatte so viel nachgedacht. So viel über Cate. Ihre Gedanken trieben sie zu ihr und trugen sie wieder weg von ihr. Cate kam mit der Gewalt des Atlantiks. Und ging mit der Stille einer auslaufenden Welle. *Empfindsam*, wie Gilian sie nannte. Sie hatte Cate's Bücher gelesen. Alle. Gut durchdachte Kriminalgeschichten. Aber auch die zeigten nicht die echte, die wirkliche Cate Furler. Es waren Erfindungen ihrer Fantasie.

Dale öffnete das Fenster. „Sorry, ich habe eine ernst zu nehmende Kopfkirmes."

Cate schaute zu ihr rüber „Zu viel Bier?"

„Zu viel Tequila ... zu viel von allem", gab Dale zurück und hielt ihr Gesicht in die kühle Nachtluft.

Cate legte erneut ihre Hand auf Dale's Bein. Diesmal ließ es Dale geschehen. Sie fuhren schweigend und ohne Musik bis nach Hause. Zur Holly Lane 17.

Cate stoppte den Jeep direkt vor der Haustür. Kater kam ihr aufgeregt entgegen.

„Hallo, mein Schatz", grüßte sie ihn kurz. „Unserer Freundin geht es nicht gut."

Sie half Dale vom Beifahrersitz, beförderte sie in ihr Bad, lotste sie über die Toilette und hielt ihren Kopf, als Dale sich übergeben musste. Dann half sie ihr beim Ausziehen, begleitete sie in ihr Schlafzimmer, legte sie in ihr Bett und deckte sie behutsam zu. Sie streichelte Dale's Kopf, tupfte ihr mit einem gekühlten Waschlappen die Schweißperlen von der Stirn und redete beruhigend auf sie ein, bis Dale einschlief.

Als Cate ins Wohnzimmer kam, saßen Gilian und Chip entspannt auf dem Sofa. Gilian nippte gerade an ihrem Weinglas.

„Was habt ihr da drin gemacht?", fauchte Cate Gilian an. „Dale hat sich die Seele aus dem Leib gekotzt, Gilian! Wieso hast du sie so viel trinken lassen? Hat der Kerl sie belästigt? Sie angefasst?" Cate hätte Gilian am liebsten angeschrien, dämpfte aber ihre Stimme, weil sie Dale nicht aufwecken wollte.

Gilian zog ihre langen Beine unter sich. „Ist sie in deinem Bett?"

„Ja, verdammt, Gilian! Sie ist in meinem Bett! Und sie schläft jetzt endlich!", fluchte Cate weiter.

„Na, dann ist doch gut", erwiderte Gilian unaufgeregt. „Leg dich zu ihr, und morgen geht es ihr wieder besser." Gilian lächelte Cate aufmunternd an. „Es ist alles okay mit ihr, Liebes, mach dir keine Sorgen. Die Frau ist gestählt von hohem Seegang. Sie überlebt das."

Chip nickte zustimmend. „Dale kann eine Menge vertragen", fügte er hinzu.

Cate aber ließ ihre Freundin nicht aus der Verantwortung. „Was ist passiert, Gilian?"

Gilian rekelte sich auf dem Sofa. „Wir haben seine Telefonnummer, Cate. Das wollten wir doch, oder? Chip kann jetzt in aller Ruhe sein Handy hacken …" Sie nahm einen Schluck Wein.

„Was ist passiert?", bohrte Cate unbeeindruckt weiter.

„Ich habe sie geküsst", sagte Gilian beiläufig.

„Du hast *was*?", kam es von Chip und Cate unisono zurück.

„Sie geküsst." Gilian sah beide konsterniert an. „Was? Was guckt ihr mich so an? Ich habe sie geküsst und sie mich. Na und? Ich wollte Wheeler auf uns aufmerksam machen, und das hat funktioniert.

Keine große Sache. Also bleibt mal alle gaaanz ruhig!“ Sie machte eine beschwichtigende Geste.

Cate musste sich schütteln, und Chip vergrub sein Gesicht in seinen Händen.

„Ach, du Scheiße“, murmelte er.

„Du hast sie geküsst?“, wiederholte Cate leise.

„Ja, verdammt. Ich habe sie geküsst, und sie hat mich geküsst. Hast du ein Problem damit, Cate?“

Cate gab knurrige Laute von sich, grummelte Flüche. Kein normales Wort verließ ihre Lippen. Sie starrte Gilian zornig an. Dann schüttelte sie den Kopf.

Gilian setzte eine Unschuldsmiene auf. „Cate, es diente unserer Sache. Es war notwendig, damit wir uns an Wheeler ranschmeißen konnten. Geh jetzt zu ihr, und morgen ist alles gut.“ Sie schickte einen zarten Seufzer hinterher. „Außer, dass sie wahrscheinlich einen Brummschädel haben wird.“

Cate rang immer noch nach ihrer Fassung und versuchte, ihre Worte so ruhig wie möglich klingen zu lassen. „Warum musst du immer noch mehr …“, sie suchte nach der richtigen Bezeichnung, „… Unruhe stiften?“

Gilian zuckte mit den Schultern. „Ich sag doch, Cate, alles ist gut.“

Cate aber sah ihre Freundin mit durchdringendem Blick an, der nur eines sagte: *Nichts ist gut.*

Chip stand auf und streifte seine Jeans glatt. „Ich verschwinde dann mal. Versuche, an seine Mails und SMS ranzukommen.“ Er bemühte sich um ein Lächeln und hoffte, dass der Streit zwischen den beiden Frauen nicht noch an Dramatik zunahm. Um nichts in der Welt wollte er bei ihnen im Wohnzimmer bleiben, falls es ungemütlich werden würde.

Als Chip weg war, winkte Gilian Cate zu sich. „Jetzt komm doch mal.“ Sie tippte auf den Platz neben sich. „Cate, sie hat zu viel getrunken, der Druck war für uns beide groß da drin. Es ist eine ziemlich gruselige Spelunke – also ehrlich, das muss man erst mal überstehen. Und alles andere war nicht wichtig, verstehst du? Es war nicht der Rede wert, nur ein Trick, Cate, nur ein Trick. Mehr nicht."

Cate ließ sich neben ihr auf das Sofa fallen und nahm die Hände ihrer Freundin fest in ihre. „Gilian, versprich mir bitte, dass du es ernst meinst, wenn du diese Frau aus der Bahn wirfst. Du hast deinen Matthieu, und ich glaube nicht, dass Dale wirklich Interesse hat, die *Geliebte* einer Frau zu sein. Mach bitte nichts Unüberlegtes mit ihr."

Gilian sah ihre beste Freundin ernsthaft an. „Du verstehst manchmal aber auch wirklich gar nichts, oder, liebste Cate? Aber ja, ich kann dir tief und ehrlich versprechen, dass ich unsere Elektrikerin nicht aus der Bahn werfe. Ich bin nur an unserer Sache interessiert. Sonst habe ich keine Hintergedanken." Sie drückte Cate fest an sich. „Geh schlafen. Ich schließe alles ab, okay?"

Cate nickte und stand auf. Kater hüpfte von dem Bänkchen in der Ecke des Wohnzimmers und folgte ihr mit langsamen Schritten ins Schlafzimmer. Dort sprang er ans Fußende des Betts und kringelte sich neben Dale's Beinen ein. Cate setzte sich neben Dale und sah sie an. Dale's Gesicht wirkte immer noch sorgenvoll, selbst im Schlaf. Cate strich ihr ein paar Strähnen aus dem Gesicht und fühlte ihre Temperatur. Da schlug Dale die Augen auf.

„Tut mir leid. Ich habe zu viel getrunken", flüsterte sie.

Cate lächelte sie an. „Kein Problem. Schlaf jetzt, und morgen sehen wir weiter. Ihr wart echte Heldinnen."

Cate wollte aufstehen, doch Dale hielt ihre Hand fest. „Ich habe Gilian geküsst. Es tut mir leid. Es ist passiert, aber ich will nicht, dass das zwischen euch oder uns steht."

Cate sah Dale in die Augen. „Denk nicht darüber nach. Vielleicht hat Gilian ihrem Matthieu etwas zu erklären, aber du doch nicht mir", sagte sie und stupste Dale beschwichtigend an.

22. Juni 2016

Montauk Police Department
Am Morgen

John Malkovich tippte immer noch auf seinem Laptop herum. Er hatte eine Videokonferenz mit seiner Kollegin in Southampton aufbauen wollen, aber die Verbindung war miserabel. Eigentlich sollte die Technik Kommunikation vereinfachen, aber nachdem Violett Spencer zum dritten Mal nicht über ein „Hal…" hinwegkam, war er versucht, den Telefonhörer zu nehmen und auf Lautsprecher zu stellen.

„Scheißzeug!", fluchte er.

„Lassen Sie mich mal, Chief", sagte Officer Bradly und schob sich an ihm vorbei.

Bradly war ein begnadeter IT-ler. Er drückte einige Keys auf der Tastatur, und schon erschienen Violett Spencer's kleines Büro und das vierköpfige Ermittlerteam auf dem Bildschirm. Alle starrten gebannt in die Kamera, eingefroren wie auf einem Klassenfoto.

„Könnt ihr euch mal bewegen oder was sagen, sonst weiß ich nicht, ob wir nur ein Standbild haben", brummte Bradly.

Violett hob ungeschickt winkend die Hand und sagte: „Hi! Wie sieht's in Montauk aus?"

„Wahrscheinlich ähnlich wie bei euch. Blauer Himmel, nordöstlicher Wind, zehn bis fünfzehn Meilen die Stunde. Kein Regen vorhergesagt. Gutes Angelwetter", antwortete Bradly und schob sich zurück in die zweite Reihe.

Chief Malkovich positionierte sich vor dem Laptop und nickte dem Bildschirm zu. „Hallo Chief Spencer, hallo Officers."

Southampton grüßte zurück.

Malkovich räusperte sich. „Ich dachte, die Videokonferenz wäre am einfachsten, um alle auf den gleichen Stand bringen. Wie Sie wissen, observieren wir gelegentlich einige Hotspots der Flying Birds. Unter anderem ihre Stammkneipe, das *Salty Dog,* hier bei uns in Montauk. Das ist eine üble Bikerspelunke, wo sich neben den Birds auch noch andere Typen treffen, die sich große Freiheit und echtes Mannestum auf die Fahnen geschrieben haben. Also keine Location für Intellektuelle oder Bildungsbürger, wie man so schön sagt. Gestern Abend allerdings fuhr der Wagen unserer Inselberühmtheit vor."

„Der Jeep von Mrs. Furler?", piepste Baker ungläubig aus Southampton.

„Genau. Aber an Bord waren die Verlegerin und die Frau vom L. I. E. Die jetzt nicht mehr da arbeitet. Die Elektrikerin."

„Dale Roberts", ergänzte Lopez, der neben seinem Chef saß.

Chief Malkovich nickte. „Genau die. Chief Spencer hatte uns ja schon berichtet, dass sie mit unserer Schriftstellerin am Flying Point Beach gesichtet wurde. Ich glaube von Baker."

„Das stimmt", rief Baker dazwischen. „Ich habe sie vorgestern Mittag gesehen. Sie sind spazieren gegangen."

„Also ist der Wutsturm gegen die junge Dame in Mrs. Furler's Seele wohl abgeflaut, und man geht wieder gemeinsam zum Angriff über", ergänzte Chief Spencer.

„Scheint ganz so", nahm Malkovich wieder den Faden auf. „Wir können davon ausgehen, dass eine stolze Großstadtverlegerin und eine kluge Ureinwohnerin aus den Hamptons wohl kaum ohne Ziel ins *Salty Dog* gehen. Ich hatte Officer Hawkins und Officer Lopez vor Ort. Lopez ging rein, nachdem Wheeler aufgetaucht war."

„Gute Idee! Zwei Frauen in so einer Horde von Typen, das kann brenzlig werden", brachte sich Sparks ein.

„Genau! Ist eine riskante Aktion gewesen. Da drinnen herrscht Testosteronüberschuss. Solche Typen fragen nicht lange, wenn ihnen was gefällt.“ Chief Malkovich zeigte mit dem Daumen auf Lopez. „Also ist Lopez hinterher. Lopez übernehmen Sie jetzt und berichten, was Sie gesehen haben.“

Lopez schob sich etwas vor seinen Chief, sodass er in Southampton besser zu sehen war.

„Als Wheeler gegen 21.30 Uhr kam, standen die zwei Frauen am Tresen und unterhielten sich. Wheeler genießt seit seiner vermeintlichen *Kooperation* mit unserer Schriftstellerin fragwürdigen Ruhm in der Szene. Furchtbar, dieser hohle Sack! Aber egal, die Weiber in dem Laden haben ihn umschwirrt, als hätte er Honig am Arsch. Er hat auf der Tanzfläche rumgezappelt und hatte bestimmt fünf Tussen in Hotpants um sich. Aber unsere beiden Damen hatten seine Aufmerksamkeit binnen Sekunden.“ Lopez grinste breit.

„Wie denn? Haben sie ihn einfach angesprochen?“, hakte Casabianca nach.

„Viel besser! Sie haben geknutscht.“

Nach einigen Sekunden Stille in Southampton fasste sich Chief Spencer als Erste.

„Geniale Idee! Zwei solche Frauen, die in so einem Schuppen knutschen, das ist, als würde man ein Steak in einen Hundezwinger werfen!“

„Genau!“, sagte Lopez, immer noch grinsend. „Und ich sag euch, es hat funktioniert. Die Kerle sind zuhauf mit hängenden Zungen zu ihnen gerannt. Allen voran Wheeler, der sich mit unglaublichem Alphamännchengetue vor ihnen aufgebaut hat.“

„Und weiter?“, fragte Spencer ungeduldig.

„Na ja, er hat ihnen irgendwann einen Zettel gegeben. Wahrscheinlich mit seiner Nummer, dann sind unsere Ladys wieder abgeschwirrt. Das erste Ziel war wohl Kontaktaufnahme.“

„Oder Roberts hackt sich jetzt in Wheeler's Telefon“, ergänzte

Bradly trocken. „Aber da findet sie leider nicht viel. Ich habe das schon zehnmal durchsegelt. Alles nur Müll."

„Aber es geht noch weiter." Jetzt schob sich Hawkins in Montauk nach vorn und drängte Lopez' Kopf aus der Bildmitte. „Ich war ja draußen auf dem Parkplatz. Und als die beiden Turteltäubchen rauskamen, erschien plötzlich unsere Hauptperson. Mit so einem merkwürdigen Typen an der Seite."

„Cate Furler? Wo kam die denn her?"

Hawkins hob die Achseln. „Keine Ahnung. Aus dem Nichts. Sie unterhielten sich eine Weile, dann nahm Mrs. Furler die Elektrikerin in ihrem Jeep mit und fuhr los."

„Und die Verlegerin?", wisperte Baker leise.

„Die ist mit dem Typen weg. Ich habe sie auf dem Parkplatz aus den Augen verloren. Ein paar Kleinwagen haben zu der Zeit den Parkplatz verlassen, aber ich habe sie in keinem sitzen sehen. Und die Verlegerin ist ja nicht gerade klein. Total eigenartig."

„Ja, total eigenartig", bestätigte Chief Malkovich. „Wir sollten diese Frauen im Blick behalten. Wir haben dafür keine Observierungsgenehmigung, aber ich habe so ein Gefühl, dass die jetzt erst richtig loslegen. Und ich möchte keine von denen erschlagen am Straßenrand finden. Wir müssen dranbleiben. Unauffällig. Chief Spencer, wen kennen sie aus deiner Truppe nicht?"

Casabianca hob seine Hand. „Ich war bei keiner der Vernehmungen mit im Raum. Mich haben sie noch nicht gesehen."

„Gut", sagte Chief Malkovich. „Von meinen Jungs kennen sie Lopez und Bradly nicht. Ich schlage vor, dass sich Casabianca bis East Hampton an ihre Fersen klemmt und von da an übernehmen meine Männer. Ihr drei schaltet euch nonstop kurz und berichtet Chief Spencer und mir rund um die Uhr. Auch nachts. Chief Spencer, ich schlage vor, dass wir beide gleich einen Einsatzplan ausarbeiten. Die anderen können wieder zurück an die Arbeit."

Irgendwie hatte Malkovich das Bedürfnis, Violett's strenges Gesicht einen Moment ganz für sich zu haben. Er hatte schon überlegt, ob ihm nicht irgendein Vorwand einfiel, der ein gemeinsames Arbeitsessen plausibel erscheinen ließ. Aber Malkovich war in solchen Dingen nicht sonderlich fantasievoll. Leider, wie er befand. In seine Gedanken platzte das leise Piepen von Baker.

„Ähm, darf ich noch eine Frage stellen?"

Violett erteilte ihr das Wort.

„Und was ist, wenn die beiden Frauen sich einfach verliebt haben und deshalb ausgegangen sind? Weit weg von allem, damit sie ihre Ruhe haben? Vielleicht haben sie gar nicht nach Wheeler gesucht?"

Violett Spencer drehte sich langsam zu ihrer schmächtigen Beamtin um. Ihr Blick war erstaunlich entspannt.

„Natürlich, Baker, die beiden haben sich inmitten eines Sturmtiefs, das rund um ihre Freundin Cate Furler tobt, ineinander verguckt und tragen die zarten Knospen ihrer gerade entfachten und wohlbemerkt etwas überraschend homosexuellen Liebe hinaus in einen Zwinger voller Pitbulls. Sie mischen sich mitten unter testosterongesteuerte, selbstverliebte Machos, von denen jeder weiß, dass sie lesbische Frauen als willkommene Appetithäppchen für ihre eigene Triebbefriedigung sehen. Sehr gut, Baker. So wird es wohl gewesen sein."

Sekundenlang herrschte Stille in Southampton und Montauk. Dann brachen alle in schallendes Gelächter aus.

Chief Malkovich klopfte sich auf die Schenkel. „Ihr seid echt witzig in Southampton!"

Während Malkovich noch nach Luft rang, schickte Spencer ihre Officer aus dem Raum und bedeutete dem Team in Montauk über den Bildschirm, dass auch sie gehen sollten. Erstaunlicherweise folgten die bulligen Männer ihrer Aufforderung.

Als Malkovich sich allein in seinem Büro wiederfand und seinen Lachkrampf endlich unter Kontrolle bekam, hörte er Chief Spencer ruhig fragen: „Geht es dir gut, John?"

Er strich sich durch seine blonden Haare und schnaufte. „Es würde mir besser gehen, wenn wir vorankämen. Ich meine, dieser Fall ist eigentlich gelöst. Nur glauben wir alle nicht an diese schnelle Lösung und versuchen händeringend, Beweise gegen unsere eigene Indizienkette zu finden. Das hatte ich noch nie. Ich erwische mich dabei, zu hoffen, dass es Cate Furler nicht war. Ich will das nicht hinnehmen. Genau wie diese beiden völlig durchgedrehten Frauen, die ihr zur Seite stehen. Und das ist der nächste Punkt, der mir Sorgen macht, Violett. Wir müssen an denen dranbleiben. Die haben keine Ahnung, was die Birds mit Frauen, die ihnen krummkommen, machen. Und ich will nicht, dass ihnen was zustößt. Aber es ist verdammt schwer, denn offiziell können wir nichts tun."

Chief Spencer nickte. „Ja, die Sache darf uns nicht aus dem Ruder laufen. Die beiden werden sich an Wheeler ranschmeißen und versuchen, ihn anzuzapfen. Und so wie ich die Verlegerin und Miss Roberts einschätze, wird denen auch was einfallen. Die Nummer mit dem Kuss war da sicher nur der Anfang." Sie schüttelte lächelnd den Kopf. „Echt verrückte Weiber!"

Auch Malkovich brummte anerkennend. „Wir sollten den Einsatzplan für das Observationsteam besprechen."

Violett setzte ihre Brille ab und stimmte ihm zu. „Was hältst du davon, wenn wir uns dazu treffen? Vielleicht mal hier bei mir? In Southampton?"

John Malkovich stimmte blitzschnell zu. Perfekte Idee!

Holly Lane 17
Zur gleichen Zeit

Als Cate in die Küche kam, saßen Kater und Chip in trauter Eintracht schon am Tresen. Kater mampfte auf der Arbeitsfläche sein Futter, Chip starrte hochkonzentriert in sein Laptop. Sanft küsste Cate Kater auf den kleinen Kopf und strich im Vorbeigehen über

Chip's Schulter. Dann nahm sie sich einen Kaffee und lehnte sich schweigend gegenüber von Chip an den Herd. Sie hatte keine Eile, wollte ihn nicht bedrängen. Er ließ sich ohnehin nicht ablenken. Seine Mission war zu wichtig, er durfte jetzt einfach nicht die Konzentration verlieren.

„Wie geht es Dale?", fragte Chip plötzlich nach scheinbar unendlichem Schweigen.

„Sie schläft noch. Die Nacht über war sie ziemlich ruhig. Ich fürchte, sie wird einen kapitalen Kater haben, wenn sie aufwacht."

Chip sah seine Angebetete schüchtern an. „Es ist gut, dass du dich um sie kümmerst. Sie ist eine echte Kämpferin, aber manchmal braucht sie Halt. Und Boden unter den Füßen. Du bist ein guter Boden unter ihren Füßen – wenn du weißt, wie ich das meine."

Cate lächelte ihn an, und sein Herz wusste in dem Moment, dass der Plan, den er virtuell begonnen hatte, funktionieren würde. Sie gab ihm die Kraft, über sich hinauszuwachsen, und nahm es noch nicht einmal wahr. Er wusste, seine Art, sie zu lieben, war idiotisch, aber er konnte es nicht ändern. Er war so. Es genügte ihm, ihre Nähe und ihr Feingefühl zu genießen. Er brauchte keine Berührungen, keine *Liebe,* wie sie *normale* Verliebte brauchen. Er brauchte nur Zuneigung und Vertrauen. Und wenn er in Cate's graue, offene Augen sah, war er sicher, dass sie ihm genau das schenkte.

Auch er hatte viel wiedergutzumachen. Dale hatte Cate's ganze Enttäuschung abbekommen, aber Chip wusste, dass *er* sie davon abgehalten hatte, mit Cate zu sprechen. Er wusste, dass sie Cate nichts hatte verheimlichen wollen, sondern dass Dale mit ihr hatte reden und Klarheit schaffen wollen. Doch er hatte sie zurückgehalten. Er wusste auch, dass er selbst es vermasselt hatte. Nicht Dale. Aber seine Freundin hielt eben immer den Kopf hin. Für alles. Und jetzt hoffte er inständig, dass die flirrende Welt von Cate und Gilian seine blonde Freundin nicht aus der Bahn werfen würde. Er hatte Dale's Faszination für Cate gespürt und gemerkt, wie sehr sie litt, als der Kontakt zu Cate abgebrochen war. Mit Gilian hatte er nicht gerechnet. Nicht mit ihrer Wirkung auf Dale und nicht mit ihrem verführerischen Einfluss.

Cate riss ihn aus seinen Gedanken, als sie begann, direkt neben ihm in einer der Schubladen zu wühlen. Mit einem schmalen Lächeln zog sie eine Packung Aspirin hervor.

„Ich werde Dale eine Kopfschmerztablette bringen, dann kann sie noch eine Stunde schlafen", sagte sie. „Bis gleich, Chip."

Cate verließ die Küche, betrat leise ihr Schlafzimmer und setzte sich behutsam neben Dale aufs Bett. Sie streichelte vorsichtig ihre Schulter, bis Dale langsam die Augen öffnete.

„Ich habe dir ein Aspirin mitgebracht.", flüsterte sie.

Dale blinzelte. „Oh, danke." Sie setzte sich auf und sah an sich herab. Sie trug nur ihre Unterwäsche vom Vorabend. „Hast du mich ausgezogen?", fragte sie stockend.

Cate nickte. „Dir ging es miserabel. Ich dachte, du fühlst dich wohler so."

„Puh, was für eine Nacht. Ich schlafe in Cate Furler's Bett, und ihre Freundin küsst mich." Dale versuchte sich an einem zaghaften Lächeln, aber ihr Schädel brummte zu sehr.

Cate reichte ihr die Tablette und ein Glas Wasser. „Ziemlicher Sturm im Kopf, was?"

„Stimmt. Aber wir haben Wheeler geknackt. Das ist doch was."

„Sehr gut! Jetzt müssen wir nur deinen Kopf wieder klarkriegen."

Den Kopf wieder klarkriegen, dachte Dale. Von ihrem Kater auf jeden Fall. Von den Erlebnissen der Nacht? Sie wusste es nicht. Es war so spannend gewesen dort. Ein unglaublicher Nervenkitzel. Und es hatte alles funktioniert. Sie hatte sich selten so kraftvoll gespürt wie an Gilian's Seite. Und gleichzeitig so in ihren Grundfesten erschüttert. *Was war das?* Sie hatte bisher nur Männer geliebt. Und geküsst. Sie fühlte sich sicher auf diesem Weg. Und jetzt spürte sie gegenüber Cate eine Zuneigung, die sie nicht einordnen konnte. War es Interesse? Verbundenheit? Oder waren ihre Empfindungen nicht weitaus tiefer? Wie ließ sich der Zustand beschreiben, in dem sie sich wiedergefunden hatte, als Cate aus ihrem Leben verschwunden war? Dieses unbarmherzige Gefühl von Verlust. Diese grausame Einsamkeit ohne die Möglichkeit, mit Cate zusammen zu sein … Das Gefühl, sie zu vermissen, das sie gemein und stechend in ihrem Herzen spürte. Dale blickte tief in Cate's Augen. Plötzlich begriff sie ihre eigene Verwirrung und auch Gilian's Worte. Gilian hatte Dale die Augen öffnen wollen, ihr sagen und *zeigen* wollen, was für eine emotionale Herausforderung Dale bevorstand.

„Leg dich noch ein bisschen hin“, flüsterte Cate sanft. „Ich komme in einer Stunde wieder, okay?“ Sie strich kurz über Dale's Hand und verließ lautlos das Schlafzimmer.

Als Cate in die Küche zurückkehrte, lief Gilian dort telefonierend auf und ab.

„Nein“, schnauzte Gilian. „Du hörst mir nicht zu, *stronzo!* Wir treffen uns nicht bei dir, sondern im *The Muse* in Sag Harbor. Da können wir uns erst mal kennenlernen. Also sag ja, oder lass es!“ Sie schüttelte den Kopf und verdrehte wütend die Augen.

„Sie telefoniert mit Wheeler“, flüsterte Chip Cate zu. „Der möchte wohl beide lieber wie Schlachtlämmer in sein Bett bekommen. Aber sie“, er deutete auf Gilian, „hält stabil dagegen.“

„Also, mein Lieber, entweder du kriegst deine Libido in den Griff, oder das war's mit dem Date!“ Sie stockte. „Was meinst du? Du weißt nicht, was Libido ist? Dann eben deinen Schwanz. Krieg *deinen Schwanz* unter Kontrolle, und du kannst uns wiedersehen!“ Sie legte schwungvoll das Handy weg. „Was für ein Neandertaler!“ Sie küsste Cate auf die Wange. „Morgen *bella*, wie war deine Nacht?“

„Ruhig. Ich habe ihr gerade eine Kopfschmerztablette gebracht.“

„Schade, ich dachte, der Alkohol hätte sie mutig gemacht“, seufzte Gilian.

Cate überhörte ihre Bemerkung und schenkte sich Kaffee nach.

„Okay, ich habe ein Date mit Dale und Wheeler morgen um 15 Uhr in Sag Harbor“, sagte Gilian. „Was habt ihr für Pläne?“

Chip erhob sich leicht von dem Barhocker. „Ich gehe übermorgen früh zu Smith. Er hat mich zu sich bestellt. Vielleicht kriege ich Zugang zu denen.“

Cate sah ihn zutiefst besorgt an. „Chip, willst du das nicht lieber mit der Polizei besprechen? Niemand von uns kann dir helfen, wenn dort etwas schiefgeht. Ruf den Chief von Montauk an.“

Chip fühlte sich stark genug, seinen Löwenmut in die Welt hinauszutragen. „Nein, wenn die merken, dass ich die Polizei im Schlepptau habe, dann klappt gar nichts. Ich muss allein an ihre Rechner kommen. *Das* ist der Plan. Das habe ich mir fest vorgenommen.“ Er wirkte so zielstrebig wie noch nie zuvor.

„Aber es gibt doch sicher auch andere Möglichkeiten, Chip. Wir können bei den Birds einbrechen und uns dann die Computer vornehmen.“ Cate hatte sich über den Tresen zu ihm gebeugt und versuchte, all ihre Überzeugungskraft in ihren Blick zu legen.

„Oder es gelingt Dale und mir, diesen Neandertaler dazu zu bringen, mit uns zu kooperieren“, brachte Gilian ein.

„Wie denn?“, fragte Cate kurz.

„Nicht so, wie ihr jetzt vielleicht denkt. Tut mir leid, Cate, ich würde alles für dich tun, aber *das* nicht.“

„Um Gottes Willen, das würde ich auch niemals wollen, geschweige denn erwarten!“, wehrte Cate sofort ab.

Gilian nahm ihre Hand. „Weiß ich doch. Ich hatte nur das tiefe Bedürfnis, diesen Satz zu sagen, damit es mir selbst klar wird.“ Sie lächelte etwas verkniffen.

„Hört zu. Ich habe mir wirklich sehr, sehr viele Gedanken gemacht. Und ich bin mir *sicher,* dass dies der direkteste Weg ist, um deine Unschuld zu beweisen, Cate“, unterbrach Chip.

„Aber bitte mit Unterstützung“, versuchte es Cate erneut.

„Ich kann niemanden mitnehmen, Cate. Lass mich erst einmal Kontakt zu denen aufnehmen. Dann sehen wir weiter, okay? Ich brauche jetzt dein Vertrauen. Sonst nichts." Er senkte seinen Blick.

Cate ging um den Küchentresen herum und nahm Chip in den Arm. „Das hast du, Chip. Ehrlich."

Gilian gesellte sich dazu und umarmte die beiden. Als Dale im selben Augenblick in Cate's Sweatshirt und Jogginghose in die Küche kam, verstand sie sofort und schloss sich der Umarmung mit brummendem Kopf an.

23. Juni 2016

Sag Harbor

Am frühen Nachmittag fuhren Dale und Gilian zu ihrer Mission nach Sag Harbor. Sie nahmen Cate's schwarzen Jeep, parkten ihn aber vorsorglich auf dem Parkplatz des Wassersportclubs, unweit von Dale's Wohnung.

Sie hatten während der Fahrt kaum ein Wort gesprochen. Dale hatte die neue CD von Beyoncé, *Lemonade,* in den CD-Player des Wagens geschoben. Sie schaffte es, unbeschwertere Stimmung zu verbreiten als die, die zwischen Gilian und ihr herrschte. Dennoch wusste auch Dale, dass sich beide zusammenreißen mussten, um die bevorstehende Aufgabe zu bewältigen. Also sprang sie über ihren Schatten.

„Hast du Lust, etwas spazieren zu gehen? Wir sind eine halbe Stunde zu früh. Wir könnten unseren Plan noch mal durchgehen."

Gilian hob ihre Augenbrauen und sagte mit gespieltem Staunen: „Du kannst sprechen?"

Dale fand einen kleinen Stein und schob ihn mit dem Schuh von rechts nach links. „*Ich* kann sprechen. Ich dachte, *du* hättest deine Stimme verloren", gab sie trotzig zurück.

Gilian nickte. Einverstanden. Sie liefen eine Weile schweigend nebeneinander her.

„Ich denke, wir müssen ihn zum Reden bringen, versuchen, das Gespräch auf ein Thema zu lenken, auf das er stolz ist. Seine Schwachsinnsaktion mit Cate zum Beispiel. Vielleicht kriegen wir ihn dazu, damit zu prahlen. Solche Typen reden bestimmt gerne und viel über ihre Heldentaten", meinte Gilian schließlich.

Dale grub ihre Hände tiefer in ihre Jeans. „Und wir müssen verhindern, dass er uns zu nahe kommt, Gilian. Gegen so einen Schrank haben wir auch zu zweit keine Chance."

„Das stimmt. Zumal er überhaupt nicht – absolut gar nicht – mein Typ ist."

„Nee, meiner auch nicht. Erschreckend, solche Männer."

„Ja, viel zu viel Mann für meinen Geschmack. Matthieu ist schmal und feingliedrig", sagte Gilian nachdenklich.

„Kann ich mir vorstellen. Bestimmt ein wenig feminin." Dale musste lachen, und zu ihrer Erleichterung fiel Gilian in ihr Lachen ein.

„Deinem Kopf geht es wohl besser, Inselschöne."

Dale nickte und kickte den Stein ins Hafenbecken. „Wir sollten los. Müssen wir Händchen halten?"

„Nö, das ist nicht nötig. Auf solche Feinheiten achtet der Typ sowieso nicht." Gilian lächelte sie aufmunternd an. „Aber falls uns danach ist, kann es uns bestimmt Trost spenden." Sie nahm kurz Dale's Hand und drückte sie freundschaftlich.

Die beiden Frauen waren so in ihr Gespräch vertieft, dass sie den drahtigen und ebenfalls sehr feingliedrigen Officer Casabianca, der in Zivil einige Meter hinter ihnen ging, nicht registrierten. Er blieb stehen und wartete, bis sie nach rechts auf die Main Street abgebogen waren, dann folgte er ihnen, unauffällig, mit einigem Abstand und getarnt durch Touristen und andere Passanten.

Das *Muse* lag an der Ecke Main und Bay Street. Es war eines der wenigen Restaurants, in denen man nachmittags auf der Terrasse nur etwas trinken konnte. Als Dale und Gilian dort ankamen, war von Wheeler weit und breit nichts zu sehen. Sie gingen durch das Restaurant hindurch auf die Terrasse und setzten sich so, dass sie die Straße gut überblicken konnten.

Casabianca war an dem Restaurant vorbeigegangen und wie beiläufig an der Straßenecke stehen geblieben. Dort zückte er sein Handy und rief seine Chefin an.

Plötzlich erklang das laute Röhren einer Harley. Wheeler donnerte mit seiner mattgrauen Maschine an – natürlich ohne Helm und nur mit einem Tuch vor dem Mund. Er parkte das Motorrad direkt vor dem Restaurant, stieg aufreizend lässig ab und bockte die Maschine seelenruhig auf.

Gilian schickte einen derben Fluch in seine Richtung. Danach bemühten sie und Dale sich, einen interessierten Gesichtsausdruck und das dazugehörige Lächeln aufzusetzen.

Wheeler winkte ihnen über den kleinen Zaun zu. Dann schob er sich mit wiegendem Schritt zum Eingang.

„Ich glaube, ich kann das nicht ohne Wein", flüsterte Gilian schnell.

Dale drückte ihre Hand. „Lass mich mal machen. Hab schon eine Idee." Sie zwinkerte ihr schnell zu.

Wheeler kam mit breiten Schritten näher. „Na, meine Süßen! Habt ihr schon auf mich gewartet und euch gelangweilt?"

„Wir können immer etwas mit unserer Zeit anfangen. Mach dir da mal keinen Kopf", gab Gilian barsch zurück.

„Kann ich mir denken." Er zwinkerte ihr mehrdeutig zu.

Eine junge Kellnerin erschien. „Was kann ich euch bringen?"

„Budweiser. Was wollt ihr Schätzchen?"

Gilian war versucht, einen Wein zu bestellen, aber wieder drückte Dale ihre Hand unter dem Tisch.

„Ich nehme einen frisch gepressten Orangensaft", hörte sie sich sagen.

Dale bestellte einen Cappuccino.

Wheeler zog leicht die Stirn kraus. „Wollt ihr nichts Richtiges trinken? Das macht locker. Oder seid ihr schon locker?" Er legte kraftvoll seine Hand auf Gilian's Knie.

„Dein Vergaser ist scheiße eingestellt", ging Dale dazwischen.

Wheeler löste entgeistert seinen Haifischblick von Gilian und sah Dale an.

„Was hast du gesagt?"

„Das ist doch deine Maschine, oder?" Dale zeigte auf die Parkbuchten vor dem Restaurant. „Twin Cam 88, Baujahr 2000, 68 PS, 1450 Kubik." Dale lächelte kurz. „Und dein Vergaser ist scheiße eingestellt."

Er sah sie perplex an. „Woher weiß eine Tussi wie du so was?"

„Weil eine *Tussi* wie ich schon mehr von den Dingern auseinander- und wieder zusammengebaut hat, als du es dir jemals erträumen kannst. Hast du Werkzeug? Dann stell ich dir den Vergaser neu ein."

Benjamin Wheeler richtete sich auf seinem Stuhl auf. „Du glaubst doch nicht ernsthaft, dass ich eine *Frau* an meine Crystal lasse!" Sein Blick durchbohrte Dale fast.

„Wer ist Crystal?", fragte Gilian völlig irritiert.

„Crystal ist seine Maschine", antwortete Dale selbstbewusst.

„Wieso Crystal?", fragte Gilian an ihn gerichtet.

„Klingt einfach geil, der Name", gab er zurück und starrte Dale immer noch entgeistert an.

„Geschmäcker sind verschieden", warf Gilian leise ein.

„Kennst du Roger's Werkstatt in Connecticut?", fragte Dale gespielt lässig.

„Willst du mich verarschen? Wer kennt den nicht? Er ist *der* Harley-Gott! Und was weißt *du* darüber?"

„Ich arbeite dort." Dale schwang sich über den Zaun. „Schlüssel! Werkzeug ist da, wo es hingehört?"

Wheeler händigte ihr geistesabwesend den Schlüssel aus und sprang ihr hinterher.

„Wenn du was falsch machst, dann kann deine Freundin da drüben nie wieder etwas mit dir anfangen. Haben wir uns verstanden? Ich dreh dich auf links, Mädchen!"

Dale winkte ab, ließ den Motor an und begann, an dem Vergaser herumzuschrauben. Nach wenigen Minuten war sie fertig und drehte den Motor ein paar Mal kurz hoch. Der Sound war kräftiger und satter als zuvor. Zufrieden ließ sie den Motor laufen und ging an Wheeler vorbei, der sie mit herabhängender Kinnlade anstarrte.

„Fahr eine Runde um den Block", rief sie ihm über die Schulter zu. „Mein Cappuccino wird sonst kalt."

Sie kletterte über den Zaun zurück und setzte sich wieder an ihren Tisch, während Wheeler auf seine Crystal stieg, den Motor aufheulen ließ und losbretterte. Gilian brach in prustendes Gelächter aus. Genau wie der feingliedrige junge Mann am Tisch hinter den beiden.

„Das war verflucht cool, Dale!" Gilian wischte sich die Tränen aus dem Gesicht. „Hält der Mascara noch?"

„Siehst perfekt aus. Aber er ist gleich zurück. Dann müssen wir ihn uns vornehmen."

Kurze Zeit später dröhnte die Harley erneut vor dem *Muse.* Benjamin Wheeler stellte breit grinsend den Motor ab und näherte sich der Restaurantterrasse.

„Verdammt gute Arbeit, Babe!", rief er ihr zu. Er sprang über den Zaun und setzte sich elektrisiert auf den Stuhl neben Dale. „So schön hat sie noch nie geschnurrt." Er beugte sich zu Dale hinüber und drückte ihr einen Kuss auf die Wange.

„Du müsstest deine Crystal mal warten lassen. Ein paar Kleinigkeiten brauchen Pflege. Nichts Großes. Da bist du mit hundert Dollar dabei. Sie ist gut in Schuss, aber eine Wellnessbehandlung schadet ihr nicht."

Er schüttelte verblüfft seine braune Mähne. „Danke, Julia! Das ist echt nice von dir." Er trank sein Bier in einem Zug. „Hab euch wohl unterschätzt. Ich dachte, ihr wärt nur zwei saugeile Hasen aus der Stadt. Muss Abbitte leisten."

„Ach, Charlotte hier", Dale deutete auf Gilian, „fährt Lkw. Natürlich nur in der Freizeit."

Wheeler riss die Augen auf. „Was? Ihr haut mich echt um!"

„Und mich erst …", sagte Gilian leise.

„Und was machst du so, Benjamin?“

„Ich bin bei den Birds. Sagt euch bestimmt was.“

Beide nickten einträchtig.

„Ich arbeite eng mit den Chefs zusammen. Wir sind im Autotuning-Business, machen Kneipen und so. Alles Mögliche eben.“

„Mein Cousin in Brooklyn gehört den Angels an. Kein großer Fisch wie du, aber er hat mitbekommen …“, Gilian senkte ihre Stimme, sodass Casabianca am Nebentisch all seine Konzentration aufbringen musste, um die störenden Straßengeräusche auszublenden, „… also, er hat gesagt, dass die Birds oder einer von ihnen dieser Schriftstellerin das Maul stopfen will. Stimmt das?“

Benjamin Wheeler spannte seine Brustmuskeln an. „Na klar stimmt das! Und derjenige bin ich. Ja, Mädels, ihr hört richtig. Ich bin der Typ, der diese arrogante Kuh zu Fall bringt. Sie hat Schande über uns gebracht, und ich habe die Gelegenheit gehabt, es ihr heimzuzahlen.“ Er klopfte sich selbst auf die Schulter. Dann legte er seine Fußfessel frei. „Deswegen habe ich die hier. Ich hoffe, das stört euch nicht … später.“ Er grinste anzüglich.

„Erzähl erst mal weiter. Das macht uns an, oder, Charlotte?“

Gilian nickte. Ihr wurde ganz schwindlig.

„Ich kann da nicht viel drüber erzählen.“ Er beugte sich vor. „Geheimsache.“ Er winkte die Kellnerin heran. „Noch ein Bud. Und ihr?“

„Noch mal das Gleiche“, sagte Gilian mit Widerwillen. „Aber hat der Typ von der Schriftstellerin nicht auch was damit zu tun?“, raunte sie Wheeler zu. „Das wird in Manhattan geflüstert.“

„Der Ehemann?“ Wheeler winkte verächtlich ab. „Der ist eine ganz linke Sau. Er will sich jetzt mit ihrem Untergang von seiner Scheiße reinwaschen … *Ich wollte doch nur meine geliebte Frau schützen. Das war alles so peinlich. Es tut mir so leid!*“, äffte er Jeffrey nach. „Das ist doch alles Bullshit! Ich sag euch was: Der Sack steckt da mittendrin, aber *ich* hab ihr den Strick um den Hals gelegt.“ Er grinste stolz.

„Hätte ich gewusst, dass sie genauso eine süße Maus ist wie ihr, dann hätte ich mir vielleicht was anderes überlegt, um sie zu züchtigen."

„Du hast echt Geschmack. Erst die Namenswahl für deine Harley und jetzt diese Einsicht." Dale zuckte lässig mit den Schultern. „Wie bringst du sie denn *zu Fall*?"

„Geht nicht, Mädels, das kann ich nicht erzählen." Er schüttelte den Kopf. Dann trank er in einem Zug sein Bier aus und klopfte sich auf den Oberschenkel. „Was ist jetzt, Girls? Habt ihr hier irgendwo ein Motel gebucht? Ich würde gern mal zur Sache kommen. Kann seit vorletzter Nacht an nichts anderes denken."

„Ich schlage vor, dass wir das verschieben", wagte sich Gilian vor.

Impulsiv griff er ihr Handgelenk. „Wieso denn verschieben?"

In diesem Augenblick erschien die zierliche Officer Baker am Tisch und sah Dale und Gilian eindringlich an.

„Tut mir ausgesprochen leid, meine Damen, dass ich Ihr Treffen so jäh unterbrechen muss, aber Ihnen gehört doch das Fahrzeug da hinten." Sie deutete über die Straße. „Es versperrt eine Feuerwehrzufahrt!" Ihre Stimme klang streng und ernst wie nie. „Fahren Sie es *unverzüglich* dort weg!" Und an Wheeler gewandt: „Und Sie, Wheeler, stehen in einer Fünfzehn-Minuten-Parkzone. Fahren Sie sofort Ihr Motorrad dort weg. Sonst gibt es Schwierigkeiten mit dem Freigang. Los jetzt!"

„Wir müssen noch zahlen", brachte Wheeler hervor.

„Das machst du mal schön!", zischte Baker ihn an.

Wheeler legte vierzig Dollar auf den Tisch und stand mürrisch auf. „Sie haben mir jetzt eine richtig geile Nummer versaut, Officer", fluchte er.

„Das tut mir aber leid", erwiderte sie mit breitem Grinsen und wies ihn achselzuckend zu seinem Motorrad.

Casabianca schnaufte am Nebentisch tief durch und gab Baker unauffällig ein Daumen-hoch-Zeichen.

Um die quälend lange Zeit nach der Abfahrt von Dale und Gilian zu überbrücken, hatten Cate und Chip unterschiedliche Strategien. Chip hatte sich vor sein Laptop gesetzt und harrte dort aus wie eine Schlange, die auf Beute wartet. Nur ab und zu drückte er einige Tasten. Cate war mit dem dunkelgrünen Toyota zum Strand gefahren. Sie musste sich bewegen. Stillstand war für sie unerträglich, fast wie körperlicher Schmerz.

Sie ging den Weg durch die Dünen hinab, und als sie vor sich die erhabene Weite des Strands erblickte, den weichen Sand unter ihren nackten Füßen spürte und das tiefe und vertraute Tosen des Atlantiks hörte, konnte sie auf einmal wieder durchatmen. Sie kreuzte ein paar Reifenspuren, die nächtliche Surfer mit ihren Pickups im Sand hinterlassen hatten, und lief zur auslaufenden Brandung. Die kräuselnden Wellen erfassten weiß schäumend ihre Füße, das kühle Wasser umschmeichelte ihre Waden und tränkte ihre Jeans. Gelegentlich hob sie einen Stein auf und schleuderte ihn mit der Wurftechnik, die Vater Roberts über seine Tochter nun auch an sie weitergegeben hatte. Nur selten gelang ihr ein so guter Wurf wie neulich mit Dale an ihrer Seite.

Dale, diese eigenwillige, sture und mutige Frau.

Noch vor ein paar Tagen war sie aus ihrem Leben verbannt gewesen. Niemals hatte Cate sich vorstellen können, dass sie den Kontakt zu Dale in so kurzer Zeit wieder aufnehmen könnte.

Niemals.

Und dann fügte sich alles in einer rasanten Geschwindigkeit und schob sich an seinen ganz selbstverständlichen Platz. Cate hatte es zugelassen, als wäre es die natürlichste Sache der Welt. Sie fühlte sich wohl mit dem Tornado an ihrer Seite. Der Neuen in ihrem Leben, die so neu nicht mehr war … Und jetzt war Dale da draußen in Sag Harbor und riskierte Kopf und Kragen für sie. Mit Gilian. Cate's bester Freundin. Der stolzen New Yorker Upperclass-Frau, die eine faszinierende Energie in sich trug. Ihre engste Vertraute, ihre Kumpanin und ihr Schutzwall. Laut, kompromisslos und voller Emotionen. Manchmal erschreckte sie Cate mit ihrem nicht zu bändigenden Drang, Dinge voranzutreiben. Gilian wollte nicht nur *etwas* bewegen, sondern am liebsten gleich *alles.* Sie wollte Cate mit aller Macht und ohne nach rechts und links zu schauen aus allem Schlamassel gleichzeitig rausholen. Aus den Verdächtigungen der Polizei, aus ihrer Traurigkeit und aus ihrem plötzlichen Singledasein. Und Gilian hatte sich ausgerechnet Dale ausgesucht, um Cate zu neuem Glück zu verhelfen. Warum es diesmal allerdings eine Frau sein sollte, konnte Cate nicht entschlüsseln. Vielleicht, weil sich ihre beste Freundin in Wahrheit selbst zu der cleveren Elektrikerin hingezogen fühlte? Vielleicht wollte sie einfach zwei Fliegen mit einer Klappe schlagen. Und Dale? Sie ließ sich immer mehr von Gilian's Schnapsidee verführen. Cate hatte die Veränderung in Dale's Blicken bemerkt. Es war minimal, aber ihre Augen verharrten seit zwei Tagen immer etwas zu lang auf ihr. Sie schaute diesen winzigen Moment zu schnell weg, wenn sich ihre Blicke trafen. Und gestern Morgen, an dem Tag nach Gilian's Kuss, hatte Dale einen besonders merkwürdigen Gesichtsausdruck gehabt. Vielleicht lag es an dem Kater in ihrem Kopf, aber es wirkte eher wie ein Zeichen ihres Herzens. Im ersten Augenblick hatte Cate gedacht, der Kuss sei Gilian's ultimativer Annäherungsversuch an Dale gewesen. Aber dann hatte Cate plötzlich Gilian's Worte verstanden. *Es diente unserer Sache.* Der Kuss war Bestandteil von Gilian's großer Mission: Cate's vollständige Heilung, und zwar sofort.

Cate sog die klare Luft tief ein.

Was auch immer Gilian's Antrieb war, in dieser Situation konnte man Gefühle nicht erzwingen. Cate mochte Dale, zweifelsohne, aber mehr konnte und wollte sie nicht in sich spüren. Ihr Herz war verstummt. Zumindest, was die Liebe betraf. Die Verwüstung, die

Jeffrey angerichtet hatte, war zu groß. Was ihr Herz aber sehr wohl konnte, war, ihre Sorgen unablässig durch ihren ganzen Körper zu pumpen. So wie jetzt, so wie heute. Sie machte sich Sorgen um Dale und Gilian. Und natürlich dachte sie auch schon mit Grauen an die Aktion, die Chip für den nächsten Tag plante. Das war alles verrückt! Und so riskant!

Eine Bewegung an der Wasseroberfläche erhaschte ihre Aufmerksamkeit. Sie blieb stehen und starrte in die weißen Kräusel der auslaufenden Wellen. Da war es wieder. Sie suchte mit den Augen das schäumende Wasser ab und nahm plötzlich eine Kontur wahr. Ein kleiner Rochen, der zu weit ins Flachwasser geschwommen war und vergeblich seinen Weg zurück in die Tiefen des Ozeans suchte. Er tauchte auf und ab und wurde fast an den Strand gespült. Cate spurtete los, um dem Tier zu Hilfe zu eilen. Vorsichtig versuchte sie, ihn zu greifen. Leise und beruhigend sprach sie auf den zappelnden Burschen ein. Dann bekam sie ihn zu fassen. Sie hob ihn mit beiden Händen aus dem Wasser und lief mit ihm durch die Wellen an eine tiefere Stelle. Als sie bis zur Brust im Atlantik stand und ihre Füße kaum noch Halt hatten, war sie sich sicher, dass er es allein schaffen konnte, und ließ ihn los. Für einen kurzen Augenblick schaute sie ihm nach, wie er tiefer unter die Wasseroberfläche tauchte, hinaus in den offenen Ozean. Dann drehte sie sich um und kämpfte sich durch die Brandung zurück an Land.

Als sie wieder festen Boden unter den Füßen hatte, stützte sie schnaubend ihre Hände auf die Knie und blickte hinaus auf den Atlantik. Geschafft. Ein gutes Gefühl. Aber ziemlich kalt. Sie lief zu ihrem Wagen zurück und wollte gerade die Fahrertür aufschließen, als sich eine Hand auf ihre Schulter legte.

„Mrs. Furler?“, fragte eine besorgte Stimme.

Cate schoss herum und sah in das gerötete Gesicht des jungen Officer Sparks.

„Alles in Ordnung, Mrs. Furler?“ Sparks’ Gesicht lief noch dunkler an.

„Ja, warum denn nicht?"

Cate fragte sich, warum schon wieder ein Officer am Strand rumtrödelte und seine Nase in den Wind hielt, anstatt nach Beweisen für ihre Unschuld zu suchen.

Sparks sah sie erstaunt an. „Sie sind völlig durchnässt", stellte er irritiert fest.

Sie sah auf die Pfütze, die sich unter ihr gebildet hatte. „Ja, ich weiß. Deswegen fahre ich jetzt nach Hause und ziehe mir etwas Trockenes an." Sie öffnete die Autotür.

„Sind Sie sicher, dass alles okay ist?", fragte Sparks nachdrücklich.

„So okay, wie es im Moment sein kann! Grüßen Sie Chief Spencer von mir."

Sie schlug die Wagentür zu und fuhr los. Sie brauchte jetzt dringend eine warme Dusche – und ein anderes Auto. Der Toyota war enttarnt.

Zu Hause angekommen zog sie vor der Haustür ihre Jeans und ihr T-Shirt aus und ließ beides auf der kleinen Bank unter dem Vordach liegen. Dann ging sie nur in Unterwäsche ins Haus. Chip, der im Wohnzimmer immer noch vor seinem Laptop saß, blickte nicht auf.

„Schon was von den Mädels gehört?", fragte sie im Vorbeigehen.

„Noch nichts, leider." Jetzt hob Chip den Kopf und drückte den Rücken stocksteif durch, als er Cate ansah. „Cate?"

Sie blieb kurz stehen. „Ja?"

„Wo sind deine Sachen?"

„Vor der Tür. Ich brauche jetzt eine heiße Dusche."

Mit diesen Worten verschwand sie in ihrem Schlafzimmer und schlüpfte von da ins Bad, wo sie sich sofort unter die Dusche stellte. Das warme Wasser tat gut. Es vertrieb die Kälte des Atlantiks, nicht aber die Sorge um Dale und Gilian.

Als sie aus der Dusche kam und sich gerade ein Handtuch umgebunden hatte, hörte sie Stimmen im Wohnzimmer. Dale und Gilian. Gut! Sie waren zurück und klangen enthusiastisch! Gott sei Dank!

Es dauerte keine Minute, da rumste die Badezimmertür auf und Gilian flog herein.

„Es war genial, Schatz! Dale ist eine Superheldin!"

Gilian umarmte Cate euphorisch. Als nächstes stolperte Dale, strahlend wie eine Siegerin, durch die Tür.

„Das war unglaublich …", begann sie, machte aber auf dem Absatz kehrt, als sie sah, dass Cate nur in ein Badehandtuch gehüllt war. „Ups, entschuldige", rief sie aus dem Flur.

„Das ist okay, Dale! Komm rein und erzähl schon!", lachte Cate.

Dale kam vorsichtig zurück ins Bad. Gilian hatte sich auf den Rand der Badewanne gesetzt, während Cate lässig am Waschbecken lehnte und lauschte.

„Cate, sie hat sich an sein Motorrad getraut!" Gilian prustete vor Lachen. „Sie hat ihm den Vergaser eingestellt, und der Typ war so perplex, dass er seine Pfoten von uns gelassen hat. Das war so genial! Unfassbar!"

Nun fand auch Dale zurück in ihre Heldinnenrolle. „Er hat mir gedroht, wenn ich – eine *Frau* – seiner *Crystal* zu nahe treten würde, gäbe es richtig Ärger. Aber ich habe mich einfach neben den Bock gehockt und den Vergaser neu eingestellt. Mein Onkel wäre stolz auf mich gewesen." Sie strahlte vor Glück über das ganze Gesicht. „Und dann haben wir ihn zum Reden gebracht."

„Könnt ihr ein bisschen lauter reden?", erklang Chip's Stimme aus dem Flur.

Dale bemühte sich lauter zu sprechen, aber ihre Stimme überschlug sich fast. „Er hat zugegeben, dass er dir eine Falle gestellt hat, *und* er hat gesagt, dass Jeffrey in die Sache verstrickt ist!"

„Er hat ganz eindeutig gesagt, dass sich die Birds an dir rächen wollten", ergänzte Gilian, „und dass Jeffrey da mittendrin steckt und nur so tut, als wolle er dich schützen. Im Grunde war das ein perfektes Schuldeingeständnis!" Sie strahlte Cate an.

Cate's Gesicht war wie versteinert. „Die wollten sich an mir rächen?", sagte sie mit dünner Stimme. „Und Jeffrey steckt mittendrin?"

Gilian stand auf und nahm Cate erneut in den Arm. „Ja, sie wollten sich rächen. Er meinte, du hättest Schande über die Birds gebracht. Wahrscheinlich meint er deinen Roman, in dem die Typen nicht gut wegkamen. Und Jeffrey? Der ist ein *stronzo*. Das musst du jetzt leider aushalten. Er will dir schaden."

Sie nahm Cate's Kopf in ihre großen Hände und sah ihr intensiv in die Augen. „Hey, Liebes, wir versuchen hier alles, um diesen Alptraum zu beenden. Dafür müssen wir ihm aber alle – auch du – ins Auge sehen ... dem Alptraum, meine ich." Sie drückte sie wieder an sich.

„Trotzdem darf sie doch traurig sein", warf Dale mitfühlend ein.

„Ja, das darf sie." Gilian hielt Cate's Gesicht. „Aber nicht zu lange. Verwandle es in positive Energie. Schreibe, denke, höre gute Musik, leg jemanden flach – vorzugsweise eine von uns. Oder Chip. Egal. Reagier dich ab, Cate. Du musst weiterkommen! Bleib nicht in diesem Morast stecken. Diese kleine Truppe hier", sie deutete auf Dale, Cate, Chip im Flur und sich, „wird das schaffen. Da bin ich mir ganz sicher! Hörst du?"

Cate nickte und schloss ihre Arme fest um Gilian. „Es tut trotzdem weh. Und ich verstehe es nicht", seufzte sie in ihre Schultern.

„Es darf wehtun. Sei ruhig traurig. Aber sei auch wütend! Zerschlag etwas. Geh Holz hacken oder so."

„Es wird Sommer." Cate sah Gilian mit dem Anflug eines Lächelns an.

„Genau, Cate! Es wird Sommer. Und du hast mit Dale, Chip und mir eine gute Brise Sommer schon im Haus." Sie lachte aufmunternd. „Wieso hast du überhaupt geduscht? Und wieso liegen deine Kleider triefnass vor der Tür?"

„Ich habe einen Rochen gerettet ... Dale, wir müssen das Auto tauschen. Der Toyota ist enttarnt."

Gilian und Dale nickten sich vielsagend zu.
„Okay, du hast einen Rochen gerettet, und wir tauschen den Toyota nach der Rochenrettung, kein Problem“, gab Dale zurück.
„Schön“, sagte Cate.

Southampton, Police Department

Sparks rannte aufgeregt in Chief Spencer's Büro. Spencer war gerade in eine Akte vertieft und bedeutete ihm, Ruhe zu bewahren und einen Augenblick zu warten. Sparks aber sprang vor ihr auf und ab.
„Was soll das?“, fuhr Spencer ihn barsch an.
„Ich war am Strand, habe Mrs. Furler getroffen“, japste er.
„Kann das nicht warten, bis Casabianca zurück ist? Er hat auch einiges aus Sag Harbor zu berichten. Ich habe in wenigen Minuten eine Videokonferenz mit dem Kollegen Malkovich angesetzt.“ Sie freute sich schon auf sein kantiges Gesicht und seine Bartwuschelei.
„Nein, Chief, ich würde es Ihnen gerne jetzt sagen“, presste Sparks hervor.
Spencer wies ihn an, Platz zu nehmen. „Was gab es denn so Spannendes mit Mrs. Furler am Strand?“
„Sie ist ins Wasser gegangen.“
„Und?“ Spencer sah nicht zu ihm auf. „Es gibt Leute, die auch schon Mitte Juni schwimmen gehen. Vor allem Leute, die auf der Insel geboren wurden, und Cate Furler's Familie lebt seit Generationen hier. Das ist normal. Wissen Sie doch, Sparks!“
„Aber doch nicht komplett angezogen!“
Jetzt schnellte Violett Spencer's Kopf hoch. „Was sagen Sie da?“
„Ja, ich habe sie auf dem Parkplatz getroffen. Sie war triefnass, bis auf die Knochen. Sie war im Wasser, Chief. Vielleicht wollte sie sich was antun!“, stieß er verzweifelt hervor.
Violett Spencer fasste sich an die Stirn. „Ach, du liebe Güte! Bitte nicht auch noch so was! Hat sie denn etwas gesagt?“

„Es ginge ihr im Moment so okay, wie es eben gehen kann. Oder so ähnlich."

„Und wie war Ihr Eindruck von ihr?"

Sparks fuhr mit der Hand durch sein rotblondes Haar. „Sie war sehr kurz angebunden und wollte nach Hause."

Violett stieß einen tiefen Seufzer aus. „Ich fahre da nachher mal hin. Vorher aber hören wir uns noch Casabianca und Baker an."

Da kamen die beiden noch fehlenden Mitglieder ihres Ermittlungsteams auch schon in den Raum. Sparks machte sich daran, die Leitung zu Chief Malkovich aufzubauen, und nach wenigen Minuten erschien der Kollege in Montauk auf dem Bildschirm.

„Hallo Southampton", grüßte er mit einem kurzen Lächeln. „Ihr habt ja heute einiges zu berichten, wie ich hörte."

„Casabianca war auf die Elektrikerin und die Verlegerin angesetzt", erklärte Spencer. „Sie haben sich mit Wheeler in Sag Harbor getroffen. Bitte berichten Sie, Officer."

Casabianca setzte sich aufrecht vor die Laptop-Kamera. „Ich bin den beiden Zielpersonen nach Sag Harbor zum *The Muse* gefolgt und habe mich in deren Nähe platziert. Wheeler kam etwas später. Er setzte sich zu ihnen und wurde ziemlich schnell aufdringlich. Die Elektrikerin hatte aber ein perfektes Ablenkungsmanöver. Sie machte sich an seiner Maschine zu schaffen."

„Ist die lebensmüde?", fuhr Malkovich dazwischen. „An einem Motorrad der Birds?"

„Nee, Chief! Die hat seinen Vergaser neu eingestellt. Der Typ war fassungslos! Er ist eine Runde um den Block gefahren und war begeistert."

„Die Frauen sind komplett verrückt!", dröhnte es vom anderen Ende der Insel. „Berichten Sie weiter, Casabianca."

„Daraufhin hat Wheeler dagegenhalten wollen und mit seinen Taten geprahlt. Er sagte, dass er die Schriftstellerin zu Fall bringen wolle. In Absprache mit den Chefs und mit Jeffrey Dinklage. An dem ließ er kein gutes Haar. Er sagte, Dinklage steckt tief drin in der Sache. Angeblich würde er lügen, wenn er jetzt so tut, als wollte er seine Frau vor schlimmerem Unheil bewahren. Er selbst habe das Desaster mitinszeniert. Das hat Wheeler gesagt, und dann wollte er den Frauen an die Wäsche. Ich hatte aber längst vom Nebentisch aus Verstärkung gerufen. Officer Baker hat den Kerl dann in die Schranken verwiesen."

„Baker?", fragte Chief Malkovich ungläubig. „Sie haben die zarten Liebenden aus den Fängen des Hais gerettet? Sehr cool."

„Sie brauchen sich nicht über mich lustig zu machen, Chief", piepste Baker selbstbewusst. „Ich habe verstanden, dass der Kuss zwischen den Frauen eine geniale Finte war. Ich bin ja nicht blöd."

„Prima gemacht, Chief Spencer. Gute Arbeit Ihres Teams." John strahlte in die Kamera.

„Es geht leider weiter, Chief", unterbrach Violett sein gutes Gefühl. „Officer Sparks ist Cate Furler gefolgt. An den Strand. Und sie ist ins Wasser gegangen."

Malkovich zog seine buschigen, blonden Augenbrauen kraus. „Sie ist von hier. Sicher eine gute Schwimmerin. Warum sollte sie Mitte Juni nicht reingehen?"

„Sie war vollständig angezogen", brachte Chief Spencer hervor.

John raufte sich die Haare. „Ach, du meine … Und dann?"

„Dann stand sie nass auf dem Parkplatz am Auto und meinte, dass alles okay sei, soweit das möglich wäre. Dann fuhr sie weg", erklärte Sparks.

„Mit welchem Wagen denn?", setzte Casabianca dazwischen. „Mit dem Jeep waren Roberts und die Verlegerin unterwegs."

Sparks runzelte die Stirn. „Puh … ehrlich? Keine Ahnung. War so eine Allerweltskarre. Irgendwas Kleines. Hässlich. Sorry, habe ich nicht drauf geachtet. Ich war besorgt um sie. Dunkle Farbe. Vielleicht blau? Oder grün?" Er schüttelte heftig den roten Kopf. „Tut mir leid! Habe ich vermasselt!"

„Auf jeden Fall wissen wir jetzt, wie Mrs. Furler nach Montauk kam. Unsichtbar in einem Allerweltswagen, den keiner auf dem Schirm hatte“, schob John Malkovich hinterher. „Was machen wir jetzt mit diesem – wie soll man es denn nennen? Es war ja hoffentlich kein ernst zu nehmender Selbstmordversuch, oder?“, fragte er Spencer.

Chief Spencer zog den Bildschirm zu sich, sodass die Kamera sie erfasste. „Ich fahre gleich zu ihr. Ich muss mir einen Eindruck von dieser Truppe machen. Und wir müssen noch mal an den Ehemann ran. Wenn er lügt, wird er stolpern. Da bin ich mir sicher. Er verhaspelt sich, widerspricht sich. Wir müssen ihn richtig grillen! Sind Sie dabei, Chief Malkovich?“ Ihre Stimme dröhnte vor Entschlossenheit.

„Was halten Sie davon, wenn ich morgen Vormittag nach Southampton komme und wir uns das Bürschchen vornehmen?“ Er kraulte seinen Bart.

„Sehr gut. Er wohnt im Augenblick bei einer seiner Kundinnen, die angeblich in Manhattan ist. Hat sofort Unterschlupf gefunden, dieser Mistkerl!“

John hielt sein Kinn in der Hand. „Hm, leider gibt es immer wieder Frauen, die auf solche Kerle reinfallen. Würde das mal aufhören, dann würden diese Typen aussterben. Aber …“, er schüttelte den Kopf, „es liegt eben auch an den Frauen, die immer wieder meinen, *sie* könnten diese Männer ändern. Dass sie so einem Arschloch damit nur den Antrieb zum *Weiter so* geben, merken sie erst, wenn er vom Hof galoppiert.“

Water Mill, Holly Lane 17

„Was für einen Wagen fährt man denn, wenn man *nichts Besonderes* fährt?“

Cate saß neben Chip am Küchentresen, der seine Recherche unterbrochen hatte, um ihr zu helfen, ein neues Batmobil zu finden.

Chip hatte die Suchmaschine den *beliebtesten Kleinwagen an Amerikas Ostküste* suchen lassen. Cate saß mit dem Kopf in den Händen neben ihm und starrte auf den Bildschirm von Chip's Laptop. Das Ergebnis war ein Honda Accord. Chip zeigte ihr ein Foto.

„Nicht wirklich schön", sagte Cate leise.

Dale beugte sich über ihre Schulter. „Es wäre auch okay, *hässlich* zu sagen."

Cate sah zu ihr auf. „Das wird unser nächstes Auto. Freust du dich schon?"

„Ich bin jahrelang in einem Servicewagen gefahren. Mir kannst du mit einem Honda keine Angst machen." Sie legte ihre Hände auf Cate's Schultern.

„Okay, dann nehmen wir den Honda." Cate stand auf und schob sich an Dale vorbei. „Komm, lass uns losfahren, bevor der Autoverleih schließt. Du weißt doch, in Southampton wird nur unter Strafandrohung länger als 18 Uhr gearbeitet."

Dale folgte ihr zur Haustür. Da kam Gilian aus dem Wohnzimmer.

„Wir kriegen gerade Besuch von der Polizei." Es klang fast beiläufig.

Sofort schnappte sich Chip sein Laptop und verschwand blitzschnell in seinem Zimmer. Er musste für die Polizei weiterhin unsichtbar bleiben.

Cate legte die Autoschlüssel wieder zurück auf die Kommode im Flur. „Dann holen wir den Wagen morgen früh. Soll ich sie allein in Empfang nehmen?"

„Wir bleiben hier", sagte Dale standfest. Und Gilian nickte.

Chief Spencer stieg mit Officer Sparks aus dem Wagen. Sie richteten ihre Pistolenhalfter und liefen auf das Haus zu.

Cate öffnete die Tür. „Hallo Chief Spencer, hallo Officer …"

„Sparks", ergänzte Spencer. „Entschuldigen Sie den Überfall, Mrs. Furler, wir wollen nur kurz mit Ihnen reden. Ist das in Ordnung?"

„Selbstverständlich. Kommen Sie rein."

Spencer und Sparks traten respektvoll näher.

„Hallo Mrs. May … Miss Roberts", grüßte Spencer.

Sie gingen in die Küche.

Violett Spencer bemühte sich um einen neutralen Gesichtsausdruck. „Ist bei Ihnen alles okay?"

„Und bei Ihnen? Wie weit sind Sie mit den Ermittlungen?", fragte Dale forsch.

Chief Spencer räusperte sich und sah Cate direkt an. „Wir werden Ihren Mann erneut verhören. Es gibt Anzeichen, dass er uns etwas verheimlicht hat. Ich kann nichts versprechen. Wir graben weiter, das wissen Sie, Mrs. Furler."

„Das reicht aber nicht!", fuhr Dale dazwischen. „Sie müssen sich die Birds vornehmen. Die haben Cate's E-Mail-Account gehackt. Das müssen Sie doch rausfinden können!"

„Miss Roberts, wir als Polizei können nur von dem Offensichtlichen ausgehen, für das wir Beweise finden können. Deshalb gibt es die Anklage gegen Mrs. Furler. Es ist nicht unser Job, die Angeklagte zu verteidigen. Dass wir hier sind und uns bemühen, zeigt nur unsere besondere Sorge um Mrs. Furler."

„Sie nennen das *bemühen*?" Dale konnte ihre Wut kaum zügeln. „Sie wissen genau, dass Cate nichts mit der Sache zu tun hat! Sie tun nichts für Cate! Sie sitzen rum und warten, bis einer der wahren Schuldigen in Ihr Büro läuft! Aber so doof sind die nicht. Die geben nicht so leicht auf. Sie müssen mehr tun!"

Inzwischen stand Dale fast Stirn an Stirn mit Chief Spencer. Cate legte ihre Arme um sie und zog sie ein Stück zurück.

„Lass gut sein, Dale", flüsterte sie.

„Nichts ist gut!", erwiderte Dale. „Was wollen Sie überhaupt hier? Haben Sie was? Oder wollen Sie nur gucken, ob wir alle noch leben?"

Dale ließ sich von Cate zurückhalten, aber ihr Drang, den Kopf gegen Chief Spencer's Stirn zu rammen, war übermächtig.

„Zum Beispiel", warf Officer Sparks ein. Er lächelte Cate vorsichtig an, die immer noch eine aufgebrachte Dale Roberts fest in ihren Armen hielt.

„Wir wollten wissen, ob es Ihnen gut geht, Mrs. Furler."

Cate bemühte sich um einen entspannten Gesichtsausdruck, während Dale immer zorniger zu werden schien.

„Was soll bei mir Neues, Besorgniserregendes hinzugekommen sein?", fragte sie.

Chief Spencer trat neben sie und hielt ihren Kopf dicht an Cate's Ohr. „Können wir irgendwo allein sprechen, Mrs. Furler?"

„Wieso?", blaffte Dale dazwischen. „Wieso wollen Sie allein mit ihr sprechen? Was sollen Gilian und ich nicht hören?"

Cate schnürte ihre Umarmung enger und lehnte ihren Kopf an Dale's Kopf. „Ich gehe jetzt mit Chief Spencer ins Wohnzimmer, und Gilian und du bleibt bitte hier, okay?" Sie küsste sie zur Beruhigung auf die Wange.

Gilian fischte nach Dale's Arm und zog sie zu sich. Unter lautem Murren ließ Dale es zu.

Chief Spencer blickte irritiert in den Flur zurück, als sie mit Cate ins Wohnzimmer ging. „Ziemlich hitzig, Ihre Freundin."

„Sie durchlebt gerade eine sehr empfindsame Phase", seufzte Cate.

Chief Spencer nickte knapp. „Dann will ich sie nicht erleben, wenn sie Liebeskummer hat ..."

„Vielleicht verrennt sie sich gerade ein wenig ...", schob Cate leise hinterher.

„Ach so. Das ist der kritischste Zustand. Beneide sie nicht darum."

„Wen jetzt?"

„Na, Miss Roberts."

„Stimmt, nicht besonders gut für sie", grübelte Cate.

Doch Chief Spencer ging nicht darauf ein und wechselte das Thema. „Geht es Ihnen gut, Mrs. Furler?"

„Mir?" Cate sah nachdenklich auf. „Mir geht es schlecht. Ich fühle mich entblößt, wenn Sie es genau wissen wollen. In die Öffentlichkeit gezerrt, meiner Privatsphäre beraubt. Aber so genau will es ja niemand wissen. Ich bin in einen Mordfall verwickelt, der maßgeblich mit meinem Mann zu tun hat. Ehrlich gesagt ist das kein schöner Gedanke. Ich weiß, welche Position Sie, Chief, in diesen Ermittlungen beziehen müssen. Die vermeintlichen Indizien sprechen gegen mich ... trotzdem hatte ich gehofft, die Polizei würde etwas differenzierter auf diesen Fall sehen ...", sie brach ab und seufzte. Dann sah sie Spencer an. „Warum genau sind Sie hier, Chief Spencer?"

Violett Spencer sah sich um. „Können wir uns kurz setzen, Mrs. Furler?"

Cate deutete mit einem Nicken auf das freie Sofa. Kater lag lang ausgestreckt auf dem anderen Sofa, als hätte ihn ein Interior Designer dort platziert. Spencer setzte sich und knetete ihre Hände.

„Mrs. Furler, Sie waren heute im Wasser?"

Cate zuckte mit den Augenbrauen. „Ich? Ach ja. Und?"

„Gab es einen Grund für das spontane Bad im Atlantik?"

„Ich habe einen Rochen gerettet."

„Einen Rochen gerettet?", wiederholte Violett.

„Ja, einen Rochen."

„Natürlich, einen Rochen. Sonst gab es aber keinen Grund, ins Wasser zu gehen?"

„Außer dem Rochen?"

„Außer dem Rochen."

Cate zog die Stirn kraus und dachte nach. „Nein, außer dem Rochen gab es keinen Grund ins Wasser zu gehen."

„Dann ist gut, Mrs. Furler." Chief Spencer lächelte erleichtert.

Cate zuckte mit den Schultern. „Dachten Sie ernsthaft, ich hätte bei diesem Chaos noch Zeit für Selbstmordgedanken?"

„Nun, es gibt immer eine Zeit für dunkle Gedanken, oder?"

Cate schüttelte den Kopf. „Nein. Dafür hatte ich noch nie Zeit. Selbst jetzt nicht." Ihr Versuch eines kleinen Lächelns misslang.

„Wir werden morgen früh mit Ihrem Mann reden. Er hält immer noch an seiner Geschichte fest, dass der Erpresser ihm hinter einem Baum aufgelauert hat. Meiner Meinung nach will er es so aussehen lassen, als hätte er die Geschichte erfunden, um Sie zu schützen. Der Staatsanwalt glaubt das auch. Wir müssen Beweise dafür finden, dass genau das sein Plan war: Sie in die Schusslinie zu bringen und von sich selbst abzulenken."

„Wer ist *wir*?", fragte Cate. „Sie sagten: *Wir werden morgen früh mit Ihrem Mann reden.* Wer ist *wir?*"

„Chief Malkovich und ich."

„Der Mann aus Montauk? Das ist gar nicht gut. Mir wäre lieber, er wäre morgen in seinem Revier und hielte Ausschau nach kriminellen Bikern. Sie wissen schon." Jetzt gelang ihr ein Lächeln.

Chief Spencer zog fragend die Augenbrauen über ihrer Brille zusammen. „Nein, ich weiß nicht, was Sie meinen."

Cate zuckte mit den Schultern. „Ich würde mich wohler fühlen, wenn morgen früh jemand in der Nähe des Quartiers der Birds wäre."

Violett versuchte ihr in die Augen zu sehen. „Planen Sie etwas, Mrs. Furler? Oder Ihre Freundinnen?"

„Man weiß nie, was passiert. Könnten Sie dem Chief das sagen? Er soll jemanden schicken. So gegen 10 Uhr. Das wäre beruhigend."

Violett Spencer richtete ihren Rücken kerzengerade. „Ich weiß, dass Sie von uns enttäuscht sind, Mrs. Furler, und ich kann auch Miss Roberts' kleinen Wutanfall gerade verstehen. Aber ich muss Sie dringend davor warnen, bei den Birds selbst nachzuforschen. Das ist ein viel zu großes Kaliber für Sie! Tun Sie das nicht, Mrs. Furler!"

Cate senkte ihre Stimme. „Dafür ist es schon zu spät. Also sprechen Sie mit dem Chief."

Verärgert griff Chief Spencer zu ihrem Handy. „Ich rufe ihn jetzt an."

Ein lautes Tuten drang aus dem Telefon, dann der tiefe Bass von John.

„Violett, wie nett. Habe auch gerade an dich gedacht. Was hat unsere Schriftstellerin gesagt?"

„Ich bin gerade bei ihr, John. Ich möchte dich bitten, kurz mit Mrs. Furler zu sprechen. Sie hat dir etwas zu sagen." Spencer reichte Cate das Handy. „Mrs. Furler, Chief Malkovich für Sie."

Cate nahm zögernd das Gerät ans Ohr. „Hallo, Chief", grüßte sie und versuchte, lässig zu klingen.

„Hallo, Mrs. Furler. War das Meer angenehm heute Nachmittag? Ich gehe um diese Jahreszeit auch schon schwimmen."

„Das war eine geglückte Seenotrettung."

„Oh, Glückwunsch. Was wollen Sie mir sagen?"

Cate zögerte kurz, aber ihre Angst um Chip war zu groß, sie musste es sagen. Oder wenigstens andeuten.

„Ist es möglich, dass Sie morgen Vormittag einen Streifenwagen zu den Birds schicken? Unter irgendeinem Vorwand."

„Was haben Sie vor?", brummelte Malkovich dunkel.

„Das kann ich Ihnen noch nicht einmal genau sagen. Es ist ein Ausflug ins Blaue, wenn Sie so wollen. Aber es wird morgen früh jemand dort sein, der dort nicht hingehört und um den ich mir Sorgen mache."

„Miss Roberts? Ist die von allen guten Geistern verlassen?"

„Nein, nein", wiegelte Cate ab. „Nicht sie. Jemand anderes. Ein Freund, der es gut meint und der glaubt, sich in die Höhle des Löwen begeben zu müssen."

„Hören Sie zu, Mrs. Furler. Es ist kein Spaß, da hinzugehen. Sagen Sie das Ihrem Freund. Die Kerle sind verdammt gefährlich!"

„Das habe ich ihm auch gesagt, aber es ist zu spät. Die Birds wissen, wo er wohnt, und er kann keinen Rückzieher mehr machen."

Stille am anderen Ende der Leitung. Dann hatte John sich gefasst. „Ich lasse mir etwas einfallen. Aber machen Sie das nicht noch mal, Mrs. Furler. Ich kann nicht garantieren, dass wir Sie und Ihr privates Ermittlertrüppchen aus jeder Katastrophe herausholen."

„Mir würde es schon reichen, wenn Sie mich aus der *einen* Katastrophe herausholen würden. Dann bräuchten sich meine Freunde nicht dauernd irgendwelche Klippen runterzustürzen."

„Ich weiß. Wir tun unser Bestes, versprochen." Er wollte überzeugend klingen.

Sie spürte es. „Tun Sie, was möglich ist, Chief. Versprochen?"

„Versprochen", grummelte er.

Sie wollte gerade das Handy an Chief Spencer zurückgeben, als sie die tiefe Stimme ihren Namen sagen hörte. Sie nahm das Handy erneut ans Ohr.

„Ja?"

„Bitte, Mrs. Furler, seien Sie vorsichtig. Die Birds fackeln nicht lang, wenn sie merken, dass ihnen jemand zu nahe kommt. Und die unterscheiden auch nicht, ob Mann oder Frau. Im Gegenteil. Als Frau sollte man denen erst recht nicht in die Klauen geraten. Wir kümmern uns um Ihren Fall. Tag und Nacht. Auch wenn die Ergebnisse noch schwach sind. Sagen Sie das bitte auch Ihrer Verlegerin und Ihrer Elektrikerin. Die beiden sind genauso gefährdet. Auch wenn Sie sich alle bisher tapfer schlagen. Haben Sie das verstanden?"

Cate atmete tief durch. „Ich stehe mit dem Rücken zur Wand, Chief Malkovich. Uns bleibt nicht viel anderes übrig, als zu handeln. Sie kennen das doch sicher aus dem Sport. Man kann nicht siegen, wenn man stehen bleibt."

„Wir bleiben aber nicht stehen, Mrs. Furler. Wir werden Ihren Mann grillen, und dann kommen wir sicher weiter. Er ist kein Profi im Lügen. Er wird einknicken."

„Mein Mann ist Makler für Luxusimmobilien. Lügen und Täuschen gehört zu seinem Beruf", erwiderte Cate.

Malkovich rieb sich lautstark seinen Bart. „Ich verstehe, was Sie sagen wollen. Aber wir kennen solche Typen. Glauben Sie mir bitte."

Sie nickte. „Ich habe Ihre Botschaft verstanden, Chief, aber ich hoffe, Sie meine auch. Es ist nicht leicht, zu warten, ob und wann ein Wunder geschieht."

Sie reichte Chief Spencer das Telefon, die sich damit ein paar Schritte entfernte, und setzte sich neben Kater auf das Sofa. Der hatte sich inzwischen auf den Rücken gedreht und schien völlig entspannt zu sein. Allein sein Anblick tat ihr gut. Sie hörte, wie Violett sich von Malkovich verabschiedete und sich dann wieder auf dem anderen Sofa niederließ.

„Mrs. Furler?"

Cate sah nicht auf, signalisierte aber, dass sie zuhörte.

„Ich weiß, dass Ihre Freundinnen heute mit Wheeler zusammen waren. Eine meiner Mitarbeiterinnen hat sie aus einer brenzligen Situation geholt, bevor der Typ aufdringlich werden konnte. Wheeler ist ein Idiot, aber ein Bär von einem Mann. Sagen Sie Ihren Freundinnen, dass sie auf gar keinen Fall mit ihm nach Hause zu gehen sollen. Sie würden sich damit in große Gefahr bringen."

Cate stand auf. „Okay, Chief. Wir wissen, was wir tun. Und Sie tun, was *Sie* tun müssen."

Sie ging zur Tür und öffnete sie. Gilian, Dale und Officer Sparks standen immer noch im Flur und sahen sie mit großen Augen an.

„Ist alles in Ordnung?", fragte Dale fürsorglich.

„Ja, alles in Ordnung. Chief Spencer war nur besorgt um meinen Rochen. Aber der schwimmt munter im offenen Ozean. Alles in Ordnung, oder Chief?"

Violett Spencer ging an ihr vorbei. „Alles in Ordnung. Ich wünsche den Damen einen guten Abend."

Sie winkte Sparks zum Gehen hinter sich her und verließ das Haus. Die drei Frauen hörten, wie der Kies unter den Reifen knirschte, als der Wagen der beiden Polizisten das Grundstück verließ.

Chip öffnete verstohlen die Tür zum Flur. „Sie sind weg?"

Die drei nickten.

„Ich habe etwas gefunden." Er trug das Laptop wie ein Baby zum Küchentresen und setzte es behutsam ab. „Guckt mal."

Der Bildschirm flimmerte, dann wurde das Bild scharf. Es war ein Foto von Sebastian Smith in jüngeren Jahren mit einer blonden Frau im Arm.

„Das Foto ist schon ein paar Jahre alt. Aber die da", er zeigte auf die blonde Frau, die Smith mit hinreißendem Lächeln anschmachtete, „ist Joanne Portland's Tante. Sie war von 2005 bis 2007 ziemlich häufig an der Seite von Smith zu sehen. Übrigens stammt die Familie Portland aus Montauk."

„Du meinst, Jeffrey kam über Portland an die Birds ran?", fragte Cate.

Chip zuckte mit den Achseln. „Keine Ahnung, aber es ist schon bemerkenswert, oder?"

Gilian zog ihre Augenbrauen bedenklich hoch. „Das ist so absurd, dass es schon wieder Sinn machen könnte."

„Unfassbar", stieß Dale hervor.

Chip sah in die Gesichter, die über seine Schulter auf den Bildschirm starrten. „Ja, oder? Das ist echt skurril. Ich bleibe dran. Aber jetzt brauche ich eine Pause. Was machen wir heute Abend?" Er schaffte ein echtes und aufmunterndes Lächeln. „Wollen wir zu Linda? Heute ist Karaoke."

Cate sah ihn überrascht an. „Wirklich? Willst du dich nicht lieber in Ruhe auf morgen vorbereiten? Das wird sicher ..."

„Gerade deswegen", fiel er Cate entschlossen ins Wort. „Wenn schon, dann mit einem Lächeln sterben. Nach einem Abend mit drei schönen Frauen bei Linda."

„Du stirbst nicht", gab Cate sofort zurück, legte ihre Hand auf seine Schulter und nickte. „Okay, wenn du wirklich ausgehen möchtest, dann machen wir das. Du hast heute mehr als einen Wunsch frei."

Chip grinste.

Wenig später bereiteten sich Cate und Gilian in Cate's Ankleidetrakt auf den Abend vor. Gilian saß vor dem Schminkspiegel und zog sich ihre Lippen nach.

„Was wollte Chief Spencer wirklich?"

„Sie wollte uns warnen", meinte Cate, während sie sich mit nachdenklichem Blick umzog. „Sie meint, dass unsere Aktionen zu riskant sind ... Das sind sie ja auch."

Gilian sah ihre Freundin im Spiegel an. „Sag mal, ist es überhaupt okay für dich, wenn wir uns gleich unter die Leute mischen?"

Cate atmete tief durch und zog sich ein schmales Shirt über. „Es geht um Chip. Wenn er unbedingt ausgehen möchte, dann machen wir es."

„Okay ...", gab Gilian lang gezogen von sich und wechselte schnell das Thema. „Dale war übrigens vorhin in Höchstform."

Cate nickte. „Sie ist im Moment ziemlich angriffslustig. Hat wahrscheinlich mit eurer Mission zu tun."

„Ich glaube, sie hat noch eine ganz andere Mission im Blick." Gilian erhob sich und ging ins Schlafzimmer. „Sie ist eine schöne Frau, Cate. Fällt dir das eigentlich auf?", fragte sie beiläufig aus dem Nebenraum.

Cate überprüfte ihr dezentes Make-up und parfümierte sich etwas ein.

„Gilian, ehrlich? Wenn mir irgendwann Quasimodo über den Weg läuft, und er wäre ein guter Kerl, dann wäre das der perfekte Typ für mich. Ich unterscheide nämlich nicht zwischen innerer und äußerer Schönheit."

Gilian lehnte sich in den Türrahmen und lächelte leicht. „Dale ist innen und außen schön." Sie zwinkerte Cate zu.

„Gilian, ich bin nicht blind. Und blöd bin ich auch nicht", erwiderte Cate mit einem leichten Kopfschütteln. „Also hör bitte mit deinen Kuppelversuchen auf. Daraus wird nichts."

Gilian zuckte unmerklich mit den Schultern und grinste.

Sag Harbor

Das *Linda's* war brechend voll. Cate, Gilian, Dale und Chip drängten sich zwischen den Gästen durch an die Bar. Als Linda Cate erblickte, verließ sie sofort ihren angestammten Platz und ging mit zögerlichen Schritten und ungläubigem Lächeln auf sie zu.

„Mrs. Furler! Ich glaube das nicht", flüsterte die gestandene Gastronomin ehrfürchtig und reichte Cate die Hand. „Sie ahnen gar nicht, wie sehr ich mir immer gewünscht habe, Sie persönlich kennenzulernen! Ich liebe Sie und Ihre Bücher", sagte Linda ergriffen.

„Danke!", presste Cate hervor und bemühte sich zu lächeln.

„Unglaublich, dass Sie uns beehren!" Schnell ließ Linda Cate's Hand los und flüsterte verschwörerisch: „Ich verrate niemanden, wer Sie sind, Mrs. Furler. Aber ... danke, für so viele wunderschöne Geschichten." Die Barchefin zwinkerte ihr zu und verschwand wieder hinter dem Tresen.

Gilian blickte ihre Freundin prüfend an. Sie spürte, dass Cate sich damit vertraut machen musste, von Fremden erkannt zu werden.

„Ein Glas Wein, Cate?"

Cate nickte und atmete tief durch. Dann sah sie Dale an, die sich mit wachem Blick neben sie gestellt hatte und ihr ein zuversichtliches Lächeln schenkte.

Meinen kleinen Aufmunterungsversuch quittierte Cate mit einem Schmunzeln. Ich konnte deutlich spüren, dass sie sich etwas unwohl fühlte, hier in Linda's Bar. Immerhin standen viele Menschen um uns herum, die Cate jetzt jederzeit erkennen konnten. So wie die resolute Barfrau gerade eben. Ich neigte mich ein wenig zu ihr, mein Mund berührte flüchtig ihr Ohr.

„Alles okay bei dir?"

„Alles ist gut, Dale. Lass uns den Abend genießen. Morgen wird es ungemütlich."

Mit diesen Worten folgte sie Gilian auf die Tanzfläche. Drei Frauen sangen gerade grandios einen Hit der Pointer Sisters. Als Cate weg war, ging Chip neben mir vor Anker. Seite an Seite sahen wir Cate und Gilian auf der Tanzfläche zu.

„Du musst dich trauen oder es bleiben lassen, Dale. Von allein kommt sie nicht auf dich. Sie hat ihren Kopf überall und nirgends. Sie sieht uns als Freunde. Sie kann gar nicht anders. Sie hat einen Tsunami erlebt. Hier an unserer Küste. Nicht nur schweren Wellengang, sondern zerstörerische Überflutung. Sie steht bis zum Hals im Wasser. Sie kann nichts als atmen. Sie atmet ein und aus. Uns sieht sie vielleicht als eine Art Rettungsring ... aber es wäre besser, einer oder *eine* von uns geht direkt zu ihr, nimmt sie in die Arme und zieht sie aus der Flut heraus. Mach *du* das, Dale. Sie hat zu viel Druck im Kopf." Aufmunternd klopfte er mir auf die Schulter.

„Ich weiß doch selbst nicht, wie ich fühle, Chip", druckste ich.

„Aber ich." Er schubste mich sanft nach vorn.

Jetzt ertönte *Try sleeping with a broken heart* von Alicia Keys aus den Lautsprechern. Das Licht wurde gedimmt. Die Karaoke-Sängerin war ziemlich gut. Die Paare auf der Tanzfläche rückten enger zusammen. Gilian winkte mich zu sich. Ich schob mich durch die Menge zu ihr, und Cate fing an zu tanzen. Als der Song zu Ende war, forderte das Publikum eine Zugabe, und es folgte *Empire State of mind.* Die Menge auf der Tanzfläche stimmte im Chor in den Gesang ein. Cate zog Gilian zu sich und umarmte sie.

Ich kämpfte mich an den Rand der Tanzfläche und lehnte mich an die Wand. Eigentlich wollte ich mir die bunt gemischten Tanzpaare ansehen und mich von der angenehmen Stimmung berieseln lassen. Aber ich konnte meine Augen nicht von Cate lösen. Ich beobachtete ihre fließenden Tanzbewegungen, bemerkte das minimale Lächeln, das ihren Mund noch schöner und weicher zeichnete, bewunderte ihre Eleganz, selbst wenn sie leicht stolperte – so wie jetzt gerade. Ihr Blick traf meinen. Lächelnd kam sie auf mich zu.

„Es ist fantastisch, welche Talente hier auftreten“, sagte sie zu mir, bemüht, den Geräuschpegel um uns herum zu übertreffen.

„Die meisten sind aus der Stadt, jobben hier als Kellner, Gärtner oder so“, erklärte ich und beugte mich beim Sprechen nah zu ihr herüber. Ihr Haar kitzelte meine Wange.

Gilian kam ebenfalls von der Tanzfläche und zupfte an Cate's Arm. „Da drüben steht eine Bekannte. Ich gehe sie begrüßen. Ihr kommt klar, meine Süßen?“

Cate nickte lächelnd und lehnte sich neben mich. Der nächste Song war John Legend's Ballade *All of me*.

„Zu langsam zum Tanzen“, sagte ich und linste zu ihr. Sie wirkte entspannter als noch vor wenigen Momenten. „Aber schön“, ergänzte ich und musste mich zwingen, nicht dauernd zu ihr zu sehen.

„Sehr schön sogar. Was macht Chip?“

Ich erblickte Chip, der immer noch an der Bar stand und sich mit einem alten Schulfreund unterhielt. Ich kannte den Typen ebenfalls. Er war genauso ein Computerfreak wie Chip.

„Er spricht mit einem alten Kumpel. Wahrscheinlich über die neuesten Hackertricks, um anderen heimlich an die schmutzige Wäsche zu gehen. Ich hole uns noch etwas zu trinken“, schlug ich vor und bahnte mir meinen Weg an eng umschlungen tanzenden Pärchen vorbei.

Ich lehnte mit dem Rücken an der Wand, ließ meinen Blick schweifen und genoss die Atmosphäre. Die Musik wirkte befreiend. Es war eine gute Idee gewesen, hierherzukommen. Ich konnte Gilian beobachten, die mit ihrer Bekannten die Köpfe zusammensteckte und immer wieder lachend deren Schulter ergriff. Chip, der angeregt diskutierte. Ich sah Dale, die zwei Gläser durch die Menge manövrierte und sich dabei ziemlich geschickt anstellte. Bei mir angekommen, reichte sie mir das Weinglas mit viel Eis und grinste.

„Habe während des Studiums viel gekellnert. Zahlt sich aus.“

„Sah sehr elegant aus“, lächelte ich sie an, als sich ein groß gewachsener Mann mit Hipster-Bart zu uns gesellte.

„Ich bin Justin“, stellte er sich vor und streckte mir die Hand entgegen. „Du bist Cate Furler, stimmt's? Ich habe dich schon beim Reinkommen erkannt. Geniale Bücher übrigens“, er lächelte mich erwartungsvoll an.

Es hätte mich nicht mehr überraschen sollen, dass Menschen mich erkannten, dennoch war ich war irritiert und antwortete nicht. Stattdessen sprang Dale für mich ein.

„Ich bin Dale“, sagte sie schnell.

„Schön, euch kennenzulernen. Wenn ich meiner Ex-Frau erzähle, dass ich Steen persönlich getroffen habe, wird sie ziemlich neidisch sein. Sie verschlingt deine Bücher.“ Er strahlte mich an. „Genau wie ich. Ich muss gestehen, dass ich immer traurig bin, wenn ein Buch von dir zu Ende geht. Ich lese es dann oft seitenweise, um das Ende hinauszuzögern.“

„Danke für das Kompliment“, gab ich zögernd zurück.

Dale stellte sich jetzt ganz dicht neben mich. Ihre Fingerspitzen berührten meinen Handrücken.

Ein neuer Song erklang. *Happy* von Pharrell Williams. Justin fasste vorsichtig nach meinem Arm.

„Würdest du mir die große Ehre erweisen und mit mir tanzen?“

„Ein andermal“, sagte ich und zog meinen Arm zurück.

Justin nickte und verschwand auf der Tanzfläche.

Ich schaute ihm nach. „Ich kann mir nicht vorstellen, einen Mann mit Vollbart zu küssen“, sagte ich, um ein wenig von meiner Verlegenheit abzulenken.

Dale lachte mich direkt an. „Musst du ja auch nicht.“

Ich erhob mein Glas und stieß mit ihr an. „Manchmal glaube ich, dass Gilian's Einfluss dir nicht guttut“, sagte ich und stupste sie lächelnd an.

„Wieso? Was meinst du?“ Dale neigte den Kopf. „Es ist ja nicht nur

Gilian, die viel Neues in mein Leben bringt. Vielleicht ist es ja auch *dein* Einfluss. Und *deine* Nähe?" Sie schenkte mir ein strahlendes Lächeln.

Ich wandte meinen Blick von ihr ab und überlegte, was ich darauf erwidern sollte.

„Ich empfinde dich als meinen persönlichen Tornado", sagte ich schließlich und gab mir nicht viel Mühe, dass sie mich bei dem Gräuschpegel verstehen konnte.

Aber Dale verstand meine Worte. „Warum ein Tornado?"

„Du hast hautnah mitbekommen, wie mein Leben zerbrochen ist. Für mich gibt es seitdem ein Leben davor und eins danach. Du aber bist ein Teil beider Leben. Das verwirrt mich manchmal ..." Ich unterbrach mich und gestand dann: „Nein, ehrlich gesagt verwirrt es mich oft."

„Darf ich etwas dazu sagen?"

Ich hielt ihr sanft den Mund zu, spürte, dass ihr Einwand meine Gefühle heftig aus der ohnehin nicht sonderlich stabilen Balance bringen konnte.

„Nein. Lieber nicht. Ich muss so eine Verwirrung in mir selbst nachhören. Wenn ich sie nicht verstehe, dann bringt es mir nichts, dass du sie mir erklärst", sagte ich und sah Dale in die Augen. „Ist das okay für dich? Ich bin nicht kompliziert. Ich klinge nur manchmal so."

Dale unterdrückte ihre Worte, trank das Bier und starrte in die Menge.

„Das hast du bei unserem ersten Spaziergang am Strand vor ein paar Tagen genauso gemacht", stellte ich fest und knuffte sie in die Seite.

„Was?"

„Nichts gesagt, aber mir gezeigt, dass du eine Fülle von Worten hättest, die du für mich unterdrückst. Du hast genauso geschaut ... Als würdest du deine Worte schlucken."

Ich sah Cate unumwunden an. Ich musste jetzt etwas dazu sagen, meine Gefühle drohten mich zu ersticken.

„Ich bin kein Tornado, Cate. Ich würde mit dir gerne über vieles reden. Aber es bleibt keine Zeit. Es ist so, als würde man sich auf einem Minenfeld kennenlernen. Unsere gemeinsame Mission steht an erster Stelle, ich weiß. Aber es gibt noch so viel mehr darüber hinaus. Gefühle, Gedanken. Und ich kann nicht darüber sprechen. Traue mich nicht recht oder finde nicht den passenden Moment …" Ich holte tief Luft. „Ich *möchte* dir aber erklären, was mich bewegt. Mich antreibt. Damals, als ich dir nicht alles gesagt habe, was ich wusste ... Es ist derselbe Antrieb wie heute. Ich wollte dich nicht verletzen. Ich fand, ich hatte nicht das Recht dazu. Und heute ist es genauso. Ich möchte, dass es dir gut geht. Besser geht. *Das* wollte ich damals. Das will ich jetzt! Mir liegt unglaublich viel an dir, Cate."

Cate stellte ihr Glas auf einen Tisch neben sich und nahm mein Gesicht in beide Hände.

„Es geht nicht nur um mich, Dale. Auch du musst deine innere Balance wiederfinden. Wir kämpfen hier zusammen. Jeder ist gleich viel wert. Jeder hat seine Schrammen und Wunden. Du hast recht, wenn du reden musst, dann tu es besser. Es war falsch, dich daran zu hindern. Sag, was du denkst oder fühlst. Entschuldige, wenn ich versucht habe, dich davon abzuhalten. Es tut mir leid."

Sie nahm mich in ihre Arme. Ich erwiderte die Umarmung und sog Cate's Duft ein. Ich spürte ihren Körper an meinem und wusste, dass ich ab jetzt besser nichts mehr zu meinen Gefühlen sagen sollte. Diese verrückte Verliebtheit hatte mich komplett vernebelt. Wir waren einfach nur Freunde. *Das* war es, was Cate für mich empfand. Sie zeigte es mir mit der Art, wie sie mich in den Armen hielt.

„Lass uns tanzen", schlug ich desillusioniert vor und zog sie umso energischer mit mir auf die Tanzfläche.

Durch die Lautsprecher dröhnte *Just can't get enough* von den Black Eyed Peas. Nachdem wir eine Weile getanzt hatten, bewegte sich

Gilian's Bekannte, eine attraktive Frau aus Manhattan mit perfektem Kurzhaarschnitt, immer mehr in meine Nähe und drängte mich schließlich ganz von den anderen ab. Dann legte sie ihre Hände auf meine Hüften und hauchte mir ins Ohr: „Ich bin Allison. Du bist eine Freundin von Gilian?"

„Und Cate."

Allison lächelte mich breit an. „Und Cate. Natürlich. Schöne Frau, diese Schriftstellerin. Gilian hat sie immer vor uns allen geheim gehalten. Und dich auch. Noch ein Bier?"

Ich sah verzagt zu Cate und Gilian. „Ja, warum nicht."

Wir gingen zur Bar. Allison bestellte zwei Bier und drehte sich lässig zu mir. „Du bist von hier?" Sie reichte mir die Flasche. „Schönes Leben hier, wo andere Leute Urlaub machen, oder?"

Ich hörte ihre Worte, aber meine Augen fixierten immer noch Cate. Ich konnte meinen Blick nicht von ihr abwenden. Plötzlich ergriff Allison mein Kinn und drehte mein Gesicht zu sich.

„Du solltest dich auf das konzentrieren, was vor dir steht, und nicht auf das, was in der Ferne liegt", sagte sie und prostete mir mit einem selbstbewussten Grinsen zu.

„Du hast recht." Ich wandte mich ihr zu und spürte das Bier in allen Gliedern.

Allison sah mich sehr interessiert an. „Unglaublich, was für ein wunderschönes Karma eine Frau von dieser Insel haben kann."

Sie fixierte mich mit ihrem Blick, sezierte mich fast. Sie war wirklich schön, und langsam begann ich zu begreifen, was sie von mir wollte. Leicht überfordert drehte ich mich von ihr weg und suchte erneut Cate auf der Tanzfläche.

„Hatten wir uns nicht gerade auf etwas geeinigt?", fragte sie und strich mir sanft eine Strähne aus dem Gesicht. „Gilian hat erzählt, dass du eine ziemlich kluge Frau bist. Und dich mit elektrischen Leitungen auskennst. Ich könnte eine Fachfrau in meiner Galerie gut gebrauchen. Nimmst du auch Aufträge in der Stadt an?"

„Warum nicht? Was hast du denn für ein Problem?"

Allison zog meinen Kopf wieder zu sich. „Im Augenblick, dass du dich nicht auf mich konzentrieren kannst."

Ich erwiderte ihren Blick. „Flirtest du mit mir?"

Allison lachte tief. „Ich bemühe mich. Aber du hast deine Augen woanders. Lass sie doch tanzen. Sie guckt nicht einmal."

„Wir sind Freunde. Sonst nichts", murrte ich leise.

„Wenn keine wartet, dann nimm dir, was sich bietet", sagte Allison und kam mit ihrem Mund ganz nah an mein Ohr. „Ich habe ein schönes Haus hier draußen. In East Hampton. Einen Kühlschrank, in dem auch Bier steht, und ich bin solo. Das können die wenigsten hier von sich sagen", raunte sie und küsste mich auf den Mund.

Ich ließ es zu. Spürte ihre Zunge, die fordernd meinen Mund eroberte. Doch dann drückte ich sie sanft von mir weg.

Ich konnte das nicht.

Ich sah mich auf der Tanzfläche um. Wo war Dale eigentlich? Suchend sah ich zur Theke und entdeckte sie dort. Sie stand sehr eng bei dieser Allison. Plötzlich küssten sie sich. Perplex stieß ich Gilian gegen den Arm.

„Was soll das denn jetzt?"

Gilian sah beiläufig zu Allison und Dale. „Die nimmt dir dein Mädchen weg."

„Nicht ihr Ernst, oder?"

Ich verließ die Tanzfläche, bahnte mir den Weg zur Bar und tippte Dale auf die Schulter. Dale drehte sich sehr langsam zu mir um.

„Dale, ich weiß, was du mir deutlich machen willst. Ich würde auch gerne vieles ausprobieren, aber es ist ein ziemlich dummer Zeitpunkt. Mach *das* jetzt nicht." Ich deutete mit einer knappen Bewegung auf Allison. „Man kann sich in einen Schlamassel nicht nur rein-, sondern auch wieder rausmanövrieren."

„Verstehst du selbst, was du sagst? Ich nämlich nicht!“, gab Dale zurück und sah mich mit zusammengekniffenen Augen an.

„Ich verstehe, dass du gerade im Begriff bist, Blödsinn zu machen“, sagte ich und ergriff Dale’s Schultern.

Wir waren Atlantikwellen, die sich gegenseitig aufpeitschten. Chip, der die Szene im Augenwinkel mitbekam, sah beunruhigt auf.

„Und ich verstehe, dass du glaubst, dich in mich zu verlieben“, fuhr ich fort. „Aber du kennst mich nicht. Rede dir nicht so einen Unsinn ein! Es ist total absurd!“

„Warum?“, fragte Chip von der Seite.

„Weil ...“ Ich musste mich schütteln. „Weil es so ist! Verdammt noch mal!“

Dale zog mich zu sich heran und sah mir tief in die Augen. „Du hast gesagt, ich kann reden, auch wenn du es nicht hören willst, oder?“

Ich nickte zaghaft.

„Dann sage ich dir jetzt eins: Es wäre gut, wenn du mich ernst nimmst. Ich fühle mich zu dir hingezogen. Ich weiß nicht, woher das kommt, aber es ist da, dieses Gefühl, dieses Schwirren im Hirn, wenn du in meiner Nähe bist. Diese Sehnsucht nach einer Berührung von dir, und sei sie noch so klein. Ich *muss* das verstehen. Vielleicht sollte ich mit der anderen mitgehen. Nicht, weil ich dich provozieren will, sondern weil ich wissen will, wo ich lande, wenn mich diese Verwirrung loslässt. Ich bin ein Desaster. So geht das nicht weiter. Oder würdest *du* mich küssen, Cate?“

Ich sah sie mit großen Augen an ...

„Okay“, sagte ich und wandte mich von Cate ab.

Keine Rettung bei tobender See. Dann eben nicht. War sowieso zu harter Seegang für eine versöhnliche Geste. Zu viel Brausen in meinem Kopf. Das Ende der Welt fühlte sich nah an. Näher als die Hände, die mich griffen und umdrehten, und näher als Cate’s

Lippen, die ich plötzlich sanft auf meinem Mund spürte. Ihr Kuss drängte sich nur langsam in mein Bewusstsein. Ihre Hände, die meinen Körper hielten und zu sich zogen. Ihre Wärme, die mich wie eine heiße Welle durchflutete und meine Beine zum Wanken brachte.

Cate küsste mich. Intensiv und liebevoll zugleich. Keine ihrer Berührungen war überhitzt. Alles fühlte sich genau richtig an. Ich griff nach ihrer Hüfte, zog sie näher zu mir. Wir füllten den zerbrechlichen Raum zwischen uns, hielten uns eng umschlungen. Ihre Hände tasten sich sinnlich und ungewohnt zart unter mein Shirt. Meine Muskeln spannten sich unter ihren Berührungen an, mein ganzer Körper schrie nach ihr.

Plötzlich fühlte ich ein heftiges Klopfen auf meiner Schulter. Es war Gilian. Wie in Trance lösten sich unsere Lippen voneinander.

„Ich störe nur ungern", grinste Gilian uns an. „Aber ein paar Leute gucken etwas überrascht", flüsterte sie uns zu.

Ich spürte nur Cate's Hand, die meine fest umschlossen hielt.

Gilian zwinkerte Allison zu. „So kann es ausgehen, wenn man Atlantikmädchen ihren freien Lauf lässt. Ihre Wellen sind nicht zu bremsen. Gegen diese Brandung kann man nichts tun."

„Aber du hast doch gesagt, dass die Schriftstellerin nichts von ihr will", hörte ich Allison noch sagen.

Gilian zog uns aus der Bar hinaus. Chip folgte uns sofort. Das Auto erreichten wir, ohne ein Wort zu sprechen. Gilian klappte den Fahrersitz nach vorn, Cate und ich kletterten mit eingezogenen Köpfen in den Wagen und setzten uns völlig weggetreten nebeneinander. Mein Herz hämmerte so heftig, dass ich fürchtete, im schönsten Augenblick meines Lebens einen Infarkt zu bekommen. Der aber blieb aus. Cate griff nach meiner Hand und verschränkte ihre Finger mit meinen. Es fühlte sich wundervoll an.

Chip drehte sich vom Beifahrersitz sich zu uns um. „Alles okay?"

„Alles okay", gab Cate fast flüsternd zurück.

Gilian schaute uns durch den Rückspiegel an. „Jetzt habt ihr selbst mich überrascht. Wird wohl morgen ein bisschen Gequatsche auf der Insel geben.“ Sie lachte tief und aufmunternd.

„Ist mir egal“, sagte Cate und bemühte sich, ihre Stimme fest klingen zu lassen. „Diesmal stimmt das Gerede wenigstens.“

* * *

Gilian fädelte gewagt auf die 27 ein. Cate sah stumm zu Dale hinüber, und ihre Blicke trafen sich. Fragend, verunsichert und aufgewühlt. Lässig bog Gilian links in die Cobb Road ein, und kurze Zeit später stand der Jeep vor der Haustür in der Holly Lane. Gilian stellte den Motor ab, glitt vom Fahrersitz und ließ Dale und Cate aussteigen.

Cate schloss die Haustür auf und verschwand mit ihrem Kater in der Küche. Dale sah ihr nach. Chip und Gilian verharrten neben ihr in der Einfahrt. Durch das Küchenfenster konnte Dale sehen, wie Cate Kater Futter zubereitete und dann den Raum verließ.

„Ich hätte sie nicht überreden sollen“, sagte Dale leise. „Ich habe sie unter Druck gesetzt. Noch mehr Druck. Deswegen hat sie mich geküsst.“

„Also, der Kuss sah nicht nach Überredung aus! Keine Ahnung, was für ein Balken dir gerade die letzte Gehirnzelle vernagelt, Dale, aber das schien sehr hingebungsvoll zu sein“, entgegnete Chip.

„Das war der perfekte Kuss, der dir den Boden unter den Füßen wegzieht. Hör auf, dich zu fragen, ob Cate es nicht genau *so* wollte. Sie wollte es genau so. Intensiv und leidenschaftlich. Sie hat es erwischt“, gab Gilian zufrieden von sich.

Dale schüttelte kraftlos den Kopf. „Wo ist sie denn jetzt überhaupt?“, fragte sie, als sie in die menschenleere Küche kamen. Nur Kater schaute zufrieden von seinem Napf auf.

„Sie ist bestimmt draußen und raucht“, mutmaßte Gilian.

Dale blickte auf die Terrasse. Cate saß mit angezogenen Beinen auf einem Stuhl, den Blick in den Garten gerichtet. Die Zigarette hatte sie in der einen, das Weinglas in der anderen Hand.

„Sie sieht nicht glücklich aus“, sagte Dale.

„So guckt sie auch, wenn ihr ein genialer Roman gelungen ist.“ Gilian schob Dale in Richtung der Terrassentür. „Geh da raus, nimm die Kraft des Atlantiks, und lass diese Frau in deinen Wellen treiben.“

Dale ging zögernd durch die Tür. Die Hände in den Hosentaschen vergraben, hockte sie sich vor Cate hin. „Ist alles okay?“

Cate sah ihren Rauchkringeln hinterher und nickte.

„Geht es dir gut?“, versuchte es Dale erneut.

„Ich habe noch nie ein so intensives Gefühl bei einem Kuss gehabt, Dale. Noch nie. Und ich frage mich gerade, was der Grund dafür ist. Die Hektik? Das Neue? Die Orientierungslosigkeit, die mich seit Wochen quält? Woher kommt das?“ Sie sah Dale kurz an. „Ich habe noch nie solch eine Verwirrung gespürt. Ich verstehe mich gerade selbst nicht mehr. Bin ich so … ich weiß nicht, wie ich sagen soll. Mein Gott, mein Kopf platzt. Morgen begibt sich Chip meinetwegen in Gefahr, und ich habe eine Identitätskrise.“ Wieder folgte ihr Blick dem Zigarettenrauch.

Dale nahm eine Hand aus der Hosentasche und streckte sie ihr entgegen. Cate stellte das Weinglas ab und ergriff sie.

„Chip geht es gut. Er freut sich für uns“, meinte Dale zaghaft.

„Er freut sich? Und du? Wie geht es dir?“

Dale atmete tief durch. „Ich bin, seitdem ich dich kenne, total verändert. Du beschlagnahmst meinen Verstand, mein Herz. Ich habe mich noch nicht einmal getraut, daran zu denken, ob du das überhaupt wahrnimmst.“ Sie hielt sich kurz die Hand vor ihr Gesicht. „Ich hätte niemals gedacht, dass du mich küssen würdest. Ich bin völlig durcheinander. Ich habe nicht damit gerechnet, nicht mit *dir* gerechnet.“

Cate beugte sich leicht vor. „Du hast aber dein Bestes gegeben, um eine immerhin noch verheiratete Frau dazu zu bringen, dich zu küssen.“ Ihre grauen Augen sahen Dale intensiv an.

„Ich wollte dich nicht in Schwierigkeiten bringen, Cate“, sagte Dale leise.

„Nein, das wolltest du nie. Aber du tust es ständig, du besorgte Elektrikerin.“ Cate zog sie etwas näher zu sich heran. „Also lassen wir das mit dem Küssen, bis sich der Nebel um uns herum etwas lichtet. In Ordnung?“

Dale lächelte sie an. „Ich kann es nicht versprechen. Du bist unwiderstehlich, Cate Furler. Ich hätte auch lieber eine einfache Lösung. Aber du hast mich so in deinen Bann gezogen, dass ich nicht mehr anders fühlen und denken kann.“

Cate beugte sich zu ihr vor und küsste sie sanft auf den Mund.

Dale blieb mit geschlossenen Augen vor ihr sitzen. „Ich traue mich nicht aufzustehen. Ich habe Angst, dass ich erwache, und es ist alles nur ein Traum.“

Cate zog sie lachend an den Schultern hoch und nahm sie in den Arm.

Zu der Freundschaft, die Dale noch vor Stunden ausschließlich zu spüren glaubte, gesellte sich eine tiefe Wärme, ein Gefühl von Nähe und Begehren, das neu war zwischen ihnen. Dale folgte Cate mit weichen Knien ins Wohnzimmer, wo Gilian und Chip sie mit erwartungsvollen Gesichtern anschauten.

Cate versuchte ein Grinsen. „Was?“

„Wir haben uns nur gerade gefragt, wie die Wellen brechen?“, fragte Gilian erstaunlich schüchtern. „Alles okay bei euch?“

„Bei uns ist alles gut, du Kupplerin“, antwortete Cate.

Gilian schwang sich kraftvoll vom Sofa. „Okay, ihr Verliebten, ich hole meine Sachen und ziehe ins Gästezimmer um.“

Sie war schon fast an Cate’s Schlafzimmertür, als Dale sie zurückrief. „Nein, Gilian, ich bleibe im Gästezimmer. Ist besser so.“

Gilian sah fragend von ihr zu Cate, die sich in Ruhe ihre Schuhe auszog und es sich auf dem Sofa gemütlich machte. „Wirklich?“, fragte sie verdutzt.

„Wirklich“, antwortete Dale, ging zu Cate und gab ihr einen Kuss auf die Wange.

„Schlaf gut“, flüsterte Cate.

„Werde ich“, sagte Dale mit einem Lächeln.

24. Juni 2016

Ich zählte nicht, zum wievielten Mal ich in dieser Nacht auf meinen Wecker starrte. Endlich war es eine annehmbare Zeit, das schlaflose Hin-und-herwälzen zu beenden. 5.30 Uhr – genauso wenig normal wie so ziemlich alles, was um mich herum, mit mir und in mir geschah in diesen vergangenen Wochen und Monaten.

Ich schob vorsichtig die Decke beiseite, um Gilian nicht aufzuwecken. Sie hatte lange genug mit mir ausgeharrt, nachdem wir uns gegen 1 Uhr ins Bett gelegt hatten. Aus Fürsorge, wie sie meinte, allerdings gepaart mit einer großen Prise Neugier, hatte sie neben mir im Bett gesessen und mich unermüdlich mit Fragen gelöchert.

„Du solltest diese Zeit und das, was Dale an Neuem in dein Leben bringt, genießen, Cate", hatte sie gesagt.

Gilian war so glücklich über das, was sich zwischen Dale und mir entwickelte, und schien darüber zu vergessen, dass ich mich bisher noch nie zu Frauen hingezogen gefühlt hatte. Natürlich gab es Freundinnen in meinem Leben, zu denen ich tiefe freundschaftliche Gefühle hegte, denen ich gern zuhörte, die ich tröstete oder die mir Trost zusprachen, wenn es nötig war. Und natürlich fand ich Frauen schön, brillant und besser geeignet, die Weltherrschaft an sich zu reißen, als Männer. Frauen oder Katzen – das war mir egal, Hauptsache nicht *nur* Männer. Es gab in meinen Büchern auch viel mehr Romanheldinnen als männliche Hauptfiguren. Aber ich hatte mich noch nie in eine Frau verliebt, mich geistig und körperlich so zu ihr hingezogen gefühlt wie zu diesem außergewöhnlichen Menschen, der nur einige Meter von mir entfernt in meinem Haus schlief.

Oder vielleicht auch nicht schlafen konnte.

Nur wenige Schritte trennten uns. Ich ertappte mich in dieser Nacht oft dabei, diese Distanz zwischen uns überwinden zu wollen, zu ihr ins Bett zu klettern und ihre Wärme, ihren Herzschlag und ihre Haut zu spüren. Ich wagte es nicht. Es waren zwar nur *wenige* Schritte, dafür aber riesige und komplizierte Schritte, die mein Leben gehörig ins Wanken bringen würden. Schritte, die mir eine völlig fremde Sicht auf mich selbst auferlegen würden. Schwierige Schritte. Jeder einzelne von ihnen. Der Erste und dann alle, die ihm folgten. Deshalb hatte ich versucht, gegen Gilian's Enthusiasmus und auch meine eigenen Gefühle anzukämpfen. Ich hatte schon so viele Neuerungen in meinem Leben in so kurzer Zeit ertragen müssen, dass mir diese eine, diese größte Neuerung, *zu* groß erschien. Ich konnte nicht alles auf einmal verarbeiten. Deshalb konnte ich diese wenigen Schritte zu Dale nicht gehen.

Stattdessen ging ich um 5.50 Uhr in die Küche und suchte nach einem Stadtplan unserer Insel. Selbst Kater schlief um diese Uhrzeit noch. Er lag im Esszimmer auf dem kleinen Tisch, gähnte mich kurz an und drehte mir dann den Rücken zu. So hätte es mir mit Dale auch gehen können. *Ach, du bist es …* gähnen, umdrehen, weiterschlafen. Es war gut, dass ich es nicht probiert hatte.

Ich faltete den Plan auseinander und sah mir Montauk genauer an. Das Hauptquartier der Flying Birds lag am Lake Montauk in dem Gebiet zwischen dem Stadtkern, der offen und herzlich zu Touristen und vor allem Surfern war, und dem Montauk Yacht Club. Dort gab es viele Gewerbebetriebe. Steinmetze, Tischler, Dachdecker, Elektriker und alle möglichen anderen Handwerker hatten sich in den letzten Jahrzehnten dort angesiedelt. Alles ehrbare Leute – bis auf die schrägen Vögel, die eine stillgelegte Stahlfabrik gekauft und dort mehrere Hallen hochgezogen hatten, um ihren dubiosen Geschäften nachzugehen. Ich wollte mir den Weg dorthin genau einprägen, denn ich würde Chip später dort absetzen. Ich rechnete nicht damit, dass der neue Mietwagen ein Navi haben würde. Wieder so eine Gurke. Aber das war mir recht. Ich kritzelte die Namen der Straßen und Abbiegungen, die ich nehmen würde, auf einen Notizblock. Chip sollte sich damit nicht beschäftigen. Er hatte eine gefährliche Mission vor sich, und ich wollte seine Konzentration nicht stören. Er brauchte eine verlässliche Fahrerin.

Ich markierte den Weg ab dem Zentrum von Montauk zusätzlich in der Karte und fuhr ihn mit dem Finger nach. Dann schloss ich die Augen und ging ihn in Gedanken durch. Nach einer Weile war ich mir sicher, dass ich den Weg zu den Rockern blind schaffen würde.

Ich sah zu Kater ins Esszimmer. Er lag lang ausgestreckt auf der Seite und atmete tief und lautlos. Nur sein Brustkorb hob und senkte sich in einem ruhigen Takt. Warum der Kerl immer auf einem harten Untergrund schlafen musste, blieb sein Geheimnis. Er hätte so viele von mir liebevoll gestaltete Plätze benutzen können. Ich hatte ihm Kissen drapiert, Decken zusammengelegt, meine Jacken geopfert, Thermounterlagen im Garten platziert, aber er quittierte meine Bemühungen nur mit höflicher Ablehnung. Stattdessen schlief er auf dem Fußboden, auf dem Tisch, auf der Bank, auf dem Tresen. Nur vor drei Nächten, als er zu mir und Dale ins Bett geklettert kam, war er geblieben. Das war wie ein kleines Wunder. Als wollte er seiner neuen Freundin im Kampf gegen Übelkeit und Kopfschmerz beistehen. Vielleicht wollte er mir auch zeigen, dass dieser Mensch für ihn angenehm in meinem Bett war. Ich fing schon wieder an, mir dummes Zeug einzureden. Kater hatte sicherlich nicht die Partnerauswahl für mich übernommen.

Ich sah zu ihm. Sein Schwanz zuckte aufgeregt. Und wenn doch?

Blödsinn.

Ich ging noch einmal die Route im Kopf durch. Da hörte ich hinter mir das Tapsen von nackten Füßen auf dem Fußboden.

„Kannst du auch nicht schlafen?“, fragte ich Dale, ohne mich umzudrehen.

Sie kam langsam näher, schmiegte ihren Körper nah an meinen und sah über meine Schulter. „Das Hauptquartier der Birds?"

„Ja." Ich bemühte mich, ruhig zu atmen, aber mein Herz klopfte wild.

Dale umarmte mich, presste ihr Gesicht in mein Haar und sog tief die Luft ein. „Ich habe Durst. Konnte heute Nacht kaum ein Auge zumachen. Ich habe die ganze Zeit an dich gedacht."

Ihre Nähe, ihr Geruch erfüllte mich mit Begehren. Ich wand mich schnell aus ihrer Umarmung, ging zum Kühlschrank, goss ihr ein Glas Wasser ein und reichte es ihr über den Küchentresen.

Sie setzte sich müde auf einen Barhocker und gähnte hinter vorgehaltener Hand. „Bist du schon lange wach?"

„Ich habe gar nicht geschlafen, glaube ich."

Sie nickte und stützte dabei ihren Kopf auf ihre Hände. Dann traf mich wieder ihr Blick. Ihre klaren Augen, die so geradlinig und streng sein konnten. Jetzt waren sie bezaubernd bereichert um eine verschlafene Nuance.

Plötzlich sprang Kater vor ihr auf den Tresen und rammte seinen Kopf gegen ihre Stirn.

„Hallo, mein Kleiner. Hast denn wenigstens du gut geschlafen, wenn schon Cate wegen einer Elektrikerin kein Auge zubekommt?"

Sie strahlte mich über seinen Rücken hinweg an. Meinem Herz versetzte ihr Blick einen heftigen Stich. Ich holte sein Futter aus dem Schrank und füllte etwas davon in seinen Napf. Wenigstens hatte ich dadurch sofort wieder seine Aufmerksamkeit. Er gab auch mir eine liebevolle Kopfnuss und ließ mit dieser kleinen Geste meine Verunsicherung, zu der Kater gar nichts konnte, verschwinden. Es war *sie,* die mich verunsicherte. Ihre pure und unbewusst sinnliche Anwesenheit.

Dale stand auf und reckte sich. Und verdammt, ich erwischte mich zum ersten Mal dabei, einer Frau bewusst und mit ganz neuen Gefühlen auf die Brüste zu sehen.

„Soll ich uns Kaffee machen?“, fragte ich schnell, ging zur Kaffeemaschine, füllte Wasser nach und versuchte, ruhig durchzuatmen. Sie aber kam zu mir, stellte sich hinter mich, schlang zärtlich ihre Arme um meine Taille und legte sanft ihren Kopf an meine Schulter.

„Wollen wir zum Strand fahren und uns den Sonnenaufgang ansehen, bevor wir den Mietwagen abholen?“, fragte Dale seufzend.

Die Kaffeemaschine brodelte.

„Du bist romantisch“, brachte ich leise hervor.

Dale stellte sich neben mich und blickte mich lächelnd an.

„Ich bin so romantisch, dass ich von einem Typen, mit dem ich mich drei Wochen lang getroffen habe, noch nicht einmal den Namen wissen wollte.“ Sie zuckte grinsend die Schultern.

„Und was macht man drei Wochen lang mit einem Typen, dessen Namen man nicht kennt? Nein …“, unterbrach ich mich selbst und hielt mir die Ohren zu, „… will ich gar nicht wissen.“

Sie strich mir ein paar Haarsträhnen aus dem Gesicht. „Das ist Vergangenheit.“

Ich war meiner Kaffeemaschine noch nie so dankbar, dass der Kaffee so schnell durchlief. Unbeholfen fischte ich Tassen aus dem Schrank und schenkte uns ein. Was Dale's Nähe in mir auslöste, fühlte sich an wie ein glatter Verstoß gegen all die guten Vorsätze, die ich mir in der letzten, schlaflosen Nacht zusammengezimmert hatte. Meine Vorsätze und ich fielen – und zwar direkt – vom zehnten Stock ins Erdgeschoss.

Dale nahm ihre Tasse und ging barfuß nach draußen. Ihr Blick richtete sich in den Morgenhimmel. „Sieh dir an, wie schön das ist.“

Ich trat neben sie. Der Morgen schickte zaghaft erste Lichtstrahlen in den Himmel, und die Sterne hielten starrsinnig dagegen. Das berühmte Zwischenlicht – der Tag erwacht, und die Nacht will nicht aufgeben. Ein silbrig scheinendes Dunkelblau.

Dale griff meine Hand. „Strand?“

Ich nickte. Zu bezaubernd war die Aussicht auf einen der schönsten Momente des Tages, den man als Inselbewohner viel zu oft verschlief und einfach so vorübergehen ließ.

Ich hatte zu viele dieser Momente verstreichen lassen.

* * *

Sie stoppten den Jeep auf dem Parkplatz und liefen den Weg zum Strand hinauf. Dale trug zwei Kaffeebecher sicher bis zu den Dünen, wo die beiden Frauen sich in dem noch feuchten Sand niederließen. Vor ihnen lag der majestätische Ozean und der lang gezogene Strand, hinter ihnen das schützende Dünengras.

Dale ließ sich nach hinten fallen, seufzte in den silbergrauen Himmel hinein und verschränkte die Arme unter ihrem Kopf. „Das Leben ist doch gar nicht so schlecht.“ Verstohlen sah sie zu Cate. „Versteh mich nicht falsch, aber wir nehmen doch alle viel zu selten die Schönheit der Natur wahr, oder? Wir sind abgelenkt durch Arbeit, Ärger, Chaos. Aber wann gucken wir mal in den Himmel und merken, wie viel Schönheit uns eigentlich umgibt?“

Cate sah sie an und nippte an ihrem Kaffee. Sie konnte ihre Augen nicht von ihr abwenden.

Dann richtete sich Dale schlagartig auf. „Da kommt die Sonne!“

Ein rosa Lichthauch streifte schüchtern den Horizont. Kurz darauf lugten die Strahlen über die Kimmlinie und griffen über die Wellen. Es war ein würdevoller Anblick. Die Sonne stieß die Nacht mit Charme und Lust von dem gemeinsamen Firmament und hatte keine Scheu, ihre strahlenden Finger bis in den Sand vor Cate’s und Dale’s Füße zu strecken.

„Unbeschreiblich schön“, stieß Cate andächtig hervor.

Dale strahlte sie an. „Mein schönster Sonnenaufgang überhaupt. Und ich darf ihn an deiner Seite erleben. Heute geht alles gut, davon bin ich überzeugt.“

Sie saßen noch eine Weile in den Dünen und beobachteten, wie die Strahlen den Strand und die Wellen in ein sanftes Glitzern tauchten. Dann stand Cate auf. Dale streckte ihr die Hand entgegen und ließ sich von ihr hochziehen. Sie liefen eine Weile schweigend den Strand entlang. Jede in ihre Gedanken versunken. In ihre Träume.

Dale sah von Zeit zu Zeit vorsichtig zu Cate hinüber. *Was fühlte sie?* Die Sonne würde nicht immer so bedeutsam vor ihnen aufgehen. Nicht immer würde alles so perfekt ausgeleuchtet sein wie jetzt. Aber, verdammt, Dale spürte das Verlangen, ihre Hand zu nehmen und mit ihr jeden Sonnenauf- und -untergang erleben zu wollen.

Cate sah geradeaus. Ihr Gesicht verzog sich zu einem Grinsen. „Das ist alles so neu für mich ... Vorhin in der Küche hatte ich … Gedanken.“ Sie lachte prustend los. „Du bist verdammt verführerisch, Dale Roberts. Überraschend verführerisch“, raunte Cate leise gegen den Wind.

Dale hielt sie am Arm fest. „Wirklich?“ Sie blieb stehen und knuffte Cate gegen die Schulter. „Weißt du, wie oft ich deinetwegen schon … *Gedanken* hatte?“

Sie fielen sich lachend in die Arme und hielten sich fest umschlungen.

Wenig später machten sie sich auf den Weg zum Autoverleih, um den grauen Honda Accord abzuholen. Als sie nach ihrer Rückkehr in die Holly Lane 17 das Haus betraten, herrschte immer noch Stille. Inzwischen war es fast 8 Uhr. Zeit, Chip zu wecken. Dale schlüpfte in Jeffrey's ehemaliges Arbeitszimmer, in dem ihr Freund schlief, und knipste eine kleine Stehlampe an.

„Bist du schon wach?“, flüsterte sie.

„Komme gleich“, murmelte er.

Dale wandte sich zum Gehen und stolperte dabei über die kleine Reisetasche, die gepackt an der Tür stand.

„Willst du weg von hier?“

Chip stieg aus dem Bett und stand in Shorts vor ihr.

„Ich *muss* hier weg, Dale. Wenn die Typen mein Gesicht erst mal kennen, kann ich mich mit Cate für eine Weile nicht mehr sehen lassen. Und schon gar nicht in ihrem Haus wohnen. Die Typen waren nicht noch mal in meiner Wohnung, also sehen sie mich vorerst nicht als Bedrohung. Wenn sie mich aber mit Cate sehen, dann wird es düster für uns beide, fürchte ich." Er rieb sich über sein Gesicht. „Und wenn du weiter an Wheeler rankommen willst, können wir solche Abende wie gestern ebenfalls nicht mehr machen, bis wir den Fall gelöst haben. Ich glaube nicht, dass die Birds in Sag Harbor aktiv sind, habe zumindest noch keinen von denen dort gesehen, aber sie werden aufmerksam werden, wenn unser Plan funktioniert und wir ihnen die Polizei auf den Hals hetzen."

Dale sah ihn ernst an. Er hatte recht. Sie mussten vorsichtiger sein. Schwierig nach gestern Abend.

„Ich weiß, das ist jetzt sicher unpassend für dich und Cate, aber auch du musst zurück in deine Wohnung. Es ist ja nur für eine kurze Zeit."

Sie nickte verdrossen.

„Warte noch eine Sekunde." Chip ging an ihr vorbei ins Bad, putzte sich die Zähne und kam dann zu ihr zurück. „Wir werden das hinkriegen, Dale. Vielleicht noch zwei oder drei Wochen, dann haben wir den Beweis für ihre Unschuld. Wir müssen mehr riskieren. Keiner von uns möchte sie aus dem Gefängnis rausholen müssen. Wird sie erst einmal wegen Anstiftung zum Mord verurteilt, wird es schwieriger sein, ihre Unschuld zu beweisen", flüsterte er und klopfte Dale auf die Schulter. „Wird schon, meine Süße. Wir haben schon ganz anderen Müll abräumen können." Dann verschwand er wieder in Jeffrey's ehemaligem Arbeitszimmer.

Dale musste sich kurz sammeln, um nicht zu deprimiert zu Cate zurückzukehren. Cate saß am Küchentresen und ging mit geschlossenen Augen ein letztes Mal die Route durch.

„Wie geht es Chip?", fragte sie, ohne die Augen zu öffnen.

„Eigentlich ganz gut. Er ist zuversichtlich, dass sie ihn als Hacker gebrauchen können."

Dale ging zum Kühlschrank, nahm eine Flasche Wasser heraus und goss sich ein Glas voll ein.

„Es wird schon alles gut gehen", sagte sie laut, um sich selbst davon zu überzeugen. „Chip weiß, was er tut."

Cate schmunzelte und faltet den Plan zusammen. „Gut, dann bringe ich unserem Hacker mal etwas Koffein."

Sie goss Kaffee in einen Becher, rührte etwas Zucker hinein, so wie sie es bei Dale beobachtet hatte, und machte sich auf zu Chip's Zimmer. Auch sie blieb vor der gepackten Reisetasche stehen.

„Willst du weg?", fragte sie, während er den Kaffeebecher entgegennahm.

„Ich muss, Cate. Es war wunderschön hier in deinem Haus, aber wir beide können uns nicht mehr zusammen blicken lassen, wenn ich erst mal bei den Birds angeheuert habe. Wir können über deine und Dale's sichere Leitung kommunizieren."

Cate sah ihn nachdenklich an. „Du gehst zurück in deine Wohnung?"

Er nickte. „Ich muss für die so unverdächtig wie möglich sein. Sie haben mich überprüft und nichts gefunden, dass sie stutzen ließ. Das ist gut. Also muss ich zurück in mein normales Hackerleben. Es fällt mir nicht leicht. Ich hätte nie gedacht, dass ich ein WG-Typ bin, aber mit euch hat es Spaß gemacht."

„Du bist hier jederzeit willkommen, Christopher", sagte Cate und drückte ihn an sich.

„Danke, Cate."

Gegen 9 Uhr saßen Cate und Chip im Honda und machten sich auf den Weg ans Ende der Insel. Diesmal nahm Cate den neuen Montauk Highway. Sie wollte vermeiden, dass während der Fahrt über den Old Montauk Highway wieder jemand seekrank wurde.

Chip hatte sein Laptop auf den Oberschenkeln und klickte sich durch die kleine Präsentation, die er für Smith und Wastiaux vorbereitet hatte. Dabei bewegten sich seine Lippen unablässig und fast lautlos. Manchmal schloss er hochkonzentriert die Augen und murmelte etwas Unverständliches.

Cate steuerte den Wagen ruhig die 27 East entlang, ohne ihn in seinen Vorbereitungen zu stören, immer weiter Richtung Montauk. Auf Höhe des Hither Woods Preserve, an der Stelle, wo man von der Bundesstraße aus auf die Fort Pond Bay blicken konnte, wandte Chip seinen Blick von dem Laptopbildschirm ab und blinzelte zu Cate.

„Was machst du, während ich bei denen bin?"

„Ich bleibe in der Nähe. Ein Freund von mir hat unterhalb des Hauptquartiers der Birds seine Schreinerei."

Ihre Hände ruhten ruhig auf dem Lenkrad, doch innerlich war sie angespannt. Bevor Dale an diesem Morgen zu ihr in die Küche gekommen war, hatte sie sich überlegt, Ethan Benning aufzusuchen, der in der Nähe der alten Fabrik, in der die Rocker ihr Unwesen trieben, sein Tischlergeschäft hatte. Sie versuchte, souverän zu lächeln, und sah hinüber zu Chip.

„Ich dachte, ich könnte mir einen neuen Esstisch bei ihm aussuchen ... Schließlich brauche ich eine Erklärung, warum ich so plötzlich – nach acht Jahren, in denen er nichts von mir gehört hat – bei ihm auftauche."

„Hm", machte Chip und starrte auf die Straße. „Wieso hast du dich acht Jahre nicht bei ihm gemeldet, wenn er ein Freund von dir ist?"

Cate atmete tief aus. „Er ist mein Ex. Ich habe ihn damals für Jeffrey verlassen."

Chip sah sie erstaunt an. „Du gehst zum deinem *Ex*?"

„Er ist der Einzige, den ich dort draußen kenne. Außerdem bin ich so in deiner Nähe", gab Cate gelassen zurück.

„Hm“, brummte Chip erneut. „Hast du die Idee schon länger? Ich meine, zu deinem Ex-Freund zu gehen?“

Cate sah ernst zu ihm hinüber. „Chip, du gehst gleich zu den Birds. Einer wirklich kriminellen Organisation. Du machst dir jetzt bitte keine Sorgen, weil ich zu meinem Ex-Freund gehe, okay? Ich kann froh sein, wenn er mich nicht hochkant rauswirft.“

„Wird er nicht“, sagte Chip und atmete verdrossen aus.

„Mach dir bitte keine unnötigen Gedanken“, sagte Cate und sah erneut zu ihm. Jetzt gelang ihr ein herzliches und unverfälschtes Lächeln. „Ich mag deine Freundin sehr gern.“ Sie blickte schnell wieder auf die Straße und ergänzte leise: „Sehr, sehr gern.“

Cate stoppte den Wagen auf dem West Lake Drive, links vom großen Lake Montauk. Das Industriegebiet, in dem sich das Hauptquartier der Birds befand, war über eine schmale Straße erreichbar. Langsam wandte sie sich zu Chip.

„Es ist nicht mehr weit. Bist du in Ordnung?“

Er nickte knapp.

„Wirklich?“

„Wirklich“, gab Chip zurück. Seine Stimme klang zuversichtlich. Wie zur Bestätigung grinste er sie an.

„Okay, wir fahren bis zu Ethan's Schreinerei. Von dort aus musst du nur noch den Hügel hinauflaufen. Dann bist du bei ihnen ...“ Ihre Worte wurden dünner.

„Ich weiß, habe sie über Satellit ausgespäht.“ Chip überprüfte seine Computertasche. „Sollen wir irgendein Zeichen ausmachen? Damit du weißt, wann ich dort rauskomme?“, fragte er.

„Du funkst mich über unseren sicheren Kanal an. Schick mir einfach ein Symbol.“

„Was zum Beispiel?“

„Vielleicht einen *Punkt* für: Du kommst raus. Ein *Ausrufezeichen* für: Gefahr. Ein *Fragezeichen* für: kann noch dauern“, schlug Cate vor.

„Okay. Punkt, Ausrufezeichen, Fragezeichen. Habe ich kapiert. Dann los, fahren wir zu Ethan."

Cate steuerte den Wagen auf ein großes, sehr modernes Holzgebäude zu. *Ethan Benning Holzarbeiten* prangte in großen Buchstaben rechts neben dem Eingang. Sie stellte den Wagen ab und stieg aus.

Chip glitt vom Beifahrersitz und ging zu ihr.

Cate nahm ihn kurz in den Arm. „Viel Glück!"

Chip hängte sich seine Tasche über die Schulter und stapfte los. Cate sah ihm hinterher, bis er hinter einem Schuppen verschwand. Sie blieb noch eine ganze Weile stehen, bevor sie sich der Werkstatt näherte.

Ein großes Eisentor versperrte Chip den Weg. Mit gebührendem Abstand blieb er stehen, bis ein tätowierter Riese auf der anderen Seite des Tores erschien.

„Was willst du?"

„Ich bin Chip. Ich bin mit Smith verabredet."

„Als was denn? Als Frühstück?" Der Riese lachte schallend und zog sein Handy aus der Jackentasche. „Hey, Chef, da ist einer, der meint, er hätte 'ne Verabredung mit dir." Er wartete auf Antwort. „Okay, ich lass ihn durch." Er öffnete das Tor per Fernbedienung einen kleinen Spalt. „Komm rein."

Chip schlüpfte durch die Lücke und stellte sich brav vor den menschlichen Berg.

„Siehst du die Halle da rechts? Die mit dem roten Tor? Der Chef ist gerade da drin. Du sollst zu ihm kommen." Er stieß Chip vorwärts. „Nun mach schon, der Chef hat nicht ewig Zeit."

Chip stolperte ein paar Schritte, dann lief er auf die Halle zu. Schon von Weitem waren laute, scheppernde Geräusche zu hören. Chip stoppte vor dem geöffneten Hallentor und spähte hinein. Er sah riesige Maschinen, die Metallteile stanzten und pressten. Der Krach war ohrenbetäubend. Smith stand mit dem Rücken zu ihm vor einer Gruppe von Männern in Montageklamotten und gestikulierte wild mit den Händen. Sein kahl rasierter Nacken und das gescheitelte dunkle Haar waren unverkennbar. Nach einer Weile gab er ein Zeichen, die Maschinen abzustellen. Ohne sich umzudrehen, winkte er Chip heran.

„Komm her, ich will dir was zeigen."

Langsam und mit vorsichtigen Schritten näherte sich Chip. Als er nah genug war, ergriff Smith ihn und nahm ihn sofort in den Schwitzkasten.

„Hier pressen wir Bleche für die besten Stoßstangen der Welt. Das sind Bleche für den Ford Thunderbird. Und nur wir haben die Lizenz dafür. Das wusste dein schlaues Hirn wahrscheinlich schon, aber was du nicht wusstest, ist, dass diese Maschinen auch wunderbar Schädel von Typen pressen können, die uns verarschen wollen!"

Er drückte fester zu, und Chip hatte das Gefühl, auf der Stelle zu ersticken. Smith ließ ihn von ihm ab, und Chip fiel beinahe zu Boden.

„Ups … was ist, Kleiner? Haben deine Beine dich im Stich gelassen?"

Chip rappelte sich auf, richtete sein Shirt und seine Tasche und starrte ängstlich gegen die Männerwand, die sich vor ihm aufbaute.

Smith grinste breit. „Jetzt weißt du, was mit Verrätern passiert. Hast du das verstanden?"

Chip nickte knapp.

„Gut, dann gehen wir in mein Büro."

„Chef?", wagte sich einer vor.

„Was ist, Wilson?"

„Was sollen wir denn mit so einer Wurst wie dem da? Der ist doch nur ein Lutscher ohne Muskeln."

Smith stemmte die Fäuste in die Hüften. „Wir brauchen sein Hirn, du Idiot. Muskeln haben wir hier genug. Der Typ ist ein Hacker. Genau das, was wir brauchen. Also, Maul halten und arbeiten!"

Smith winkte Chip hinter sich her in den Hof. Sie liefen zu dem roten Backsteingebäude, in dem früher die Stahlfabrik untergebracht war. Ein imposanter Schornstein ragte in den blauen Himmel.

„Das war früher der Hochofen. Heute ist er außer Betrieb und nur noch schön anzusehen, es sei denn, wir verbrennen darin unsere Feinde."

Smith lachte tief und öffnete eine riesige Stahltür. Vor ihnen tat sich eine gigantische leere Halle auf. Die an den Wänden entlanglaufenden massiven Schienen ließen erahnen, was hier früher bewegt wurde. Ein großartiges Industriemonument, jetzt zweckentfremdet für große Auftritte dubioser Clanchefs.

Smith lotste Chip in ein Büro, das über der Halle thronte und wahrscheinlich einmal den Werksvorstehern diente. Dort saß Pierre Wastiaux.

„Das ist der Bursche", sagte Smith und warf seine Kutte über einen Designerschreibtischstuhl. Smith wirkte mit seiner vollen Nazi-Tolle, den rasierten Seiten und dem kahlen Nacken wie das krasse Gegenstück zu Wastiaux.

„Ja, dann lass mal sehen, was du kannst", sagte Wastiaux und nahm brummend seine Springerstiefel vom Schreibtisch. „War ja ganz schön frech, dich bei uns einzuhacken. Das wäre für mich bereits Grund genug, dich in den Atlantik zu werfen. Aber dieser sentimentale Typ da", er wies mit seinen dicken Fingern auf seinen Partner, „findet deinen Ansatz modern. Ich sag dir nur eins: Wir können hier schon ziemlich viel."

Während Wastiaux über Netzwerkarchitektur und sichere Verschlüsselungstechnik schwadronierte, baute Chip vor den beiden Rockern sein Laptop auf und startete ein Video. Es zeigte einen Einbruch in einer Kleiderboutique. Augenscheinlich ein Überwachungsvideo. Die Einbrecher trugen die Kutten der Birds. Ihre Gesichter waren deutlich zu erkennen.

Wastiaux' dicker Kopf schnellte vor. „Woher hast du das?", brüllte er.

Chip hielt das Video an und stellte sich brav neben sein Laptop. „Das ist der Einbruch in der Ralph-Lauren-Boutique in East Hampton vor vier Wochen. Er wurde euch in die Schuhe geschoben, weil, wie hier schön zu sehen, die Bats den Einbruch in euren Kutten durchgeführt haben."

Er ließ das Video weiterlaufen. Diesmal sah man den Hinterausgang des Ladenlokals und konnte beobachten, wie die Einbrecher die Kutten abstreiften und in Müllbeutel packten. Smith und Wastiaux fiel die Kinnlade herunter.

„Noch mal! Woher hast du das?" Wastiaux schäumte vor Wut. „Diese Drecksscheißer! Wir holen uns diese Schwachkopftruppe, Sebastian! Das geht zu weit. Sie haben unsere Kutten entehrt, um diesen Pussyladen zu überfallen!" Er sprang vom Stuhl und packte Chip am Shirt. „Woher hast du das?"

Smith ging dazwischen und nahm Wastiaux' Hand von Chip's Shirt.

Chip klappte sein Laptop zu. „Das habe ich bei den Bats abgegriffen. Sie haben sich mit einem simplen Trick die Aufzeichnung von den Überwachungskameras rübergezogen und dann auf den Rechnern im Shop gelöscht. Also konnte die Polizei nichts finden. Außer euren Kutten in Müllbeuteln. Deswegen hängen die Bullen euch am Arsch."

Wastiaux wandte sich mit verschränkten Armen ab. „Als ob unsere Jungs Kaschmirpullis und Karosakkos klauen würden. Die haben sie doch nicht alle!"

„Was kannst du noch?", fragte Smith und setzte sich neben Chip.

Chip klappte sein Laptop wieder auf. Die Show konnte beginnen.

* * *

Cate betrat den Verkaufsraum der Schreinerei und sah sich um. Ethan konnte wahre Kunstwerke aus Holz erschaffen. Schnell zog ein schlichter und robuster Esstisch ihre Aufmerksamkeit auf sich. Sie setzte sich auf einen der Hocker, die rund um den Tisch standen, und ließ ihre Hände über das Holz gleiten. Es fühlte sich naturbelassen an. Während ihre rechte Hand auf der Tischplatte ruhte, lenkte sie ihren Blick auf die Beine des Tischs. Alles war sehr stimmig. Gute Arbeit. Dann beugte sie sich unter die Tischplatte, um das Werk auch dort genau zu betrachten.

„Cate Furler. Wenn das keine Überraschung ist."

Ihr Kopf schoss hoch und prallte gegen den Tisch. „Autsch! Woher wusstest du, dass ich es bin?" Sie wandte sich mit schmerzendem Hinterkopf Ethan und seiner vertrauten Stimme zu.

Er grinste sie an. „Es gibt nicht viele Frauen, die Möbel auch von unten begutachten. Die alles sehen wollen. Eigentlich keine einzige – außer dir."

„Hallo Ethan."

„Hallo Cate."

„Was führt dich zu mir?" Er kam näher. „Hattest du Sehnsucht nach guter, alter Handarbeit?" Seine Arme hatte er vor dem Körper verschränkt, sein Mund formte ein Lächeln.

„Ich suche einen neuen Esstisch."

„Du willst den Tisch von Mama Furler endlich austauschen? Weiß sie das schon?" Er nahm neben ihr Platz. Sein Gesicht zeigte dieselben Lachfalten wie früher, nur dass sie tiefer geworden waren. Er küsste sie auf die Wange. „Schön, dich zu sehen, Cate Furler."

* * *

Smith klopfte Chip anerkennend auf die Schulter. „Gute Arbeit. Wir zahlen dir einen Wochenlohn, und du arbeitest noch ein paar Spezialaufträge für uns ab. Die werden extra bezahlt. Achthundert Dollar die Woche, okay? Der übliche Scheiß: Netzabwehr, Polizeibewegungen, Überwachung der Konkurrenz und so was."

In diesem Augenblick bekam Chip eine Nachricht auf sein Handy. „Besuch von der Polizei."

Smith sah auf seinen Monitor. „Die suchen nach illegalen Arbeitskräften. Sie kommen gerade rein. Pierre, für dich."

Wastiaux stand auf. „Was wollen die denn schon wieder? Ist doch erst sechs Monate her."

„Egal. Kümmere dich um die. Ich bringe unseren neuen Mitarbeiter raus." Smith forderte Chip mit einer Handbewegung auf, ihm zu folgen. „Ich zeig dir noch ein paar geile Karren. Du sollst ja unser Business verstehen."

Er ging mit ihm hinaus auf den Innenhof, während Wastiaux die Polizisten in Empfang nahm, die Chip im Vorbeigehen sehr eindringlich musterten.

Auf dem Parkplatz standen zwei Dutzend europäische Autos. Chip hatte keine Ahnung davon, aber sie sahen beeindruckend und teuer aus. Smith blieb bei einem 7er BMW stehen, matt lackiert, tiefergelegt, mit Spoiler, Niederquerschnittsreifen und Felgen, die wie Waffen aussahen.

„Der hier ist für einen bekannten Rapper. Cooles Teil, oder?"

Chip nickte höflich.

Smith umrundete den Wagen und musterte ihn dabei stolz von oben bis unten. Plötzlich blieb sein Blick am rechten vorderen Kotflügel hängen, und er brüllte los.

„Was ist denn das für ein Dreck hier!"

* * *

Ethan Benning reichte Cate eine Tasse Kaffee. „Du kannst doch ohne genügend Kaffee morgens nicht denken, oder?" fragte er lachend.

„Und du?" entgegnete Cate. „Trinkst du immer noch Cola zum Wachwerden?"

Ethan nickte. „Wie Karl Lagerfeld, aber nur noch Zero. Und das zahlt sich aus – schau mal!“ Er hob sein T-Shirt. Ein exorbitantes Sixpack kam zum Vorschein.

Cate lächelte. „Sieht sehr beeindruckend aus.“

„Ich dachte, das hat dich an Jeffrey fasziniert. Nachdem du mich verlassen hast, bin ich zum Sportler geworden.“ Er stützte mit einer Hand lässig seinen Kopf ab. „Siehst noch schöner aus als vor acht Jahren, Cate.“

Sie lächelte verlegen. „Danke. Ist aber gerade eine nicht so gute Zeit.“

Er lehnte sich zurück und schmunzelte sie an. „Kein Mensch hier glaubt, dass du in der Sache mit drinhängst. Keine Ahnung, was die Staatsanwaltschaft sich da zusammenspinnt. Unser Chief hier, Malkovich, ein guter Kumpel von mir, wird dir helfen. Das ist sicher bald zu Ende, Cate.“ Er musterte sie genauer. „Aber das meine ich nicht. Du *leuchtest*, wie ich es noch nie an dir gesehen habe.“

Sie strich sich verlegen durch ihr welliges Haar. „Ach, ja? Keine Ahnung, woran das liegt.“

Ethan zog eine Schachtel Zigaretten aus seiner Brusttasche. „Rauchst du noch?“

„Leider …“

Er zündete eine Zigarette an und reichte sie ihr, dann nahm er sich selbst eine.

„Du rauchst hier drin?“

Er lehnte sich mit dem Rücken an den Tisch und inhalierte. „Warum nicht? Ist mein Laden, oder? Erzähl mir ... wie es dir geht.“ Er blies den Rauch aus.

„Das würde Tage dauern.“

Ethan sah sie an. „Wie kommst du mit dem Verlust deiner Anonymität klar?“

Sie nahm einen Schluck Kaffee. „Es ist schwierig. Manchmal auch sehr schmerzhaft. Aber ja, ich komme irgendwie klar.“

„Weißt du, die Möwen von Sag Harbor haben schnell ihren Weg zu uns ans Ende der Insel gefunden. Und sie haben geschnattert, dass du gestern bei Linda eine blonde Frau geküsst hast.“ Er sah sie mit freundschaftlichem Interesse an. „Und ich möchte jetzt wissen, wer diese Frau ist und wie es dazu kam. Sonst verkaufe ich dir diesen Tisch nicht, und du musst ewig auf den unbequemen Stühlen deiner Mutter sitzen. Die müssen nämlich auch unbedingt ausgetauscht werden, Cate.“

* * *

Die Betriebsamkeit auf dem Hof kam zu Stillstand. Smith brüllte einen Typen heran, der von zu vielen Prügeleien und zu viel Whiskey völlig entstellt war.

„Hey, du Arschloch! Ist es deine Aufgabe, die Autos zu bewachen, oder was?“, schrie Smith ihn an und zeigte auf eine winzige Schramme am Kotflügel.

Der Mann zuckte ängstlich zusammen. „Das war Wheeler, als er gestern mit seiner Crystal zurückkam. Er kümmert sich heute drum, hat er gesagt.“

„Wheeler!“, brüllte Smith quer über das Gelände.

In einer der Baracken am anderen Ende des Hofs öffnete sich eine Tür, und Wheeler kam gelassen aus dem Gebäude. Chip sah ihn mit großen Augen an. Der Kerl, mit dem sich Dale und Gilian getroffen hatten – live und in Farbe. Ein Hüne mit Muskeln bepackt, die Chip den Angstschweiß auf die Stirn trieben.

„Was ist, Boss?“

„*Was ist?* Willst du mich verscheißern, Wheeler? Was ist mit dem BMW passiert?“

Wheeler sah zu dem Fahrzeug. „Ja, Boss. Ich mach das gleich weg. Keine große Sache.“

„Wheeler war gefrustet, weil er die Weiber nicht flachlegen konnte. Die aus der Kneipe vor ein paar Tagen“, versuchte der Entstellte sich bei seinem Boss einzuschleimen.

Smith kniff die Augen zusammen. „Du hast die immer noch nicht flachgelegt? Der halbe Laden stand Schlange, du Arsch hast dich vertrösten lassen, und hast es immer noch nicht geschafft?“ Er schlug Wheeler vor die Brust. „Du wirst bald eine eigene Truppe anführen, Wheeler! Und keiner will einen Chef, der ein paar Hippen aus der Stadt nicht rumkriegt. Was meinst du, warum solche Weiber in unseren Club kommen? Die wollen echte Kerle!“ Er schlug Wheeler mit der Faust gegen die Schulter. „Wenn du die nicht in einer Woche geknackt hast, dann schick ich die Meute auf die Weiber, kapiert? Unsere Kutte wird nicht von Lesben abgelehnt, hast du das verstanden?“

Wheeler nickte kurz, seine Augenlider zuckten. „Ich krieg das hin, Chef. Die Mädels gehören mir.“ Er nickte erneut, und Chip erkannte in seinen Augen blanke Angst.

„Eine Woche und dann finden wir diese Tussis. Dir hat das ganze *Salty Dog* zugeguckt. Krieg das hin! Schwächen können wir uns nicht erlauben! An keiner Front!“

* * *

„Sie ist eine Freundin. Ich kenne sie seit ein paar Monaten“, begann Cate vorsichtig.

Ethan hatte sich noch eine Zigarette angezündet. „Und *sie* ist deine Neue nach dem Arschloch, für das du mich verlassen hast?“ Er zuckte mit den breiten Schultern. „Erstaunlich. Was ist sie denn so für ein Typ? Nur damit ich weiß, ob ich noch mal acht Jahre auf dich warten muss oder ob sie früher die Segel streicht.“

Cate musste lächeln. Nein, die Segel würde Dale niemals streichen. Im Gegenteil. Sie beide mussten die Segel erst einmal setzen. „Sie ist auch von der Insel. Stark, klug und durch nichts in ihrem Willen zu bremsen. Sie hat einen enormen Dickkopf.“

Ethan gab Cate noch eine Zigarette. „Klingt gut, Cate. Du

brauchst einen guten Charakter nach diesem Fehlgriff, den du geheiratet hast."

Sie nickte. Mit wie viel weniger Kritik von ihrem Ex-Freund konnte sie rechnen? Da piepte ihr Handy. Eine Nachricht von Chip. Ein Punkt. Gott sei Dank! Sie sah Ethan lächelnd an. „Ich muss los. Ich gebe dir wegen der Stühle und des Tisches Bescheid." Vorsichtig stand sie auf. Es sollte nicht nach einer Flucht aussehen.

Ethan griff nach ihrer Hand. „Darf ich mich bei dir mal melden?"

Sie legte ihre Hand auf seine. „Meine Telefonnummer ist immer noch dieselbe."

Er begleitete sie auf den Hof, und sie blieben vor dem Laden stehen. „Ich würde mich wirklich freuen, wenn ich dich wiedersehen könnte. Du hast mir gefehlt, Cate." Er nahm sie in die Arme, drückte sie an seine Brust und küsste sie auf den Mund.

In diesem Moment kam Chip den schmalen Weg vom Hauptquartier der Birds heruntergelaufen und sah aus einiger Entfernung, wie sich die beiden verabschiedeten. Er zog seine Schultern hoch und ging zielstrebig auf den grauen Wagen zu. Cate kam einige Augenblicke später. Dann stiegen beide ein.

* * *

Cate ließ Chip Zeit. Es dauerte fast bis Amagansett, bevor sie sich zu fragen traute. „Wie ist es gelaufen?"

Chip starrte mit finsterem Blick geradeaus. „Wir müssen auf Dale und Gilian aufpassen. Wheeler hat den Auftrag, sie *flachzulegen.* Sonst hetzen sie die ganze Meute auf sie."

„Was?" Cate verriss fast das Steuer. „Was soll das heißen?"

„Die Birds sehen es als Schande an, wenn eins ihrer Mitglieder von einer Frau abgelehnt wird. Und das ist Wheeler passiert. Jetzt soll er das wieder hinbiegen. Verfluchte Scheiße!"

Cate hielt das Lenkrad so fest umklammert, dass ihre Knöchel weiß wurden. „Wir müssen die Polizei informieren. Das schaffen wir nicht allein!“

Chip hatte den Computer auf dem Schoß und hackte stumm darauf herum. Cate schwieg mit zusammengekniffenen Lippen.

„Hier!“, rief er plötzlich. „Ich komme in das Überwachungsprogramm von Wheeler’s Fußfessel! Ich kann ihn orten!“

Sie schaute ihn irritiert an. „Und was bringt uns das?“

„Wir können ihm dadurch immer einen Schritt voraus sein. Wenn er sich den beiden nähert, können wir sie warnen und die Polizei verständigen!“

Cate beruhigte das nicht. „Chip, das ist ein Gimmick, das uns im Notfall nicht hilft. Die beiden brauchen Polizeischutz!“

„Warte doch mal ab, Cate.“ Er hackte weiter auf seiner Tastatur herum. „Perfekt! Ich kann ihn in Echtzeit orten. Sobald er sich in Bewegung setzt, sehe ich ihn auf dem Bildschirm. Ich muss nur immer genau wissen, wo Dale ist. Du übernimmst Gilian. Dann können wir rechtzeitig die Polizei rufen. Die wissen sowieso immer, wo sich Wheeler aufhält, aber nicht Gilian und Dale. Die Polizei sieht also nicht, wenn er sich ihnen nähert. Aber wir. Wenn wir jetzt schon die Polizei aufscheuchen, könnte meine Mission auffliegen, Cate, und ich bin so nah dran!“ Er zeigte einen Millimeterabstand zwischen Zeigefinger und Daumen.

„Wir müssen das mit den beiden besprechen, Chip! So etwas können wir nicht einfach entscheiden!“ Sie konzentrierte sich auf die Straße, aber seine Worte hallten in ihr nach. „Will Dale auch wieder nach Hause?“, fragte sie leise.

Er sah kurz auf. „Von *wollen* kann hier nicht die Rede sein, Cate. Sie *muss*! Wie sollen wir sonst den ganzen Mist zu einem Ende bringen? Du sollst freigesprochen werden! *Das* ist unser Ziel! Dafür kämpfen wir! Danach leben wir endlich normal weiter. Was auch immer sich ergibt.“

Cate blickte wieder zu ihm. „Was ist da drin passiert?“

Chip klappte sein Laptop zu. „Ich bin jetzt offiziell bei den Birds angestellt. Ich kann von zu Hause arbeiten, habe aber darum gebeten, dass ich übermorgen noch mal wiederkommen kann. Ich habe gesagt, ich will mir den Laden genauer angucken und so. Ich glaube, sie haben es geschluckt." Er zog seine Jacke vom Rücksitz. „Du kannst mich am Hafen in Sag Harbor rauslassen. Ich laufe den restlichen Weg. Ist sicherer." Er rieb sich das Kinn. „Wie lief es mit Ethan?"

Schade, dass der keine Fußfessel trägt, schoss es ihm durch den Kopf. Zu gern hätte er auch dessen Bewegungsmuster überblickt. Vielleicht sollte er einfach sein Handy hacken …

„Wir haben über neue Möbel für das Esszimmer gesprochen."

„Sonst nichts?"

„Er hatte schon von unserem Abend bei *Linda's* gehört."

Chip sah sie überrascht an. „Wirklich?"

„Twitter", stöhnte sie abschätzig.

Er nickte zufrieden. Ein Pflock war schon einmal gesetzt gegen diesen gut aussehenden Ex-Freund.

„Und? Wie hat er reagiert?"

Sie zuckte mit den Schultern. „Ich glaube, er war erstaunt. Aber sind wir das nicht alle?"

Er neigte den Kopf zur Seite. *Nicht unbedingt.* Chip kannte Dale eben manchmal besser als sie sich selbst.

„Ich rufe euch nachher an. Und gib Dale keines deiner Autos! Ich muss sie unter Kontrolle halten können, bis wir das Problem mit Wheeler aus der Welt geschafft haben. Dasselbe gilt für Gilian. Lass sie nicht aus den Augen!"

Cate fuhr rechts ran. „Mach ich, Chip. Du kannst dich auf mich verlassen."

Er sprang mit einem knappen Nicken aus dem Wagen und wechselte schnell die Straßenseite.

Sie fuhr über Bridgehampton nach Hause. Tausendundeins Gedanken rauschten ihr durch den Kopf. Die gemeinsame Mission nahm Fahrt auf. Aber jetzt fing es auch an, gefährlich zu werden. Plötzlich waren sie alle bedroht. Cate überlegte, ob es nicht doch besser wäre, Chief Spencer anzurufen. Oder Chief Malkovich, Ethan's Freund. Aber sie durfte diese Entscheidung nicht allein treffen. Sie musste mit Gilian und Dale reden.

Und noch ein weiterer Gedanke streifte durch ihr Gehirn, der sie leise seufzen ließ. Aber es war wahrscheinlich wirklich besser so.

Southampton, Police Department
13 Uhr

Jeffrey Dinklage wartete in dem Vernehmungsraum, den ihm ein junger Officer mit rötlichem Haar zugewiesen hatte. Er hatte die Vorladung von Chief Spencer ohne Murren akzeptiert und war sogar überpünktlich erschienen. Jeffrey trug eine dunkelblaue Baumwollhose, ein schneeweißes Hemd und ein lässiges Sakko. Ihm war wichtig, nach außen unangreifbar zu erscheinen. Seine Hände waren perfekt manikürt, sein Teint war strahlend. Jeffrey wusste, dass die Polizisten heute eine härtere Gangart einlegen würden. Er ahnte, dass er in der bevorstehenden Vernehmung an den selbstgewählten Scheideweg kommen und reumütig gezwungen sein würde, seine Story von dem Erpresser hinter dem Baum und dem handgeschriebenen Zettel fallen zu lassen. Er musste seiner Frau die Rückendeckung entziehen, die er ihr als liebender Ehemann nach der eingestandenen Entgleisung hatte geben wollen. Darauf hatte er sich seit dem Anruf von Chief Spencer akribisch vorbereitet. Er hatte einen Tränenausbruch trainiert und vor dem Spiegel Verzweiflung in sein Gesicht gemeißelt. Und er hatte sich dabei schlecht gefühlt. Diese ganze Sache war ihm derart entglitten, dass er selbst nicht mehr verstand, wie es so weit kommen konnte. Dabei war der Auftrag an die Birds doch so unmissverständlich gewesen: Der Erpresser musste weg, und dessen E-Mails mussten aus Jeffrey's Mailaccount irgendwo anders hin verfrachtet werden. Es hätte eine klare Lösung geben sollen. Eine Win-win-Story für ihn und die Birds. Die Rocker hätten sich jeden beliebigen Trottel aussuchen können, um ihm den Mord an dem Loser Stallbruck unterzuschieben. Aber doch niemals Cate. Doch nicht seine Frau, die in gar nichts von all dem verwickelt sein sollte. Er dachte, er hätte alles brillant geplant. Nichts sollte zu ihm zurückzuverfolgen sein. Und dann kamen die Bullen auf das Konto in Italien und fanden die Bilder von Joanne und ihm. Irgendjemand hatte im Hintergrund Staub aufgewirbelt …

Okay, sein Seitensprung war dadurch aufgefallen, aber damit musste er klarkommen. Und er fand schnell eine neue Strategie. Es war ihm plötzlich sogar recht, dass Cate wusste, dass er andere Frauen haben konnte – und auch hatte. Jeffrey wollte, dass sie spürte, dass es für ihn Alternativen zu ihrer starken Persönlichkeit, ihrer Aura und ihrer charmanten Lässigkeit gab. Sie sollte leiden. Seinetwegen. Sie sollte geschockt von der Erpresserleiche und zerrissen von seiner – vorübergehenden – Untreue sein und nach einer Versöhnungsphase mit ihm in einen schönen Sonnenuntergang reiten. So hatte er sich das Ende der Geschichte vorgestellt.

Stattdessen hatte sie ihn sofort rausgeschmissen. Anfangs hatte er das sportlich genommen und geglaubt, dass er nach den ersten, bösen Wellen ihres Zorns die ganze Sache wieder in ruhigeres Fahrwasser bringen könnte. Aber dann haben sich auf einmal so viele eingemischt. Die zynische Gilian war plötzlich überall, und zusätzlich lungerte auch noch diese neunmalkluge Nervensäge vom L. I. E. dauernd in seinem Zuhause rum. Cate war total belagert – und das von Leuten, die nicht gerade zu seinem Fanclub zählten. Dann tauchten die E-Mails auf Cate's Rechner auf. Diese schwachköpfigen Rocker hatten den Müll bei seiner Frau abgeladen. Das war schließlich nicht seine Schuld. Doch von nun an hieß es: er oder sie.

Die Antwort fiel Jeffrey nicht leicht, aber auch nicht sonderlich schwer: Cate hatte so vieles erreicht. Sie war die Heilige von Long Island. Er hingegen war höchstens *der Ehemann von …* Diesen Status konnte er unmöglich noch mit einer Anstiftung zum Mord unterbieten – so etwas würde seinen persönlichen Abgrund nur unnötig vertiefen.

Sie würde da schon rauskommen.

Er niemals.

Sie war viel besser, reiner und stärker als er. Er wusste, dass niemand sie auf ewig verurteilen würde, nur weil sie die Eskapaden ihres Ehemanns vertuschen wollte. Was für eine schöne Liebesgeste. Das würden die Menschen mögen und ihr verzeihen. Nur ... Cate würde so etwas für ihn in der Realität nie tun. Das hatte er verstanden, und daran ließ sich nichts mehr ändern.

Er *musste* also zugeben, dass es den Erpresser hinter dem Baum nicht gab. Den Rest sollte sich die Polizei zusammenreimen. Schließlich ließ allein der Wille, seine Frau in einer heiklen Situation zu schützen, auch ein wenig von ihrem Glorienschein auf ihn strahlen. Trotzdem, es war eine Riesensauerei von den Birds, Cate ins Unglück zu stürzen.

Und das nur, weil sie ihr diesen einen Roman übelnahmen.

Chief Spencer erschien nicht allein. Mit ihr betrat der blonde Hüne aus Montauk den Vernehmungsraum, der aussah wie ein Direktimport aus den Rocky Mountains. Alles hätte man diesem Kerl zugetraut: Grizzlys zähmen, Lachse mit der bloßen Hand fangen, Trucks aus dem Schlamm ziehen, Bäume fällen, Frauen flachlegen. Wie Cate ihn wohl fand? Sie stand ja nicht auf Vollbart. Aber der Typ hier gefiel ihr bestimmt. Sah aus wie eine haarige Version von Jeffrey's Vorgänger, dem Schreiner. War der nicht auch aus Montauk? Musste ein Nest von solchen Kerlen da geben. Aber Cate hatte jetzt sicher keinen Kopf für Liebeleien. Das war nicht ihr Stil, wenn sie im *Schlamassel* steckte. Und das war jetzt leider nun mal so.

Chief Malkovich setzte sich Jeffrey gegenüber. Er erklärte Jeffrey seine Rechte und lehnte sich dann zurück.

Jeffrey Dinklage lächelte abwartend. *Kommt jetzt was?,* deutete sein Blick an. Doch der Hüne schwieg.

Nach einer gefühlten Ewigkeit brach Jeffrey das Schweigen. „Sie wollten mich doch verhören, oder?"

Chief Malkovich nickte. „Haben Sie uns etwas zu sagen, Mr. Dinklage?"

„Andersherum. Haben Sie eine Frage, Chief?"

„Ich würde gerne noch einmal genau wissen, wie und wann Stallbruck Sie auf diesem Parkplatz kontaktiert hat ... Oder Sie erzählen uns einfach, was Ihnen gerade am Herzen liegt."

Jeffrey sah ihn verwirrt an. „Was mir am Herzen liegt? Ich verstehe nicht ganz."

„Zum Beispiel Ihre Frau, die liegt Ihnen doch am Herzen ... Wie geht man denn als Ehemann damit um, wenn die Gattin vermeintlich die Nerven verliert?"

Ach so, er wollte Brücken bauen – von Mann zu Mann.

„Ich würde alles für meine Frau tun. Es ist nicht wiedergutzumachen, was ich ihr angetan habe und dass sie unter meinem Fehltritt leiden muss." Jeffrey nahm sein Gesicht gramvoll in die Hände.

Der Chief seufzte. „Mann, ich kann Sie verstehen. Das war echt dumm von Ihnen. Man sollte nicht jedem Rock hinterherjagen ... auch wenn Männer wie Sie bestimmt sehr begehrt sind."

Jeffrey blickte schüchtern auf. „Ja. Und es tut mir so leid! Ich kenne meine Frau so gut, ich hätte wissen müssen, dass sie in ihrer Wut und Verzweiflung sich zu etwas ...", er unterbrach sich selbst mit einer Geste der Demut, „... ach, was rede ich ... Sie ist so wie wir alle hier draußen. Mit dem Atlantik groß geworden und mit wundervollem Temperament ausgestattet."

Chief Malkovich nickte und grinste leicht. „Das kann ich nur bestätigen. Ihre Frau hat ein sehr interessantes Temperament."

Was wollte er denn damit sagen? Und wieso grinste er so dämlich? Jeffrey lehnte sich jetzt ebenfalls zurück.

„Ich wollte meine Frau schützen. Deshalb habe ich gelogen. Es gab dieses Treffen nicht. Ebenso wenig den Erpresser hinter dem Baum oder den Zettel. Ich habe es erfunden, weil ich meine Frau vor Unheil bewahren wollte. Das ist doch wohl das Mindeste, was man von einem Idioten wie mir erwarten kann“, presste er hervor und senkte seine Augenlider.

Malkovich zog die Mundwinkel schief und schnaufte. „Sie hätten einfach den kleinen Jeffrey im Hosenstall lassen können. Es sei denn, Sie wollten von Ihrer Frau weg. Warum auch immer.“

Jeffrey seufzte tief. „Ich weiß, Chief, aber dazu ist es zu spät. Ich kann meinen Fehler nicht ungeschehen machen, und alles, was mir einfiel, war diese Notlüge, um sie zu retten – aus meiner Scheiße.“

„Das haben Sie bereits angedeutet. Sie haben also gelogen.“

„Ja, ich habe gelogen. Stallbruck muss sich per Mail oder telefonisch bei meiner Frau gemeldet haben und dann … Ach, ich weiß nicht, was dann geschah.“

„Das leuchtet mir nicht ganz ein, Mr. Dinklage. Sie haben doch erst in Anwesenheit von Chief Spencer und Officer Baker Ihrer Frau Ihre Untreue gestanden. Und sie wusste offensichtlich noch gar nichts. Aber das Geld war schon geflossen und der Kerl tot.“

Jeffrey hatte mit dieser Frage gerechnet und er hatte seine Antwort etliche Male auf Plausibilität überprüft.

„Meine Frau hatte es noch nicht aus *meinem* Mund gehört. Ich hatte so ein Gefühl, dass etwas bei ihr nicht stimmte. Sie war sehr bedrückt in der Zeit vor dem Mord. Bevor sie nach Manhattan fuhr. Und natürlich … ja, ich habe gedacht, sie ahnt etwas. Als mich Chief Spencer mit dem Konto und der Erpressung konfrontierte, habe ich diese Lüge erfunden, weil ich fühlte, dass meine Frau meinetwegen in Schwierigkeiten steckte. Und ich wollte es persönlich zugeben, was ich für eine Scheiße gebaut hatte – vor ihr. Das habe ich getan, und sie hatte damit die Bestätigung für meinen Fehler. Ich habe alles auf mich genommen. So, wie es sich gehört."

Malkovich zog seine Augenbrauen zusammen und blickte finster. „Sie haben nur leider im Laufe dieser Ermittlungen so oft gelogen oder nicht gesagt, was Sie *glaubten* zu wissen, dass diese Kehrtwende jetzt ein wenig … dumm wirkt."

Jeffrey sah ihn irritiert an. „Dumm? Ist es dumm, seine Frau zu schützen, wenn man spürt, dass etwas Schlimmes passiert ist?"

„Im Grunde nicht, aber es klingt dumm, wenn man wochenlang angeblich *spürt,* dass sich Unheil anbahnt … es dann auch geschieht, und man gar nichts zur Aufklärung beisteuert."

Jeffrey Dinklage drehte seinen Ehering, den er demonstrativ immer noch trug.

Bloß keine Schwäche zeigen im Glauben an die Ehefrau, die scheinbar komplett ausgerastet war.

„Ich finde das nicht dumm", sagte er trotzig.

„Wissen Sie was, Mr. Dinklage?" John Malkovich beugte sich mit seiner breiten Brust über den Tisch. „Für mich klingt das so, als hätten Sie einen ganz anderen Plan gehabt. Sie wollten den Erpresser, der *Sie* erpresst hat, verschwinden lassen. Und dann lief alles schief. Das Konto in Italien wurde entdeckt, die Bilder von Ihnen und Miss Portland tauchten auf, und Sie mussten scheibchenweise alles zugeben. Dann haben Sie Ihre Frau geopfert. Um sich reinzuwaschen. So stellt sich der Fall für uns hier dar, Mr. Dinklage. *Sie* haben Ihrer nichts ahnenden Frau die E-Mails untergeschoben oder unterschieben lassen, und dann wollten Sie – kurzfristig – *so tun,* als wären Sie der weiße Ritter auf dem edlen Ross, der Cate Furler aus dem Sumpf herauszieht, in den Sie sie selbst hineingeschubst haben. Aber Ihre undankbare Frau wollte Sie nicht als edlen Ritter. Sie ist einfach nur wütend auf Sie und versucht nun, sich selbst aus dem Sumpf herauszuziehen. Da der Ritter nicht erwünscht war, ändern Sie nun Ihre schwachsinnige Strategie, bezichtigen sich selbst der Lüge und lassen Ihre Frau im Morast versinken. Sie haben es ja ohnehin schon verloren, das gute Stück an Ihrer Seite."

Jeffrey sah ihn konsterniert an. Wie konnte dieser blonde Muskelaffe ihm so exakt den Spiegel vorhalten? Gab es etwa neue Erkenntnisse? *Auf stur stellen. Weitermachen!*

„Wie kommen Sie auf so einen Schwachsinn, Chief? Haben Sie dafür irgendwelche Beweise?"

„Wir kommen der Sache immer näher, Mr. Dinklage. Es gibt einen Spatzen bei den Birds, der zwitschert, dass Sie hinter der ganzen Sache stecken!" Malkovich stand auf und sah auf ihn herab. „Und ich schwöre Ihnen eins, Dinklage, ich werde Sie dafür in der Hölle schmoren lassen."

Dinklage stand ebenfalls auf. „Sie haben also nichts gegen mich in der Hand und beschuldigen mich dermaßen? Das ist jämmerlich, Chief! Das ist total unprofessionell!"

Chief Spencer blickte gelassen über ihre Brille hinweg zu den beiden Männern. „Man nennt das den Lauf der Ermittlungen, Mr. Dinklage, und ich wäre an Ihrer Stelle etwas vorsichtiger mit den Anschuldigungen. Sie haben unsere Ermittlungen behindert. Egal, ob man Ihrer jetzigen Aussage glaubt oder der vorherigen. Sie haben in einer Mordermittlung gelogen. Sie haben Dinge verschwiegen und die Polizei getäuscht. Ihre Position ist nicht sonderlich stark. Völlig losgelöst von den Tatsachen, die Ihre Frau betreffen oder auch nicht betreffen. Ich würde mich an Ihrer Stelle anwaltlich gut beraten lassen und sehr genau überlegen, was Sie uns als Nächstes servieren. Und ich kann nur eins noch zu bedenken geben: Ich war dabei, als Ihre Frau von Ihrer Untreue erfuhr. Ich habe sie danach vernommen. Ihre Frau war völlig aufgelöst und am Boden zerstört. Und das war sehr real. Die zeitliche Komponente aller Vorkommnisse hat auch eine Bedeutung, Mr. Dinklage. Und sie wird während der Beweisaufnahme eine Rolle spielen." Violett senkte ihren Blick wieder kühl auf ihren Notizblock.

„Meine Frau ist Krimiautorin“, sagte Jeffrey mit Nachdruck.

„Und Sie verkaufen Luxusimmobilien“, fügte Chief Malkovich spitz hinzu.

„Okay, Mr. Dinklage, Sie sind vorerst entlassen. Wir sehen uns sicher bald wieder.“

Jetzt hatte sich auch Chief Spencer erhoben und führte Jeffrey Dinklage an der Schulter aus dem Verhörraum.

Als sich die Tür hinter ihm schloss, strahlte Malkovich seine Kollegin an. „Das war gutes Teamwork.“

Sie nickte und lächelte ebenfalls. „Was glaubst du, was er jetzt macht?“

„Irgendeinen Fehler, so viel ist klar. Entweder er wendet sich an die Birds oder an irgendeinen anderen Mittäter. Er ist viel zu schwach, um jetzt allein seine Linie zu halten. Ich urteile ungern über den Geschmack von Frauen, aber warum Cate Furler diesen eitlen Gockel geheiratet hat, leuchtet mir nicht ein.“

Violett zuckte mit den Schultern. „Ich vermute, dass da archaische Instinkte im Spiel waren. Er ist gut gebaut, sieht gut aus ...“

Chief Malkovich nahm einen Schluck von seinem Kaffee, der in der Zwischenzeit kalt geworden war. „Das bin ich auch.“

Sie grinste ihn an. „Nicht in eine Verdächtige verknallen, John, das bringt Unglück.“

Er nahm sie kurz in seine Arme. „Violett, wer auf dieser bekloppten Insel ist nicht verknallt in Cate Furler? Du bist auch verknallt in sie. Aber jemand anderes war schneller als wir alle ...“ Er zog sein Handy und öffnete seinen Twitter-Account. „Schau hier.“

Violett sah auf seinen Handybildschirm und dann fassungslos zu Malkovich. „Die Elektrikerin?“

„Sieht so aus.“ Er drückte sie erneut. „Vermutlich hatte *der* Kuss keine Strategie.“

Water Mill, Holly Lane 17

Gilian stand bereits in der Haustür, als Cate den Honda in die Einfahrt und dann in die Garage lenkte. Sie lief ihr auf halbem Weg entgegen und nahm sie in den Arm. „Wie ist es gelaufen?"

Cate atmete tief aus. „Erfolgreich, Gilian. Sie haben ihn angenommen. Aber mich darüber zu freuen, fällt mir schwer. Wo ist Dale?" Sie reckte ihren Hals nach ihr.

„Sie spielt mit Kater. Schon seit Stunden."

Cate kniff die Augen zusammen. „Spielt? Mit meinem Kater? Seit wann spielt der denn?"

Gilian schlang ihren Arm um Cate's Hüfte, während sie zum Haus gingen. „Seit heute ... Bällchen an selbst gebauter Angel – was weiß ich. Die zwei sind seit Ewigkeiten im Garten. Ich hoffe, keiner der beiden bekommt einen Herzinfarkt. Komm erst mal rein, Schatz."

Cate ging durch das Wohnzimmer und sah durch die bodentiefen Fenster in ihren Garten. Tatsächlich: Kater sprang in die Luft, jagte den Ball und rollte sich um die eigene Achse, griff erneut an und flog wieder durch die Luft.

Cate sah zu Gilian. „Kannst du mir erklären, was diese Frau mit meinem Leben macht?"

Gilian zog ihre Stirn hoch. „Sie bringt eine frische Brise in dein Leben, würde ich sagen."

„Und sie zerstört jeden vernünftigen Gedanken in mir mit ihrer puren Anwesenheit. Jeder noch so feste *Wille,* klug und überlegt zu handeln, löst sich in Nichts auf, wenn ich sie sehe", sagte Cate leise.

„Dein Kater scheint das in vollen Zügen zu genießen. Nimm dir ein Beispiel an ihm. Ist gut für den Blutdruck", lächelte Gilian und umarmte Cate innig.

Cate wand sich aus Gilian's Griff. „Und gegen den Kopfdruck, ich weiß, Gilian. Sex lindert alle Beschwerden ..."

Sie zog die Terrassentür auf und ging hinaus.

„... und ist gut für den Kreislauf!", rief Gilian ihr hinterher.

Cate stand vor der kleinen Mauer und sah Dale und Kater unbemerkt zu, bis Dale den Ball warf und dabei in ihre Richtung blickte. Als sich ihre Blicke trafen, lächelten sie.

Dale beugte sich zu Kater. „Willst du zeigen, was du kannst?"

Kater ging sofort in Lauerposition – den Oberkörper nah an der Grasnarbe, die Hinterläufe sprungbereit. Dale warf den selbstgebastelten Ball, und Kater sprang wie ein Geschoss hinterher, kickte den Ball ein paar Mal über die Wiese und hielt ihn zum Schluss mit beiden Vorderpfoten gefangen.

Dale ging zu ihm. „Pause, okay? Wir müssen uns anhören, wie es unserem Freund Chip erging. Und dein Frauchen braucht uns auch."

Kater ließ den Ball liegen und begleitete Dale zur Terrasse.

„Na, du alter Schleimer?", begrüßte ihn Cate und neigte sich zu ihm herunter. „Hast du dich gerade von einer ganz neuen Seite gezeigt?"

Kater warf sich vor ihr ins Gras und ließ sich kraulen.

Cate erhob sich, umarmte Dale zur Begrüßung und ging mit ihr zurück ins Haus. Kater stolzierte mit hoch erhobenem Schwanz hinter ihnen her.

Gilian hatte schon Wasser und Kaffee auf den Esstisch gestellt und sah Cate erwartungsvoll an. „Also – schieß los!"

Cate setzte sich und nahm einen Schluck Kaffee. „Chip war zufrieden. Sie haben ihn akzeptiert. Aber es gibt ein Problem." Sie sah Dale und Gilian ernst an. „Sie haben euch Wheeler auf den Hals gehetzt. Also vielmehr ...", sie machte eine Pause und wusste nicht, wie sie es elegant ausdrücken sollte.

„Er soll uns flachlegen", sagte Gilian düster.

Cate verzog schmerzerfüllt ihr Gesicht. „Ja, so ähnlich haben sie es wohl formuliert."

Dale war halb unter dem Tisch abgetaucht und band ihre Schnürsenkel. „Was hat Chip dazu gesagt?“

„Chip kann Wheeler in Echtzeit über seine Fußfessel orten. Und er möchte, dass du, Dale, nach Sag Harbor zurückgehst.“ Cate nahm noch einen Schluck Kaffee.

„Lass Wheeler ruhig kommen“, sagte Dale. „Ich kann das erledigen.“

„Was?“, kam es gleichzeitig von Cate und Gilian.

Dale hob beschwichtigend die Hände. „Nein, nein, doch nicht so! Ich habe eine Idee. Und wenn es nicht klappt, dann kann Chief Spencer helfen.“

„Was genau stellst du dir denn vor?“, fragte Gilian scharf.

Cate war sprachlos.

„Na, es hat doch schon einmal gut geklappt mit mir und seiner Crystal. Ich biete ihm an, dass wir zusammen ein bisschen schrauben. Das beruhigt ihn. Vielleicht wird er dann zugänglicher. Wenn nicht, schickt Spencer wieder einen Officer. Oder meint ihr, dass Officer Baker zufällig im *The Muse* aufgekreuzt ist? Ich nicht. Die folgen uns. Weil wir deren Job machen.“

„Da ist was dran“, stieß Gilian hervor.

Cate blickte die beiden missmutig an. „Ich bin total dagegen. Viel zu gefährlich! Wir rufen die Polizei. Die sollen sich darum kümmern.“

Dale schüttelte den Kopf. „Nein, Cate, das ist eine Chance. Und wir sollten es versuchen. Meinetwegen mit der Polizei, einverstanden?“ Sie griff über den Tisch hinweg nach Cate's Hand. „Wir müssen es versuchen. Wir wollen doch, dass dieser Alptraum schnell vorbei ist, oder? Ich möchte, dass wir“, sie drückte Cate's Hand fester, „freier leben können, ohne diese Bedrohung. Ich möchte dich unbeschwert kennenlernen, Cate. Dafür würde ich alles tun.“ Sie küsste Cate's Hand.

„Gott, wie romantisch“, entfuhr es Gilian.

„Sie ist nicht romantisch“, sagte Cate, ohne ihren Blick von Dale abzuwenden, und stand auf.

„Genau. Ich bin nicht romantisch“, lächelte Dale und sah zu Gilian. „Kannst du uns einen Augenblick allein lassen?“

Gilian sprang auf. „War ich nicht schon weg? Gefühlt war ich es schon.“

Nachdem Gilian das Esszimmer verlassen hatte, erhob ich mich langsam, ging zu Cate auf die andere Seite des Tisches und umschloss ihre Hände.

„Du musst dir keine Sorgen machen. Ich weiß, was ich kann“, sagte ich leise.

„Ich mache mir aber Sorgen um dich. Und um Chip. Um Gilian. Ich möchte nicht, dass ihr solche Risiken für mich eingeht.“ Ein leichtes Lächeln umspielte ihre Mundwinkel. Sie löste ihre Hände aus meinen und legte sie vorsichtig um meinen Körper. „Ich möchte das wirklich nicht.“ Ihre Worte waren sanft, ihr Blick traf meinen fragend.

Ich atmete tief durch und kam ihr noch näher. „Du hast Angst um mich?“

„Ja, habe ich“, antwortete Cate fast flüsternd. „Ziemlich sogar.“

Mein Herz raste. Meine Gedanken überschlugen sich. Noch nie in meinem Leben fühlte ich mich so unsicher und sicher zugleich. Ich lehnte mich gegen sie. Meine Lippen berührten zart ihren Hals. Sie hielt für einen kurzen Moment den Atem an.

„Ich möchte mit dir zusammen sein. Ohne Leiche. Ohne Anklage“, hauchte ich. Zaghaft fand mein Mund ihre wundervollen Lippen und verharrte dort einen Wimpernschlag lang. Behutsam begann ich sie zu küssen.

Cate erwiderte meinen Kuss, etwas unsicher zunächst. Dann aber zog sie mich zu sich und ließ sich leidenschaftlich auf mich ein. Ich spürte ihren Herzschlag an meiner Brust. Mich erfüllte eine Lust, die mich taumeln ließ. Cate's Hände glitten ungeduldig unter mein Shirt. Ich spürte, dass auch sie mich wollte, und presste mich an sie.

„Manches soll so sein", keuchte ich.

Cate hörte nicht auf, mich zu küssen, und ließ meine Worte verfliegen. Nach einer Weile löste sie sich von mir, lächelte mich an und ergriff meine Hand.

„Komm", sagte sie leise und führte mich in ihr Schlafzimmer.

Kaum hatte sie die Tür hinter uns geschlossen, fielen wir uns in die Arme. Unsere Lippen trafen sich stürmisch. Sie stieß mich aufs Bett und ließ sich neben mich fallen.

„Bist du dir sicher?", fragte ich. Alles in mir bebte. Ich sehnte mich so sehr nach ihr.

„Sehr sicher."

Leidenschaftlich suchte ich ihren Mund. Ich zog sie auf mich und drängte mich ihr heftig entgegen. Cate's Oberschenkel glitt zwischen meine Beine. Kraftvoll bewegte sie sich auf mir. Ich bekam vor Lust kaum Luft. Sie löste sich aus meiner Umklammerung und streifte mir das Shirt vom Oberkörper. Ihre Lippen glitten über meine Haut. Als ihr Mund sich zu meinem Bauchnabel küsste, nahm ich atemlos ihren Kopf in meine Hände und fand mich in ihren Augen wieder.

„Ich habe noch nie mit einer Frau geschlafen", flüsterte ich und streichelte unsicher ihr Haar.

Cate atmete tief aus. „Ich auch nicht", gab sie schmunzelnd zurück.

Ihre Hände berührten mich fordernd. Ich spürte, dass sie immer noch lächelte. Ich brannte vor Sehnsucht nach ihr. Mein Unterleib drängte hart gegen ihren Körper. Sie nahm meine Bewegung auf und verfiel meinem Rhythmus. Wir bewegten uns immer schneller. Ich schlang ungeduldig meine Arme um sie, presste sie an mich, und wir verloren gemeinsam die Kontrolle.

Keuchend legte Cate sich auf mich. Einen Moment lang verharrten wir verwirrt, atemlos und eng umschlungen aufeinander.

„Wir sind wie zwei Teenager ...“, sagte sie leise in unsere Sprachlosigkeit hinein, „... kommen bei der ersten Berührung.“

Überglücklich zog ich ihren Mund zu mir. „Absolute Anfänger eben“, hauchte ich.

Ich sah das Strahlen in Dale's Augen. Fühlte meine verzehrende Hingabe zu ihr. Ich zog mich aus und spürte ihre Blicke auf mir. Dann beugte ich mich erneut über sie, öffnete langsam ihre Jeans und streifte sie ihr mit einer magischen Selbstverständlichkeit von den Beinen. Mein Mund tastete sich über ihre Schultern zu ihrem Schlüsselbein. Ich berührte mit den Fingerspitzen zart ihre Brüste und malte sanft über ihre Erregung. Dale streichelte sachte meinen Rücken. Ich blickte kurz zu ihr. Mit halbgeöffneten Augen verfolgte sie meine erotische Mission. Behutsam legte ich mich auf sie. Ihre nackte Haut auf meiner fühlte sich wundervoll an. Ich spürte ihr Verlangen und ließ mich von ihrem Drängen mitreißen. Wie im Rausch erkundete ich Dale's Körper. Meine Hände, mein Mund ... alles in mir wurde zielstrebiger. Dale bäumte sich mir entgegen. Ihre Finger gruben sich in meinen Rücken.

Ich hielt kurz inne, stützte mich auf meine Unterarme und sah Dale an. „Du bist wunderschön ... Ich kann gar nicht glauben, wie unfassbar sinnlich es ist, dich zu berühren“, sagte ich und spürte, wie sehr ich sie wollte.

Dale blinzelte zu mir und seufzte tief. „Hör nicht auf damit, ich möchte nur das .... Ich habe mich so furchtbar ...“

Doch ich ließ ihre Worte nicht mehr zu, küsste sie leidenschaftlicher und tiefer als zuvor. Begierig glitt ich auf sie zurück. Dale schlang ihre Beine um mich und presste sich erregt gegen mich. Unkontrolliert hasteten ihre Berührungen über mich. Ich löste mich schwer atmend von ihren Lippen und lehnte meinen Kopf gegen ihre Schulter, während ich meine Hand zu ihrer Mitte hinabgleiten ließ. Lustvoll stöhnend nahm sie mich in sich auf und umschloss mich. Ihr Mund suchte meinen, während unsere Körper miteinander verschmolzen.

* * *

Auf dem Wohnzimmertisch klingelte Cate's Handy. Gilian, die gerade auf dem Sofa saß und ihre Nägel feilte, schaute auf das Display. Es war Chip. Gilian überlegte kurz, dann nahm sie das Gespräch an.

„Hallo Chip. Geht es dir gut?"

„Hier alles okay. Und bei euch?"

„Ja, ja, hier auch, Chip."

„Sind Dale und Cate bei dir?"

Gilian hörte, wie er am anderen Ende auf seinen Laptop herumhämmerte. Sie zögerte einen Moment.

„Nein, die beiden haben sich zurückgezogen ... und verabschieden sich noch", sagte sie und prustete leise vor sich hin.

„Oje, ist es so schmerzhaft?"

„Als schmerzhaft würde ich das nicht bezeichnen."

„Ich verstehe nicht …"

Gilian suchte nach Worten. „Chip … die beiden sind im Schlafzimmer. Schon seit zwei Stunden."

„Sie verabschieden sich seit zwei Stunden?" Chip klang verwirrt.

„Chip …" Gilian musste noch deutlicher werden. „Die beiden haben Sex, schlafen miteinander, vögeln. Ich weiß jetzt nicht, wie ich es eleganter ausdrücken soll."

Er atmete tief ein. „Wirklich? Woher weißt du das?"

„Wirklich. Und ich weiß es, weil ich ziemlich viel davon verstehe und bestimmte … wie soll ich sagen … bestimmte Zeichen zu deuten weiß."

„Aha", seufzte er.

„Ich finde es gut, dass sie endlich so weit sind. Diese angespannte Verliebtheit war ja schon für uns Zuschauer anstrengend."

Chip überlegte. „Du hast recht. Ich rufe an, weil ich dich bitten möchte, Dale nachher nach Hause zu bringen."

Gilian feilte weiter ihre Nägel. „Ja, mit dieser unsäglichen Karre. Dale will sich übrigens mit Wheeler treffen. Sie meinte, sie könne ihn bändigen."

„Ich weiß nicht, Gilian" sagte Chip zögernd, und Gilian konnte förmlich spüren, wie er den Kopf schüttelte. „Smith hat Wheeler mächtig unter Druck gesetzt."

„Sie meinte, sie könne ihn mithilfe seines Mopeds bezirzen. Keine Ahnung, ob das funktioniert. Ich kenne solche Cowboys nicht."

Chip überlegte. „Wir könnten Chief Spencer informieren. Sie kann ja unauffällig jemanden in der Nähe postieren."

„Diese Idee hatte Cate auch."

„Einen Versuch ist es wert, Gilian." Er stockte kurz. „Ist übrigens ganz schön ruhig ohne euer ständiges Geschnatter."

Gilian lachte tief. „Du fehlst uns auch, Chip. Ich würde mich gerade jetzt gern mit dir über unsere Turteltäubchen austauschen. Stattdessen sitze ich hier, warte und mache mir die Nägel …"

„Kannst du Dale sagen, dass sie mich zurückrufen soll? Wenn sie sich wirklich mit Wheeler treffen will, dann möchte ich ihr erklären, was sie tun soll, damit sie mir nicht von Radar verschwindet."

Gilian lauschte kurz in Richtung Schlafzimmer. „Warte, Chip, ich habe eine Tür gehört, ich glaube, sie kommen raus." Sie stand auf und ging in den Flur. „Cate, Darling?", rief sie laut.

„Bin gleich da", kam die schnelle Antwort.

Gilian zuckte mit den Achseln und nahm Chip wieder ans Ohr. „Ich hoffe, dass du Dale auf Empfang bekommst", schmunzelte sie. „Kann sein, dass ihr Kopf noch über den Wolken schwebt."

„Mach dir darüber keine Gedanken, Gilian. Ich habe Übung darin, magische Momente zu versauen."

Cate erschien als Erste. Sie trug eine zerschlissene Jeans und ein viel zu weites T-Shirt. Aber mit dem Strahlen in ihrem Gesicht hätte sie allein die Grand Central Station taghell erleuchten können. Sie nahm das Handy, das Gilian ihr reichte.

„Hallo, Chip!", rief Cate.

„Hi, Cate! "

Jetzt betrat auch Dale das Wohnzimmer. Sie knotete sich mit schnellen Griffen ihre Haare zu einem losen Zopf. Die drei setzten sich auf das Sofa, und Cate stellte Chip auf Lautsprecher.

„Gilian hat mir erzählt, dass du dich an Wheeler ranmachen willst, Dale?"

„Ja, ich will es versuchen", sagte Dale zögerlich.

„Das kann klappen, wenn dein Handy immer auf Empfang ist und ihr vorher Chief Spencer informiert."

Dale nickte und gab Cate einen kurzen, verstohlenen Kuss auf die Schulter. „Aber hier draußen ist das Handynetz ziemlich schlecht", gab Dale zu bedenken.

„Du gehst über die sichere Leitung, die ich euch eingerichtet habe, auf Empfang. Die sollte überall funktionieren." Chip stockte kurz. „Nur von Kellern oder Bunkern solltest du dich fernhalten. In ein paar Gebäuden ist es auch schwierig. Das Walmuseum zum Beispiel, das funktioniert nicht."

„Was sollte ich denn jetzt im Walmuseum machen?"

„Was weiß ich? Dir deine Urahnen ansehen oder so. Das alles machst du *nicht.* Ich wiederhole: *nicht!* Und du darfst dich nicht mit Cate blicken lassen. Auf gar keinen Fall. Zumindest, bis die Wheeler-Sache durch ist. Dann könnt ihr wieder zusammen auftauchen."

Dale seufzte und griff nach Cate's Hand.

„Cate?", tönte Chip durchs Handy. Seine Stimme klang wie die eines Flottenkommandeurs.

„Ja?"

„Ich kenne Dale. Bei ihr brennen die Sicherungen schneller durch, als sie sie selbst wechseln kann. Kannst du bitte die Vernünftige sein? Wir brauchen jetzt absolute Konzentration. Das alles kann nur klappen, wenn wir alle total diszipliniert sind."

Cate zog Dale zu sich und küsste sie kurz. „Wird gehen, Chip."

„Ich glaube den beiden kein Wort, Chip", sagte Gilian skeptisch.

„Cate, du sprichst mit Chief Spencer. Sag ihr, was wir vorhaben, aber mach ihr klar, dass wir es auch ohne ihre Hilfe durchziehen. Lass dich nicht davon abbringen. Verstanden? Und du triffst dich nicht mit Dale. Sie steht jetzt unter meiner Obhut. Und du passt auf Gilian auf, okay?"

Cate seufzte tief. „Wir werden unser Bestes geben. Und du kannst auf unserer sicheren Leitung jederzeit mithören?"

„Zu jeder Zeit, ja."

Gilian beendete das Gespräch und sah Dale und Cate an.

„Ihr müsst euch jetzt wohl verabschieden, ihr Turteltäubchen. Und ich fahre Dale anschließend unendliche zwölf Kilometer weit weg von dir, Cate."

Dann stand sie auf, ging in den Flur hinaus und schloss die Tür hinter sich. Wie doof kann man eigentlich sein, die Frau, die man liebt, in die Arme *der* Frau zu treiben, die man auch nicht abgewiesen hätte?, dachte sie und atmete gespielt verächtlich aus. Sie musste später sofort Matthieu anrufen.

Nachdem sich Dale und Cate verabschiedet hatten, schnappte sich Gilian den Honda-Schlüssel und verließ mit Dale das Haus. Im Wagen drehte Gilian das Radio an. Der Verkehr hatte die übliche Dichte für 17 Uhr an einem Freitagnachmittag. Die Menschen strömten nach Hause in den Feierabend. Die 27 war voll. Die Fahrt würde etwas länger dauern.

Gilian sah zu Dale. „Ich beneide dich wirklich um dieses Grinsen, das sich in dein Gesicht eingebrannt hat."

Dale lehnte ihren Kopf an die Fensterscheibe. „Es war unbeschreiblich schön, Gilian. So intensiv. So …", sie suchte die passenden

Worte, „… so feinfühlig, zärtlich und trotzdem so fordernd. Total anders als alles, was ich bisher erlebt habe. Und Cate ist so schön …“

Gilian nickte. „Ich bin froh, dass meine beste Freundin eine so nette Frau erwischt hat.“

„Oh, Mann, Gilian, ich habe das alles überhaupt nicht begriffen. Ich fand sie toll, aber wer tut das nicht? Sie ist so klug und talentiert, so lässig und stark zu gleich. Hättest du mich nicht geküsst, dann wäre der Groschen bei mir nie gefallen …“ Sie seufzte tief.

Gilian tätschelte ihr Knie. „War ganz selbstlos, Kleines. Ohne jeden Eigennutz.“

Dale nickte. Für Gilian's Ironie war sie offenbar gerade nicht empfänglich. Gilian schmunzelte.

Dale strahlte sie an. „Ich habe mich noch nie so gefühlt. So schrecklich verliebt. Ich spüre Cate immer noch überall.“

Gilian zuckte leicht. So genau wollte sie das jetzt gar nicht wissen. Sie drehte die Musik lauter und schenkte Dale ein breites Grinsen. Schade, dass Matthieu so weit weg war.

East Hampton, Lily Pond Lane
Zur gleichen Zeit

Jeffrey hatte nach dem sehr ärgerlichen Gespräch auf dem Polizeirevier alle Termine abgesagt. Er wollte sich um Wichtigeres kümmern. Vom Wagen aus hatte er sofort versucht, Wastiaux oder Smith ans Telefon zu bekommen, war aber von einem ihrer Handlanger auf abends vertröstet worden. Das passte ihm überhaupt nicht. Fast wäre er direkt zu den Birds nach Montauk gefahren, aber ein Anruf von Joanne ließ ihn diesen Gedanken wieder verwerfen. Die nette Ablenkung kam ihm gelegen. Den Idioten konnte er auch später noch die Meinung sagen.

Er holte Joanne in ihrer Wohnung in der Three Mile Harbor Road ab und fuhr mit ihr in die Lily Pond Lane in East Hampton, in das Haus seiner großzügigen Gönnerin. Acht Zimmer, fünf Bäder, Panoramablick auf den Atlantik, Pool, Tennisplatz – so hatte er es seinerzeit Mrs. Stephen Meiers verkauft. Inzwischen war der damals schon gebrechliche Gatte leider verstorben, und die agile Mittfünfzigerin hatte dem netten Makler in ihrem Haus Unterschlupf während seiner Ehekrise gewährt. Sehr freundlich.

Jeffrey schloss die Haustür auf und bedeutete Joanne, ihm zu folgen. Sie trat ein, blieb in der Eingangshalle stehen und sah sich beeindruckt um.

„Warum hast du mich in den letzten Wochen nicht schon mal hierhin mitgenommen?“, fragte sie, als sie ihm in das fulminante Wohnzimmer folgte.

Jeffrey warf die Schlüssel seines Porsche scheppernd auf den Glastisch. „Habe ich dir doch schon zwanzigmal erklärt! Rosalie Meiers möchte nicht, dass ich hier Besuch empfange!“

Sie drehte sich auf ihren hohen Absätzen zu ihm um. „Und warum dann heute?“

Er ging auf sie zu, nahm sie in den Arm und küsste sie. „Weil ich heute Lust auf dich habe, Darling. Ich hatte einen furchtbaren Tag, und wie kann man ihn besser retten als mit einer schönen Frau.“ Er grinste sie an.

Doch Joanne drückte ihn von sich weg. „Ich will aber mehr sein als nur deine Ablenkung! Du bist jetzt seit zwei Monaten von deiner Frau getrennt, Jeffrey. Sie hat den Kopf in der Schlinge, und du meldest dich so gut wie gar nicht mehr bei mir. Was soll das? Du hattest mir versprochen, dass wir unsere Beziehung öffentlich machen, wenn mit deiner Frau alles geklärt ist. Jetzt *ist* alles geklärt, und ich sehe dich noch weniger.“

Er verzog genervt das Gesicht. „Was soll das, Joanne?“, fragte er scharf.

Sie warf ihm einen wütenden Blick zu. „Jeffrey, du hast es mir *versprochen*! Du hast gesagt, du würdest dich trennen, um mit mir zusammen zu sein. Ihr seid jetzt getrennt, und es ist alles noch schlimmer als vorher!“

Ihre Stimme war schrill, und ihre Lippen bebten. Ein bevorstehender Heulanfall. Das kannte Jeffrey schon. Deshalb brauchte er schnell eine Besänftigungstaktik, denn mit einer weinenden Joanne war an Entspannung gar nicht zu denken.

Er streichelte sanft ihre schmalen Oberarme. „Liebling, beruhige dich doch … hm?“ Er küsste sie sanft auf die Stirn und sah ihr dann tief in die Augen. „Wie würde das denn jetzt aussehen? Meine Frau ist angeklagt, weil sie den Mann hat umbringen lassen, der unseren Seitensprung auffliegen ließ. Und wir beide zeigen uns als neues Paar. Wie würde das wirken? Die Leute würden uns hassen, mein Schatz. Willst du das? Wir wünschen uns doch beide, *das neue* Glamourpaar hier zu werden. Aber das funktioniert nicht mit so einer Hypothek, direkt am Anfang unserer öffentlichen Beziehung. Hm? Verstehst du?“ Jeffrey hob ihr Kinn leicht an.

Joanne nickte verdrossen. „Du hast recht. Aber nach ihrer Verurteilung darfst du dich doch in ein neues Leben wagen, oder?“

Jeffrey schüttelte sich innerlich bei dem Gedanken an Cate's Verurteilung, aber er setzte sein blendendstes Lächeln auf. „Natürlich, Schatz, dann ist es glaubwürdig, dass der Ehemann einer Mordanstifterin sich abwendet und sein neues Glück findet.“

Sie fiel ihm in die Arme. „Dann lass uns aber bitte ab jetzt öfter zusammen sein. Wir waren früher ja auch diskret genug, ja?“

Er nickte, um dann ihren Hals zu küssen, während seine Hände geschickt den Reißverschluss ihres schmalen Kleides öffneten.

Gegen 18 Uhr schälte sich Jeffrey aus dem Bett, fischte sein Handy vom Nachttisch, zog sich rasch Shorts an und stapfte in den Flur.

„Was machst du, Liebling?“, hauchte Joanne ihm hinterher.

„Ich muss was Dringendes erledigen.“ Er wählte erneut Smith' Nummer.

Es dauerte eine Ewigkeit, dann hörte er eine gereizte Stimme. „Was willst du, Dinklage?“

„Was ich will? Ich war heute bei den Bullen vorgeladen.“

„Und? War doch klar, dass sie dich noch mal rannehmen, oder?“

„Sie sagen, dass irgendwer bei euch singt. Irgendeiner von deinen Volltrotteln posaunt herum, dass ich mit euch in Verbindung stehe!“

„Schwachsinn!“, unterbrach ihn Smith sofort. „Das ist totaler Schwachsinn! Von unserer kleinen Verabredung weiß fast niemand hier. Und selbst wenn, wüsste so ein Vögelchen, dass es bald gar nichts mehr von sich geben könnte, falls was nach draußen dringt. Also Schwachsinn, Dinklage. Die Bullen verscheißern dich!“

Jeffrey raufte sich die Haare. „Hör zu, Smith, ihr habt mich schon damit verarscht, dass ihr meine Frau ans Messer geliefert habt. Das war nie so besprochen, das weißt du genau! Und jetzt will mich die Polizei ficken, und wer sagt mir, dass das nicht der nächste tolle Einfall von euch ist?“

„*Ich* sage dir das, du Arschloch. Das muss dir reichen!“

„Es reicht mir aber nicht“, versuchte es Jeffrey mit gepresster Stimme erneut. „Ich brauche eine Garantie, Smith!“

„Und wie soll das aussehen? Soll ich dir was Schriftliches geben?“, sagte Smith spöttisch.

Jeffrey sah durch die riesige Fensterfront auf den Atlantik. „Was weiß ich! Aber ich muss mich auf euch verlassen können! Und das konnte ich bisher nicht wirklich!“

Smith zündete sich eine Zigarette an. „Wieso meinst du das? Wir haben Stallbruck entsorgt, die Mails sind von deinem Account verschwunden. Mehr war nicht besprochen.“

Der Atlantik rollte in gleichmäßigen Wellen an den Strand, und Jeffrey rang nach Fassung. „Bei mir verschwunden, aber im Account meiner Frau aufgetaucht! Wisst ihr, wie beschissen das für mich ist?“

Smith lachte dreckig auf. „Was denn, Dinklage? Kann dir doch egal sein. Du hast doch ein scharfes Geschoss als Ersatz. Und das hast du dir selbst ausgesucht." Seine Stimme wurde finster. „Und jetzt nerv mich nicht mehr! Es sei denn, du hast einen neuen Auftrag für uns! Also reg dich ab!"

Jeffrey wollte noch einmal nachsetzen, aber Smith hatte aufgelegt.

„Scheiße!", fluchte Jeffrey.

„Was ist, Liebling?", hörte er Joanne's Stimme hinter sich.

„Wie lange stehst du schon da?", fragte er wütend.

„Lange genug, Jeffrey."

* * *

Smith hatte das Gespräch beendet und tippte sofort eine Nachricht in sein Handy.

Habe einen Auftrag für dich. Morgen, 10 Uhr bei uns.

Chip antwortete umgehend.

Okay. Werde da sein.

Water Mill, Holly Lane 17

Cate hatte es sich mit Kater auf dem Sofa gemütlich gemacht, nachdem Gilian und Dale gegangen waren. Kater hatte sich pflichtbewusst auf ihren Brustkorb gelegt, woraufhin Cate sofort eingeschlafen war. Als Gilian nach ihrer Rückkehr vorsichtig ins Wohnzimmer sah, blickte Kater auf und weckte Cate mit seinem wuchtigen Absprung.

Gilian setzte sich neben sie und lächelte sie an. „Habe sie sicher vor der Haustür abgeliefert." Sie streichelte Cate's Arm. „Und wie geht es dir? Ist alles okay?", fragte sie ungewohnt sanft.

Cate reckte sich und unterdrückte ein Gähnen. „Ich bin in Ordnung, Gilian. Wie ging es ihr?"

Gilian strahlte. „Sie ist sehr verknallt in dich."

Cate nickte. „Sie ist eine wunderschöne, aufregende Frau."

„Aber?" Gilian sah sie besorgt an.

„Kein Aber." Cate dachte nach, fühlte in sich hinein, suchte nach dem Grund für ihre Verwirrung. Dann richtete sie sich auf und umarmte ihre beste Freundin. „Kein *Aber*, Gilian. Nur das Gefühl, dass ich sie sehr mag und ich mich noch nie mit jemandem so perfekt im Einklang empfunden habe. Das irritiert mich, sonst nichts."

„Aber das ist doch gut, oder nicht?"

„Es macht mich verletzlich, Gilian. Und das kann ich nicht gebrauchen. Keine Liebesgeschichte mit einer Freundin, verstehst du?"

Gilian schüttelte den Kopf. „Nein, das verstehe ich nicht. Du fühlst dich wohl mit ihr. Sie ist sehr verliebt in dich, und trotzdem findest du den perfekten Einklang riskant?"

Cate lächelte. „Es ist alles sehr ungewohnt. Aber auch sehr schön. Ich weiß noch nicht, wie ich das in meinem Kopf sortieren soll ... kann. Ich brauche Zeit dafür, Gilian."

„Viel Zeit hast du dir heute aber nicht genommen ... Ihr habt mich wirklich überrascht."

Cate zuckte mit den Schultern. „Mich auch, aber es war perfekt. Wunderschön. Sie ist ein Atlantikmädchen wie ich. Wir passen gut zusammen."

Sag Harbor, West Water Street
Kurz vor 22 Uhr

Dale hatte auf ihrem Sofa Platz genommen und das Telefon schon seit einer Stunde nicht aus den Augen gelassen. Nachdem Gilian sie vor über vier Stunden abgesetzt hatte, brandeten ihre Gefühle in ungestümen Wogen auf und ab. Ihr überbordendes Glücksgefühl kämpfte gegen schwere Wellen von Zweifeln und Verunsicherung. Sie hatte ein Shirt von Cate mitgenommen, drückte es an sich und legte es weg, nur um es dann erfüllt von dem Verlangen nach Cate's Nähe erneut an sich zu nehmen. In manchen Momenten war sie dem himmlischsten Glück ganz nah, in anderen wiederum schien die Gewissheit unverrückbar, dass Cate es sich ganz sicher mit ein paar Stunden Abstand von ihr anders überlegen würde.

Dale wollte Cate nicht anrufen, denn sie hoffte inständig, dass Cate sich melden würde. Aber ihr Handy war stumm geblieben. Und mit jeder Minute wuchsen ihre Zweifel. Ihre Sehnsucht. Aber auch das Bewusstsein, dass sie das alles *wirklich* erlebt hatte. Ihr Körper zitterte bei dem Gedanken an Cate's Berührungen, ihre Küsse. Verdammt! Wie konnte ihr das nur passieren?

Sag Harbor, Main Street
Zur gleichen Zeit

Chip hatte die Nachricht von Smith interessiert aufgenommen. Schon seit Tagen überwachte er neben den Mobilnetzen von Smith und Wastiaux auch das von Dinklage. Jetzt konnte er zwar deren Kontaktaufnahme nachvollziehen, aber leider nicht mithören. Eine Textnachricht von Dinklage hätte er abfangen können. Aber dass Smith ihn nach dem Telefonat mit Dinklage sofort kontaktiert hatte, deutete Chip als vielversprechendes Zeichen. Die Einladung war ein perfekter Vorwand, um sich bei den Birds unbemerkt an den Computern zu schaffen zu machen.

Er sah auf die Uhr. Kurz vor 22 Uhr. Er wählte Dale über die sichere Leitung an. Wie es ihr wohl ging? Wahrscheinlich surfte sie auf einer Welle der Euphorie.

Er hörte ihre Stimme schon nach dem ersten Klingeln. Aber sie klang nicht freudig oder überbordend, sondern dünn und zögerlich.

„Was ist?“, fragte er. „Du kannst reden, wir sind allein in der Leitung.“

Sie seufzte tief. „Ich fühle mich einsam. Es ist so ruhig hier, und mein Gehirn hört nicht auf, düstere Gedanken zu produzieren. Sie hat sich nicht gemeldet, Chip. In den ganzen Stunden nicht."

„Sie ist wahrscheinlich mit ihrem Kater eingeschlafen. Und danach wird Gilian sie in Beschlag genommen haben. Das Fragenfeuerwerk kann ich mir lebhaft vorstellen."

Er hörte, dass Dale schmunzeln musste. „Ich rufe sie an und hole sie dazu." Chip wählte Cate's Nummer und hatte auch sie prompt am Apparat.

„Hallo, Chip", hörte er Cate sagen, „ist Dale auch schon in der Leitung?"

„Ja, bin ich. Hallo, Cate. Hi, Gilian", grüßte Dale mit flacher Stimme.

„Tut mir leid, dass ich mich nicht bei dir gemeldet habe, Dale. Ich bin eingeschlafen. Diese Inselkrankheit. Und dann habe ich mit Chief Spencer telefoniert."

Dale und Chip atmeten auf.

„Nicht schlimm", log Dale. „Ich habe mir die Zeit ganz gut vertrieben."

„Habe ich dir doch gesagt", hörte Dale Gilian dazwischenreden, „unsere Elektrikerin sitzt nicht neben dem Hörer und wartet stundenlang auf einen Anruf von dir. Dafür ist sie viel zu selbstbewusst. Cate hatte ein schlechtes Gewissen."

„Ich habe mir noch mal diese Tante von Portland genauer angeschaut", berichtete Chip. „Sie heißt tatsächlich Paula. Paula Portland. Paula Portland war mehr als zwei Jahre die Frau an der Seite von Smith. Die beiden haben heute noch Kontakt. Da ist es doch wahrscheinlich, dass die Nichte den Typen auch kennt, oder? Zumindest dürften ihr die Birds nicht gänzlich fremd sein."

„Und was sagt uns das, Chip?", fragte Cate.

„Warte, es wird brisanter: Smith hat mich morgen Vormittag zu sich beordert, nachdem er fünf Minuten mit deinem Mann gesprochen hat, Cate. Kaum hatte er Jeffrey vom Ohr, da ging schon die Textnachricht bei mir ein, dass ich morgen eine Sonderaufgabe für ihn erledigen soll!“ Chip's Stimme überschlug sich fast vor Begeisterung.

„Aha“, sagte Cate nur.

„Ich hoffe, dass ich Jeffrey's Rolle in dieser ganzen Sache mehr beleuchten kann“, erklärte Chip.

„Ich fahre dich wieder dorthin, Chip. Dann kann ich mir bei Ethan einige Esszimmerstühle anschauen“, sagte Cate ruhig.

„Ach, Schätzchen, lässt du dir von Ethan Stühle machen? Das ist ja eine bezaubernde Idee. Und eine gute Tarnung, um sich dort hinten rumzutreiben. Ich habe ewig nichts von ihm gehört. Wie geht es ihm denn?“

„Wer ist denn Ethan?“, fragte Dale, noch bevor Cate Gilian antworten konnte.

„Mein Ex-Freund. Ein Schreiner“, erklärte Cate. „Er hat seine Werkstatt in dem Industriegebiet in der Nähe der Birds.“

„Was hast du mit Chief Spencer besprochen, Cate?“, warf Chip schnell ein, um das Thema zu wechseln. Dieser Ethan bereitete ihm Bauchschmerzen. Aber er wollte vermeiden, dass Dale's leise Zweifel befeuert wurden.

„Ich habe Chief Spencer von unserem Plan berichtet, Dale aus Wheeler ein paar Informationen rauskitzeln zu lassen“, fing Cate an. „Sie war zunächst nicht begeistert und hat versucht, uns davon abzubringen. Aber schließlich hat sie verstanden, dass wir es auch ohne ihren Segen durchziehen würden. Also sagte sie mir zähneknirschend ihre Unterstützung zu. Trotzdem findet sie den Plan hochriskant. Und ich auch“, fügte Cate schließlich hinzu. „Ich möchte wirklich nicht, dass du das tust, Dale“, sagte sie ernst.

„Aber Cate.“ Dale bemühte sich um eine ruhige Stimme. „Wir locken Wheeler an einen Ort, den man gut beobachten kann. Die Polizei ist zur Stelle und kann jederzeit eingreifen. Ich versuche

Wheeler erst einmal mit seinem Motorrad abzulenken, dabei könnte er ins Reden kommen."

„Und wenn nicht? Wenn er dich auf sein Moped zerrt und mit dir abhaut?", unterbrach Cate sie.

Dale lächelte. „Ich kann mich wehren. Und selbst wenn, ist ja immer noch die Polizei an Ort und Stelle."

„Und wenn ihr von Chip's Radar verschwindet?" Cate fielen tausend Gründe ein, die gegen diesen Plan sprachen.

„Ich tracke Wheeler schon seit heute Mittag", warf Chip ein. „Ich sehe jederzeit, wo er sich gerade aufhält. Wir müssen nur darauf achten, dass ihr euch im Freien trefft und nicht in einem Gebäude verschwindet. Ich würde niemals so etwas riskieren, wenn ich nicht wüsste, dass es klappt. Ehrlich, Cate."

„Wenn Chip das sagt, Liebes, kannst du ihm vertrauen", brachte sich nun auch Gilian ein. „Er würde niemals seine beste Freundin in Gefahr bringen."

„Cate, du hast einen guten Job gemacht, Chief Spencer ist an Bord", versuchte Chip Cate's Bedenken zu zerstreuen. „Jetzt muss der Vogel nur noch singen. Aber da vertraue ich Dale's kunstfertigen Händen. Sie wird ihn schon rumkriegen."

„Interessante Wortwahl, Chip", brummte Cate dazwischen. „Was genau meinst du denn damit?"

„Ähm … Ich meinte Dale's Fähigkeit, an Motorrädern rumzuschrauben."

„Ach so", grummelte Cate säuerlich.

„Cate, ich schaff das schon", seufzte Dale. „Du musst dir wirklich keine Sorgen machen. Ich passe auf mich auf. Versprochen. Und wenn er nicht redet, dann brechen wir sofort ab."

25. und 26. Juni 2016

Cate lud Chip am nächsten Morgen pünktlich an der Marina des kleinen Hafenstädtchens Sag Harbor in ihren Honda ein.

„Hast du gut geschlafen, Chip?“

Chip sah zu ihr hinüber. „Mehr als ihr. Wie lange habt ihr noch telefoniert gestern Nacht?“

Cate lächelte. „Bis halb drei … Aber ich bin fit, keine Sorge. Ich bringe dich nach Montauk und warte, bis du bei den Birds fertig bist.“

„Ich will heute versuchen, an einen Rechner ranzukommen. Ich muss da ein Schadprogramm installieren, um die Typen ausspionieren zu können. Das ist unsere größte Chance.“ Er machte eine kurze Pause. „Es sei denn, meine heutige Mission verrät uns schon etwas mehr über den echten Tathergang.“

Cate antwortete nicht. Sie sah geradeaus auf die Straße und kniff die Lippen zusammen.

„Es tut dir immer noch ganz schön weh, dass Jeffrey dir das alles eingebrockt hat, oder?“ Er wusste, dass seine Frage plump war, aber er konnte es nicht geschickter formulieren. Dieser Verrat war beispiellos. Verharmlosen keine Option.

Cate neigte den Kopf auf der Suche nach den passenden Worten. „Ich habe ihn geheiratet, Chip. Nicht als Witz oder Experiment, wie Gilian es gern darstellt, sondern weil ich ihn geliebt habe. Ich glaubte, er wäre der Richtige. Heute verstehe ich ihn einfach nicht. Ich kann akzeptieren, dass er eine oder mehrere Frauen anziehender findet als mich. Es hätte nicht Joanne Portland sein müssen, mit der er mir zeigt, dass *ich* wohl niemals die Richtige für ihn war. Aber ich kann nicht verstehen, wie er mir so etwas antun konnte. Und warum er sich ausgerechnet mit den Birds verbrüdern musste. Er weiß, was diese Bande für mich bedeutet. Das alles bringe ich nicht in einem klaren Gedanken zusammen. Er hätte doch einfach gehen können … ohne mir auf diese Weise Schaden zuzufügen."

Chip nickte mit Bedacht. „Ja, es wirkt wirklich planlos. Aber ich bin sicher, Cate, dass es einen Plan gab. Noch verstehen wir das alles nicht, aber das werden wir bald – ganz sicher." Er seufzte leise und überlegte, wie er seine Frage behutsam formulieren konnte. „Glaubst du, die Birds hatten damals etwas mit dem Brand in dem Lager deiner Familie zu tun?"

Sie griff seine Hand und drückte sie kurz, während ihr Blick geradeaus auf die Fahrbahn gerichtet blieb. „Ja, das glaube ich. Ich weiß es sogar, aber ich kann es nicht beweisen ..."

„Wir finden auch das raus ... wir kriegen das hin, Cate."

Er drehte die Musik etwas lauter, und die beiden fuhren wortlos bis zu Ethan Benning's Schreinerei. Cate parkte den Wagen wie beim letzten Mal sehr weit abseits und ließ Chip zuerst aussteigen. Wieder zog er seine Computertasche über die Schulter und ging davon. Sie sah ihn im Rückspiegel hinter dem Schuppen verschwinden und stieg nach einer Weile auch aus. Langsam lief sie auf Ethan's Werkstatt zu und öffnete die Tür des Ausstellungsraums. Ethan erwartete sie mit einer Tasse Kaffee und einer Zigarette. Er nahm sie kurz in den Arm.

„Gut, dass du mir gestern eine Nachricht geschickt hast, Cate, sonst wäre ich jetzt auf dem Holzmarkt gewesen."

* * *

Dieses Mal musste Chip nur kurz vor dem Tor warten. Der Riese öffnete ihm schnell und zog ihn hinein.

„Der Chef ist in seinem Büro. Du kennst den Weg?"

Chip nickte und stapfte über den weiten Hof auf das große Backsteingebäude zu. Auf dem Weg dorthin sah er Benjamin Wheeler, der griesgrämig um sein Motorrad herumging.

„Was ist, Wheeler?", brüllte ein Typ im Muskelshirt, der sich gerade Motoröl von den Händen wischte. „Ist was mit deiner Crystal?"

Wheeler zuckte mit den Schultern. „Sie zieht nicht mehr so gut. Gute Beschleunigung, bis ich hochschalte. Dann ruckelt sie. Die Fehlzündungen sind weg, aber ... "

„Hör zu, Kumpel! Nachdem deine blonde Maus sie eingestellt hat, war der Vergaser perfekt. Aber du sagtest ja, dass sie bei Roger arbeitet. Da arbeiten nur Profis! Crystal muss mal überholt werden. Vielleicht zieht sie Falschluft. Ist nichts Wildes, Wheeler."

„Ja", brummte Wheeler. „Das hat die Tussi mir auch gesagt."

Der andere lachte schallend. „Na, dann hör auf die Maus. Du hast ja sowieso noch was vor mit ihr. Fahr los, und such sie!"

Chip hatte alles mitgehört. Er blieb erschüttert stehen und starrte Wheeler an.

„Was ist, Kleiner?", blaffte Wheeler.

„Schönes Motorrad", gab Chip kleinlaut zurück und fixierte erschrocken Wheeler's Muskeln.

„Ja, ist geiler als jede Pussy, wenn man draufsitzt. Ist nicht so dein Thema, was?"

„Und er lässt eine Frau an ihr rumfummeln!", brüllte der Typ im Muskelshirt lachend über den Hof.

„Eine Frau von Roger's Werkstatt ... ja, verdammt noch mal!", korrigierte ihn Wheeler mit breitem Grinsen.

Chip zog den Kopf ein. Gut, dass Dale heute zu Hause in ihrer Wohnung saß. Er war an dem Backsteingebäude angekommen und öffnete die schwere Eisentür.

Smith stand auf der Empore und winkte ihn zu sich. Als Chip oben angekommen war, klopfte Smith ihm kräftig auf die Schulter.

„Gut, dass du so schnell reagiert hast. Das mag ich. Leute mit Engagement."

Er schob Chip in sein Büro. Wastiaux war diesmal nicht da. Smith zeigte auf den Stuhl vor seinem Schreibtisch.

„Setz dich! Ich will kurz mit dir reden."

Chip stellte seine Computertasche auf dem Fußboden ab und nahm Platz.

Smith grinste breit. „Was ist, Kleiner? Hast du Schiss, oder was? Musst du nicht. Bist jetzt einer von uns. Kaffee?"

Chip nickte. Smith schaltete eine italienische Kaffeemaschine an, die vermutlich so viel wie ein Kleinwagen kostete.

„Der beste Kaffee außerhalb von Neapel, Kleiner. Der wird dich umhauen!"

Chip blickte scheu auf seine Schuhe. „Ich hab letztes Mal mitgekriegt, wie du einen deiner Männer auf zwei Frauen gehetzt hast", fing er leise an. „Warum?"

Smith zog die Augenbrauen zusammen und schaute Chip fragend an. „Keine Ahnung, wovon du redest!"

„Es war ein breiter, dunkelhaariger Typ. Und du sagtest, er solle zwei Frauen … flachlegen." Chip zitterte am ganzen Körper. Aber er musste es wagen.

„Ach das!" Smith lachte scheppernd. „Das ist eine Sache der Disziplin, du Neuling. Es ging darum, dass zwei heiße Tussen in unserem Club aufgetaucht sind und sich abgeknutscht haben. Unser Mann soll denen mal zeigen, was *wir* unter Spaß verstehen. Sonst machen wir uns lächerlich. Der halbe Laden wollte diese Weiber, und unser Mann hat sie gestellt. Dann muss er aber auch zum Abschluss kommen, Kumpel. So läuft das hier. Nimm dir, was dir zusteht. Ganz einfach. Keine blöden Diskussionen."

Chip atmete tief durch. „Und jetzt sucht er diese Frauen, oder was?"

Smith zündete sich eine Zigarette an. „Wieso interessiert dich das?"

„Ich stelle mir nur vor, es wäre meine Schwester oder so. Das wäre kein guter Gedanke“, presste Chip hervor.

Smith wippte mit den Beinen. „Familienmitglieder sind heilig. Die rühren meine Männer nicht an.“

„Vielleicht war es meine Schwester …“ Einen Versuch war es wert.

Smith zog ein grimmiges Gesicht. „Kümmere ich mich später drum. Jetzt erst mal zu unserem Fall: Ich habe einen Kunden, der mir ziemlich auf den Zeiger geht.“ Er legte ein Bild von Jeffrey Dinklage auf den Tisch. „Kennst du den hier?“

Chip sah sich das Bild konzentriert an und tat so, als versuche er sich zu erinnern, ob er das Gesicht schon mal gesehen hatte. Er zog die Augenbrauen hoch, fixierte und drehte das Bild.

„Ist das nicht der Mann von der Schriftstellerin, die den Erpresser hat umlegen lassen?“

Smith nickte. „Genau der. Und jetzt geht er mir ziemlich auf den Sack. Muss wissen, mit wem der redet und was er so ausheckt. Irgendwas läuft da.“

Chip sah vorsichtig auf. „Kann ich ein bisschen mehr Information haben? Was genau soll ich suchen? Wenn ich das weiß, bin ich schneller.“

Smith zog tief an seiner Zigarette. „Der Typ“, er tippte auf das Foto, „hat uns beauftragt, hinter ihm aufzuräumen. Und jetzt passt ihm das Ergebnis nicht. Jammert wegen seiner Frau, obwohl er vorher einen Scheiß auf die Alte gegeben hat. Jetzt zieht er den Schwanz ein, weil sie in den Knast geht. Ich muss wissen, wie der tickt. Ich brauche keinen Kunden, der durchdreht!“

Chip schob das Foto von sich weg und sah Smith schüchtern an. „Hat er denn gewollt, dass seine Frau in den Knast geht?“

Smith lachte laut auf. „Das war unser Geschenk an ihn! Wir entsorgen alles und noch mehr. Die Schriftstellerin ist eine nervige Schnüfflerin. Die Furler mit reinzuziehen, war einfach zu verlockend. Und es hat geklappt. Außerdem: Familie ist uns heilig – sagte ich ja schon.“ Er nickte zuversichtlich. „Das wird ein großer Coup für uns Birds. Einer für die Ewigkeit. Wir haben dieser Schlampe das Maul gestopft. Die geht in den Knast.“

„Also wollte er das nicht“, schob Chip hinterher und tippte auf das am Tischrand liegende Foto von Jeffrey.

„Wen interessiert denn, was dieser Loser wollte? Find raus, was er vorhat. Checke alles von ihm. Mails, Telefon, alles! Ich will nicht, dass der uns auffliegen lässt, weil seine Nerven mit ihm durchgehen! Verstanden?“

Chip nickte. „Verstanden! Sonst noch was?“

Smith stand auf. „Nein, sonst nix. Finde raus, ob deine Schwester eine von den Mädels ist, dann zieh ich Wheeler von ihr ab.“

„Danke.“

Chip bemühte sich zu lächeln. Zum Glück war Dale heute in Sicherheit. Er musste an den Computer.

„Darf ich noch einen Augenblick hierbleiben? Mein Bus geht erst in einer knappen Stunde. Ich könnte in einem der Büros warten.“

Smith nickte. „Geht klar. Ist ganz gut, wenn du ein paar von den Männern kennenlernst.“

* * *

Es war eine kurze Nacht mit schwirrenden Gedanken nach dem langen Telefonat mit Cate. Das erste Mal überhaupt, dass sie so lange allein miteinander geredet hatten. Einfach so. Über das Leben, die Insel, ihre Kindheit, über die Träume, die einen umtrieben, die Enttäuschungen und Tiefpunkte. Über Cate’s großes Trauma, den Tod ihrer Schwester, hatten sie nur kurz gesprochen. Dale hatte gespürt, dass die Zeit noch nicht reif war, um diese Tragödie zu vertiefen. Deswegen hatte sie schon bald sehr sanft das Thema gewechselt, fragte Cate nach ihren Vorlieben und Dingen, die sie nicht mochte. Irgendwann waren sie dann bei der Musik gelandet und hatten festgestellt, wie wichtig sie beiden ist. Sie sprachen über Filme, die sie verzaubert, und Konzerte, die sie besucht hatten. Es war wie ein Date – nach vielen Treffen. Ein vorsichtiges Abtasten, Sichkennenlernen. Sachte in das Universum der anderen eintauchen. Es war Einkehr nach einem emotionalen Sturm. Ruhige See nach chaotischem Wellengang.

Tage würden nicht ausreichen, um all die Fragen, die in ihnen drängten, zu beantworten. Sie hatten beide gleichzeitig aufgelegt. Anders ging es nicht.

In den kurzen Schlaf, der Dale mit schönen Träumen von Cate und ihrer Zärtlichkeit verwöhnte, platzte um 8.15 Uhr der Klingelton ihres Handys. Dale tastete mit einer Hand ihren Nachttisch ab und nahm das Handy ans Ohr in dem tiefen Wunsch, Cate's Stimme zu hören.

„Ja?", sagte sie schläfrig und erwartungsvoll zugleich.

„Ich bin's, Henry", hörte sie eine Stimme am anderen Ende. Es war ihr Arbeitskollege vom L. I. E. „Ich weiß nicht, wen du erwartet hast, aber mich wohl nicht." Er lachte leise.

Dale rieb sich die Augen und setzte sich im Bett auf. „Henry? Wie spät ist es? Was ist los?"

„Es ist 8.15 Uhr. Dein Freund, Mr. Buckley, möchte eine Solaranlage auf seiner Scheune installiert haben. Und rate mal, wer ihn beraten soll!"

„Ich arbeite zurzeit nicht, Henry."

Er lachte erneut. „Und du glaubst, das interessiert Mr. Buckley? Er will dich, oder wir können uns die Anlage sonst wohin schieben, meinte er ..."

Sie gähnte und reckte sich. „Ich kann das nicht machen, Henry. Ich habe keinen Job und keinen Auftrag."

„Aber ich. Ich habe den Job und den Auftrag. Und einen Termin bei Mr. Buckley um 9 Uhr. Nur – der Kunde will nicht mich sehen. Ich beknie ihn seit Tagen. Heute ist der Termin, und ich dachte, du machst es, und ich geb dir meinen Lohn dafür. Das wäre fair. Ich hole dich ab und bring dich wieder zurück. Bin gleich vor deiner Tür, Dale. Also, raus aus den Federn und auf zur Arbeit!"

Sie sprang auf. „Das ist nicht dein Ernst!"

„Doch! Wir haben noch Zeit für einen Kaffee im *Golden Pear,* dann geht es zurück zu ehrlicher Arbeit, Chefin. Komm! Der alte Mann hört nur auf dich."

Dale putzte sich schon die Zähne. „Bin gleich unten", nuschelte sie mit der Zahnbürste im Mund.

„Wusste ich doch! So kenne ich meine Chefin!", jubelte Henry.

Dale sprang in eine Jeans und warf sich ein T-Shirt über, griff rasch ihre Schlüssel und zog die Haustür hinter sich zu. Henry wartete schon vor dem Haus in dem alten Servicewagen von Long Island Energy, den Dale über die Jahre ins Herz geschlossen hatte. Vor dem Einsteigen strich sie sanft über seinen Kotflügel.

„Mensch, alter Junge, du hast mir gefehlt", flüsterte sie.

Henry strahlte sie an, als sie völlig ungewohnt auf dem Beifahrersitz Platz nahm.

„Siehst toll aus, Roberts! Geht dir wohl ganz gut ohne uns, was?"

Er fuhr mit quietschenden Reifen los, bog blitzschnell auf die Main Street ab und stoppte erneut vor dem *Golden Pear Café.* Henry sprang aus dem Wagen, blieb an der Eingangstür des Cafés stehen und hielt sie für Dale auf. Am Tresen bestellte er zwei Cappuccino und Sandwiches.

„Die sind für später. Du musst ja auch was essen."

Die beiden verließen das Café wieder, setzten sich auf die Bank gegenüber dem alten Kino von Sag Harbor und genossen die ersten, zarten Sonnenstrahlen auf ihren Gesichtern. Der Himmel war tiefblau und wolkenlos. Möwen flogen kreischend über ihre Köpfe.

„Wie ist es dir ergangen ohne das L. I. E.?"

Dale atmete tief die klare Morgenluft ein. „Du wirst es nicht glauben, ich habe mich auf einem ganz anderen Gebiet weitergebildet.

Ich kann jetzt Harleys reparieren. Habe meine Hände bis zum Ellenbogen in Motoröl getaucht.“

Henry lächelte. „Klingt cool. Du warst also bei deinem Onkel?“

Sie nickte und trank einen Schluck Kaffee.

„Und privat hat sich auch einiges getan“, stellte er fest und sah zu ihr hinüber. „Nun bist du also doch vergeben. Hab ich auf Twitter gelesen.“

Dale stand auf und reckte sich. „Komm, wir wollen Mr. Buckley nicht warten lassen.“

Sie ging zu ihrem alten Wagen und öffnete die Fahrertür. „Gib mir den Schlüssel.“

Henry warf ihn ihr in hohem Bogen zu.

„Ich würde gern zu einem anderen Kunden fahren, während du die Beratung bei Mr. Buckley machst“, sagte Henry auf dem Weg in die Daniel's Lane. „So hätte ich früher Feierabend. Wäre das okay?“

Dale lachte. „Immer noch die gleichen Tricks?“

„Ich will heute Nachmittag mit meinem Team zum Dirt Run in den Wäldern von Bridgehampton.“

„Ja, klar, das können wir machen. Aber du musst mich bei Mr. Buckley abholen und nach Hause bringen. Ich habe kein Auto mehr. Meins fährst du jetzt.“

Henry legte zwei Finger auf seine Brust. „Ich schwöre, ich bin in spätestens zwei Stunden wieder da.“

„Mach mal lieber drei daraus. Mr. Buckley ist nicht der Schnellste.“

Auf dem Hof vom alten Buckley stieg Dale aus, und Henry wechselte auf die Fahrerseite.

„Bin um zwölf Uhr wieder da, okay?“, rief er und brauste davon.

Der alte Herr saß auf einem Schemel vor seinem Haus und hielt eine Kaffeetasse in der Hand. Als er Dale sah, breitete sich ein zufriedenes Grinsen auf seinem zerfurchten Gesicht aus.

„Roberts! Haben sie dich doch noch gefunden? Ich hätte mit niemand anderem gesprochen.“ Er winkte mit der freien Pranke.

„Das habe ich schon gehört, Mr. Buckley."

Dale ging mit großen Schritten auf ihn zu. Als sie ihn erreicht hatte, erhob er sich mühsam.

„Die anderen wollen mir doch nur was aufschwatzen. Durch dich fließt Wainscott-Blut, und du bist die Tochter eines hervorragenden Technikers und einer wunderschönen Malerin. So eine bescheißt einen alten Bauern wie mich nicht." Er legte ihr eine Hand auf die Schulter und drehte sie zur Scheune. „Dann wollen wir mal, Roberts. Wie hast du dir das denn gedacht mit den Sonnenfängern auf meinem Dach?"

Dale blieb stehen, stemmte die Hände in die Hüfte und sah zu dem Dach hinauf. Es war genauso in die Jahre gekommen wie die restlichen Gebäude auf dem Hof. Einige Ziegel hatten sich gelöst, und der Dachfirst hing durch wie bei einem alten Pferd, das sich sein Gnadenbrot verdient hatte. Sie ging um die Scheune herum und sah dabei immer wieder hinauf.

„Von wann ist diese Scheune, Mr. Buckley?"

Er zog seinen Mund schräg. „Hm, sie stand schon, als ich klein war. Ich bin zweiundsiebzig. Ich schätze, so um die achtzig Jahre."

Sie blinzelte gegen die Sonne. „Ein altes Mädchen also."

Er nickte.

„Ich würde mir gern den Dachstuhl von innen angucken."

Buckley wies mit einer Hand auf das Tor. „Ist nicht abgeschlossen, Wainscott-Mädchen."

Dale schob das Tor auf. Eine Ladung Staub kam ihr entgegen. Sie musste husten. Als sich der Staub lichtete, sah sie die alten Traktoren des Landwirts und haufenweise Arbeitsgeräte und Maschinen, die ohne Ordnung herumstanden. Sie ging vorsichtig an Anhängern, Pflügen, einer Sämaschine, Motorsensen, Fräsen, Häckslern und anderen Geräten vorbei in die Scheue hinein. Der hölzerne Dachstuhl sah von unten noch erstaunlich gut aus. Dale ging weiter bis in die Mitte der Scheune, wo die Kartoffellegemaschine, Mr.

Buckley's ganzer Stolz, stand. Hinter der Maschine erblickte Dale einen behelfsmäßigen Bauzaun, der einen kleinen Bereich vom Rest der Scheune abtrennte. Dale spähte durch den Zaum und machte eine interessante Entdeckung. Dort standen zwei alte Motorräder. Sie schienen in einem jämmerlichen Zustand zu sein. Um die Maschinen herum lag Werkzeug auf dem Boden, das ebenfalls nicht gerade sorgfältig gepflegt aussah.

„Mr. Buckley?", rief Dale über die Schulter. „Kommen Sie mal kurz?"

Buckley näherte sich schnaufend.

„Was machen Sie mit den Schätzchen hier?", fragte Dale, als der alte Mann neben ihr stand.

Buckley winkte ab. „Ach die. Die eine ist meine alte NSU Max aus den 60igern. Ein gutes Stück. Damit habe ich meine Frau erobert, Gott hab sie selig." Er grinste wehmütig. „Die andere Maschine gehört dem Neffen meiner Frau. Er kommt ab und zu zum Schrauben hierher." Buckley sah auf den Boden. „Der Typ ist ein hoffnungsloser Fall. Er hat zwei linke Hände und kriegt nichts auf die Reihe. Ein Koloss von einem Kerl, aber völlig hohl." Traurig wandte sich der alte Herr ab. „Komm, Kindchen, lass uns über deine Sonnenfangmaschine reden."

Er nahm ihre Hand in seine lederne Pranke und zog sie hinter sich her. Dale blieb erneut unter dem Dachstuhl stehen.

„Ich müsste den Zustand des Dachstuhls prüfen. Dann kann ich berechnen, wie viele Solarmodule wir montieren können. Aber die Ausrichtung des Dachs ist für eine Solaranlage perfekt." Sie strahlte ihn an. „Das wird ein gutes Projekt, Mr. Buckley. Damit sind Sie sehr fortschrittlich."

Er lächelte zurück. „Du bist wirklich so schön wie deine Mutter. Meine Frau hat deine Mutter oft mit auf unseren Hof genommen, als deine Mutter noch ein junges Mädchen war. Sie war neugierig und wollte alles ganz genau wissen. So wie du. Und sie hatte an allem Spaß. Ich bin oft mit ihr auf dem Traktor rausgefahren und habe mit ihr Kartoffeln geerntet. Eine wirklich gute Frau, deine Mutter." Er nickte wie zur Bestätigung.

„Meine Mutter hat immer viel von Ihrer Frau gesprochen. Sie mochte sie sehr, Mr. Buckley."

„Ja, sie war wie eine Tochter für uns, deine Mutter. Geht es ihnen gut, da unten in der Hitze? Im Süden?"

Dale nickte. Der Gedanke an ihre Eltern trieb ihr Tränen in die Augen. Sie fehlten ihr sehr. Und gerade jetzt, wo ihr Leben kopfstand, um ein Hundertfaches. Sie vermisste die ruhigen Augen ihrer Mutter, die ihr Sicherheit gaben, und die liebevollen Umarmungen ihres Vaters, seine Wärme und Zuversicht, die sie immer zu Stärke und Kampfgeist befähigt hatten. Sie wusste, dass ihre Eltern Cate's Romane verschlangen. Was würden sie wohl zu der jetzigen Situation sagen?

Der alte Buckley blinzelte zu ihr rüber. „Was ist, Kleine? Wirst du sentimental?"

Dale nickte und lachte gegen ihre Tränen an. „Ja, total sentimental. Mir fehlen meine Eltern gerade sehr."

Er nickte. „Bei wichtigen Ereignissen im Leben hätte man gerne seine Eltern an der Seite, was?"

10.30 Uhr

Kater sah sie gelangweilt an. Er saß auf dem Küchentresen und drückte mit seiner Mimik aus, was Gilian empfand. Es war still im Haus. Cate war weg, und sie und Kater fühlten sich einsam. Gilian griff zum Telefon und wählte Dale's Festnetznummer, um ihr Handy nicht zu blockieren. Wieder keine Antwort. Merkwürdig. Sie sollte doch in ihrer Wohnung bleiben. Gilian blätterte in der neusten Ausgabe des *Hamptons Magazine*. Auch nichts Neues. Dann schaltete sie den kleinen Küchenfernseher an und folgte einen Moment lang den

Long Island News. Die Nachrichtensprecher bemühten sich gerade, einen Autodiebstahl in Southampton zu einer großen Nachricht aufzublasen. Wenn die wüssten, was hier hinter den hohen Hecken der Anwesen geschah, dachte Gilian.

Was für eine verrückte Welt es war. Hier im Paradies, seit ein paar Monaten. Und keiner bekam etwas mit. Alle warteten ab und taten nichts. Außer ihr und ihren Freunden. Gilian unterdrückte ein Gähnen. Dann wählte sie noch mal Dale's Nummer.

Keine Antwort.

Gilian sah Kater an. „Was hältst du denn davon? Auch nichts, oder?"

Sie wählte Cate's Handynummer.

* * *

Cate war nicht ganz bei der Sache, als Ethan ihr die Entwürfe für ihre neuen Esszimmerstühle präsentierte. Ihre Gedanken schweiften immer wieder ab zu Dale und Chip. Plötzlich klingelte ihr Handy. Cate sprang auf und erblickte Gilian's Namen auf dem Display.

„Tut mir leid", entschuldigte sie sich. „Bin sofort wieder da." Sie lief an das andere Ende des Verkaufsraums. „Gilian? Alles okay?"

„Ich erreiche Dale nicht. Ist sie bei dir?"

Cate schirmte das Handy mit der Hand ab und flüsterte. „Nein. Wieso sollte sie? Sie sollte zu Hause in ihrer Wohnung sein. Ich versuche, sie über unsere sichere Leitung zu erreichen."

Cate verließ den Verkaufsraum und ging hinaus auf den Hof. Dort wählte sie Dale's Nummer und hörte kurz danach das Freizeichen. Dale ging sofort dran.

„Hallo!" Ihr Lächeln war bis nach Montauk zu spüren.

„Wo bist du?", fragte Cate gereizt.

„Ich bin in Sagaponack, bei Mr. Buckley. Wir reden gerade über seine neue Solaranlage. Es ist herrliches Wetter. Alles ist gut."

Cate sah verwirrt auf ihr Handy und nahm es dann wieder ans Ohr. „Du bist *wo?*“

„In der alten Heimat. Alles bestens. Kein Grund zur Sorge. Henry holt mich gleich wieder ab und fährt mich nach Hause.“

„Wer ist Henry?“, fragte Cate spitz.

„Henry ist mein früherer Arbeitskollege vom L. I. E. Er hatte einen Auftrag, bei dem er mich um Hilfe gebeten hat. Das ist alles, Cate. Ich habe alles unter Kontrolle.“

Cate blickte zu der Tür des Verkaufsraums, um sicherzugehen, dass Ethan ihr nicht gefolgt war.

„Dale, du solltest zu Hause bleiben! Keiner von uns ist in der Nähe! Chip ist bei den Birds, und ich hänge hier bei Ethan fest. Geh bitte sofort zurück nach Hause.“

Dale blickte in den heiteren, blauen Himmel und grinste breit. „Du machst dir schon wieder zu viele Sorgen, Cate. Mir geht es gut, Liebste. Ich warte auf Henry und bin dann gleich wieder in meiner Wohnung. Alles ist gut.“

Cate atmete schwer aus. „Du hast Nerven! Dann bleib eben, wo du bist, bis dich dein Kollege abholt! Mach keine Experimente!“

„Okay, Cate. Keine Experimente. Ich vermisse dich.“

10.45 Uhr

Chip saß erst wenige Minuten am Computer im einem Büro der Birds. Flink sprangen seine Finger über die Tastatur. Er hatte ein Programm installiert, mit dem er in Windeseile alle Verbindungsdaten von Dinklage auslesen konnte. Chip wusste zwar schon viel über Dinklage. Aber zu seiner Überraschung hatte Jeffrey unzählige Male Cate’s Telefonnummern gewählt. Die Festnetznummer zu Hause in der Holly Lane und auch ihre Handynummer. Und Cate hatte keinen Anruf beantwortet. Keinen einzigen. Chip nickte stolz. *Gut gemacht, Cate!* Ansonsten gab es nichts Neues über Dinklage.

Chip schaute nach links und rechts. Die Männer um ihn herum waren mit Telefonieren beschäftigt oder starrten auf ihre Computerbildschirme. Jetzt musste er rasch handeln. Heimlich schob er den Stick mit der Spionagesoftware in einen USB-Port und startete die Datenübertragung. Sein Puls schwoll an, sein Herz pumpte in ungeahnter Geschwindigkeit. Chip sah auf die Fußzeile des Bildschirms und beobachtete den farbigen Balken, der den Fortschritt der Datenübertragung anzeigte. *Fünfzig Prozent.* Zum Glück hatte der Computer einen leistungsstarken Prozessor, sodass der Download schnell ging. *Achtzig Prozent. Na, mach schon!* Chip starrte immer noch gebannt auf den Bildschirm, als eine Hand ihn fest an der Schulter packte.

„Und? Wie sieht es aus? Hast du schon was rausgefunden?" Es war Smith, der sich schwer auf seine Schultern lehnte.

Chip drehte sich langsam um. „Bin so gut wie fertig mit dem Auftrag." Er versuchte zu lächeln und bemühte sich, den Stick mit seinem rechten Arm abzudecken.

Smith grinste. „Komm in mein Büro, wenn du fertig bist." Dann verließ er Chip's Arbeitsplatz.

Einhundert Prozent. Puh, das war knapp! Chip zog langsam den Stick heraus und wischte sich den Schweiß von der Stirn. Er stand auf und folgte Smith mit einem zufriedenen Lächeln zu dem Büro über der Halle.

11 Uhr

Dale hatte eine Skizze der Scheune angefertigt. Die genauen Maße und auch die Höhe des Dachstuhls würde sie mit dem elektronischen Messgerät messen, das Henry mit Sicherheit im Dienstwagen hatte.

Der alte Mr. Buckley brachte ihr eine Flasche Wasser. Als er neben ihr stand, blickte er auf ihre Zeichnung. „Deine Mutter würde es etwas farbiger gestalten." Er lachte vergnügt.

Dale sah ihn an. „Sie würde auch keine technische Zeichnung von Ihrem Schätzchen machen. Sie hätte ein Aquarell gemalt."

Er stimmte ihr zu. „Ich muss aufs Feld, Kindchen. Brauchst du mich noch?"

Dale schüttelte den Kopf. „Ich bin fertig. Mein Kollege holt mich um 12 Uhr ab. Dann mache ich die noch fehlenden Messungen, und wir sind wieder weg."

Sie deutete auf die kleine verwitterte Bank neben der Scheune, die einladend in der Sonne stand.

„Ist es okay, wenn ich dort drüben auf der Bank warte, bis mein Kollege kommt?"

„Ich kann dich nach Hause fahren, wenn du willst", bot Mr. Buckley an.

„Das ist nett, aber ich würde gerne alle Maße in meinen Plan aufnehmen, damit ich die Solaranlage berechnen kann, Mr. Buckley. Ich muss auf meinen Kollegen warten."

Er klopfte ihr väterlich auf die Schulter. „Mach es dir gemütlich. Wenn du was brauchst, die Küche ist offen. Habe auch ein bisschen Brot da."

„Danke, aber ich habe ein Sandwich dabei."

„An alles gedacht, was? Die vom L. I. E. sind wirklich verrückt, dass sie auf dich verzichten. Aber das ist ein anderes Thema, nicht wahr?"

Dale verabschiedete sich von Mr. Buckley, ging hinüber zu der Bank, setzte sich in die Sonne, nahm ihr Handy heraus und stöpselte sich die Kopfhörer in die Ohren. Der perfekte Moment, um mit guter Musik die Natur zu genießen. Das neue Album von Sia war jetzt genau das Richtige. Coole Up-tempo-Nummern und nachdenkliche Balladen. Die Texte fand Dale ebenfalls faszinierend. Zwei Schmetterlinge tanzten nahe den Wildblumen zu ihrer Rechten. Sie sog die laue Sommerluft ein, schloss die Augen und genoss den Augenblick.

11.20 Uhr

„Und? Was hast du über Dinklage rausgefunden?“, fragte Smith, während er sich auf seinem Schreibtischstuhl niederließ.

Chip blieb vor dem Schreibtisch stehen. Er wollte Smith kurz Bericht erstatten und dann so schnell wie möglich aufbrechen.

„Nichts Auffälliges in den letzten Wochen. Er hatte fast ausschließlich Kontakt zu Kunden, denen er Häuser verkaufen will. Er hatte einige Immobilienbesichtigungen. Auch die Telefonanrufe sind unauffällig. Kein Kontakt zur Polizei, nur gestern war er im Revier von Southampton.“

„Das weiß ich schon“, unterbrach ihn Smith unwirsch. „Hat er mir gesagt.“

„Okay. Er wohnt im Augenblick in der Lily Pond Lane, East Hampton. In dem Haus einer gewissen Rosalie Meiers. Ziemlich noble Hütte. Gestern war er dort mit Joanne Portland zugange. Hab die Überwachungskameras gehackt. Portland und Dinklage haben ein Verhältnis. Er erledigt offensichtlich ganz ähnliche *Freundschaftsdienste* auch bei Mrs. Meiers. Aber nur am Wochenende, die restliche Zeit wohnt sie in der Stadt. Er hat versucht, seine Frau anzurufen. Sehr oft. Sie hat seine Anrufe allerdings ignoriert.“

Smith zog seine Stirn kraus. „Hat er seine Frau getroffen?“

Chip schüttelte vehement den Kopf. „Ausgeschlossen.“

Smith nickte zufrieden. „Gut so. Allerdings … die Sache mit dieser Meiers gefällt mir nicht.“

Chip zuckte mit den Achseln. „Ich habe ihn jetzt auf meinem Radar und überwache ihn. Wenn er was Auffälliges macht, sehe ich es sofort.“

Smith grinste. „Sehr gut, Kleiner!“

Chip gelang ein schiefes Lächeln. „War’s das?“

„Noch eine Kleinigkeit.“ Smith erhob sich. „Wir haben hier in Montauk einen ziemlich aufdringlichen Polizeichef. Wenn ich wüsste, wie der tickt und was der plant, dann würde ich noch besser schlafen. Kommst du an den ran?“

Chip senkte seinen Blick, er musste Zeit schinden. „Polizeihandys sind nicht so einfach zu knacken. Es geht, aber ich brauche ein, zwei Tage.“

Smith schlug ihm kraftvoll auf die Schulter. „Gut, dann mach das. Ich lass dir noch unsere Überwachungsanlage zeigen. Guck, ob das optimiert werden muss. Die Bullen werden nicht dümmer.“

Chip seufzte. „Okay. Mach ich.“

Zur gleichen Zeit

Als Cate in die Verkaufsausstellung zurückkehrte, lehnte Ethan lässig an einem Schrank, der aus lauter Treibholz zusammengebaut war, und sah sie abwartend an. Sie verstaute ihr Handy in der Hosentasche und gab sich Mühe, möglichst beiläufig zu klingen.

„Entschuldige die Unterbrechung. Das war Gilian. Ein kleiner Notfall. Sie ist im Augenblick bei mir zu Hause, allein mit Kater.“ Cate lächelte zaghaft. „Das geht nicht ohne Zwischenfälle.“

Ethan nickte grinsend. „Grüß sie mal von mir.“

„Ja, mach ich.“

Cate wollte an ihm vorbeigehen, zurück zum Tisch, doch Ethan hielt sie am Arm fest.

„Was stellt ihr gerade an, Cate?“

Sie sah ihn unschuldig an. „Was meinst du, Ethan?“

„Du tauchst nach acht Jahren hier auf und möchtest einen Esstisch von mir. Gerade jetzt. Okay. Aber dann ist da noch dieser Nerd, den du immer mitbringst. In dieser Schrottkarre. Einem *Honda.* Du bist nicht der eitelste Mensch, den ich kenne, Cate, aber so ein Auto fährst auch du nicht freiwillig. Es sieht aus, als wolltest du möglichst unerkannt bleiben. Eine Art Tarnung. Und dieser junge Typ ... ihr heckt doch was aus.“

Sie winkte ab. „Ach, der ... ein Nachbarsjunge. Ich nehme ihn mit, weil er hier was zu erledigen hat."

Ethan hielt sie an beiden Handgelenken fest und sah ihr direkt in die Augen. „Ich kenne deine Nachbarn, Cate. Mrs. Rice ist über neunzig, und die Browns haben kleine Kinder, wenn überhaupt. Zu keinem von denen passt ein Bursche Ende zwanzig, Anfang dreißig. Und da du dich ja im Augenblick anders orientierst, kann er auch nicht dein Neuer sein. Also: Was ist los?"

Sie löste sich aus seinem Griff. „Ich kann nicht darüber reden, Ethan."

„Er ist oben bei den Birds, stimmt's?"

Cate blickte ihn nur kurz an. „Ethan, ich kann nichts dazu sagen. Es ist sehr kompliziert."

Ethan stellte sich hinter sie und nahm sie in die Arme. „Das ist gefährlich da oben. Das sind keine Anfänger, sondern Kriminelle, Cate! Weiß der Junge, was er da tut? Wahrscheinlich nicht, oder?"

Sie legte ihre Hände auf seine Unterarme. „Wir haben keine andere Wahl, Ethan. Ich bin unschuldig, und die Polizei findet nichts, was mich entlasten könnte. Deshalb suchen wir selbst." Sie ging zum Tisch und nahm ihre Tasche.

„Kann ich dir helfen?" fragte Ethan.

* * *

Die Sonnenstrahlen taten Dale gut. Ihr Fuß wippte zu *Unstoppable,* und sie summte die Melodie mit geschlossenen Augen mit. Ein Schmunzeln huschte über ihre Lippen. Genau das waren sie und die anderen drei zurzeit: unaufhaltsam.

Plötzlich spürte sie, wie sich ein Schatten auf ihr Gesicht legte. Im selben Augenblick zog ihr jemand heftig die Kopfhörer aus den Ohren. Dale öffnete die Augen und sah in das kantige Gesicht von Benjamin Wheeler, der sich breitbeinig vor ihr aufgebaut hatte.

„Julia?“, fragte er überrascht.

Dale sprang sofort auf. Ihr Herz trommelte wie verrückt in ihrer Brust. Ihr Verstand gab ihr den Befehl zur sofortigen Flucht, aber ihre Beine versagten ihr jeglichen Dienst. Sie blieb wie angewurzelt stehen.

„Was ... was ...“, stammelte sie.

„Was machst du denn hier?“, fragte Wheeler Kaugummi kauend und mit breitem Grinsen.

Dale versuchte, sich ihren Schock nicht zu sehr anmerken zu lassen, und bückte sich nach ihrem Handy, das ihr vor Schreck aus der Hand gefallen war. Hektisch suchte sie nach einer plausiblen Erklärung.

„Ich ... äh ... ich habe was mit Mr. Buckley zu besprechen“, stieß sie mit flacher Stimme aus und wandte sich schnell zum Gehen.

Wheeler packte sie energisch am Arm. „Moment mal, Süße! So einfach kommst du hier nicht weg!“

Hektisch versuchte Dale, ihr Handy zu entsperren, doch Wheeler nahm es ihr mit einem schnellen Griff weg.

„Das brauchst du jetzt nicht. Ist doch ganz schön so … nur wir beide. Wolltest du dich nicht bei mir melden?“ Er schob sich ganz nah an sie heran.

Dale drehte schnell ihr Gesicht von ihm weg.

„Hatte wenig Zeit.“

Sie konnte keinen klaren Gedanken fassen und überlegte panisch, was sie sagen oder tun könnte. Wheeler schob ihre Arme hinter ihrem Rücken zusammen und fixierte sie dort mit einer Hand. Mit der anderen ergriff er ihr Gesicht und zwang sie, ihn anzusehen. Dann drückte er ihr seine Lippen grob auf den Mund.

„Ich wollte dich tatsächlich heute suchen“, bemerkte er und ließ seinen Mund bedrohlich an ihrer Wange ruhen. „Ich habe ein Problem.“

Mit zappelnden Armen versuchte sich Dale aus seinem Griff zu lösen. Aussichtslos.

Wheeler grinste sie an. „Komm runter, Kleine. Ich will dir nicht wehtun."

„Dann lass mich los!", presste sie hervor.

Er löste seinen Griff. „Besser?"

Unruhig rieb Dale ihre Handgelenke und überlegte, wie sie fliehen konnte. Doch Wheeler nahm erneut ihr Kinn in seine Hand und hob ihren Kopf an.

„Crystal braucht Hilfe. Der Vergaser ist okay, aber sie stottert beim Gasgeben. Ein Kumpel meinte, sie zieht Falschluft. Kannst du mir helfen?"

„Crystal braucht Hilfe?", wiederholte sie und sah ihn ungläubig an.

Er nickte. „In der Scheue liegt Werkzeug." Er zeigte mit dem Finger auf das Scheunentor. „Vielleicht kannst du damit was anfangen."

Dale folgte mit den Augen fassungslos seinem Finger. „*Du* bist Mr. Buckley's Neffe?", fragte sie, und ihre Stimme klang fast hysterisch.

Wheeler nickte. „Und was machst *du* bei meinem Onkel?"

„Er, er, er wi… will …", sie stotterte vor Überraschung, „… eine Solaranlage auf das Scheunendach."

„Und so was machst du auch?", fragte Wheeler erstaunt.

„Ja, so was mach ich auch."

„Was ist jetzt? Hilfst du mir?"

Dale sah, dass er immer noch ihr Handy festhielt. Was blieb ihr anderes übrig? Sie nickte. Wheeler packte sie grob an der Schulter und schob sie zur Scheune.

„Mach schon mal das Tor auf, ich hole Crystal!"

Mit wackligen Beinen schob Dale das große Scheunentor auf, während Wheeler den Motor anließ und seine Maschine langsam in die Scheune fuhr. Sie überlegte kurz, ob jetzt ein guter Moment wäre, die Flucht zu ergreifen. Aber selbst mit stotterndem Motor würde er sie binnen Sekunden eingeholt haben. Sie konnte jetzt nur noch auf die Rückkehr von Mr. Buckley oder Henry hoffen. Wheeler stieg ab und schob sein Motorrad in Richtung des Bauzauns.

„Geh schon mal vor. Da hinten, hinter dem Bauzaun liegt das Werkzeug."

Dale räumte eine Fläche hinter dem Zaun frei und ließ Wheeler seine Harley aufbocken. Dann sammelte sie Werkzeug vom Boden auf.

„Ich brauche saubere Tücher und einen Eimer", ordnete sie an und kniete sich neben die Maschine.

„Weißt du denn, was du machen musst?" Er wirkte misstrauisch.

„Ich habe sie doch gerade gehört. Ist total klar, was sie braucht. Also: Eimer und saubere Lappen. Hast du Waschbenzin?"

Er schüttelte den Kopf. „Nee, hab ich nicht."

Dale stand auf und ging zu Mr. Buckley's Werkbank. Dort standen einige Behälter mit verschiedenen Flüssigkeiten herum. Sie nahm einen nach dem anderen in die Hand, um die verblichenen Etiketten zu studieren.

„Das hier können wir verwenden", rief sie Wheeler zu und hob einen kleinen Kanister hoch. „Ich zeige dir, wie es geht, und beim nächsten Mal kannst du es selbst machen, okay?"

Wheeler nickte stumm.

Sie sah ihn an. „Wo sind die Lappen und der Eimer?"

Wheeler verschwand kurz und kam mit einem verdreckten Eimer und einem Päckchen eingeschweißten Putzlappen zurück. Er packte sie aus und zeigte sie Dale. „Gut so?"

Dale hatte schon einige Teile abmontiert und streckte ihm ungeduldig die Hand entgegen.

„Gib schon her! Ich muss die Teile sauber ablegen können."

Wheeler kniete sich neben sie und breitete unbeholfen die Lappen auf dem Boden aus. Er sah ihr fasziniert bei der Arbeit zu, nahm die Motorteile entgegen und legte sie auf den Putzlappen ab. Die dröhnende Stimme von Mr. Buckley ließ beide hochfahren.

„Was machst du mit dem Mädchen?“, schallte es durch die Scheune.

Benjamin sprang auf die Füße. „Sie hilft mir, meine Maschine zu säubern, Onkel“, antwortete er kleinlaut.

„Dann zieh diese verdammte Kutte aus, du Idiot! Es ist eine Dame anwesend! Wie oft soll ich dir das noch sagen, Benjamin? Zieh diese Drecksjacke aus!“

Wheeler gehorchte. Er zog sofort seine Weste aus und legte sie auf den Boden in den Dreck, als ob er seinen Onkel damit beschwichtigen wollte.

Buckley kam näher und sah zu Dale hinab. „Alles in Ordnung, Mädchen? War der Grobian nett zu dir?“

„Alles okay, Mr. Buckley. Ich brauche nur noch einen sauberen Eimer, dann sind wir hier schon bald fertig.“

„Hole ich dir. Und du benimmst dich, Benjamin. Das ist ein gutes Mädchen!“ Buckley verließ mit erhobenem Haupt die Scheune.

Dale reichte Benjamin einige Schrauben. „Bitte vorsichtig, damit kein Staub hier drauf kommt.“

Sie sah ihn an. Zwei dicke Streifen Schmiere zogen sich quer über sein Gesicht.

„Mein Onkel mag dich wohl sehr, was?“ Wheeler wiegte die Schrauben in seinen großen Händen. „Woher kennt ihr euch überhaupt?“

„Ich hab dich angelogen. Ich bin nicht aus der Stadt. Meine Freundin schon. Aber ich nicht. Ich bin hier geboren. Gib mir mal einen Lappen.“

„Wolltest du dich interessanter machen?“, grinste er.

„Nee, sicher nicht. Aber du hast überhaupt nicht zuhören wollen. Du warst nur auf Beute aus.“

„Hm.“

Er verstummte, denn sein Onkel war zurückgekommen. Mr. Buckley reichte ihnen wortlos einen Eimer und verließ die beiden in Richtung Scheunentor.

„Wie spät ist es eigentlich?“, wollte Dale wissen.

Wheeler sah auf die Uhr. „Kurz vor zwölf."

„Kann ich bitte mein Handy zurückhaben?"

Wheeler kramte in seiner Gesäßtasche. „Rufst du jetzt die Bullen, oder was?"

Sie richtete sich auf. „Muss ich? Ich möchte nicht von dir bedroht werden. Und nicht geküsst oder sonst irgendwas. Ich schraube dir deine Crystal wieder zusammen, und du lässt mich gehen."

Er sah sie lange an, legte seinen Kopf schräg, brummte etwas Unverständliches und willigte ein. „Okay, du kannst dann gehen. Aber ich muss denen sagen, dass ich dich ... du weißt schon." Er hielt das Telefon in ihre Reichweite, ließ es aber noch nicht los.

„Sag denen einfach, was sie hören wollen."

Zögernd gab er ihr das Handy.

Schnell wählte Dale Henry's Nummer. „Hi, ja, ich bin's. Wo bist du? In Ordnung. Du kannst dir eine halbe Stunde länger Zeit lassen. Wir müssen nachher nur noch kurz die Scheune vermessen. Ja, gut. Bis gleich."

Dann gab sie Wheeler einen frischen Lappen, das Reinigungsmittel und den sauberen Eimer und zeigte ihm, wie er die Einzelteile reinigen musste.

„Du bist echt okay", meinte er nach einer Weile. „Eigentlich bist du ja auch eher eine von uns."

Sie sah ihn skeptisch an.

„Na, du kannst mit Motorrädern umgehen, bist cool und legst Frauen flach. Wo ist da der Unterschied?"

Dale schüttelte den Kopf. Was für ein Idiot.

„Weißt du überhaupt, was du da noch stehen hast?" Sie zeigte auf die verstaubte Maschine neben dem Motorrad seines Onkels. „Das ist eine Italienerin. Eine Benelli Letizia von 1950. Ein tolles Stück. Du solltest sie mal auf Vordermann bringen."

Er sah zu dem alten Motorrad. „Das war immer mein Traum gewesen, aber ich bin besser in anderen Dingen. Das bringt mehr."

„Mehr was? Mehr Kohle? Und dafür gibst du deinen Traum auf? Du kannst es doch lernen. Hier." Sie drückte ihm den Schraubenschlüssel in die Hand. „Jetzt baust du deine Crystal wieder zusammen. Ich zeig dir, wie es geht."

Nachdem sie mit der Harley fertig waren, verließen sie die Scheune, lehnten sich an den Holzzaun, der Buckley's Grundstück umgab, und starrten auf die Daniel's Lane.

„War gar nicht schlecht", meinte Dale und blickte ihn an.

Wheeler zündete sich eine Zigarette an. „Ich hatte eine gute Lehrerin."

Sie kickte einen Stein auf die Straße. „Bin selbst noch Lehrling. Aber es gibt gute Lehrer. Mach was draus." Sie wandte den Blick von ihm ab. „Und lass den Scheiß mit der Schriftstellerin. Jeder hier weiß, dass sie es nicht war. Lass dich da nicht weiter reinziehen."

Sie erwartete, dass Wheeler zornig reagierte, und zog vorsorglich den Kopf ein. Aber neben ihr stiegen nur Rauchwolken auf. Wheeler sagte kein Wort.

„Wenn du für so eine Falschaussage in den Knast gehst, bist du dein Leben lang ein Mörder. Sie ist die Anstifterin, okay, aber *du* bist erledigt. Wegen einer Lüge." Sie bemühte sich, so ruhig wie möglich zu sprechen.

Er sah sie an. „Die killen mich, wenn ich den Schwanz einziehe. Das kann ich nicht bringen."

„Wir bräuchten einen guten Plan. Dann kann man alles lösen. Und du wirst ein Motorradmechaniker wie Roger." Dale hoffte, ihr Onkel möge ihr verzeihen.

Wheeler lachte spöttisch. „Wird schon schwer genug, denen vorzulügen, dass ich dich geknackt habe. Und dann soll ich so was machen? Keine Chance."

Dale stand auf und begann, vor ihm auf und ab zu laufen. Dabei kickte sie den Stein vor sich her. „Ich glaube, dass es geht. Ich könnte mir was einfallen lassen. Interesse? Nein kannst du immer noch sagen." Sie blickte ihn nur ganz kurz von der Seite an.

Wheeler nahm einen tiefen Zug von seiner Zigarette. „Okay. Aber ruf mich nicht auf meinem Handy an. Nur über meinen Onkel." Dann stieß er sich vom Zaun ab und reichte ihr die Hand. „War fast geiler als Sex mit dir. Danke."

Er steckte die Hände in die Hosentaschen und verschwand in der Scheune.

* * *

Chip trottete den Weg hinab. Als er bei Ethan's Schreinerei ankam, war es schon 12.30 Uhr. Ziemlich viel Zeit für den Ex. Nicht gut, dachte er. Als ihn dann noch der Schreiner selbst und nicht Cate vor dem Gebäude in Empfang nahm, verzog Chip kritisch das Gesicht.

Ethan zog ihn zur Seite. „Sie folgen dir, Junge", flüsterte er und streckte ihm seine Hand entgegen.

Chip blickte sich flüchtig um. Tatsächlich liefen drei Männer in Birds-Kutten breitbeinig die schmale Straße hinab und geradewegs auf sie zu.

„Schlag ein, und tu so, als hätten wir uns lange nicht gesehen", befahl Ethan.

Chip folgte geistesgegenwärtig. Die beiden Männer schüttelten sich die Hand und klopften sich wie alte Kumpels auf die Schulter.

„Was machst du denn hier, Kleiner?", rief Ethan so laut, dass er beinahe brüllte. „Hab dich ja ewig nicht gesehen! Was macht deine Mutter? Alles klar bei euch?"

Die Kuttenträger warfen den beiden argwöhnische Blicke zu und gingen an ihnen vorbei. Einer drehte sich noch einmal um, dann waren sie außer Sichtweite.

Ethan schüttelte weiterhin freudig Chip's Hand und sagte mit zusammengebissenen Zähnen und eingefrorenem Grinsen: „Cate ist drinnen. Ich bringe dich nach Hause. Sie fährt später allein zurück."

Chip nickte mit ebenso breitem Grinsen und schlug Ethan kameradschaftlich auf die Schulter, als wäre ein lang verloren geglaubter Freund plötzlich wiederaufgetaucht. Arm in Arm gingen sie zu Ethan's Lieferwagen und stiegen ein. Ethan startete den Motor.

„Alles in Ordnung bei dir?“, fragte er Chip, während er den Wagen vom Hof steuerte.

Chip nickte. „Wer ist jetzt bei Cate?“

„Mein Kompagnon. Ihr macht ja einen Scheiß, Junge!“

„Wir haben alles unter Kontrolle“, brummte Chip. So ein Alphamännchen brauchte er in seinem Rudel nun wirklich nicht.

Ethan bog auf die 27 West ein und drückte das Gaspedal des schwerfälligen Bullis durch.

„Weißt du, was da oben alles passieren kann? Wenn die wissen, wer du bist, dann hast du keine Chance, da lebend rauszukommen. Und Cate, Gilian und diese Dale sind auch in Gefahr.“

Chip sah zu ihm hinüber. „Ich weiß, was ich tue. Und die Mädels würde ich nie in Gefahr bringen. Ich weiß zu jeder Zeit, wer sich wo aufhält. Es ist alles genau geplant. Ich bin kein Idiot, okay?“

Ethan ließ das Hither Woods Perserve rechts liegen und fuhr schweigend Richtung Amagansett. Plötzlich vibriertete Chip's Handy. Er sah auf das Display. Cate rief Dale über die sichere Leitung an. Er nahm das Handy ans Ohr, um mitzuhören.

„Wo bist du jetzt?“, hörte er Cate fragen.

„Ich bin mit Henry auf dem Rückweg von Sagaponack. Können wir uns bitte sehen, Cate? Kann ich zu dir kommen?“

„Ich bin auf dem Rückweg von Montauk. Ich bin etwa in einer halben Stunde zu Hause. Seid ihr mit dem Wagen vom L. I. E. unterwegs? Damit könnt ihr doch unauffällig in die Holly Lane kommen.“

Er hörte sie seufzen.

„Ich freue mich, bis gleich!“, rief Dale, dann war das Gespräch beendet.

Was zum Teufel machte Dale in Sagaponack? Sie sollte zu Hause sein! Und sie sollte sich nicht mit Cate treffen! Die Verliebtheit vernagelte wohl den beiden gehörig die Hirnwindungen … Murrend steckte Chip sein Telefon weg.

„Ich setze dich in Sag Harbor ab, richtig?“, fragte Ethan.

Chip nickte geistesabwesend.

* * *

Dale stoppte ihren alten Dienstwagen auf der Cobb Road, unmittelbar vor dem weißen Einfahrtstor der Holly Lane.

„Gibst du mir am Montag die Maße der Scheune durch? Du kannst sie mir mailen. Ich schicke dir dann die Berechnungen.“

Sie lächelte ihren Kollegen Henry kurz an und sprang dann aus dem Wagen, um schnell zur Hausnummer 17 zu laufen. Über die lange, gebogene Kieseinfahrt ging sie auf Cate's Haus zu. Die Tür war wie immer nicht abgeschlossen.

„Hallo?“, rief sie, nachdem sie das Haus betreten hatte.

„Dale, Liebes, mit dir habe ich gar nicht gerechnet!“ Gilian kam aus dem Wohnzimmer auf sie zu und drückte sie fest. „Cate hat erzählt, du bist abgehauen, um heimlich zu arbeiten?“, fragte sie schmunzelnd in Dale's Haar hinein.

„Ja … das war etwas unüberlegt“, gestand Dale leise und atmete tief durch.

Gilian schob sie etwas von sich und sah sie besorgt an. „Wieso? Ist etwas passiert?“

In diesem Augenblick hörten sie, wie ein Fahrzeug in die Einfahrt fuhr. Gilian legte ihren Arm um Dale's Taille und schenkte ihr ein aufmunterndes Lächeln.

„Das ist Cate. Da habt ihr beide euch ja schneller als erwartet wieder.“

Der Wagen stoppte, sie hörten Schritte und dann eine männliche Stimme.

„Gilian? Bist du da?"

Irritiert hob die Verlegerin die Augenbrauen. „Ethan?"

Sie ging zur Haustür und öffnete.

„Ethan Benning. Was machst du denn hier?", stieß sie überrascht aus und umarmte ihn. „Wo ist Cate?"

„Die kommt gleich. Wir haben etwas umdisponieren müssen", antwortete der groß gewachsene Schreiner und lugte neugierig an Gilian's Schulter vorbei zu Dale.

Gilian löste sich aus der Umarmung und deutete mit einer schnellen Handbewegung zwischen ihm und Dale hin und her. „Ethan, das ist Dale ... Dale, Ethan."

Entschlossen trat Dale ein paar Schritte vor und begrüßte Ethan mit einem festen Händedruck. „Freut mich", sagte sie knapp.

„Freut mich auch sehr, dich kennenzulernen. Ich wollte nur kurz nach dem Rechten schauen. Habe Chip in Sag Harbor abgesetzt und ..."

Wieder knirschte der Kies in der Einfahrt. Cate's Honda stoppte neben Ethan's Bulli. Sie stieg aus dem Wagen und ging mit ernstem Blick auf das Haus zu.

„Was machst du denn hier, Ethan?", fragte sie irritiert und konnte ein Lächeln nicht unterdrücken, als sie Dale erblickte.

„Wollte nur sehen, ob alles in Ordnung ist", gab Ethan schulterzuckend zurück.

„Sollen wir uns vielleicht gemeinsam einen Kaffee gönnen ...?", fragte Gilian, um die Anspannung etwas zu lockern, die sie bei den anderen spürte.

„Okay", sagte Cate knapp und streckte Dale ihre Hand hin.

Ich ergriff Cate's Hand und trat an ihre Seite. Eigentlich wollte ich Cate und Gilian doch einfach nur von meinem absurden und angsteinflößenden Treffen mit Wheeler berichten. Was zum Teufel machte jetzt dieser Ex-Freund von Cate hier?

Ich folgte Cate und den anderen in die Küche und beobachtete, wie Gilian sich um Entspannung zwischen uns bemühte.

„Was hattest du in Sagaponack zu suchen?“, raunzte mir Cate zu, während Gilian an der Kaffeemaschine herumhantierte und Ethan mit Small Talk ablenkte.

„Wieso hat *er* Chip nach Hause gefahren?“, gab ich trotzig und flüsternd zurück.

„Weil Chip ein paar Birds-Mitglieder gefolgt sind. Da konnte ich wohl schlecht mit ihm gemeinsam ins Auto steigen“, brummte Cate mir zu.

Wir setzten uns nebeneinander an den Küchentresen. Ich hielt die Klappe und beobachtete den Schreiner, der wie selbstverständlich Tassen aus Cate's Küchenschrank nahm, vor uns aufstellte und vertraut mit Gilian plauderte.

„Es hat ja zum Glück alles ganz gut geklappt“, stellte Gilian nach einer Weile lockerem Geplänkel fest, währenddessen sich meine Muskeln immer mehr verkrampft hatten.

Ich hatte das Treffen mit Wheeler noch nicht verdaut. Das Adrenalin ließ meinen Puls immer noch brodeln. Und wie selbstverständlich sich Ethan in Cate's Küche bewegte, trug auch nicht gerade zu meiner Beruhigung bei.

„Ich bin auf Wheeler getroffen“, platzte es impulsiv aus mir heraus.

„Was?“ Cate sah mich fassungslos an und ergriff meine Hände.

Die Erschütterung in ihrem Blick ließ mich leicht aufatmen. Bescheuerte Eifersucht, dämliche Zweifel!

Sie sprang auf und nahm mich in ihre Arme. Endlich. „Alles in Ordnung?“, fragte sie besorgt und küsste mich sanft.

Über ihre Schulter hinweg sah ich, dass Ethan verständnislos den Kopf schüttelte. „Was ihr macht, ist viel zu gefährlich. Ohne Polizei. Ihr geht alle ein viel zu hohes Risiko ein! Chief Malkovich ist ein guter Kerl. Holt euch professionelle Hilfe!“, mischte sich Cate's Ex lautstark ein.

Wundervoll, wie der Typ sich bemühte, viel durchdachter zu klingen als wir. Wir, die seit Monaten an nichts anderem arbeiteten, als Cate aus dem Sumpf herauszuziehen.

Ich beugte mich seitlich an Cate vorbei. „Und was, meinst du, hätte die Polizei bisher für Cate getan? Sie ermitteln in einer Sackgasse. Sie bewegen sich wie ein Brummkreisel." Ich untermalte meine Aussage mit einer schwungvollen Handbewegung. „Wir kommen mit denen nicht voran. Glaubst du, wir machen das aus Spaß?"

Ethan zuckte leicht mit den Mundwinkeln und warf mir ein verärgertes Lächeln zu. „Du klingst wie dein bester Freund Chip. Aber das macht es nicht besser. Ihr braucht Hilfe."

„Ethan, ich habe es dir vorhin schon erklärt. Die Polizei kann nur begrenzt das tun, was wir können. Sie können uns teilweise begleiten, aber ohne weitere Verdachtsmomente oder Beweise haben sie keine Möglichkeiten. Wir dagegen kommen an die Drahtzieher dran. Und wir kriegen auch etwas heraus", wandte Cate ein und strich sanft über meine Hand.

„Okay." Ethan Benning stand auf. „Ich wollte auch nicht lange stören. Cate, du kennst meine Meinung. Wenn ihr Hilfe braucht, könnt ihr mich jederzeit anrufen. Ich bin immer erreichbar." Er beugte sich zu Cate und küsste sie auf die Wange. Dann reichte er mir die Hand. „Hat mich gefreut, dich kennenzulernen." Gilian nahm er in den Arm und gab auch ihr einen Kuss. „Passt auf euch auf, okay?" Danach ging er zu seinem Wagen zurück.

Gilian räusperte sich. „Ihr solltet Chip anwählen. Und erzähl uns, was mit Wheeler war, ja?"

Mein Kopf brummte. Ich wollte nur noch mit Cate allein sein. Wir riefen Chip an und ich berichtete von meiner Begegnung mit Wheeler. Chip machte mir Vorwürfe und stellte mich zu allem Überfluss auch noch vor der Frau, deren Herz ich mit aller Macht erobern wollte, wie eine verantwortungslose Abenteurerin dar. Mann, was wollten die denn alle von mir? Ich hatte wirklich keine Lust mehr, dass jeder mich als eine risikoverliebte Idiotin betrachtete.

Cate schien das zu spüren. Sie beendete das Telefonat mit Chip, zog mich hinaus auf die Terrasse und setzte sich auf einen der Deckchairs. Ich nahm zögernd mit dem Rücken zu ihr gewandt vor ihr Platz. Sie legte ihre Arme um mich und zog mich zu sich. Ihre Hände streichelten sanft durch mein Haar und über meine Schultern. Mit nur wenigen Zärtlichkeiten erreichte sie, dass all meine Angst und Anspannung verflogen. Vorsichtig lehnte ich mich gegen sie und schloss die Augen. Ihre Wärme umhüllte mich. Ich spürte ihren Herzschlag, der sanft gegen meine Schulter pulsierte. Sie legte ihre Beine um meine und streichelte mich weiter.

Einfach so. Ohne Worte.

Plötzlich wusste ich, dass keine von uns beiden jemals allein auf hoher See verloren gehen würde. Das, was wir aneinander hatten, fühlte sich nach einem Anker an.

Heimat.

„Ich bring dich gleich nach Hause", sagte Cate leise, und ihre Lippen berührten zart meinen Hals.

Einige Stunden später

Chip war immer noch wütend über Dale's Alleingang. Das hätte ins Auge gehen können. Sogar Dale selbst hatte das eingesehen. Zum Glück war alles gut gegangen. Vielleicht hatte sie ja sogar Wheeler's Hirn in Bewegung bringen können. Würde er die Wahrheit sagen, dann wäre Cate entlastet. Aber wie wahrscheinlich war das?

Wheeler stand unter starkem Gruppenzwang. Er musste mit den Wölfen heulen, um selbst ein Wolf zu sein. Und Chip glaubte kaum, dass seine Persönlichkeit stark genug war, um diesem Druck etwas entgegenzusetzen. Auch wenn Chip wusste, dass Dale die bewundernswerte Fähigkeit besaß, Menschen für etwas zu begeistern. Aber *das?* Nein, das konnte er sich nicht vorstellen.

Chip's Rechner liefen auf Hochtouren. Seine Spionagesoftware funktionierte hervorragend und lieferte massenhaft Daten. Er hatte inzwischen sämtliche E-Mail-Wechsel der Birds aus den vergangenen zwölf Monaten durchforstet. Zu seiner Enttäuschung war das allerdings wenig ertragreich. Sein Kopf brummte. Er stand auf und holte sich ein Bier. Es musste doch irgendetwas zu finden sein. Chip ließ sein Programm erneut nach Dinklage suchen, und tatsächlich tauchten einige Fragmente auf.

Er muss weg

Wird erledigt

meine Kontakte auf Account

kümmern uns

Mehr konnte er nicht entschlüsseln. Er würde andere Software dafür brauchen. Dennoch schickte er die Fragmente in die Police Departments von Southampton und Montauk.

Chip seufzte. Das war noch nicht viel. Ein Anfang höchstens. Er starrte auf die flackernden Bildschirme. Dann tippte er, mehr aus Frust, den Namen *Paula Portland* ein und traute seinen Augen nicht. Plötzlich erschienenen vollständige Mails, die sie mit Smith ausgetauscht hatte. Chip schob sich näher an den Bildschirm heran und begann zu lesen.

Danke, Sebastian, meine Nichte wird überglücklich sein. Sie liebt diesen Dinklage wirklich. Und wie wunderbar, dass wir so auch eurem Ziel nahekommen und die Schriftstellerin mundtot machen können.

Aber glaubst du wirklich, dass sich einer von euch freiwillig opfert und den Mord auf seine Kappe nimmt? Ich kann es mir nicht vorstellen. Es ist schön, dass du meine Belange immer noch als die deiner Familie siehst, Sebastian. Ich trage dich immer in meinem Herzen.
Paula

Paula, wird alles werden. Ich mach das schon. Sag Joanne, sie soll mir nicht mehr schreiben. Auftrag verstanden. Idee ist gut. Für uns sogar sehr gut. Und bezahlt wird es auch noch. Der Makler hat ein stolzes Sümmchen lockergemacht. Besser geht es nicht.
Bis bald

Chip lehnte sich in seinem Stuhl zurück und pfiff leise durch die Zähne. Die Portland hatte die Idee, Cate da reinzuziehen! Unglaublich! Und Jeffrey, der Volltrottel, zahlte auch noch für die Beseitigung seines Problems – ohne zu wissen, dass die Mülldeponie seine Frau sein würde.

Er raufte sich die Haare und fing unwillkürlich an, hysterisch zu lachen. Das war doch nicht möglich! So banal? Ein Triumph für Barbie! Die Ehefrau aus dem Verkehr gezogen und den Kerl kassiert.

Er holte sich noch ein Bier und rief Cate über die sichere Leitung an. Gilian nahm ab.

„Ich habe die Lösung, Gilian! Den Beweis!", schrie er förmlich in den Hörer. „Hol die beiden aus dem Bett! Wir haben es geschafft!"

„Fantastisch, Chip! Das sind die besten Nachrichten überhaupt! Aber, Cate und Dale sind nicht hier. Sie sind zum Strand gefahren, und danach will Cate Dale nach Sag Harbor bringen. Sind vor einer guten Stunde weg."

„Verstehe. Ich versuche, Dale zu erreichen. Immerhin war es eine gute Idee von Cate, dir ihr Handy zu lassen, so erreiche ich wenigstens dich", sagte Chip, der schon wieder einen Funken Wut auf Dale verspürte, weil sie sich nicht an seine Regeln hielt.

Chip legte auf und wählte Dale's Nummer. Niemand nahm ab. Er wählte erneut. Keine Antwort. Er rief Dale auf dem Festnetz an.

Hi, hier ist Dale. Hinterlasst eine Nachricht. Bin beschäftigt, tönte ihr Anrufbeantworter in sein Ohr.

„Kann mir schon vorstellen, womit du beschäftigt bist. Ruf mich bitte zurück", sagte er nach dem Piepton.

Chip legte sein Handy weg.

Cate fuhr den Honda auf den Parkplatz hinter der Main Street. Wir stiegen aus. Sie ergriff meine Hand, und wir schlenderten wortlos in Richtung Yachthafen. Die untergehende Sonne tauchte alles in ein tiefes Rot. Selbst die alte Post und der schäbige 7-Eleven wirkten wie Märchenhäuser in diesem Licht. Die Motorboote, die in der kleinen Marina vertäut waren, wippten sanft auf und ab und zerrten mit leisem Murren an den Tauen. Das kraftvolle Rot überflutete die gesamte Sag Harbor Cove. Ich war mir sicher, dass es ein solches Licht nirgends sonst auf dieser Welt gab. Diese Schönheit konnte ein Sonnenuntergang nur hier auf unserer Insel hervorbringen. Seine Einzigartigkeit, Schönheit und Leidenschaft berauschten mich so wie die Einzigartigkeit, Schönheit und Leidenschaft der Frau an meiner Seite.

Cate blinzelte in das warme Rot. Ihr Gesicht war in die Farbe der Abenddämmerung getaucht. Sie wirkte gedankenverloren und versunken in die Magie des Augenblicks. Wie oft hatte ich mir gewünscht, zu wissen, was in solchen Momenten in ihr vorging. War sie zuversichtlich? Besorgt? Der Druck, den die tiefen Veränderungen in ihrem Leben auf sie ausübten, musste sich bedrohlich anfühlen. Ich hoffte, dass ich ihr etwas von dieser Last nehmen konnte. Durch meine Gefühle für sie und durch meine Nähe.

Viel zu schnell erreichten wir das Haus, in dem ich wohnte. Wir blieben vor der Eingangstür stehen und sahen uns lächelnd an.

„Musst du wirklich gehen?", wagte ich leise zu fragen.

„Ich sollte gar nicht hier sein“, seufzte sie.

Ein leichtes Bedauern huschte über mein Gesicht. Sie bemerkte es.

„Du hast recht“, gab ich schnell zurück. „Dein Verstand funktioniert im Moment besser als meiner.“

Sie nahm mich lächelnd in die Arme. „Ich bin ja auch älter als du.“

Ich schob sie ein Stück von mir weg. „Aber nicht viel.“

Sie zuckte mit den Schultern. „Ehrlich gesagt weiß ich gar nicht, wie alt du bist. Es gibt so vieles, was ich noch nicht über dich weiß.“

„Ich bin dreiunddreißig. Mein Geburtstag ist der 15. September. Sternzeichen Jungfrau.“

Cate schmunzelte und legte ihren Kopf leicht schräg. „Siehst du, dann bin ich acht Jahre und eine gescheiterte Ehe klüger als du.“ Sie zog meinen Kopf zu sich und küsste mich leidenschaftlich.

„Julia?“, hörte ich plötzlich eine dunkle Stimme hinter mir.

Sofort breitete sich eine tiefe Verwirrung in mir aus. Cate's Körper verführerisch nah an meinem und ein falscher Name in meinem Ohr.

Und wieder. „Julia?“

Jetzt erreichte die Botschaft meinen reizüberfluteten Kopf. Ich zog Cate küssend noch näher zur Haustür. Dabei stolperte ich und musste mich an ihr festhalten.

Cate unterbrach den Kuss und sah mich verwundert an. „Bringen dich unsere Küsse derart aus dem Gleichgewicht?“

Ich nahm ihren Kopf etwas unsanft in meine Hände. „Küss mich weiter, bitte“, flüsterte ich panisch.

Doch da hörte ich schon seine schweren, wiegenden Schritte näher kommen.

* * *

Dale hielt Cate's Kopf fest in ihren Händen und presste ihre Lippen auf ihren Mund. „Nicht umdrehen“, flüsterte sie und schob Cate in die Nische des Hauseingangs.

Cate hielt sich irritiert an Dale's Körper fest. Auch sie hörte die sich nähernden Schritte. Und wieder den fremden Namen.

„Julia? Bist du das?"

Dale ließ von Cate's Mund ab und zog den Kopf ihrer Freundin fest gegen ihre Schulter. „Du störst gerade, Benjamin. Können wir morgen reden?"

Wheeler blieb mit etwas Abstand vor ihnen stehen und grinste. „Ich sehe, dass ich störe, aber so bin ich nun mal."

Dale versuchte, ihn mit einer schnellen Handbewegung zum Gehen zu bewegen.

„Ich kriege keine Luft", zischte Cate kaum hörbar.

„Wir wollen jetzt nach oben. Ehrlich, es ist gerade ganz ungünstig."

Wheeler ging einen Schritt auf sie zu. „Ich habe über das, was du gesagt hast, nachgedacht. Würde gern mit dir darüber reden, jetzt, wo ich dich hier treffe. Das ist doch so was wie Schicksal. Ihr nehmt mich mit rauf, macht, was man als Frau so ohne Mann macht, und ich genehmige mir ein Bier in deiner Küche. Hast doch sicher 'n Bier, oder?" Er stand jetzt ganz dicht vor ihnen. „Oh, hab mich noch gar nicht vorgestellt."

Er packte grinsend Cate's Schulter und hatte sie mit einem Griff zu sich gedreht. Cate presste die Lippen zusammen und sandte ein Stoßgebet zum Himmel. Doch ihr Flehen wurde nicht erhört. Wheeler sah ihr ins Gesicht und sofort verengten sich grimmig seine Augen.

„Fuck! Du bist die Schreibertussi", stieß er leise hervor.

Dann griff er mit der einen Hand brutal nach Cate's Kragen, mit der anderen zog er eine Pistole aus seinem Hosenbund und richtete sie auf Dale.

„Los! Schließ auf! Schließ die verdammte Tür auf!"

Der Lauf seiner Waffe zielte im Sekundentakt abwechselnd auf Dale's Kopf und dann auf Cate. Dale suchte panisch nach ihrem Haustürschlüssel, und als sie ihn fand, fiel er mit lautem Scheppern auf den Boden.

„Aufheben! Los! Heb auf und schließ die verfluchte Tür auf", presste Wheeler gehetzt hervor. „Und wehe, du machst irgendeinen Scheiß, dann jage ich deiner Freundin hier eine Kugel in den Kopf."

„Ich beeile mich ja schon", stammelte Dale. Sie schloss die Tür auf und stolperte in den Hausflur.

„Und jetzt ganz ruhig, und lasst euch nichts anmerken, wenn jemand kommt! Meine Knarre sitzt bei deiner Freundin direkt unter dem Schulterblatt."

Er schob Cate mit auf dem Rücken verschränkten Armen vor sich her. Dale sah ängstlich zu ihr, aber Cate blickte sie ruhig an und nickte kaum sichtbar.

„Tu, was er sagt."

Sie gingen in den ersten Stock, und Dale entriegelte mit zitternden Händen ihre Wohnungstür. Sofort stieß Wheeler die beiden hinein. Dann schlug er die Tür hinter sich zu. Er hielt die Pistole auf beide gerichtet. Dale wollte sich vor Cate schieben, doch er winkte sie mit dem Lauf der Waffe zur Seite.

„Du bleibst, wo du bist. Ich will euch beide sehen und eure Hände."

Die Frauen hoben ihre Hände auf Schulterhöhe. Wütend fuchtelte er mit dem Revolver zwischen ihnen hin und her.

„Du hast mich *belogen!* Verdammte Scheiße! Du hast dich bei mir eingeschleimt, weil du *die* da kennst!" Er schlug sich fast die Waffe an den Kopf. „Und ich Idiot hab dir zugehört. Deinem Scheißgelaber!"

„Keiner möchte Sie verarschen, Mr. Wheeler. Wir sitzen im selben Boot …" Cate versuchte, ihre Worte so ruhig und gefasst wie möglich klingen zu lassen.

„Halt die Klappe!", fuhr er sie an.

„Mit Ihrer Aussage landen wir beide im Gefängnis", versuchte sie es weiter.

„Du sollst die Klappe halten!" Schweiß rann ihm von der Stirn.

„Wir könnten gemeinsam …"

In diesem Moment schlug er zu und traf Cate's Wangenknochen. Die Haut platzte auf. Sofort begann die Wunde zu bluten. Cate schwankte kurz, fasste sich und sah ihm dann wieder direkt in die Augen.

„Bist du irre?", brüllte Dale ihn an. „Ich versorge das jetzt!"

Sie ging zu der kleinen Kochnische, nahm ein frisches Handtuch und füllte Eiswürfel in einen Gefrierbeutel. Wheeler hatte sie immer im Visier.

„Komm wieder her! Verdammt! Sie stirbt schon nicht daran."

Das Blut rann über Cate's Gesicht und tropfte auf den Boden. Dale tupfte vorsichtig mit dem Tuch auf die Wunde. Sie hatte Tränen in den Augen.

„Geh weg von ihr! Ich will deine Hände sehen!"

„Scheiße, Wheeler, das blutet wie verrückt", stieß Dale wütend hervor.

„Dann mach, dass es aufhört, und pack ihr Eis drauf. Aber schnell, und ich will jede Bewegung sehen. Und du, Furler, hältst die Hände hoch", brummte er.

Cate sah die Wut und die Verzweiflung in Dale's Blick. „Es tut nicht weh", flüsterte sie ihr zu.

„Wenn ihr flüstert, dann schlag ich noch mal zu. Ich schwör's euch!"

Die Blutung ließ nach, aber die Stelle war stark gerötet und schwoll an. Dale legte Cate sanft den Eisbeutel auf die Wange.

„Seid ihr Scheißlesben jetzt endlich fertig?", schnauzte Wheeler. „Dann rück von ihr ab!"

Cate und Dale standen vor ihm. Cate hielt mit einer Hand den Eisbeutel an ihren Wangenknochen, die andere hatte sie auf Hüfthöhe angehoben. Dale hielt ihre Hände ebenfalls hoch. Wheeler schwitzte, seine Stirn lag in Falten.

„Du mieses Stück Scheiße, du hast mich angezeckt, damit ich meine Aussage gegen *die* da zurücknehme. Du hast versucht, mich gegen meine Männer aufzuwiegeln!“ Er stand jetzt ganz dicht vor Dale und hielt ihr die Waffe an die Stirn. „Ich sollte dich einfach abknallen. Peng! Und weg wärst du!“

Er tat, als würde er abdrücken, und zog die Pistole kurz in die Luft. Dale hatte die Augen geschlossen.

„Nur hätten Sie dann wirklich einen Mord begangen“, mischte sich Cate leise ein.

Wheeler trat vor sie und hielt nun ihr den Pistolenlauf an die Stirn. „Woher willst du wissen, dass ich nicht schon mehrere abgeknallt habe, hm? Du Klugscheißerin! Meinst du, das macht mir was aus?“

Sie wusste es, weil sie die Mechanismen dieser Bande kannte. Sie hatte über die Birds recherchiert und kannte ihre Regeln in- und auswendig. Sie machten entweder jemanden zum Sündenbock, der so viel auf dem Kerbholz hatte, dass er auf diese Weise elegant entsorgt werden konnte. Oder man wählte ein treues, ehrgeiziges Mitglied, das ein noch unbeschriebenes Blatt war. Jemand, der für die *Sache* brannte, aber noch nicht aufgefallen war. Und Wheeler zählte eindeutig zu der zweiten Kategorie. Genauso wie Blake Peters, der damals das Feuer in der Lagerhalle ihrer Familie gelegt hatte und keine drei Monate später bei einer Messerstecherei mit den Bats umkam. Aber das konnte sie ihm schlecht sagen. Also versuchte Cate es anders.

„Es würde nicht zum Stil der Birds passen, einen treuen, ehrgeizigen Mann einen kleinen Fisch wie Stallbruck ermorden zu lassen. Sie sind zu wertvoll und Stallbruck zu unwichtig.“

Wheeler senkte seine Waffe. „Was du nicht alles weißt, Schriftstellerin.“ Er beugte seinen Kopf ganz nah an ihr Gesicht. „Tut es weh?“, zischte er und deutete mit den Augen auf ihre Wange.

Als Cate nicht reagierte, presste er ihr gewaltsam seine Lippen auf den Mund und richtete gleichzeitig seine Pistole auf Dale.

„Ich hab dich was gefragt“, wiederholte er zornig. Sein Mund immer noch ganz nach vor ihrem Gesicht.

„Es pocht, ja. Und mein Schädel brummt."

In diesem Augenblick klingelte Dale's Handy. Es war Chip. Dale erkannte es sofort am Klingelton. Er rief über die sichere Leitung an. Alle starrten auf das Telefon.

„Finger weg! Wenn eine von euch das Ding auch nur anrührt, dann blas ich euch das Hirn raus!"

Das Handy klingelte ein Dutzend Mal. Dann herrschte Ruhe. Aber nur Sekunden später erklang der Klingelton erneut.

Wheeler starrte die beiden ernst an. „Keine bewegt sich!"

Als das Handy wieder still war, klingelte das Festnetztelefon. Der Anrufbeantworter sprang an.

Kann mir schon vorstellen, womit du beschäftigt bist. Ruf mich bitte zurück.

„Wer war das?"

„Mein bester Freund", sagte Dale ruhig.

Sie hoffte inständig, dass Chip Verdacht schöpfen würde. Er musste einfach Verdacht schöpfen, dass etwas schief gelaufen war. Denn sowohl Cate als auch sie würde einen Anruf auf der sicheren Leitung auf jeden Fall annehmen. Warum zum Teufel glaubte gerade jetzt so ein unromantischer Mensch wie Chip, dass es einen Grund gab, der sie davon abhalten würde?

„Du kannst doch alles, oder?", riss Wheeler sie aus ihren Gedanken. „Wie heißt du überhaupt? Ist dein Name wirklich Julia?"

„Ich heiße Dale." Sie kniff die Lippen zusammen.

Er nickte. „Von mir aus. Du nimmst mir jetzt dieses Teil ab." Er deutete hektisch auf seine Fußfessel. „Und zwar sofort!"

Er setzte sich mit vorgehaltener Waffe auf Dale's kleines Sofa und zog sein Hosenbein hoch.

„Guck dir die Scheiße an, und nimm es mir ab."

Sie sah ihn zögernd an.

„Nun mach schon! Und du, Büchermaus, setzt dich jetzt brav hierher."

Er schlug mit der Waffe auf den Platz neben sich auf dem Sofa. „Los jetzt! Wir haben nicht endlos Zeit!"

Cate folgte langsam seiner Aufforderung, während sich Dale vor ihn kniete. Sie sah sich die elektronische Fußfessel genauer an. Widerwillig tastete sie um sein Bein herum.

Er lehnte sich grinsend zurück. „Das wäre die perfekte Position, um mich ein wenig zu entspannen. Direkt vor den Augen deiner Freundin." Er strich Dale übers Haar.

„Wag es!", sagte Cate ruhig und in einem tiefen Ton, den sie selbst noch nie von sich gehört hatte.

Wheeler zog seine Hand zurück. „Wir haben keine Zeit für so was. Da hast du Glück!", schnauzte er Cate an. Dann wandte er sich an Dale. „Was ist? Kriegst du das hin?"

„Ich kann versuchen, die Fußfessel mit einem Seitenschneider zu durchtrennen." Unwillig tastete sie noch mal über die harte Kunststoffmanschette.

„Okay, dann hol was auch immer, aber schneid es ab. Wir müssen weg hier!"

Dale holte ein kleines Werkzeugset aus ihrer Schublade und versuchte das Plastikband zu durchtrennen.

„Wo wollen Sie denn hin?", fragte Cate.

„Nach Montauk. Ich liefere euch da ab und verzieh mich dann."

„Kannst du dein Bein mal etwas heben?", brummte Dale. „Ich komme nicht richtig dazwischen."

Abrupt beugte sich Wheeler zu Dale. „Warte! Wenn du das Ding abschneidest, dann ist das der letzte Ort, an dem man mich orten kann, richtig?"

Dale nickte.

Er sprang auf. „Okay, dann machen wir jetzt erst mal was anderes. Eure Handys!"

Dale deutete auf den Esstisch, wo vor wenigen Minuten ihr Telefon zu Chip's Klingelton getanzt hatte.

„Schalte es aus! Und deins?“

Cate zuckte mit den Schultern. „Habe ich zu Hause gelassen.“

Er neigte zweifelnd seinen Kopf und fuhr sich mit der Hand über das Kinn. „Eine Frau ohne Handy. Und das soll ich dir glauben? Eine Handtasche hast du wahrscheinlich auch nicht …“, spottete er.

Sie nickte. „Alles zu Hause.“

„Aufstehen!“, befahl er Cate. „Beine auseinander!“

Er stellte sich vor Cate und ließ langsam seine Hände über ihren Körper gleiten. Dabei blickte er Dale aufreizend an. „Sie hatte es wohl wirklich eilig, zu dir zu kommen!“ Er bleckte seine Zähne. „Respekt, du scheinst Eindruck bei den Weibern zu schinden.“

Dale fischte mit zitternden Händen ihr Telefon vom Esstisch und streckte es Wheeler entgegen.

„Lass mich das machen“, sagte Cate bestimmt und nahm Dale das Telefon aus der Hand. Sie öffnete unbemerkt die App, mit der sie Textnachrichten über die sichere Leitung versenden konnten, und tippte schnell auf eine Taste. Dann schaltete sie das Handy vor Wheelers's Augen aus.

„So, jetzt bleibt das Ding schön hier liegen. Vorwärts!“ Er stieß Cate vor sich her. „Autoschlüssel und Werkzeugkasten nicht vergessen!“

Sie stolperten vor ihm her zu dem Parkplatz, auf dem sie den Honda abgestellt hatten. Wheeler folgte ihnen mit nur wenigen Zentimetern Abstand. Abwechselnd rammte er ihnen den Pistolenlauf in den Rücken. Der Mond schien breit über der Sag Harbor Cove, als wollte er ihnen Mut zusprechen. Dale versuchte Cate's Hand zu greifen.

„Pfoten weg!“, schnauzte Wheeler sie an. „Ihr werdet heute Nacht noch genug Spaß haben! Wo steht deine Karre?“

Cate wies mit dem Kinn nach vorn. „Da, auf dem Parkplatz. Der graue Honda.“

„Willst du mich verarschen? Ein Honda?“

„Unauffällig. Sollte Ihnen doch recht sein“, sagte Cate ruhig.

Ihre Wange pochte. Sie hielt noch immer den Eisbeutel dagegen. Wheeler stand direkt neben ihr, als sie die Fahrertür entriegelte. Einen Moment überlegte er, wie er die beiden im Wagen am besten in Schach halten konnte.

„Du fährst!“, blaffte er Cate an. „Und du setzt dich hinter sie“, befahl er Dale. „Deine Hände hältst du auf der Kopfstütze. So, dass ich sie immer sehen kann. Nimmst du eine Hand runter, schieße ich! Verstanden?“

Er wartete, bis Cate und Dale eingestiegen waren, und ging dann mit gezückter Pistole hinüber zum Beifahrersitz. „Fahr los! Aber über die 114!“

Cate steuerte den Wagen einhändig vom Parkplatz und dann auf die Hampton Street in Richtung Route 114. Wheeler ließ keine der beiden aus den Augen. Seine Zähne knirschten. Er dachte nach.

„Wie hast du dir das eigentlich vorgestellt?“, fragte er Dale schließlich.

Mit ihren Händen auf Cate's Kopfstütze klemmte sie fast zwischen den beiden Vordersitzen.

„Ich hoffte einfach, dass du dich für das Richtige entscheidest“, sagte sie leise.

Er prustete zornig los. „Das *Richtige?* Was ist denn das Richtige? Gegen meine Männer, meine Kumpels, meine Familie auszusagen, um der Klugscheißerin hier aus der Patsche zu helfen?“

„Sie meint, dass es eine Chance gibt, für Sie und für *mich,* über diese Sache noch einmal zu reden …“, brachte Cate langsam vor.

„Hab ich dich gefragt?“, blaffte er dazwischen.

Cate atmete geräuschvoll aus. „Kann ich das Fenster öffnen und den Kühlbeutel rauswerfen?“

Wheeler drückte ihr die Waffe an die Schläfe. Das Metall des Laufs bohrte sich schmerzhaft in ihre Haut.

„Klar, damit die Bullen, wenn sie merken, dass du fehlst, unseren Weg nachvollziehen können. Nee, Schätzchen. Wir fahren zum Sag

Harbor Golf Club. Der Parkplatz ist schlecht beleuchtet. Wir suchen uns irgendeine Karre, und deine Maus da“, er wies auf Dale, „schraubt uns ein schönes, neues Nummernschild an. Dann ist dein Dreckshonda noch besser getarnt. Und dort schmeißen wir den Beutel in den North West Creek.“

Cate nickte. Leider war dieser Plan überhaupt nicht dumm.

„Also, was war deine Idee, Blondie?“

„Ich dachte, es würde dich interessieren, eine Alternative zu Knast oder jahrelanger Flucht zu haben“, sagte Dale dünn. „Außerdem hast du genauso wie Cate mit dem ganzen Scheiß eigentlich nichts zu tun. Ich dachte, es wäre gut, wenn du dir das noch mal durch den Kopf gehen lässt.“

Er kniff die Augen zusammen. „Die Birds sind meine *Familie!* Sie haben mir mit dieser Story eine Riesenchance zum Aufstieg geboten. Du kannst deinen geilen Arsch drauf wetten, dass die sich um mich kümmern. Und wenn ich ein paar Jahre im Knast lande, *so what?* Die holen mich da raus. Und zwar schneller, als du deine Schriftstellermuschi zurückbekommst.“

Cate bog ab und fuhr mit dem Honda langsam auf den Parkplatz des Golfclubs.

„Mach das Licht aus“, raunzte Wheeler.

Im Schritttempo steuerte Cate über den Schotter, bis sie zu einigen parkenden Autos kamen.

Wheeler deutete auf einen Ford Galaxy, der ganz am Ende der Parkreihe stand. „Den nehmen wir. Alle steigen aus!“

Er drückte Dale das Werkzeugset in die Hand.

„Los! Schraub die Nummernschilder ab, und tausch sie aus. Du bist doch so eine tolle Schrauberin.“ Seine Waffe hielt er Cate an den Kopf. „Und wenn du irgendeinen Mist machst, dann ist sie tot.“

Dale schlich sich an den Ford Galaxy und montierte in Windeseile die Kennzeichen ab. Dann kniete sie sich vor den Honda und tauschte die Nummernschilder aus.

„Gut, und jetzt schneidest du das verdammte Teil ab und schmeißt es mit dem Kühlpack in den Creek. Aber schnell. Ich geb dir fünf Minuten. Sonst brauchen wir gleich eine andere Fahrerin."

Dale setzte den Seitenschneider an und trennte unter großer Anstrengung das Plastikband durch. Dann rannte sie los in Richtung Creek. Hoffentlich hatte ihr bester Freund verstanden, dass etwas nicht stimmte.

* * *

Nachdem Chip die Nachricht auf Dale's Anrufbeantworter gesprochen hatte, trieb das Bier ihn zur Toilette. Er fühlte sich großartig. Es war *der* Durchbruch! Endlich gab es handfeste Beweise, die Cate entlasteten. Wenn alles so lief, wie er glaubte, dann würde Cate in ein paar Tagen aufatmen können, und der Spuk hätte endlich ein Ende. Dale könnte dann mit ihr entweder in etwas Festes segeln, oder aber die beiden würden, nach gelichtetem Nebel, bei klarer Sicht vielleicht doch anders denken. Chip kratzte sich über sein Kinn. War es dieser Gedanke, der ihn stutzig machte? Irgendetwas Ungutes mischte sich in seine gute Laune.

„Ach! Wird schon", sagte er zu sich selbst, wusch sich die Hände und trottete zurück zu seinem PC. Jetzt nur noch seine neuesten Entdeckungen an Chief Spencer schicken, und dann würde alles gut werden.

Aber das ungute Gefühl war immer noch da.

Chip griff nach seinem Handy. Eine Textnachricht war eingegangen. Von Dale. Er öffnete grinsend die Nachricht und freute sich schon auf ihre Ausrede. Aber stattdessen enthielt die Nachricht nur ein einziges Zeichen.

!

Cate's geheimes Zeichen für *Gefahr*. Chip rannte mit dem Telefon in der Hand zur Tür und stürzte die Stiege hinunter. Er sprang durch den dichten Abendverkehr über die Main Street. Autos hupten, Bremsen quietschten, Fahrer fluchten. Er rannte an der Reinigung vorbei auf den städtischen Parkplatz. Sein Herz hämmerte. Mit großen Schritten stolperte er Richtung West Water Street. Der Schweiß rann seine Stirn hinab und brannte in seinen Augen. An Dale's Haustür drückte er mit der flachen Hand auf alle Klingelknöpfe. Er japste nach Luft. Keiner öffnete. Er sprang ein paar Meter zurück und brüllte.

„Aufmachen! Macht auf!"

Wieder drückte er alle Klingelknöpfe. Ein Fenster im zweiten Stock öffnete sich. Phillip, der Buchhändler, streckte den Kopf heraus.

„Sag mal, spinnst du?" Doch dann erkannte er Chip. „Was ist denn los?", rief er ihm zu.

„Mach auf, Phillip! Ich muss zu Dale! Es geht ihr nicht gut!"

Der Türöffner summte prompt. Chip stürzte die Stufen hinauf zu Dale's Wohnung. Die Tür war nicht abgeschlossen. Er brüllte ihren Namen und stolperte hinein. Doch die Wohnung war leer.

Chip's Kopf brummte. Er sah sich hastig um. Ihr Handy lag auf dem Esstisch. Auf dem Boden sah er den Blutfleck. Chip sank in die Knie.

„Oh, mein Gott!", entfuhr es ihm. „Verfluchter Mist!"

Er tippte hektisch auf seinem Handy herum und wählte Cate's Nummer. Hoffentlich ging Gilian sofort dran. Es klingelte gefühlte einhundert Mal, dann hörte er die vertraute Stimme der Verlegerin durch das Dröhnen in seinem Ohr.

„Gilian?", keuchte er.

„Was ist los, Chip?"

„Sie sind weg, Gilian. Jemand hat Dale und Cate gekidnappt!"

„Wie bitte?"

„Ich bin in Dale's Wohnung. Sie haben mir unser geheimes Zeichen für den Notfall gesendet, Gilian. Hier ist niemand mehr. Und hier ist *Blut,* Gilian! Blut!"

„Ich rufe die Polizei an!", reagierte Gilian schnell und war schon aus der Leitung verschwunden.

* * *

Officer Baker rannte mit dem Telefon in der Hand zu ihrer Chefin, die gerade an den bevorstehenden Feierabend dachte. Später wollte sie sich mit John treffen. Sie fühlte ein angenehmes Kribbeln bei dem Gedanken an ein Abendessen und die gemeinsame Zeit mit ihm. Vielleicht würden sie nach dem Essen noch etwas trinken gehen. Und danach? Wer weiß … Doch dann stand Baker atemlos in der Tür ihres Büros.

„Chief! Mrs. May für Sie! Sehr dringend!"

Violett Spencer nahm mit überraschtem Gesichtsausdruck das Telefon entgegen. Gilian sprudelte sofort los.

„Sie sind entführt worden, Chief! Cate und Dale! Und sie sind verwundet! Sie müssen nach Sag Harbor in die West Water Street zu Miss Robert's Wohnung! Bitte! Sofort!"

Chief Spencer bemühte sich um Fassung. „Ganz ruhig, Mrs. May! Was ist passiert?"

Mit einer Handbewegung bedeutete sie Baker, das Einsatzteam in Bereitschaft zu versetzen. Baker rannte los.

„Cate wollte Dale nach Hause bringen. Sie waren wohl in ihrer Wohnung, und jemand hat ihnen aufgelauert. Sie haben ein geheimes Zeichen für den Notfall abgesetzt. In der Wohnung befindet sich Blut."

Chief Spencer schnaubte laut. „Verdammter Mist! Wir fahren sofort los."

„Ich komme auch!", rief Gilian in den Hörer.

Dann legten beide auf.

Chief Spencer stieß die Tür zum Großraumbüro auf. „Wir brauchen die Spurensicherung! Sofort!“

Sie zog ihre Uniformjacke über und wählte auf dem Weg nach draußen John's Nummer. Das Rauschen in der Leitung ließ sie vermuten, dass er schon auf dem Weg zu ihr war. Seine dunkle Stimme war von einem Lächeln umhüllt.

„Jetzt sag nicht, du hast es dir anders überlegt!“

„John? Jemand hat sich unser Kulturgut und die Elektrikerin gegriffen“, sagte Violett düster und beorderte Baker ans Steuer. „West Water Street, Sag Harbor. Nun mach schon, Baker!“

Malkovich brauchte einen Moment, bis er begriff, was er hörte. „Das darf nicht wahr sein! Bist du sicher?“

„Gilian May hat angerufen. Sie klang sehr sicher. Kommst du dorthin?“

„Machst du Witze? Na, klar!“

Er bog in East Hampton auf die 114 ein. Der kürzeste Weg von Montauk nach Sag Harbor.

* * *

Sie fuhren mit neuen Nummernschildern weiter ostwärts auf der Route 114 Richtung East Hampton. Wheeler ließ die Pistole nun gelegentlich lässig herabhängen, ohne aber den Blick von Cate und Dale abzuwenden. Nach einer Weile schaltete er das Radio ein und summte einen idiotischen Song von Kid Rock mit.

„Das ist gute Musik.“

Dale verzog ihr Gesicht.

„Was ist? Auf was stehst du denn? Ach, lass mich raten: K. D. Lang und Melissa Etheridge!“

Sie verdrehte die Augen. „Nein. Ich steh nicht so auf Country.“

Jetzt sah er sie fragend an. „Dachte, das wäre Pflichtprogramm bei euch.“

„Bei wem?“

„Ach, vergiss es.“ Er drehte den Kopf zur Seite und starrte Cate an. „Na? Freust du dich schon auf die Männer?“

Cate’s rechte Wange war so angeschwollen, dass sie ihn mit einem Seitenblick kaum noch sehen konnte.

„Ich bin mir nicht sicher, ob Smith und Wastiaux es gut finden, dass Sie uns zu ihnen bringen.“

Wheeler grinste breit. „Die werden mich feiern dafür, dass ich euch dort abliefere. Ihr seid Futter für die Meute. Und die Reste von euch schmeißen wir den Haien zum Fraß vor. So machen wir Birds das mit Nestbeschmutzern.“ Zur Bekräftigung seiner Worte nickte er heftig.

Cate neigte den Kopf zur Seite. „Mag sein. Ich glaube aber, dass sie uns lieber weit weg sehen würden.“

Wheeler klopfte ihr auf die Schulter. „Glaub mir mal. Ich kenne meine Jungs. Das wird eine gelungene Überraschung.“

„Wenn Sie meinen …“

Er streckte seine Beine im Fußraum aus und stöhnte. „Was für eine Kackkarre. Du hast doch Kohle. Warum holst du dir so einen Schrott? Du hättest einen Porsche Cayenne oder so fahren sollen. Aber so was?“

„Ist ein Feldversuch“, sagte Cate trocken.

„Auf dem Feld kannst du *den* doch total vergessen, das brauchst du gar nicht versuchen.“ Er lehnte sich selbstgefällig zurück. „Weiber“, fügte er spöttisch hinzu.

„Also ist der Plan, uns zerfleischen zu lassen und dann in den Atlantik zu werfen?“, fragte Cate so unemotional wie möglich.

Er zuckte mit den Achseln. „Ja, ungefähr so.“

„Und damit könnte so ein Mann wie Smith leben?“, setzte Cate fragend nach.

Wheeler richtete sich auf und kam ganz nach an ihr Gesicht heran.

„Weißt du eigentlich, dass dein Ex-Mann eine Freundin von Smith vögelt?“ Er grinste breit.

Cate nickte kurz. „Ja, weiß ich.“

Er verzog albern den Mund. „War dir egal, weil du Blondie hast, was?“

„Nein. Mein Mann hat sich für jemand anderes entschieden, bevor ich Dale kennengelernt habe.“ Bei jedem Wort schmerzte ihr Gesicht. Doch Cate wusste, dass sie ihn beschäftigen musste.

„Ich bin nicht euer Scheidungsrichter“, schloss er, als aus der entgegengesetzten Richtung ein Streifenwagen mit Blaulicht an ihnen vorbeiraste. Am Steuer erkannte Cate den Chief mit dem Schauspielernamen.

* * *

Chief Spencer ließ ihre Beamten vor Dale’s Wohnungstür warten und schickte nur die Spurensicherung hinein. Ihre Leute begannen, die Hausbewohner zu befragen. Keiner hatte Dale Roberts nach Hause kommen sehen. Sie sei ohnehin in der letzten Zeit selten da gewesen. Wahrscheinlich ein neuer Lover. Wer? Nein, das wusste niemand. Aber es gab ja auch diese Gerüchte. Vielleicht war ja was dran. Sag Harbor hatte schließlich schon oft Traumpaare kreiert. Warum also nicht die Heilige der Insel und das Mädchen aus Sag Harbor? Ihr Mädchen! Das wäre doch Long Island. So war man eben. Die Wellen, der Sog. Die Brandung. Hals über Kopf oder gar nicht. So liebte man hier. Und Dale, ja Dale, die konnte einen umhauen. Warum sollten sich die Füße der Schriftstellerin nicht in ihren Wellen verfangen? Oder umgekehrt? Hatten die Polizisten Steen’s Bücher nur gelesen oder auch verstanden? Diese Frau *ist* diese Insel. Sie ist die beste aller Wellen. Prachtvoll, groß, ausdrucksstark. Wenn man sie in einem Stück überlebte, dann sei man es wert, an ihrer Seite zu stehen. Anders als diese Wurst, dieser Makler. Man hätte beim Aussprechen seines Namens am liebsten auf den Boden gespuckt. Aber man war ja schließlich zu Hause. Und nicht auf See. Und das sagten Buchhändler, Verkäufer, Klempner und Bankangestellte mit Inbrunst.

Baker sah während der Befragungen befremdet zu ihren Kollegen, die jedes Wort zu verstehen schienen. Eine Insel voller Irrer, dachte sie. Ähnlich wie ihre Heimat, die sich gerade mit großem „Hurra" von Festlandeuropa verabschiedet hatte.

Chief Malkovich stapfte die Stufen herauf. Sein blondes Haar und der Bart zeugten von aufziehendem Sturm.

„Wo ist Chief Spencer?", fragte er.

Casabianca deutete auf die Wohnung. „Drinnen. Mit der Spurensicherung."

Malkovich blieb in der Wohnungstür stehen und sah zu Violett, die Gilian May zu bändigen versuchte. Er winkte die beiden zu sich heran.

„Bradly hat gemeldet, dass Wheeler seine Fußfessel irgendwo am Golfplatz von Sag Harbor entsorgt haben muss. Dort endet seine Spur. Er ist jetzt nicht mehr zu tracken. Aber er war um 19.30 Uhr hier in der Wohnung. Das passt zu den Angaben, die Sie gemacht haben, Mrs. May. Ich fürchte, er hat die beiden Frauen."

Gilian hielt sich geschockt die Hand vor den Mund. „Und jetzt?"

„Jetzt fährt er mit ihnen zum Ende der Insel. Wir schicken Männer hin."

Violett zog John zur Seite. „Das muss ganz sachte gehen, John", flüsterte sie, „die Frauen sind in Lebensgefahr."

* * *

Cate fuhr den Wagen langsamer, je mehr sie sich Montauk näherten. Andere Autofahrer überholten sie hupend oder blendeten sie von hinten mit dem Fernlicht.

„Fahr doch schneller!", motzte Wheeler vom Beifahrersitz aus.

„Ich fahre so, um nicht aufzufallen", brummte Cate.

„Hier fällt man eher auf, wenn man kriecht. Wir kommen jetzt ins Wildwasser, Baby. Das kannst du nicht mit deinem verschlafenen Water Mill vergleichen. Hier leben noch echt Kerle. Und Bräute, die ihren Männern das Bier holen."

Cate sah im Rückspiegel, wie Dale seufzend den Kopf schüttelte.

„Wollen Sie vorher bei Ihren Chefs anrufen?", fragte Cate.

„Nein. Das soll eine Überraschung werden." Wheeler wurde langsam unruhig, seine Beine wippten unaufhörlich. „Jetzt fahr schneller!"

„Es gibt Menschen, die Überraschungen nicht mögen", schob Dale ein. Ihre Arme waren auf der Kopfstütze längst lahm geworden.

„Es gibt auch dreibeinige Hunde", raunzte Wheeler sie an und verzog genervt sein Gesicht.

„Ich würde anrufen an Ihrer Stelle", versuchte es Cate erneut.

Er richtete wieder seine Waffe auf sie. „Siehst du das Ding hier? Hä? Wer hat es in der Hand? Ich, oder? Hör auf zu labern, Schriftstellerin. Du bist nicht an meiner Stelle!"

Sie hob beschwichtigend eine Hand vom Lenkrad. Inzwischen hatten sie das Zentrum von Montauk erreicht.

„Hier links abbiegen. Auf den West Lake Drive, Richtung Yacht Club und Marina", dirigierte er sie.

Cate nickte langsam.

Wheeler trommelte mit den Fingern auf dem Armaturenbrett herum. Sichtlich nervöser als noch vor wenigen Minuten. „Wenn wir am Hauptquartier ankommen, springst du raus." Er deutete auf Dale. „Ich erkläre dir, wie das Tor aufgeht. Machst du Mist, dann …" Er tippte auf den Lauf seiner Pistole. „Dann steigst du wieder ein, bis ich euch sage, wann wir halten."

„Und du bist dir sicher, dass das der beste Weg ist?" Dale sah ihn vorsichtig an.

„Der einzige Weg", murrte Wheeler.

Fast im Schritttempo steuerte Cate den Wagen an Ethan's Schreinerei vorbei. Sie hoffte inständig, dass er oder sein Partner zufällig gerade in dem Moment aus dem Gebäude herauskommen, wenn sie vorbeifuhren. Beide kannten den Honda und würden verstehen … Aber niemand erschien. Cate spürte, wie die Angst ihren Verstand übernahm. Sie sah Dale im Rückspiegel an. Auch aus ihrem Gesicht waren Kampfgeist und Mut verschwunden, Ungewissheit und Anspannung machten sich breit.

Cate's letzte Hoffnung hing nun an jemandem, den sie zutiefst verachtete: Sebastian Smith. Der Taktiker und Strippenzieher blieb gern bei all seinen Machenschaften unsichtbar. Er ließ sich als Unternehmer und knallharter Chef einer Gang feiern. Seine Verbrechen jedoch fanden stets im Verborgenen statt. Nie kam etwas zutage. Jetzt aber sollte eine bekannte Persönlichkeit direkt vor seinen Augen, auf seinem Gelände um die Ecke gebracht werden. Sie hoffte, ja betete, dass er *das* nur sehr ungern zulassen würde. Aber was war eine Hoffnung wert, die man an den Teufel knüpfte?

Das Tor baute sich riesengroß vor ihnen auf. Cate stoppte den Wagen.

„Du springst raus. Links unten am Tor ist ein kleines Pedal. Da drückst du so lange drauf, bis wir mit dem Wagen durchpassen. Auf der anderen Seite machst du dasselbe, um es wieder zu schließen. Ein falscher Schritt, und ich drück ab, verstanden?"

Dale öffnete die Tür und kletterte aus dem Wagen. Cate fuhr den Honda durch das Tor zur Hölle und stoppte auf der anderen Seite, bis Dale wieder eingestiegen war. Dann wies Wheeler ihnen den Weg über das große Gelände bis zu einer schäbigen Wellblechhalle.

„Da fährst du die Karre rein."

In der Halle stoppte Cate den Motor. Außer ein paar flackernden Halogenröhren gab es kaum Licht.

„Aussteigen! Beide!"

Wheeler schwang sich vom Beifahrersitz und erwartete sie mit seiner Pistole neben dem Fahrzeug. Dale war an Cate's Seite getreten und ergriff ihre Fingerspitzen.

„Da wären wir. Ich bringe euch gleich zu den Chefs. Sie entscheiden dann, wie eure letzten Stunden so werden." Er reckte sich gespielt lässig.

„Was hast du uns denn da mitgebracht, Wheeler?", rief ein tätowierter Typ in Lederhose und Unterhemd. Er ging mit schweren Schritten auf die beiden Frauen zu. „Nett. Wo hast du die denn aufgegabelt?"

„Sind mir in die Arme gelaufen. Ich wollte den Chefs eine kleine Freude machen."

„Guter Fang, Wheeler. Wastiaux ist schon weg. Smith sitzt oben in seinem Büro."

„Hilfst du mir, ihre Hände zu fesseln? Sie sind unberechenbar."

Wheeler hielt Cate und Dale weiterhin mit der Pistole in Schach. Der andere holte zwei Kabelbinder aus einem Regal.

„Sind das die Frauen von den Bats? Oder verdeckte Ermittler?"

Wheeler neigte seinen Kopf und grinste. „Ja, so was Ähnliches. Ich habe sie enttarnt. Ich denke, der Chef wird sich freuen."

Zwei weitere Männer betraten die Halle.

„Hoppla! Damenbesuch!", lachte der eine.

Der zweite pfiff anerkennend durch die Zähne.

„Wieso lässt du sie fesseln, Ben? Sind das zwei Wildfänge, die gezähmt werden müssen?"

Einer ging auf Cate zu, nahm ihr Gesicht grob in die Hand und drehte ihre Wunde ins Licht. „Warst wohl nicht artig, was?" Er tätschelte ihre unverletzte Wange. „Meine Mutter würde sagen, das ist verheilt, bis du heiratest. Wird schon wieder, Mädchen. Sei schön brav, dann gibt es auch kaum Schläge." Er verzog seinen Mund zu einem schiefen Lächeln.

„Wer ist das?", fragte ein weiterer Mann, der plötzlich hinter Dale und Cate aufgetaucht war. Er trat ganz nah an sie heran und atmete tief ein. „Riechen gut, die beiden."

„Das sind Spitzel", erwiderte der Tätowierte.

Der Mann spuckte vor den beiden auf den Boden. „Scheiße! Spitzel gehen gar nicht! Weiß es der Chef schon?"

„Ich wollte sie gerade zu ihm bringen."

Wheeler schubste Cate und Dale so heftig vor sich her, dass die beiden stolperten und fast das Gleichgewicht verloren hätten.

„Wir kommen mit!", grölten die Männer und bauten sich rund um Cate und Dale auf.

Wheeler schob seine Beute unter dem Geleit der geifernden Rocker über den Hof. In dem roten Backsteinhaus war ein Fenster beleuchtet. Eine große Gestalt zeichnete sich hinter der Scheibe ab. Smith war durch das Grölen seiner Leute aufmerksam geworden. Er sah in den Hof hinab und konnte erkennen, dass eine immer größer werdende Meute zwei Gefangene direkt in die Halle hineintrieb. Er fragte sich, ob Wastiaux wieder einen Alleingang inszeniert hatte, und verzog verärgert das Gesicht.

„Chef!", brüllte einer der Männer. „Wheeler hat zwei Spitzel geschnappt! Überlässt du sie uns? Ist doch fast Feierabend!"

Smith trat aus seinem Büro, verschränkte seine muskelbepackten Arme und blickte hinab. „Was denn für Spitzel?"

Wheeler trat hervor. „Chef, die beiden hier haben mich bespitzelt und versucht, mich auszuquetschen. Da habe ich sie mitgenommen", sagte er unbeholfen.

Smith zog die Stirn kraus. Seine Eitelkeit verbot ihm, eine Brille zu tragen, und so erkannte er aus der Entfernung nur, dass es sich um zwei Frauen handelte. Er stieg langsam und lässig die Stahltreppe hinunter in die Halle. Seine Männer grölten Anzüglichkeiten und benahmen sich wie Idioten. Smith trat durch die Menge auf die beiden Frauen zu. Dale schenkte er nur einen kurzen Seitenblick, aber vor Cate blieb er stehen und starrte sie sekundenlang grimmig an. Dann trat er einen Schritt zurück, und ohne Cate aus den Augen zu lassen, brüllte er los.

„Wheeler!"

Der Gerufene eilte herbei. Smith drehte sich mit einer knappen Bewegung zu ihm um und schlug ihn mit einem Fausthieb zu Boden.

„Uuhh!“, stöhnte die Menge.

Smith beugte sich über den am Boden liegenden Wheeler, zog ihn an seiner Kutte hoch und schlug erneut brutal zu. Aus Wheeler's Mund und Nase tropfte Blut. Sein Nasenbein schwoll sofort an.

„Bist du geistesgestört?“, brüllte der Chef. „Du Vollidiot! Was zum Teufel hast du dir dabei gedacht?“

Smith griff wieder nach ihm, doch Wheeler robbte rückwärts von ihm weg. Die anderen Männer standen wortlos dabei und beobachteten schockiert den Wutausbruch ihres Chefs. Smith stieg dem am Boden Kriechenden hinterher und riss ihn unsanft auf die Beine. Wheeler hielt sich schützend die Arme vor sein Gesicht.

„Du Schwachkopf! Was sollen wir mit *der* hier? Was soll der Scheiß, Wheeler?“ Er griff ihm in die Haare und schüttelte seinen Kopf hin und her. „Du Volltrottel! Und tauchst hier auch noch mit der Fußfessel auf!“

„Die Fessel ist weg, und die Blonde war auf mich angesetzt, Chef, um mich gegen euch aufzubringen“, rechtfertigte sich Wheeler. „Sie wollte mich manipulieren, damit ich meine Aussage über *die* da zurücknehme.“

Smith hielt ihn immer noch am Schopf und fixierte ihn. „Hörst du dir überhaupt zu? *Die war auf mich angesetzt, die wollte mich manipulieren*“, äffte er Wheeler's Tonlage nach. „Mach die Augen auf! Das ist eine Frau! Frauen tun so was, du Idiot!“ Er stieß ihn von sich. „Außerdem will *die da*“, er zeigte auf Cate, „sich verteidigen. Das ist normal! Sie will beweisen, dass sie mit der Sache nichts zu tun hat. Und du schleppst die beiden hierher! Was sollen wir jetzt machen? Hm? Willst du sie hier killen? Diese Frau ist das Inselheiligtum. Ach, Scheiße, Nationalheiligtum! Die ganzen verfickten Vereinigten Staaten stehen auf den Scheiß, den die schreibt. Und du haust ihr in die Fresse und schleifst sie zu uns?“

Die Männer sahen sich ungläubig an. Einer traute sich vor.

„Aber Chef, wenn das die Schriftstellerin ist, die den Nazischeiß über uns verbreitet hat, dann können wir sie doch alle nicht ausstehen …", brachte er leise hervor.

Smith drehte sich zu ihm um. „Sehr richtig, Miller." Sein Ton wurde scharf. „Aber nur, weil *wir* sie nicht mögen, heißt es nicht, dass alle anderen sie auch nicht mögen. Im Gegenteil: Die finden sie toll. *America's Darling!* Verstehst du? Wie Julia Roberts. Würdest du Julia Roberts oder Jennifer Aniston in die Fresse hauen, nur weil *du* sie scheiße findest?"

Miller schüttelte den Kopf. „Jennifer Aniston? Nee, der würde ich nicht in die Fresse hauen. Obwohl ich die Serie scheiße fand. Meine Alte hat das immer geglotzt. Total nervig."

„Wir haben mit der Schriftstellerin nichts zu schaffen, außer dass unser Wheeler in ihrem Auftrag jemanden ermordet hat, oder?"

Wieder sahen die Männer sich erstaunt an. Was redete der Chef da? Natürlich hatten sie die Schlammgrube für die Schriftstellerin ausgehoben. Das war doch der Plan. Keiner sagte etwas.

Smith ging auf Cate zu. „Es tut mir leid, Mrs. Furler, dass unser junger Freund Sie hierhergebracht hat. Aber das ist nicht meine Baustelle. Ich gebe Sie und die da", er wies mit dem Kopf auf Dale, „in die Obhut von Wheeler zurück. Was er mit Ihnen anstellt, liegt nicht in meinem Ermessen." Er deutete zu Wheeler. „Dass ich nicht einverstanden bin mit seiner Aktion, bezeugt seine gebrochene Nase. Mehr kann ich leider nicht für Sie tun."

Cate sah ihn unumwunden an. „Clever", sagte sie leise.

Smith grinste. „Nehme ich als Kompliment."

Ein dünner Mann mit einem Boxergesicht stürzte in die Halle. „Die Bullen!" brüllte er. „Sie sind vor dem Tor! Drei Streifenwagen!"

Smith zog Wheeler zu sich. „Du bringst die Frauen in den Bunker und bleibst da, bis die Luft rein ist. Dann schaffst du sie hier weg. Weit weg. Lass sie von mir aus in Manhattan vom Bus überfahren.

Oder schmeiß sie von der Brooklyn Bridge – mit Gewichten an den Füßen. Lass sie verschwinden, und wir vergessen die Sache. Verstanden?", zischte er ihm ins Ohr.

Wheeler nickte schnell.

Smith wandte sich wieder an Cate. „Ich kann leider nicht zulassen, dass man Sie in diesem Zustand bei uns findet, Mrs. Furler. Das sähe nicht gut für mich aus, obwohl ich damit nichts zu tun habe. Wenn die Polizei einen allerdings erst mal auf dem Kieker hat, dann wird es ungemütlich. Aber wem sag ich das?" Er schlenderte in Richtung Tor. „Knebelt sie!", rief er über die Schulter. Dann verließ er die Halle, trat auf den Hof und ließ mit großer Geste das Tor öffnen.

Drei Streifenwagen des Montauk Police Department fuhren mit quietschenden Reifen auf das Gelände. Staub wirbelte auf. Officer Hawkins stieg aus und trat Smith gegenüber.

„Wo ist Wheeler?"

Smith zuckte mit den Achseln. „Keine Ahnung. Er hat doch eine Fußfessel, da müsstet ihr das doch wissen."

Hawkins verzog grimmig das Gesicht. Über Smith' Schulter hinweg sah er eine große Gruppe Männer aus der Halle kommen.

„Hattet ihr eine Versammlung?"

Smith drehte sich zu seinen Leuten um. „Wir haben ein paar Aufträge abzuarbeiten, Officer, da muss man gelegentlich mal eine Teambesprechung machen. Tagesgeschäft. Nichts Außergewöhnliches."

„Was dagegen, wenn meine Männer Ihr Grundstück untersuchen?", fragte Hawkins ruhig.

„Was dagegen, wenn Sie einen Durchsuchungsbeschluss für mich hätten?"

Der Officer zückte ein Blatt Papier aus der Brusttasche seiner Uniform, faltete es auseinander und hielt es Smith vor. Smith würdigte das Schreiben keines Blickes, sondern reichte es sofort an den Mann neben ihm weiter. Paul Waters, Smith' rechte Hand in Finanz- und Rechtsfragen.

Waters las laut vor. „Hauptgebäude, Hofanlage, Garagen, Werkstatt. Alles drin, Chef", sagte er gelassen.

„Gut, dann sehen Sie sich um." Smith machte grinsend eine ausladende Geste.

Da zerriss ein ohrenbetäubender Krach die Abendluft.

„Was war das denn?", fragte Hawkins.

„Die Schrottpresse. Bis 22 Uhr dürfen wir das im Industriegebiet", erklärte Waters lächelnd.

„Dann schauen wir doch mal, welcher Schrott so dringend gepresst werden musste." Officer Hawkins deutete Smith an voranzugehen.

Smith ging hinter die Hallen. Das Geräusch ertönte noch zwei weitere Male, bis sie die Presse erreicht hatten. Smith ließ einen durchdringenden Pfiff los und bedeutete dem Mann, der die Monstermaschine bediente, sie abzuschalten. Unter lautem Knirschen und Knarzen unterbrach die Maschine ihre Arbeit.

„Öffnen!", befahl Hawkins.

Er kletterte über den Rand der Presse und schaute hinab. Grünes, blaues und rotes Metall, das seine ursprüngliche Form verloren hatte.

„Das werden wir analysieren müssen, Smith. Da war nicht zufällig ein grauer Honda Accord dabei?"

„Hey, Chris! War ein grauer Honda dabei?", brüllte Smith dem Mann zu.

„Das war alles Mögliche, Chef. Ich gucke mir die Scheißkarren nicht an. Aber Grau war nicht dabei. Das weiß ich sicher."

„Danke, Chris." Smith zuckte mit den Schultern.

„Holen Sie Ihren Mann da runter. Heute wird kein Schrott mehr gepresst. Die Maschine muss überprüft werden. Haben Sie die Nummernschilder?"

Smith deutete auf den Boden. „Liegt alles da, Officer."

Hawkins wies einen Kollegen an, alles aufzunehmen. Dann ging er mit Smith weiter. „Das kann die ganze Nacht dauern, Smith. Es geht schneller, wenn Sie mir sagen, wo sich Wheeler versteckt."

Smith strich sich seinen Scheitel glatt. „Ich bin nicht sein Kindermädchen. Das sind Sie, Officer. Warum sollte er hier sein? Hat er noch was angestellt?"

Hawkins schlug ihm gegen die Schulter. „Guter Trick, Sebastian. Mit Ihnen plaudere ich am liebsten über laufende Ermittlungen."

„Ich versuche nur, die Zeit zu verkürzen. Das nervt Sie doch genauso wie mich, dieses dumme Rumgestochere im Nichts, Hawkins."

„Ist mein Job", sagte der Officer trocken.

„Scheißjob."

* * *

Chief Spencer stand mit John Malkovich und Gilian May allein in Dale's Apartment. Die Spurensicherung hatte ihre Arbeit beendet. Das Blut, so hatte die Schnellanalyse ergeben, stammte von Cate Furler. Aber die Blutmenge vor Ort und das Tuch, mit dem Cate offenbar versorgt worden war, deuteten darauf hin, dass sie nicht schwer verletzt war.

Cate's Notrufnachricht war bei Chip um 19.33 Uhr eingegangen. Violett Spencer hatte die Berichte ihrer Leute von den Befragungen schnell zusammengefasst. Niemand hatte etwas gehört oder gesehen. Jeder mochte Dale. Alle wünschten ihr das Beste.

„Nicht viel", schloss sie.

„Meine Leute nehmen gerade den Laden der Birds auseinander. Bisher nichts. Kein Auto, keine Frauen, kein Wheeler." Chief Malkovich zog die Schultern hoch. „Sie haben eine Schrottpresse untersucht, in der gerade noch das ein oder andere Auto vernichtet wurde. Könnte sein, dass das Entführungsfahrzeug dabei war." Er wandte sich mit einem Foto an Gilian. „Fuhr Mrs. Furler diesen Leihwagen? Wir lassen nach einem Honda Accord suchen. Grau. Ist das richtig?"

„Ja, ich habe die Unterlagen in Cate's Jeep. Da steht alles drin. Soll ich sie holen?"

Chief Malkovich schüttelte den Kopf. „Nicht nötig, wir haben alle Daten von dem Autoverleih. Das Problem ist, dass dieses Fahrzeug kein Navigationsgerät hat und somit auch kein GPS. Es ist, gelinde gesagt, zu alt und zu durchschnittlich, um uns wirklich hilfreich zu sein."

Gilian nickte traurig. Genau das war Cate's Plan gewesen. Sie wollte sich ungesehen bewegen können. Jetzt ging der Plan nach hinten los.

„Wir finden die beiden, Mrs. May", versuchte Chief Spencer sie zu beruhigen. „Die Insel ist nicht so riesig. Wir haben zwischen den Shinnecock Hills und Hampton Bays an den Ausfahrtstraßen in Richtung Manhattan auf Höhe des Kanals Polizeisperren aufgestellt. Es kommt keiner so schnell von der South Fork runter, ohne gesehen zu werden. Entweder er geht uns im Osten in die Falle oder im Westen. Aber wir kriegen ihn. Ganz sicher."

Gilian ließ den Kopf hängen. „Und was, wenn es zu spät ist? Wenn er sie längst getötet hat?" Ihre Worte waren kaum zu hören.

„Das schließe ich aus. Der Kerl hätte sie gleich hier in der Wohnung umbringen und dann alleine fliehen können. Aber er hat sie gekidnappt. Wir müssen jetzt zusehen, dass er nicht die Nerven verliert."

Chief Malkovich schob seine Kollegin und Gilian sanft aus der Wohnung.

„Wollen Sie mit aufs Revier, Mrs. May? Wir haben uns bei den Kollegen hier in Sag Harbor einquartiert. Sie müssen jetzt nicht allein in das Haus von Mrs. Furler."

Gilian überlegte kurz. Sie wollte zu Chip. Mit ihm musste sie dringend sprechen. Er musste seine Tarnkappe ablegen und der Polizei helfen. Sie hatten für Taktik keine Zeit mehr.

„Ich gehe eine Runde spazieren. Brauche frische Luft und ein Glas Wein. Ich komme in einer Stunde auf das Revier, in Ordnung?"

* * *

Smith ließ die Polizei gewähren, stellte aber jedem Beamten einen seiner Männer an die Seite, um jederzeit zu wissen, was sie vorhatten und wonach sie suchten. Den Honda hatte er hinter der Halle, in der der Wagen zunächst abgestellt war, in das nahe gelegene Unterholz schieben lassen.

Die Polizei wurde währenddessen mit der Schrottpresse abgelenkt. Vier Officer hatten den Inhalt der Presse begutachtet, zwei weitere Polizisten untersuchten eine andere Werkshalle. Jetzt allerdings kam der schwierige Part: Wheeler und die Frauen mussten vom Gelände verschwinden. Da gab es nur einen Weg. Er musste sie an der Rückseite der alten Fabrik zum Lake Montauk bringen und sie dann über den Wasserweg wegschaffen lassen.

Wheeler, dieser Vollidiot! Der ursprüngliche Plan war so genial aufgegangen. Alles lief wie am Schnürchen! Dann ließ sich dieser Stümper von zwei Weibern so provozieren, dass er den Kopf verloren hat. Verdammter Mist. Eigentlich sollte Smith den Idioten mitsamt den Frauen irgendwo verrotten lassen. Aber nicht auf seinem Gelände. Die Bullen würden keine Ruhe geben. So viel stand fest. Also mussten sie weg von hier. Und Wheeler brauchte Geld für die Flucht.

Smith neigte seinen Kopf zu Waters und flüsterte ihm einige Befehle ins Ohr. Waters nickte und ging von den Beamten unbemerkt in den hinteren Teil der Fabrik. Dort stand der Tresor, und unweit davon war außerhalb des Gebäudes der Zugang zum Bunker.

Montauk diente wie andere Küstenstädtchen auf Long Island im Zweiten Weltkrieg als Marinestandort. Von hier waren Truppen der Alliierten nach Europa in See gestochen. Die Militärs hatten ihre Stützpunkte mit Bunkeranlagen geschützt, die sie nah am Wasser in die Hügel gruben. So auch hinter der alten Stahlfabrik am Lake Montauk. Über die Jahrzehnte hatte die Natur die Bunker zurückerobert und ihre Eingänge mit Sträuchern und Dornengestrüpp überzogen. Einen Eingang allerdings, der in der Nähe der Halle lag, hatten die Birds schon vor Jahren freigelegt, um den dahinter befindlichen

Bunker als Lagerstätte für ihre Hehlerware zu nutzen. Die Bunker waren nicht alle ordentlich dokumentiert, und so gab es diese blinden Flecke, an denen man Dinge und Menschen verstecken konnte, die nicht gefunden werden sollten.

Waters ließ sich die Position der Polizeibeamten auf dem Gelände durchgeben, bevor er durch eine versteckte Außentür in die Dunkelheit hinausschlüpfte. Er fand sicher seinen Weg durch das dichte Unterholz. Am Eingang zum Bunker angekommen schob er die Tarnung ein wenig zur Seite und legte eine dunkle Stahlluke frei. Sie ließ sich geschmeidig öffnen. Die gute Pflege dieses geheimen Orts war heiliges Gesetz bei den Birds. Waters stieg ein paar Stufen hinab und zog die Luke hinter sich zu. Er näherte sich dem Licht, das im Inneren des Bunkers brannte.

Wheeler hatte die beiden geknebelten Frauen vor sich sitzen und seine Pistole auf sie gerichtet. Als er Waters sah, bemühte er sich zu lächeln. Seine Nase war stark angeschwollen, und unter seinen Augen bildeten sich Blutergüsse. Waters trat neben ihn und blickte auf Cate und Dale herab.

„Mrs. Furler. Es tut mir leid, dass Ihnen und Ihrer Begleitung so viele Unannehmlichkeiten entstanden sind. Unser Benjamin ist ein Hitzkopf. Aber das wissen Sie ja bereits. Wir werden Sie jetzt auf einem Boot von hier wegbringen. Auf dem Gelände ist die Polizei. Das bedeutet, dass ich auf dem Weg zum Boot und auf dem Wasser keinen Unsinn von Ihnen erleben will. Ich bin nicht der Chef, Mrs. Furler, und ich sage Ihnen beiden ganz deutlich, dass ich kein Problem damit habe, zu schießen, wenn Sie nicht kooperieren. Die Knebel nehmen wir Ihnen hinter Star Island ab. Bis dorthin werde ich mir bei der kleinsten Bewegung, dem kleinsten Mucks von Ihnen, das Recht herausnehmen, Sie sofort zu liquidieren.“ Waters lächelte entschuldigend. „Wir wollen doch alle unbedingt vermeiden, dass die fleißigen Coast Guards auf uns aufmerksam werden, nicht wahr? Ich werde Sie bei Culloden Point verlassen. Dort steht ein Fahrzeug bereit. Ihr … Begleiter hier wird dann entscheiden, was er mit Ihnen macht." Er betrachtete grinsend die geknebelten Frauen, die ihn angsterfüllt ansahen. „Ich hoffe, Sie haben mich verstanden. Dann nicken Sie jetzt bitte."

Cate und Dale nickten.

Nun tippte Waters dem geschlagenen Wheeler auf die Schulter. „Komm mit mir mit."

Wheeler erhob sich und stapfte neben Waters her. Als sie sich einige Meter von den Frauen entfernt hatten, zog Waters ihn zur Seite, behielt Cate und Dale aber über die Schulter von Wheeler hinweg im Blick.

„Jetzt hör mir genau zu! Ich habe zweitausend Dollar in bar für dich. Du schaffst die Frauen hier weg. Wenn du dich entscheidest, sie umzulegen, dann ist das deine Sache. Wir haben damit nichts zu tun. Du hast uns richtig in die Scheiße geritten, Wheeler!"

Wheeler ließ den Kopf hängen. „Ich wusste mich nicht anders zu wehren. Die wollten uns auffliegen lassen", versuchte er sich zu rechtfertigen. „Außerdem … ich mochte die Kleine", sagte er ganz leise. „Und sie hat mich dermaßen enttäuscht, dass ich sie vor Wut umballern wollte. Scheiß Gefühle …"

„Wen mochtest du? Die Schriftstellerin oder die Blonde?"

„Die Blonde", sagte Wheeler kleinlaut.

„Mann, Wheeler! Diese Frauen sind dir haushoch überlegen im Hirn. Hat mit so einer jemals einer von uns Glück gehabt?"

Wheeler schüttelte den Kopf.

„Na, siehste." Waters klopfte ihm auf die Schulter. „Mach jetzt bloß keinen Fehler mehr. Der Chef tobt. Es wird schwierig, wieder in die Familie zurückzukommen. Hau erst mal ab, und warte, bis sich alles beruhigt hat."

„Erwartet der Chef, dass ich sie umbringe?"

Waters verzog das Gesicht. „Das musst du selbst wissen. Ich geb dir da keinen Rat." Er pfiff kurz und gab den Frauen ein Zeichen aufzustehen. „Es geht los. Ich will keinen Mucks von euch hören, klar? Meine Waffe hat einen Schalldämpfer. Sie tötet lautlos. Und ich sage noch mal: Ich habe keine Scheu, sie zu benutzen."

Cate und Dale waren immer noch an den Händen gefesselt. Die Knebel scheuerten an den Mundwinkeln, ihre Muskeln schmerzten vor Anspannung. Sie mussten sich vor den Männern aufstellen und begannen ihren beschwerlichen Marsch über abgebrochenes Astwerk und durch Dornengestrüpp, das an ihren Beinen zerrte und in ihre Haut stach. Sie gaben kein Geräusch von sich. Der Wunsch, dies alles zu überleben, erfüllte sie mit einem starken Willen. Gelegentlich schafften sie es, sich anzuschauen und sich gegenseitig durch ihre Blicke Mut zuzusprechen. Manchmal versuchten sie, einander ein Lächeln zu schenken. Und immer wussten sie, dass sie es gemeinsam schaffen konnten.

Sie erreichten das Ufer des Lake Montauk. Waters zog ein kleines Motorboot heran und half den beiden einzusteigen. Dann ließ er Wheeler einsteigen und nahm zum Schluss ebenfalls Platz. Er reichte Wheeler eines der beiden Ruder und nahm das andere, um das Boot vom Ufer abzustoßen. Sie ruderten wortlos auf den See hinaus Richtung Norden. Weit hinter Star Island, dem Sitz der Küstenwache von Montauk, startete Waters den Motor und lenkte das Boot zu der kleinen Passage, wo der See in den Block Island Sound mündet. Er manövrierte das Boot an der Nordküste der South Fork entlang zurück in Richtung Westen.

Die Männer hatten Cate und Dale die Knebel abgenommen. Dennoch wurde kaum ein Wort gesprochen. Alle außer Waters waren von ihren Gedanken, Gefühlen und Schmerzen zu sehr überwältigt, um zu sprechen. Bei Culloden Point gingen sie an Land. Zwei bullige Typen, die schon auf sie warteten, halfen ihnen, das Boot ans Ufer zu ziehen.

Waters grüßte sie knapp. „Sind die Autos da?"

Einer der Kerle nickte. „Ein Van für Wheeler und die Frauen und für dich und Alex ein Golf. Ich bringe das Boot zurück zum Camp."

„Gut gemacht, Steve! Wir sehen uns morgen", sagte Waters und wandte sich zum Gehen. „Ich wünsche Ihnen eine gute Weiterreise, meine Damen. Hat mich gefreut, Ihre Bekanntschaft zu machen."

Waters schlenderte zu dem Kleinwagen und fuhr mit dem anderen Mann davon. Wheeler entriegelte den Van und schob die Tür zu den Rücksitzen auf.

„Einsteigen!", befahl er.

Cate und Dale folgten und kletterten auf die Rückbank.

„Was haben Sie vor?", fragte Cate.

„Wir fahren ins Hither Woods Perserve. Da gibt es genügend Verstecke. Dann schlafen wir. Guck mal hinter dich. Da ist bestimmt Proviant."

Cate stemmte sich auf die Knie und blickte in den Laderaum des Vans. „Wasser, Bier, Sandwiches", stellte sie trocken fest.

Wheeler nickte zufrieden. Cate schlängelte sich mit ihren gefesselten Händen zurück auf den Sitz. Dale lehnte sich mit einem leisen Seufzen zurück. Ihrem Rücken tat die Entspannung gut. Cate zog die Beine leicht an, um ihre schmerzenden Glieder zu entlasten. Ihre Schultern berührten sich. Cate blickte zu Dale. Ihr Mund formte die Worte *Wir leben noch*. Ihre Wange pochte und brannte wie Feuer. Trotzdem fühlte sie, dass auch diese Sache gut ausgehen würde.

Musste sie einfach.

Das Leben hatte doch gerade erst wieder begonnen, seine Reize zu senden.

* * *

Gilian lief die Main Street hinauf zu Chip's Wohnung und rief ihn währenddessen auf Cate's Handy über die sichere Leitung an.

„Ich bin auf dem Weg zu dir. Hast du Wein?"

„Nein", gab Chip dünn zurück.
„Ich hole was im *Page.* Mach mir schnell auf, wenn ich bei dir klingele. Ich möchte nicht wie eine Säuferin mit einer Flasche Wein auf der Hauptstraße rumstehen."
„Alles klar, bis gleich."
Chip klang verzweifelt. Und Gilian ging es nicht besser. Aber das Leben hatte sie gelehrt, dass Angst ein unproduktiver Berater war. Dass sie lähmte und alles, was sich noch zum Guten wenden konnte, in Stillstand tauchte. So hatte sie in ihren jüngeren Jahren aus Angst so manche Gelegenheit einfach verstreichen lassen, ohne zu kämpfen. Ohne etwas zu tun. Sie saß nur da und sah zu, wie ihre Jugendliebe verschwand, weil sie nicht den Mut aufbrachte, zu ihr zu stehen. Berufliche Rückschläge verstand sie als Niederlage und resignierte. Bis sie, kurz bevor Cate ihr diesen abgedrehten ersten Romanentwurf geschickt hatte, beschloss, es künftig anders zu machen. Von dem Moment an änderte sich ihr Leben. Aus dunkel wurde hell. Niederlagen wurden zu einem Neuanfang, und die Liebe fand sie auch wieder. Deshalb marschierte sie immer weiter voran. Auch wenn das Leben gerade Kopf stand – so wie jetzt. Sie ging ins *Page.* Sam, der Besitzer, kam sofort auf sie zu.
„Hallo Mrs. May. Heute ohne Mrs. Furler?"
„Die kann heute nicht", sagte Gilian ruhig.
„Darf ich Ihnen Ihre Lieblingsecke geben?"
„Ich habe eine unanständige Bitte, Sam. Ich weiß, Sie dürfen Alkohol nicht außer Haus verkaufen, seit wir diesen Bloomberg als Bürgermeister in der City hatten. Aber, Sam, ich bin weit entfernt von minderjährig, und ich brauche für mich und einen Freund Drinks."
Sam lächelte breit. „Ich gebe Ihnen etwas zu essen dazu. Das schadet Ihnen nicht. Sieht nach einem unguten Tag aus. Was kann ich zusammenstellen?"
„Was Sie wollen. Hauptsache, Weißwein ist auch dabei. Und ich habe es ziemlich eilig."

„Bin gleich zurück. Nehmen Sie kurz an der Bar Platz. Ich lasse Ihnen einen Wein servieren. Mit Eis, wie Mrs. Furler?“

„Gerne.“

Ein Drink, wie Cate ihn liebte. Das war eine gute Idee. Die Barkeeperin stellte das Glas vor ihr ab.

Gilian hob es an und sagte leise: „Auf dich, Cate. Komm schnell zurück, und bring dein Mädchen mit.“

Kurz darauf steuerte Sam mit einer dunklen Tragetasche auf sie zu. „Geht aufs Haus. Greifen Sie bitte mit der Hand unter die Tüte. Ist schwer.“ Er zwinkerte ihr zu.

Sie küsste ihn auf die Wange. „Sie sind ein Schatz.“

„Grüßen Sie Cate von mir.“

„Mach ich, Sam. Bestimmt. Danke noch mal.“

Gilian ging mit langen Schritten zu Chip's Wohnung. Nach dem ersten Klingeln stand er unten an der Eingangstür. Verwundert sah er auf die große Tüte.

„Sam meinte es gut mit uns. Hast du schon was gegessen?“

Chip schüttelte stumm den Kopf. Sie stiegen die Treppe hinauf. Oben angekommen schob sich Chip schnell vor ihr in die Wohnung.

„Tut mir leid, sieht schlimm aus hier.“ Er sammelte schnell ein paar leere Bierdosen ein und bat sie, einzutreten.

Gilian sah sich um. „Hast du einen Tisch?“

„Den Schreibtisch. Ich schiebe immer was zur Seite, wenn ich esse.“

„Ja, dann“, sie deutete auf die überfüllte Tischplatte, „schieb mal was zur Seite.“

Chip schob irritiert ein Stück des Tischs frei. „Ich habe den Polizeifunk abgehört. Ist 'ne Menge los. Was haben die Chiefs gesagt?“, fragte er vorsichtig.

Gilian entkorkte die Flasche und schenkte sich Wein ein. „Sie haben die Straßen ab Shinnecock Hills gesperrt und kontrollieren jedes Fahrzeug. Das Hauptquartier der Birds wird gerade durchsucht. Sie sind zuversichtlich, dass sie Cate und Dale finden.“

Er nickte nachdenklich. „Aber vielleicht ist Wheeler auch gar nicht bis zum Hauptquartier gekommen. Vielleicht war die Polizei vor ihm dort, und er ist woandershin gefahren. Sobald er Kontakt zum Hauptquartier aufnimmt, kriege ich ihn. Ich überwache alle ihre Rechner."

„Chip", Gilian sah ihn ganz ruhig an, „wir müssen deine Identität bei Spencer und Malkovich preisgeben. Wir müssen mit denen zusammenarbeiten."

„Daran habe ich auch schon gedacht."

Sie lächelte. „Ich mache mich gleich auf den Weg ins Revier. Du musst mitkommen."

Er trank sein Bier aus. „Ja, ich weiß. Ich muss aber noch die Mails von der Portland an die Chiefs schicken. Diesen Fall müssen wir ja auch zu Ende bringen. Habe mich in den letzten Stunden nur mit der Ortung von Wheeler befasst. Es funktioniert nicht. Cate's Auto hat kein GPS, der Typ hat die Fußfessel entsorgt. Seitdem sind sie unsichtbar."

„Ja, sie sind irgendwo da draußen mit diesem Neandertaler. Das ist unheimlich."

„Du kennst Cate, ich kenne Dale. Die beiden sind stark. Denen fällt was ein."

Gilian versuchte zu lächeln. „Ich hoffe es. Aber uns muss auch was einfallen."

„Eine Idee habe ich schon", sagte Chip.

* * *

Die Chiefs von Southampton und Montauk hatten sich auf dem Revier der Kollegen aus Sag Harbor eingerichtet. Als Gilian May mit Chip in dem Großraumbüro erschien, sah Chief Spencer irritiert auf. Sie ging auf die beiden zu, gab Malkovich ein Handzeichen und bugsierte alle in einen kleinen Besprechungsraum.

Gilian nahm neben Chip Platz. Chip starrte auf den Boden, Gilian in die fragenden Augen der Polizisten.

„Das ist Christopher Jamerson, der beste Freund von Dale Roberts, IT-Spezialist, vertraut mit Sicherheitssystemen – und ein begnadeter Hacker", begann sie ohne Umschweife.

Malkovich zog die dichten Augenbrauen zusammen. „Also haben Sie uns die Infos geschickt. Nicht Miss Roberts." Es war eine Feststellung. Keine Frage.

Chip nickte. „Ich habe gerade noch etwas geschickt. Müsste der endgültige Beweis sein, dass Cate in eine Falle gelockt wurde."

Chief Spencer öffnete das Mailprogramm des Polizeicomputers und überflog schnell die eingegangene Nachricht. Dann blickte sie ernst zu John.

„Und Sie sind der Typ, der sich bei den Birds eingenistet hat", stellte Malkovich fest. Sein Blick verdunkelte sich. „Das ist der schiere Irrsinn. Ich denke, das wissen Sie."

Chip senkte die Augen.

„Das hatten wir doch alles schon, Chiefs", warf Gilian ein und wollte gerade weiter ausholen, als Chip ihr ins Wort fiel.

„Ich kann fast alle Internet- und Telefonverbindungen der Birds überwachen. Sie kommunizieren aber augenblicklich nicht digital. Deshalb muss ich dort rauf, Chief. Ich muss vor Ort sein, um zu hören, was sie sagen." Seine Stimme klang überraschend fest und entschlossen. „Ich muss herausfinden, was die über Cate und Dale wissen!"

„Auf keinen Fall", wehrte Spencer entschieden ab. „Die Männer vom Montauk PD sind vor Ort. Da haben Sie jetzt nichts zu suchen!"

„Wir müssen aber wissen, was vor sich geht! Ihren Männern werden die nichts sagen. Die Zeit drängt!" Chip war aufgesprungen. „Wenn Cate und Dale dort waren, dann wird irgendeiner was sagen – aber bestimmt nicht der Polizei!"

Violett Spencer wollte gerade zu einer erneuten deutlichen Ansage ansetzen, aber John Malkovich legte seine Hand auf ihren Arm.

„Wieso glauben Sie, dass die Birds einen Überraschungsbesuch von Ihnen nicht eigenartig finden werden?“, brummte er.

„Weil ich ihnen etwas Interessantes mitbringe.“

Chief Spencer nahm ihre Brille ab und rieb sich entnervt über die Augen.

„Und was?“

„Ein paar Details Ihrer Einsatzpläne. Zum Beispiel die Straßensperre oder die genaue Analyse des Inhalts der Schrottpresse morgen früh um 5 Uhr“, gab Chip zurück. Seine Stimme war plötzlich wieder ganz ruhig.

Chief Malkovich sah ihn fassungslos an. „Du hackst unseren Funk?“

„Nur jetzt. Und nur weil es ein Notfall ist“, erklärte Chip und zuckte entschuldigend mit den Achseln.

„Du hast Nerven, Junge!“, entfuhr es Spencer.

„Ich könnte denen auch was Fingiertes unterjubeln, aber das würde ich nicht überleben“, warf Chip ein. „Ich muss Fakten anbieten. Smith wird das wissen wollen. Ich kann sicher vor Ort etwas über Cate's und Dale's Aufenthaltsort rauskriegen. Das ist eine echte Chance, Chiefs!“, mahnte Chip eindringlich.

„Okay ...“, gab Malkovich zurück.

„Das ist Wahnsinn, John!“, fuhr Chief Spencer dazwischen.

„Meine Männer sind im Lager, Violett. Die werden den Jungen nicht in Anwesenheit der Polizei massakrieren.“

„Das ist auch meine Hoffnung“, gestand Chip leise.

„Und wie wollen Sie dorthin kommen?“, fragte Spencer unwirsch.

„Mit Mrs. May. Sie bringt mich hin. Das ist am unauffälligsten“, gab Chip zurück und blickte zu Gilian.

Gilian starrte ihn mit offenem Mund an.

* * *

Benjamin Wheeler fuhr den Van auf holprigen Waldwegen weit in das Naturschutzgebiet hinein. Er kannte sich dort gut aus. Früher war er zum Motocross-Fahren oft hierhergekommen. Illegal, natürlich. Nach etwa zwanzig Minuten erreichten sie eine kleine Lichtung. Wheeler hielt an und stellte den Motor ab.

„So, da wären wir. Ich geh pinkeln."

Er sprang vom Fahrersitz und stellte sich an den nächsten Baum. Seine Pistole hatte er griffbereit in seinem Gürtel stecken. Als er zum Wagen zurückkam, riss er die Hintertür auf.

„Du zuerst."

Er zog Cate grob aus dem Wagen, schnitt ihre Fesseln auf und schubste sie vom Auto weg.

„Du kannst dich da hinten ins Gebüsch setzen. Und wenn dir deine Freundin was bedeutet, kommst du zurück." Er hielt Dale seine Knarre an den Kopf.

Cate verschwand schnell, und nachdem sie zurück war, schickte Wheeler Dale. Als Dale sich wieder dem Van näherte, war Cate an die Wagentür gefesselt. Wheeler hatte den Proviant aus dem Kofferraum geholt und hielt Dale eine Dose vor die Nase.

„Willst du ein Bier? Echte Schrauber trinken doch zusammen, oder?"

Dale ging an ihm vorbei zu Cate. „Nimm ihr diese Scheißfesseln ab", zischte sie wütend.

„Sachte." Er bemühte sich, ruhig zu bleiben. „Ich will jetzt mit dir ein Bier trinken. Sonst nichts. Wir haben uns ja schließlich schon ein paar Mal gesehen, oder? Bin kein Fremder für dich."

„Doch, bist du. Ich habe in der Werkstatt deines Onkels einen anderen Wheeler kennengelernt. Nicht so ein gewalttätiges Arschloch."

Er hielt ihr das Bier erneut hin und zielte mit der Pistole auf ihren Kopf. „Trink!"

Dale öffnete die Dose und trank sie in zwei Zügen leer. „Und jetzt binde sie los!"

Wheeler schnaufte laut und befreite Cate. Dann setzte er sich auf einen auf dem Waldboden liegenden Baumstamm. „Was ist? Wollt ihr nichts essen? Ich frage nicht zweimal."

Cate und Dale griffen sich Sandwiches und blieben vor ihm stehen.

„Mann, setzt euch. Nehmt euch Bier, und macht keine Zicken."

Widerwillig nahmen die Frauen neben ihm Platz.

„Wie geht's jetzt weiter?", fragte Dale nach einer Weile.

„Wir ruhen uns aus und hauen morgen nach Brooklyn ab. Da kenne ich ein paar Leute."

Dale sah von ihrem Sandwich auf. „Du musst dir was Besseres einfallen lassen, wenn du fliehen willst."

Er kniff die Augen zusammen. „Wenn du mich nicht hättest belabern wollen, dann wären wir gar nicht erst in dieser Situation."

Cate streckte sich auf dem Baumstamm. „Wir haben Ihnen gesagt, dass es keine gute Idee ist, zu Ihrem Chef zu fahren. Sie brauchen jetzt einen Plan", sagte sie beiläufig.

Wheeler stand auf, ging auf sie zu und kniete sich mit Bierdose und Pistole in den Händen vor sie. „Hör auf, mich zu belehren, Klugscheißerin! Ich *habe* einen Plan."

„Gut", antwortete Cate knapp.

Er sah zu Dale und grinste. „Weißt du überhaupt, wie ich dein Blondchen kennengelernt habe? Sie hat mit einer anderen in unserem Club wild rumgeknutscht. Das fanden wir ziemlich geil."

Dale warf ihm einen wütenden Blick zu, aber Wheeler stützte seine Unterarme auf Cate's Oberschenkel, zielte mit der Waffe auf ihren Bauch und fixierte sie.

„Und? Wie findest du das, Schriftstellerin?"

Cate erwiderte seinen Blick. „Ich weiß das."

Verwirrt sah Wheeler Dale an. „Ach so, ist normal bei euch? Wusste ich nicht. Sind Frauen nicht immer so auf Treue aus?" Dann hob er als entschuldigende Geste seine Hände. „Sorry, ich dachte, ihr Weiber steht nicht auf Fremdknutschen. Wieder was gelernt."

Cate nahm einen Schluck Bier. Der Alkohol tat gut. Er betäubte ihre Sinne ein wenig.

Plötzlich fuhr Wheeler hoch und deutete auf Dale. „Ab! Zum Wagen!“, schnauzte er sie an und richtete seine Pistole auf Cate. „Und du bleibst sitzen!“

Dale erhob sich unwillig und ging mit Wheeler zum Van. Cate sah den beiden nach und ließ Dale keine Sekunde aus den Augen. Am Van angekommen befahl Wheeler Dale, die Heckklappe zu öffnen.

„Bau die Rücksitze um. Die kann man runterklappen wie ein Bett. Los, mach schon!“

Dale hakte angespannt die Sicherungsmechanismen aus und klappte die Rücksitze um.

„Und jetzt?“

„Jetzt leg ich dich flach. Weil ich es will.“ Er drängte sie grinsend in den Wagen.

Cate sprang auf und war sofort neben ihnen.

Wheeler richtete die Pistole auf sie. „Hey, hey, ganz langsam. Ich tue ihr nichts. Das Auto ist für euch. Ich schlafe draußen. Geht noch mal pinkeln. Nacheinander. Dann fessele ich euch da drinnen.“ Er deutete auf den Wagen.

Cate und Dale sahen ihn überrascht an.

„Was ist? Was dagegen? Ich komme auch gerne mit euch rein.“

Nachdem Dale verschwunden war, lehnte sich Wheeler an Cate und fuhr sich demonstrativ lässig mit der Hand durchs Haar.

„Ich mach das schon. Ich komme hier raus und lebe ein schönes Leben. Bahamas oder so.“ Er drückte sich gegen sie und beugte sich zu ihrem Mund. „Du hältst die Klappe, wenn ihr überleben wollt. Und versucht ja nicht abzuhauen.“ Er presste seinen Mund auf ihre Lippen. „Ich weiß, wie ich euch fertigmachen kann, Furler. Ich weiß das sehr genau. Also provozier mich nicht. Sei froh, dass ich mich so unter Kontrolle habe. Mach keinen Scheiß!“

Sie wandte ihren Kopf von ihm ab. „Ich provoziere Sie nicht. Ich möchte für uns alle eine Lösung. Keiner von uns will hier sterben. Sie müssen die richtige Entscheidung treffen."

Er zog ihr Gesicht wieder zu sich. „Wenn du nicht aufhörst zu labern, bleibe ich bei euch im Van." Er drängte sich brutal zwischen ihre Beine. „Und glaub mir, ich schaffe auch zwei."

Cate nickte. „Ich habe das verstanden, Benjamin."

Als Dale zurückkam, ließ Wheeler Cate gehen. Kurze Zeit später standen sie zu dritt vor der offenen Heckklappe des Vans. Wheeler musterte seine Geiseln von oben bis unten. Er überlegte. Sein Blut pulsierte, sein Kopf brummte.

„Rein mit euch", befahl er schließlich. Sein Gesicht verzog sich zu einem schiefen Grinsen. „Ich lege euch jetzt Handschellen an. Fliehen wird damit schwierig. Ich bin draußen, direkt vor dem Van. Ich kriege alles mit."

Er ließ die beiden in den Wagen klettern, fesselte sie aneinander und knallte die Heckklappe zu.

Dale und Cate lagen einander zugewandt im Van. Dale hob ihren freien Arm und strich mit der Hand sanft unter Cate's Wunde entlang.

„Tut es sehr weh?", flüsterte sie.

Cate versuchte zu lächeln. Sie sah in Dale's klare Augen und fragte sich erneut, wie das alles geschehen konnte. Dale's vorsichtiges Streicheln beruhigte ihre Nerven, und als ihre Finger sanft ihren Mund berührten, küsste sie sie dankbar.

„Ich bin so froh, dass du hier bist", flüsterte Cate.

Dale lachte leise. „Das ist unsere erste gemeinsame Nacht ... mit Handschellen gefesselt auf der umgeklappten Rückbank eines Vans, der nach Autoreifen und Öl stinkt." Sie lächelte Cate an. „Was könnte romantischer sein?"

„Du hast den brunftigen Kerl mit der Pistole draußen vergessen", ergänzte Cate.

Dale strich ihr durchs Haar. „Ich würde ihn wirklich gern vergessen …"

Sie lagen einen Moment ruhig beieinander und versuchten, alles um sich herum auszublenden. Dale streichelte sachte Cate's Arm und studierte ihr Gesicht. Die Lachfältchen um ihre Augen, die geschwungenen Augenbrauen, ihre Wimpern, die ihre grauen Augen mit ihrem tiefen Schwarz wunderschön betonten, ihre glatte Stirn, die sanft in den Haaransatz mit den kleinen Wirbeln ihres welligen Haars überging. Die gerade Nase. Und die Wunde, die nicht mehr blutete, aber wie ein Mahnmal auf ihrer Wange prangte und sie daran erinnerte, in welcher Situation sie sich wirklich befanden.

„Meinst du, die Polizei sucht nach uns?", fragte Dale leise.

Cate legte ihre Hand auf Dale's Schulter. „Ganz sicher. Und Gilian und Chip sind auch dabei. Wir kommen hier bestimmt raus." Sie küsste sie sanft. „Versuche ein bisschen zu schlafen. Ich glaube nicht, dass diese Nacht sehr lang wird."

Dann legte Cate sich auf den Rücken und schloss die Augen. Dale beobachtete, wie ihr Atem gleichmäßiger und ruhiger wurde, ihre Gesichtszüge sich entspannten und sie einschlief.

„Inselkrankheit", flüsterte Dale und blieb ihr zugewandt liegen.

Ihre Augenlider wurden schwer, aber einschlafen konnte sie nicht. Sie hörte das Rauschen der Bäume über sich und die Geräusche der Tiere im Wald. Was für ein merkwürdiger Moment. Ihr Kopf konnte das Denken nicht einstellen, er befahl ihr, wachsam zu sein. Ihre Nerven vibrierten vor Anspannung, Sorge, Hoffnung. Es war wie eine ungeordnete Sinfonie, die in ihrem Körper widerhallte. Cate's Nähe und ihr ruhiger Atem wirkten so verführerisch auf sie. *Du spinnst!*, rügte sie sich selbst. *Versuch zu schlafen!* Sie schloss die Augen und legte ihre Hand auf Cate's Unterarm.

Plötzlich hörte sie draußen ein leises Knacken. Dale schlug die Augen wieder auf und blinzelte in die Dunkelheit. Es folgte ein leises Zischen. Er hatte sich noch ein Bier geöffnet. Dale zwang sich, nicht nach draußen zu sehen. Ihre Ohren aber lauschten wachsam in die Stille. Sie hörte seine Schritte, seine Schlucke. Er war nicht weit vom Wagen entfernt.

Was war mit ihm los? War er wirklich nur der gewalttätige Klotz, den sie heute erlebt hatten? Es war viel explosive Wut in ihm. Er trug seine Brutalität und sein Machtgehabe so offen zur Schau. Sein Plan, sie als Trophäen zu den Birds zu bringen und sich dadurch Respekt bei Smith und den anderen zu verschaffen, war grandios gescheitert. Er war vor ihren Augen von Smith erniedrigt worden. Und jetzt war er besessen davon, Cate und sie zu erniedrigen. Sie zu bedrohen, zu unterwerfen, zu beherrschen. Er war unberechenbar. Was hatte er vor? Seine Optionen waren ziemlich beschränkt. Es gab kaum einen Ausweg. Eine Flucht von der Insel war nur über das Wasser möglich. Aber Waters hatte sie wieder an Land gebracht. Wheeler musste wissen, wie aussichtslos seine Lage war. Er hatte zwei Geiseln. Das war sein einziges Druckmittel gegenüber der Polizei.

Und jetzt? Dale hörte erneut Schritte. Er kam auf den Wagen zu. Sie spürte, dass er nun hinter ihr am Seitenfenster stand und in den Innenraum starrte. Sie fühlte seine Augen auf ihrem Körper, ohne ihn zu sehen. Er legte seine Hände auf die Scheibe. Es hörte sich an wie Saugnäpfe, die gegen das Glas gepresst werden. Dale bemühte sich, ihren Atem in den Takt von Cate's sanftem Ein- und Ausatmen zu bringen. Wheeler stand lange dort und beobachtete sie. Keine Bewegung war zu hören. Dann lösten sich die Hände vom Fenster, und seine Schritte entfernten sich von dem Wagen.

Dale atmete auf. Ihr Zittern legte sich. Sie rückte näher an Cate's schlafenden Körper heran und legte ihr Gesicht an ihre Schulter. Cate's Nähe beruhigte sie. Ihr Herz schlug langsamer. Dale atmete tief ein. Cate's Kleidung duftete noch zart nach ihrem Parfüm, ihrer Haut, aber auch nach Erde und dem muffigen Geruch des Bunkers. Dale hob vorsichtig ihren nicht gefesselten Arm auf Cate's flachen Bauch. Sein sanftes Auf und Ab besänftigte ihren Puls. Selbst in der größten Gefahr gab ihr dieser wundervolle und tiefsinnige Mensch eine Ruhe und Sicherheit, die sie so noch nie gespürt hatte. Sie spürte eine tiefe Verbundenheit, die sich trotz der extremen charakterlichen Unterschiede zwischen ihr und Cate gesponnenen hatte. Als wären sie in ein wohltuendes Magnetfeld eingetaucht, das sie aufeinander zusteuern ließ, seit sie sich zum ersten Mal getroffen hatten. In diesem Moment drehte sich Cate im Schlaf zu ihr und umarmte sie.

* * *

Auf dem Weg nach Montauk hatte Chip eine E-Mail an Sebastian Smith geschickt. Der hatte erwartungsgemäß prompt geantwortet und Chip umgehend zu sich beordert. Leise summte Chip vor sich hin.

„Bist du nervös?“, fragte Gilian vorsichtig.

Sie war so schnell gefahren, dass der kleine Privatwagen von Officer Sparks zwischenzeitlich auf der hügeligen Strecke fast abgehoben wäre.

„Nein“, gab er zurück und bemühte sein zuversichtlichstes Lächeln. „Das wird schon, Gilian. Wir kriegen unsere Freundinnen zurück.“

Sie stoppten vor Ethan's Schreinerei. Chip sprang aus dem Wagen und lief hochkonzentriert den Weg zum Hauptquartier der Birds hinauf. Am Tor wurde er von Officer Hawkins in Empfang genommen. Chief Malkovich hatte Hawkins noch in Chip's Beisein telefonisch instruiert, Chip äußerst genau zu überprüfen, um ihn nicht auffällig zu machen.

„Arme hoch!“, pfiff Officer Hawkins Chip an und tastete ihn mit brutaler Härte ab.

„Das ist unser Lackspezialist!“, rief ein tätowiertes Bandenmitglied dem Polizisten zu. „Er muss dringend zum Chef!“

„Ist mir scheißegal“, erwiderte Hawkins unnachgiebig.

Er ließ sich Chip's Ausweis zeigen und durchsuchte seine Tasche. Dann winkte er ihn durch, und Chip trat den Weg zu Smith' Büro an. Die Bandenmitglieder, die er unterwegs beobachtete, schienen alle wie ferngesteuert irgendeiner Beschäftigung nachzugehen. Surreal, als folgten sie einem unsichtbaren Plan. Als Chip die große Werkshalle betrat, stand Smith schon auf der Kommandobrücke und winkte ihn hastig zu sich. Gespielt locker nahm Chip die Eisenstufen, die zu ihm hinaufführten. Oben angekommen, packte ihn Smith am Ärmel und zog ihn in sein Büro.

„Was hast du für mich?“, zischte er deutlich nervöser als bei den vorangegangenen Treffen.

„Die Polizei plant morgen eine Menge Aktivitäten gegen euch. Razzien und so weiter“, brachte er so neutral wie möglich hervor. „Dachte, das interessiert dich.“

Smith sah ihn mit ernster Miene an. „Razzien? Was wollen die Arschlöcher denn noch? Sie belagern uns schon seit Stunden“, brummte er wütend.

„Die checken eure Zweigstelle in Brooklyn. Morgen gegen 7 Uhr. Und sie nehmen sich die Lagerhalle in Queens vor. Wo eure Importwagen ankommen.“

„Shit!“, fluchte Smith und fingerte unruhig nach seinem Handy. „Was noch?“

„Sie überprüfen morgen die Schrottpresse. Außerdem kontrollieren sie ab Shinnecock Hills die Zufahrten Richtung Montauk.“

Smith schüttelte zornig den Kopf, rief Wastiaux an und presste sein Handy ans Ohr. Während des Gesprächs fluchte er und fuhr sich immer wieder durch sein gegeltes Haar. Dann legte er auf und wandte sich mit einem wütenden Grinsen zu Chip.

„Gut gemacht, Kleiner. Halte uns auf dem Laufenden, wenn sich noch mehr ergibt.“

„Was ist denn bei euch los?“, fragte Chip so unbeteiligt wie möglich.

Smith schenkte sich einen Whiskey ein und kippte das Glas in einem Schluck hinunter. „Wir haben Schwierigkeiten. Einer von unseren Ex-Jungs dreht gerade durch. Wegen ihm haben wir diesen

Scheißdreck am Hals." Wutschnaubend blickte er hinaus in den Hof. „Du erinnerst dich an die Geschichte mit der Schriftstellerfotze?"

Chip nickte und hielt den Atem an.

„Der Typ, der wegen Mord angeklagt ist, weil die Tussi ihm den Auftrag dazu gab ... der Kerl ist durchgedreht. Hat die Schriftstellerin und 'ne andere heute hierhergeschleppt. Ich habe ihn hochkant rausgeschmissen. Mit den Weibern!", wütete Smith und kippte noch ein Glas hinunter. „Wie kommt der Schwachkopf dazu, uns solche Geiseln anzuschleppen? Wheeler, dieser Vollidiot!"

„Du hast sie weggeschickt?", brachte Chip leise fragend hervor.

Schwungvoll und mit ernstem Gesicht wandte sich Smith zu ihm. „Ja, sicher! Was glaubst du denn?" Wuchtig tippte er sich an die Stirn. „Bin ich bescheuert, oder was? Was sollen wir denn mit der Inselheiligen? Da soll der Arsch sich selbst drum kümmern!"

„Verstehe." Chip zitterte innerlich und bemühte sich, seine nächsten Worte ruhig klingen zu lassen. „Bringt der sie jetzt um?"

Smith verzog abschätzig das Gesicht. „Wheeler ist kein Harter. Nur ein Volltrottel. Kann sein, dass er ein bisschen Spaß mit ihnen hat. Einen Wolf, der aus seinem Rudel ausgestoßen wurde, sollte man nicht zu lange mit Schafen allein lassen." Smith machte eine abwertende Geste. „Spätestens morgen wird der Idiot sowieso geschnappt."

Chip versuchte seinen Schock zu verbergen. „Kann er nicht irgendwo untertauchen?"

Smith lachte laut. „Der Typ ist jetzt vogelfrei. Wenn er bei einem unserer Männer anklopft, wird er umgenietet. Unterkommen wird der nirgends."

Schnell griff Chip nach seiner Tasche. Er musste hier raus. Kontakt zu den Chiefs aufnehmen.

„Kann ich jetzt gehen?", fragte er atemlos.

Smith verzog sein Gesicht. „Sicher. Wenn dich die Streife unten passieren lässt ..."

Ohne hastig zu wirken, aber mit Panik in allen Gliedern nahm Chip die Stufen nach unten. Seine Beine fühlten sich an wie Pudding. Trotzdem befahl er sich, aufrecht und mit coolem Blick zum Tor zu gehen.

Officer Hawkins sah ihn und nickte kurz, als Chip passierte.

* * *

Wankend ging Chip den Weg hinunter zu Ethan's Werkstatt. Sein Herz schlug wild in seinem Brustkorb. Mit den Chiefs hatte er besprochen, sich erst dort mit ihnen in Verbindung zu setzen – außerhalb der Reichweite der Rocker. Chip stolperte in den dunklen Verkaufsraum der Schreinerei, wo Gilian und Ethan ihn erwartungsvoll ansahen.

„Wie ist es gelaufen?", raunzte Ethan.

Chip winkte ab und wählte schnell Chief Malkovich's Nummer. „Sie waren dort, aber Smith hat sie weggeschickt", rief Chip verzweifelt in sein Handy.

Gilian und Ethan blickten ihn mit weit aufgerissenen Augen an.

„Wir schicken Staffeln in die Wälder. Er kann nicht weit sein", gab Malkovich zurück. „Die Zu- und Ausfahrten werden schon seit Stunden auf Höhe des Napeague State Park überwacht. Wheeler muss noch dort hinten sein. Ich versuche, einen Helikopter zu organisieren." Malkovich atmete tief aus. „Gut gemacht, Mr. Jamerson", rief er Chip zu und legte auf.

Chip's Hände zitterten. Schwer atmend sackte er auf einem Stuhl zusammen.

„Was hat John gesagt? Und Smith?" Ethan Benning baute sich vor Chip auf und ergriff dessen Schultern. „Was macht dieses Schwein mit unseren Frauen?"

Unseren Frauen? Chip schnaubte verächtlich und sah zu Gilian.

„Gibt es hier ein Bier?", fragte Chip und blickte missmutig umher.

Gilian stand auf, holte ihm ein Bier und drückte es ihm in die Hand. Dabei streichelte sie ihm liebevoll über den Rücken.

„Was hat Malkovich gesagt?", drängte Ethan barsch weiter. „Weiß man, wie es Cate geht?"

Chip schüttelte genervt den Kopf. „Nein, wissen wir nicht, Ethan! Wir suchen nach ihr und Dale. *Das* machen wir jetzt", zischte er.

„Ihr seid ein viel zu hohes Risiko eingegangen. Cate hätte Polizeischutz gebraucht", brachte Ethan wütend hervor und verzog zornig das Gesicht.

Ungläubig sah Chip ihn an. „Polizeischutz?"

„Ja, sicher. Sie hätte professionelle Hilfe gebraucht. Es war doch klar, dass ihr", er deutete zwischen Gilian und Chip hin und her, „Cate nicht genügend Schutz geben könnt. Das ist kein Vorwurf. Versteht das nicht falsch. Ihr habt viel für Cate getan." Versöhnlich legte er seine Hand auf Chip's Schulter.

„Da bin ich aber froh", presste Chip aufgebracht hervor.

„Wir müssen unsere Handlungen sicher nicht rechtfertigen, Ethan", unterbrach Gilian ruhig das angespannte Gespräch der beiden Männer. „Wir haben alles Erdenkliche getan, um die elende Mordstory von Cate weg zu kriegen. Dass dieser Bastard die beiden schnappen konnte, ist einfach der Unvernunft ihrer Verliebtheit geschuldet. Cate wollte Dale nach Hause bringen. Und wenn es Cate mit einem Menschen unter diesen Umständen halbwegs gut geht, dann mit Dale." Sie zuckte mit den Achseln.

„Ich bezweifle das ja gar nicht", gab Ethan schmallippig zurück.

Chip kippte sein Bier hinunter und verschwand in der Toilette.

Ethan sah Gilian ernst an. „Mag sein, dass diese Frau Cate gerade guttut. Aber ... Gilian, du hast Cate Flausen in den Kopf gesetzt. Sie ist nicht so wie du."

Gilian blickte Ethan verwundert in die Augen. „Sag mal, liebst du sie immer noch?"

„Ich habe nie aufgehört zu hoffen, dass sie Jeffrey endlich rausschmeißt. Und jetzt das .... Jetzt ist plötzlich dieses Mädchen da." Ethan atmete tief durch. „Ich komm da nicht ganz mit."

„Puh", machte Gilian und lächelte matt. „Ich dachte, du hättest dir längst eine andere geangelt und hier würden hübsche, kleine Schreinerinnen und Schreiner herumkrabbeln ..."

„Nur ein paar Liebschaften. Nichts Ernstes ...", gab Ethan leise zurück.

„Dale ist eine tolle Frau. Cate und sie fühlen sich sehr zueinander hingezogen", sagte Gilian ruhig.

„Glaub ich dir ja", erwiderte Ethan und holte sich ein Bier. „Trotzdem ..."

„Weißt du, was dein Problem ist?", platzte es aus Chip heraus, der gerade von der Toilette zurückgekommen war. „Du willst dich auf sie legen. Mit all deiner Männlichkeit. Du meinst, du möchtest Cate beschützen, aber du willst Cate unter dir begraben!"

Ethan sah irritiert zu ihm auf. „Was meinst du denn *damit?* Spinnst du? Ich hätte vieles anders gemacht als ihr! Ja, das stimmt. Aber doch nicht wegen irgendwelcher sexuellen Gedanken."

„Das habe ich auch nicht gesagt", erwiderte Chip zornig.

„Was denn sonst, wenn du behauptest, ich wollte mich *auf sie legen?*", fragte Ethan verständnislos.

„Du willst sie dominieren. Sie in deine starken Arme nehmen. Und du willst, dass sie zu dir aufschaut. Du möchtest dich um Cate kümmern. Ihr Gefahren aus dem Weg räumen, sie beschützen, Schlechtes mit deinem breiten Kreuz abwehren. Du willst sie in Sicherheit wiegen. Und – du willst auf ihr liegen, mit allem, was du dir für sie wünschst. Du möchtest die Kontrolle. Aus Liebe, natürlich." Verächtlich schüttelte Chip den Kopf.

Ethan sah ihn entgeistert an. „Was ist daran verwerflich? Seit Jahrtausenden beschützen Männer ihre Frauen. Sorgen für sie, indem sie für die Familie arbeiten gehen, das Geld nach Hause bringen, die Miete zahlen, Raten abtragen. Sie renovieren, arbeiten und stecken all ihre freie Zeit in ihr Zuhause. Damit es den Frauen gut geht. Das ist der *Job* eines Mannes. Wir wollen unsere Frauen verwöhnen und versorgen."

Gilian räusperte sich laut und hob ihre Hand zum Einwand, aber Ethan war nicht zu bremsen.

„Das heißt doch nicht, dass ich Cate unterwerfen will! Ich habe sie immer gefördert! Als sie anfing zu schreiben, habe ich sie unterstützt. Sie konnte alles machen, was sie wollte. Ich habe sie nicht eingeschränkt. Und mich schon gar nicht *auf sie gelegt!*"

Chip schüttelte unbeeindruckt den Kopf. „Wenn ich dir so zuhöre, dann bist immer nur du oben. Sie liegt unter dir."

„Ich versteh kein Wort", gab Ethan perplex zurück.

„Ich schon", schob Gilian ruhig ein.

Chip stellte sich wütend vor Ethan. „Wenn Dale mit Cate zusammen ist, dann ist da keine Dominanz. Sie müssen nicht auf die *Förderung* oder *Unterstützung* der anderen hoffen. Sie sind füreinander da. Mit Respekt und auf Augenhöhe."

Ethan stand auf. „Mir wird das zu doof", wehrte er grimmig ab. Er ging ein paar Schritte hin und her, dann wandte er sich wieder Chip zu. „Ich hätte sie nicht entführen lassen! Ich hätte sie beschützt. Und wenn der Kerl 'ne Knarre hat? Na und? Ich habe auch eine!", schrie er Chip zornig entgegen.

„Und was hättest du davon gehabt? Im dümmsten Fall wärst du tot und sie allein in der Gewalt des Entführers."

Verständnislos sah Ethan ihn an. „Das ist das Risiko, das wir Männer für unsere Frauen eingehen. Kampflos geben wir nicht auf. Dann lieber eine Kugel im Kopf."

Gilian erhob sich langsam und legte ihre Hand auf Ethan's Schulter. „Du bist ein toller Mann, Ethan. Mit traditionellen Prinzipien. Aber nicht jede Frau braucht so einen Kerl. Cate hat dich für Jeffrey verlassen. Einen gut aussehenden Typen, der eher neben ihr herschwamm. Die kleinste Schnittmenge schien ihr zu reichen, um ihn zu heiraten. Aber Cate ist längst weitergegangen. Sie ist immer ihrem Weg gefolgt. Sie braucht niemanden dafür. Nicht dich, schon gar nicht Jeffrey und wahrscheinlich noch nicht einmal mich. Aber mit Dale macht ihr alles wieder mehr Spaß. Dale wartet nicht auf die Welle, um sie imposant vor Cate zu surfen. Dale *ist* die Welle. Atlantikkraft. Und Cate geht es gut mit ihr. Ich bin mir sogar sicher, dass sie gerade jetzt, dort draußen, gut schläft, weil Dale bei ihr ist."

* * *

Wheeler öffnete die Heckklappe des Vans. „Aufwachen! Wir fahren weiter!"

Die laute Stimme riss Cate und Dale aus dem Schlaf. Erschrocken sahen sie sich um. Draußen war es tiefschwarze Nacht.

Wheeler beugte sich in den Wagen und öffnete die Handschellen. „Wir fahren zu einem Trucker-Café. Das ist rund um die Uhr geöffnet. Da gibt's einen Waschraum, und wir können Kaffee holen."

Cate und Dale richteten sich auf und sahen ihn verwundert an.

„Was ist?", meinte er knapp.

Dale krabbelte wortlos aus dem Wagen und reichte Cate ihre Hand. Schnell wechselten sie fragende Blicke, stellten mit unruhigen Griffen die Lehnen der Rücksitze wieder auf und schlossen die Heckklappe.

Wheeler drückte Cate die Schlüssel in die Hand. „Du fährst. Ich hatte zu viel Bier. Fehlt mir noch, dass ich wegen Alkohol am Steuer angehalten werde." Sein Lächeln misslang. „Und du steigst hinten ein", befahl er Dale.

Dale öffnete die Tür, setzte sich auf den Rücksitz und legte ihre Hände auf die Kopfstütze. Sie schaute Cate verunsichert an. Ihre Blicke trafen sich, als Cate den Wagen zurücksetzte. Dann verließen sie den Parkplatz. Wheeler lotste Cate aus dem Wald heraus, zurück auf einen unbefestigten Weg, der sonst nur von der Forstverwaltung genutzt wurde. Der Van ruckelte unruhig durch die Schlaglöcher. Cate's Augen suchten angestrengt nach dem Weg. Nur die unzähligen Sterne, die hell am Firmament strahlten, und die auf und ab hüpfenden Lichtkegel der Scheinwerfer gaben ihr etwas Orientierung. Cate blickte in den Rückspiegel und sah, wie Suchscheinwerfer in der Ferne die Dunkelheit durchschnitten. Ganz leise hörte sie das Geräusch von Hubschrauberrotoren.

„Sie suchen uns", stellte sie beiläufig fest.

Wheeler drehte sich hektisch um und sah an Dale vorbei aus dem Heckfenster. „Da sind wir wohl gerade rechtzeitig weitergefahren. Sie durchsuchen den Wald."

„Wir müssen jetzt aber nicht erleichtert sein, oder?", murrte Dale.

Er sah sie an. „Ich habe euch vorhin beobachtet. Im Wagen. Als ihr schlieft."

Dale spürte seine beängstigende Nähe wieder, erinnerte sich an die unheimlichen Geräusche außerhalb des Wagens. Sie atmete aus. Ruhig bleiben. Es ist ja nichts passiert.

„Und?"

„Naja, man kann hässlichere Geiseln haben. Ihr habt so friedlich nebeneinandergelegen. Hat mich nachdenklich gemacht." Er sah wieder nach vorn. „Da gleich rechts. Ist nicht mehr weit."

Cate setzte den Blinker. „Worüber haben Sie nachgedacht?"

Wheeler rieb sich grübelnd das Kinn. „Ich wollte irgendwann Frau und Kinder. Vielleicht meinen Onkel überzeugen, dass ich doch nicht so doof bin. Hätte gerne eine Ausbildung zum Mechaniker gemacht. Deine Freundin weiß das."

Dale hörte angespannt hinter den beiden zu, sagte aber nichts. Cate konnte solche Psychogespräche bestimmt viel besser führen.

„Klingt gut", meinte Cate prompt.

Wheeler nickte. „Ja. Das war mein Plan. Du hattest mich doch vorhin danach gefragt. Das war mein Plan. Das, was hier und jetzt passiert, gehört nicht dazu."

Cate nickte. Nur nicht bedrängen … vorsichtig herantasten. „Meinen Sie, es gibt Zahnbürsten in dem Trucker-Café?"

„Klar." Er machte eine lange Pause. „Meinst du, wir können noch irgendwas retten … ich meine … das hier wieder geradebiegen?" Er deutete nach hinten. „Die kommen näher."

Cate sah zu ihm hinüber. Wheeler war wie ausgewechselt. Meinte er das ernst? Sie traute ihm nicht.

„Wir könnten bei der Polizei zusammen aussagen. Sie haben Stallbruck nicht ermordet, und ich habe Sie nicht dazu angestiftet. Wer es wirklich getan hat, wissen wir nicht. Aber ich weiß sicher, dass weder Sie es waren noch ich."

Wheeler schaltete das Radio ein. „Woher weißt du, dass ich es nicht war?"

Sie zuckte mit den Schultern. „Vielleicht, weil Sie nach Frau und Kindern aussehen?" Sie lächelte.

„Klar, sicher. Habe mich auch so benommen. Tut mir leid." Er lächelte unbeholfen und deutete auf ihre Wange. „Das war eine Kurzschlusshandlung. Ich wusste nicht, dass ihr beide euch kennt. Und als ich alles geschnallt habe, ist mir die Sicherung durchgebrannt. Ich mag deine Freundin, weißt du? Ich finde sie ziemlich scharf, aber ich hatte das mit ihr", er deutete zu Dale, „eigentlich respektiert. Und als ich dann begriffen habe, dass sie mich nur aushorchen wollte, da bin ich durchgedreht."

Cate sah im Rückspiegel, wie sich Dale's Augen wütend verengten. *Ruhig bleiben,* gab sie ihr mit ihrer Mimik über den Spiegel zu verstehen.

„Da vorne ist es", sagte Wheeler.

Cate bog auf den Parkplatz des Trucker-Cafés und stoppte den Wagen etwas abseits des Gebäudes.

„Du gehst als Erste", bedeutete er Dale. „Die Bullen rufen wäre jetzt echt dämlich. Deine Freundin sitzt hier bei mir." Wheeler zuckte planlos mit den Achseln und schickte sie in den Waschraum.

„Woher kennst du sie?“, fragte Wheeler, nachdem Dale in der Holzhütte verschwunden war.

„Zufall.“

„Netter Zufall“, grinste Wheeler.

„Ja, wohlmeinender Zufall.“

„Wer ist die andere Frau? Die sie geküsst hat?“

„Meine beste Freundin.“

Er ließ sich gegen die Rückenlehne fallen. „Du verarschst mich!“

Cate schüttelte den Kopf. „Sollte so was wie eine Erweckung für Dale und mich sein.“

„Krasse Story! Ihr Weiber seid echt nicht einfach zu verstehen!“

„Da gebe ich Ihnen recht. Wir sind nicht einfach zu verstehen. Und wenn Sie Ihre Frau gefunden haben, dann versuchen Sie gar nicht erst, alles zu verstehen. Nehmen Sie es, wie es kommt. Sie wird Sie auch nicht immer verstehen. Ich habe meinen Mann offenbar auch nicht verstanden, weil ich mit so einem Verhalten niemals gerechnet hätte. Ich habe nicht mit Dale gerechnet und nicht mit dieser Geschichte hier. Und? Ich bin trotzdem mittendrin.“

„So einfach ist das?“

„Nicht einfach. Aber was kann man dagegen tun? Wenn das Leben dich überrollt wie eine Monsterwelle, dann musst du wieder auftauchen, um nicht zu ertrinken. Sie sind doch auch auf dieser Insel geboren. Was macht man hier denn, wenn man unglücklich von der Welle erfasst wird?“

„Luft anhalten und hochkommen, sobald es geht.“

„Genau. Und Sie müssen jetzt hochkommen, Benjamin. Sonst saufen Sie ab. Ob Sie uns noch mit ins nasse Grab nehmen, das ist nebensächlich. Untergehen ist untergehen. Allein oder zu dritt.“

Dale kam aus dem Waschraum zurück. Nun war Cate an der Reihe. Sie stieg aus und ging zu der Holzhütte. Wheeler stieg ebenfalls aus, steckte sich die Pistole in den Hosenbund, lehnte sich mit dem Rücken gegen den Wagen und zündete sich eine Zigarette an.

„Glaubst du wirklich, ich könnte lernen, Maschinen zu reparieren?" Er sah sie nicht an, seine Augen folgten dem Rauch der Zigarette.

„Warum nicht? Du musst bei der Sache bleiben. Dann schaffst du es auch."

Er nickte. „Wäre cool."

Dale schob einen Stein vor ihrem Fuß her. Sie wollte nicht mit ihm reden. Wusste nicht, ob Cate ihn schon besänftigen konnte.

Wheeler wippte mit dem Fuß. Gelegentlich sah er zu ihr hinüber. Entschuldigen konnte er sich bei ihr nicht. Bei Cate war es ihm leichtgefallen. Aber nicht bei ihr. Er schwieg, genau wie sie.

Dann kam Cate zurück. Sie hatte sich das getrocknete Blut aus dem Gesicht gewaschen. Das dunkelblaue Hämatom kam jetzt noch stärker zum Vorschein. Trotzdem strahlten ihre Augen voller Zuversicht.

Wheeler setzte die beiden auf die Rückbank des Vans und fesselte sie rechts und links an die Türgriffe. Dann verschwand auch er im Waschraum.

„Und?", fragte Dale.

Cate neigte ihren Kopf. „Keine Ahnung. Ich glaube, ich habe etwas erreicht. Aber ob es anhält? Ich kann es nicht sagen. Er ist ein Getriebener. Er schwankt, wankt und will nicht fallen."

Dale sah zur Holzhütte. „Er ist so unberechenbar, das macht mir Angst."

Cate sah sie an. „Ich würde dich so gern berühren können", seufzte sie.

Dale lächelte. „Allein, dass du es willst, ist wundervoll. Ich kann warten, bis unsere Hände und Sinne frei sind und wir uns endlich richtig kennenlernen können."

„Mit allem Drum und Dran? Familie inklusive?", lächelte Cate.

„Das volle Programm kann ja noch warten." Dale schmunzelte zu ihr hinüber. „Aber wir beide? Ja, das wünsche ich mir sehr."

Dann sah sie aus dem Fenster. Ihr Herz schickte einen schmerzhaften Stich durch ihren Körper. Trotz der Nähe zu Cate spürte sie immer wieder diese Unsicherheit. Zweifel. Würde diese Beziehung Bestand haben, wenn sich das Chaos um sie herum gelichtet hatte … wenn diese Ausnahmesituation hoffentlich bald vorbei war? Sie war sich so sicher wie noch nie in ihren Gefühlen. Aber Cate?

Warte ab, sagte ihr Verstand.

Cate legte den Kopf in den Nacken. „Ich wünsche mir eine Dusche." Sie seufzte tief. „Ich stelle mir gerade eine heiße Dusche mit dir vor. Vielleicht beruhigt dich das etwas."

Sie zwinkerte Dale zu, als hätte sie in ihre zweifelnden Gedanken geahnt. Dale schmunzelte verlegen und spürte, wie ihr die Röte ins Gesicht stieg.

Wheeler steuerte wieder auf das Auto zu. Er öffnete die Wagentür, nahm den beiden die Handschellen ab und ließ sie aussteigen. Dann schickte er Dale los, um Kaffee zu holen.

Dale sog die klare Luft des anbrechenden Tages ein. „Bin gleich wieder da." Sie sah erleichtert zu Cate und schenkte ihr ein strahlendes Lächeln.

Cate schüttelte den Kopf. Was für eine Zweiflerin die stolze Elektrikerin war. Statt sich über ihre Entführung Gedanken zu machen, zog sie es vor, an Cate's Ernsthaftigkeit zu zweifeln. Nun ja … eine Frau musste Prioritäten setzen.

Wheeler kam dicht an Cate heran und lehnte sich gegen den Van. „Vielleicht hast du recht. Wir sollten aussagen bei den Bullen. Die Birds nehmen mich sowieso nicht mehr zurück. Was für einen Sinn macht es da noch, sich für sie zu opfern."

Cate blickte ihn überrascht an. „Meinst du das ernst?"

Er nickte. „Klar. Ich muss was tun. Diese Entführung ist schon beschissen genug." Er zog eine Zigarettenschachtel aus seiner Hosentasche. „Du rauchst nicht, oder?"

„Leider doch."

Er reichte ihr die Schachtel, sie nahm eine Zigarette und ließ sich

Feuer geben. Cate nahm einen tiefen Zug. Ihr Blick glitt ziellos durch die Morgendämmerung. Das altmodische Neonschild des Truck Stops flackerte gelegentlich auf. Jemand sollte die Röhren erneuern. Cate zog erneut an der Zigarette und kniff die Augen zusammen. Plötzlich streifte ein kurzes Blitzen ihre Aufmerksamkeit.

„Runter!“, brüllte sie.

Sie stürzte sich gegen Wheeler, sodass beide vor dem Van auf den Schotterboden fielen. Die Kugel schlug mit einem dumpfen Hall in den Van ein. Eine weitere folgte sofort. Die beiden robbten vom Fahrzeug weg. Noch ein Einschlag! Knapp an Wheeler vorbei. Staub flog auf. Cate ließ sich die nahe gelegene Böschung hinabrollen und winkte Wheeler hektisch zu sich heran. Er versuchte, auf die Beine zu kommen. In dem Moment folgte eine Salve weiterer Schüsse. Einer traf ihn an der Schulter. Wheeler sackte zusammen. Cate schoss aus ihrem Versteck hervor, ergriff seine Hand und zog ihn mit aller Kraft an den Rand der rettenden Böschung. Noch mehr Schüsse schlugen in den Van ein. Lautlos, aber effektiv. Plötzlich explodierte der Wagen. Cate und Wheeler sprangen mit letzter Kraft in die von Moos bewachsene Senke. Metallteile flogen durch die Luft über sie hinweg. Der Van ging in Flammen auf. Schützend hielten sie sich ihre Arme über die Köpfe. Es hagelte spitze Glas- und Metallsplitter. Sie lagen flach und keuchend auf dem feuchten Boden, während die Welt um sie herum unterging.

Cate blickte vorsichtig hoch. Wheeler, der neben ihr lag, röchelte und verzog vor Schmerzen das Gesicht. Cate krabbelte zurück an den Rand der Böschung. Als sie vorsichtig darüberlugte, erkannte sie Dale, die aus dem Truck Stop stolperte.

„Geh zurück!“, brüllte sie ihr entgegen.

Dale schien sie nicht zu hören. Sie blieb stehen und suchte mit den Augen nach Cate. Aber sie konnte nichts erkennen. Das Feuer war zu gewaltig. Dann sah Cate, wie Dale loslief. Genau auf den brennenden Van zu.

Ich rannte auf Dale zu. Ein Reflex. Panik, die mein logisches Denken ausgeschaltet hatte. Das Feuer konnte ich kaum noch sehen. Dichter Rauch walzte auf mich zu. Beißend und stinkend. Geschmolzener Gummi. Meine Lunge brannte. Hustend rannte ich in Richtung der Stelle, an der ich Dale vermutete. Doch ich stolperte, schlug auf dem Boden auf. Ich kroch auf dem Schotter weiter, krabbelte auf allen Vieren, duckte mich unter den Rauchschwaden weg. Die Hitze war unerträglich. Sie umfing meinen ganzen Körper. Sie schmerzte, umhüllte mich, saugte mich ein. Dann erblickte ich Dale, die sich schon viel zu nah an den brennenden Van herangewagt hatte. Sie stand vor dem Fahrzeug und brüllte panisch meinen Namen. Konnte mich nicht sehen. Ich näherte mich ihr, immer noch auf allen Vieren. Als ich sie erreicht hatte, schnellte ich hoch. In diesem Moment schoss eine weitere Feuersäule aus dem Fahrzeug, genau in unsere Richtung. Ich stürzte mich auf Dale und riss sie im letzten Augenblick auf den Boden.

* * *

Sie landeten unsanft im Dreck. Die Funken stoben über ihre Köpfe hinweg.

„Scheiße", keuchte Dale, zog Cate an sich und hielt sie fest umklammert. „Was ist das?"

Panisch versuchte Dale, ihren Oberkörper aufzurichten, aber Cate presste Dale's Kopf schützend an ihre Schulter.

„Das galt nicht uns. Sie wollten Wheeler abknallen. Bleib liegen!"

Sie atmeten tief und verzweifelt in die Hitze hinein. Die Schüsse hatten aufgehört. Langsam krochen sie weg von dem Van, um sich vor dem Feuer in Sicherheit zu bringen. Ihre Haut brannte. Die Geräusche von außen drangen nur dumpf zu ihnen durch. In ihren Köpfen breitete sich ein schriller Pfeifton aus. Darunter mischte sich ein anderes Geräusch. Von weit her.

Es war das Heulen der Sirenen. Die Polizei. Endlich.

Cate blickte hinüber zu der Böschung. Von Wheeler war nichts zu sehen. In diesem Moment rasten auch schon die Streifenwagen auf den Parkplatz. Feuerwehr und Krankenwagen folgten.

Cate zog Dale's Gesicht wieder zu sich und sah ihr in die aufgerissenen Augen. „Alles okay?"

Dale nickte. Sprechen konnte sie nicht. Ihr Kopf dröhnte.

Cate verzog den Mund zu einem Lächeln und schloss sie in ihre Arme. Sie waren gerettet.

Zwei Polizisten stürmten herbei, halfen ihnen auf die Beine, legten ihnen Decken um und führten sie aus dem abebbenden Getöse heraus.

„Wheeler liegt da draußen", sagte Cate zu einem der Officer. „Er ist verwundet."

Der Mann rannte sofort hinüber zu der Böschung und rief die Sanitäter zu sich. Kurz darauf wurde Wheeler auf einer Trage zu einem Krankenwagen gebracht.

Cate ging zu ihm und griff seine Hand. „Frau und Kinder. Daraus wird etwas."

Er verzog schmerzerfüllt sein Gesicht. „Danke, Schriftstellerin. Du hast mir das Leben gerettet." Er versuchte zu zwinkern.

In der Zwischenzeit waren auch Chief Malkovich und Chief Spencer auf dem Parkplatz angekommen. Sie gingen zu Cate und Dale, die in Decken gehüllt im geöffneten Heck eines Krankenwagens saßen und von Sanitätern versorgt wurden. Die Chiefs warteten ab, bis die Sanitäter ihre Arbeit beendet hatten, dann traten sie näher.

John kniete sich vor sie. „Wie geht es Ihnen?"

„Das waren sehr intensive Stunden", meinte Cate unerwartet gefasst. „Aber wir haben es überlebt. Wheeler will aussagen. Er kann bestätigen, dass ich unschuldig bin. Und dass die Birds und mein Mann die wahren Schuldigen sind. Also, bitte passen Sie auf ihn auf. Der Angriff hier galt ihm. Nicht uns. Sie wollten ihn aus dem Weg schaffen."

Malkovich nickte. „Machen Sie sich um Wheeler keine Sorgen. Er hat einen glatten Durchschuss und ist auf dem Weg ins Krankenhaus. Das wird wieder. Darüber hinaus hat Ihr Freund Chip uns noch andere Belege für Ihre Unschuld liefern können, Mrs. Furler. Ich denke, dass der Staatsanwalt sehr schnell die Anklage gegen Sie zurückziehen wird. Dann sind Sie in spätestens zwei bis drei Tagen wieder eine völlig unbescholtene Bürgerin unserer schönen Insel. Und natürlich immer noch unser Nationalheiligtum."

Cate neigte leicht den Kopf. „Das klingt gut, Chief." Sie sah zu Dale. „Kannst du dir vorstellen, dass dies alles tatsächlich vorbei sein soll?"

Dale schüttelte zaghaft den Kopf. „Wir können uns frei bewegen? Ohne Einschränkung? Ohne Bedrohung? Klingt ungewohnt … irgendwie."

Chief Spencer legte ihre Hand versöhnlich auf Dale's Schulter. „Sie waren uns eine große Hilfe. Es tut mir leid, dass ich Sie anfangs so mies behandelt habe." Sie presste die Lippen aufeinander.

Dale winkte ab. „Ich war ja auch nervig."

„Es ging schließlich um einiges", fügte Malkovich mit Blick auf Cate hinzu.

Dale nahm Cate's Hand und hielt sie fest. „Ich wusste damals noch gar nicht, um welchen Menschen es ging."

„Sie waren sehr mutig", stellte Spencer fest. „Aber Sie müssen jetzt ins Krankenhaus. Wir werden dort Ihre vollständigen Aussagen aufnehmen. Am besten, Sie bleiben über Nacht. Etwas Ruhe wird Ihnen guttun, nach diesen …", sie suchte nach dem passenden Wort, „… Strapazen."

Malkovich erhob sich. „Wir werden, sobald wir hier die Spuren gesichert haben, die Täter finden. Der Staatsanwalt wird jede Menge zu tun haben. Wird ein langer Tag für ihn." Er lächelte Cate sanft an. „Sicherheitshalber werden wir Ihnen beiden Polizeischutz geben, bis wir alle Übeltäter hinter Gittern haben. Das gilt auch für

Ihre Freunde Mrs. May und Christopher Jamerson. Sie sind gerade bei einem gemeinsamen Bekannten von uns beiden." Sein Blick ruhte auf Cate.

„Sie sind bei Ethan?"

Chief Malkovich nickte. „Ich habe ihnen aber schon mitgeteilt, dass Sie und Mrs. Roberts in Sicherheit sind. Ethan wird die beiden nach Water Mill in die Holly Lane bringen, und wir werden zwei Officer zu ihrem Schutz abstellen."

Cate stand langsam auf. „Das heißt, wir stehen alle unter Polizeischutz?"

Spencer und Malkovich nickten.

„Wäre es dann nicht auch logistisch ...", sie bemühte sich um einen neutralen Gesichtsausdruck, „... einfacher, wir wären alle in meinem Haus?"

„Das hätte seinen Reiz, ja", stimmte John zu.

Cate sah zu Dale. „Dann gehen wir nach Hause, nachdem wir im Krankenhaus waren. Zu den anderen, oder?"

Dale blickte skeptisch. „Was ist mit Ethan?"

„Den Polizeischutz erachten wir nur für Sie vier als notwendig, nicht für Mr. Benning. Er ist nicht involviert", brachte sich Chief Spencer ein.

„Sie sprechen ein großes Wort gelassen aus", nuschelte Dale.

Die Sanitäter luden Cate und Dale in den Krankenwagen und fuhren die beiden zur Behandlung ins Krankenhaus. Chief Spencer und Chief Malkovich blieben auf dem Parkplatz zurück. Ihre Blicke folgten dem Krankenwagen, der mit Blaulicht in den anbrechenden Morgen von Long Island fuhr.

„Was für ein Fall." Chief Spencer sah ihren Kollegen an. „Wir haben der Elektrikerin und dem Hacker ziemlich viel zu verdanken."

Malkovich blickte zu ihr hinüber. „Zum Glück ist die Sache halbwegs glimpflich ausgegangen. Immerhin keine weitere Leiche. Das hätte auch anders enden können."

Er lächelte sie breit an. „Wir haben gut zusammengearbeitet. Und eng. Ich mochte das."

„Apropos: Sind die beiden jetzt ein Paar?"

„Die Schriftstellerin und die Elektrikerin? Auf mich wirkten sie sehr verliebt. Irgendwie im perfekten Einklang. Aber ich kenne mich damit nicht aus."

„Mit perfektem Einklang?", fragte Violett.

„Mit Frauen." Er lachte und legte seinen Arm zaghaft um ihre Taille. Sie griff nach seiner Hand und drückte sie.

26. Juni 2016

Water Mill, Holly Lane 17

Kater lief mit stolz aufgestelltem Schwanz hin und her, als würde er spüren, dass etwas Epochales in seiner kleinen Katzenwelt passiert war. Der Mann war weg. Endlich. Und sein Frauchen würde hoffentlich diese andere, gut riechende Frau wieder mitbringen. Die mit ihm spielte. Ein perfektes Katerleben mit zwei perfekten Dienerinnen. Hätte er lächeln können, er hätte es getan. Besser konnte es nicht laufen. Er würde seine Liegezeiten auf den Frauen ausgeglichen gestalten. Eifersucht war gar nicht sein Ding. Und man musste den Menschen ja zeigen, dass man sich wohlfühlte. Belagerung schien ihm da die beste Strategie. Sein Frauchen ließ es immer gerne zu, streichelte ihn dann besonders hingebungsvoll. Die Aussicht auf zwei von dieser Sorte ließ ihn in den Garten laufen. Eine Maus musste her.

Gilian und Chip warteten unruhig auf die Heimkehr ihrer Freundinnen. Chip lief planlos auf und ab, während Gilian Champagner bereitstellte. Verwundert musterte er ihre Aktivitäten.

„Meinst du, die beiden wollen jetzt so was?"

Unentschlossen zuckte Gilian mit den Achseln. „Schaden kann es nicht, oder?"

Gegen 12 Uhr fuhr ein Polizeiwagen in die Einfahrt. Gilian und Chip eilten zur Haustür und beobachteten, wie Officer Baker und Sparks die Fondtüren öffneten und Cate und Dale aussteigen ließen.

Wild winkend rannte Gilian Cate entgegen, und Chip nickte Dale grinsend zu.

„Meine Liebste! Was für ein Albtraum!", sagte Gilian, als sie Cate mit breitem Lächeln in ihre Arme schloss. „Ich bin so glücklich, dass ihr zurück seid! Was ist mit deinem Gesicht?" Besorgt beäugte sie die dicke Mullkompresse auf Cate's Wange.

„Eine Platzwunde. Wurde geklammert. Sie haben die Ränder leicht korrigiert, damit sie besser verheilt. Meine erste Schönheits-OP, Gilian. Leider ist meine linke Gesichtshälfte noch etwas taub." Sie lächelte, wobei sich ihr Gesicht schief verzog.

„Das tut deiner Schönheit keinen Abbruch, liebste Freundin. Eine Narbe mehr zeugt nur von Lebenserfahrung. Wer läuft schon ohne Blessuren durchs Leben?"

Cate drückte Gilian an sich und hielt sie eng umschlungen. „Wir haben es geschafft", seufzte sie in ihre Umarmung. Tränen rannen über ihr Gesicht.

Gilian wiegte sie sachte. „Ich weiß, mein Schatz, ich weiß." Sie drückte Cate's Kopf sanft an ihre Schulter, während ihre Freundin ihren Tränen freien Lauf ließ.

Dale und Chip sahen einen Augenblick zu den beiden hinüber, dann zog Dale ihren Freund ins Haus.

Eine Welle unterschiedlicher Gefühle überrollte Cate. Sie hatte so viele Jahre gegen ihre Schuldgefühle gekämpft, unzählige Gefechte mit sich selbst ausgetragen und schließlich vor einer langen Zeit ihre Trauer mit schriftstellerischer Fantasie zu bewältigen versucht. Und sie hatte versucht, zu vergessen. Als sie gerade geglaubt hatte, sich wiedergefunden zu haben, wurde auch diese Welt von einer riesigen Welle aus Betrug, Untreue und Verrat weggespült. Sie hatte sich so hart bemüht, ihr Leben ausschließlich mit ihrem Verstand zu steuern, und darum gekämpft, alles Unbequeme an der Oberfläche ihres Lebens zu halten, nicht an sich heranzulassen ... und sie hatte so viel verloren, in dieser Zeit der Missverständnisse.

Sie hatte nach einem Zeichen gesucht. Einem Licht in dieser Dunkelheit. Es kam in Gestalt ihrer drei Freunde. Sie gaben ihr die Kraft, zu überleben. In einem Tsunami. Sie fischten sie aus dem Wasser und schenkten ihr Luft zum Atmen. Über Wochen. Cate hatte ihre geliebte Schwester Hope damals nicht aus den Flammen retten können. Aber heute war es ihr gelungen, die Frau, die sie liebte, zu retten. Sie fühlte sich frei. Alles, was die letzten Monate ihr abverlangt hatten, fiel nun in den Armen ihrer besten Freundin von Cate ab. Sie weinte hemmungslos.

Gilian streichelte ihren Rücken und flüsterte beruhigend auf sie ein. „Alles ist gut, meine Liebste. Wir sind alle hier. Dale, Chip und die freundlichen Officer passen auf uns auf. Es ist alles gut."

Cate schluchzte und vergrub sich immer tiefer in Gilian's Armen.

„Lass uns ins Haus gehen, wir haben etwas zum Feiern vorbereitet", versuchte Gilian es zaghaft nach einer Weile und reichte Cate ein Papiertaschentuch.

Aber Cate wollte Gilian nicht loslassen. Sie weinte und weinte. Da stolzierte Kater um die Ecke. In seinem Maul hing quer eine Maus.

„Er hat scheinbar auch etwas vorbereitet", seufzte Gilian.

Als Cate Kater erblickte, bückte sie sich zu ihm hinunter und musste lächeln. „Gut gemacht, mein Kleiner."

Kater setzte sich vor sie und erlaubte ihr, sein Köpfchen zu streicheln. Dabei ließ er gelangweilt die Maus fallen, die dankbar ihre Chance auf ein zweites Leben ergriff. Cate kraulte und lobte ihn, bis ihre Tränen versiegten und sich ein Lachen über ihrem Gesicht ausbreitete.

Gilian nickte Kater respektvoll zu. Besser hätte es wohl keiner lösen können. Sie hielt Cate ihre Hand hin. „Komm ins Haus. Dale und Chip warten auf uns."

Als sie die Küche betraten, saßen Dale und Chip auf den Hockern am Küchentresen und drehten sich zu ihnen um. Cate ging zu Dale, schloss sie sanft in ihre Arme und küsste zart ihren Hals.

„Was haltet ihr von einem Glas Champagner?“, flötete Gilian und schlüpfte an Chip vorbei zum Kühlschrank.

„Ich würde gern duschen und mich umziehen.“

Gilian nickte fröhlich. „Duschen? Mit der Kompresse?“

Cate nahm Dale an die Hand und zog sie vom Hocker herunter. „Keine Sorge, uns fällt schon was ein.“ Sie legte den Arm um Dale und führte sie in das Gästezimmer. „Wir gehen baden“, sagte sie ihr leise ins Ohr.

Wenig später saßen sie eng umschlungen in der Badewanne. Das Wasser wärmte wohltuend ihre Haut. Ihre Muskeln entspannten sich. Der Druck fiel langsam von ihnen ab. Cate lehnte ihren Kopf sanft an Dale's Wange und blickte in die zur Zimmerdecke aufsteigenden Dampfwolken.

„Das tut gut“, seufzte sie leise. „Was für ein Inferno. Ich hoffe, sie pflegen Benjamin gut. Seine Wunde sah übel aus.“

Dale löste ihre Hände und streichelte zärtlich Cate's Oberschenkel. „Hast du immer daran geglaubt, dass wir das überleben werden?“ Ihr Mund berührte sanft Cate's Ohr.

Cate nickte behaglich. Ja, dieses Mal hatte sie es immer gespürt. „Ich habe uns im Atlantik schwimmen sehen, spazieren gehen, lachen, träumen. Und ich wusste, dass dieses Gefühl, das uns verbindet, noch Zeit braucht und dass wir diese Zeit haben werden.“ Sie nahm Dale's Hand und küsste sie. „Ich wusste und fühlte, dass es noch nicht zu Ende ist.“

Dale atmete tief durch. „Du meinst es ernst …“

Cate drehte den Kopf zu ihr. „Es kommt aber jetzt kein *oder* mit Fragezeichen.“

Dale lächelte verstohlen. „Ich bin eine Zweiflerin, Cate. Ich kann nicht anders.“

„Du hast mich mit deiner grüblerischen, sturen Art in deinen Bann gezogen. Jetzt müssen wir beide sehen, was daraus wird. Aber es fühlt sich gut an. Mit dir.“ Cate küsste sachte ihre Lippen.

Dale erwiderte leidenschaftlich ihren Kuss. Ja, es fühlte sich gut an. Mit ihr.

Southampton Hospital

Vor dem Krankenzimmer von Benjamin Wheeler hielten zwei Polizisten Wache. Nachdem der Patient aus der Narkose erwacht und ansprechbar war, hatte der Chefarzt die Chiefs zu ihm gelassen. Wheeler hatte detailliert ausgesagt, und Chief Malkovich legte ihm dringend ans Herz, Kronzeuge in diesem und noch weiteren Prozessen gegen die Birds zu werden. Gleichzeitig bot er Wheeler an, in ein Zeugenschutzprogramm aufgenommen zu werden, was ihm ermöglichen würde, irgendwo in diesem großen und weiten Land eine neue Identität anzunehmen und ein neues Leben zu beginnen.

Wheeler hörte Chief Malkovich angespannt zu. „Das hieße, ich müsste weg von hier?"

Malkovich nickte. „Ich kann Ihnen nicht sagen, wohin es Sie verschlagen wird. Aber glauben Sie mir, auch ohne Ihre Aussage sind Sie hier nicht mehr sicher. Wir werden viele Leute verhaften. Alle, denen wir etwas nachweisen können. Ihre Informationen über die Tricksereien mit den Import-Autos, Hehlerei und Geldwäsche wird sofort andere Dezernate auf den Plan rufen. Die Kollegen haben mit Ihrer Aussage das, was sie seit Jahren brauchen. Die endgültigen Beweise für die weitverzweigten Machenschaften der Birds. Es wird aber immer versprengte Typen geben, denen wir zu wenig nachweisen können und die Rache wollen. Vor denen sind Sie hier niemals mehr sicher."

Wheeler sah müde auf seine dick einbandagierte Schulter. „Die wollten mich abknallen wie einen räudigen Köter", stöhnte er.

Chief Spencer nickte. „Die hatten ziemlich heftiges Geschütz dabei. Sie hatten Glück, dass Mrs. Furler so geistesgegenwärtig war. Verdammte Heldentat."

Wheeler verzog das Gesicht. „Die Schriftstellerin. Konnte sie nicht ausstehen, ohne sie überhaupt zu kennen. Dumm, oder? Irgendwer sagt dir, die oder der ist schlecht, und du folgst dem Scheiß einfach, ohne es zu überprüfen. Die Frau hat mir das Leben gerettet, obwohl ich sie wie Dreck behandelt habe."

„Wir haben ihr auch ziemlich zusetzen müssen", wandte Chief Spencer ein. „Die falschen Mails auf dem Rechner von Mrs. Furler und Ihre Aussage haben uns in die Irre geführt. Und es gab kein Anzeichen für eine andere Theorie. Gut, dass sie so kluge und umtriebige Freunde hat."

Wheeler nickte. „Und ihre Freundin ist eine echte Alleskönnerin. Sie hat meine Harley repariert, meinem Onkel baut sie eine Solaranlage auf die Scheune, euren Mordfall hat sie gelöst, und die schönsten Frauen der Gegend schnappt sie sich nebenbei auch noch."

Malkovich musste bei dieser Zusammenfassung laut lachen. Das klang wirklich bizarr, aber ein großer Funken Wahrheit war tatsächlich darin.

East Hampton, Three Mile Harbor Road

Officer Casabianca und sein Kollege Lopez vom Montauk Police Department stiegen aus ihrem Streifenwagen und gingen zu dem Haus, in dem Joanne Portland wohnte.

Miss Portland hatte heute weder Dienst bei ihrem Arbeitgeber, noch war sie in der Bücherei eingetragen. Man hatte ihnen mitgeteilt, dass sie zu Hause sei. Joanne Portland träumte von einer Karriere als Schriftstellerin und nahm sich mindestens einen Tag in der Woche Zeit, um an ihrem Konzept für einen Roman zu feilen.

Casabianca und Lopez klingelten und hörten ihre sanfte Stimme aus der Gegensprechanlage.

„Ja, bitte? "

„Miss Portland? Officer Lopez und Casabianca vom Montauk und Southampton PD. Wir müssen Sie sprechen."

„Können Sie sich ausweisen?"

Die Police Officer hielten ihre Dienstmarken in die Kamera der Gegensprechanlage. Nach langen Sekunden surrte der Türöffner.

Joanne Portland stand in einem knappen Rock und einer tief dekolletierten Bluse vor ihnen. Ungerührt folgten die beiden jungen Beamten dem offiziellen Prozedere. Alle Eindrücke, die darüber hinausgingen, würden sie bei einem Feierabendbier austauschen.

„Miss Portland, uns liegen Beweise vor, dass Sie über Ihren Kontakt zu Sebastian Smith dafür gesorgt haben, dass Mrs. Cate Furler zu Unrecht der Anstiftung zum Mord beschuldigt wurde", begann Lopez.

Joanne griff sich dramatisch ans Herz. „Ich? Sie scherzen!"

Lopez schüttelte den Kopf. „Nein, ich scherze nicht. Ich habe Auszüge aus Ihrer privaten E-Mail-Korrespondenz, die genau das belegen." Er räusperte sich und überreichte Portland einen Ausdruck.

Mein lieber, mein bester Sebastian,
ich habe mitbekommen, dass Jeffrey diesen lästigen Erpresser, der die üblen Fotos von uns gemacht hat, eliminieren lassen will. Und dass deine Jungs diese Aufgabe übernehmen. Wäre es nicht herrlich, wenn es genau an dem Haus von Steen geschehen würde? Und wäre es nicht geradezu perfekt, wenn sie *dahinterstünde? Betrogene Ehefrau, übler Erpresser. Sie schreibt Krimis. Wäre so ein Gedanke nicht naheliegend? Und wie süß wäre eure Rache für diesen üblen Roman? Verlockend süß.*

Lopez schaute auf und wartete auf eine Reaktion der schlanken Blondine.

Portland sah auf ihre dunkelbraun lackierten Fingernägel. „Ach, das. Das war ein Scherz. Eine Idee, aber nur aus Spaß. Sebastian und ich schicken uns gelegentlich solche Mails. Ich kenne ihn schon seit einer Ewigkeit. Das ist nur Spaß, Officer."

Casabianca nickte. „Ein Spaß, der von Smith bestätigt wurde und genauso eintraf. Hat Ihnen jemand die Idee zu Ihrem Scherz gestohlen und in die Realität umgesetzt?"

Joanne blickte ihn mit langem Augenaufschlag an. „Ja, natürlich. Die Furler hat es einfach genauso gemacht. Sie ist ein mieses Stück, voller brutaler Gedanken. Kennen Sie ihre Bücher? Sie …"

Lopez schnitt ihr das Wort ab. „Wir kennen die Bücher von Steen. Wir haben sie gelesen und verstanden. So wie Ihre eindeutigen E-Mails."

East Hampton, Lily Pond Lane

Jeffrey Dinklage wollte gerade in seinen Porsche einsteigen, als der Polizeiwagen mit Chief Spencer und Officer Bradly vom Montauk Police Department vorfuhr. Jeffrey legte seine Stirn in Falten und zog seine Manschetten gerade.

„Mr. Dinklage?"

Jeffrey lächelte breit. „Chief Spencer, schön, Sie wiederzusehen." Er streckte ihr seine Hand entgegen.

„Mr. Dinklage, ich muss Sie bitten, uns auf das Revier zu folgen. Wir haben einen Haftbefehl gegen Sie." Violett hielt ihm das Dokument unter die Augen, statt seine Hand zu nehmen.

Dinklage zuckte zurück. „Sie machen Witze. Weshalb denn?"

„Anstiftung zum Mord an James Stallbruck." Sie steckte den Haftbefehl wieder ein.

„Ich?" Jeffrey riss seine Augen auf. „Ich soll Stallbruck's Mord in Auftrag gegeben haben? Meine Frau war es. Das wissen Sie doch!" Er senkte seine Stimme, die vor Hysterie in eine hohe Tonlage gerutscht war. „Sie wissen, dass ich meine Frau immer schützen wollte. Aber das geht jetzt leider nicht mehr. Sie war es. Ich hatte Ihnen doch …"

„Hören Sie auf mit diesem Unfug!", unterbrach Chief Spencer ihn barsch. „Sie haben den Mord an Stallbruck in Auftrag gegeben, und ihre Frau hat rein gar nichts damit zu tun. Reichen Sie mir Ihre Hände."

Chief Spencer zog die Handschellen von ihrem Gürtel. Eine Genugtuung für ihre Inselheilige und für sie selbst. Mit einem verstohlenen Lächeln nahm sie das klickende Einrasten des Schlosses wahr.

Officer Bradly übernahm den Gefangenen und führte ihn zu dem Streifenwagen. Er legte gerade schützend seine Hand auf Dinklage's Kopf, um ihn in das Fahrzeug zu bugsieren, als die Haustür des riesigen Wohnhauses aufgerissen wurde. Eine Frau im Bademantel stürzte heraus und rannte die Stufen hinunter.

„Was machen Sie da?", schrie sie hysterisch, warf sich Dinklage entgegen und umklammerte ihn. Dabei küsste sie sein Gesicht und jammerte.

Chief Spencer zog die Frau von Dinklage weg. „Entschuldigung, Ma'am, wir müssen diesen Herrn verhaften." Sie schüttelte sich innerlich. *Leider gibt es immer wieder Frauen, die auf solche Kerle reinfallen. Würde das mal aufhören, dann würden diese Typen aussterben*, hörte sie John's Worte in ihrem Ohr.

Und es stimmte. Dinklage hatte eigentlich alles, was ein Mensch sich für sein Leben erträumen konnte. Er hatte das große Glück, von Cate Furler geliebt zu werden. Einer Frau, die nachdachte. Nicht angriff. Noch nicht einmal in der schlimmsten Bedrängnis. Er hatte sich entschieden, seine Frau zu betrügen, und wollte sie skrupellos in die Hölle schicken, die er durch seine Untreue heraufbeschworen hatte.

„Das muss ein Missverständnis sein", heulte Mrs. Meiers.

Nein. Das war es garantiert nicht. Violett nickte dem bulligen Officer Bradly zu, der Jeffrey Dinklage in den Streifenwagen schob. Dann wandte sie sich an Mrs. Meiers.

„Sie entschuldigen uns, Ma'am. Wir haben noch zu tun."

Sie stieg auf der Beifahrerseite ein, und der Streifenwagen verließ mit Blaulicht die endlos lange Einfahrt des Anwesens. Dinklage saß auf der Rückbank des Wagens, von den Polizisten durch eine schusssichere Scheibe abgetrennt, und starrte matt in den Fußraum vor sich. So sieht ein gescheiterter Betrüger aus, dachte Violett und fühlte sich unverhohlen großartig.

Sie griff zu ihrem Handy und wählte John Malkovich's Nummer. Alle Festnahmen sollten nahezu zeitgleich vonstattengehen. John war auf dem Weg zu den Birds, die von einer deutlich verstärkten Polizeimannschaft seit den frühen Morgenstunden auf ihrem Gelände in Schach gehalten wurden. Smith hielt sich immer noch dort auf. Wastiaux war soeben in seinem Haus in Montauk verhaftet worden. Er hatte kaum Widerstand geleistet.

John's Stimme brummte dunkel in ihrem Ohr. „Ich bin gleich im Lager, Violett. Wie lief es bei euch?"

„Wir haben Dinklage. Casabianca und Lopez bringen Portland zum Revier. Ich wollte dir nur Glück wünschen, John. Pass auf dich auf."

Sie hatte ihre Stimme gesenkt. Dennoch sah Bradly mit aufmerksamem Blick zu ihr hinüber. Sie wandte sich zum Fenster, um in Ruhe John's Antwort zu hören.

„Mach dir keine Sorgen. Ich habe zwanzig Mann dabei. Wir sehen uns später, okay?"

„Gerne. Ich bin auf dem Revier. Wer kümmert sich um die Tante?"

„Paula? Die ist schon von einem der Kollegen aus Sag Harbor eingesackt worden."

„Gut. Bis später dann."

„Ich melde mich, wenn wir da oben aufgeräumt haben."

Montauk, Hauptquartier der Flying Birds

Chief Malkovich fuhr durch das große Tor direkt bis zu der alten Fabrik und stieg aus. Hawkins und zwei weitere Officer positionierten sich an seiner Seite. Sie drückten die große Stahltür auf, betraten zu viert die Halle und blickten hinauf zu Smith's Büro.

Der Anführer der Birds trat auf die Stahltreppe. „Malkovich! Wollen Sie mir jetzt endlich mal diesen Auflauf hier erklären?", brüllte er ihnen entgegen.

„Wir kommen rauf", antwortete Malkovich unberührt.

Die vier Polizisten nahmen jede der Stufen mit Genuss. Wie lange hatten sie auf brauchbare Beweise gegen diese elende Verbrecherbande gewartet. Immer wieder hatten sie kleine Fische festgenommen, aber der große Wurf war ausgeblieben. Jetzt endlich gab es handfeste Beweise für einen Mord, der von den Chefs in Auftrag gegeben wurde. Die Lust auf Rache an einer Schriftstellerin, die nichts Verwerfliches getan hatte, außer einen gut recherchierten Roman über diese Gang zu schreiben, war zu verführerisch gewesen. Keiner hätte gedacht, dass den Anführern der Birds verletzte Eitelkeit zum Verhängnis werden würde. Aber so war es manchmal im Leben.

Smith beorderte die Polizisten mit einem grimmigen Kopfnicken in sein Büro. „Ihre Männer halten seit gestern Abend meinen Betrieb auf, Chief. Ich werde meinen Anwalt informieren, das wird Konsequenzen für Sie haben." Er zündete sich eine Zigarette an.

„Wheeler hat Cate Furler und Dale Roberts entführt und hierhergebracht, Smith. Sie wussten davon. Sie haben einen Straftäter gedeckt und Ermittlungsarbeit behindert." Chief Malkovich zog einen Haftbefehl aus seiner Jackentasche. „Aber das ist nicht der einzige Grund, warum wir hier sind." Er knallte das Dokument auf den Tisch. „Informieren Sie Ihren Anwalt. Der lässt ja nie lange auf sich warten."

Smith sah das Schriftstück nicht an. „Sagen Sie mir, was drinsteht?"

„Sie haben den Mord an Stallbruck in Auftrag gegeben, und Sie haben die Tat Mrs. Furler in die Schuhe schieben wollen. Diesmal ist unsere Beweislage lückenlos, Smith, darauf können Sie sich verlassen. Außerdem haben Sie die Eliminierung von Wheeler organisiert."

Smith griff nach seiner Jacke und zog sie über. „Das wird ein langer Weg, Chief. Sie werden das niemals durchziehen können. Wer sollte diesen Quatsch belegen?"

Chief Malkovich trat auf Smith zu und legte ihm persönlich die Handschellen an. Ein überragendes Gefühl. „Sie haben dieses Mal zu viele Mitwisser und Mittäter zugelassen, Smith. Und vor allem einen Haufen von *unerfahrenen* Mittätern. Dinklage und Portland, um nur zwei Beispiele zu nennen. Die sitzen auf dem Revier und singen sich die Seele aus dem Leib, um ihren eigenen Hals zu retten." Er schubste den Gangchef vor sich her. „Und Sie haben sich ein Opfer ausgesucht, dass partout kein Opfer sein wollte. Man sollte sich nicht mit starken Frauen anlegen, Smith. Das war nicht klug von euch."

Als Chief Malkovich und Smith in den Hof kamen, standen weitere Mitglieder der Gang schon in Handschellen vor dem gepanzerten Polizeibus.

Smith zog wütend die Augenbrauen zusammen. „Sie übertreiben, Malkovich. Das wird Sie teuer zu stehen kommen!"

John grinste breit. „Wird sich zeigen, Smith. Wird sich zeigen."

Water Mill, Holly Lane 17
Gegen 21 Uhr

In dem großen, offenen Kamin brannte ein knisterndes Feuer, das den Raum in ein sanftes rotes Licht tauchte. Diesmal hatte Cate selbst die feuerfeste Scheibe zur Seite gestellt. Sie und Dale saßen auf dem großen Sofa gegenüber dem Kamin. Sie sahen erschöpft, aber glücklich aus. Kater schlief eingerollt neben ihnen.

Die beiden hatten Gilian und Chip einen detaillierten Bericht ihrer Entführung abliefern müssen. Alle vier waren überrascht, wie verschieden Cate und Dale einzelne Details wahrgenommen hatten. Auch ertappten sie sich dabei, ganz andere Emotionen mit ein und derselben Situation zu verbinden, und konnten darüber gemeinsam lachen. Von Zeit zu Zeit zog Cate Dale an sich und knuffte sie kurz, wenn sie fand, dass Dale in ihrer Erzählung etwas übertrieb. Dale tauchte dann aus ihrer Umarmung auf, um noch düsterere und gewaltigere Bilder zu malen. Doch verlor sie dabei nie den ironischen Blick auf die Frau an ihrer Seite. „Du *unter*treibst zu sehr“, flüsterte sie.

Gilian und Chip hörten den beiden gebannt zu. Als Cate und Dale ihren Bericht beendet hatten, sah Chip seinen Moment gekommen.

„Man merkt schon, dass ihr ziemlich unterschiedlich seid ...“, begann er vorsichtig. „Aber ihr wirkt auch supergut ... als Paar. Wie geht es jetzt weiter mit euch?“

Dale sprang vom Sofa auf und hielt ihm die Hand vor den Mund. „Psst, Chip, das bespreche ich mit ihr allein.“ Sie zwinkerte entschuldigend zu Cate.

Cate aber schmunzelte und winkte Dale wieder zu sich. „Die beiden Beziehungsstatus-Sherlocks geben sowieso keine Ruhe, Dale. Außerdem scheinst du ja auch noch Zweifel an meinen Gefühlen zu haben ...“ Sie lehnte sich grinsend auf dem Sofa zurück.

Überrascht nahm Dale neben ihr Platz und griff zaghaft nach ihrer Hand.

Cate taxierte Chip. „Um es auf den Punkt zu bringen, Chip: Ich mag deine Freundin sehr, ich genieße ihre Nähe, fühle mich unbeschreiblich wohl mit ihr. Ich mag die zornigen Falten auf ihrer Stirn, wenn ihr etwas nicht passt. Ihre Art, die Lippen zusammenzupressen, wenn sie ihre Worte hinunterschluckt, statt sie auszusprechen. Ihren klaren Blick, der mein Gehirn filetiert. Ich schätze ihre Geradlinigkeit, ihren scharfen Verstand. Ihren guten Instinkt. Ihren Mut. Ihr zauberhaftes Lächeln, das sie so sparsam verschenkt." Sie zog Dale näher zu sich. „Ich liebe ihre Art, mich zu küssen. Ich bewundere und genieße ihren athletischen Körper." Sie machte eine Pause und sah charmant lächelnd über die verlegene Röte in Dale's Gesicht hinweg. „Möchtest du noch mehr hören, Chip?"

Chip hob abwehrend die Hände. „Nein, schon gut. Klingt überzeugend."

In diesem Moment klopfte es an der Haustür. Gilian erhob sich, um zu öffnen. Kurze Zeit später kam sie mit Chief Spencer und Chief Malkovich ins Wohnzimmer zurück. Das Feuer im Kamin warf immer noch ein entspanntes, rötliches Flackern in den Raum. Gilian deutete auf das Sofa links vom Kamin.

„Nehmen Sie Platz." Sie lächelte. „Darf ich Ihnen etwas anbieten? Wein, Bier? Oder sind Sie noch im Dienst oder wie man das nennt?"

Chief Malkovich sah seine Kollegin an. Das war verlockend. Er sehnte sich nach einem Bier – in dieser Runde der besonnenen Helden.

„Genau genommen sind wir noch im Dienst. Aber was meinst du, Violett? Gönnen wir uns ein Schlückchen?"

Chief Spencer blickte erst streng, dann lächelte sie. „Sehr gerne, Mrs. May. Ich nehme ein Glas Wein."

„Ich ein Bier. Aber nur, wenn es wirklich in Ordnung für Sie ist." Er blickte zur Hausherrin.

Cate rutschte an den Rand des Sofas vor, ohne Kater zu stören.

„Natürlich, Sie sind herzlich willkommen. War ein langer Tag für Sie und Ihre Kollegen. Wir haben einiges auf *Long Island News* im Fernsehen gesehen. Wie viele Verhaftungen waren es?"

Cate sah die beiden Polizisten interessiert an, während Gilian die Getränke vor ihnen auf den Glastisch stellte.

„Sechsundzwanzig. Das war ein echter Marathon. Wir haben Ihnen sehr viel zu verdanken, Miss Roberts und Mr. Jamerson. Das war verflucht gute Arbeit. Die Sitte, die Zoll- und Steuerfahndung und das Betrugsdezernat hatten durch Wheeler's Aussage auch gut zu tun." Malkovich prostete den beiden zu.

Chip und Dale nahmen zeitgleich ihre Bierflasche in die Hand.

„War eine lange Reise", murmelte Chip.

Dale zog es vor, nichts zu sagen. Sie nahm einen Schluck Bier und setzte sich in den Schneidersitz.

„Wir haben die Aussagen von Joanne Portland und Ihrem Mann, Mrs. Furler", begann Chief Spencer. „Es war tatsächlich so, dass Joanne Portland die Idee hatte, Ihnen die Anstiftung zum Mord in die Schuhe zu schieben. Sie hat Smith die E-Mails aus dem Account Ihres Mannes in Ihren Account schieben lassen. Ein perfider Schachzug der Birds, um sich an Ihnen zu rächen. So banal war das Ganze." Sie nippte an ihrem Wein.

„Das war doch genau meine Theorie!", warf Dale überrascht ein und legte ihre Hand auf Cate's Bein. „Ich hatte recht!" Sie erhob ihre Bierflasche. „Auf die dümmste aller Theorien."

„Wie geht es jetzt weiter?", wollte Gilian wissen.

„Der Staatsanwalt hat die Ermittlungen gegen Sie eingestellt, Mrs. Furler. Heute Abend geht eine Pressemitteilung raus. Die Zeitungen werden morgen voll davon sein." Chief Malkovich zog seine buschigen Augenbrauen zusammen. „Nicht das, was Sie sich wünschen, ich weiß. Seit bekannt ist, dass Sie Steen sind, wird es für Sie nicht mehr so ruhig sein wie früher." Sein Blick verriet echtes Bedauern, aber auch Zuversicht. „Es wird jetzt noch einmal etwas Wirbel um Ihre Person geben, dann aber wird es ganz sicher wieder ruhiger."

Chief Spencer räusperte sich kurz. „Die Verhafteten werden in Kürze dem Haftrichter vorgeführt. Sie werden alle hinter Gitter landen. Dafür werden wir sorgen."

Sie verschwieg, dass Mrs. Meiers die Kaution für Jeffrey Dinklage schon gezahlt hatte. Fünfhunderttausend Dollar. Das war er wohl wert. Er war auf freiem Fuß, aber lange würde seine Verurteilung nicht auf sich warten lassen. Dazu war der Fall in der Öffentlichkeit zu präsent.

„Das klingt gut. Und was ist mit Benjamin Wheeler?", fragte Cate.

Malkovich schob sich an die Sofakante und sah konzentriert zu ihr und Dale hinüber. „Wheeler hat ein umfassendes Geständnis abgelegt. Er hat die Birds aber nicht nur in dieser Sache, sondern auch bei zahlreichen anderen Delikten schwer belastet. Er hat uns viele wertvolle Informationen geliefert." Er machte eine Pause und versicherte sich mit einem Blick bei Chief Spencer, bevor er weitersprach. „Wir werden ihm anbieten, als Kronzeuge gegen Smith und die anderen aufzutreten, und wir werden ihn ins Zeugenschutzprogramm aufnehmen."

Cate nickte. „Gut. Bringen Sie ihn in Sicherheit."

Malkovich kratzte sich geräuschvoll an seinem Bart. „Mrs. Furler? Hätten Sie noch eine Sekunde für uns?" Er stand auf und lächelte sie an.

Cate erhob sich und begleitete die beiden Polizisten in den Flur.

„Mrs. Furler, sagt Ihnen der Name Blake Peters etwas?", fragte Malkovich.

Gefasst und ganz langsam nickte Cate.

„Wir haben einen sehr ernst zu nehmenden Hinweis bekommen, dass die Birds damals das Feuer im Lager Ihrer Familie legen ließen. Auch das beschlagnahmte Material soll Beweise dafür enthalten." Er atmete schwer aus und legte seine Hand auf Cate's Schulter. „Sie wollten Schutzgeld von Ihrem Vater erpressen, ein Zeichen ihrer ...", John haderte sehr mit dem nächsten Wort, trotzdem sprach er aus, „*Macht* über Ihre Familie senden. Peters war nur ein Handlanger. Er wusste wahrscheinlich nicht, dass Sie und Ihre Schwester sich in dem Lager aufhielten, als er es in Brand setzte. Die Birds haben ihn drei Monate später eliminieren lassen. Bei einer Messerstecherei mit den Bats. Wahrscheinlich, weil man ihm diesen Fehler nicht durchgehen lassen konnte."

Ruhig und beherrscht nahm Cate Furler die Hand von John Malkovich.

„Danke, Chief. Ich wusste das ... hatte nur nie ausreichend Beweise dafür."

„Die haben wir jetzt, Mrs. Furler", bestätigte der Polizeichef und lächelte. „Im Mordfall Stallbruck sieht es ganz ähnlich aus. Mitch Rommett, ein kleines Licht aus der dritten Reihe, hat den Mord gestanden. Genießen Sie den Abend mit Ihren Freunden, Ma'am."

Als Cate ins Wohnzimmer zurückkehrte, hockte Dale vor dem Kamin und legte gerade Scheite nach. Sie sah zu Cate auf und lächelte. „Alles in Ordnung?"

Cate hockte sich hinter sie und schlang ihre Arme um Dale's Körper. „Alles in bester Ordnung, mein Schatz", seufzte sie und lehnte liebevoll ihren Kopf an Dale's Rücken.

So verweilten sie vor dem offenen Kaminfeuer und genossen seine Wärme, die sie sanft und fast streichelnd umschloss.

„Also, was glaubt ihr Turteltäubchen?", dröhnte Gilian's vergnügte Stimme hinter ihnen.

Wohlig drehte sich Cate zu ihr um. „Was meinst du?"

„Sind sie's oder sind sie's nicht ..." Gilian genehmigte sich einen Schluck Wein und sah ihre Freundin erwartungsvoll an.

„Keine Ahnung, was du meinst ...", lächelte Cate und streichelte sanft die Arme ihrer Geliebten.

„Sind die beiden ein Paar?", wollte Gilian breit grinsend wissen.

„Wer?"

„Die Polizisten", flüsterte Dale.

Gilian nickte grinsend. „Da hat es wohl zwischen Southampton und Montauk gefunkt."

„Wirklich?", fragte Cate erstaunt.

Chip strahlte sie ebenfalls an. „Das habe sogar ich mitbekommen, Cate."

Cate nickte entgeistert. „Ich habe es nicht bemerkt. Aber wenn ihr es sagt. Wäre doch schön. Ich finde die beiden nett. Und sie haben ja auch noch eine Menge zu tun. Ist doch gut, wenn das sozusagen Hand in Hand geht."

Gilian prostete ihrer Freundin zu, stand auf und gab ihr einen Kuss auf die Stirn. „Dass du etwas nicht mitbekommst, überrascht mich, liebste Cate. Wo du doch sonst so feine Sensoren hast."

Epilog

Die Sonne sandte ihre ersten Strahlen durch einen kleinen Spalt im Vorhang meines Schlafzimmers. Ich warf einen kurzen Blick auf den Wecker. 6.30 Uhr.

Mein Kopf tastete sich vorsichtig ins Wachsein vor. Ich drehte mich zur Seite und sah Dale friedlich neben mir schlafen. Sie lag auf dem Bauch, den rechten Arm seitlich neben ihrem Kopf, fast verdeckt von ihrem blonden Haar. Der linke Arm lag angewinkelt auf der Höhe ihres Gesichts. Ihr Atem ließ ihren Rücken auf- und abgleiten. Beruhigend wie der ruhigste Seegang an unserer Küste.

Das Geräusch ihrer Atmung drang zart zu mir. Ab und zu wurde es von einem leisen Schnarchen unterbrochen. Ich sah zu ihren Füßen. Kater schlief am Ende des Betts, sein Kopf hing von der Matratze herunter. Ich richtete mich auf, um diese Szene genauer zu betrachten. Er ruhte auf weichem Untergrund. In meinem Bett. Zu ihren Füßen.

Ich ließ mich wieder zurücksinken und lächelte. Dann hob ich meine Hände vor meine Augen. Beide da. Voll beweglich. Behutsam bewegte ich meine Füße. Voll funktionsfähig. Keine Amputationen mehr. Mein Herz schlug ruhig und in gleichmäßigem Takt in meinem Brustkorb. Alles an Ort und Stelle. Alles im Einklang. Im Einklang mit dem bezaubernden Menschen neben mir.

Ich berührte sanft ihre nackte Schulter und legte mich ganz nah an sie, vorsichtig, um sie nicht im Schlaf zu stören. Ihre Müdigkeit war an der Tiefe ihres Atems zu spüren. Eine Nacht ohne Schlaf, die Ereignisse des Vortags, ihre Anspannung. Es hatte gestern Nacht lange gedauert, bis ihre vibrierenden Nerven sie endlich einschlafen ließen.

Wir hielten uns in den Armen und redeten. Ihre unterschwellige Nervosität hätte mich fast mitgerissen. Dann aber hatte ich sie fest in meine Arme geschlossen, meine Beine um sie gelegt, und – vielleicht war es meine Körperwärme oder die Tatsache, dass ich fast auf ihr lag – sie schlief ein. Friedlich wie ein Kind. Ich war selbst erstaunt über meine Fähigkeit, ohne Worte beruhigen zu können. Ihr Herzschlag wurde gleichmäßiger. Ihre Gesichtszüge entspannten sich. Ich hielt sie fest, bis ich sicher war, dass sie ihre innere Balance wiederhatte. Und während ich sie beobachtete, war ich selbst eingeschlafen.

Jetzt zog ich mich vorsichtig zurück, stieg aus dem Bett und verschwand ins Bad. Ich putzte die Zähne und schlüpfte in eine Jeans und einen Kapuzenpulli, öffnete leise die Tür zum Wohnzimmer und verließ Dale und Kater.

Ich kochte Kaffee und trank hastig eine Tasse. Als ich nach draußen ging, erblickte ich die zwei Officer, die über uns wachten.

„Ich fahre zum Strand", sagte ich.

„Einer von uns muss Sie begleiten", antwortete eine Beamtin, die ich nicht kannte.

„Bitte nicht. Ich werde Ihren Chiefs sagen, dass ich darauf bestanden habe, allein zu fahren." Ich lächelte sie an. „Ich muss zum Atlantik."

Sie nickte. „Ich werde Sie nicht stören, Ma'am."

Ich verstand.

Mit einem weiteren Kaffee und einer Zigarette bewaffnet ging ich zu meinem Jeep und fuhr zum Strand. Lisa Stansfield begleitete mich auf meinem Weg. *The moment.* Treffender konnte man meine Gefühle nicht in Worte fassen.

Auf dem Parkplatz angekommen stieg ich aus meinem Wagen und stapfte zu den Dünen hinauf. Ein älteres Ehepaar kam mir entgegen.

„Morgen, Mrs. Furler. Schön, Sie zu sehen", grüßten sie.

Ich grüßte zurück. Der Atlantik war schon zu hören. Sein Rauschen und die salzige Luft versetzten meinem Herz einen Stich. Heimat.

Schnell nahm ich die letzten Meter. Und da sah ich ihn. Den Ozean. Seine Wellen brachen majestätisch. Mit jedem meiner Schritte klang sein Tosen imposanter. Die frühe Sonne tanzte auf seinen Wellenkämmen und verzierte seine aufgewühlte Oberfläche mit sternengleichem Funkeln.

Ich setzte mich in den nassen Sand. Ganz dicht an die kraftvollen Ausläufer. Meine Gedanken drifteten hinaus über die Wellen – und hinweg über alles, was mir in den letzten Monaten zugestoßen war, bis hin zu dem, was mich jetzt trug. Zu meiner Freundin Gilian, deren Zuversicht und Weisheit mir Kraft gegeben hatten. Zu Chip, der sein Leben für mich riskiert hatte. Bis hin zu ihr. Zu Dale.

Bevor sie sich stoisch und klammheimlich in mein Herz stahl, war sie nur eine Komplizin für mich gewesen. Tief in mir selbst versunken übersah ich, dass sie nie *wirklich* von meiner Seite gewichen war. Sie stand bei mir, als ich zu fallen drohte. Sie half mir. Und fand mich.

Unsere Liebe begann mit viel Aufregung. Aber jetzt war ich mir sicher: Es war nur ein Sturm, der eine ganz besondere Zeit einleitete.

Mein Blick glitt über das wundervolle Naturspektakel vor mir bis zum Horizont.

Der Anblick war atemberaubend.

Danke

Dieses Buch wäre ohne meinen fantastischen Verlag 27 East Books nur ein Traum geblieben. Meine zwei verrückten Verlegerinnen ... ihr habt es mir mit eurer Unterstützung und eurem Zuspruch ermöglicht, diese Geschichte zu verwirklichen. Zusammen haben wir jede Welle gemeistert und den Horizont nie aus den Augen verloren. Eure Freundschaft und euer Glauben an unser gemeinsames Projekt bedeuten mir unendlich viel. Ich bin dem ganzen wundervollen und unfassbar versierten Team in Deutschland dankbar:

Danke, Cora, dass Du Dich in meine Geschichte verliebt und mir geholfen hast, Cate´s Kanten zu finden. Im Herzen bist Du auch eine Long Islanderin ☺

Tiefer Dank gebührt Ihnen, Dr. Christine Schlitt, meiner Lektorin. Sie scheuten sich ebenfalls nicht, sich unserem wilden Abenteuer anzuschließen und haben mich bei meinem Debüt sehr elegant aus verbalen Wolkenschiffen hinaus zu geschliffenen Worten geführt. Ihre Rüffel waren berechtigt, klug und ermutigend. Mit intelligenten Fragen und noch viel mehr Antworten haben Sie mir aus Untiefen geholfen, mich bestärkt, und mich kurz vor Fertigstellung mit unterstützendem Humor ins Ziel getragen.

Danke auch an Sie, Angelika Sust. Ihre abschließenden Kommentierungen und Ihr Korrektorat haben alle Sonnenauf- und Untergänge auf eine harte Probe gestellt. Ihre Hilfestellungen und finalen, redaktionellen Ideen trugen viel dazu bei, dass jeder Mensch, der diese wundervolle Insel noch nicht selbst erlebt hat, sie trotzdem versteht.

Mein besonderer Dank gilt der talentierten Illustratorin Smilla Albrecht. Du hast meine Insel wundervoll und mit viel Hingabe illustriert! Ich bin total begeistert von Deiner Kunst und glücklich, Dich zur Freundin und Seelenverwandten zu haben.

Dietmar, der einzige Mann in unserem Frauen-Gespann, ich danke Dir von Herzen für die atemberaubenden Umschlagentwürfe und Deine Geduld beim Layout. Du bist großartig und unglaublich kreativ.

Mein Dank gilt auch euch, Jule und Daniel, für eure Freundschaft und euren Support.

Levy, mein Junge, ich hoffe, ich wurde Dir und Deiner Stärke gerecht. Sam, Du bist immer in meinem Herzen.

Ich verneige mich vor der Holly Lane 17. Meiner Anlaufstelle, als ich noch ein Kind war. Meinem ewigen Zufluchtsort, wenn die Gedanken und Gefühle zu dunkel werden.

Mein abschließender Dank gilt Dir. Deine Liebe und Deine Unterstützung, unsere Brainstorming-Sessions, und Realitätschecks ☺ haben meinen Gedanken Flügel verliehen, mich trotzdem nie die Bodenhaftung verlieren lassen. Du bist und bleibst meine erste Zuhörerin und wichtigste Beraterin. Dein unbeirrbares Vertrauen in meine Worte war, und ist ein Geschenk. Danke für alles.

Du inspirierst mich. Immer.

Love you.

June L. Shepard
HOLLY LANE 17
ROMAN
June L. Shepard
MAIN STREET SAG HARBOR
SAG HARBOR
ROMAN
27 EAST BOOKS

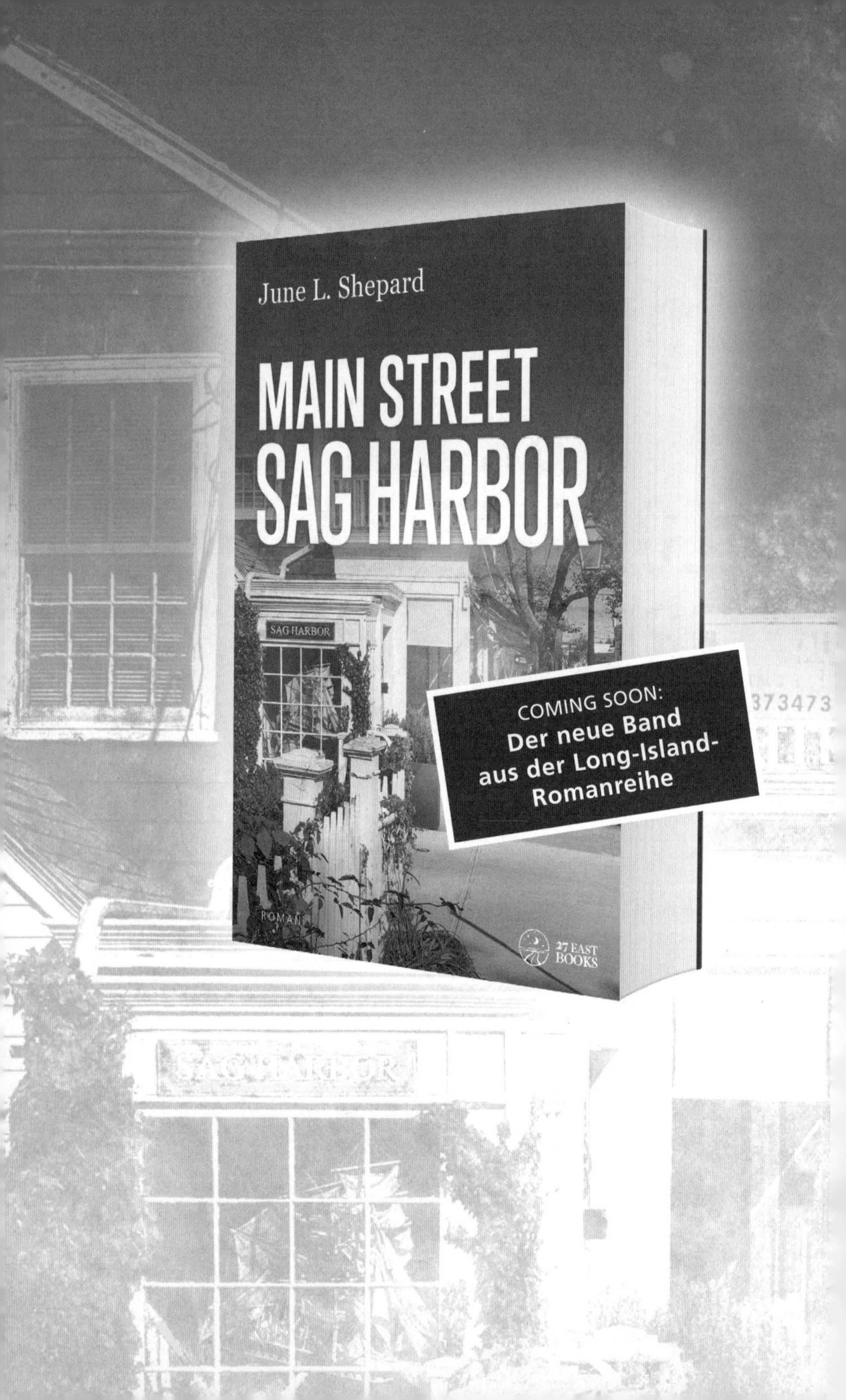
June L. Shepard
MAIN STREET
SAG HARBOR
SAG HARBOR
COMING SOON:
Der neue Band
aus der Long-Island-
Romanreihe
ROMAN
27 EAST
BOOKS

Leseprobe

Ich hatte Long Island, genauer Sag Harbor, vor achtzehn Jahren direkt nach meinem Senior-Highschool-Abschluss den Rücken gekehrt und war nach Manhattan gezogen. Ich suchte Erfolg, Abenteuer und ein wildes Leben. In dieser oder einer beliebig anderen Reihenfolge. Und ich fand alles. Im Übermaß.

Mit einer großen Portion Glück und der netten Gabe, einen wirklich guten Geschmack zu haben, wurde ich recht schnell in der Künstlerszene von Soho entdeckt, um Events und Partys zu gestalten. Stagen nannte man das dort. Ich entwarf Settings für Feiern und exklusive Vernissagen und verwandelte jede Location in etwas Besonderes, Fantasievolles oder noch nie Dagewesenes.

Wie ein begehrter Wanderpokal reichte man mich von einem Auftraggeber zum nächsten weiter, und von Auftrag zu Auftrag bekam ich mehr gestalterische Freiheiten und Möglichkeiten. Ich kostete die finanzielle Unabhängigkeit, die eine wunderbare Begleiterscheinung geworden war, aus, und führte ein Leben wie im Rausch. Schon nach fünf Jahren konnte ich mir ein eigenes kleines Studio leisten und beschäftigte zwei Studenten der Kunstakademie, die mich bei der Realisation meiner Projekte unterstützten und mir den Rücken freihielten. Die Arbeit nahm solche Ausmaße an, dass ich fast jegliche Bindung zu meiner Heimat verlor. Meine liebsten Freundinnen Ava und Madelyn vernachlässigte ich genauso, wie meinen jüngeren Bruder Nathan.

Obwohl uns während unserer Jugend ein festes Band der Freundschaft und Vertrautheit verbunden hatte, war in meinem Leben in

Manhattan kein Platz mehr für sie. Im Laufe der Jahre arbeitete ich mich immer weiter in der Riege der angesagtesten Innenraumgestalter hoch, ließ mich feiern und feierte mich selbst. Die Szene war klein, aber elitär. An rauschhaften Erfahrungen mangelte es nicht. Ich stolperte von einem Kontakt zum nächsten. Die Nächte wurden immer länger, die Tage immer hektischer. Meine Kreativität explodierte schier. Ihre Kraft schien mich magisch aufzuladen, mir eine Ausstrahlung zu geben, die mich unwiderstehlich machte. In allen Belangen des Lebens. Jeder wollte mich buchen. Jede wollte mich in ihrem Bett haben. Ich nahm begierig alles mit, stürzte mich in alle möglichen Affären, liebte mich durch die Nächte und Tage von Manhattan. Ich war in Penthousepalästen zu Gast, und verschwand auch genauso gern wieder daraus, wie ich dort angekommen war. Ich vergaß, was es heißen konnte, mich zu verlieben. An Gefühle wollte ich nicht denken. Zu wild und verführerisch war diese Zeit.

Eine kurze Pause in diesem ungezügelten Leben verschaffte mir Chloe, eine Freundin, als sie mir Allison Bishop vorstellte. Eine schöne, kluge Galeristin, die sich auf moderne Fotografie spezialisiert hatte. Allison bewies mit ihrer Künstlerauswahl Mut – und verfügte über sehr eigene und konkrete Vorstellungen für ihre Events. Ich fand sie außerordentlich anziehend. Sie aber übersah mich spielend ein halbes Jahr lang. Dann endlich ergab sich ein gemeinsames Event: eine Ausstellung mit Arbeiten über die Unterdrückung der Frauen in Afrika. Allison trommelte Künstler zusammen, deren Bilder einem vor Schmerz das Gehirn zusammenzogen. Mein Auftrag war es, ihren Fotos einen ruhigen Rahmen zu geben. Wir wollten gemeinsam aufrütteln. Es wurde ein gelungener Abend voller Anmut und Stolz angesichts dieses grauenvollen Themas. Die Veranstaltung verband uns, wir trafen einander danach fast täglich.

Nur zwei Wochen später landete ich in den Armen von Allison Bishop und verweilte dort für fast sechs Monate.

Wir waren nie wirklich ein Paar gewesen, sondern einander ein angenehmer Anker, bei dem jede von uns zu jeder Zeit Halt fand. Es war eine gute Zeit mit vielen Gesprächen, klugen Gedanken und ohne jede Verpflichtung. Dennoch – ich war ihr treu geblieben. Für diese Zeit.

Dann, irgendwann, hatte es mich weitergetrieben. Den Boden hatte ich schon längst unter den Füßen verloren. Es war eine atemlose und rastlose Zeit. Wild und ungestüm, wie ein lustvoller Traum. Ich beschränkte meine gestalterischen Welten schon längst nicht mehr auf Innenräume. Meine Fantasie durchbrach alle Grenzen. Ich baute Fata Morganen in U-Bahn-Stationen, ließ provençalische Lavendelfelder in Abrisshallen am Hafen entstehen, projizierte die Belle Epoque auf die glatten Fronten von Glas- und Stahlgebäuden. Es war herrlich. Und gefährlich. Alles wurde nur für den kurzen Augenblick eines Events erschaffen. Oft ohne Genehmigung und ohne Arbeitsschutz beim Auf- und Abbau. Ich hatte mir eine Truppe von Irren und Halbirren zusammengesucht, die jede meiner Wahnsinnsideen mit Präzision und Schnelligkeit zum Leben erweckten und genauso schnell wieder verschwinden ließen.

Wir waren in Brooklyn, in Harlem, in der Bronx – überall. Nie stieß mir etwas zu. Kein Knochenbruch, keine Blessur, keine Schramme. Dazu musste ich schon nach Hause kommen. Nach Long Island, ins entschleunigte Southampton, um am helllichten Tag von einer Kugel getroffen zu werden, die nicht mir galt. Abgefeuert von einer Polizistin.

27 EAST
BOOKS